新潮文庫

ネイティヴ・サン

アメリカの息子

リチャード・ライト
上岡伸雄訳

新潮社版

11711

目次

きょうもまた、私はそむく心でうめき、
私の手は自分の嘆きよりも重い。（聖書「ヨブ記」第23章2節）

ネイティヴ・サン

アメリカの息子

本書に登場する人物や状況はすべて架空で想像上のものである。

子供の頃、私を膝《ひざ》に載せ、空想や想像の世界を
尊ぶように教えてくれた母へ。

第一部　恐怖

　ブルルルルルリイイイイイイン！

　目覚まし時計が暗い静かな部屋で鳴り響いた。ベッドのスプリングがキーキーと音をたて、女が苛立《いらだ》たしげに叫ぶ。

「ビッガー、そいつを止めて！」

耳障《みみざわ》りな金属音を凌《しの》ぐ無愛想な呻《うめ》き声が聞こえてきた。板張りの床を裸足《はだし》で歩くカサカサとした乾いた音が聞こえ、金属音が唐突に止まった。

「灯りをつけて、ビッガー」

「わかった」と寝ぼけた声が答える。

　部屋がパッと明るくなり、黒人の若者の姿が現われた。鉄製のベッドが二台置いてあるあいだの、狭い空間に立ちすくみ、手の甲で目をこすっている。彼の右側のベッドから女がまた話しかける。

「バディ、起きなさい！　今日はたくさん洗濯をしなきゃいけないから、早めにここを出ていってもらわないと」

別の黒人少年が寝返りを打ってベッドから降り、立ち上がった。女も体を起こし、ナイトガウン姿で立ち上がる。

「あっちを向いておくれ、着替えるから」と彼女は言った。

男たちは目を背け、部屋の向こう端をじっと見つめた。女はナイトガウンを脱ぎ捨て、ステップインの服に足を突っ込んで引っ張り上げた。立ち上がったところからベッドのほうを向き、声をかける。

「ヴェラ！　起きなさい！」

「何時なの、ママ？」掛け布団《ぶとん》の下から、少女のくぐもった声が聞こえてくる。

「起きなさいって言ってんの！」

「オーケー、ママ」

綿のガウンを着た褐色の肌の少女が起き上がり、頭上に両腕を上げて、欠伸《あくび》をした。それから眠たげに椅子《いす》に座り、靴下を履こうともぞもぞ手を動かす。男たちは目を背けたまま、母親と妹が恥ずかしいと感じないだけの服を着るのを待った。そして、男たちが服を着ているあいだ、母と妹も同じことをした。突然、彼らは服を手に持った状態で動きを止めた。部屋の薄い漆喰《しっくい》の壁を軽く叩《たた》く音に気を取られたのだ。みなが羞恥心《しゅうちしん》を感じないように協力し合っていたことを忘れ、不安げに床の上に視線を走らせる。

「また出たよ、ビッガー！」と女が叫び、ワンルームの小さなアパートが急に大騒動の場となった。女が息を殺してベッドによじのぼり、椅子がひっくり返る。女は着替えの最中で、足には靴下しか履いていない。二人の息子は裸足で、顔を引きつらせ、動けないでいる。目は心配そうにベッドや椅子の下を探っている。少女は半ば屈《かが》んで隅に走っていき、スリップの裾《すそ》を両手で掻《か》き集め、膝《ひざ》の上でギュッと握っていた。

「いや！　いや！」とヴェラは泣き叫んだ。

「そこだよ！」

　女は震える手で指さした。恐怖で目を大きく見開き、動けなくなっている。

「どこ？」

「見えないよ！」

「ビッガー、トランクの陰よ！」と少女が泣きそうな声で言った。

「ヴェラ！」と女が叫んだ。「ベッドの上に乗りな！　あれに嚙まれないようにね！」

ヴェラが大慌《おおあわ》てでベッドにのぼると、女が彼女をしっかりと捕まえた。黒い母と褐色の娘は、互いに腕をからませ、口をあんぐりと開けて、隅のトランクを見つめている。

　ビッガーは部屋のそこらじゅうに目を走らせた。それからカーテンまで走っていき、さっと開けた。ガスコンロの上の壁に吊《つ》るされた鉄製のフライパンを二つ摑《つか》む。振り返り、視線をトランクに据えたまま、弟に静かな声で話しかけた。

「バディ！」

「なに？」

「これだ、フライパンを受け取れ」

「オーケー」

「そしたら、ドアの脇《わき》に行け！」

「オーケー」

バディはドアの脇にうずくまり、鉄製のフライパンのハンドルを握りしめた。肘《ひじ》を曲げて構える。四人の深くてせわしない息遣いを除けば、部屋は静まり返っていた。ビッガーは爪先立《つまさきだ》ちでトランクに向かって忍び寄った。片手でぎこちなくフライパンを握り、目の前の木の床に目を走らせ、一インチたりとも見落とすまいとしている。それから立ち止まり、目も筋肉もまったく動かさずに呼びかけた。

「バディ！」

「うん？」

「あの箱を穴の前に置け、やつが逃げられないように！」

「オーケー」

バディは走って木箱のところに行き、それを素早く押して、漆喰にぽっかりと開いた穴を塞《ふさ》いだ。それからドアのところに戻り、フライパンを握りしめた。ビッガーはトランクのところまでゆっくりと行き、その背後を用心深く覗《のぞ》き込んだ。何も見えない。少しずつ裸足の足を出していき、トランクを数インチ押す。

「そこよ！」と母親がまた叫んだ。

巨大な黒いネズミがキーッと鳴き、ビッガーのズボンに飛びかかった。歯で布を破り、そこにぶら下がる。

「ちくしょう！」とビッガーは鋭い声で囁《ささや》いた。体を回し、体じゅうの力を込めて脚を蹴《け》り上げる。その勢いでネズミはズボンからすっ飛び、空中を飛んで、壁にぶつかった。すぐにネズミは起き上がり、また飛びかかろうとする。ビッガーが避《よ》けると、ネズミはテーブルの脚のところに着地。ビッガーは歯を食いしばり、フライパンを握った。失敗するのが心配で、それを投げつけるのが怖かった。ネズミはまたキーッと鳴き、体の向きを変えて、小さな円を描くように走った。隠れる場所を探しているのだ。また飛び上がり、ビッガーの背後に降り立つと、乾いた摩擦音をたてて走る。箱の一つの側へ、それから逆側へ、穴を探して。それから体の向きを変え、後ろ足で立った。

「やっつけろ、ビッガー！」とバディが叫んだ。

「殺して！」と女が叫んだ。

ネズミの腹は恐怖で脈打っていた。ビッガーが一歩前に出ると、ネズミはそれに抵抗するように、か細く引き延ばした鳴き声をあげた。黒くて丸い目をぎらぎらさせ、小さな前足で落ち着きなく空《くう》を引っ掻いている。ビッガーはフライパンを振り回した。フライパンは床を滑っていったが、ネズミには当たらず、壁にぶつかって止まった。

「ちくしょう！」

ネズミが跳ね、ビッガーも片側に飛んだ。ネズミは椅子の下で止まり、怒りの金切り声を出した。ビッガーはドアに向かってゆっくりと後退していく。

「そのフライパンを寄こせ」と彼は静かな声で言った。ネズミからは目を離さない。

バディが手を差し出し、ビッガーがフライパンを受け取った。そして空中に高々と振り上げた。ネズミは床を疾走し、また箱の前で止まると、急いで穴を探した。それからもう一度後ろ足で立ち上がり、黄色く長い牙《きば》を剝《む》き出しにして、キーッと鋭い声を出した。腹は震えている。

ビッガーは狙《ねら》いを定め、太い唸《うな》り声をあげて、フライパンを投げつけた。木が割れる音がし、箱がへこんだ。女は叫び声をあげ、顔を手で覆《おお》う。ビッガーは爪先立ちで歩み寄り、覗き込んだ。

「やっつけた」と彼は呟《つぶや》いた。ニッコリと笑い、食いしばった歯を剝き出しにした。

「よかった、やっつけたぜ」

彼は割れた箱を蹴ってどかした。すると、つぶれたネズミの黒い体が現われた。黄色く長い二本の牙がはっきりと見える。ビッガーは靴を手に取り、ネズミの頭を叩いてつぶした。そうしながらヒステリックに罵《ののし》っている。

「こんちくしょうめ！」

ベッドに立っていた女は膝をつき、顔を掛け布団にうずめてすすり泣いた。

「神様、神様、お情けを……」

「ねえ、ママ」とヴェラがべそをかき、母のほうに身を屈めて言った。「泣かないで。ネズミは死んだから」

兄と弟はネズミの死《し》骸《がい》を見下ろし、恐れと賛嘆の混じった口調で話をしていた。

「ったく、でけえ野郎だな」

「このクソ野郎、人の喉《のど》だって噛《か》み切るぜ」

「一フィートはあるだろうな」

「どうやってこんなにでかくなったんだ？」

「ゴミを食い、ほかにも手に入るもんは片っ端から食ってさ」

「見ろよ、ビッガー、ズボンの片脚が三インチも裂けてるぜ」

「ああ。俺を襲ってきたからな」

「お願い、ビッガー、これを外に出して」とヴェラが兄に頼んだ。

「おい、そんなに怖がるなよ」とバディが言った。

ベッドの上の女は泣き続けている。ビッガーは新聞紙を一枚持ってくると、ネズミの尻尾《しっぽ》を慎重に摑んで持ち上げ、腕を伸ばしてぶら下げた。

「ビッガー、外に出してよ」とヴェラがもう一度頼んだ。

ビッガーは笑い、ネズミをぶら下げたままベッドに近づいた。振り子のようにぶらぶらさせ、妹が怖がるのを楽しんでいる。

「ビッガー！」ヴェラは発作を起こしたかのように喘《あえ》ぎ、悲鳴をあげた。体を揺らして目を閉じ、頭から母親に向かって倒れかかる。それからぐったりとなって転がり、ベッドから床に落ちた。

「ビッガー、なんてことを！」と言って母はすすり泣いた。立ち上がり、ヴェラのほうに身を屈める。「そんなことするんじゃない！　ネズミを捨てておいで！」

彼はネズミを下に置き、服を着始めた。

「ビッガー、ヴェラをベッドに持ち上げるから手伝って」と母親が言った。

彼は手を止めて振り返った。

「どうしたの？」と彼は知らないふりをして訊《たず》ねた。

「あたしに言われたとおりにやんな。いいかい？」

彼はベッドに行き、母親がヴェラを持ち上げるのに手を貸した。ヴェラは目を閉じている。彼は背を向けて着替えを終わらせた。それからネズミを新聞紙で包み、ドアから外に出て、階段を降りた。路地の角にあるゴミバケツにネズミを捨てる。部屋に戻ると、母はまだヴェラの上に屈みこみ、濡《ぬ》れタオルを頭に載せてやっていた。それから体を起こし、彼のほうを見た。頬と目はまだ涙に濡れ、唇は怒りに引きつっている。

「ほんとに、どうしておまえはそんなふうに振る舞うのかって思うことがあるよ」

「どんなふうに振る舞うって？」と彼は喧嘩《けんか》を売るように言った。

「ときどき、最高のバカ者のように振る舞うじゃないか」

「何の話をしてるんだ？」

「妹をあのネズミで怖がらせ、気絶させたじゃないか！　おまえには分別ってもんがないのか？」

「ああ、あいつがあんなに怖がりだとは知らなかったよ」

「バディ！」と母親が呼んだ。

「はい」

「新聞を持ってきて、あの場所に広げておくれ」

「はい」

バディは新聞紙を広げ、床についた血のあとにかぶせた。ネズミがつぶされた場所である。ビッガーは窓辺に行き、ぼんやりと街路を見渡した。母親は彼の背中を睨《にら》みつけた。

「ビッガー、あたしはときどきどうしておまえを産んだのかと思うよ」と彼女は苦々しげに言った。

ビッガーは彼女を見つめ、それから目を逸《そ》らした。

「産まなきゃよかったのかもな。あっちに残してくりゃよかったのかも」

「生意気な口をきくんじゃないよ！」

「ったく、腹立つな！」とビッガーは言い、煙草《たばこ》に火を点《つ》けた。

「バディ、そこのフライパンを拾って、流しに置いておくれ」と母親が言った。

「はい」

ビッガーは部屋の反対側に歩いていき、ベッドの縁に座った。母の目は彼の動きを追っている。

「おまえに甲《か》斐性《いしょう》があれば、あたしらはこんなゴミ捨て場みたいなところに住まなくていいんだよ」と彼女は言った。

「おい、同じことを蒸し返さないでくれ」

「気分はどうだい、ヴェラ？」と母親は訊ねた。

ヴェラは顔を上げ、またネズミが出るのではないかというふうに部屋を見渡した。

「ああ、ママ！」

「かわいそうに！」

「どうしようもなかったの。ビッガーが怖がらせるから」

「どこか怪我《けが》をした？」

「頭をぶつけたわ」

「さあ、落ち着いて。大丈夫よ」

「ビッガーはどうしてああいうことをするの？」と言って、ヴェラはまた泣き始めた。

「頭がおかしいってだけさ」と母は言った。「バカでマヌケな黒んぼだ」

「ＹＷＣＡの裁縫教室に遅れちゃうわ」とヴェラが言った。

「さあ、ベッドで体を伸ばしなさい。少ししたら気分がよくなるよ」と母は言った。

彼女はヴェラをベッドに残して立ち上がり、冷たい目をビッガーに向けた。

「ある朝、目を覚まして、妹が死んでたらどうなんだい？　おまえはどう思う？」と彼女は訊ねた。「あたしらが眠ってるあいだに、ネズミに血管を噛み切られたらどうするんだ？　いいや！　おまえはそんなこと、どうでもいいんだ！　気にかけているのは自分の楽しみだけさ！　せっかく失業救済で仕事をもらっても、あいつらに生活保護を止められ、飢え死にさせるぞって脅されるまで、仕事をしようとしない！　ビッガー、はっきり言って、おまえほどの役立たずは見たことがない！」

「それを聞かされるのは千回目だよ」と彼は振り返りもせずに言った。

「じゃあ、もう一度言ってやるよ！　あたしの言葉をよく覚えておくがいい。いつかきっと、おまえはひざまずいて泣くことになる。いつかきっと、こんな野良《のら》犬《いぬ》のような男じゃなく、まともになってりゃよかったと思う。でも、そのときには遅すぎるんだ」

「俺の将来を予言するのはやめてくれ」

「好きなだけ予言してやるよ！　それが気に入らないんだったら、出ていけばいい。あたしらはおまえなしでやっていける。いまここで暮らしているように、一つの部屋で暮らしていけるさ、おまえがいなくたって」

「ああ、こんちくしょう！」と彼は言った。その声は不安げな苛立ちに溢《あふ》れていた。

「いつの日か、自分の生き方を後悔するよ」と母は続けた。「あの悪い仲間とつき合うのをやめ、ちゃんとしないと、思いもよらない結果を招くことになる。おまえと仲間たちが何をしてるのか、あたしが知らないと思ってるんだろうけど、ちゃんとわかってるんだ。おまえが歩いてる道の先にあるのは絞首台《こうしゅだい》だ。それを覚えておくがいい」。母親は振り返ってバディを見つめた。「あの箱を外に捨てといで、バディ」

「はい」

　みんな黙りこんだ。バディは箱を外に持ち出し、母親はカーテンの向こう側にあるガスコンロのところに行った。ヴェラはベッドで起き上がり、足を床につけた。

「寝てなさい、ヴェラ」と母親は言った。

「大丈夫よ、ママ。裁縫教室に行かないといけないから」

「じゃあ、そのつもりなら、食卓の準備をしてくれるかい」と母は言い、またカーテンの向こう側に行った。「本当にもうくたびれた。どうしたらいいかわからないよ」という悲しそうな声がカーテンの向こうから聞こえてくる。「子供たちのために家庭を築こうってしてるだけなのに、おまえたちは気にかけもしない」

「ねえ、ママ」とヴェラが抗弁した。「それは言わないで」

「ベッドに倒れ込んで、何もかもやめてしまいたくなることがある」

「ママ、お願いだからそんなこと言わないで」

「こんなふうに生きていたら、もう長く続かない」

「あたしがもうすぐ働けるようになるから、ママ」

「その頃には、あたしは死んでるよ。神様が呼んでくださるだろう」

ヴェラはカーテンの向こう側に行った。母をなだめている妹の声がビッガーの耳に届く。彼は二人の声を心から締め出した。自分の家族が苦しんでいて、自分にそれを救う力がないとわかっていたので、家族を憎んでいた。彼らがどのように生きているかを全面的に感じ、その生活の恥ずかしさと惨《みじ》めさを感じてしまったら、その瞬間、恐怖と絶望に押し流されてしまうだろう。それがわかっていたので、彼は家族に対して鉄のように冷たい態度を保っていたのだ。彼らと一緒に住んではいたが、壁を隔て、カーテンを隔てて生きていた。そして自分自身に対しては、いっそう厳しい態度を取った。自分の人生の意味を完全に意識してしまうと、自殺するかほかの人を殺すかしかない。だから彼は自分を否定し、乱暴に振る舞っていた。

彼は立ち上がり、煙草を窓の下枠でもみ消した。ヴェラが部屋に入ってきて、食卓にナイフとフォークを置いた。

「みんな、食事だよ」と母親が声をかけた。

ビッガーは食卓の席に着いた。ベーコンを焼くにおい、コーヒーを沸かすにおいがカーテンの向こう側から漂ってくる。母親の歌う声も一緒に聞こえてきた。

　人生は山を走る鉄道のごとし
　勇敢な機関士とともに
　難関を切り抜けねばならぬ
　揺り籠《かご》から墓場まで　〔訳注　有名な賛美歌、「ライフ・イズ・ライク・ア・マウンテン・レール・ロード」より〕

この歌に彼は苛立ち、母親が歌をやめたときはホッとした。母親はコーヒーのポットとチリチリに焦《こ》げたベーコンの皿を持って、部屋に入ってきた。ヴェラがパンを持ってきて、みんな座った。母親は目を閉じ、頭を下げて呟いた。

「主よ、私たちの体の糧《かて》となる食料を目の前に授けてくださったことに感謝いたします。

アーメン」。彼女は目を上げ、声の調子を変えずに言った。「もっと早く起きるようにしないといけないよ、ビッガー、仕事に就きたいならね」

彼は答えず、顔を上げもしなかった。

「コーヒーを注《つ》ごうか？」とヴェラが言った。

「ああ」

「あの仕事に就くんだろ、ビッガー？」と母が訊ねた。

彼はフォークを下に置き、母を見つめた。

「仕事に就くって昨夜も言ったじゃないか。何度訊《き》いたら気がすむんだ？」

「ねえ、お母さんに嚙みつかないで」とヴェラが言った。「質問してるだけじゃない」

「パンを回して、生意気な口をきくのはやめてくれ」

「ミスター・ドルトンに五時半に会わないといけないんだよ」と母が言った。

「それも十回聞いたよ」

「忘れないでほしいからさ」

「よく忘れるからね」とヴェラが言った。

「なあ、ビッガーにかまうなよ」とバディが言った。「仕事に就くって言ってんだからさ」

「言っても無駄だからやめとけ」とビッガーは言った。

「おまえはお黙り、バディ。さもなければ食卓から出てってくれ」と母は言った。「おまえから生意気なことは言われたくないね。バカは一家に一人で充分だ」

「やめなよ、ママ」とバディが言った。

「ビッガーが仕事に就きたくないって顔をして座っているからさ」と彼女は言った。

「じゃあ、どうしてほしいんだ？　怒鳴れってか？」とビッガーが訊ねた。

「ねえ、ビッガー！」と妹が言った。

「そのでかい口をはさむんじゃねえって言ってんだよ！」と彼は妹に言った。

「おまえがあの仕事に就いてくれたら」と母が一斤のパンをせかせかと切りながら、優しげな低い声のトーンで言った。「あたしもおまえたちのために、いい家庭を作ってあげられる。心地よく暮らせて、豚のように生きなくてよくなるんだ」

「ビッガーはまともじゃないから、そんなこと考えやしないわ」とヴェラが言った。

「おい、飯くらい食わせてくれよ」とビッガーが言った。

母親は彼の声が聞こえなかったかのように話し続け、彼は耳を貸さなくなった。

「ママは兄さんに話しかけてるのよ、ビッガー」とヴェラが言った。

「だから何だよ？」

「つっかかるのやめてよ、ビッガー！」

彼はフォークを置き、たくましい黒い指で食卓の縁を摑んだ。弟のフォークが皿に当たるカチンカチンという音以外、何も聞こえなくなった。彼は妹をじっと見つめ、しまいに彼女は目を伏せた。

「飯くらい食わせてくれよ」と彼はもう一度言った。

食べながら、彼は家族が何を考えているのか感じ取り、腹が立ってきた。今晩、彼が就く予定の仕事についてみんな考えているのだ。彼は自分がいいように騙《だま》され、安っぽい降服に追い込まれてしまったように感じた。

「電車賃が要るよ」と彼は言った。

「これしかないけどね」と母親は言い、二十五セント貨を彼の皿の脇まで押して寄こした。

彼は硬貨をポケットに入れ、コーヒーをゆっくりとひと息に飲み干した。それからコートと帽子を掴み、ドアのところまで行った。

「いいかい、ビッガー」と母親が言った。「おまえがあの仕事に就かなかったら、生活保護を止められるんだからね。あたしたちは食べていけなくなるよ」

「仕事に就くって言ったろ！」と彼は言い、ドアをバタンと閉めた。

階段を玄関まで降りる。正面扉の前に立ち、その板ガラス越しに街路を見つめた。ときどき路面電車がスチールの線路の上を走っていく。彼は家での暮らしにうんざりしていた。来る日も来る日も、叫んだり口論したりするばかりだ。でも、俺に何ができる？

この質問を自分に問いかけると、いつでも心が真っ白な壁にぶち当たり、考えられなくなる。通りの向こう側、真正面の歩道脇にトラックが停まり、オーバーオール姿の白人二人がバケツと刷毛《はけ》を持って降りてきた。そう、自分はドルトンの仕事に就き、惨めな思いをするか、それを拒絶して飢え死にするかだ。行動の選択肢にこれ以上の広がりがないと思うと、腹が立った。とはいえ、ここにずっと立っているわけにはいかない。とりあえず何をしようか？　安物の雑誌を買うか、映画に行くか、ビリヤード場に行って仲間たちと話すか、それともただ歩き回るか。彼はどれをするか決めようとした。ポケットに両手を深く突っ込み、二本目の煙草を顎《あご》まで垂らして考えながら、通りの向こうで働いている男たちを見つめた。彼らは巨大なカラーのポスターを掲示板に貼《は》っている。ポスターには白い顔が映っている。

「あれはバックリーだ！」と彼は小さな声で独り言を言った。「また州検事に立候補したのか」。男たちはポスターを濡れた刷毛で撫《な》でつけている。彼は血色のよい丸顔を見つめ、首を左右に振った。「あのクソ野郎は汚職で一年に百万ドルも掻き集めるんだろう。ったく、俺が一日でもやつの立場になれれば、二度と金の心配をしなくてよくなる」

男たちは作業を終えると、バケツと刷毛を集めてトラックに乗り、走り去った。彼はポスターを見た。白い顔は肉づきがよいが、真面目《まじめ》くさっている。片手を上げ、その人差し指をまっすぐに街路のほうに向け、通りかかる一人ひとりを指さしている。相手の顔を見ると、まっすぐ見つめ返してくる、そんなポスターの顔の一つ。歩きながら首を回していき、ずっとそいつを見つめていると、向こうも瞬《まばた》きもせずにずっと見つめ返してくる。そして、かなり遠くなり、目を離さなければいけなくなってようやく、映画の暗転のように、それが終わるのだ。ポスターの上には大きな赤い文字が書かれていた

――法律を破る者、決して勝てず！

彼は煙草のにおいを嗅《か》ぎ、声をたてずに笑った。「この悪党め」と首を振りながら呟く。

「おまえに金を払うやつになら誰だって勝たせるくせに！」正面扉を開けると、朝の外気に包まれた。頭を下げて歩道を歩きながら、ポケットのなかの二十五セント貨を指でいじる。立ち止まり、すべてのポケットを探る。ベストのポケットに一セント貨を見つけた。これで計二十六セント。そのうち十四セントはドルトン家に行くために取っておかなければならない。それは、あの仕事に就くと決めた場合だ。雑誌を買い、映画に行くには、少なくともあと二十セントなければならない。「ちくしょう、俺はいつだって文無しだ！」と彼は呟いた。

陽の当たる交差点に立ち、車や人々が通り過ぎるのを眺める。もっと金が必要だ。いま持っている以上の金が得られなければ、今日、これからどうやって過ごしたらよいの

かわからない。彼は映画を観《み》たかった。五感がそれを求めていた。映画館では、努力せずに夢を見られる。やらなければならないのは、座席の背もたれに寄りかかり、目を開けていることだけ。

彼はガスとG・Hとジャックのことを考えた。ビリヤード場に行って、やつらと話そうか？　だが、ずっと前から計画してきたことをやつらがするつもりがないのなら、行ったって意味はない。それができたら、確実に、手っ取り早く金が稼げる。午後三時から四時までのあいだ、ブラム食品店《デリカテッセン》のある街区《ブロック》には、見回りの警官が来ないので安全だ。俺たちの一人がブラムに銃を突きつけ、叫び声をあげさせないようにする。一人が正面のドアを見張り、もう一人が裏口を見張る。最後の一人がカウンターの下の箱から金を奪う。続いて四人でブラムを店に閉じ込め、裏口から出て、路地を走って逃げる。そして一時間後にドクのビリヤード場かサウスサイド・ボーイズクラブで会い、金を山分けにするのだ〔サウスサイドはシカゴの黒人地区〕。

ブラムの店を強盗するなら、最長でも二分以内に終わらせなければならない。そして、これが最後の仕事になる。しかし、これまでやったなかでは最も難しい仕事になるはずだ。ほかのときは新聞売り場、フルーツスタンド、アパートなどを狙ってきたし、白人相手に盗みを働いたことはなかった。盗むのはいつも黒人からで、自分と同じ人種の人間から盗むほうがずっと楽で安全だと感じていた。黒人がほかの黒人相手に犯罪を犯した場合、白人の警官は真剣に黒人の犯人を見つけようとしない。それがわかっていたからである。数カ月前から、彼らはブラムの店に強盗に入る相談をしていたが、実行に移すことができずにいた。ブラムの店を強盗するのは、究極のタブーを破ることになると感じていたのだ。これは未知の領域への侵犯、白人の世界の怒りが全面的に彼らに対して浴びせられる領域に踏みこむこと。簡単に言えば、彼らを支配する白人の世界に対する象徴的な挑戦なのである。その挑戦をしたくてたまらなかったのだが、するのが怖かった。そう、ブラムの店を強盗できれば、これはいくつかの意味において本物の強盗となる。それと比較すれば、いままでの仕事はみんな遊びにすぎない。

「バイバイ、ビッガー」

顔を上げると、腕から裁縫道具をぶら下げて通り過ぎるヴェラの姿が見えた。彼女は交差点で立ち止まると、彼のほうに戻ってきた。

「おい、何か用かよ？」

「ビッガー、お願い……いい仕事に就けそうなのよ。ジャックやガスやＧ・Ｈからは離れて、厄介事に巻き込まれないようにして」

「人のことに口をはさむんじゃねえ！」

「でも、ビッガー！」

「学校に行けよ！」

妹は唐突に反対側を向き、歩き出した。彼は母親がヴェラやバディに自分の話をしているのだとわかっていた。これ以上、厄介事を起こしたら、前回送られた感化院ではなく、刑務所に送られるだろう、といった話をしているのだ。母親がバディに何を言おうとも、彼は気にしていなかった。バディは大丈夫。あいつはタフだし寛大だ。でも、ヴェラは生意気な娘だ。分別が足りないから、言われたことをすべて信じてしまう。

彼はビリヤード場に向かって歩き始めた。そのドアまでたどり着くと、ガスが半街区《ブロック》先にいて、こちらに向かって歩いてくるのが見えた。ビッガーは立ち止まって待った。ブラムの店に強盗に入ろうと最初に言い始めたのはガスなのだ。

「やあ、ビッガー！」

「何かおもしれえことはあるか、ガス？」

「何もねえ。G・Hかジャックを見かけたか？」

「いや。おまえは？」

「会ってねえ。煙草はあるか？」

「ああ」

ビッガーは煙草の箱を取り出し、ガスに一本手渡した。自分の煙草に火を点けてから、ガスが火を点けられるようにマッチを差し出す。二人は建物の赤煉瓦《あかれんが》の壁に背中をもたせかけ、煙草を吸った。二人の唇から白い煙草がぶら下がり、黒い顎を斜めに横切っている。ビッガーが東のほうを見ると、黄色い太陽が眩《まぶ》しく輝いていた。頭上の空には大きな白い雲が浮かんでいる。黙って煙草を吹かしているうちにリラックスしてきて、彼の心は目的が何もないことに居心地のよさを感じていた。かすかな動きが街路にあれば、その一つひとつが呑気《のんき》な好奇心を彼のなかに掻き立てた。車が滑らかな黒いアスファルトの上を滑るように走っていくたびに、目は自動的に車の一台一台を追いかける。一人の女が通りかかったときは、その体が穏やかに揺れているさまを見つめ、彼女が玄関口に消えるまで眺めていた。彼は溜《た》め息をつき、顎を引っかいて呟いた。

「わりと温かいな」

「ああ」とガスが言った。

「家の古いラジエーターより、この太陽のほうがよっぽど温かい」

「ああ。白人の家主どもは暖房をケチりやがるからな」

「で、しょっちゅうドアを叩いて、金を払えとくる」

「俺は夏が早く来てほしい」

「俺もだ」とビッガーは言った。

彼は腕を頭上に上げ、欠伸をした。目に涙がたまる。スチールと石の世界の鋭い正確さがぼんやりとした涙の波のなかへと溶けていった。瞬きをすると、世界はまた固く、機械的で明瞭《めいりょう》なものに戻る。空で縫うように進むものがあり、彼は視線を上げた。細くうねる白い線が、濃い青色を背景に、花開くように伸びていく。飛行機が上空に文字を書いているのだ。

「見ろ！」とビッガーは言った。

「何だ？」

「あの飛行機が文字を書いてんだよ」とビッガーは指さして言った。

「おお！」

二人は目を細め、広がっていく蒸気の小さなリボンを見つめた。「つかおう」という言葉が現われる。かなり高いところを飛んでいるので、飛行機はときどき太陽の眩しい光によって視界から消えてしまう。

「ほとんど見えねえな」とガスが言った。

「小さな鳥みたいに見える」とビッガーは子供のように驚いて息を弾ませた。

「白人のやつらは空も飛べるんだ」とガスは言った。

「ああ」とビッガーは羨《うらや》ましそうに言った。「やつらには何だってやれるチャンスがある」

小さな飛行機は音もなく宙返りし、旋回し、消えてはまた現われ、その後ろに白い羽毛のような細長い跡を残していった。チューブからふわふわの練り粉がとぐろを巻いて出てくるように。羽毛のとぐろは大きくなり、膨らみ、その縁はゆっくりと空に消えていく。そうしているうちに一つの単語が現われた。スピード……。

「あれ、どれくらい高いと思う?」とビッガーは訊ねた。

「わかんねえ。百マイルくらいか、千マイルかもな」

「俺だって、チャンスがあれば、ああいうんで飛べんのにな」とビッガーは物思いに沈み、自分に語りかけるかのように呟いた。

ガスは口角を下げ、壁から離れて、背筋をピンと伸ばした。帽子を脱ぎ、深々とお辞儀をして、敬意を示すようなふりをして言う。

「イエス、サー」

「地獄に落ちやがれ」とビッガーは微笑《ほほえ》んで言った。

「イエス、サー」とガスはもう一度言った。

「俺だってチャンスがあれば、飛行機で飛べるだろ」とビッガーは言った。

「もしもおまえが黒人じゃなくて、少しは金があって、あの航空学校に行かせてもらえれば、飛べるだろうよ」とガスは言った。

ビッガーはしばらくのあいだ、ガスの言った「もしも」について考え込んだ。それから二人とも大声で笑い、互いを横目で睨みつけた。笑いが静まると、ビッガーは半ば質問、半ば声明のような口調で言った。

「俺たちに対する白人どもの扱いはおかしいよな?」

「おかしいくらいで済んでりゃ御の字だぜ」とガスは言った。

「やつらが俺たちを飛行機に乗せないのは正しいんだろう」とビッガーは言った。「だって、俺が飛行機に乗れたら、絶対に爆弾を載せて、やつらの上に落としてやる……」

二人は空を見上げたまま、また笑った。飛行機は滑るように進んだり、急降下したりして、空にもう一つの言葉を大きく描いた。ガソリン。

「つかおう、スピード・ガソリン」。ビッガーは唇からこの言葉をゆっくりと発しつつ、物思いに耽《ふけ》っていた。「くそ《ガッド》、俺も空を飛びてえもんだ」

「神《ガッド》は天国でおまえに翼を与え、飛べるようにしてくれるさ」とガスは言った。

二人はまた笑い、壁に寄りかかって煙草を吸った。日差しが眩しくて、二人の目蓋《まぶた》は少しだけ下がり気味になった。ゴムタイヤの車が、次々にシューッという音をたてて通り過ぎる。ビッガーの顔は強い日差しを浴びて、金属的に黒光りしていた。目は哀愁を帯び、くよくよと考え込みながらも、面白がっているようなところがある——長いこと謎《なぞ》に取り組み、答えが得られずに焦《じ》らされてきた男のように。答えはいつでもすぐそこにありそうで、それなのに手をすり抜けてしまい、どうしてもその答えを求めずにいられないのである。黙りこんでいると苛々してきて、ビッガーはこの問題にまともに向き合わないで済むように、何かをしたくてたまらなくなった。

「おい、〝白人〟ごっこをしようぜ」とビッガーは友人たちとよくやるゲームの名を出した。白人たちの振る舞いや言葉遣いを真似《まね》る遊びである。

「やりたかねえな」とガスは言った。

「将軍！」とビッガーはよく通る声で言い、期待するようにガスを見つめた。

「おい、やめろよ！　こんな遊びしたくねえ」とガスは情けない声を出した。

「おまえを軍法会議にかけるぞ」とビッガーは言った。一語一語を軍隊調の正確さで発音する。

「ニガー、おめえはバカだ！」とガスは笑った。

「将軍！」とビッガーは断固としてもう一度試みた。

ガスはくたびれた顔でビッガーを見つめ、それから姿勢を正すと、敬礼して答えた。

「イエス、サー」

「夜明けにおまえの部隊を川向こうに送り、敵の左側面を攻撃しろ」とビッガーは命令した。

「イエス、サー」

「おまえの第五、第六、第七連隊を送れ」とビッガーはしかめ面《つら》をして言った。「それから戦車、毒ガス、戦闘機、歩兵隊を使って攻撃しろ」

「イエス、サー」とガスはまた言い、敬礼して、靴の踵《かかと》をカチッと鳴らした。

しばらく彼らは黙りこんで向かい合った。両肩を後ろに引いて胸を張り、込み上げてくる笑いを押し殺そうと、唇を無理やり閉じている。それから二人は大笑いした。自分たちを笑っているのでもあり、自分たちの眼前に陽光を浴びて広がり聳《そび》え立つ、広大な白人の世界を笑っているのでもあった。

「おい、〝左側面〟って何だ？」とガスが訊ねた。

「知らねえ」とビッガーは言った。「映画で聞いたんだよ」

彼らはまた笑った。しばらくして二人は落ち着き、壁に寄りかかって煙草を吸った。

ビッガーがガスを見ると、彼は受話器を握るように、左手のひらを丸くして耳を覆った。右手のひらも丸くして口を覆い、送話器に話しているふりをする。

「もしもし」とガスが言った。

「もしもし」とビッガーは言った。「どなたですか？」

「こちらはミスター・Ｊ・Ｐ・モーガン〔アメリカの金融資本家で大富豪〕じゃ」とガスは言った。

「イエス、サー、ミスター・モーガン」とビッガーは言った。目はわざとらしい媚《こ》びと敬意に溢れている。

「今日の午前、ＵＳスチールの株を二万ほど市場で売ってほしいんじゃ」とガスは言った。

「どれくらいの価格でですか？」とビッガーが訊ねる。

「ああ、どんな価格でもいいから売り払え」とガスは軽く苛立っている口調で言った。

「株を持ちすぎているからな」

「イエス、サー」とビッガーは言った。

「それから、二時にわしのクラブに電話して、大統領から電話があったかどうか知らせてくれ」

「イエス、サー、ミスター・モーガン」とビッガーは言った。

二人とも受話器を掛ける仕草をし、それから腹を抱えて笑った。

「やつらは絶対にこうしゃべると思うぜ」とガスは言った。

「きっとそうだろうな」とビッガーは言った。

二人はまた黙りこんだ。しばらくしてビッガーが手のひらを丸くして口に当て、想像上の送話器を通してしゃべり出した。

「もしもし」

「もしもし」とガスが答えた。「どちら様ですか？」

「こちらはアメリカ合衆国大統領だ」とビッガーは言った。

「あ、イエス、サー、大統領閣下」とガスは言った。

「今日の午後四時に閣議を招集するのだが、君は国務長官として、出席しなければならない」

「はい、ですが、大統領閣下」とガスは言った。「私はとても忙しいのです。ドイツで騒ぎが起きてまして、文書を送らなければなりません」

「しかし、これは重要なのだ」とビッガーは言った。

「閣議では何を取り上げるのですか？」とガスは訊ねた。

「うん、いいか、ニガーどもが国じゅうで騒ぎを起こしている」とビッガーは笑いを必死にこらえつつ言った。「あの黒人どもに対して何か手を打たねばならない……」

「おお、ニガーたちに関してですか。それでしたら出席します、大統領閣下」とガスは言った。

二人は想像上の受話器を置き、壁に寄りかかって笑った。路面電車がガタガタと通り過ぎる。ビッガーは溜め息をついて罵り始めた。

「ちくしょう！」

「どうしたんだ？」

「やつらは俺たちに何もやらせねえ」

「誰のことだ？」

「白人どもさ」

「おまえ、いまわかったみたいに言うじゃねえか」とガスは言った。

「いや、そんなことはないが、どうしても納得できねえんだ」とビッガーは言った。

「神に誓って、納得できねえ。考えるべきじゃねえってのはわかるが、考えずにいられない。考え出すと、真っ赤に焼けた鉄を喉に突っ込まれているような気分になる。ちくしょう、見ろよ！　俺たちはこちらに住み、やつらはあっちに住んでる。俺たちは黒人で、やつらは白人。やつらはいろんなものを持っていて、俺たちにはない。やつらはいろんなことができて、俺たちはできない。まるで刑務所に暮らしているようなもんだ。俺はしょっちゅうこう感じてしまう。自分は世界の外にいて、塀の節穴からなかを覗いているだけだって……」

「おい、そんなふうに感じてたって意味はねえよ。何の足しにもならねえ」とガスは言った。

「おまえ、わかるか？」とビッガーは言った。

「何をだ？」

「俺はときどき、何かひでえことが俺に起きるって感じるんだ」とビッガーは言った。その声には苦々しいプライドがにじみ出ている。

「どういう意味だ？」とガスは訊ね、急いでビッガーのほうを見た。ガスの目には恐怖が宿っている。

「わからねえ。ただ、そんなふうに感じるんだ。自分が黒人で、やつらが白人で、自分がここにいて、やつらがあっちにいると思うと、いつでもそう感じる。なにかひでえことが俺に起きるって……」

「おい、やめろよ！　おまえにゃどうしようもないことじゃないか。どうしてわざわざ心配事を増やすんだ？　おまえは黒人で、やつらが法律を作ってんだから……」

「どうしてやつらは俺たちを町の隅っこの一地区に住まわせるんだ？　どうして俺たちには飛行機を飛ばしたり、船を走らせたりさせないんだ……」

ガスは肘でビッガーを小突き、なだめるように呟いた。「おい、ニガー、そんなこと考えるのはやめろ。頭がいかれちまうぞ」

飛行機は空から姿を消し、白い羽毛のように漂う煙は薄く広がって、消えつつあった。心は落ち着かず、時間はたっぷりあったので、ビッガーはまた欠伸《あくび》をし、両腕を頭上高く上げた。

「何も起こらねえ」と彼は不平を言った。

「何が起きてほしいんだ？」

「何でもいい」とビッガーは黒ずんだ手のひらを大きく振って言った。この一振りで、世界で可能な出来事のすべてを含めたのだった。

そのとき彼らの目は釘《くぎ》づけになった。青灰色の鳩《はと》がスチールの線路に舞い降り、羽を逆立てて、行ったり来たり堂々と歩き始めたのだ。王族のように太い首を誇らしげに揺らしている。路面電車がゴーッという音をたてて向かってくると、鳩はすぐに空中に飛び立った。羽を透けるほどピンと広げたので、ビッガーには金色の太陽がその半透明の先っぽから見えた。彼は頭を傾け、青灰色の鳩が羽ばたいて旋回し、高い屋根の向こうへと消えていくのを見送った。

「うん、ああいうことができたらなあ」とビッガーは言った。

　ガスは笑った。

「ニガー、いかれてるぞ、おまえ」

「この町で行きたいところに行けず、やりたいことをやれねえのは、俺たちだけだと思うんだ」

「そんなこと考えるなよ」とガスは言った。

「考えずにいられない」

「だから、ひでえことが自分に起きるなんて感じるんだよ」とガスは言った。「考えすぎるんだ」

「男にできることって何だ?」とビッガーはガスのほうを振り向いて言った。

「酔っ払って、寝ることだな」

「できねえ。金がねえから」

　ビッガーは煙草を揉《も》み消し、もう一本取り出して、箱をガスに差し出した。二人は煙草を吸い続けた。巨大なトラックが交差点を曲がり、通り過ぎると、白い紙きれが陽光のなかにたくさん舞い上がった。紙きれはゆっくりと落ちてくる。

「ガス」

「ふん？」

「白人どもがどこにいるか知ってるか？」

「ああ」とガスは東のほうを指さして言った。「あっちの〝境界線〟を超えたところだ。コテージグローヴ・アヴェニューな」

「いや、そうじゃない」とビッガーは言った。

「どういう意味だ？」とガスは戸惑って言った。「じゃあ、どこにいるんだよ？」

ビッガーは拳《こぶし》を握りしめ、自分のみぞおちを打った。

「ここだ、俺の腹のなかだよ」

ガスはビッガーを探るように見つめてから、恥ずかしくなったかのように目を逸らした。

「ああ、おまえの言いたいことはわかるよ」と彼は囁いた。

「やつらのことを考えると、いつでもここに感じるんだ」とビッガーは言った。

「ああ、それに胸にも喉にもな」とガスは言った。

「火のようなんだよ」

「ときには息も吸えなくなることがある……」

ビッガーは温和な目を大きく見開き、虚空《こくう》を見つめた。

「そういうとき、俺は何かひでえことが俺に起きるって感じるんだ……」。ビッガーはここで言葉を切り、しかめ面をした。「いや、ひでえことが俺に起きるって感じじゃない。それは……それは、俺が抑えられずにひでえことをしてしまうって感じなんだ……」

「そうだ！」とガスは不安げながら熱を込めて言った。ビッガーへの恐怖と称賛の入り混じった目をしている。「そう、おまえの言いたいことはわかる。それって、下へ下へと落ちていき、どこに着地するのかわからないって感じだ……」

ガスの声は次第に消えていった。太陽が大きな白い雲の背後に入り、街路は急に影に覆われて寒々しくなった。と思うと、すぐにまた太陽は少しずつ顔を出し、あたりはもう一度明るく温かくなる。細長く艶々《つやつや》した黒い車が高速で通り過ぎた。陽光でフェンダーがガラスのようにキラキラ輝いている。車は数街区《ブロック》先の交差点を曲がった。ビッガーは口をすぼめて声を出した。

「ブウウウウウウーン！」

「やつらはすべて持ってる」とガスが言った。

「世界を独占してるんだ」とビッガーが言った。

「ああ、なんてクソなんだ」とガスが言った。「ビリヤード場に行こうぜ」

「オーケー」

二人はビリヤード場のドアに向かって歩いた。

「おまえ、俺たちに話してた仕事に就くんだろう？」とガスが訊《たず》ねた。

「わかんねえ」

「就きたくねえみたいな言い草だな」

「違うって！　仕事は欲しいさ」とビッガーは言った。

二人は顔を見合わせて笑った。それからなかに入る。ビリヤード場はほぼ空っぽで、太った黒人が一人いるだけだった。男は途中まで吸って火を消した葉巻を口にくわえ、正面のカウンターに寄りかかっている。奥には、緑色のシェードをかぶせた電球が一つだけ輝いている。

「やあ、ドク」とビッガーは言った。

「おまえら、今日はいやに早いな」とドクは言った。

「ジャックかG・Hは来てないかい？」とビッガーは訊ねた。

「いや」とドクは言った。

「一ゲームやろうぜ」とガスが言った。

「金がねえって」とビッガー。

「俺は少しある」

「そこの灯りを点けな。球はラックに入れてある」とドクが言った。

ビッガーが灯りを点けた。二人は突き順を決めるために球を突き、ビッガーが勝った。ゲーム開始。ビッガーはミスショットが続いた。ブラムの店のことをつい考えてしまうからだ。強盗というアイデアに惹《ひ》かれながら、少し恐れてもいた。

「俺たちがさんざん話し合ったことを覚えているか？」とビッガーは抑揚のない淡々とした口調で訊ねた。

「いや」

「ブラムの親父《おやじ》だよ」

「ああ」とガスは言った。「この一カ月は全然話してねえよ。どうして突然、考え始めたんだ？」

「あの店をやろうぜ」

「どうかな」

「おまえが考えたプランじゃないか」とビッガーは言った。

ガスは背筋を伸ばし、ビッガーを見つめた。それから、正面の窓から外を見ているドクのほうを見た。

「ドクにも教えてやるのか？　低い声でしゃべるくらいの知恵がねえのかよ？」

「おい、おまえに訊いてたんだよ。やってみる気はあるのか？」

「ない」

「どうしてだ？　やつが白人だから怖いのか？」

「いや、でもブラムは銃を持ってる。やつが先にぶっ放したらどうする？」

「ふん、おまえは怖がってる、それだけだ。やつが白人だから、おまえは怖がってる」

「怖がってなんかねえよ」。ガスは痛いところを突かれ、自分を弁護した。

　ビッガーはガスのところに行き、肩を抱いた。

「聞け、おまえはなかに入らなくていい。ドアのところに立って、見張っていればいいんだ。いいか？　俺とジャックとG・Hでなかに入る。誰かが来たら、おまえが口笛を吹き、俺たちは裏から外に出る。それだけさ」

　正面のドアが開いた。二人は話をやめ、顔をそちらに向ける。

「ジャックとG・Hがやって来たぜ」とビッガーは言った。

　ジャックとG・Hがビリヤード場の奥へと歩いてくる。

「おまえら、何をしてるんだ？」とジャックが訊ねた。

「ゲーム中さ。おまえらもやるか？」とビッガーが訊ねた。

「おまえがやつらを誘うか？　金を払ってるのは俺だぞ」とガスは言った。

　みんな笑い、ビッガーも一緒に笑った。しかし、自分が冗談のネタにされていると感じ、すぐに黙りこんだ。何も聞かなかったかのように、壁際《かべぎわ》に腰を下ろし、両足を椅子の桟に載せる。ガスとG・Hは笑い続けている。

「おまえらニガーはいかれてるぞ」とビッガーは言った。「猿みたいに笑いやがる。何もする度胸もなく、しゃべってるだけだ」

「どういう意味だよ？」とG・Hが言った。

「盗みの計画を立てたんだ」とビッガーは言った。

「どこをやるんだ？」

「ブラム爺《じい》さんのところさ」

みんな黙りこんだ。ジャックは煙草《たばこ》に火を点《つ》け、ガスは目を逸らし、会話を避けようとした。

「ブラム爺さんが黒人だったら、おまえらやりたくてたまらねえだろ。やつが白人だから、みんなビビッてやがる」

「俺はビビッてねえ」とジャックは言った。「一緒にやるぜ」

「計画を立てたって言ったよな？」とG・Hが訊ねた。

ビッガーは息を大きく吸い込み、一人ひとりの顔を見渡した。自分がここで説明すべきではないように感じられた。

「いいか、こいつは簡単だ。ビビるようなことは何もない。三時から四時のあいだ、店には爺さんしかいない。警官はあの街区《ブロック》の反対側にいる。俺たちの一人が外に残って見張る。三人でなかに入る。わかるか？　一人がブラム爺さんに銃を突きつけ、一人がカウンターの下の金庫から金を取る。もう一人は裏口を見張り、ドアを開けておく。そうすれば、俺たちはすぐに裏から出て、路地を走って逃げられる……それだけだ。三分もかからねえ」

「絶対に銃は使わないって言ったはずだ」とG・Hが言った。「それに、これまでは白人に手を出したことはない」

「わからねえのか？　こいつはでかい仕事なんだ」とビッガーは言った。

彼はさらに反対意見が出るのを待った。そして誰からも出ないのを見て、またしゃべり出した。

「おまえらニガーが怖気《おじけ》づかなければやれる」

ドクが玄関で口笛を吹いている音を除けば、何も聞こえなかった。ビッガーはジャックをじっと見つめた。この状況は、ジャックのひと言で決まるとわかっていたのだ。ビッガーはガスの出方が心配だった。ジャックがやると言ったら、ガスも抵抗しないはずだ。ガスはビリヤード台のところに立ち、キューをいじくっている。台にはゲームが中断したときのまま球が散らばっており、ガスの目は物憂《ものう》げにあちこちの球を見つめている。ビッガーは立ち上がり、片手のひと振りで球をまとめて払いのけた。いくつもの輝く球がくるくる回りながら軽く触れ合い、ゴムのクッションに当たって撥《は》ね返ると、台の緑色の布の上をジグザグに進んでいく。ビッガーはガスをまっすぐに見つめた。盗みに加われと自分からガスに言ったにもかかわらず、ガスが本当に加わるのではないかという恐れで、腹の筋肉が締めつけられた。全身が熱くなる。くしゃみをしたいのにできないような感覚だが、くしゃみをしたい欲求よりもずっと神経にこたえた。彼はさらに熱くなり、緊張し、神経が張りつめ、歯が浮くような不快感に包まれた。自分のなかですぐにでも何かがプツンと切れそうに感じた。

「こんちくしょう！　何か言えよ、誰か！」

「俺はやるぜ」とジャックがまた言った。

「俺も、ほかのみんながやるならやる」とG・Hが言った。

ガスは立ったまま何も言わず、ビッガーは奇妙な気持ちになった――半分は感覚からで、半分は思考からだ。内面が分裂し、引き裂かれるような感じがした。自分はここまでうまくことを運んできた。ガスを除くみんなが同意した。いまの状況は、三人対ガス一人であり、これはまさに彼が望んだ形である。ビッガーは白人から強奪するのを恐れていたし、ガスも恐れていることがわかっていた。ブラムの店は小さいし、ブラム一人しかいない。それでも、三人の友人の援護なしに強盗を働くことなど、ビッガーには考えられなかった。しかし、たとえ友人たちが一緒でも怖かった。一人を除いて友人たちの説得に成功し、強盗に同意させたが、抵抗している一人の男に対して熱い憎悪《ぞうお》と恐怖を感じた。白人たちへの恐怖をガスに転嫁《てんか》したのだ。自分と同様にガスも怯《おび》えていることがわかっていたから、彼はガスが憎かった。そしてまた、ガスが同意するかもしれないために、彼を恐れた。そうなったら、強盗を本当にやり遂げなければならなくなる。彼は拳銃《けんじゅう》自殺をしようとしている男のようだった。怖いのだが、それでも自殺しなければならないとわかっていて、どちらの思いも同時に強く感じている男。そんな男のようにビッガーはガスを見つめ、彼が同意するのを待った。しかし、ガスは何も言わない。ビッガーは顎が痛くなるほど歯を食いしばった。ガスにじり寄る。ガスを見つめてはいないが、その存在を全身に感じる。ガスが体のなかを通り抜けているような、出たり入ったりしているような感覚。それを感じるがゆえに、彼は自分自身とガスを憎んだ。それからもう耐えられなくなった。神経がヒステリックなほどに張りつめ、しゃべらずには、自分を解き放たずにはいられなくなった。怒りと恐怖で血走った目をガスに向ける。両手の拳を握りしめ、ぎこちなく脇《わき》に垂らして。

「この真っ黒な畜生め」と彼は声の抑揚を変えずに言った。「やつが白人だから怖がってやがる」

「俺にからむんじゃねえ、ビッガー」とガスは静かな声で言った。

「からまずにいられるかよ！」

「俺にからんでも無駄だ」とガスは言った。

「じゃあ、どうしてその真っ黒な舌を使わないんだ？」とビッガーは訊ねた。「自分がどうするつもりか、言えばいいだろう？」

「俺が舌を使うのは、俺が使いたいときさ」

「このクソ野郎！　臆病《おくびょう》なクソ野郎！」

「おめえは俺のボスじゃねえ」とガスは言った。

「臆病者！」とビッガーは言った。「白人を強盗するのが怖いんだ」

「おい、ビッガー。それは言うな」とG・Hが言った。「こいつをほっておけ」

「こいつは臆病者だ」とビッガーは言った。「俺たちと一緒にやろうとしない」

「一緒にやらないとは言ってない」とガスは言った。

「なら、どうするつもりか言ったらどうだ」とビッガーは言った。

ガスはキューに寄りかかり、ビッガーを見つめた。ビッガーの腹は、ボディブローを予期して身構えるかのように、ギュッと引きしまった。両拳をいっそう強く握る。一瞬、彼はガスの口をまともに殴り、血を流させたら、自分の拳と腕と体がどう感じるかを実感した。ガスは倒れ、自分はここから歩き去り、すべてが終わるだろう。強盗は実現しない。このように考え、感じると、腹の底から喉《のど》まで込み上げていた息苦しい緊張が少し弱まった。

「いいか、ビッガー」。ガスは思いやりとプライドをほどほどに含んだ声で話し始めた。

「いいか、ビッガー。これまでの厄介事はみんなおまえが原因なんだ。おまえの短気のせいだよ。なあ、どうして俺にからみたがるんだ？　俺だって、自分で決める権利はあるだろ？　でも、それはおまえの流儀じゃない。おまえはからみ出す。俺が怖気づいていると言う。怖気づいているのはおまえのほうだ。俺がやると言ったら、この仕事をやり遂げなきゃいけなくなるから怖いんだ……」

「もう一度言ってみろ！　もう一度言ったら、そのきたねえ口に球を押し込んでやるぞ」とビッガーはプライドを深く傷つけられて言った。

「おい、やめろよ」とジャックが言った。

「こいつはこういうやつなんだよ」とガスは言った。

「どうするつもりか言ったらどうだ」とビッガーはつめ寄った。

「ああ、おまえらと一緒にやるよ」とガスは言った。緊張してはいるが、それを隠したがっている口調、だからすぐに次の話題に移ろうとする口調で。「俺はやる。でも、ビッガーがあんなふうに振る舞う理由はない。俺にからむ必要はないんだ」

「どうして最初からそう言わなかったんだ？」とビッガーは訊ねた。怒りで正気を失いそうになっている。「殴らずにいられなくなるだろ！」

「……盗みの手伝いはするよ」とガスはビッガーが何も言っていないかのように続けた。

「俺がいつも手伝うように手伝う。だが、ビッガー、おまえからの命令は絶対に受けない！　おまえはただの臆病者だ！　俺のことを怖気づいたって言うのは、自分が怖気づいていることを誰にも悟られないようにするためだ！」

　ビッガーは彼に飛びかかったが、ジャックが二人のあいだに割って入った。Ｇ・Ｈはガスの腕を摑《つか》み、脇に連れていった。

「誰がおまえに命令を受けろと言った？」とビッガーは言った。「おまえみたいな腰抜けに命令など出すもんか！」

「そこのおまえたち、騒ぐのはやめろ！」とドクが叫んだ。

　四人はビリヤード台のそばに立ったまま黙りこんだ。ビッガーの目はガスの動作を追った。ガスはキューをラックに置き、ズボンからチョークの粉を払うと、少し離れたところに歩いていった。ビッガーの腹は焼けるほどに熱くなり、もやもやした黒い雲が目の前に一瞬立ち込め、それから消えた。さまざまな暴力の入り混じったイメージが、乾いた砂のように勢いよく、心のなかを通り過ぎては消えていく。ガスをナイフで刺してもいい、殴ってもいい、蹴《け》ってもいい、足をさらって顔から突っ伏すように倒してもいい。自分にこんな思いをさせたことで、ビッガーはガスにいろいろな仕返しをしてやりたかった。

「行こうぜ、Ｇ・Ｈ」とガスは言った。

「どこに行くんだ？」

「歩こう」

「オーケー」

「このあと、どうする？」とジャックが訊ねた。「三時にここで集合か？」

「ああ」とビッガーは言った。「いま決めただろ？」

「わかった」とガスは背を向けたまま言った。

ガスとG・Hがいなくなると、ビッガーは腰を下ろし、肌に冷たい汗を感じた。このように計画を立ててしまったからには、やり遂げなければならない。彼は歯を食いしばった。ドアから出て消えていくガスの姿が心に取り憑《つ》いている。キューを一本取り、しっかりと握って、ガスの後頭部に叩《たた》きつけてやってもよかった。硬い木材が頭骨のつけ根に当たり、骨が砕ける感触を味わう。締めつけられる感覚はまだ残っていて、例の仕事を実際にするときまで残り続けるだろうとわかっていた。店に押し入り、金を盗むときまで。

「おまえとガスはどうもうまくいかねえな」とジャックが首を振りながら言った。

ビッガーは振り向き、ジャックを見つめた。ジャックがまだそこにいることを忘れていたのである。

「ああ、あの臆病者のニガーめ」とビッガーは言った。

「あいつは大丈夫だよ」とジャックが言った。

「やつは怯えてるんだ」とビッガーは言った。「やつに仕事をやらせるためには、二重に怯えさせないとな。やらなかったらどんな目にあうか、わからせる。仕事をしたら起きることより、そっちのほうが恐ろしいって思わせないといけないんだ」

「今日、ブラムの店に行ったら、あんなふうに騒いじゃダメだ」とジャックは言った。「やらなきゃならない仕事があるんだから、本当の仕事が」

「ああ、ああ、わかってる」とビッガーは言った。

ビッガーは自分のヒステリックな感情が高まり、深くなっているのを隠さなければならないという、切羽詰まった思いを抱いた。この感情を取り除かなければ、それに屈してしまう。自分の注意力を集中させ、エネルギーを注ぎ込めるだけの強い刺激が欲しくてたまらなかった。走りたい。でなければ、スウィング・ジャズを聞きたい。あるいは、笑ったり、ふざけたり、あるいは『実話探偵物』誌を読んだり、映画に行ったり、ベッシーに会いに行ったり。その日の午前中はずっと無関心の幕の背後に隠れ、外の物事を見つめていた。外界に出てこさせようとするものがあれば、それに噛《か》みつき、目を剝《む》いた。しかし、いまは外に出てしまった。ブラムの店での仕事とガスとの口論を考えることで、彼は外の物事へと誘導されてしまい、自己信頼を失った。自信がまた戻るとすれば、それを忘れさせるだけの暴力的な行動を通してしかないだろう。こうしたことが彼の人生のリズムだった。無関心と暴力、抽象的な考えに沈む時期と激しい欲求を抱く時期、沈黙の期間と怒りの期間——ずっと遠くの見えない力で引かれている潮の満ち引きのように。このように生きることは、食べることと同じくらい深い欲求の産物だったのだ。彼は昼に花開き、夜には萎《しお》れてしまう、奇妙な植物のようだった。だが、花開かせる太陽も萎れさせる冷たい闇《やみ》も決して目に見えない。それは彼自身の太陽と闇であり、彼個人の秘密の太陽と闇だったのである。気分が変わりやすいことについては腹立ち紛れのプライドを抱いており、その結果として苦しまなければならないときには自慢した。これが俺のやり方さ、と言うのだ。どうしようもないんだ、と言って、頭を左右に振る。この彼の不機嫌な視線とその後の激しい行動によって、ガスとジャックとG・Hが彼を憎み、恐れるようになった――彼が自分を憎み、恐れているのと同じくらい。

「どこに行きたい？」とジャックが訊ねた。「座るのには飽きたよ」

「歩こうぜ」とビッガーは言った。

二人は正面のドアのところに行った。ビッガーは立ち止まり、激しい怒りの表情でビリヤード場を見渡した。何かを心に決めたかのように唇をぎゅっと結んでいる。

「行くのか？」とドクが顔を動かさずに言った。

「ああ」とビッガーが言った。

「また来るよ」とジャックが言った。

二人は午前中の陽光を浴びて通りを歩いた。交差点では、車が通り過ぎるのをゆっくりと待った。車を恐れているからではなく、時間がたっぷりあるからだ。新しく火を点けたばかりの煙草を吸っているとき、サウス・パークウェイに出た。

「映画を観《み》たいな」とビッガーが言った。

「リーガル座でまた『トレイダ・ホーン』〔アフリカを舞台とした一九三一年のヒット映画。W・S・ヴァン・ダイク監督〕をやってるぜ。古い映画をさかんに上映してるんだ」

「いくらだ？」

「二十セント」

「オーケー、観ようぜ」

二人は六街区《ブロック》黙って歩いた。47番通りとサウス・パークウェイの交差点に着いたのは十一時三十分過ぎで、リーガル座はちょうど開いたところだった。彼らはチケットを買い、暗い映画館に入って席に着いた。映画はまだ始まっておらず、演奏するパイプオルガンの穏やかな低い音が聞こえている。ビッガーはもぞもぞと動き始め、息遣いが荒くなった。あたりの人影を見渡し、従業員が近くにいないかどうか確かめる。それから席に座ったまま低くうずくまった。ジャックのほうを見ると、ジャックも横目で彼を見つめている。二人とも笑った。

「おまえ、またやってるのか？」とジャックが訊《き》いた。

「警棒を磨いてるんだ」とビッガーが言った。

二人はクスクス笑った。

「おまえを負かしてやる」とジャックは言った。

「地獄に落ちやがれ」

オルガンは長いこと一つだけの音を鳴らしていて、それから聞こえなくなった。

「おまえはまだ硬くもなってねえだろう」とジャックは囁《ささや》いた。

「硬くなってきたぜ」

「俺のなんか鉄の棒なみよ」とジャックは強いプライドを露《あら》わにして言った。

「ベッシーがここにいてほしかった」とビッガーが言った。

「クララを悶《もだ》えさせることができるのにな」

二人は溜め息をついた。

「いま通り過ぎた女、こっちを見たようだぞ」

「だから何だ？」

「戻ってきたら、あの女に向けて発射してやる」

「おまえ、最高だな」

「女がこれを見たら気絶するぞ」

「じゃなきゃ、手で摑むか」

「ああ」

ビッガーはジャックが前屈《まえかが》みになり、両足を突っ張らせているのに気づいた。

「おまえ、行ったのか？」

「あ、あああ……」

二人はまた黙りこんだ。それからビッガーが前屈みになり、激しく息をした。

「早いな、おまえ……」

「俺も行った……ふう……クソ……」

二人は五分ほど何も言わず、椅子《いす》に沈み込むようにして座っていた。それから、まっすぐに座り直した。

「どこに足を置いたらいいかわからないぜ」とビッガーは言って、笑った。「席を移ろう」

「オーケー」

二人は別の席に移った。オルガンはまだ演奏を続けている。ときどき二人は、劇場後方の上にある映写室のほうをちらりと振り返った。映画が早く始まらないかと苛々《いらいら》してきたのだ。もう一度しゃべり始めたとき、二人の声はかすれ、音が長く引き延ばされて、不安がにじみ出ていた。

「おまえ、うまくいくと思うか？」とビッガーは訊ねた。

「たぶんな」

「あの失業救済の仕事に就くくらいなら、刑務所に行ったほうがましだ」

「そんなこと言うなよ」

「俺はどうでもいい」

「どうやってやるかを考えようぜ、どうやって捕まるかじゃなく」

「怖いのか？」

「バカ言うな」

彼らはパイプオルガンに耳を傾けた。すごく低い持続音だけだったので、ほとんど聞こえないほどだった。完全に消えたように思えるときもあったが、それから音はまた大きくなり、柔らかくノスタルジックな、甘い音になった。

「今回は銃を持っていったほうがいい」とビッガーは言った。

「オーケー。だが、慎重にしないとな。人は殺したくない」

「ああ、でも、今回は銃を持っていたほうが安全な気がする」

「ちぇっ、もう三時になってりゃいいのにな。終わってりゃいいのにって思うよ」

「俺もだ」

オルガンの音が止まり、スクリーンは動く影のリズムとともにチカチカ光った。ビッガーが座って見ていると、最初の映写が始まった。ニュース映画だ。情景が映し出されていくうちに、彼は関心を惹かれ、身を乗り出した。黒髪の白人娘たちが、砂のキラキラ輝く浜辺でニコニコ笑い、くつろいでいる。背景にはきらめく海が広がり、近くにも遠くにもシュロの木々が見える。アナウンサーの声が映像の動きとともに聞こえてくる。〝ここ、フロリダの砂浜では、上流階級の娘たちが日光浴をしています！　この社交界デビューしたての娘たちのささやかな集まりが、アメリカの富のうちの四十億ドルを体現し、アメリカの最上流階級五十の家族を代表しているのです……〟

「大したやつらだ」とジャックが言った。

「ああ、すげえ！」

「あそこに行きてえな」

「行けるさ」とビッガーが言った。「でも、バナナみたいに木から吊《つ》り下げられるだろうな……」

二人は小さな声で笑い、ゆったりとした気分でアナウンサーの声に耳を傾けた。場面はチカチカ光る砂浜を行ったり来たりした。それからビッガーは、ほっそりした白人娘の微笑《ほほえ》む顔が大写しになるのを見た。男が両腕を彼女の腰に回している。アナウンサーの声が聞こえてきた。〝メアリー・ドルトン、ドレクセル・ブールヴァード４６０５番地、シカゴのヘンリー・ドルトン氏の娘は、いま社交界にショックを与えています。ラサール・ストリート〔シカゴの金融街〕やゴールドコースト〔シカゴの富豪が集まっている地区〕の青年たちを撥ねのけ、最近のフロリダでの冬期休暇のあいだ、有名な左翼の青年の求愛を受け入れたからです……〟。画面はニコニコ笑って男にキスしている娘をクローズアップで映し出した。

男は彼女を持ち上げてぐるりと回し、カメラから遠ざけた。

「おい、ジャック？」

「うん？」

「あの女……あの男の腕に抱かれている女は……あれが、俺がこれから働く家の娘だ。ドレクセル・ブールヴァード４６０５番地に住んでる……そこに今夜、仕事の面接で行くことになってるんだ……」

「ほんとか？」

「もちろん！」

クローズアップの画面が消えていき、次のシーンでは、きらめく砂浜を走っていく娘の脚が映し出された。そのあとを男の脚が追っている。単調な声が語り続ける。〝ハッ！　男が彼女を追っている！　うわ、すごい、あなたもフロリダに行きたいと思いませんか？〟クローズアップの画面が消えていき、また別のシーンに変わった。二組の脚がぴったりくっついている。うわ、すごい！　とアナウンサーの声が言った。ゆっくりと娘の脚が上のほうに持ち上げられていき、ついには爪先《つまさき》しか砂浜に触れていなくなった。〝ああ、金持ちのお転婆《てんば》娘！〟画面はゆっくりと消えていったが、そのあいだもアナウンサーはしゃべり続けている。〝このような場面の直後、ショックを受けたドルトンのママとパパはメアリーに電報を打ち、冬期休暇から帰郷させて、彼女の共産主義者の恋人を非難しました〟。

「おい、ジャック?」

「ああ」

「共産主義者って何だ?」

「知るかよ。ロシアに住んでる民族のことじゃないのか?」

「ドルトンの親父の娘にキスしてた男は共産主義者で、娘の家族はそれが気に入らねえようだ」

「金持ちは共産主義者を嫌うよ」

「娘はすげえセクシーじゃねえか」

「ああ」とジャックは言った。「おまえ、あそこで働き出したら、娘に気に入られるようにしないとな。そうしたら、何でも好きなものをもらえるようになるぜ。いいか?　金持ちはこっそりと悪いことをするんだ。親父があの共産主義者のことであんなに怒ってるのは、娘が開けっぴろげだからで……」

「ああ、たぶんそうだろうな」とビッガーは言った。

「ちぇっ、俺の母ちゃんは以前、金持ちの白人の家で働いててさ、その話をしてくれたもんだが、おまえにも聞かせてやりたい……」

「どんな話だ?」とビッガーは熱心に訊ねた。

「それがな、金持ちの白人女たちは、どんな男とでも寝るんだよ。プードル犬以上なら何でも。自分の運転手とだって寝るんだぜ」とジャックは言い、ビッガーの肋骨《ろっこつ》を叩いた。「おまえ、あそこでいろいろあって、持て余すほどになったら、俺に知らせろよな」

二人は笑った。ビッガーは目をスクリーンに向けたが、観てはいなかった。心のなかは、新しい仕事に関する興奮でいっぱいになっていたのである。金持ちの白人について聞いたことは、本当に真実なのだろうか？　映画で見るような白人のために働くことになるのだろうか？　そうだとしたら、自分はたくさんのことを内部から見ることになる。内情を、内幕を知ることになるのだ。彼は『トレイダ・ホーン』の物語が展開していくのを見た。裸の黒人の男女がぐるぐる回って野性的なダンスを踊り、太鼓が打ち鳴らされる。それからアフリカの場面はだんだんと変わり、彼自身の心の映像に置き換えられた。白と黒の服を着た白人の男女が笑い、しゃべり、酒を飲み、踊っている。彼らは賢い人間たちだ。金を、それも何百万ドルもの金をいかに摑むか、ちゃんとわかっている。自分も彼らのために働けば、何かが起こり、金の一部を摑めるかもしれない。やつらがどうやって金を摑んでいるのか見てやろう。そうだ、これはみんなゲームだし、白人たちはどうプレーしたらいいのかわかっている。それに、金持ちの白人は黒人に対してそれほどきつく当たらない。黒人を嫌っているのは貧乏な白人たちだ。彼らは自分たちが金の分け前に与《あずか》っていないので、黒人を憎む。彼の母はいつも言った。金持ちの白人は、貧乏な白人に対する好意以上の好意を黒人に対して抱いている、と。彼は自分が貧乏白人で、金の分け前を得られないのなら、蹴飛ばされて当然だろうと感じた。貧乏な白人たちはバカだ。金持ちの白人たちこそ賢くて、人をどう扱ったらいいかわかっている。彼はこんな話を小耳にはさんだのを思い出した。ある黒人の運転手が金持ちの白人娘と結婚したとき、娘の家族はこのカップルを国外に移住させ、たっぷり金銭的な援助を与えたのだという。

そう、ドルトン家のために働くのはすごく重要なことだ。ミスター・ドルトンは百万長者。そしてメアリー・ドルトンはホットな娘なのだろう。たくさんの金を使っているに違いない。ときどきサウスサイドに来て、どんなところか見たがるかもしれない。でなければ、彼女には秘密の恋人がいて、彼が運転手として彼女の送迎をするために、それを知っているのは彼だけということになるかもしれない。そのため彼女は彼に口止め料を払うかもしれない。

こんないい仕事が手に入るのに、ブラムの店を強盗したがるなんて、なんて愚かだったのだろう。どうして俺はそのことを前に考えなかったのだろう？　ほかのこと、何かでかいことが起こるかもしれないのに、どうして愚かな賭《か》けをしてしまうのか？　この午後、何かしくじれば、仕事にはありつけず、刑務所行きになるかもしれない。第一、ブラムの店を強盗する件に関しては、あまり本気ではなかったのだ。彼は暗くなった映画館のなかで顔をしかめた。打ち鳴らされるトムトムの音、激しく奔放に踊る黒人の男女の叫び声が聞こえる。この男女は自分たちの土地と調和し、自分たちの世界に居心地よく暮らしていて、恐怖やヒステリーに付きまとわれることもないのだ。

「おい、ビッガー」とジャックが言った。「行こう」

「うん？」

「あと二十分で三時だ」

彼は立ち上がり、目に見えない柔らかなカーペットを踏んで、暗い通路を歩いていった。映画はほとんど何も見なかったが、気にしなかった。ロビーに出ると、ガスとブラムの店のことを考えて、彼の内臓は締めつけられた。

「面白かったよな？」

「ああ、すごくよかった」とビッガーは言った。

彼はジャックと並んできびきびと歩き、39番通りに出た。

「銃を持ってったほうがいい」とビッガーは言った。

「ああ」

「まだ十五分ある」

「オーケー」

「じゃあな」

彼は恐れる気持ちが高まっていくなか、家に戻った。玄関に着くと、上にのぼるのをしばらくためらった。ブラムの店の強盗などしたくない。彼は怖気づいていた。しかし、いまとなってはやり遂げるしかない。音をたてないように階段をのぼり、錠に鍵《かぎ》を差し込む。ドアが内側に音もなく開き、カーテンの向こうで歌をうたっている母の声が聞こえてきた。

主よ、私はクリスチャンになりたいです。
心の底から、心の底から、
主よ、私はクリスチャンになりたいです。
心の底から、心の底から……

彼は爪先立ちで部屋に入り、自分のベッドの上のマットレスを持ち上げた。銃を引っ張り出し、シャツのなかに滑り込ませる。ドアを開けようとした瞬間、母の歌声が止まった。

「おまえかい、ビッガー？」

彼は急いで外の廊下に出ると、ドアを閉め、いちもくさんに階段を駆け下りた。玄関まで下り、急角度で曲がって街路に走り出る。腹と胸を圧迫する熱い玉がどんどん大きく、重くなっているように感じる。彼は口を開けて息をした。それからドクの店に向かい、ドアのところからなかを覗《のぞ》いた。ジャックとＧ・Ｈが奥の台でビリヤードをしている。ガスはまだ来ていない。彼は緊張が少しだけ緩むのを感じ、唾《つば》をゴクリと呑《の》み込んだ。顔を上げ、街路を見渡すと、外に人影はほとんどなく、警官は一人も見当たらない。向かいの建物の窓にある時計は三時十二分前を指している。まあ、いいだろう、なかに入るしかない。彼は左手を上げ、ゆっくりと時間をかけて額の汗を拭《ぬぐ》った。ドアのところでもうしばらく逡巡《しゅんじゅん》し、それからなかに入る。そして、しっかりした足取りで奥の台へと歩いていく。ジャックとＧ・Ｈには話しかけず、彼らのほうも何も言わない。震える指で煙草に火を点け、回転するビリヤードの球を見つめた。球は緑色の布の上を転がり、輝き、カチンと音をたてる。そしてゴムのクッションのあちこちで弾んだあと、ポケットに落ちていく。彼は胸のなかで膨れ上がるものを鎮《しず》めるために、何か言わなければならないと感じた。せわしなく煙草を痰壺《たんつぼ》に投げ捨てると、黒い鼻孔から二筋の青い煙を噴き出し、かすれた声で叫んだ。

「ジャック、おまえがそのショットで失敗するほうに二十五セント賭けるぜ！」

ジャックは答えなかった。彼が突いた球は台をまっすぐに転がっていき、サイドポケットのなかに消えた。

「賭けてたらおまえの負けだ」とジャックは言った。

「もう遅いよ」とビッガーは言った。「賭けようとしないんだから、おまえの負けさ」

彼は相手を見ずにしゃべっていた。体全体が鋭い感覚を求めている。この張りつめた状態から逃れるための、刺激的で暴力的なものを。あと十分で三時。ガスはまだ来ていない。ガスがあと数分のうちに現われなければ、手遅れになる。ガスもそれを知っている。計画どおりにやろうとするなら、夕食の食材の買い物客が街路に現われる前に、そして警官が街区《ブロック》の反対側にいるうちに、しなければならない。

「あのクソ野郎！」とビッガーは言った。「こうなると思ったぜ！」

「おい、やつは来るって」とジャックが言った。

「あの臆病者の心臓をえぐり出してやりたくなるときがある」とビッガーはポケットのナイフを指でいじりながら言った。

「女のケツを追い回してんだろう」とG・Hが言った。

「いや、怖気づいたんだ」とビッガーは言った。「白人から盗むのが怖いんだよ」

ビリヤードの球がカチッとぶつかり合う。ジャックが自分のキューにチョークを塗ると、金属的な音がした。ビッガーはそれを聞いて、痛くなるほど歯を食いしばった。あの音が嫌いだった。ナイフで何かを切っているような感じがするためだ。

「やつのせいでこの計画が潰れたら、絶対に焼きを入れてやる」とビッガーは言った。

「遅刻しちゃダメなんだ。誰かが遅刻すれば、ことはうまく運ばなくなる。ビッグな連中を見てみろ。やつらが遅刻したって話を聞いたことがあるか？　ねえよ！　やつらは時計みたいに働くんだ！」

「ガスはこのなかでいちばん度胸のある男だよ」とG・Hが言った。「いつでも俺たちと一緒にやってきたじゃねえか」

「おい、減らず口をたたくな」

「ほら、始まった」とG・Hが言った。「ガスが今朝、言ってたろ、おまえはすぐそう振る舞うって。何かに取りかかろうとすると、おまえは緊張しすぎるんだ……」

「俺が緊張してるなんて言うな」とビッガーが言った。

「今日、やれなくたって、明日やればいいんじゃねえか」とジャックが言った。

「明日は日曜だろ、バカ！」

「ビッガー、やめろよ！　大きな声を出すな！」とジャックが慌《あわ》てて言った。

ビッガーはジャックをしばらく睨《にら》みつけ、それからしかめ面《つら》をして顔を背けた。

「俺たちがこれからすることを世間に知らせるな」とジャックはなだめる口調で囁いた。

ビッガーは正面のドアまで歩いていき、板ガラスの窓から外を見渡した。それから、

突然、吐きそうな気分になった。ガスがこちらに向かってくるのだ。ビッガーの筋肉は引きつった。ガスに対して何かをすることになるだろう。ただ、それが何かは自分でもわからない。ガスが近づくにつれ、その口笛の音が聞こえてきた。「メリーゴーラウン

ド・ブローク・ダウン……」〔一九三七年のヒット曲で、『ルーニー・テューンズ』のテーマ曲として知られている〕。ドアが内側に開いた。

「やあ、ビッガー」とガスが言った。

ビッガーは答えなかった。ガスは彼の横を通り過ぎ、奥のビリヤード台のほうへと向かっていく。ビッガーは振り向くと、ガスに強烈な蹴りを入れた。ガスは一気に顔から床に倒れこんだ。ビッガーは床の上のガスを見つめるとともに、奥のビリヤード台のジャックとG・Hにも、受付のドクにも視線を向けていることを示す顔をした——笑顔で彼ら全員を同時に見つめ、ゆっくりと左右を見渡していった。それから静かに笑い出し、だんだんと激しく、大声で、ヒステリックに笑った。自分のなかで湯が沸き立ち、外に出ようとしているように感じた。ガスは起き上がり、何も言わずにその場に立った。口が開いていて、目は無表情だが憎悪をたたえている。

「落ち着け、おまえら」とドクがカウンターの向こうから顔を上げて言い、それからまたうつむいた。

「どうして蹴るんだよ？」とガスが訊《たず》ねた。

「蹴りたかったからさ」とビッガーは答えた。

ガスは伏し目がちにビッガーを見つめた。G・Hとジャックはキューに寄りかかり、黙って見ている。

「いつか痛い目にあわせてやる」とガスは脅した。

「もう一度言ってみろ」

ドクが笑い、背筋を伸ばしてビッガーを見つめた。

「ビッガー、そいつにからむな」

ガスは背を向けて奥の台のほうへ向かっていった。ビッガーは見事なひと飛びでガスに追いつき、襟首を摑んだ。

「もう一度言ってみろと言ったんだ！」

「やめろ、ビッガー！」とガスは息を詰まらせながら言い、膝《ひざ》をついた。

「俺にやめろなんて言うな！」

体の筋肉にグイッと力が入ってガスを締めつけ、ガスの側頭部に打ち下ろされる自分の拳《こぶし》が見えた——相手を殴ったのだと意識する前に殴っていた。

「おい、暴力はやめろ」とジャックが言った。

「殺してやる」とビッガーは歯を食いしばったまま言い、襟の締めつけを強めて、さらに息を詰まらせようとした。

「は、放して……く、くれ」とガスはもがき、喉をごぼごぼいわせた。

「力ずくでやらせてみな」とビッガーは言い、指をさらに強く締めた。

ガスはおとなしくなり、膝をついて力を抜いた。と、突然、引き絞った弓から矢が放たれるように立ち上がり、ビッガーの手を振り払って逃げようとした。ビッガーは一瞬ハッと息を呑み、よろめいて壁に寄りかかった。それから誰にも見られないように素早く手を動かした。きらりとナイフの刃が光る。動物がジャンプするように優雅に、大股《おおまた》で一歩踏み出す。そして左足をさっと蹴り出し、ガスの足を払ってつまずかせた。ガスは転がってから、立ち上がろうとしたが、ビッガーは彼にのしかかり、開いたナイフを構えた。

「立ってみろ！　おまえの扁桃腺《へんとうせん》を切り取ってやる！」

ガスは倒れたままじっとしていた。

「もういいだろう、ビッガー」とガスは降参だというふうに言った。「立たせてくれ」

「俺のことを笑いものにしようとしただろ？」

「してない」とガスは唇をほとんど動かさずに言った。

「そらあ、しねえほうがいいぜ」とビッガーは言った。

彼の顔は少し穏やかになり、血走った目のぎらつく輝きも消えた。しかし、まだナイフを開いたままひざまずいていた。それから立ち上がった。

「立て！」と彼は言った。

「ビッガー、勘弁してくれ！」

「切り刻んでほしいのか？」

彼はもう一度屈みこみ、ガスの喉にナイフを突きつけた。ガスは動こうとせず、その大きな黒い目で訴えている。ビッガーはまだ満足しておらず、自分の筋肉が再び引きしまるのを感じた。

「立て！　これ以上言わせるな！」

ゆっくりとガスは立ち上がった。ビッガーは開いた刃をガスの唇から一インチのところで止めた。

「舐《な》めろ」とビッガーは言った。興奮で体が疼《うず》いてくる。

ガスの目に涙がたまった。

「舐めろって言ってんだ！　お遊びだと思ってるのか？」

ガスは頭を動かさずに部屋を見回した。黙って目だけ左右に動かし、助けてくれと訴えている。しかし、誰も動かなかった。ビッガーの左拳はガスを殴る位置にゆっくりと上がっていく。ガスは唇をナイフのほうへと近づけた。舌を出し、刃に触れる。ガスの唇は震え、涙が頬を伝って落ちた。

「ハッハッハッ」とドクが笑った。

「おい、もういいだろう」とジャックが呼びかけた。

ビッガーは唇を歪《ゆが》め、ひねくれた笑みを浮かべてガスを見つめた。

「おい、ビッガー、もう充分にこいつを怖がらせただろう？」とドクが訊ねた。

ビッガーは答えなかった。別の考えが生まれたようで、目は再び冷徹な輝きを帯びた。

「両手を上げろ。高く！」と彼は言った。

ガスは唾を呑み込み、手を壁沿いに高く広げた。

「もうこいつにかまうなよ、ビッガー」とG・Hが弱々しく言った。

「口出しするんじゃねえ」とビッガーは言った。

彼は刃の先端をガスのシャツのなかに入れ、円を切り取るように腕を回した。

「おまえの臍《へそ》を切り取ってやろうか？」

ガスは答えなかった。汗が彼のこめかみから滴《したた》り落ちる。唇は締まりなく、あんぐりと開いている。

「そのレバーみてえな唇を閉じろ！」

ガスは筋肉をまったく動かそうとしない。ビッガーはナイフをさらに強くガスの腹に押しつけた。

「ビッガー！」とガスは張りつめた囁き声を出した。

「口を閉じろ！」

ガスは口を閉じた。ドクが笑い、ジャックとG・Hも笑った。それからビッガーは一歩下がり、にやりと笑ってガスを見つめた。

「この道化め。手を下ろし、その椅子に座れ」。彼はガスが座るのを目で追った。「これで次は遅刻しないって、教訓になるはずだ」

「遅くないって、ビッガー。まだ時間はある……」

「黙れ！　遅いんだよ！」とビッガーは威圧的に言い張った。

ビッガーは顔を背けた。すると、床をこする鋭い音が聞こえ、体を強張《こわば》らせた。ガスが椅子から跳ねるように立ち上がり、ビリヤードの球を台から一つ掴み取ると、すすり泣きと罵《ののし》りの混じった声をあげて投げつけたのだ。ビッガーは両手で顔を守ろうとし、球の衝撃を手首に感じた。空中をこちらに向かってくる球が見えたとき、目を閉じてしまい、それから目を開けると、ガスは裏のドアから走り出ようとしていた。と同時に、球が床に落ち、転がる音が聞こえてきた。手が激しい痛みでズキズキする。ビッガーは罵り声をあげて駆け出した。

「このクソ野郎！」

ところが床の真ん中に転がっていたキューに足を滑らせ、前のめりに倒れた。

「もういいだろう、ビッガー」とドクが笑いながら言った。

ジャックとＧ・Ｈも笑った。ビッガーは立ち上がり、痛むほうの手を握って二人に向き合った。何も言わず、血走った目に憎悪を込めて睨みつける。

「笑いたきゃ笑えよ」と彼は言った。

「おい、おとなしくしろ」とドクが言った。

「笑いたきゃ笑え」とビッガーはまた言い、ナイフを取り出した。

「おかしなことをしたらただじゃおかねえぞ」とドクが警告した。

「おい、ビッガー」とジャックが裏のドアに向かって後じさりしながら言った。

「おまえ、すべてをつぶしたな」とG・Hが言った。「それがおまえのやろうとしたことなんだろうよ……」

「地獄に落ちやがれ！」とビッガーは叫び、G・Hの声を打ち消そうとした。

ドクはカウンターの背後に屈みこんだ。そこから体を起こしたとき、見せないようにはしていたが、片手に何かを握っていた。そのまま突っ立って笑っている。ビッガーの唇の隅から白い唾が現われた。ドクをじっと見つめながら、ビリヤード台へと歩いていく。そして腕を大きく振り回し、緑の布を切り裂き始めた。そのあいだもドクから目は離さない。

「この野郎、何しやがる！」とドクは言った。「撃ってやるぞ、本気だ！　おまわりが来る前に出ていけ！」

ビッガーはゆっくりとドクの横を通り過ぎた。ドクから目を離さず、急ごうともせず、開いたナイフをずっと握っている。ドア口で立ち止まり、振り返った。ジャックとG・Hはすでにいなくなっている。

「出ていけ！」とドクは銃を見せて言った。

「気に入らないのかい？」とビッガーは訊ねた。

「撃たれる前に出ていけ！」とドクは言った。「その黒い足を二度とここに踏み入れるな！」

ドクは怒っていて、ビッガーは怖くなった。ナイフを閉じ、ポケットに滑り込ませると、ぐるりと回るようにドアから出て街路に立った。明るい陽光に対して目をしばたたかせる。神経が張りつめていて、呼吸もうまくできない。街区《ブロック》を半分ほど行ったところでブラムの店を通りかかり、彼は横目でその窓ガラスのなかを覗き込んだ。店番はブラムだけで、客は一人もいない。そう、この店に強盗に入る時間はあった。実際、まだ時間はある。彼はガスに、G・Hに、ジャックに嘘《うそ》をついたのだ。彼は歩き続けた。警官も見当たらない。そう、彼らは店に強盗に入り、逃げることもできた。ビッガーとしては、ガスと喧嘩《けんか》したことで、自分が隠そうとしていたことをごまかせたのではないかと期待した。少なくとも、喧嘩によって彼らと対等に渡り合えたように感じた。ドクにも負けなかったように思う。やつのビリヤード台を切り裂き、銃を使ってみろと挑んだではないか？

彼は一人きりになりたくてたまらなくなった。そこで次の街区《ブロック》の中間まで来ると、曲がって路地に入った。静かな、張りつめた笑いが込み上げてくる。急に立ち止まり、温かいものが頬を伝って落ちるのを感じて、それを払いのけた。「まいったぜ」と言って息をつく。「笑いすぎて泣いちまった」。彼は顔をコートの袖《そで》で念入りに拭《ふ》き、そのあと二分間、路地の歩道に立つ電柱の影をずっと見つめていた。突然、背筋を伸ばすと、息を大きく吐きながら歩き始めた。「なんだよ！」彼は歩道にある小さな割れ目につまずき、派手によろめいた。「ちくしょう！」路地の出口まで来ると、大通りに入り、陽光のなかをゆっくりと歩いた。両手をポケットのなかに深く突っ込み、顔を伏せている。気持ちは沈んでいる。

　家に戻ると、彼は窓の脇《わき》の椅子に座り、ぼんやりと外を見つめた。

「おまえかい、ビッガー？」と母がカーテンの向こうから声をかけた。

「ああ」と彼は言った。

「ちょっと前、どうして急いで帰ってきて、また出てったんだい？」

「何でもない」

「何か面倒事を起こしたんじゃないだろうね」

「おい、母さん！　ほっといてくれ」

　彼はしばらく母が金属製の洗濯板に服をこすりつける音を聞いていた。それからぼんやりと外の通りを見つめ、先ほどのことを考えた。ドクのビリヤード場でガスと喧嘩をしたとき、自分がどう感じたか。一時間後には、例の仕事のことでドルトン家に面接に行く。そうなったことが嬉《うれ》しく、ホッとしていた。仲間たちに対して抱いていたのは嫌《けん》悪《お》感だ。今日起きたことによって、二度と彼らと一緒に仕事をすることはあるまい。腕か脚が切断され、その切断部分を後悔と絶望とともに見つめている男のように、彼は今日起きたことを振り返っていた。ガスと喧嘩し始めたとき、自分は白人から強奪することへの恐怖に囚《とら》われていた。それはわかっていたが、その知識が厳格で鋭敏な考えとして心に浮かぶことがないようにしていた。あのときは感情が混乱し、銃を白人に突きつけるより、ガスと喧嘩して強盗の計画を潰したほうがいいと本能的に感じた。しかし、自分の恐怖を悟っていながら、その悟りを内奥にしっかりとしまい込んでいた。生きる勇気を得られるかどうかは、恐怖をいかにうまく意識から隠せるかにかかっていたのである。自分がガスと喧嘩したのは、ガスが遅刻したからだ。これが、彼の感情が受け入れた理由であり、彼は自分の目にも仲間たちの目にも、自分を正当化しようとはしなかった。そうしなければならないと感じるほど、仲間たちのことを考えていなかったのだ。強盗の計画には、彼らも同じくらい深く関わっているにしても、彼は自分がやったことに関して、彼らに対する責任があるとは思わなかった。これは誰に対しても同じだった。覚えている限り、彼は誰に対しても責任を取ったことがない。何かを強要されるような状況になるやいなや、彼は反抗した。それが彼の生き方だった。自分が恐れる世界に対しての強い衝動を挫《くじ》こうとしたり、あるいは満たそうとしたりして、日々を過ごしてきたのである。

部屋の窓から見える西の空の太陽が、建物群の屋根の向こうへと沈んでいく。彼は夕暮れの薄闇が町を覆《おお》っていくのを見守っていた。ときどき路面電車が通り過ぎる。部屋の反対側で、錆《さ》びついたラジエーターがシューシューと音をたてている。この日は一日じゅう春っぽかったが、いまは黒い雲が太陽をゆっくりと呑み込みつつあった。突然、街灯がいっせいに点灯し、黒い空が屋根の上に迫っているように見えた。

彼は冷たい金属製のものが肌に直接当たっているのを感じた。シャツのなかに入れた銃だ。これはマットレスのあいだに戻さなければならない。いや！　このままにしよう。これを持って、ドルトン邸に行く。彼は銃を持っていたほうが安全だと感じた。使おうと考えているわけではないし、特に何かを恐れているわけでもない。ただ、心に不安や不信感があり、そのためにこれを持っているべきだと感じるのだ。白人たちのなかに入っていくのだから、ナイフと銃を持っていこう。そうすれば自分には欠けるところがなく、彼らと対等だと感じられる。それから彼は、銃を持っていくいい理由を思いついた。ドルトン邸にたどり着くためには、白人たちの居住区を通り過ぎなければならない。最近、黒人が暴力を受けたという話は聞いていないが、それはいつでも起こり得る。彼はそう感じていた。

遠くで柱時計が五時を打った。彼は溜《た》め息をついて立ち上がった。欠伸《あくび》をし、両腕を頭上に大きく広げて、体の筋肉をほぐす。それから、外が寒くなってきたようなのでコートを取り、続いて帽子も取りにいった。母に気づかれずに外に出たいと考え、爪先立ちにドアまで歩いていく。ドアを開けようとしたとき、母の呼ぶ声がした。

「ビッガー！」

彼は動作を止め、顔をしかめた。

「何だい、母さん」

「あの仕事のことで出かけるのかい？」

「ああ」

「食事はしないの？」

「もう時間がないよ」

母が石鹸《せっけん》のついた手をエプロンで拭きつつドア口までやって来た。

「ほれ、この二十五セント貨で何か買いなさい」

「オーケー」

「じゃあ、気をつけるんだよ」

彼は外に出て、南に向かって46番通りまで歩き、それから東に曲がった。まあ、もう少しすればわかる。彼がこれから働くドルトン家の人たちが、あの映画で見たり聞いたりした人たちなのかどうか。しかし、この静かで広い白人の居住区を歩いていると、自分が映画で見たときに抱いた魅力や神秘をそれほど感じなくなった。通り過ぎる家々は巨大で、窓には柔らかな灯りがともっている。通りには人気《ひとけ》がなく、ときどきゴムのタイヤをはいた車が走り過ぎるだけだ。ここは冷たい遠方の世界、白人の秘密が用心深く隠されている世界なのである。彼はこうした街路や家々にプライドと確信、自信といったものを感じ取った。ドレクセル・ブールヴァードに着き、４６０５番を探し始める。そこにたどり着くと、鉄製の杭《くい》をめぐらした塀の前で止まった。高くて黒い塀を前にして立ちすくみ、腹のなかが締めつけられるように感じる。映画で見たときに感じたものはすべて消え、心のなかは恐怖と空虚感でいっぱいだった。

　正面の門からと裏口からと、どちらから入ることを期待されているのだろう？　これについてまったく考えていなかったのは奇妙なことだ。ちくしょう！　彼は屋敷の正面の塀を端から端まで歩き、裏口につながる道を探した。しかし、まったくない。正面の門以外には、車寄せの道があるだけで、そこへの入り口にはしっかり鍵がかかっていた。白人の居住区をこのようにぶらついていて、警官に見られたらどうなるだろう？　強盗や強姦《ごうかん》をしようとしていると疑われるかもしれない。彼は腹が立ってきた。こんなクソな仕事にどうして就く気になったんだろう？　黒人たちの世界にとどまっていれば、こんな恐怖や憎悪を感じずに済んだのに。ここは俺の世界ではない。これが気に入るだろうと考えるなんて愚かだった。彼は歩道の真ん中に立ちすくみ、歯を食いしばった。拳で何かを叩《たた》きたい。ああ……こんちくしょう！　正面の門から入るしかないではないか。

間違ったことをしても、少なくとも殺されはしないだろう。やつらにできることは、仕事を与えるわけにはいかないと言うだけだ。

彼は恐る恐る門の掛け金を外し、玄関の踏み段の下まで歩いていった。そこで立ち止まり、誰かが出てくるのを待つ。何も起こらない。誰も家にいないのだろうか？　ドアのところまで行くと、シェードのある窪《くぼ》みにライトがはめ込まれ、弱く光っていることに気づいた。その灯りの下に呼び鈴がある。それを押すと、なかで柔らかいゴングの音が鳴り響き、彼はびっくりした。強く押しすぎたのだろうか？　ああ、なんてことだ！　もっとうまく振る舞わなければ。彼は張りつめた筋肉をほぐし、楽な姿勢で待つことにした。ドアノブが回り、ドアが開いた。白い顔が現われる。女性だ。

「こんにちは！」

「イエス、マム」と彼は言った。

「どなたかにご用かしら？」

「あ……あ……ミスター・ドルトンにお目にかかりたいのです」

「あなたがトマスさんね？」

「イエス、マム」

「どうぞ、なかへ」

彼は体を横にして、ドア口をゆっくりと通り抜けようとしたが、途中で止まった。その女性に近寄りすぎて、彼女の口の隅の小さなほくろが見えるほどだった。彼は息を呑んだ。彼女の体に触れることなく、ここを通り抜けるスペースはないように思えたのだ。

「どうぞ、入って」と女は言った。

「イエス、マム」と彼は小声で言った。

無理して通り抜けたものの、どうしたらよいのかわからず、柔らかいライトに照らされた玄関で立ち止まった。

「ついて来て」と彼女は言った。

帽子を手に持ち、両肩をできるだけ下げて、彼は女のあとを追った。絨毯《じゅうたん》の毛がものすごく柔らかく、足が深く沈むので、一歩ごとに転びそうな感じがした。それから薄暗い照明の部屋に入った。

「座ってちょうだい」と彼女は言った。「あなたが来たことをミスター・ドルトンにお知らせするわ。すぐにここにいらっしゃるから」

「イエス、マム」

腰を下ろし、女を見上げる。彼女も自分を見つめていたので、気まずくなって目を逸《そ》らす。それから彼女が部屋から出ていって、彼はホッとした。あのクソばばあ！　俺のどこがおかしいっていうんだ？　俺だって同じ人間じゃないか……。彼は自分の座っている位置があまりに不自然な感じがし、見ると、椅子の縁に座っていたことに気づいた。

少しだけ腰を浮かせ、ずっと奥に座り直す。しかし、とても勢いよく、深い位置に座ったので、椅子が彼の重みで潰れたのではないかと思った。恐ろしくなって、少し腰を上げる。それから、潰れていないことがわかり、またおずおずと腰を下ろす。部屋を見渡すと、どこか隠れた光源からのぼんやりした照明で照らされているのがわかった。視線をあちこちに向けて、照明がどこにあるのか突き止めようとしたが、見つからない。このようなものは予期していなかった。この世界が自分の世界とここまで違っていて、自分を威圧するほどだとは思ってもみなかったのだ。滑らかな壁には数点の絵画が掛かっていたが、どのような絵なのか見極めようとしてもわからない。近づいてじっくり見たいとも思ったが、その勇気がなかった。耳を澄ませると、どこかからピアノの音楽が聞こえてきた。白人の家のなかに一人で座り、ぼんやりした灯りに照らされている——まわりの見慣れない品々が挑発してくる。そのなかで彼は怒りと居心地の悪さを感じていたのである。

「やあ、こちらに来たまえ」

ビッガーは男の声にビクッとした。

「サー？」

「こちらに来たまえ」

自分がどれだけ深く椅子《いす》に座っていたかを忘れていて、最初に起き上がろうとしたときにうまくいかず、彼は後ろ向きに滑って椅子に脇腹から着地した。椅子の肘掛《ひじか》けを摑《つか》み、体をまっすぐに立て直すと、目の前に背が高くて痩《や》せた白髪頭の男がいた。手に一枚の紙を握っている。男は面白がっているような笑みを浮かべてビッガーを見つめており、それによって彼は自分の黒い肌の隅から隅まで、すべてを意識せずにいられなくなった。

「トマスだね？」と男が訊ねた。「ビッガー・トマス？」

「イエス、サー」と彼は囁《ささや》いた。実際にはしゃべるというより、自分の言葉が唇から自動的に転がり出るのを聞いている感じだった。

「こちらに来たまえ」

「イエス、サー」

彼は男のあとについて部屋から出ると、廊下を歩いていった。男は唐突に立ち止まった。ビッガーも困惑して立ち止まったが、それからわかった。背が高くて痩せた白人女性が、音もたてず、こちらにゆっくり向かってくるのである。両手を弱々しく空中に上げ、それで両側の壁を触りながら歩いてくる。ビッガーは女を通すために一歩下がった。女の髪と顔は真っ白で、そのために彼から見ると、幽霊のように思われた。男はそっと女の腕を摑み、しばらく抱きしめた。ビッガーは彼女が歳《とし》を取っており、その灰色の目に表情がないことに気づいた。

「大丈夫かい？」と男は訊ねた。

「ええ」と女は答えた。

「ペギーはどこだい？」

「夕食の準備をしてますわ。私は本当に大丈夫よ、ヘンリー」

男は女から手を放し、女はまたゆっくりと歩き始めた。白く長い指で壁にほんのわずかだけ触れている。女の後ろからは、彼女のドレスの裾《すそ》を追うように、大きな白い猫が音もなく歩いていく。この人は目が不自由なんだ！　ビッガーはびっくりして思った。

「来たまえ、こちらだ」と男は言った。

「イエス、サー」

自分があの女の人をじろじろ見ていたことに、男は気づいただろうか。そうビッガーは考えた。ここでは慎重に振る舞わなければならない。見慣れないものがたくさんある。

彼は男のあとについて部屋に入った。

「座りなさい」

「イエス、サー」と彼は言って腰を下ろした。

「あれは私の妻だ」と男は言った。「目が不自由なんだよ」

「イエス、サー」

「黒人に対してとても深い関心を抱いていてね」

「イエス、サー」とビッガーは小声で言った。自分でも意識して息を吸ったり吐いたりしているのがわかる。唇を舐め、神経質そうに帽子を手でいじった。

「で、私がミスター・ドルトンだ」

「イエス、サー」

「君は車の運転が好きになれそうかな？」

「ええ、それはもう」

「書類は持ってきたかい？」

「サー？」

「福祉事務所は私宛《あ》ての手紙を寄こさなかったかな？」

「あ、イエス、サー！」

彼は書類のことをすっかり忘れていた。立ち上がり、ベストのポケットを探ろうとする。ところが、そのときに帽子を落としてしまい、一瞬、どうしたらいいのかわからなくなった。帽子を拾ってから書類を探すべきか、書類を見つけてから帽子を拾うべきか。

彼は帽子を拾うことにした。

「帽子はここに置きなさい」とミスター・ドルトンが机の上を指し示して言った。

「イエス、サー」

そのとき彼は石のように固まった。あの白い猫が彼の脇から跳び上がって、机の上に乗ったのである。猫は座りこみ、大きな落ち着いた目で彼のことを見つめると、悲しげにニャーと鳴いた。

「どうしたんだ、ケイト?」とミスター・ドルトンが訊ねた。猫の毛を撫《な》で、微笑《ほほえ》んでいる。それからビッガーのほうに向きなおった。「見つけたかな?」

「ノー、サー。でも、ここにあるはずです、どこかに」

彼はそのとき自己嫌悪に襲われた。どうして自分はこんなふうに振る舞い、感じているのだろう? 手を一振りして、自分にこんな気持ちを味わわせているこの白人を消し去ってしまいたい。でなければ、自分を消し去ってしまいたい。彼はこの家に入ってから、視線をミスター・ドルトンの顔の高さにまで上げることが一度もできずにいた。いまは膝を少しだけ曲げて立ちすくみ、唇をわずかに開けて、肩を落としている。目には、深く詮索《せんさく》するつもりはないという表情を浮かべる。白人たちの前に出たときは、このように振る舞わなければならない——そういう確信が彼の体には沁《し》みついていた。言葉を尽くしてそれを説明した者は一人もいなかったが、白人たちの態度から、それが彼らの要求だと感じてきたのである。彼は帽子を置き、ミスター・ドルトンにじっと見つめられていることに気づいた。きちんとした振る舞いができていないのだろうか? ちくしょう! 彼は大慌てで書類を探した。すぐに見つけられなかったので、そんなに時間がかかることについて、何か言わなければならないと感じた。

「このベストのポケットに入れておいたんです」と彼はもごもご言った。

「焦《あせ》らんでいいよ」

「ああ、ありました」

彼は書類を引き出した。皺《しわ》くちゃになり、染《し》みがついている。うろたえながら紙を伸ばし、その先っぽを摘まむようにして、ミスター・ドルトンに手渡した。

「よし、いいだろう」とミスター・ドルトンは言った。「何が書いてあるか見てみよう。君が住んでいるのはインディアナ・アヴェニューの３７２１番だね」

「イエス、サー」

ミスター・ドルトンは少し黙りこみ、顔をしかめて、天井を見上げた。

「あのあたりのどんな建物かね？」

「私が住んでいるところのことですか？」

「そうだ」

「あ、ただの古ぼけたアパートです」

「どこに家賃を払ってる？」

「31番通りの事務所です」

「サウスサイド不動産にか？」

「イエス、サー」

ビッガーはこうした質問にどういう意味があるのだろうと訝《いぶか》った。ミスター・ドルトンはサウスサイド不動産の所有者だという話を聞いたことがあったが、確かではなかった。

「家賃はいくら払ってる？」

「週に八ドルです」

「それで部屋数はいくつ？」

「一部屋だけです、サー」

「わかった……さて、ビッガー、君の歳はいくつかな？」

「二十歳です、サー」

「結婚してる？」

「ノー、サー」

「座りなさい。立っている必要はない。長くはかからないよ」

「イエス、サー」

彼は座った。白い猫はまだ大きな湿った目で彼を見つめている。

「さて、君にはお母さんと、弟が一人、妹が一人いる」

「イエス、サー」

「四人家族だね？」

「イエス、サー、四人家族です」と彼は言った。自分が見た目ほどバカではないことを見せようとして、かえって吃《ども》ってしまった。もっとしゃべらなければならない。おそらくミスター・ドルトンはそれを期待しているだろう。そして突然、彼は母に何度も言われたことを思い出した。白人と話すときや、仕事をもらおうとするときは、床を見ていてはいけない。そこで彼は視線を上げ、ミスター・ドルトンが自分をじっと見ていることに気づいた。彼はまた目を伏せた。

「ビッガーと呼ばれているんだね？」

「イエス、サー」

「じゃあ、ビッガー、ちょっと君に訊《き》きたいことがあるんだが……」

これだ、ちくしょう！　彼は何を訊かれるのかわかっていた。車のタイヤを盗んだとして告発され、感化院に送られたときのことだ。自分は疚《やま》しい人間で、罪人の烙印を押されたように感じた。ここに来るべきではなかったのだ。

「福祉事務所の人たちは、君についておかしなことを言っていたのだよ。それについて君と話したい。いいかな、私に対して恥ずかしく感じる必要はないからね」とミスター・ドルトンは微笑みを浮かべて言った。「私もかつては少年だった。それがどういうものだかわかっているつもりだ。だから、ありのままを話してほしい……」。ミスター・ドルトンは煙草《たばこ》の箱を取り出した。「さあ、一本吸いなさい」

「ノー、サー。ありがとうございます、サー」

「煙草は吸わないのかね？」

「吸います。でも、いまはいらないのです、サー」

「じゃあ、ビッガー、福祉事務所の人たちの話だ。彼らによれば、君は自分がやっていることに興味が持てるときは、とてもよく働くそうだ。それは本当かな？」

「はい、自分の仕事はやります、サー」

「しかし、彼らによれば、君はいつも厄介事を起こす。これをどう説明するかな？」

「わかりません、サー」

「どうして君は感化院に送られたんだい？」

ビッガーは床を睨みつけた。

「盗みを働いていると言われたんです！」と彼は守勢に立って口を滑らせた。「でも、してません」

「確かかい？」

「イエス、サー」

「では、どうしてこういうことになったのかな？」

「仲間と一緒にいたら、警察にまとめて捕まったんです」

ミスター・ドルトンは何も言わなかった。時計が背後のどこかで時を刻んでいる。その音に気づき、ビッガーは時計を見たいという愚かしい衝動を抱いた。しかし、その気持ちを抑え込んだ。

「では、ビッガー、それについていまはどう感じている？」

「サー？　何についてですか？」

「もし仕事に就いたら、盗みを働くかな？」

「いいえ、私は盗みはしません」

「よろしい」とミスター・ドルトンは言った。「君は車の運転ができるという話だったので、その仕事をしてもらいたいと思う」

彼は何も言わなかった。

「やれると思うかね？」

「あ、イエス、サー」

「給料は週に二十ドルだが、二十五ドルあげよう。余分の五ドルは君への小遣いで、好きなように使ってくれてかまわない。必要な服と食事はこちらで支給する。寝るのはキッチンの上にある奥の部屋だ。二十ドルはお母さんにあげて、弟と妹が学校に行けるようにしてあげるといい。これでどうかな？」

「とてもいいです。イエス、サー」

「私たちはうまくやっていけそうだね」

「イエス、サー」

「何も厄介なことにはならないだろう」

「ノー、サー」

「さて、ビッガー」とミスター・ドルトンは言った。「この件が片づいたので、君の毎日の仕事について話し合おう。私は毎朝九時にオフィスに出向く。二十分ほどのドライブだ。君は十時に家に戻り、ミス・ドルトンを学校に連れていく。十二時、ミス・ドルトンを大学に迎えに行く。そこから夜まではだいたい自由時間だ。ミス・ドルトンか私が夜に外出するときは、もちろん、君が運転手を務める。勤務は毎日だが、日曜日は、我々は正午まで起きない。だから、日曜日の午前は、思いがけないことが起きない限り、君の時間だ。そして隔週で一日、完全な休養日がある」

「イエス、サー」

「これでやっていけると思うかね？」

「あ、イエス、サー」

「何か気になることがあったら、いつでも私のところに来てくれ。二人で話し合おう」

「イエス、サー」

「あら、お父さん！」という女の大きな声がした。

「やあ、メアリー」とミスター・ドルトンが言った。

ビッガーが振り返ると、白人の娘が部屋に入って来た。とても痩せた娘だ。

「あら、来客中だって知らなかったわ」

「大丈夫だよ、メアリー。何の用だい？」

ビッガーは娘が自分を見つめているのに気づいた。そうだ、ニュース映画で見た娘に違いない。

「こちらが新しい運転手さん？」

「用は何だい、メアリー？」

「木曜日のコンサートのチケットは取るの？」

「オーケストラ・ホールのかい？」

「そうよ」

「ああ、取るつもりだ」

「こちらが新しい運転手さん？」

「ああ」とミスター・ドルトンが言った。「ビッガー・トマスだよ」

「こんにちは、ビッガー」と娘が言った。

ビッガーは息を呑《の》み込んだ。ミスター・ドルトンのほうを見て、それから見るべきではなかったと感じた。

「こんばんは、マム」

娘は近寄ってきて、彼の椅子のちょうど正面で立ち止まった。

「ビッガー、あなたは組合に入ってる？」と彼女は訊ねた。

「おい、メアリー！」とミスター・ドルトンが顔をしかめて言った。

「でも、お父さん、彼は入るべきよ」と娘は父のほうを向いて言い、それからまたビッガーのほうを向いた。「入ってる？」

「メアリー……」とミスター・ドルトンが言った。

「彼に質問してるのよ、お父さん！」

ビッガーは口ごもった。この娘がすごく嫌になった。どうして彼が仕事を得ようとしているときに、彼女はこんなことをしなければならないのか？

「ノー、マム」と彼はもごもご言った。顔を伏せ、床を睨《にら》みつけた。

「どうして入ってないの？」と娘は訊ねた。

何かを呟《つぶや》くミスター・ドルトンの声がビッガーの耳に届いた。ミスター・ドルトンが何か言って、この話題を終わらせてほしいと思った。ビッガーは顔を上げ、ミスター・ドルトンが娘を見つめていることに気づいた。この娘のせいで俺は仕事をもらえなくなるんだ！　そう彼は考えた。ちくしょう！　組合なんて、それが悪いと見なされているということ以外、何も知らない。ミスター・ドルトンの前でこんなことを話題にするなんて、彼女はどういうつもりなのだろう？　ミスター・ドルトンが組合を嫌っていることは間違いないのに。

「組合については、あとで話し合おう、メアリー」とミスター・ドルトンは言った。

「でも、組合に入ることは嫌じゃないでしょう？」と娘がビッガーに訊ねた。

「わかりません、マム」とビッガーは言った。

「さあ、メアリー、この青年が新人なのはわかるだろう」とミスター・ドルトンは言った。「ほっといてあげなさい」

娘は父のほうを向き、赤い舌を突き出した。

「わかったわ、ミスター資本主義者《キャピタリスト》！」娘はまたビッガーのほうを向いた。「彼って資本主義者《キャピタリスト》よね、ビッガー？」

ビッガーは下を向き、答えなかった。資本主義者《キャピタリスト》が何かも知らなかったのだ。

娘は立ち去ろうとしたが、立ち止まった。

「ねえ、お父さん、彼にもう用事がないんだったら、彼の運転で、今夜の大学での講義に行っちゃいけないかな」

「いま彼と話しているんだよ、メアリー。もうすぐ終わるから」

娘は猫を抱き上げ、部屋から出ていった。短いあいだ、言葉が途切れた。ビッガーは、娘が組合のことなど言わないでくれたらよかったのにと思った。これで雇われなくなるのではないか？　あるいは、雇われたとしても、彼女があああいう行動を続けるのなら、すぐに解雇されてしまうだろう。あのような女性はこれまで見たことがない。彼が想像していた女性とはまったく違っていた。

「おい、メアリー！」とミスター・ドルトンが言った。

「なあに、お父さん」という廊下からの声がビッガーの耳に届いた。

ミスター・ドルトンは立ち上がり、部屋から出ていった。ビッガーはじっと座って、耳を傾けた。一度か二度、娘の笑う声が聞こえたように思うが、定かではない。自分にできる最善の策は、あの頭のいかれた娘と関わらないようにすることだろう。映画で彼女が共産主義者と呼ばれていたのも不思議はない。あいつは確かに頭がいかれている。ビッガーは組合について聞いたことがあり、彼の頭のなかでは、組合と共産主義者はつながっていたのである。少し緊張を緩めたが、それからミスター・ドルトンが部屋に戻ってくる音が聞こえて、また身を硬くした。この白人の男は無言で机の向こうの椅子に座り、書類を取り上げると、長いことそれを黙って見つめていた。ビッガーは伏し目がちに彼を見つめた。ミスター・ドルトンが書類以外のことを考えているのだとわかっていた。心のなかであのいかれた娘のことを罵る。ミスター・ドルトンは自分を雇うのをやめることにしたのではないか？　ちくしょう！　週に五ドルの小遣いも得られなくなる？　あの女、呪われてしまえ！　あいつがすべてをぶち壊したんだ！　たぶんミスター・ドルトンは、彼を信用できない男だと感じることになるだろう。

「そうだ、ビッガー」とミスター・ドルトンが言った。

「イエス、サー」

「私がなぜ君を雇うのかを知っておいてもらいたい」

「イエス、サー」

「いいかな、ビッガー、私は全米黒人地位向上協会〔黒人の政治的、社会的平等を求める白人、黒人混成の全国組織。一九〇九年結成〕の支持者なんだ。この組織について聞いたことはあるかな？」

「ノー、サー」

「まあ、それは重要ではない」とミスター・ドルトンは言った。「夕食は食べたのかな？」

「ノー、サー」

「じゃあ、食べられるようになっているはずだ」

ミスター・ドルトンはボタンを押した。しばらくは沈黙が続く。それから、正面玄関でビッガーを出迎えた女が入ってきた。

「はい、ミスター・ドルトン」

「ペギー、こちらはビッガーだ。これから私たちの運転手を務めてもらう。彼に何か食べるものをあげてくれ。彼の寝室がどこで、車がどこにあるかも見せてあげて」

「はい、ミスター・ドルトン」

「それから、ビッガー、八時半にミス・ドルトンを大学まで送って、そこで彼女を待っていてくれるかな」とミスター・ドルトンが言った。

「イエス、サー」

「いまのところはそれだけだ」

「イエス、サー」

「じゃあ、こちらに来て」とペギーが言った。

ビッガーは立ち上がり、帽子を手に取った。ペギーのあとについて家のなかを歩き、キッチンに至る。そこは料理されている食べ物のにおい、コンロでぐつぐつ煮えている鍋《なべ》のにおいでいっぱいだった。

「ここに座って」とペギーは言った。白い食卓の上に載っているものを片づけ、彼が座れる場所を作る。ビッガーは座り、帽子を膝《ひざ》の上に置いた。家の正面側から奥に入ったので、少し気分がよくなったが、それでもまだ落ち着けるとは言えない。

「まだ夕食の準備の途中なの」とペギーは言った。「ベーコンエッグは好きかしら？」

「イエス、マム」

「コーヒーは？」

「イエス、マム」

彼はじっと座り、キッチンの白い壁を見つめていた。背後でペギーの動き回る音が聞こえてくる。

「ミスター・ドルトンは暖房炉の話をした？」

「ノー、マム」

「じゃあ、お忘れになったようね。あなたは、暖房炉の番もすることになってるの。あなたが出かける前に、どこにあるか見せてあげるわ」

「暖房炉の火が絶えないようにするってことですか？」

「そう。でも、簡単よ。いままでに暖房炉の番をしたことはある？」

「ノー、マム」

「すぐにできるようになるわ。大したことはないから」

「イエス、マム」

ペギーは親切そうだ。しかし、彼に仕事の一部を押しつけるため、親切そうにしているのかもしれない。まあ、そのうちわかるだろう。彼女が意地の悪いことをしたら、ミスター・ドルトンに話しにいけばいい。焼けるベーコンのにおいが漂ってきて、彼は自分がとても空腹であることに気づいた。母親にもらった二十五セント貨でサンドイッチを買うのを忘れ、朝食のあとは何も食べていなかったのだ。ペギーは彼の前に皿、ナイフ、フォーク、スプーン、砂糖、クリーム、それにパンを置いた。それから皿にベーコンエッグを盛りつけた。

「欲しければもっとあげるわよ」

食事はおいしかった。この仕事は悪くないかもしれない。ここまでで嫌だったのは、あのいかれた娘のことだけだ。彼はベーコンエッグを咀嚼《そしゃく》しながら、心のどこか奥の部分では、あの娘のことを驚きの思いで考えていた。映画に出てきた娘が、実際といかに違う人のように見えたか。スクリーン上の彼女は危険そうではなく、彼は心のなかで好きなように彼女を思い描くことができた。しかし、この家では、彼女はすべてをいいように扱い、邪魔に入る。彼はペギーがキッチンにいることをすっかり忘れ、皿が空っぽになったとき、柔らかいパンをちぎってそれで皿をぬぐい始めた。そして大きなかたまりのままパンを口へと持っていった。

「もっと食べられる？」

彼は嚙《か》むのを止《や》め、パンを脇に置いた。いまやったことを彼女に見られたくなかった。こういうことをするのは家にいるときだけだったのだ。

「ノー、マム」と彼は言った。「たくさんいただきました」

「ここが気に入ると思う？」とペギーは訊《たず》ねた。

「イエス、マム。そう望んでいます」

「ここは素晴らしい家よ」とペギーは言った。「これ以上のところはないわ。このあいだまで私たちのために働いていた黒人の人なんか、十年もいたのよ」

ビッガーはどうして彼女が「私たち」と言うのだろうと考えた。きっと、あの主人と夫人にすごく気に入られているのだろう。

「十年ですか？」と彼は言った。

「そう、十年も。名前はグリーンっていったわ。いい人だった」

「どうしてここを辞めたんですか？」

「ああ、とても賢くてね、あのグリーンは。政府の仕事に就けたのよ。ミセス・ドルトンが彼を夜間学校に行かせたの。ミセス・ドルトンはいつでも誰かを助けようとしているわ」

そう、こういう話だろうとわかっていた。でも、自分は夜間学校なんかに行くつもりはない。彼はペギーを見つめた。彼女は流しにうずくまり、皿を洗っている。彼女の言葉に挑発され、彼は何か言わなければならないと感じた。

「イエス、マム。賢いんですね」と彼は言った。「それに十年は長いです」

「あら、そんなに長くないわよ」とペギーは言った。「私はここに二十年いるの。ずっと前から、一つの仕事をずっと続けるタイプだったのね。いい職場を見つけたら、そこにとどまれっていつも言うわ。転がる石には苔《こけ》が生えないっていうけど、そのとおりよ」

ビッガーは何も言わなかった。

「ここはすべてが素朴で上品だわ」とペギーは言った。「ご夫妻は大金持ちだけど、普通の人のように生きている。気取って、ふんぞり返ったりしないのよ。ミセス・ドルトンには、人間はこうあるべきだっていう信念があるの」

「イエス、マム」

「お二人はキリスト教徒で、すべての人が一生懸命に働くべきだって信じてるの。それから清潔な暮らしをしなければいけないって。私たちがもっと召使いを雇うべきだと思っている人もいるけど、これでちゃんとやっていけてる。まさに一つの大きな家族なのね」

「イエス、マム」

「ミスター・ドルトンは素晴らしい方だわ」とペギーは言った。

「あ、イエス、マム。そうですね」

「ご存じ？　ご主人はあなたの民族のためにたくさんのことをしているのよ」

「私の民族？」とビッガーは当惑して訊ねた。

「そう、黒人のために。黒人学校に五百万ドルも寄付したの」

「そうなんですか！」

「でも、本当に素晴らしいのはミセス・ドルトンだわ。奥様がいなかったら、ご主人はあのようなことをしてないでしょうね。奥様のおかげでご主人はお金持ちになったの。

結婚したとき、奥様は数百万ドルもお持ちだったんだから。もちろん、ご主人もそれから不動産でたくさん稼いだのよ。でも、財産の大半は奥様のもの。可哀想《かわいそう》に、目が不自由なんだけどね。十年前に視力を失ったの。奥様に会ったかしら？」

「イエス、マム」

「お一人だった？」

「イエス、マム」

「可哀想に！　奥様の面倒を見ているミセス・パターソンは、週末の休みを取っていて、奥様は一人なのよ。それってお気の毒よね？」

「あ、イエス、マム」と彼は言った。ミセス・ドルトンへの同情を感じてほしいと期待されているようだったので、いくらかでも同情の気持ちを声に込めようとした。

「ここであなたが得たのは仕事以上のものよ」とペギーは続けた。「ここは家も同然。私はいつもミセス・ドルトンに言うの。ここは私の知る唯一《ゆいいつ》の家だって。ここで働き始めたのは、アメリカに来て二年も経《た》っていなかったときで……」

「そうなんですか」とビッガーは彼女を見つめて言った。

「私はアイルランド人なの」と彼女は言った。「本国にいる私の民族の人たちはイギリスに対して、黒人の人たちがアメリカに対して感じるのと似たものを感じているわ。だから、私には黒人の人たちのことがある程度わかるのよ。でも、ここの人たちは素晴らしいわ、間違いなく。お嬢様だってね。もう会ったかしら？」

「イエス、マム」

「今夜？」

「イエス、マム」

　ペギーは振り返って、鋭い目で彼を見つめた。

「可《か》愛《わい》らしい方よね」と彼女は言った。「私はお嬢様が二歳のときから知ってるの。でも、ちょっとお転婆《てんば》なのよね。いつも厄介事を起こしては、家の人たちを心配させている。どうしてあんなにやんちゃになったのかはわからないけど、とにかくああなっちゃったのよ。あなたもここに長くとどまれば、お嬢様のことをよく知るようになるわね」

　ビッガーはその娘について質問したかったが、いまはそれをしないほうがいいだろうと考えた。

「食事がもう終わったんなら、暖房炉と車に案内するわ。あなたの部屋がどこかもね」と彼女は言い、鍋を載せたコンロの火を弱めた。

「イエス、マム」

　彼は立ち上がり、彼女のあとについてキッチンを出た。狭い階段を降りて地下室へ。真っ暗だったが、カチッという音がして、ライトが点《つ》いた。

「こっちね……名前は何ていうんだった？」

「ビッガーです、マム」

「何？」

「ビッガーです」

石炭と灰のにおいがし、ゴーッと燃える火の音が聞こえてきた。暖房炉のなかで燃える熾火《おきび》が赤く輝いている。

「これが暖房炉ね」と彼女は言った。

「イエス、マム」

「毎朝、ここにゴミが置いてあるから、あなたはそれを燃やして、バケツを小型エレベーターに載せてちょうだい」

「イエス、マム」

「シャベルを使って石炭をくべる必要はないの。自動的に補給されるから。見て。わかる？」

ペギーがレバーを引いた。ガタガタという大きな音がして、細かい石炭が金属製のシュートを滑り落ちていく。ビッガーが身を屈《かが》めて暖房炉の隙間《すきま》から見ると、赤い熾火の上に石炭が扇のように広がっていった。

「すごいですね」と彼は感心して呟いた。

「水の心配もしなくていいの。自然に溜《た》まるようになってるから」

ビッガーはこれが気に入った。簡単だし、楽しいくらいだ。

「いちばん大変なのは灰を取り出すことと掃き掃除ね。あと、石炭がどれくらい残っているかにも注意して。少なくなっていたら、私かミスター・ドルトンに言ってくれれば、注文するから」

「イエス、マム。それはやれます」

「それから、あなたの部屋への行き方だけど、奥の階段をのぼるだけでいいの。来て」

彼は彼女のあとについて階段をのぼった。彼女がドアを開け、ライトのスイッチを入れると、そこは広い部屋だった。壁いっぱいに女性たちの顔やプロボクサーの写真が貼《は》られている。

「ここはグリーンの部屋だったの。写真が好きだったのよね。でも、きちんと整理整頓《せいとん》していたわ。ここは温かいでしょう。そうだ、忘れる前に。この部屋と車庫と車の鍵《かぎ》はこれね。じゃあ、車庫に案内するわ。外を回らないといけないのよ」

彼は彼女のあとについて階段を降り、屋外の車寄せに出た。かなり温かくなっていた。

「雪でも降りそうだわ」

「イエス、マム」

「ここが車庫」と彼女は言い、ドアを解錠して押し開けた。ドアが内側に向かって開くと、自動的に灯りが点いた。「車を外に出したら、横手の通用口のところでご家族を待つようにしてね。そういえば、今晩、ミス・ドルトンを車でお連れするんだった？」

「イエス、マム」

「じゃあ、お嬢様が家を出るのは八時半なので、それまでは空き時間ね。そうしたければ、自分の部屋を見ておくといいわ」

「イエス、マム。そうします」

ビッガーはペギーの後ろについて階段を下り、地下室に戻った。彼女はキッチンに、彼は自分の部屋に向かう。部屋の真ん中に立って、壁を見回した。ジャック・ジョンソン、ジョー・ルイス、ジャック・デンプシー、ヘンリー・アームストロング〔いずれも二十世紀前半に活躍したプロボクサー〕などの写真が貼ってある。ほかにはジンジャー・ロジャーズ、ジーン・ハーロウ、ジャネット・ゲイナー〔いずれも二十世紀前半に活躍した白人の女優〕の写真。部屋は広くて、ラジエーターが二台置いてあった。ビッガーはベッドを触ってみた。柔らかい。すごい！　いつか夜にベッシーを連れてこよう。すぐにではないけど。この家で働く要領がわかってからにしよう。一部屋を自分だけで使えるなんて！　ここに酒の一パイント瓶を持ち込んで、誰にも邪魔されずに飲むこともできる。もうこそこそしなくていいんだ。バディと同じベッドで寝て、ひと晩じゅう蹴《け》られる心配もない。彼は煙草に火を点け、ベッドの上で大きく伸びをした。オオオオウ……。こいつはまったく悪くなさそうだ。彼は一ドルの腕時計に目をやった。七時。もう少ししたら一階に下り、車を点検しよう。それから、別の時計も買おうか。一ドルの腕時計では、こういう仕事に相応《ふさわ》しくない。金時計を買おう。買っておきたい新しいものがたくさんある。すごいぜ！　これからは気楽な生活になる。すべてがうまくいくだろう、あの娘を除けば。あれは心配の種だ。彼女が組合の話を続けるようだと、そのせいで首になるかもしれない。あれは本当にいかれた女だ。生まれてこの方、あんな女に会ったことはない。どうしたらいいのかわからなくなる。金持ちのくせに、金持ちのように振る舞わない。じゃあ、どのように振る舞っているかというと……いや、彼女の振る舞いをどのように表現したらいいのか、正確にはわからない。これまでに会った白人の女性というと、だいたいは仕事か福祉事務所で会った人たちだったが、みんなどこか冷たさというか、よそよそしさがあった。彼に対して距離を保ち、遠くから話しかけている感じなのだ。ところが、あの娘はいきなり近づいてきて、言葉と振る舞いで彼の眉間《みけん》をガツンと殴った。ああ、ちくしょう！　こんなふうにあの娘のことを考えたって、何にもならないじゃないか？　たぶんあいつは大丈夫だ。時間をかけて慣れなければならない、それだけだろう。きっと、お金をたくさん使うんだろうな、と彼は考えた。それに、親父《おやじ》さんが黒人のために五百万ドルも寄付したなんて。五百万をあっさり出せる男だったら、数百万は彼にとって、五セント貨みたいなものなのだろう。ビッガーは立ち上がり、ベッドの縁に座った。

　これから運転する車の型式は何だろう？　ペギーが車庫のドアを開けたとき、よく見ようと思わなかった。パッカードならよいのに、と彼は思った。でなければ、リンカーンかロールスロイス。いいぞ！　運転するんだ！　もうちょっとで！　もちろん、ミス・ドルトンやミスター・ドルトンを乗せるときは、気をつけなければならない。でも、一人で乗れるときは、舗装道路が燃えるくらいスピードを出そう。タイヤから煙が出るくらいに！

彼は唇を舐《な》めた。喉《のど》が渇いている。時計を見ると、八時十分過ぎだった。キッチンに行き、水を一杯飲んで、それから車を車庫から出そう。階段を下り、地下室を通って、キッチンのドアに通じる階段をのぼった。自分でも気づかずに、爪先立《つまさきだ》ちで歩いている。そっとキッチンのドアを開けて、なかを覗《のぞ》き込む。そして、目に飛び込んできたものにハッとし、息を呑んだ。キッチンの床のど真ん中に、ゆったりとした白い服を着て、ミセス・ドルトンがじっと立っていたのである。あたりは静まり返り、白い壁に掛けられた大きな時計がゆっくりと時を刻む音以外、何も聞こえない。一瞬、彼はなかに入るべきか、また階段を下りていくべきかわからなかった。喉の渇きはなくなっている。ミセス・ドルトンの顔は必死に音を聞き取ろうとしている表情で固まり、手は両脇《りょうわき》にだらりと垂れ下がっている。ビッガーには、彼女の顔が肌の毛穴のすべてで音を聞き取ることができ、誰かがしゃべっている低い声にいつでも耳を傾けているかのように思われた。彼女のすぐ脇の床には、白い猫が静かに座っており、大きな黒い目で彼を見据えている。

彼女とこの白い猫を見ているだけで、彼は落ち着かなくなった。ドアを閉め、また爪先立ちで階段を下りていこうとしたとき、彼女が話しかけてきた。

「あなたが今度来た人？」

「イエス、マム」

「何か欲しかったの？」

「お邪魔をするつもりはなかったんです、マム。私は……私はただ、水が飲みたかったもので」

「じゃあ、入ってらっしゃい。グラスはどこかにあるはずだわ」

彼は流しへと向かった。歩きながら彼女を見ていると、目が不自由な人だとわかっていても、相手に見られているような感じがした。肌がひりひりと疼《うず》く。狭い棚からグラスを取り出すと、水道水をいっぱいに注いだ。飲みながら、グラスの縁から彼女のほうを盗み見る。少しだけ傾いた顔はまったく動かず、じっと待っている。それを見て、彼はかつて見た死人の顔を思い出した。それから気がついた。ミセス・ドルトンは彼が歩いているとき、そちらの方向を向き、足音を聞いていたのだ。この人は俺が立っている場所を正確に知っている、と彼は思った。

「自分の部屋は気に入った？」と彼女は訊ねた。そのしゃべり方から、彼はまた気がついた。彼女はそこにじっと立って、グラスが流しに置かれるときのカチンという音を待っていたのだ。

「あー、イエス、マム」

「運転には注意してほしいわ」

「あー、イエス、マム、注意します」

「運転手をしたことはあるの？」

「イエス、マム。ただ、食料品店のトラックでした」

目が不自由な人と話していると、こちらの目にも見えない相手と話しているような感じがした。

「学校ではどこまで進んだの、ビッガー？」

「八年生までです、マム」

「学校に戻ろうとは思わない？」

「あー、いまは働かないといけませんから、マム」

「戻るチャンスがあるとしたら、どう？」

「あー、わかりません、マム」

「ここで最近まで働いていた人は夜学に行き、教育を受けたわ」

「イエス、マム」

「教育を受けたら、何になりたい？」

「わかりません、マム」

「それについて考えたことはないの？」

「ノー、マム」

「それよりは働きたい？」

「そうですね、マム」

「まあ、別の機会にまた話しましょう。そろそろミス・ドルトンのために車を出したほうがいいわ」

「イエス、マム」

彼はミセス・ドルトンをキッチンの真ん中に残して立ち去った。彼女は最初にそこで出会ったときからまったく動いていない。この人をどう扱ったらいいのか、彼にはわからなかった。自分のすることすべてを彼女は厳しく、しかし優しく判断してくれるように感じられる。そして、彼は母に対するのと同じような感情を彼女に抱いた。ミセス・ドルトンに対する感情と母に対する感情とのあいだに違いがあるとすれば、母は自分が彼にやらせたいことをやらせようとしており、ミセス・ドルトンは彼がやりたかったはずだと彼女が信じていることをやらせようとしている点だ。彼はそう感じたが、夜学に行きたいわけではなかった。夜学も悪くはない。ただ、自分には別の計画がある。まあ、いまはまだそれがどういうものかわかっていないだけだ。それでも、計画を立てつつはある。

夜の空気は温かくなっていた。風も強くなった。彼は煙草に火を点け、車庫の鍵を開けた。ドアが内側に向けて開き、ライトが自動的に点いたのを見て、彼はまた驚き、嬉《うれ》しく感じた。ここの人たちは何でも持ってるな、と彼は思った。それから車をじっくりと見た。ダークブルーのビュイック。新型車で、車輪のスポークはスチール製だ。彼は車から一歩下がり、全体を見渡した。それからドアを開け、ダッシュボードを見つめた。望んでいたほど車が高価なものではなかったので少しがっかりしたが、価格がそれほどではない分、色とスタイルがそれを補って余りあった。「いいじゃないか」と彼は軽く声に出して言った。そして車に乗り込み、バックで車寄せまで出すと、向きを変え、横の出入り口に車をつけた。

「あなたなの、ビッガー？」

あの娘が踏み段に立っていた。

「イエス、マム」

彼は車から降り、彼女のために後部のドアを開けて、乗り込むまで待った。

「ありがとう」

彼は帽子に手を触れ、それからこれをしてもよかったのだろうかと考えた。

「行かれるのはミッドウェイ公園のところの大学ですか？」

頭上のバックミラーに映っている彼女は、少しためらってから答えた。

「そう、そこよ」

彼は車を公道に出し、南に向かった。時速五十五キロほどで走らせる。巧みにハンドルを操り、一つの街区《ブロック》が始まるとスピードを上げ、次の交差点に近づくたびに少しだけスピードを下げた。

「運転、上手ね」と彼女は言った。

「イエス、マム」と彼は誇らしげに言った。

運転しながらバックミラーで彼女の様子をうかがう。わりと可愛いが、かなり小柄だ。ショーウィンドーに飾られた人形のよう——黒い目に白い顔、赤い唇。そして、彼女は最初に会ったときのようには振る舞っていない。実のところ、遠くを見るような目をしている。47番通りに差しかかるとき、彼は赤信号のために車を停めた。そこからしばらくは停まらずに行けたが、51番通りまで来ると、前にも後ろにも長い車の列ができていた。軽くハンドルを握り、車の列が前に進むのを待つ。運転していると、力を手に入れたという強烈な感覚が味わえた——車の感触によって自分に何かが付け加わったという感覚。足でアクセルを踏み、疾走していくのが心地よい。じっと立っている人々を追い越していき、足下に吸い込まれていくアスファルトの道を見つめる。信号灯が赤から緑に変わり、彼は車を前に進めた。

「ビッガー！」

「イエス、マム」

「この交差点で曲がって、脇道で停めてちょうだい」

「ここですか？」

「そう、ここよ」

おい、これはいったいどういうことだ？　彼はコテージグローヴ・アヴェニューから逸《そ》れて、車を縁石に寄せた。振り向いて彼女に目を向けると、彼女が後部座席の縁に尻《しり》を載せ、身を乗り出していたのでびっくりした。顔はほんの十五センチほどしか離れていない。

「怖がらせてるかしら？」と彼女は静かな声で言い、微笑《ほほえ》んだ。

「いや、そんなことはありません、マム」と彼はどぎまぎして呟いた。

バックミラーで彼女を見つめた。彼女の小さな両手は前部座席の背もたれから垂れ下がり、目はぼんやりと外を見つめている。

「これから言おうとしていることを、どう言ったらいいのかわからないの」と彼女は言った。

彼は何も言わなかった。しばらく二人とも黙りこむ。この娘はいったい何を望んでいるんだ？　路面電車がガタガタと通り過ぎた。バックミラーを見つめていると、後方の信号が緑から赤に変わり、また緑に戻るのが見えた。まあ、彼女が何を言おうとしているにせよ、さっさと言って、片づけてほしい。本当に変な女だ。いつも意外なことをする。彼は彼女が話し始めるのを待った。彼女は両手を前部座席の背もたれから引っ込め、ハンドバッグをまさぐった。

「マッチ、ある？」

　彼はベストのポケットからマッチを取り出した。

「イエス、マム」

「火を点けて」と彼女は言った。

　彼は驚いて瞬《まばた》きした。マッチを擦り、炎を彼女のほうに差し出す。彼女はしばらく黙って煙草を吸っていた。

「あなた、告げ口しないわよね？」と彼女は微笑んで言った。

　彼は返事をしようと口を開けたが、言葉が出てこなかった。彼女が訊ねたことと、訊ねたときの口調から、何らかの答えが求められていたのだと感じさせられたが、何を言えばよかったのだろう？

「私、大学には行かないの」と彼女はしばらくして言った。「そのことは忘れていいわ。ループ地区〔シカゴのビジネス街〕まで送ってちょうだい。でも、誰かに訊かれたら、私は大学に行ったって言ってね。いい、ビッガー？」

「イエス、マム。大丈夫です」と彼は小声で言った。

「あなたを信用していいわよね」

「イエス、マム」

「だって、私はあなたの味方なんだから」

おい、それってどういう意味なんだ？　彼女が俺の味方だって。俺はどちら側の人間ってことになるんだ？　彼女が黒人に好意を持っているという意味なのか？　まあ、それについては、あの家族がみんなそうだって話は聞いた。この娘は本当にいかれているのか？　彼女の行動について家族はどれだけ知っているのだろう？　しかし、彼女が本当にいかれているとすれば、どうしてミスター・ドルトンは俺にその運転手をやらせるんだ？

「私、友達に会いに行くの。その人は、あなたの友達でもあるのよ」と彼女は言った。

「俺の友達！」彼は思わず叫び声をあげた。

「いいえね、あなたはまだその人を知らないんだけど」と彼女は笑いながら言った。

「そうですか」

「アウタードライブに出て、レイク通りの16番地まで行ってちょうだい」

「イエス、マム」

この娘は共産主義者《アカ》たちのことを言っているんじゃないか？　そうだ、それだ！　でも、俺の友達にアカはいない。これってどういうことなんだ？　ともかく、彼女を大学に連れていったのかとミスター・ドルトンに訊かれたら、イエスと答えなければならない。あとは、彼女が口裏を合わせてくれるものと当てにしよう。しかし、ミスター・ドルトンが誰かに見張りをさせていたとしたらどうなる？　俺が実際に彼女をどこに連れていったのか、そいつから聞いてしまったら？　多くの金持ちたちが探偵を雇い、自分たちのために働かせているという話を聞いたことがある。こうしたことのすべてがいったい何なのか、せめてわかっていたら、気分はずっと楽になるのだが。それに、彼女はこれから誰かに会いにいき、そいつは俺の友達でもあると言った。俺は共産主義者に会いたくない。やつらは金がないじゃないか。人が強盗をして刑務所に行くというのはわかるが、アカたちと関わったために刑務所に行くなんてバカみたいだ。まあ、この娘の運転手はやろう、そういうことで雇われたんだから。しかし、この仕事に関しては慎重に行動しないといけない。ただ一つの望みは、彼女のせいで解雇されないことだ。彼は7番通りでアウタードライブから抜け、ミシガン・ブールヴァードを北に向けて走ってレイク通りに出た。それから二街区《ブロック》ほど西に走り、16番地を探した。

「ここよ、ビッガー」

「イエス、マム」

彼は暗い建物の前で車を停めた。

「待っててね」と彼女は車から降りながら言った。

見ると、彼女は彼に向かって満面の笑みを浮かべ、ほとんど笑い出しそうだった。その瞬間、自分が感じていたこと、考えていたことがすべて彼女に知られているように感じ、彼はどぎまぎして顔を背けた。このクソ女！

「長くはかからないわ」

彼女は車から降りて歩き出し、それから振り返った。

「心配しないでね、ビッガー。だんだんとよくわかるようになるから」

「イエス、マム」と彼は言い、微笑もうとしたが、できなかった。

「そういう歌がなかったかしら？　あなた方がうたう歌で？」

「どういう歌ですか？」

「だんだんとよくわかるようになるって歌よ」

「あー、イエス、マム」

まったく、変な女だ。彼は彼女に何かを感じた——彼女が掻《か》き立てる恐怖以上の何か。彼女は彼が人間であるかのように、同じ世界で生きているかのように反応しているのだ。そういう気持ちを、彼はこれまで白人に対して抱いたことはなかった。しかし、どうしてだろう？　これはある種のゲームなのか？　彼女が話すのを聞いているときに抱く、警戒しながらも自分が自由になれたような感覚は、彼女が白人の金持ちだという厳しい現実ともつれ合っていた。その世界の人々が彼に対し、おまえはこれはしてよいがこれはできないといったことを告げてきたのである。

　彼は彼女が入っていった建物をじっと見つめた。古くて、塗装されていない建物だった。窓にも玄関にも灯りがともっていない。あの娘は恋人と会っているんじゃないか？　それだけの話なら、すべては解決する。しかし、彼女が共産主義者たちに会いに行ったのだったら？　いや、そもそも共産主義者って何だ？　彼女はそれなのか？　どうして共産主義者になる人がいるのだろう？　彼は新聞漫画で描かれた共産主義者を覚えていたが、彼らはいつでも燃える松明《たいまつ》を手に持ち、顎鬚《あごひげ》を生やしていて、人を殺そうとしたり、ものに火を点けようとしたりしていた。そういうふうに振る舞う者たちはいかれている。共産主義者について聞いた話で思い出せるものは、彼の心のなかで暗闇《くらやみ》や古い家、ひそひそ声でしゃべる人々、ストライキをする労働組合などと結びついていた。これも似たような感じがする。

　彼は身を硬くした。娘が入っていったドアが開いたのだ。彼女が出てきて、そのあとに白人の青年が現われた。二人で車に向かって歩いてきたが、後部座席に入るのではなく、運転席の脇で立ち止まった。彼のことをじっと見つめている。彼はその男が映画のニュースで見た男だとすぐに気づいた。

「ねえ、ビッガー、こちらはジャンよ。ジャン、こちらはビッガー・トマス」

ジャンは満面の笑みを浮かべ、広げた手のひらを差し出してきた。ビッガーの全身が不安と恐怖で引きつった。

「元気かい、ビッガー？」

ビッガーは右手でハンドルを握ったまま、この白人と握手をすべきなのだろうかと考えていた。

「元気です」と彼はもごもご言った。

ジャンは右手を差し出したままだった。ビッガーは右手を十センチほど上げたが、それ以上は動かせなくなった。

「さあ、握手しよう」とジャンは言った。

ビッガーは驚きのあまり口を開け、力なく右手を差し出した。ジャンの指がこちらの指をギュッと握りしめてくるのが感じられる。彼は手をそっと引っ込めようとしたが、ジャンは彼の手をしっかりと握ったまま、微笑んでいた。

「知り合いになれるといいと思うんだ」とジャンは言った。「僕はメアリーの友達だよ」

「イエス、サー」と彼は呟いた。

「第一に」とジャンは続け、車のステップに片足を置いた。「僕に対してサーとは言わないでくれ。僕は君をビッガーと呼ぶから、君は僕をジャンと呼ぶ。そういう関係でありたいんだよ。どうだい？」

　ビッガーは答えなかった。メアリーはニコニコしている。ジャンは彼の手を握ったままだ。ビッガーは頭を少し傾け、視線の向きを変えるだけで、ジャンを見つめることもできるし、ジャンと目を合わせたくなければ、いつでも街路を見ていられるようにした。

メアリーが静かに笑っている声が聞こえてくる。

「大丈夫よ、ビッガー」と彼女は言った。「ジャンは本気で言っているから」

　彼は怒りでカッと熱くなった。この女、地獄に落ちてしまえ！　こいつは俺のことを笑っているのか？　二人で俺をからかっているのか？　こいつらは何を求めているんだ？　どうして俺をほうっておいてくれないんだ？　俺はこいつらを煩《わずら》わしていないのに。そう、こういう連中と関わると、何が起こるかわかったもんじゃない。彼は精神も身体も痛いほどに集中し、一点にだけ注意を向けた。そして必死に理解しようとした。こんなふうに運転席に座り、白人に手を握らせているなんて、自分がバカになったような感じがする。通りかかった人々はどう思うだろう？　ビッガーは自分の黒い肌を意識した。ジャンやその種の人々は、彼が黒い肌を意識するよう仕向けているのだという、突き刺さるような確信を抱いていた。白人たちは黒い肌を軽蔑《けいべつ》しているのではないのか？　なぜジャンはこういうことをしているんだ？　なぜメアリーは目を輝かせ、期待するかのように立っているんだ？　ここから彼らは何を得ようというんだ？　俺を軽蔑しているわけではないのか？　しかし、彼らはそこに立ち、俺を見つめているだけで、俺に黒い肌を意識させている。一方が俺の手を握り、他方が微笑んでいるだけで。ビッガーはいまの自分が肉体的な存在ではないように感じた。何か自分が嫌っているものに、恥の象徴になってしまった感覚――黒い肌には恥のしるしが付着しているのだと、彼はわかっていた。ここは影のような地域。白人の世界と、彼が立つ黒人の世界とを分け隔てる、中間地帯だ。彼は自分が裸に、透明になったように感じた。この白人の男は俺を卑《いや》しめ、醜く見せようとしてきた。いまは俺をしげしげ見ようと抱え上げ、面白がっている。そのように感じ、彼はこのときメアリーとジャンに、言葉にはできない、冷ややかでぼんやりとした憎悪《ぞうお》を感じた。

「しばらく僕に運転させてくれ」とジャンは言い、ビッガーの手を放してドアを開けた。ビッガーはメアリーを見つめた。彼女は歩み寄ってきて彼の腕に触れた。

「いいのよ、ビッガー」と彼女は言った。

彼は座ったまま体の向きを変え、外に出ようとした。しかし、それをジャンが制止した。

「いや、そこに座ったまま、向こうに移ってくれ」

ビッガーが右に移動し、ジャンが運転席に腰を下ろした。ビッガーの手にはまだ妙な感覚が残っていた。消すことのできない痕跡《こんせき》がジャンの手の圧力によって残されたような感じだ。メアリーも前部座席に乗り込んできた。

「向こうに移動して、ビッガー」と彼女は言った。

彼はジャンに少し近づいた。メアリーはなかに入ってきて、彼と車のドアとのあいだに無理やり体を押し込んだ。両側に白人が座っている。巨大な白い壁が二つぼんやりと聳《そび》え立っていて、そのあいだに座っているようなものだ。白人の女とこんなに近づくのは生まれて初めてだった。彼女の髪のにおいが漂ってきて、太腿《ふともも》が自分の太腿にそっと触れるのを感じる。ジャンは車をアウタードライブの方向に戻し、車の列のなかを縫うように進んでいった。すぐに彼らは湖岸道路に出て、鈍い光を発する巨大な水面の横を疾走した。空には雪雲が重く垂れこめ、風が強く吹いていた。

「素晴らしい夜じゃない？」と彼女が訊ねた。

「ああ、そのとおり！」とジャンが言った。

ビッガーは二人の声の調子や聞きなれない抑揚、口から次々に繰り出される、熱意溢《あふ》れる言葉に耳を傾けていた。

「あの空！」

「それに、あの水面！」

「あんまり美しくて、見ているだけで心が疼くわ」とメアリーが言った。

「美しい世界だよね、ビッガー」とジャンは言い、彼のほうを向いた。「あのスカイラインを見てみな！」

ビッガーは顔を向けることはせずにそちらを見た——目だけを横に動かしたのだ。片側には高層ビル群が大きく広がっており、小さな四角形の黄色い光があちこちに散らばっている。

「僕たちはいつかこのすべてを手にするんだ、ビッガー」とジャンは片手を大きく振って言った。「革命後には、みんな僕たちのものになる。でも、そのためには闘わなければならない。すごい世界を勝ち取ることになるよ、ビッガー！　その日が来たら、すべてが変わるんだ。白人も黒人もなくなる、金持ちも貧乏人もなくなる」

ビッガーは何も言わなかった。車はゴーッという音とともに進んでいく。

「あなたから見て、私たちっておかしいわよね、ビッガー？」とメアリーが訊ねた。

「えっ、ノー、マム」と彼は呼吸を乱さないようにして答えた。彼女に信じてもらえないのはわかっていたが、それ以外に答えようがないこともわかった。

狭い空間に押し込まれていたので、腕と脚が痛くなったが、彼は動こうとしなかった。体をほぐしたとしても、彼らが気にかけないのはわかっている。しかし、この場で動いたら自分に、その黒い体に、注意を向けてしまうことになる。それはしたくない。この人たちは彼が感じたくないことを感じさせようとしているのだ。自分が白人だったら、彼らの同類だったら、違ったであろう。しかし自分は黒人だ。だから彼は腕と脚が痛もうと、じっと座っていた。

「なあ、ビッガー」とジャンが言った。「サウスサイドでおいしいものが食べられるのはどこかな？」

「そうですね」とビッガーは言い、考え込んだ。

「私たちは本物の店に行きたいのよ」とメアリーは彼に明るい顔を向けて言った。

「ナイトクラブにいらっしゃりたいのですか？」とビッガーは訊ねた――行くべき場所を勧めるのではなく、店の名を挙げるだけだと示唆するような口調で。

「いや、僕らは食べたいんだ」

「いいかしら、ビッガー。私たちは黒人の人たちが食事するところに行きたいの、ショーをやっているところではなく」

こいつら、何を求めてるんだ？　質問に答えるとき、彼は感情を表わさず、平坦《へいたん》なしゃべり方をした。

「まあ、アーニーズ・キッチン・シャックってのがあります……」

「そこ、よさそうだな！」

「行きましょうよ、ジャン」とメアリーが言った。

「オーケー」とジャンが言った。「どこにあるんだい？」

「47番通りとインディアナ・アヴェニューの交差点です」とビッガーは彼らに言った。

ジャンは31番通りで大きく曲がり、アウタードライブから抜けると、インディアナ・

アヴェニュー目指して西へと走った。ビッガーは、できるだけ短い時間でアーニーズ・キッチン・シャックに着けるように、ジャンがもっとスピードを出してほしいと思った。そうすれば、彼らが食べているあいだに、自分は縮こまっていたために痛む脚を伸ばす時間ができる。ジャンはインディアナ・アヴェニューに入り、南に向かった。二人の白人にはさまれ、こんなふうに車に乗っている姿を見られたら、ジャックとガスとG・Hに何て言われるだろう。ビッガーはそれを心配した。やつらはこのことを覚えている限り、俺をからかい続けるんじゃないか。彼はメアリーが席の上で体の向きを変えたことに気づいた。続いて彼女の手が彼の腕に置かれた。

「聞いてくれる、ビッガー。私はね、前からこういう家のなかに入ってみたかったの」と彼女は両側に建つビルを指さして言った。ぼんやりと浮かび上がる、暗くて背の高いアパート群だ。「あなた方の民族の人たちがどのように暮らしているのか、見るだけのためにね。私の言いたいこと、わかる？　私はイギリスとフランスとメキシコに行ったことがある。それなのに、自分の家から十街区《ブロック》離れたところに住んでいる人々がどのように暮らしているのか、知らないのよ。私たちは互いのことを知らなすぎるわ。私はただ見てみたい。こうした人たちのことを知りたい。黒人の家に入ったことって、一度もないの。でも、彼らも私たちと同じ暮らしができなきゃいけないのよ。彼らも人間なんだから……千二百万人もいるのよ……私たちの国で暮らしている……私たちと同じ都市で……」。彼女の声は切なげに小さくなっていった。

みんな黙りこんだ。車は黒人地帯を走っており、黒人たちが生活する高い建物を通り過ぎていく。ビッガーは彼らが彼の生活について、彼の民族の人々の生活について、考えているのがわかった。突如として彼は手に何か重いものを掴《つか》み、全身の力を込めて握りしめたい、そしてあり得ないことだがこの場で立ち上がり、疾走する車の上の剝《む》き出しの空間に浮かび上がって、決定的な一撃を打ち下ろし、車を消し去りたい――なかにいる彼自身も白人二人も一緒に――と思った。心臓が激しく鼓動し、彼は息遣いを抑えようとした。この思いがいまの彼を支配している。彼は、このような感情に屈してしまってはいけないと感じた。しかし、どうしようもない。どうしてやつらは俺のことを放っておいてくれないんだ？　俺がやつらに何をしたっていうんだ？　ここでこういうふうに座り、俺をこんな惨《みじ》めな思いにさせて、やつらはいったい何を得られるというんだ？

「その食堂の場所を教えてくれ、ビッガー」とジャンが言った。

「イエス、サー」

ビッガーは窓の外に目をやり、ここが46番通りだとわかった。

「次の街区《ブロック》の端にあります、サー」

「この通りのどこかに駐車できるかな？」

「あ、イエス、サー」

「ビッガー、お願いだ！　僕に向かってサーと言わないでくれ……それは嫌なんだ。君は僕と同じ人間だよ。僕のほうが上だってわけじゃない。そういうのを好む白人もいるかもしれないけどね。でも、僕は嫌なんだ。いいかな、ビッガー……」

「イエス……」と、ビッガーはここで言葉を呑《の》み込み、自分の黒い手を見つめた。「オーケー」と彼は小声で言った。自分が息を詰まらせていることを、声から悟られたくないと思った。

「それでね、ビッガー……」とジャンは話し始めた。

メアリーがビッガーの背中越しに手を伸ばし、ジャンの肩に触れた。

「降りましょう」と彼女はせかせかと言った。

ジャンは車を縁石沿いに停め、ドアを開けて外に出た。ビッガーは体を滑らせてハンドルの後ろに戻り、ようやく腕と脚を伸ばせて嬉しくなった。メアリーは反対側のドアから降りた。これでしばらく休める。自分のいまの気持ちにばかり気を取られていて、彼は顔を上げようとしなかった。そして長い沈黙にどこかおかしいと感じ、ようやく見上げると、その瞬間、メアリーが彼の顔から視線を逸らした。彼女はジャンを見つめ、ジャンも彼女を見つめている。彼らの目に宿る表情の意味は読み間違えようもない。ビッガーから見て、それは明らかに当惑し、問いかけている表情——この人はどうしちゃったの、と問いかける表情だった。ビッガーは歯を食いしばり、まっすぐ前を見た。

「一緒に来ないの、ビッガー？」とメアリーは甘い声で訊《たず》ね、それを聞いたビッガーは彼女に飛びかかりたくなった。

アーニーズ・キッチン・シャックの人たちには顔を知られている。この白人たちと一緒にいるところを見られたくない。彼が入っていけば、彼らは〝ビッガーがつるんでる、この白人たちは何者だ〟と訊ね合うに違いない――それが彼にはわかっていた。

「な――なかに……入りたくないです……」と彼はかすれ声で囁《ささや》いた。

「お腹《なか》は空《す》いてないのかい？」とジャンが訊ねた。

「ええ、空いてません」

ジャンとメアリーが車に近づいてきた。

「それにしたって、なかで一緒に座ろう」とジャンは言った。

「いや……俺は……」とビッガーは口ごもった。

「大丈夫よ」とメアリーは言った。

「ここにいます。誰かが車を見てないといけないですし」

「あら、車なんてどうでもいいわ！」とメアリーは言った。「なかに入りましょう」

「食べたくないのです」とビッガーは頑固に言い張った。

「そうか」とジャンは言って溜め息をついた。「君がそういうふうに感じるのなら、僕たちも入らない」

ビッガーは罠《わな》にかけられたように感じた。こんちくしょう！　最初から、彼らが異常なことを何もしていないかのように自分も振る舞っていればよかった。そうしていれば、すべてがずっと楽だったろう。彼は一瞬にして、そのことを悟ったのだ。しかし、彼には彼らが理解できない、信用できない。本当に大嫌いだ。彼らがなぜ自分をこういうふうに扱うのか、途方に暮れてしまう。しかし、結局のところ、これが彼の仕事なのだし、ここに座って、彼らに見つめられているのも、食堂に入るのと同じくらい苦痛なのである。

「オーケー」と彼は腹立たしげに呟《つぶや》いた。

車から降り、バタッと乱暴にドアを閉める。メアリーが彼に寄ってきて、彼の腕を取った。彼は長いこと何も言わずに彼女を見つめた。彼女をまっすぐに見つめるのはこれが初めてだった。それができるのも、怒っているからだ。

「ビッガー」と彼女が言った。「本当に来たいのでなければ、一緒に来なくてもいいわ。お願い、こうは思わないで……ああ、ビッガー……私たちは、あなたに嫌な思いをさせようとしてるわけじゃないの……」

声が途切れた。街灯のかすかな光の下、ビッガーには彼女の目が曇り、唇が震えるのが見て取れた。彼女がふらついて車に寄りかかると、彼は彼女が見えない感染症に冒されているかのように身を引いた。ジャンが彼女の腰に腕を滑り込ませ、彼女を支える。ビッガーの耳に彼女のすすり泣く声が聞こえてきた。ちくしょう！　彼らに背を向け、ここから立ち去りたいという激しい思いに駆られた。もつれ合った深い影たちのなかにはまってしまったような感じだ――頭上に広がる夜の闇のように黒い影たちに。彼はその振る舞いによって彼女を泣かせてしまったのだが、あのように彼女に対して振る舞わなければならないと感じたのは、彼女があのように振る舞ったからだ。彼女との関係に関して、彼はシーソーに乗っているように感じた。彼女とは決して同じ高さにならない――彼か彼女か、どちらかが上になっている。メアリーは目の涙を拭《ぬぐ》い、ジャンが彼女に何かを囁いていた。二人を置いて立ち去ったとしたら、ビッガーは母親に対して何と言えばいいのだろうと考えた。あるいは福祉事務所の人に対して、あるいはミスター・ドルトンに対して。彼らはきっと、どうして仕事を放りだしたのだと訊ねるだろう。それに対して、彼には返答のしようがない。

「私は大丈夫よ、ジャン」というメアリーの声が聞こえてきた。「ごめんなさい。私が愚かだったんだわ……バカげた行動だった」。彼女は顔を上げてビッガーを見つめた。

「私のことは気にしないで、ビッガー。頭が足りないだけだから……」

　彼は何も言わなかった。

「来いよ、ビッガー」とジャンがすべてを取り繕《つくろ》おうとする声で言った。「食べよう」

ジャンがビッガーの腕を摑んで前に引っ張ろうとしたが、彼は後ろにとどまった。ジャンとメアリーが食堂の入り口に向かって歩いていき、ビッガーは困惑し、憤慨しつつ、そのあとを追った。ジャンは壁に近い小さなテーブルに席を取った。

「座りなよ、ビッガー」

ビッガーは腰を下ろした。ジャンとメアリーは彼の正面に座った。

「フライドチキンは好きかな?」とジャンが訊ねた。

「イエス、サー」と彼は小声で言った。

彼は頭を掻いた。生まれてこの方、ずっと白人に対して〝イエス、サー〟とか〝イエス、マム〟とか言ってきたのだから、どうしてひと晩のうちにそう言わないようにできるだろう? 彼は正面を見つめながら、目が彼らの目と合わないようにした。ウェイトレスが来て、ジャンはビール三つとフライドチキン三人分を頼んだ。

「ハーイ、ビッガー!」

ビッガーが振り向くと、ジャックが彼に向かって手を振っていた。しかし、ジャックの視線はジャンとメアリーに注がれている。彼はそれに対してぎこちなく手を振り返した。こんちくしょう! ジャックは急いで歩き去った。ビッガーは用心深くあたりを見回した。ウェイトレスたちも、ほかのテーブルにいる客たちも、彼を見つめている。みんな彼のことを知っている人たちだ。彼らが不審な目で彼を見つめているのがわかった。

自分が彼らの立場だったら、同じように不審に思うだろう。メアリーが彼の腕に触れた。

「前にもここに来たことがあるの、ビッガー？」

彼は差しさわりのない言葉を探した。情報は伝えるが、感情は露ほどにも表わさない言葉を。

「何度か」

「いいお店ね」とメアリーは言った。

誰かがジュークボックスに五セント貨を入れたので、鳴り出した音楽に彼らは聞き入った。そのときビッガーは肩を掴まれるのを感じた。

「ハーイ、ビッガー！　どうしてたの？」

顔を上げると、ベッシーが彼に向かって笑いかけていた。

「ハーイ」と彼はかすれ声で言った。

「あら、ごめんなさい。連れがいるって知らなかったから」と彼女は言い、ジャンとメアリーを見つめながら歩き去った。

「こちらに来るよう、あの娘《こ》にも言いなさいよ」とメアリーが言った。

ベッシーは離れたテーブルまで歩いていき、別の娘と一緒に座った。

「もうあっちに行っちゃいました」とビッガーは言った。

ウェイトレスがビールとチキンを持ってきた。

「おいしそう！」とメアリーが叫んだ。

「上物じゃねえか！」とジャンがビッガーを見つめながら言った。「君たちはこういう言い方をするんだよね、ビッガー？」

　ビッガーはどう答えようか迷った。

「はい、そういう言い方をします」とビッガーは淡々と言った。

　ジャンとメアリーは食べ始めた。ビッガーもチキンを一つ手に取って齧《かじ》った。嚙《か》もうとして、口がかさかさに乾いていることに気づく。体の器官の働きが変わってしまったかのようだ。そして、それがどうしてなのかに気づき、つまりはその原因を悟ったとき、食べ物を咀嚼《そしゃく》できなくなってしまった。二回か三回嚙んでから、彼は食べるのをやめ、ビールをすすった。

「チキンを食べなさいよ」とメアリーは言った。「おいしいわよ！」

「腹が減ってないんです」と彼は呟いた。

「ビールをもう少し飲むかい？」とジャンがしばらくしてから言った。

少し酔っ払ったほうが楽になるかもしれない。

「いいですよ」と彼は言った。

　ジャンはもう一杯ずつ頼んだ。

「ビールよりも強い酒は置いてないのかな？」とジャンは訊ねた。

「何でもありますよ」とビッガーは言った。

ジャンは五分の一ガロンのラム酒を頼み、みんなに注いだ。ビッガーは酒で体が温まってくるのを感じた。ジャンは二杯目を飲み干してから話し始めた。

「君はどこの生まれだい、ビッガー？」

「南部です」

「南部のどこ？」

「ミシシッピです」

「学校はどの段階まで通った？」

「八年生です」

「どうしてやめたの？」

「金がないですから」

「学校は北部で行ったの？　それとも南部で？」

「だいたいは南部でです。こっちでは二年間行きました」

「シカゴにはどれくらい住んでる？」

「だいたい五年ですね」

「気に入ってる？」

「そうですね」

「家族と暮らしているのかな？」

「母と弟と妹です」

「お父さんは？」

「死にました」

「それはどれくらい前のこと？」

「私が子供のとき、暴動で殺されたんです――南部で」

しばらくみな黙りこんだ。ラム酒のおかげでビッガーの気分は楽になっていた。

「それに関して補償は何かあったのかな？」とジャンは言った。

「何も――私の知る限り」

「そのことをどう感じる？」

「わかりません」

「いいかな、ビッガー、我々はこういうことを止めたいんだよ。そのために我々共産主義者は闘っているんだ。人がほかの人をあんなふうに扱うのをやめさせたい。僕は共産党の党員で、メアリーは支持者なんだよ。我々が団結すれば、ああいうようなことを止められると思わないかい？」

「わかりません」とビッガーは言った。ラム酒が頭にのぼってくるような感じがしていた。「世界には白人がたくさんいますから」

「スコッツボロ・ボーイズ〔アラバマ州で白人女性をレイプしたとして黒人青年九人が起訴され、そのうち八人は死刑を宣告されたが、のちに無罪を勝ち取った事件を指す〕のことは読んだかい？」

「聞いたことはあります」

「僕たちが頑張って、あの少年たちが彼らに殺されるのを阻《はば》んだんだ。僕たちはいい仕事をしたと思わないかい？」

「いいですね」

「わかってほしいの、ビッガー」とメアリーが言った。「私たちはあなた方の友達になりたいのよ」

彼は何も言わなかった。グラスを飲み干すと、ジャンがもう一杯注いだ。酔っ払ってきたので、彼らをまっすぐに見つめることができるようになった。メアリーは彼に向かって微笑みかけている。

「だんだん私たちに慣れるはずよ」と彼女は言った。

ジャンはラム酒の瓶に栓をした。

「そろそろ帰ったほうがいい」と彼は言った。

「そうね」とメアリーが言った。「ねえ、ビッガー、私は明日朝の九時、デトロイトに向かうの。だから、私の小さなトランクを駅まで運んでほしいのよ。父に話せば、あなたが早朝に働いた分の時間、休みをくれるはず。トランクを取りに、八時半に来てくれるかしら」

「運ぶようにします」

　ジャンが支払いをし、三人で車に戻った。ビッガーが運転席に座った。気分はよくなっている。ジャンとメアリーは後部座席に座った。ビッガーが運転を始めると、メアリーがジャンの両腕にもたれかかっているのが見えた。

「ビッガー、公園のなかをしばらく走ってくれないかな？」

「オーケー」

　彼はワシントン公園に車を入れ、ゆったりした長いカーブをゆっくりと曲がるように走った。ときどき頭上のバックミラーに、メアリーにキスするジャンの姿が映った。

「ガールフレンドはいるの、ビッガー？」とメアリーが訊ねた。

「います」と彼は言った。

「いつか会いたいわ」

　彼は返事をしなかった。メアリーの目は夢見心地で前を見つめている。将来の計画を立てているかのように。それから彼女はジャンのほうを向き、彼の腕にそっと手を置いた。

「デモはどうだったの？」

「よかったよ。でも、三人の同志が警察に逮捕された」

「どういう人たち?」

「共産党青年団員が一人と、黒人女性が二人。そうだ、メアリー、保釈金が必要なんだよ」

「いくら?」

「三千ドル」

「小切手を送るわ」

「ありがとう」

「今日は忙しかったの?」

「ああ。午前三時まで会合に出ていた。マックスと僕で、一日じゅう保釈金を集めようとしてたんだよ」

「マックスって、すごい人よね?」

「我々の陣営では最高の弁護士の一人さ」

ビッガーは耳を澄ませていた。彼らが共産主義のことを話しているのはわかり、理解しようとしたが、できなかった。

「ジャン」

「なんだい、ハニー?」

「私、この春に学校を出るの。そうしたら、党に入るわ」

「そいつは素晴らしい！」

「でも、慎重にやらないといけないわ」

「じゃあ、僕と一緒に働くのはどうだい？　事務所で？」

「ううん、私は黒人たちのなかで働きたいの。そこでこそ、人が必要とされているんだから。あの人たちって、あらゆることから締め出されているみたいでしょう」

「そのとおりだね」

「彼らがあの人たちにどんなことをしてきたかを考えると、ひどく腹が立って……」

「ああ、ひどいことだ」

「そして、自分が無力で、役に立たないって感じるのよ。何かをしたいの」

「ずっと前から、君は仲間に加わるってわかってたよ」

「ねえ、ジャン、あなたって黒人をたくさん知ってる？　何人かに会いたいわ」

「よく知っている人はいないな。でも、君も党に入れば、知り合いができるよ」

「あの人たちって、ものすごく感情が豊かでしょう！　なんてすごい民族かしら！　ひとたび彼らを動かすことができれば……」

「彼らなしに革命は起こせないよね」とジャンは言った。「彼らは組織化されないといけない。彼らには魂ってものがある。党が必要としているものを与えてくれるはずだ」

「それに彼らの歌――スピリチュアル！　素晴らしいわよね？」彼女がこちらを向いた

のがビッガーにはわかった。「ねえ、ビッガー、歌える？」

「歌えません」と彼は言った。

「ビッガーったら」と彼女は唇を突き出して言った。そして首を傾け、目を閉じて、口を開いた。

静かに揺れよ、愛《いと》しのチャリオット

私を故郷に連れ戻しに来てくれる……〔黒人霊歌「スウィング・ロウ・スウィート・チャリオット」より〕

ジャンも一緒に歌い始め、ビッガーは軽蔑の笑みを浮かべた。これじゃ、全然違う歌じゃねえか、と彼は思った。

「なあ、ビッガー、僕たちが歌うのを手伝ってくれよ」とジャンが言った。

「歌えません」と彼はまた言った。

しばらくみな黙りこんだ。車はゴーッという音をたてて進んでいく。それから低い声でしゃべるジャンの言葉が聞こえてきた。

「瓶はどこ？」

「ここよ」

「ひと口飲みたい」

「私も飲むわ、ハニー」

「今夜はたくさん飲むんだね？」

「あなたと同じくらいね」

彼らは笑った。ビッガーは黙って運転を続けた。酒瓶の立てるかすかな音が聞こえてくる。ゴボゴボという音楽的な音。

「ジャン！」

「何だい？」

「大きなひと口ね！」

「じゃあ、君も同じくらい飲めよ」

彼女が瓶を傾け、飲む姿がバックミラーに映った。

「ビッガーもひと口飲みたいんじゃないかしら、ジャン。訊《き》いてみたら」

「ああ、そうだな、ビッガー！ さあ、ひと口飲めよ」

彼は車の速度を落とし、後ろに手を伸ばして瓶を掴んだ。そして二度瓶を傾け、二口ほどたっぷりと飲んだ。

「ワオウ！」メアリーが笑った。

「大きなひと口だったな」とジャンが言った。

ビッガーは手の甲で口を拭い、暗い公園をゆっくりと運転し続けた。ときどき、半分空になったラム酒の瓶のゴボゴボという音が聞こえてくる。こいつら酔ってるな、と彼は思い、ラム酒の効き目がじわじわと染《し》み出していって指の先端まで、上は唇までのぼってくるのを感じた。やがて彼女のくすくす笑う声が聞こえてきた。クソッ、こいつはかなり酔ってやがる！　車は傾斜のあるカーブをゆっくりと何度も回った。ラム酒の穏やかな温かさが腹から扇のように広がり、全身を呑み込んでいく。彼はもはや運転しているのではなく、ただ運転席に座って、闇のなかを滑らかに漂っているようなものだった。手をハンドルに軽く置いて、上体をぐったりと前に倒す。バックミラーを見ると、メアリーが後部座席で仰向けになり、ジャンがその上に屈《かが》みこんでいる。白い太腿がちらりと見える。酔っ払ってやがるな、と彼は思った。カーブをゆっくりと回るように進みながら、目の前の道路を見たり、頭上のミラーを見たりを繰り返す。ジャンの囁き声が聞こえ、それから二人の溜《た》め息が聞こえてきた。彼らが近くにいるのを全身に感じ、筋肉が少しずつ強張《こわば》ってくる。彼は溜め息をつき、背筋を伸ばして、下腹部が硬くなる感覚を払いのけようとした。それからすぐにまたぐったりと前屈みになった。唇の感覚がない。俺もほぼ酔っ払ってるな、と彼は思った。都市や公園にいるという感覚がなくなり、車に乗って浮いているように感じた。後ろではジャンとメアリーがキスをし、いちゃついている。長い時間が経《た》った。ジャンが起き上がり、メアリーを一緒に引っ張り上げた。

「もう一時よ、ハニー」とメアリーが言った。「家に帰らないと」

「オーケー。でも、もうちょっとドライブしよう。ここは素晴らしい」

「お父さんに悪い娘だって言われちゃうわ」

「ごめんね、ダーリン」

「明日の朝、出かける前に電話するわ」

「ぜひそうして。何時かな？」

「八時半くらい」

「ったく、君がデトロイトに行くなんて気に入らないな」

「私だって行きたくないわ。でも、行かなきゃならないの。だって、ハニー、あなたとフロリダに行くという悪いことをしたから、償わなきゃいけないのよ。しばらくはお母さんとお父さんの言うとおりにしないとね」

「それでも、君が留守にするのは気に入らない」

「二日で戻るわよ」

「二日は長いよ」

「おバカさんね、でも優しい人」と彼女は言い、笑って彼にキスをした。

「メアリーの家に向かってくれ、ビッガー」とジャンが呼びかけてきた。

彼は方向を変えて公園から出ると、46番通りへと向かった。

「ここで降りるよ、ビッガー！」

彼は車を停めた。後ろから二人の囁き声が聞こえてきた。

「さようなら、ジャン」

「明日、電話していいね？」

「ぜひ」

ジャンが車の前部ドアのところに来て、手を差し出した。ビッガーはおずおずと握手した。

「会えてよかったよ、ビッガー」とジャンは言った。

「オーケー」とビッガーはもごもご言った。

「君と知り合えて本当に嬉《うれ》しい。さあ、もう一杯飲みなよ」

ビッガーはひと口でたっぷり飲んだ。

「私にもちょうだい、ジャン。そのほうが眠れるから」とメアリーが言った。

「本当に飲みすぎてない？」

「ねえ、ちょうだいよ、ハニー」

彼女は車から降り、歩道に立った。ジャンが瓶を渡すと、彼女はぐいっと飲んだ。

「ワア」とジャンが言った。

「どうしたの？」

「意識を失わないでくれよ」

「これくらい大丈夫」

ジャンは瓶を傾け、完全に飲み干した。それから側溝に瓶を置き、ポケットをぎこちなくまさぐって、何かを探し始めた。そうしながら揺れている――酔っ払っているのだ。

「何かなくしたの、ハニー？」メアリーは舌がうまく回らない。彼女も酔っ払っている。

「いや、ビッガーに読んでもらいたいものをここに入れてたんだよ。いいかい、ビッガー、ここにパンフレットがある。これを読んでほしいんだ。いいかな？」

ビッガーは手を差し出し、小冊子の束を受け取った。

「オーケー」

「本当に読んでほしい。そして二日ほどあとに、それについて話し合おう……」彼の声はくぐもっている。

「読みます」とビッガーは欠伸《あくび》を噛み殺しながら言い、小冊子をポケットに入れた。

「彼にこれを読ませるよう、心がけるわ」とメアリーが言った。

ジャンがまた彼女にキスをした。ビッガーの耳に路面電車のガタガタという音が聞こえた。通りの向こうから走ってくる、ループ方面行きの電車だ。

「じゃあ、さようなら」とジャンが言った。

「さよーなら、ハニー」とメアリーが言った。「ビッガーと前の席に座るわ」

彼女は助手席に乗り込んできた。路面電車がガラッと音をたてて停まった。ジャンがそれに飛び乗り、電車は北に向かっていく。ビッガーはドレクセル・ブールヴァードへと車を向けた。メアリーは座席でぐったりとし、溜め息をついた。脚を大きく広げている。車は順調に進んだ。ビッガーは頭がくるくる回っているように感じた。

「あなたって親切ね、ビッガー」と彼女は言った。

彼は彼女のほうを向いた。その顔は青白く、目はどんよりとしている。ものすごく酔っているのだ。

「わかりません」と彼は言った。

「まあ！　でも、あなたって可笑《おか》しなことを言うわね」と言って彼女はクスッと笑った。

「かもしれません」と彼は言った。

彼女は頭を彼の肩にもたせかけた。

「かまわないわよね？」

「かまいません」

「ねえ、この三時間、あなたはイエスもノーも言ってないわ」

彼女は体を折り曲げて笑った。ビッガーは憎悪で体が引きつった。また彼女に心のなかを見すかされたようで、気に入らなかったのだ。彼女は姿勢を正し、ハンカチを目に押し当てた。彼は視線をまっすぐ正面に据え、車寄せの道に車を入れて停車した。車から降りてドアを開ける。彼女は動かない。目を閉じたままだ。

「着きましたよ」と彼は言った。

彼女は立ち上がろうとしたが、滑って尻《しり》をついてしまった。

「あら、やだわ！」

こいつは酔っ払ってる、本当に酔っ払ってる、とビッガーは思った。彼女は手を差し出した。

「さあ、引っ張ってちょうだい。ふらふらするの……」

彼女は腰のくびれを下にして座席に横になっていた。ドレスの裾《すそ》がまくれ上がり、ストッキングが太腿で留まっているところまで見える。彼はしばらく立ちつくし、彼女をじっと見つめていた。彼女は視線を上げ、彼を見て笑った。

「助けてよ、ビッガー。私、動けない」

彼女に手を貸し、地面に降り立たせると、彼女の体の柔らかさを手に感じ取った。くぼんだ眼窩《がんか》から黒い目が熱っぽく彼を見つめている。彼の顔に髪がかかり、その香りに包まれる。彼は頭が少しくらくらし、歯を食いしばった。

「私の帽子はどこ？　どこかに落としちゃった……」

彼女はしゃべりながら体を揺らした。彼は彼女に回した腕の力を強め、しっかりと立たせた。あたりを見ると、彼女の帽子は車のステップに落ちていた。

「ありましたよ」と彼は言った。

帽子を拾い上げるとき、彼は彼女とこのようにしているところを白人に見られたら、どう思われるだろうと考えた。ドルトンの親父《おやじ》がいまこれを見たら？ 心配になって、彼は屋敷を見上げた。真っ暗で静まり返っている。

「じゃあ」とメアリーが溜め息をついた。「横になったほうがよさそうね……」

彼は手を放したが、彼女が舗道に崩れそうになったので、また支えなければならなかった。それから屋敷の踏み段まで連れていった。

「歩けますか？」

彼女は挑まれたかのように彼を見つめた。

「もちろん。手を放して……」

彼が腕を放すと、彼女はしっかりと階段をのぼっていき、木製のポーチの上で音をたてつまずいた。ビッガーは助けに行こうとしたが、手を広げたまま動きを止めた。恐怖で動けなくなったのだ。なんてことだ、この女は家じゅうの者を起こしてしまう！ 彼女は身を半分だけ屈めた体勢で、片手と片膝《かたひざ》をついていた。驚きながらも面白がっている顔で、彼のほうを振り返っている。この女はいかれている！ 彼女は起き上がり、今度は手すりに掴まって、ゆっくりと階段を下りてきた。彼の前で体を揺らしながら微笑《ほほえ》んでいる。

「私、酔っ払ってるわ……」

彼は無力感と感嘆、そして憎悪《ぞうお》が入り混じった感情を抱いて彼女を見つめた。ここでこの娘と一緒にいる姿を父親に見られたら、仕事を失ってしまうだろう。しかし、彼女は美しくてスリムだ。ほかの白人たちが向けてくる憎しみを、彼に対して抱いていない――そう感じさせる雰囲気がある。それでも、彼は彼女が白人であるために憎しみを抱いてしまうのだ。彼女はゆっくりと目を閉じ、それからまた開いた――必死になって、自分をコントロールしようとしている。この娘が一人で部屋まで行くのは無理なのだから、俺としてはミスター・ドルトンかペギーを呼ぶべきだろうか？　いや……それでは彼女を裏切ることになる。それに、憎しみを抱いてはいても、ここでこういう状態の彼女を見つめているのは興奮する。彼女はまた目を閉じ、彼に向かってよろめいた。彼は彼女を受け止めた。

「手を貸したほうがよさそうですね」

「裏から入りましょう、ビッガー。きっと転んでしまって……みんなを起こしてしまうわ……正面から入ると……」

彼が手を貸して地下室へと下りていくとき、彼女の両足はコンクリートの上を引きずられていく形になった。彼は片方の手で彼女を支えつつ、ライトのスイッチを入れた。

「こんなに酔ってるなんて思わなかったわ」と彼女は呟いた。

彼は彼女を抱えて、キッチンのドアにつながる狭い階段をゆっくりとのぼっていった。手を回して腰を支えていると、指の先端が乳房の柔らかい膨らみに触れる。彼女は一秒ごとに、より重く彼にしなだれかかってきた。

「立とうとして」。キッチンのドアにたどり着いたとき、彼は強い口調で囁いた。

ミセス・ドルトンがそこにいるのではないか、と彼は考えていた。彼が水を飲みに来たときにいたように、ゆったりとした白い服を着て、キッチンの床のど真ん中に立ち、無表情な見えない目でじっと見つめているのではないか。彼はドアをそっと開け、見渡した。キッチンは真っ暗で、誰もいない。冬の空から青いかすかな光が、窓を通して染み込んできているだけである。

「さあ」

彼女は片腕を彼の首にかけ、重くのしかかった。彼はドアを押して開け、なかに一歩入って、立ち止まった。耳を澄まし、様子をうかがう。彼女の髪が唇にかかった。彼の肌は熱く燃え、筋肉が収縮した。ぼんやりとした灯りの下で彼女の顔を見ていると、その髪と肌のにおいで酔っ払いそうだった。彼は少しのあいだじっと待ってから、興奮と恐怖に駆られて囁いた。

「さあ、自分の部屋に戻らないと」

彼は彼女をキッチンから外の廊下へと導いた。一回に一歩ずつ進まなければならない。廊下には人気《ひとけ》がなく、暗かった。彼は半ば歩き、半ば彼女を引きずって、ゆっくりと奥の階段へと進んだ。また彼女に憎しみを抱き、その体を揺さぶった。

「さあ、起きて！」

彼女は動かず、目も開けなかった。しばらくして何かもごもご言い、力なく体を揺らした。彼は指で彼女の体の柔らかい曲線を感じた。肉体的な高揚感に包まれ、じっと彼女を見つめる。この雌犬め！　と彼は思った。彼女の顔が彼の顔に当たる。彼は彼女の体の向きを変え、一段ずつ階段をのぼり始めた。かすかにキーッという音が聞こえ、歩みを止める。暗闇《くらやみ》に目を凝らす。誰もいない。ようやく階段の上にたどり着いたとき、彼女は完全にぐったりとなっていたが、それでも何かもごもご言おうとしていた。ちくしょう！　体ごと持ち上げないと、この女は動かせない。彼は両腕で彼女を抱え、廊下を歩いていった。そして、立ち止まった。どれがこの女の部屋だ？　ちくしょう！

「どれがあんたの部屋なんだ？」と彼は囁いた。

彼女は答えなかった。完全に意識を失ったのか？　こいつをここに残していくわけにはいかない。いま手を放したら、床に倒れ込んでしまい、ひと晩じゅうそこに寝ているだろう。彼は彼女を激しく揺さぶり、ほかには聞こえない程度の大きな声で言った。

「あんたの部屋はどこだ？」

一瞬だけ彼女は目を覚まし、表情のない目で彼を見つめた。

「あんたの部屋はどこだ？」と彼はまた訊ねた。

彼女は一つのドアのほうに目を向けた。彼はそのドアのところまで彼女を連れていき、立ち止まった。本当にこれが彼女の部屋だろうか？　彼女は酔っ払いすぎていて、わからないのではないか？　ドルトン夫妻の部屋のドアを開けてしまったら、どうなる？　まあ、彼らにできるのは俺を解雇することだけだ。この女が酔っ払っているのは俺の落ち度ではない。彼は奇妙な感覚を抱いた。何かに取り憑《つ》かれているような、あるいは群衆の前でステージに立ち、演じているような感覚だ。慎重に彼は片手を彼女の体から放し、ドアのノブを回した。そして待った。何も起こらない。そっとドアを押すと、その部屋は暗く、静まり返っていた。壁に指を這《は》わせ、電灯のスイッチを探したが、見つからない。彼女を両手で抱えたまま、恐怖と疑惑に苛《さいな》まれて立ちすくむ。だんだん目が暗闇に慣れてきて、窓を通して染み込んでくる冬の空からの青いかすかな光にも気づいた。部屋の向こう端に、白いベッドの形が影のように見えてくる。彼は彼女を持ち上げ、部屋のなかに入れると、ドアをそっと閉めた。

「さあ、起きてくれ」

彼は彼女を立たせようとし、その体がゼリーのようにぐにゃぐにゃしていることに気づいた。また両手で彼女を抱きかかえ、暗闇で耳を澄ませる。彼の五感は彼女の髪と肌のにおいのためにくらくらとしていた。ガールフレンドのベッシーよりも、この娘のほうがずっと小さいが、ずっと柔らかい。彼女の顔を肩に受け止め、その体に回した両腕に力を込める。彼女がゆっくりと顔を回してきたので、自分の顔を動かさず、彼女の顔が自分の正面まで来るのを待った。彼女は頭をゆっくりと、静かにのけぞらせた。まるで身を任せるかのように。かすかな霞《かすみ》のような青い光の下、彼女の唇はわずかに濡れていて、その奥に白い歯の怪しげな輝きが見えた。目は閉じている。彼はぼんやりと見える顔を見つめた。額の上に黒い巻き毛がかかっている。彼は片手の力を緩め、指を広げて、背中の中心部へとずらした。彼女の顔が迫ってきて、その唇が――想像で作り出したもののように――彼の唇に触れた。自分の足で立たせようとしたが、彼女はもたれかかってきた。彼は腕の力を強め、唇を彼女の唇にギュッと押しつけると、彼女の体が激しく反応するのを感じた。ジャンと何度も交わっているのだという考えと確信とが、心のなかに閃《ひらめ》いた。彼はまた彼女にキスし、彼女の尖《とが》った腰骨がそれに応じて激しく、生々しく動くのを感じた。彼女は口を開け、ゆっくりと深く呼吸していた。

ビッガーは彼女を抱き上げ、ベッドに寝かせた。すぐに立ち去らなければならないという思いに囚《とら》われたが、それでも彼は興奮し、彼女の体に覆《おお》いかぶさった。薄暗い光の下で彼女の顔を見つめ、乳房に両手で触れて、そこから手を放せずにいた。女が左右に動き、眠たげにぼそぼそと声を出す。彼は乳房に置いた手に力を入れ、また彼女にキスをして、その体が自分に対して反応するのを感じた。女の体だけで意識がいっぱいになり、唇が震える。そのとき、彼は身を強張らせた。背後のドアがキーッと鳴ったのだ。

振り返り、激しい恐怖に襲われた。まるで夢の中で、高いところから落ちていくかのように。白くてぼんやりとしたものがドアのところに立っている——音をたてない、幽霊のようなものが。彼の視界はその姿だけで占められ、体が動かせなくなった。ミセス・ドルトンだ。彼は彼女を押しのけ、部屋から出ていきたかった。

「メアリー！」と彼女は静かな声で問いかけるように言った。

ビッガーは息を殺した。メアリーがまた何か呟く。彼は恐怖のあまり拳《こぶし》を握りしめ、彼女のほうに身を乗り出した。ミセス・ドルトンに彼が見えないのはわかっている。しかし、メアリーが何か言えば、夫人はベッドの脇《わき》まで来て彼に気づき、触れるだろう。彼は動くのが恐ろしく、緊張して待っていた。動いたら、闇のなかで何かにぶつかり、ここにいるのがばれてしまう。

「メアリー！」

メアリーが起き上がろうとしているのを察知し、彼は急いで彼女の頭を枕《まくら》に押し戻した。

「眠っているようだわ」とミセス・ドルトンが呟いた。

彼はベッドから離れたかったが、何かにつまずいてしまい、ミセス・ドルトンに気づかれてしまうのが怖かった。部屋にメアリー以外の人がいると知られてしまうかもしれない。恐怖のあまり頭に血がのぼった。彼は手で彼女の口を押さえ、少し首を傾けて、視線をずらすだけでメアリーとミセス・ドルトンの両方を見られるようにした。メアリーが何かぶつぶつ言い、また体を持ち上げようとする。彼は取り乱し、枕の先っぽを摑《つか》んで彼女の唇に押しつけた。女がぶつぶつ言うのをやめさせなければならない。さもないと、捕まってしまう。ミセス・ドルトンがゆっくりと近づいてきたので、彼は緊張し、爆発しそうなほど体が張りつめた。メアリーが手に爪《つめ》を立てる。彼は枕を摑み、それで彼女の顔全体をしっかりと覆った。メアリーが体を上に持ち上げようとすると、全体重をかけて枕を下に押しつけた。メアリーが動いたり音をたてたりして、彼の存在が知られてしまうようなことは絶対にさせない。彼の視界は白いぼんやりとしたものだけでいっぱいになった――それが部屋の闇のなかを彼に近づいてくる。またメアリーの体が持ち上がったので、彼は枕にかぶさり、全身の力で押しつけた。彼女の爪が手首に食い込む、鋭い痛みを長いこと感じ続けた。白いぼんやりとしたものは動かなくなっている。

「メアリー？　あなたなの？」

彼は歯を食いしばり、息を呑《の》んだ。彼のほうに漂ってくる、白くてぼんやりとしたものに芯《しん》まで怯《おび》えた。筋肉が鋼《はがね》のように引きしまる。枕を押しつけているうちに、ベッドがゆっくりと、しかし音をたてずに沈んでいき、凸凹がなくなるのを感じた。それから突然、メアリーの爪が彼の手首に食い込まなくなった。指に力がなくなっている。彼に逆らって体を持ち上げようとすることもない。彼女の体は動かなくなっていた。

「メアリー！　あなたなの？」

いまはミセス・ドルトンの姿がはっきりと見えるようになった。枕から手を放したとき、ベッドから長い吐息が聞こえてきた。暗くされた部屋の空中に向けて、ゆっくりとのぼっていく。あとになって思い返すと、それは決定的で、取り返しのつかない吐息であったように思われた。

「メアリー！　具合が悪いの？」

彼は立ち上がった。彼女がベッドに向かって近寄るたびに、その動きに合わせて、彼は彼女から遠ざかった。足を床から上げず、滑らかで毛深い絨毯《じゅうたん》の上を柔らかく、静かに進んでいく。筋肉が引きしまって痛いくらいだ。ミセス・ドルトンはベッドのすぐ脇まで来た。手を伸ばしてメアリーに触れる。

「メアリー！　眠っているの？　動いているのが聞こえたわよ……」

ミセス・ドルトンはビクッとして背筋を伸ばし、慌《あわ》てて一歩下がった。

「ひどく酔っ払っているのね！　ウィスキーのにおいがするわ！」

霞のような青い光の下、彼女はしばらく何も言わずに立ちすくんでいたが、続いてべッドの脇にひざまずいた。ビッガーの耳に彼女の囁《ささや》き声が聞こえてきた。祈ってるんだ、と彼はびっくりして思い、その言葉が心のなかで、誰かが声に出して言ったかのように反響した。やがてミセス・ドルトンは立ち上がった。いつもするように、顔を少し上向きに傾けている。彼は歯を食いしばり、拳を握りしめて待った。彼女はゆっくりとドアのほうへ歩いていき、もはや彼の目にはほとんど見えなくなった。ドアがキーッと音をたて、それから何も聞こえなくなった。

　彼は気が抜けて、床に座りこみ、長いこと息を切らしていた。体に力が入らず、汗でぐっしょりだった。体を曲げてうずくまる。自分の呼吸音しか聞こえず、それで暗闇が満ちているように感じる。徐々に張りつめた感覚が鎮《しず》まっていき、部屋に意識が及ぶようになった。自分は気味の悪い魔法にかかっていて、それからいま解放されたのだと感じた。右手の指先が絨毯の柔らかい繊維に深くめり込み、心臓の激しい鼓動のために体が震えている。部屋から立ち去らなければならない、それもいますぐに。あれがミスター・ドルトンだったらどうなった？　見つからずに済んだのは、本当に間一髪だったのだ。

　彼は立ち上がって耳を澄ませた。ミセス・ドルトンは廊下にいるかもしれない。どうやって部屋から出よう？　彼はこの家が嫌でたまらず、その思いで身震いしそうなほどだった。最初にここに来て以来、この家のせいでこんな思いをさせられているのだ。彼は片手を後ろに伸ばし、壁に触れた。背後に硬いものがあるとわかって嬉しくなった。影のようなベッドに目をやり、メアリーのことを、長いあいだ会っていなかった人のように思い出した。彼女はまだそこにいる。怪我《けが》させてしまっただろうか？　彼はベッドの脇に行って見下ろした。枕の上の顔は横を向いている。彼女に向かって手を伸ばしたが、途中で止まった。目をしばたたかせ、メアリーの顔を見つめる。彼が最初に顔を近づけて見たときよりも、顔色が黒ずんでいる。口が開き、うるんだ目は飛び出して見える。彼女の胸は、胸は、胸は――胸は動いていない！　最初に彼女を部屋に連れてきたときは、彼女の吸う息、吐く息の音が聞こえたのに、いまは聞こえない！　彼は身を屈め、彼女の頭を手で動かしてみた。どこにも力が入っておらず、ぐったりとしている。彼は手をさっと引っ込めた。思考も感情も彼のなかで停止した。自分に向けて必死に語ろうとしながら、言えないでいる言葉があった。それから発作的に息を吸い込み、頭のなかで巨大な言葉がゆっくりと形作られていって、耳で鳴り響いた。こいつは死んでいる……。

部屋の現実性が彼の意識から抜け落ちていった。外に広がる白人たちの広大な都市がそれに取って代わる。こいつは死んでいて、俺が殺した。俺は殺人者だ、ニグロの殺人者、黒人の殺人者。白人の女を殺した。ここから脱出しなければならない。ミセス・ドルトンは俺がいるときにこの部屋に来たが、そのことは知られずに済んだ。いや、知られたのか？　まさか！　そうだ！　彼女は助けを求めに行ったんじゃないか？　そんなことはない。わかったのなら、叫んだだろう。わからなかったのだ。俺は家から脱け出さなければならない。そうだ。家に戻ってベッドに入り、明日になったら、彼らにこう言えばいい。メアリーさんを家まで送り、側面のドアのところで降ろしました、と。

　闇のなかで恐怖が募り、「彼ら」とまとめて見なすものが心のなかで浮かび上がってきた。自分は「彼ら」に向けて弁明できなければならない。しかし、ジャンがいる！　ああ……ジャンが俺の嘘《うそ》を暴《あば》くだろう。彼女の死が露見すれば、ジャンは46番通りとコテージグローヴ・アヴェニューの交差点まで一緒で、そこで俺たちと別れたと言うはずだ。でも、それは違うと言えばいい。だって、ジャンはアカじゃないか？　ジャンの言うことなど、俺の言うことと同等の重みしかないのでは？　ジャンは俺たちと一緒に家まで来たと言おう。俺がメアリーと最後に一緒にいた人間であるとは、誰にも知られてはならない。

　指紋だ！　指紋については雑誌で読んだことがある。指紋でばれてしまうに違いない！　やつらは俺が彼女の部屋にいたことを証明できるだろう。だが、俺はトランクを取りに来たのだと言ったらどうだ？　それだ！　トランクだ！　それなら指紋があってもおかしくない。彼はあたりを見回し、彼女のトランクがベッドの向こう側にあるのに気づいた。開いていて、片側の蓋《ふた》が上向きに立っている。このトランクを地下室に運び、車を車庫に入れて、家に帰ればいい。いや！　もっといい方法がある。車は車庫に入れない！　ジャンが家まで来て、自分は車のなかにジャンを残し、家に帰ったことにしよう。いや、もっといい方法がある。ジャンがやったように思わせよう。アカはどんなことだってやりかねない。新聞がそう言ってるじゃないか？　自分はジャンとメアリーを車で家まで送り届け、メアリーが俺に部屋まで一緒に来て、トランクを受け取るように言ったことにしよう——そして、ジャンも一緒に来たってことに！　それで、俺はトランクを受け取り、地下室まで運んだ。俺がここを立ち去ったとき、メアリーとジャンはまた下りてきていて、車のなかでキスをしていた……これだ！

　時計のチクタクという音が聞こえてきたので、どこにあるかと目で探すと、メアリーのベッドの頭側にあった。青っぽい闇のなかでその白い文字盤が光っている。三時五分過ぎだ。ジャンは46番通りとコテージグローヴ・アヴェニューの交差点で我々と別れた。ジャンは46番通りで我々と別れたのではなく、ここまで一緒に来た……。

　彼はトランクのところに行き、片側の蓋を下ろして、絨毯の上を引きずっていった。床の真ん中まで来ると、また蓋を持ち上げ、なかを探った。半分くらい空である。

　それから彼はじっとして息を凝らした。頭のなかが別の考えでいっぱいになったのだ。ミスター・ドルトンは、日曜日の朝はみんな早起きしないと言ってなかったか？　メアリーはデトロイトに行くと言ってたよな？　みんなが起きたときにメアリーがいなくても、もうデトロイトに発《た》ったのだと思うのではないか？　ならば……そうだ！　彼女をあのトランクに入れてしまえばいい！　あの娘は小柄だ。トランクに入れてしまおう。三日間留守にすると言ってたから、そのあいだは誰にも気づかれないだろう。俺には三日の猶予《ゆうよ》ができる。どのみちいかれた娘だ。アカの連中としょっちゅうつるんでるんじゃないのか？　だったら、何が起きてもおかしくない。彼女の行方がわからなくても、みんなはまたあいつがいかれたことをやってるって思うだろう。そうだ、アカたちはどんなことでもやりかねない。新聞はそう言ってなかったか？

　彼はベッドのところに行った。彼女を抱き上げ、トランクに入れなければならない。触りたくはないが、触らなければならないのだ。彼は屈みこんだ。両手を広げるが、空中で震えている。彼女に触れ、抱き上げ、トランクに入れなければならない。手を動かそうとしたが、できなかった。触れたら、叫び声をあげられそうな気がした。ちくしょう！　すべてがバカみたいじゃないか！　彼は笑いたくなった。現実とは思えない。悪夢のようだ。死んだ女を抱き上げなければならず、それを怖がっているなんて。こうしたことをずっと前から夢で見てきて、それが突如として現実になったように感じた。時計のチクタクという音が聞こえる。時間がどんどん過ぎていく。じきに夜が明けるだろう。行動しなければならない。ここにこうして夜じゅう突っ立っているわけにはいかない――電気椅子《いす》に送られてしまうだろう。彼は身震いし、何か冷たいものが肌を伝った。

ちくしょう!

彼は両手を娘の体の下にそっと差し入れ、持ち上げた。そして両腕に彼女を抱えて立ち上がった。彼女はぐったりとしている。トランクのところまで運び、思わず振り返ると、ドアのところに白くてぼんやりとしたものが見えた。その瞬間、彼の体は燃えるような恐怖の幕に包まれ、頭に鋭い痛みが走った。それから白くぼんやりしたものは消えた。彼女がいるのかと思った……。彼の心臓はドクドクと音をたてている。

自分は静まり返った部屋で、女の体を腕に抱えて立っている。そう考えると、海から押し寄せてくる波のように、冷酷な事実が襲いかかってきた。彼女は死んでいる。彼女は白人で、女だ。俺が殺した。俺は黒人だ。捕まるかもしれない。捕まりたくない。捕まったら殺されるだろう。

彼は彼女をトランクに入れようと屈んだ。なかに入るだろうか? 彼はまたドアのほうを見た。白くてぼんやりとしたものが見えるのではないかと思ったが、何も見えなかった。彼は腕のなかで彼女を横向きにした。息遣いが荒くなり、体が震えてしまう。彼女をそっと下ろしながら、その服のたてる柔らかいサラサラという音に耳を澄ませる。彼女の頭を片隅に押し込んだが、脚は長すぎてどうしても入らない。

音が聞こえた気がして、ピンと背筋を伸ばした。自分の息遣いが、嵐《あらし》のときの風の音のように大きく感じられる。耳を澄ましたが、何も聞こえない。娘の脚を入れなければならない！　膝のところで脚を折り曲げよう、と彼は考えた。そう、ほぼ曲がった。もう少し……。彼はもう少し折り曲げた。汗が顎《あご》から手に落ちる。彼女の膝を折り曲げ、トランクにすっぽり収める。そこまではできた。蓋を下ろし、暗闇を手探りして、掛け金を探す。それからカチッという大きな音をたててトランクは閉まった。

彼は立ち上がり、トランクの取っ手の一つを摑んで引っ張った。動かない。力が入らないし、手は汗で滑りやすくなっている。彼は歯を食いしばり、トランクを両手で摑んで、ドアまで引っ張った。ドアを開け、廊下を見渡す。人気《ひとけ》はなく、静まり返っている。彼はトランクを立て、右手を左肩の上に置いてしゃがみ込むと、ストラップを左肩の上で摑み、トランクを背中にしょった。さあ、立ち上がらなければならない。力を入れ、肩と脚の筋肉が張りつめてピクピク震えた。唇を嚙《か》み、ゆらゆら揺れつつ立ち上がる。一歩一歩、慎重に足を踏み出して廊下を進み、階段を下りた。次の廊下を通り抜け、キッチンまで来て立ち止まる。背中が痛み、ストラップが手に食い込んで燃えるようだ。トランクは一トンもありそうに感じられる。彼は白くてぼんやりとしたものが、いつ目の前に現われてもおかしくないと思っていた。そして手を差し出し、トランクに触れて、このなかに何が入っているのか訊《たず》ねるのではないか。彼はトランクを下ろして休みたかったが、そうしたら二度と持ち上げられなくなるのが恐かった。キッチンを通り抜け、ドアを開けっぱなしにして、階段を下りる。トランクを背負ったまま暗い地下室に立つと、暖房炉の熱風のゴーッという音が聞こえ、真っ赤に燃える石炭が隙間《すきま》から見えた。体を曲げていき、トランクの底がコンクリの床に触れる音を待つ。さらに体を曲げ、膝をつく。ちくしょう！　燃えるように熱くなった手からストラップが滑り落ち、トランクがガタッという大きな音をたてて床に落ちたのだ。彼は前屈みになり、右手を左手に押しつけて、炎のような痛みを和らげようとした。

彼は暖房炉を見つめた。そして閃いた考えに身震いした。娘を——娘の死体を——この炉に、炉のなかに放り込めるんじゃないか。死体を焼いてしまおう！　それが一番安全なやり方だ。彼は炉のところに行き、その扉を開けた。石炭の巨大な赤い熾火《おきび》が燃え上がり、ぎらぎらする怒りに震えているように見える。

彼はトランクを開けた。娘は彼がそこに詰めたときのままだった。頭が片隅に埋もれていて、膝が曲がり、腹にぴったりくっついている。また彼女を持ち上げなければならない。彼は身を屈め、女の両肩を摑むと、腕に抱えて持ち上げた。そして炉の扉のところに行き、立ち止まった。煮えたぎるような炎が見える。彼女を頭から入れるべきか、足から入れるべきか。彼は疲れていたし怯えていたので、そして足のほうが炉に近かったので、足から押し込んだ。熱風が手に吹きつけた。

あとは肩から先を押し込むだけだ。炉を覗《のぞ》いてみると、彼女の服が燃え上がり、なかは煙に満ちていて、ほとんど何も見えなかった。上にのぼっていく熱風のゴーッという音が耳に響く。彼は娘の両肩を摑み、思い切り押したが、それ以上先に進まなかった。もう一度試すが、頭だけが外に残ってしまう。どうする……ちくしょう！　彼は拳で何かを叩《たた》きたかった。どうしたらいい？　一歩下がって、じっと見つめる。

物音がして彼は振り返った。二つの緑色の炎が――非難と罪悪感の炎が――こちらを見つめている。その炎は、トランクの縁にうずくまっている白くてぼんやりとしたものから発せられていた。彼は口を開け、声にならない叫び声をあげた。体は熱くなり、動きたくても動けない。よく見ると、それは白い猫で、丸い緑色の瞳《ひとみ》で彼よりも向こうにあるものを見つめていた。その視点の先にあるのは、炉の扉から力なく垂れ下がっている白い顔だ。なんてことだ！　彼は口を閉じ、息を呑んだ。猫を捕まえて殺し、こいつも炉のなかに入れてやろうか？　彼が一歩近づくと、猫は立ち上がった。背中を弓なりに曲げ、毛を逆立たせている。彼は猫を捕まえようとしたが、怯えた猫は長い呻《うめ》き声を漏らし、ひと跳びに彼の横をすり抜けて、階段を駆け上がっていった。そしてドアの向こうへと消えた。そうか！　キッチンのドアを開けっぱなしにしてしまったのだ。それがまずかった。彼はドアを閉め、また炉の前に立って考えた。猫は話せやしない……。

彼はポケットからナイフを取り出し、それを開いて、炉の脇に立った。メアリーの白い喉《のど》をじっと見つめる。自分にできるだろうか？　やらなければならない。血が流れるだろうか？　ああ、なんてことだ！　彼は取り憑《つ》かれたような、訴えるような視線をあたりに向けた。そして、部屋の隅に古新聞が丁寧に積み上げられているのを見つけた。古新聞の厚い束を取り、頭の下に置く。そしてナイフの鋭い刃を首に当てる——当てることしかしない——ナイフが白い首をひとりでに切り裂いてくれるのを期待するかのように、そして彼自身は力を加えなくてもよいかのように。彼は悲しげに、白い肌に接する刃の切っ先を見つめた。光る金属の部分が、怒りに震える石炭の炎を反射している。そう、やるしかない。彼はそっとナイフの刃で肉に切り込んでいき、骨にガチッとぶつかるところまできた。歯を食いしばり、さらに力を入れる。まだ刃についたもの以外に血は流れていない。だが、骨が厄介だ。汗が背中を流れ落ちる。そのとき血が外に流れ出て、新聞の上にピンクの円を描き、さらにどんどん広がっていった。ナイフを骨にバシッと打ち下ろすと、頭が新聞の上にだらりとぶら下がり、黒い巻き毛が血だまりに届くほどになった。彼はさらに強く打ち下ろしたが、頭はまだ落ちない。

彼はパニックになり、手を止めた。地下室を飛び出し、この血まみれの喉の光景から、できるだけ遠くまで逃げたかった。しかし、それはできない。してはいけない。この娘を燃やさないといけないのだ。神経が興奮のあまりひりひりしていたが、彼はどんよりした目で地下室を見回した。斧《おの》が目に入った。これだ！ これでなんとかなる。彼は新聞紙をきちんと重ねて首の下に置き、血が床に滴《したた》らないようにした。それから斧を手に取り、彼女の頭が斜めになるように左手で支えた。祈りを捧《ささ》げる姿勢でしばらくじっとしてから、全身に力を込め、喉の骨に目がけて斧の刃を振り下ろす。すると、頭が転げ落ちた。

彼は泣いてはいなかったが、唇が震え、胸が激しく上下した。床に倒れ込み、眠ってしまうことで、この恐ろしい出来事を忘れたかった。しかし、ここから脱出しなければならない。急いで頭を新聞紙で包み、その束で血まみれの胴体を炉の奥へと押し込む。それから頭を押し入れ、次に斧を入れる。

全身を燃やすだけの石炭があるだろうか？　明日の朝、十時より前に、ここに下りてくる者はいないだろう。彼は腕時計を見た。四時だ。新聞紙をもう一束取ると、ナイフを拭《ふ》いた。それから新聞を炉に入れ、ナイフはポケットに戻した。レバーを引くと、ガタガタと音がして、石炭が金属製のシュートを滑り落ちていった。炉のなかの全体がパッと燃え上がり、熱風がさらに大きな音をたてる。死体が石炭に覆われたところで、彼はレバーを押し戻した。よし！

トランクを閉め、片隅に押していった。朝になったら、これを駅まで運ぼう。彼はあたりを見回して、嘘をばらすものが残っていないかどうか確かめた。何もなさそうだ。

彼は裏口から外に出た。細かい雪片がひらひらと舞い下りてくる。いっそう寒くなった。車はまだ車寄せに置いてある。そうだ、これはこのままにしておこう。

ジャンとメアリーは車に座って、キスをしていた。彼らは、おやすみなさい、ビッガーと言った……自分も、おやすみなさいと言った……それから帽子に手をやった……。

車の脇を通り過ぎるとき、そのドアがまだ開いていることに気づいた。メアリーのハンドバッグが座席の下に落ちている。彼はそれを拾い上げ、ドアを閉めた。ダメだ！　ドアは開けておこう。彼はドアを開け、車寄せの道を先に進んだ。

街路には人気《ひとけ》がなく、静まり返っていた。濡《ぬ》れた体に風が当たり、冷たくてたまらない。彼は腋《わき》の下にハンドバッグを抱えて歩き続けた。これから何が起きるだろう？　逃げるべきなのか？　彼は曲がり角で立ち止まり、ハンドバッグのなかを覗いた。ぶ厚い札束がある——十ドル札と二十ドル札……すごい！　どうするかは、朝になってから決めよう。いまはへとへとで眠たい。

彼は急いで家に帰り、階段を駆けのぼって、爪先立《つまさきだ》ちで部屋に入った。母と弟と妹は規則正しい寝息をたてている。彼は服を脱ぎながら考えた。やつらにはこう言おう。お嬢様のトランクを地下室に下ろしてから、屋敷を出ました。そのときお嬢様はジャンさんと一緒に車のなかにいました。朝になったら、トランクを駅まで運ぼう、あの娘に言われたとおりに……。

何か重いものがシャツを下に引っ張っている。銃だ。取り出すと、温かくて湿っていた。彼はそれを枕の下に押しこんだ。俺がやったなんて、やつらは言うはずがない。言うにしても、証明できっこない。

彼はベッドの掛け布団《ぶとん》をそっとめくり、その下に体を滑り込ませた。バディの横で体を伸ばす。五分後には、ぐっすり眠っていた。

第二部　逃亡

目を閉じた途端、すぐにまた目を覚ましたようにビッガーには感じられた。誰かに肩を摑《つか》まれ、揺さぶられたかのように、突然、ぱっちりと目が開いたのだ。彼はベッドで仰向けに横たわっていた。何も聞こえないし、何も見えない。それから、電気のスイッチが入ったかのように、部屋が薄暗い陽の光に包まれていることに気づいた。彼のなかのどこか奥深くで、一つの考えが生まれてきた。朝だ。日曜の朝。彼は体を持ち上げて肘《ひじ》で支え、耳を澄ます姿勢で首を傾《かし》げた。母と弟と妹はぐっすり眠っている様子で、静かな息遣いが聞こえてくる。部屋を見渡し、窓の外で雪が降っていることにも気づいた。だが、そのどれも彼の心のなかでイメージとして形を結ばない。そこにあるというだけで、互いのあいだに何の関係もないのだ。雪と陽光と静かな息遣いとは、彼に不思議な呪縛《じゅばく》をかけている——恐怖という魔法の杖《つえ》に触れられるまでは、現実味と意味を帯びることのない呪縛。彼は深い眠りから目覚めてほんの数秒という状態のまま、ベッドに横たわっていた。さまざまな衝動の膠着《こうちゃく》状態に陥り、生者たちの世界に起き上がっていくことができずにいた。

それから、心の暗い部分からの不吉な呼び声に応《こた》えて、彼はベッドから跳ね上がり、部屋の真ん中に裸足《はだし》の足を下ろした。心臓が激しく鼓動している。唇が開き、脚は震える。彼は完全に目を覚まそうとあがいた。張りつめた筋肉を緩めながら恐怖を感じ、自分がメアリーを殺したことを思い出した。彼女を窒息させ、首を切り、燃え上がる暖房炉のなかにその体を押し込んだのだ。

いまは日曜日の朝だ。トランクを駅に届けなければならない。ふと見ると、椅子《いす》に掛けた自分のズボンの上に、メアリーのピカピカした黒いハンドバッグが載っていることに気づいた。なんてこった！　部屋の空気は冷たいのに、彼の額には玉の汗が噴き出し、呼吸が止まった。急いであたりを見回すと、母と妹はまだ眠っている。バディは、彼がいま跳ね起きたベッドで寝ている。あのハンドバッグを始末しよう！　ほかに忘れたものはないか？　彼は慌《あわ》てて指でズボンのポケットをまさぐり、ナイフを見つけた。それを開き、爪先立《つまさきだ》ちで窓まで行く。乾いた黒い血の筋が刃に残っている！　こうしたものをすぐに処分しなければならない。ナイフをハンドバッグに入れ、音をたてないように、急いで着替える。ナイフとハンドバッグをゴミの缶に捨てよう。それだ！　彼はコートを着て、そのポケットにパンフレットが詰め込まれていることに気づいた。ジャンがくれたものだ。こいつも捨てよう！　いや、待てよ……違う！　彼は動作を止め、黒い指でパンフレットを摑んだ。心のなかが狡猾《こうかつ》な考えでいっぱいになったのだ。ジャンがこうしたパンフレットを自分にくれた。だからこれを保管しておいて、警察に尋問されたら、これを見せよう。それだ！　ドルトン家の自分の部屋にこれを持っていき、簞笥《たんす》の抽斗《ひきだし》に入れておく。そして、自分はそれを開けてもいないし、開けたくもなかったのだと言おう。ただ、ジャンがどうしてもと言うので、受け取っただけだ、と。彼は紙が音をたてないように、パンフレットをそっとめくっていき、太字の標題を読んでいった。

〝裁かれる人種偏見〟、〝アメリカの黒人問題〟、〝黒人も白人も団結して闘おう〟。しかし、これはそんなに危険に思えない。彼はパンフレットの一番下を見て、ハンマーと鎌《かま》の白黒の絵に気づいた。その下には、〝アメリカ共産党発行〟とある。うん、こいつは危険そうだ。さらに見ていくと、団結の握手をする白い手と黒い手のペン画があり、彼はジャンが車のステップに乗って、彼と握手したときのことを思い出した。あれは憎悪《ぞうお》と恥辱に満ちたひどい瞬間だった。そうだ、自分はアカが怖いのだと言おう。ジャンとメアリーと一緒に車に乗るのは嫌だったし、一緒に食事もしたくなかったのだ、と。自分がそれをしたのは、仕事だったからにすぎない。白人と同じテーブルで食事をするのは初めてだったのだと彼らには言おう。

　彼はパンフレットをコートのポケットに詰め、腕時計を見た。七時十分前。急いで自分の服をまとめなければならない。トランクを八時半に駅に届けなければならないのだ。

そのとき恐怖で彼の脚はへなへなになった。メアリーが焼けていなかったらどうなる？ まだ炉のなかに残っていて、人目に晒《さら》されていたら？ 彼はすべてを打ち捨てて、確かめに戻りたくなった。しかし、もっと悪いことが起きているかもしれない。メアリーの死がすでに露見し、警察が彼を探しているのではないか？ すぐにシカゴから逃げるべきだろうか？ メアリーを担《かつ》いで階段をのぼっていたときと同じ興奮が甦《よみがえ》り、全身が麻痺《まひ》して、彼は部屋の中央に立ちすくんだ。いや、ここにとどまろう。形勢はこちらに有利だ。誰もメアリーが死んだとは思っていない。自分はこのまま行動し、罪はジャンになすりつけよう。彼は枕《まくら》の下から銃を取り出し、シャツのなかに入れた。

眠っている母と妹と弟を肩越しに見やりつつ、彼は忍び足で部屋を出た。階段を下り、玄関から外に出る。一面真っ白で、寒い。雪が降っていて、冷たい風が吹きすさぶ。街路には誰も出ていない。彼はハンドバッグを腋《わき》の下にねじ込み、ゴミの缶が置かれた路地に入った。缶は雪をかぶっている。ハンドバッグをここに残していって大丈夫だろうか？ ゴミ収集トラックの人たちは早朝にゴミを回収するし、今日のような日には、うろつきまわる人はいないだろう。雪が降っているし、日曜日なのだから。彼は缶の蓋《ふた》を持ち上げ、オレンジの皮やカビの生えたパンが凍りついているゴミの奥深くへと、ハンドバッグを押し込んだ。それから蓋を元に戻し、周囲を見回した。誰もいない。

部屋に戻り、ベッドの彼の側の下からスーツケースを取り出した。家族はまだ眠っている。衣服をスーツケースに入れるためには、部屋の反対側の箪笥まで行かなくてはならない。しかし、母と妹の眠るベッドに行く手を塞《ふさ》がれている状態で、どうやってそこにたどり着けるだろう？　ちくしょう！　彼は手を振って、母たちを消してしまいたかった。いつも、みんな近寄りすぎるんだ。近すぎて、自分は思うように体を動かせない。彼はそっとベッドに足を載せ、その上を乗り越えた。母がかすかに動いたが、また静かになった。箪笥の抽斗を開け、自分の衣服を取り出して、スーツケースのなかに積み上げる。その作業をしているあいだも、濡《ぬ》れた新聞紙の上に載っているメアリーの頭の像が目の前に浮かんだ。黒い巻き毛が血でびっしょり濡れている。

「ビッガー！」

彼は息を呑《の》み込み、目を剝《む》いて、ぐるりと振り返った。ベッドの上で母が上体を持ち上げ、肘で支えている。怯《おび》えたように振る舞ってはいけなかったと彼はすぐに気づいた。

「どうしたんだい、おまえ？」と母は囁《ささや》き声で訊《たず》ねた。

「何でもない」と彼も囁き声で答えた。

「何かに嚙《か》まれたみたいに、ビクッとしたじゃないか」

「なあ、ほっといてくれよ。荷造りするんだ」

自分からの何らかの説明を母は待っている。彼にはそれがわかったし、そのために母が憎らしく感じられた。どうして俺が自分から話すまで待ってくれないんだ？ とはいえ、母が待ってくれたとしても、彼は自分から話すはずがないとわかっていた。

「仕事には就いたのかい？」

「ああ」

「給料はどれくらい？」

「二十だよ」

「もう始めたの？」

「ああ」

「いつ？」

「昨晩」

「なんでこんなに遅いんだろうって思ってたんだ」

「働かなきゃならなかったんだよ」。彼は苛立《いらだ》ちから一語一語を引き延ばすように話した。

「四時過ぎまで戻ってこなかったね」

彼は振り向いて母を見つめた。

「二時に戻ったさ」

「四時過ぎていたよ、ビッガー」と彼女は言い、頭上の目覚まし時計のほうを向くと、目を凝らしてじっと見つめた。「おまえが帰るのを寝ずに待とうとしたんだけど、眠ってしまった。おまえの帰る音が聞こえたとき、時計を見上げたら、四時を過ぎていたよ」

「自分が帰った時間はわかってるさ、母さん」

「でも、ビッガー、四時過ぎてたよ」

「二時ちょっと過ぎだったって」

「なんなんだい！　おまえが二時ってことにしたいなら、二時でいいよ。あたしはどうでもいい。おまえは何かに怯えているみたいじゃないか」

「なあ、いったい何を大騒ぎしてるんだ？」

「大騒ぎ？　違うよ！」

「俺が寝床から出てもないうちから、小言を言うじゃないか」

「ビッガー、あたしは小言なんて言ってないよ。おまえが仕事に就いたのが嬉《うれ》しいんだ」

「そういうふうには聞こえないね」

彼はこういうふうに振る舞うのが間違いだと感じた。昨晩、何時に戻ったかという話を続ければ、それが母の印象に残り、いつまでも覚えているだろう。あとになって、彼に不利になることを言われてしまうかもしれない。彼は目を背け、荷造りを続けた。これよりもうまくやらなければならない。自分をコントロールしなければ。

「朝食はいる?」

「ああ」

「じゃあ、何か作るよ」

「オーケー」

「あの家の世話になるんだね？」

「ああ」

母がベッドから出る音が聞こえた。彼はそちらを見ようとはしなかった。母が着替えているあいだ、目を背けていなければならない。

「そこの人たちは気に入ったかい？」

「いい人たちだよ」

「喜んでいるようには聞こえないね」

「ねえ、母さん！　やめてくれ！　泣けって言うのかよ！」

「ビッガー、ときどき母さんは、おまえがどうしてそういう振る舞いをするのかって思うよ」

母に対してまずい口調で話してしまった。気をつけなければならない。彼は込み上げてくる怒りを無理やり鎮《しず》めた。すでに厄介なことになっているのだから、さらに母親と厄介を起こすことはない。

「いい仕事に就けたんだからね」と母は言った。「しっかり働いて、仕事を手放さないようにして、いっぱしの男になるんだよ。そうしたらいつか結婚して、自分の家庭を築きたいと思うようになる。チャンスを摑んだんだ。チャンスがないっていつも言ってたけどね。ついにチャンスが来たんだよ」

母が動き回る音が聞こえ、着替え終わったのだとわかった。もう振り向いてもよいはずだ。彼はスーツケースのストラップを締め、ドアの横に置いた。それから窓際《まどぎわ》に行き、雪が羽のようにひらひら落ちてくるのをもの悲しげに見つめた。

「ビッガー、何か心配事でもあるのかい？」

ビッガーは振り向いた。

「何もないって」と彼は言いながら、彼のどんな変化に母が気づいたのだろうかと考えていた。「何もないよ。ただ、母さんが煩《わずら》わしいってだけさ」と彼はきっぱり言った。たとえ自分が何かまずいことを言ったのだとしても、母を撥《は》ねつけなければならないと感じていた。と同時に、自分の言葉が実際にどう響いたのだろうと考えた。今朝の口調は、普段の朝の口調と違っただろうか？　メアリーを殺してから、俺の声にはどこか不自然なところが生じたのだろうか？　俺の振る舞い方から、人は俺が何かまずいことをしたと気づくものなのだろうか？　母が首を振り、カーテンの背後へと消えるのが見えた。朝食の支度をしに行くのだ。欠伸《あくび》の声が聞こえ、振り向くと、ヴェラが肘で上体を支え、彼に微笑《ほほえ》みかけていた。

「仕事に就いたの？」

「ああ」

「給料はいくら？」

「おい、ヴェラ。母さんに訊《き》きな。みんな話したからさ」

「よかった！ ビッガーが仕事に就いた！」とヴェラが歌うように言った。

「おい、黙れよ」と彼は言った。

「兄さんをほっときな、ヴェラ」と母が言った。

「どうかしたの？」

「いつだって、どうかしてるだろ？」と母が訊ねる。

「ねえ、ビッガー」とヴェラは優しく訴えるように言った。

「あの子は分別ってもんがないんだ、それだけさ」と母は言った。「おまえにだって、優しい言葉の一つもかけないんだから」

「着替えるから、あっちを向いてて」とヴェラが言った。

ビッガーは窓の外を眺めた。「オーッ」と言う誰かの声が聞こえ、バディが目覚めたのだとわかった。

「あっちを向いて、バディ」とヴェラが言った。

「オーケー」

ビッガーの耳に、妹が急いで服を着る音が聞こえてきた。

「こっちを見ていいわよ」とヴェラが言った。

振り向くと、バディがベッドの上に起き上がり、目をこすっていた。ヴェラは椅子の縁に座り、右足を別の椅子の上に載せて、靴のバックルを締めている。ビッガーは妹の方向をぼんやりと見つめた。天井を突き抜けてのぼっていけたらいいのに、と思った。空に浮かんで、この部屋から遠ざかっていき、永遠に下りずにいられたらいいのに。

「あたしのこと、見ないでほしいわ」とヴェラが言った。

「はあ?」とビッガーは言い、妹のとがらせた唇に驚いて目を向けた。それから妹の言っていることに気づき、彼女に向けて唇をとがらせた。彼女はさっと飛び上がり、靴の片方を彼に投げつけた。靴は彼の顔をよぎって飛んでいき、窓にぶつかって、窓ガラスをガタガタといわせた。

「見ないでって言ったじゃない!」とヴェラが叫んだ。

ビッガーは立ち上がった。目は怒りで真っ赤になっている。

「本当にぶつけてたらどうなったと思う」と彼は言った。

「おまえ、ヴェラ!」と母が呼びかけた。

「お母さん、兄さんがあたしを見るの、やめさせて」とヴェラが泣き叫んだ。

「誰もおまえを見てやしないよ」とビッガーが言った。

「あたしが靴のボタンを留めているとき、ドレスの下を覗《のぞ》いてたわ」

「本当にぶつけてたらどうなったと思う」と彼はまた言った。

「あたしは犬じゃないわ！」とヴェラは言った。

「キッチンに来て、こっちで着替えな、ヴェラ」と母が言った。

「兄さんって、あたしを犬みたいな気持ちにさせるわ」。ヴェラは顔を両手にうずめてすすり泣き、カーテンの向こうへと消えた。

「昨日だけどさ」とバディが言った。「兄さんが帰ってくるまで起きてようと思ったんだけど、ダメだったよ。三時にベッドに入った。すごく眠くて、目を開けてられなくなったんだ」

「それまでには戻ってたよ」とビッガーは言った。

「そんなことない！　俺は……」

「自分が戻った時間くらいわかってる！」

二人は黙ってしばらく睨《にら》み合った。

「オーケー」とバディが言った。

ビッガーは落ち着かなくなった。自分がうまく振る舞えていないように感じた。

「仕事には就いたの？」

「ああ」

「運転？」

「そうさ」

「車種は？」

「ビュイック」

「いつか一緒に乗っていいかな？」

「もちろん、落ち着いたらすぐな」

バディの質問で、彼は少しだけ心が落ち着いた。バディが称賛の思いを示すと、いつでも気分がよくなるのだ。

「やった！　俺もそういう仕事に就きたいな」とバディが言った。

「簡単だよ」

「俺の仕事も見つけてくれる？」

「もちろん。ちょっと時間をくれ」

「煙草《たばこ》、ある？」

「ああ」

二人はしばらく黙って煙草を吸った。ビッガーは暖房炉のことを考えていた。メアリーは燃えただろうか？　腕時計を見ると、七時だった。朝食を待たずに、いますぐ行かなければならないだろうか？　何かをあそこに残してきたかもしれない。それで、メアリーが死んでいることに気づかれてしまうのではないか。しかし、ミスター・ドルトンによれば、彼らは日曜日の朝、遅くまで寝ているという。地下をうろちょろ探し回る理由などないはずだ。

「ベッシーが昨日、来たよ」とバディが言った。

「そうか？」

「アーニーズ・キッチン・シャックで兄さんを見たって言ってた。白人と一緒だったって」

「ああ。昨晩はあの人たちを乗せてたんだ」

「ベッシーは兄さんと結婚するって言ってたよ」

「なんだと！」

「女の子って、どうしてそうなんだろうね、ビッガー？　男がいい仕事に就くと、すぐに結婚したがるって？」

「知るかよ」

「兄さんはいい仕事に就いたからね、ベッシーよりもいい女とつき合えるさ」

バディの言うことはもっともだと思ったが、ビッガーは何も言わなかった。

「ベッシーに言ってやる！」とヴェラが叫んだ。

「言ってみろ。首をへし折ってやる」とビッガーは言った。

「そういう話はやめな」と母が言った。「昨晩、ジャックに会ったよ。兄さんがガスのことを殺しそうになったって言ってた」

「俺はもう、ああいうチンピラどもとは関わらねえようにするさ」とビッガーは力を込めて言った。

「でも、ジャックはいいやつだよ」とバディが言った。

「まあ、ジャックはな。でも、ほかの連中とは関わらねえ」

ガスとG・Hとジャックは、いまのビッガーには遠い存在に思われた——別の人生で出会った者のように——それは、彼がドルトン邸で数時間を過ごし、白人の娘を殺したからなのだ。彼は部屋を見回したが、これも初めて見る部屋のようだった。床には絨毯《じゅうたん》が敷かれておらず、壁や天井の漆喰《しっくい》がそこらじゅうで剝《は》がれ、落ちそうになっている。くたびれた鉄製のベッドが二台と四脚の椅子、古い簞笥、そして食卓として使う垂れ板《ドロップリーフ》つきのテーブルしかない。ドルトン邸とはえらい違いだ。こちらではみんなが一部屋で眠るのに対し、あちらでは彼だけで一部屋使える。母の料理の匂《にお》いが漂ってきて、彼はドルトン邸で料理の匂いがまったくしなかったことを思い出した。鍋《なべ》のガタガタ鳴る音が家じゅうに響いたりはしない。それぞれが一部屋で暮らし、自分の小さな世界を持っている。彼は目の前の部屋に、そして自分を含め、ここに暮らす家族に嫌悪を感じた。どうして俺と家族はこんなふうに暮らさなければならないのだろう？ 俺たちが何をしたというのだ？ たぶん俺たちは何もしなかったのだろう。このような暮らしをしなければならないのは、家族の誰一人として、生まれてこの方、何もしてこなかったからなのだ——いいことであれ、悪いことであれ、価値のあることは何も。

「テーブルを片づけて、ヴェラ。朝食の支度ができたわ」と母が呼びかけた。

「はい」

ビッガーはテーブルに向かって座り、料理が出てくるのを待った。ここで食べるのは最後になるかもしれない。彼はそのことを強烈に感じ、そう感じたことで、苛立ちを抑えられた。いつの日か刑務所で食事をしているかもしれない。ここで一緒に座っている家族は、彼が白人の娘を殺し、首を切り、死体を焼いたことなど知らないのだ。自分がやったことを思い、その凄《すさ》まじい恐ろしさ、こうした行為と連想される豪胆さを思うことで、彼は自分が恐れている世界とのあいだに防護壁を築くことができた。恐怖に取り憑《つ》かれてきた人生で初めてのことだ。殺人によって、新しい人生が作り出された。それはすべて自分だけのものであり、生まれて初めて、他人に奪い取られることのないものを持ったのである。そうだ。俺はここに落ち着いて座り、食べ、家族が何を思い、何をしようとかまわないでいられる。自然の壁を打ち立て、その背後から家族を見ることができる。あの犯罪は、俺を時間のなかに安全に係留する錨《いかり》であり、銃やナイフでは得られなかった自信を与えてくれた。いまの俺は家族の外側に、家族を超えたところにいる。彼らには、俺があのような行為をしたとは思いもつかない。しかも、俺は自分でも可能だと思っていなかったことをやってのけたのだ。

偶発的な人殺しではあったが、彼は一度として、あれが偶発事だと自分に言い聞かせる必要を感じなかった。彼は黒人であり、白人の娘が殺された部屋に一人きりでいた。だから、彼が彼女を殺した。彼が何と言おうと、みんながそう言うに決まっている。そしてある意味、彼自身も、あの娘の死が偶発事ではないとわかっていた。それ以前にも、何度も殺してきた——ただし、ほかの機会には、殺そうという思いを目に見える形に、あるいは行動に移せる形に変える状況や、犠牲者がそこになかったのだ。あの犯罪は自然に起きたことだと思われた。自分の人生がずっと、このようなものへと向かっていたのだと感じた。自分に、そして自分の黒い肌に何が起こるかは、もはや唖然《あぜん》として驚くことではない——いまはもうわかっている。彼の人生の隠れた意味——他人には見えず、彼自身は常に隠そうとしていた意味——が外に現われたのだ。いや、あれは偶発事ではない。自分でもそうだったとは言わないようにしよう。自分がやったと堂々と言える日がいつか来るだろう。そう感じ、考えることに、彼はある種の怯えたプライドを抱いた。

漠然としてはいるが、大きな負債を抱えていて、あの行為を認めることでそれが返済できるかのようだった。

これで箍《たが》が外れたのだから、ほかのこともできるのではないか？　彼を止めるものなどあるだろうか？　食卓に座り、朝食を待っているあいだ、彼はこれまで長く自分の手をすり抜けてきたものにたどり着きつつあると感じた。物事が明らかになってきている。これからはどう行動したらいいかわかる。ほかの者たちが振る舞っているように振る舞い、生きているように生きて、彼らが見ていないところで自分のやりたいことをする。彼らが気づくはずはない。彼は物静かな母の、弟の、妹の存在に、ある不明瞭な無意識の力を感じた。それは考えずに生きることを助長し、平和と習慣へと、そして目くらましの希望へと向かわせる力だ。彼らは人生をある角度で見たいと考え、それを熱望している――そう彼は感じた。彼らが望む世界の見取り図は一種類だけ。何より望んでいる生き方も一つしかなく、そこに当てはまらないものは見えない。彼らはほかの人がしていることを、それが自分たちの欲求を満たすのでないのなら、見たいとは思わないのだ。だから俺は大胆になり、誰も考えつかないことをするだけでいい。こうした考えが、強力かつシンプルな感情という形を取って、彼の心に押し寄せた。すべての人には信じたいという激しい欲求があり、それでみんな目が見えなくなる。そして、ほかの人たちの目が見えないときに彼の目が見えれば、彼は欲しいものを得られ、決して見咎《みとが》められることはない。現に、おどおどした黒人青年の彼が金持ちの白人娘を殺して焼き、こんなふうに朝食が出てくるのを待っているなんて、いったい誰が思うだろう？　彼の心は高揚感でいっぱいになった。

テーブルに向かって座り、窓の外で舞う雪を見ていると、たくさんのことが明らかになった。そうだ、自分は壁や幕の陰に隠れる必要はない。安全でいるためのもっと安全な方法、もっと容易な方法がある。昨夜やったことがそれを証明した。ジャンは目が見えない。メアリーも目が見えなかった。ミスター・ドルトンもそうだ。そして、ミセス・ドルトンも目が見えない――比喩《ひゆ》的な意味だけでなく。ビッガーはかすかに笑った。昨晩、あの部屋で、ミセス・ドルトンはベッドを見下ろすところに立ちながら、メアリーが死んでいることに気づかなかった。メアリーが酔っ払っているのだと思った――メアリーが酔っ払って帰って来るのに慣れっこになっていたからだ。そしてミセス・ドルトンは、彼が同じ部屋にいることにも気づかなかった。そんなこと、まさか思いもしなかっただろう。彼は黒人なのだから、こういうときの彼女の思考に入り込むはずもない。ビッガーは多くの人々がミセス・ドルトンのようだと感じた。目が見えない……。

「さあ、ビッガー」と母が言い、粗びきトウモロコシの皿をテーブルに置いた。

ビッガーは食べ始めた。昨夜起きたことについて考え抜いたあとだけに、かなり気分がよくなっている。いまなら自分を制御できるように感じていた。

「みんなは食べないの？」と彼はまわりを見回して言った。

「気にしないで食べな。急ぐんだろ。あたしたちはあとで食べるから」と母は言った。

メアリーのハンドバッグから取った金があるので、金をもらう必要はなかったが、彼は念のため自分の行動を隠したいと考えた。

「少しお金あるかな、母さん？」

「ちょっとだけね」

「いくらか必要なんだ」

「五十セントあるよ。これで、水曜日まであと一ドルで過ごさないといけないけどね」

ビッガーはその五十セントをポケットに入れた。バディは着替えを終え、ベッドの縁に座っている。突然ビッガーは、ジャンを知ったことから生まれた新たな目でバディのことを見た。バディの姿はぼんやりとしてぐにゃぐにゃだ。目は無防備で、その視線は物事の表面にしか達しない。そのことにこれまで気づかなかったのは不思議だ。バディも目が見えないのだ。そこにちょこんと座り、兄のような仕事がないものかと考えている。バディも溝をぐるぐる回っているだけで、何も見えていない。ジャンの服と比べると、バディの服はぶかぶかだ。目標が定まらず、道に迷っている。ぶよぶよした子犬のように、鋭いところ、尖《とが》ったところがどこにもない。バディを見つめ、ジャンやミスター・ドルトンのことを考えていると、ビッガーはバディに停滞したものを感じた。孤立していて、意味が感じられない。

「どうしてそんな目で俺を見るんだ、ビッガー？」

「はあ？」

「変な目で俺を見ていたぞ」

「気づかなかったよ。考え事をしていたんだ」

「何を？」

「何でもない」

母親がほかにも料理の皿を持って、部屋に入ってきた。それを見て、ビッガーは母がなんてぐにゃぐにゃし、形が崩れているのだろうと思った。目はくたびれていて、落ちくぼみ、長いこと休んでいないために黒っぽい隈《くま》ができている。動作もゆっくりしていて、通りがかりのものに指で触れ、それで体を支えながら歩く。足を板張りの床の上で引きずり、必死に頑張っているような表情を顔に浮かべている。何かを見つめるときは、すぐ近くのものであっても、顔と体の全体をそちらに向け、目だけを動かすことはない。彼女の心のなかには、微妙な釣り合いを保っている重荷があり、それを少しでも揺るがして、その重さを感じることは絶対にしたくないかのようだった。母はビッガーが自分を見つめているのに気づいた。

「朝食を食べな、ビッガー」

「食べてるよ」

ヴェラが自分の皿を持ってきて、彼の正面に座った。ビッガーは、妹の顔が母のよりも小さく、すべすべしてはいるものの、そこに同じ疲労感が現われ始めているように感じた。ヴェラはなんてメアリーと違うんだろう！　ヴェラがフォークを口に運ぶときの手の動かし方から、それが見て取れた。一つの動作をするたびに、彼女は人生にたじろぎ、縮こまっているようなのだ。座り方自体にも恐怖が現われていて、それは肉体の一部になっているほど根深い。食べ物をほんの少しずつ口に運んでいるさまは、喉《のど》を詰まらせるのを恐れているかのよう、あるいは、食べ物がすぐになくなってしまうのを恐れているかのようだ。

「ビッガー！」とヴェラが泣きそうな声を出した。

「はあ？」

「やめてよ」とヴェラは言い、フォークを置くと、手で彼を叩《たた》くような動作をした。

「何だよ？」

「じろじろ見るの、やめて、ビッガー！」

「なんだ、黙って食えよ！」

「ママ、ビッガーがあたしをじろじろ見るの、やめさせて！」

「見てねえって！」

「見てるわ！」とヴェラは言った。

「朝食を食べな、ヴェラ。しゃべってないで」と母親が言った。

「ずっとあたしのこと見てるのよ、ママ！」

「おまえ、頭がおかしいぞ！」とビッガーが言った。

「あんたほどおかしくないわよ！」

「二人とも、黙りなさい」と母が言った。

「じろじろ見られていたら食べられないわ」とヴェラは言い、立ち上がって、ベッドの縁に座った。

「じゃあ、さっさと食え！」とビッガーは言い、跳ねるように立ち上がって、帽子を摑んだ。「俺は出かけるから」

「どうしたんだよ、ヴェラ？」とバディが訊ねた。

「ほっといて！」と言うヴェラの目に涙が込み上げてきた。

「子供たち、お願いだから静かにして」と母親が喚《わめ》いた。

「ママ、ビッガーがあたしにああいうことをするの、やめさせて」とヴェラは言った。ビッガーはスーツケースを手に取った。ヴェラは涙を拭《ふ》きながらテーブルに戻った。

「いつ帰ってくる、ビッガー？」と母親が訊ねた。

「わかんねえ」と彼は言い、ドアをバタンと閉めた。

階段を半分ほど下りたとき、彼の名を呼ぶ声が聞こえてきた。

「おい、ビッガー！」

彼は立ち止まり、顔を上げた。バディが走って下りてくる。何かまずいことでもあったのかと考えつつ、彼は待った。

「何だよ？」

バディは彼の前まで来て、おどおどした笑みを浮かべた。

「俺――俺……」

「どうしたんだ？」

「いや、ただ思ったんだ……」

ビッガーは恐怖で身を強張《こわば》らせた。

「なあ、何を興奮してるんだよ」

「ああ、大したことじゃないんだろうけど。ただ、兄さんが厄介なことになってるんじゃないかと……」

ビッガーは階段をのぼり、バディに近づいた。

「厄介なこと？ どういう意味だ？」彼は恐怖に駆られて囁いた。

「たださ――兄さんがびくびくしているように思って。だったら、手を貸したいって思っただけだよ。ただ――そう思っただけで……」

「どうしてそう思ったんだ？」

バディは丸めた札束を差し出した。

「兄さんがこれを床に落としたんだ」

ビッガーはビクッとして、一歩後ろに下がった。ポケットをまさぐって、金を探す。ない。彼はバディから金を奪い取り、急いでポケットにしまい込んだ。

「母さんはこれを見たか？」

「いや」

彼はしばらく黙りこんでバディを見つめた。弟が一緒に行動したがっているのはわかっている。秘密を分かち合いたくてたまらないのだ。しかし、いまそれはできない。ビッガーはバディの腕をギュッと摑んだ。

「いいか、誰にもこれは言うなよ。さあ」と彼は言って札束を出し、一枚だけめくり取った。「さあ、これで何かを買え。でも、誰にも言うなよ」

「やった！　ありがとう。俺――言わないって。でも、何か手伝えないかな？」

「いや、ないな……」

バディは階段をのぼって戻り始めた。

「待て」とビッガーは言った。

バディは戻ってきて、彼の目の前に立った。その目は熱を帯び、輝いている。ビッガーは弟を見つめた。いまにも飛びかかろうとしている動物のように体が張りつめる。しかし、弟が自分を裏切ることはないはずだ。バディは信用できる。ビッガーは再びバディの腕を摑み、握りしめた。そして、バディが痛みで身を引くまで力を入れた。

「誰にも言うなよ、いいか？」

「ああ、ああ……言わないって……」

「じゃあ、戻れ」

　バディは階段を駆け上がり、視界から消えた。ビッガーは階段の影のなかに立ったまま、物思いに沈んだ。そして恥ずかしさよりも苛立ちを感じつつ、ある気持ちを心から締め出した。一瞬、昨晩メアリーに感じたのと同じ気持ちをバディに対して抱いたのだ。部屋の霞《かすみ》のような青い光の下、メアリーがベッドに横たわり、白くてぼんやりとしたものがこちらに向かっていた、あのとき。しかし、弟が話すはずはない、と彼は思った。

　彼は階段を下り、街路に出た。空気は冷たく、雪は降りやんでいる。頭上の空は少し晴れてきた。街角にある終夜営業のドラッグストアに向かっていき、仲間の誰かがいるだろうかと考える。ジャックかG・Hがたむろしていて、まだ家に帰っていないかもしれない。彼らはときどきそういうことをするのだ。永遠に縁が切れたと感じていたのだが、妙に彼らと話したいという強い思いもあった。もう一度彼らと会ったら、自分がどう感じるか知りたかったのだ。生まれ変わった男のように、一つひとつのことを試し、味わって、それでどうなるかを吟味したい。長患《ながわずら》いから快復し、起き上がった男のように、彼は根深くも気まぐれな衝動を抱いた。

曇りガラスの窓を覗いた。いる、G・Hだ。ビッガーはドアを開け、なかに入った。G・Hはソーダファウンテンの近くに座り、カウンター係の男と話している。ビッガーが隣りに座っても、誰も口をきかない。ビッガーは煙草を二箱買い、一箱をG・Hに押しつけた。G・Hは驚いて彼を見つめた。

「俺にか？」とG・Hは訊ねた。

ビッガーは片手を振り、口角を下げた。

「もちろん」

G・Hは箱を開けた。

「ちょうど欲しいと思ってたんだ。じゃあ、働いてるのか？」

「ああ」

「どんな感じだ？」

「いいぜ」

「ジャックから聞いたんだが、おまえが運転手をする家の娘がニュース映画に出てきたんだってな。そうなのか？」

「ああ」

「どんな女だ？」

「ああ、俺たちはこういう仲さ」とビッガーは言い、人差し指と中指を交叉《こうさ》させた。興奮で体が震え、汗が額から噴き出す。興奮していたし、もっと興奮しろと何かに急《せ》き立てられていた。血から湧《わ》き出してきた渇きのようだ。ドアが開き、ジャックが入ってきた。

「やあ、どんな調子だ、ビッガー？」

ビッガーは首を振った。

「絶好調よ」と彼は言った。続いて店員に「おい、煙草をもう一箱くれ」と声をかける。

「おまえにだ、ジャック」

「おっと、金回りがよくなったんだな」とジャックは丸めた札束をちらりと見て言った。

「ガスはどこだ？」とビッガーは訊ねた。

「もうすぐ来るだろう。俺たち、クララんとこにひと晩じゅうしけこんでたんだ」

ドアが再び開いた。ビッガーが振り返ると、ガスが入ってきたところだった。ガスは立ち止まった。

「おまえら、喧嘩《けんか》するなよ」とジャックは言った。

ビッガーは煙草をもう一箱買い、ガスに向かって投げた。ガスはそれを受け取り、困惑の表情で立ちすくんでいた。

「なんだよ、ガス。もういいじゃねえか」とビッガーは言った。

ガスはゆっくりとこちらに向かってきた。箱を開け、一本の煙草に火を点《つ》ける。

「ビッガー、おまえは本当にいかれてるな」とガスは恥ずかしそうな笑みを浮かべて言った。

ビッガーにはガスの気持ちがわかった。喧嘩が終わって、嬉しいのだ。ビッガーはもう彼らのことなど怖くない。座ったまま両足をスーツケースに載せ、黙って微笑みながら、一人ひとりに目を向けていった。

「一ドルくれよ」とジャックが言った。

ビッガーは一ドル札をめくり取り、一枚ずつ渡した。

「俺がおまえらに何もやらないなんて言うなよ」と彼は笑って言った。

「ビッガー、おまえもいかれたニガーだな」とガスがまた言い、嬉しそうに笑った。

しかし、ビッガーは行かなければならなかった。ここにとどまって、彼らと話をしているわけにはいかない。彼はビールを三本注文し、スーツケースを持ち上げた。

「おまえは飲まないのか？」とG・Hが訊ねた。

「ああ、俺は行かないと」

「じゃあ、また会おうぜ！」

「またな！」

ビッガーは三人に手を振り、身を翻《ひるがえ》すようにドアから外に出た。頭がくらくらし、高揚した気分で雪の上を歩いていく。口が開き、目が輝いている。彼らと一緒にいて、恐怖を感じずにいられたのは初めてだ。見覚えのない道を歩き、見知らぬ土地へと向かっている気分で、彼の神経はこの道がどこに続いているのか見たくてたまらなかった。スーツケースを一街区《ブロック》先の交差点まで運んでいき、路面電車が来るのを待つ。ベストのポケットに指を滑り込ませ、丸めた札束のパリッとした感触を確かめた。ドルトン邸には行かず、路面電車で鉄道駅まで行き、この町を去ることもできる。しかし、彼が消えたら何が起こるだろう？　いま逃げたら、メアリーが行方不明だとわかった途端、彼が何かを知っていると思われるだろう。そう、このままやり続け、様子を見るほうがずっといい。メアリーが殺されたと誰かが考え始めるまでには、かなり時間がかかるはず。そして、彼がやったと考えつくには、さらに時間がかかるはずだ。メアリーの失踪《しっそう》がわかったとき、みんなはまず共産主義者《アカ》を疑うのではないか？

路面電車がゴトゴトと音をたてて走ってきた。ビッガーは車両に乗り込み、47番通りで東行きの電車に乗り換えた。水滴のついた窓ガラスに映る自分の黒い顔を心配そうに見つめる。まわりじゅうにいる白い顔のなかで、俺が金持ちの白人娘を殺したと思う者がいるだろうか？　いるはずない！　やつらは俺が十セント盗んだとか、女をレイプしたとか、酔っ払ったとか、誰かを切りつけたとかなら考えつくだろう。しかし、百万長者の娘を殺して、遺体を焼いた？　彼は疼《うず》くような感情に体が包まれるのを感じ、少し微笑んだ。すべてをとても鋭敏に、明確に捉《とら》えることができた。おまえはこう振る舞うべきだとほかの者たちが思うように振る舞いながら、やりたいことをやる。ある意味、自分は生まれてこの方、ずっとそれをしてきた。騒々しく、荒っぽいやり方でそう行動してきたのに、それができるとはっきりわかったのは、昨晩が初めてだったのだ。メアリーを彼女の部屋で窒息死させ、目の不自由な母親が両腕を広げてそばに立っていた、あのとき。いまの彼は少し震えていたが、本当には恐れていなかった。気分は勇み立ち、ものすごく興奮していた。あの人たちのことは何とかなる。ドルトン夫妻のことを思い浮かべて、彼はそう思った。

　不安な気持ちにさせるものが一つだけあった。新聞紙の上に載っているメアリーの血まみれの頭の残像が、目の前から離れない。それを取り除かなくては。それさえできれば、大丈夫だ。まったく、なんてバカな女なんだろう、と彼はメアリーの行動を思い出して考えた。あんなふうに振る舞うなんて！　俺にあれをやらせたようなもんじゃないか！　どうしようもなかったんだ！　あの娘に分別が足りなかった！　俺を放っておけばよかったのに、バカ野郎！　彼はメアリーが気の毒だとは感じなかった——あの女は自分にとって現実ではないし、人間ではない——そこまで長く、あるいはよく知らないのだから。彼女を殺したことは、彼女が自分に感じさせた恐怖と恥辱のために、充分すぎるほど正当化されると感じた。彼のなかに恐怖と恥辱を掻《か》き立てたのは彼女の行動ではないか。しかし、それについてよく考えると、彼女の行動によってというのはあり得ないようにも思われた。本当のところ、あの恐怖と恥辱がどこから来たのかはわからない。ただ、そこにあった、それだけだ。彼女と接すると、それがいつでも熱く、激しく湧き上がったのである。

　恐怖と恥辱を感じたとき、彼が反応していたのは、メアリーに対してではなかった。メアリーは彼の感情を誘発する役割を果たしただけ。その感情は、たくさんのメアリーたちによって形成されてきた。そしてメアリーを殺したいま、彼は筋肉の張りが緩むのを感じた。長いこと担《かつ》いでいた、見えない重荷を下ろしたのだ。

　車両が雪に乗り上げて傾いたとき、ビッガーは顔を上げて、雪の積もった歩道にいる黒人たちを見た。こうした人々も彼と同じような恐怖と恥辱を感じている。何度も交差点で彼らと隣り合わせ、つやつやした細長い車が通過していくのを見ながら、白人について話し合ったものだ。ビッガーやその同類の者たちにとって、白人は本当のところ人間ではない。むしろ大きな自然の力、頭上にヌーッと見えてくる嵐《あらし》の雲のようなもの。あるいは、闇《やみ》のなかを歩いているとき、足下に突如として現われる深くて渦巻く川のようなものなのである。ある境界を彼や仲間の黒人たちが越えない限り、その白い力を恐れる必要はない。しかし、恐れようと恐れまいと、黒人たちは一日として欠かさず、その力に接しながら生きている。言葉で言い表わすことはなくても、その存在を認識している。この都市の、この指定された一画に生きている限り、彼らは無言でそれに敬意を払っているのだ。

稀《まれ》にだが、ほかの黒人たちと連帯したいという思いに、憧《あこが》れに、胸を摑《つか》まれるときがあった。そして白い力に対抗することを夢見るのだが、近くにいる黒人たちを見ると、その夢も消えていった。肌の色が黒いのは同じだが、彼らとのあいだにあまりに大きな隔たりがあると感じてしまい、共通する絆《きずな》や生活を築く余地はまったくないように思えるのだ。殺すぞと脅されたときでもなければ、そういうことは起きそうもない。絶体絶命のピンチに立たされ、恐怖と恥辱にまみれたときでもなければ起きないだろう。希望が抱ける状況で、互いの違いを捨てて団結することは無理な話なのだ。

電車に乗り、歩道の黒人たちを眺めているうち、彼は恐怖と恥辱に終止符を打つ一つの道は、こうした黒人たちすべてを団結させ行動させることだと感じた。彼らを従わせ、何をすべきか話し、それをやらせる。彼とほかのすべての黒人たちが真剣に進んでいける方向が一つあるはずだ。そう漠然と感じていた。痛烈な飢餓感と不断の願望とを融合できる道があるべきではないか。そして、精神も肉体も確信と信念をもって行動するしかたがあるべきではないか、と。しかし、自分にも仲間の黒人たちにも、そのようなことは決して起こらないのだとも感じ、それで彼は黒人たちを憎んだ。手を一振りし、彼らを消し去りたいと思う。しかし、それでも彼は漠然と願っていた。このところ、ほかの者たちを従わせられる人たちに関する話を聞くのが好きになった。そのような行動によって、この恐怖と恥辱の厄介な泥沼から脱け出せる道が、自分の人生の根幹を蝕《むしば》んでいる恐怖と恥辱から脱け出す道があるのではないか。彼はそう感じていた。そして、日本が中国を占領しているといった話を聞くのが好きになった。ユダヤ人狩りをしているヒットラーの話や、スペインに侵攻したムッソリーニの話もだ。こうした行動が正しいかどうかについては、彼は関心がなかった。ただ、脱出を可能にする道として、心を惹《ひ》かれたのだ。いつの日か黒人たちに鞭打《むちう》ち、しっかりと団結させる黒人の男が現われるかもしれない。そういう男とともに行動し、恐怖と恥辱を終わらせる。彼はこれをはっきりとした心象として思い浮かべたことはなかった。ただ、それを感じ、しばらく感じ続けて、忘れてしまう。しかし、心のなかのどこか深いところで、希望が常に待ち構えているのだった。

　ビリヤード場でガスと喧嘩することになったのも、この恐怖のせいだった。自分に自信があり、ガスのことも信頼していたら、喧嘩などしなかっただろう。しかし、彼は自分をわかっているのと同じようにガスのこともわかっていて、どちらかが決定的な瞬間に、恐怖のためにしくじるだろうというのもわかっていた。ブラムの店をあのように強盗するなんて、どうして思いついたのだろう？　彼はガスを信用していなかったし、恐れていた。そして、ガスも彼を信用しておらず、恐れていることを知っていた。そのため、ガスとチームを組んで何かをしようとした瞬間、ガスと自分自身を憎んでしまうのだ。しかし最終的には、彼やガスの抱く憎悪《ぞうお》と希望は外へと向かった。希望はある漠然とした情け深いものへ――彼を助け、導いてくれるはずのものへ、憎悪は、白人たちが自分を従わせていると感じられるために、彼らへと向けられた。白人たちが遠く離れたところにいて、彼のことを考えていないときでも、自分たちとの関係によって彼の言動を左右し、それによって従わせている、と感じていたのである。

　路面電車は雪のなかをゆっくり進んでいった。次の駅がドレクセル・ブールヴァードだ。彼はスーツケースを持ち上げ、ドアの前に立った。数分後には、メアリーがちゃんと燃えたのかどうかわかるだろう。車両が停まり、彼はひょいと降り立った。足首まで埋まる雪のなかを歩き、ドルトン邸へと向かう。

　車寄せまで来たとき、彼が乗り捨てたままの場所に車があることに気づいた。ただし、柔らかそうな雪が全体を覆《おお》っている。静まり返った屋敷の白い外観が現われる。彼は門の掛け金を外し、車の脇《わき》を通り越した。目の前にメアリーの姿が見える。血まみれの首が暖房炉のなかから突き出ていて、びしょびしょになった新聞紙の上に黒い巻き毛の頭が載っている。彼は立ち止まった。いまなら回れ右をして、引き返すことはできる。車に乗り込めば、誰かが気づく頃には、ここから数マイル離れたところにいられる。しかし、ちゃんとした理由もなく、どうして逃げるのだ？　ある程度の金は手に入れたのだから、そのときが来たら、必死に逃げればいい。銃もあるのだし。彼は指が震え、そのためにドアの鍵《かぎ》を開けられずにいた。だが、指が震えるのは恐怖からではない。それは急き立つ思いを抱いているからであり、自信と充足感、そして自由を感じているからだ——彼の全人生はこの上なく意味深い行為に関わっているのだから。彼はドアを内側に押し開け、その場で立ち止まり、息を静かに吸い込んだ。暖房炉の赤い光に照らされた人影がある。ミセス・ドルトンか？　いや、ミセス・ドルトンよりも背が高く、がっしりしている。ああ、ペギーだ！　彼に背を向け、少し身を屈《かが》めて立っている。暖房炉のなかをじっと見つめているようだ。俺が入ってくる音が聞こえなかったのだな、と彼は思った。いま逃げるべきではないか！　しかし、彼が体を動かす前に、ペギーが振り返った。

「あら、おはよう、ビッガー」

彼は返事をしなかった。

「来てくれて嬉《うれ》しいわ。ちょうど炉に石炭をくべようかと思っていたの」

「私がやりますよ、マム」

彼は進み出て、メアリーの痕跡《こんせき》が暖房炉に残っていないかどうか、目を凝らした。ペギーの隣りまで来ると、彼女が扉の隙間から覗いているのに気づいた。鉛色の石炭が赤々と燃えているのを見つめている。

「昨晩は暖房がとても熱かったの」とペギーは言った。「でも、今朝は炎が弱いみたい」

「私がやります」とビッガーは言ったが、突っ立ったまま、炉の扉を開けようとはしなかった。ペギーが赤みを帯びた暗がりのなか、すぐ横に立っているからだ。

熱風がのぼっていくゴーッという鈍い音が耳に響き、彼女が何かを疑っているのだろうかと考えた。灯りを点けるべきだったとわかっていたが、そうしたらどうなるだろう？　炉に押し込んだメアリーの体の一部が灯りに照らし出されるのではないか？

「私がやります、マム」と彼はまた言った。

彼は素早く考えをめぐらした。ペギーが灯りを点けたら、何かに気づき、メアリーが死んだとわかってしまうかもしれない。そうなったら、口を封じるために殺さなければならないだろうか？　顔を動かさずに、彼はすぐ近くの隅に置いてある鉄のシャベルに視線を向けた。拳《こぶし》をギュッと握りしめる。ペギーは彼から離れ、天井からぶら下がる電灯のほうに向かった。階段に近い、部屋の向こう側の隅にある電灯だ。

「少し明るくするわね」と彼女は言った。

ビッガーは黙ったまま、素早くシャベルに近づき、何が起こるかと待ち構えた。灯りが点いた。目が眩《くら》むほど明るい。彼は瞬《まばた》きをした。ペギーは階段のそばに立ち、胸の前で右手をギュッと握っている。キモノを着ていたので、それがはだけないように押さえ込んでいたのだ。ビッガーはすぐに理解した。彼女は暖房炉のことなど考えてもいない。ただ、キモノ姿で地下室にいるところを見られたのが恥ずかしいのである。

「ミス・ドルトンは下りていらしたかしら？」と彼女は階段をのぼろうとしながら、肩越しに訊《たず》ねた。

「ノー、マム。まだお目にかかっていません」

「あなたはいま来たところなの？」

「イエス、マム」

彼女は立ち止まり、振り返って彼を見つめた。

「でも、車が——車寄せに置いてあるわ」

「イエス、マム」とだけ彼は言い、それ以上の情報を与えようとはしなかった。

「じゃあ、ひと晩じゅう、あそこに置いてあったってこと？」

「わかりません、マム」

「あなたが車庫に入れたんじゃないの？」

「ノー、マム。あそこに置いておくよう、ミス・ドルトンに言われました」

「あら！　じゃあ、本当にひと晩じゅう、あそこに置いてあったのね。だから雪をかぶってるんだわ」

「そうだと思います、マム」

ペギーは首を振り、溜《た》め息をついた。

「じゃあ、あと数分で、お嬢様は準備ができ、あなたが駅にお連れすることになるだろうね」

「イエス、マム」

「トランクは下ろしたのね」

「イエス、マム。昨晩、下ろしておくように言われました」

「忘れないようにね」と彼女はキッチンのドアを通り抜けながら言った。

彼女が立ち去ってからも長いこと、ビッガーはその場から動かなかった。それから、ゆっくりと地下室を見渡した。動物のように目と耳を働かせ、首を回して、何かしくじっていないかどうか確かめる。部屋は、彼が昨晩そこを出たときのままだ。それから歩き回り、もっとよく見る。突然、彼は目を丸くして立ち止まった。目の前に、血の染《し》みのついた新聞の小さな紙切れが見えたのだ。炉の扉の隙間からこぼれる鉛色の光がそれに当たっている。ペギーはこれを見ただろうか？ 灯りのところに走り、消してから、また走って戻る。紙切れのほうに目を凝らすが、ほとんど見えない。ということは、ペギーは気づかなかったはずだ。メアリーはどうだろう？ 彼女は燃えただろうか？ 彼はまた灯りを点け、紙切れを拾い上げた。そして、誰かが見ていないかと左右に目を向け、それから炉の扉を開けて、なかを覗《のぞ》き込んだ。メアリーの顔とその血まみれの喉が、目の前に浮かんでくる。炉のなかは燃え立つ石炭によって息づき、震動している。しかし、遺体の痕跡はどこにもない。といっても、遺体の像は彼の目の前に――熱く燃える石炭の熾火《おきび》と目とのあいだに――漂っている。新しく掘られ、棺《ひつぎ》が埋められたばかりの墓が、長方形の形に盛り上がっているように、赤い石炭もメアリーの折り曲げた体の輪郭を表わしていた。あの長方形に盛り上がっている赤い部分を指で触れたら、そこからへこんで、焼けていないメアリーの体がすべて晒《さら》されるのではないか。彼はそんな気がした。石炭はその下の遺体を燃やし、輝く熾火が赤々とした熱い外殻を形成しており、その真ん中は空洞になっているようにも見える。震える石炭に包まれて、メアリーの縮こまった体の形がまだ残っているようだ。彼は目をしばたたかせ、自分がまだ紙切れを手に持っていたことに気づいた。扉の高さに上げると、紙きれは熱風によって指から吸い込まれ、赤く震える熱のなかへと飛んでいった。そして、みるみるうちに煙を出し、黒くなって燃え上がり、それから消えた。

　彼は扉を閉め、石炭を追加するためにレバーを引っ張った。小さな石炭が次々にシュートを滑り落ちていき、そのブリキ製の側面に当たるガタガタという音が、彼の耳にやかましく鳴り響く。そのうちに長方形の赤い炎の山がだんだんと黒くなっていき、炉のなかに丸く広がっていく石炭のために、また燃え上がった。彼はレバーを戻し、立ち上がった。ここまではうまくいっている。誰かがあの火を掻き回さない限り、問題はないだろう。彼自身は、メアリーの体の一部がまだ残っていると思うと恐ろしく、あれを掻き混ぜたいとは思わなかった。この調子で午後までいけば、メアリーはすっかり焼けてしまい、彼に疑いがかかることはないだろう。振り返ると、またトランクが目に入った。そうだ！　あれを忘れてはいけない！　共産党のパンフレットをいますぐ部屋に置いてくる必要がある。彼は走って炉の裏に回り、部屋まで階段を駆けのぼった。そしてパンフレットの皺《しわ》を伸ばし、化粧台の抽斗《ひきだし》の隅に慎重にしまった。そう、こいつはきちんと積み重ねておかなければならない。彼がこれを読んだと思われてはならないのだ。

　彼は地下室に戻り、トランクをドアまで引きずった。それから背中に担ぎ、車まで運んで、そのステップに括《くく》りつけた。腕時計に目をやると、八時二十分。では、メアリーが出てくるのを待たなければならない。彼は運転席に座り、五分待った。彼女を呼ぶためにベルを鳴らすことにしよう。屋敷の側面のドアに続く踏み段を見つめ、メアリーが昨晩あそこでよろめき、彼が抱きかかえたことを思い出した。それから、強烈な太陽の光が空から射《さ》しかけ、彼は恐怖のあまり思わずビクッとした。陽光のために雪がチラチラと明滅し、飛び跳ねているように見えたのだ。周囲は音のない真っ白な魔法の世界となっている。時間を取りすぎた！　屋敷に入り、ミス・ドルトンを呼びにいかなければならない。ここに長くとどまっていると、彼女が下りてくるのを待っていないように思われてしまう。彼は車から降り、側面のドアにつながる踏み段をのぼった。ガラスからなかを覗き込む。誰もいない。ドアを開けようとして、鍵がかかっていることに気づいた。ベルを押すと、柔らかなゴングの音がなかで響く。そのまま待っていると、ペギーが急ぎ足で廊下を歩いてくるのが見え、やがてドアが開いた。

「お嬢様、まだ下りてこないの？」

「はい。予定より遅れてしまいます」

「待って、呼んでくるわ」

階段を駆けのぼっていくペギーは、いまだにキモノ姿だった。この階段を彼は昨晩、メアリーを半ば引きずるようにしてのぼったのだし、トランクを担いで、よろよろと下りたのだった。それから、階段を下りてくるペギーの姿が見えた。さっきのぼっていったときより、ずっとゆっくり戻ってくる。そしてドアのところまで来た。

「いないわ。出かけたのかしら。あなたには何て言ったの？」

「駅まで車で連れていってくれ、と。それからトランクを運んでくれとおっしゃいました」

「でも、部屋にはいらっしゃらないわ。ミセス・ドルトンの部屋にもいないし、ミスター・ドルトンは眠ってらっしゃる。お嬢様は、今朝出かけるとおっしゃったのね？」

「昨晩はそうおっしゃいました」

「昨晩、トランクを下ろすようにおっしゃったの？」

「イエス、マム」

ペギーはしばらく物思いに沈み、彼の背後にある雪をかぶった車を見つめた。

「じゃあ、トランクは運んでおいたほうがよさそうね。お嬢様は昨晩、ここで寝なかったのかもしれないし」

「イエス、マム」

彼は彼女に背を向け、踏み段を下り始めた。

「ビッガー！」

「イエス、マム」

「お嬢様は、あの車を出しておいてくれと言ったんだね？　ひと晩じゅう？」

「イエス、マム」

「車をまた使うって言ったのかい？」

「ノー、マム。それが」とビッガーは手探りで進むように話した。「あの方がいらしていて……」

「誰？」

「男の方です」

「ああ、あの人。じゃあ、トランクを運んで。お嬢様はまたおふざけをしてらっしゃるんだろう」

ビッガーは車に乗り込み、車寄せから街路に出た。雪の道を北に向かって進む。振り返って、ペギーがこちらを見ているかどうか確かめたかったが、それはしなかった。そうしたら、何かがおかしいように彼も思っていると、彼女に勘繰られるかもしれない。いまその印象を与えたくはない。まあ、少なくとも一人の人間は、彼が考えてほしいと望んでいるように考えてくれているのだ。

ラサール・ストリート駅に着くと、車をプラットフォームの一つに寄せ、ほかの車が停まっているあいだの狭い空間にバックで入れた。トランクを持ち上げ、男が預かり証を切ってくれるのを待つ。誰もトランクを引き取りにこなかったら、どうなるのだろうと考える。たぶんミスター・ドルトンに知らせが行くのだろう。まあ、様子を見るしかない。自分はやるべきことをやった。ミス・ドルトンにトランクを駅まで運ぶように言われたから、それをやったのだ。

彼は雪のかぶった道で出せるだけの速度を出し、急いでドルトン邸に戻った。現場に戻り、何が起こるかを見極めたい。その場にいて状況を把握したいと思った。車寄せに着き、車をゆっくりと車庫に入れ、ロックする。それから、自分の部屋に行くべきか、すぐにキッチンに行くべきかを考えて、しばらく立ちすくんだ。何もなかったかのように、すぐにキッチンに行ったほうがいいだろう。ペギーから見れば、彼はまだ朝食を食べていないのだから、キッチンに行くのが自然だと思われるはずだ。彼は地下室を通り、少し立ち止まって、ゴーッと鳴っている暖房炉を見つめた。それからキッチンのドアまで行き、そっとなかに入った。ペギーは彼に背を向け、ガスコンロのところに立っていた。振り返り、彼にちらりと目を向ける。

「用事は済んだの？」

「イエス、マム」

「あちらでお嬢さんに会った？」

「ノー、マム」

「お腹空《なかす》いてる？」

「少し空いています」

「少し？」ペギーは笑った。「この家の日曜日の習慣に、すぐに慣れるわよ。誰も早起きしなくて、起きたときにはみんな飢え死にしそうなの」

「私は大丈夫です、マム」

「グリーンがここで働いていたとき、これだけは文句を言ってたね」とペギーが言った。

「日曜日にはみんな飢え死にしちゃうって」

　ビッガーは無理やり微笑《ほほえ》み、白と黒のリノリウムの床を見つめた。ペギーが真相を知ったらどう思うだろう？　そのとき彼はペギーに対してとても優しい気持ちになった。

俺は貴重なものを摑んでいて、それを彼女に奪い取られることは絶対にない――彼女に軽蔑《けいべつ》されるにしても。玄関から電話の鳴る音が聞こえてきた。ペギーは身を起こし、エプロンで手を拭きながら彼を見つめた。

「日曜日のこんな時間に電話をしてくるなんて、いったい誰だろうね？」と彼女はぶつぶつ言った。

彼女が出ていったので、彼は座って待った。たぶんメアリーのことを訊ねるジャンの電話だろう。電話するわね、とメアリーが彼に約束していたことは覚えている。デトロイトまでどれくらいかかるのだろうと彼は考えた。五時間か六時間？　それほど遠くはない。メアリーの乗るはずの列車はすでに発車した。四時くらいにはデトロイトに着くはずだ。誰かが出迎えることになっているのだろうか？　彼女が列車に乗っていなかったら、そのことを電話か電報で知らせてくるのだろうか？　ペギーが戻ってきた。コンロに向かい、料理を続ける。

「もうすぐできるよ」と彼女は言った。

「イエス、マム」

それから彼女はビッガーのほうを向いた。

「昨晩、ミス・ドルトンと一緒にいた男は誰なの？」

「わかりません、マム。お嬢様はジャンだったか、そんな名前で呼んでいたと思います」

「ジャン？　その人がいま電話してきたんだ」とペギーは言った。ふいに顔を上げ、唇を引きつらせる。「人間のクズってのがいるとすれば、あいつのことだよ。政府に反対しているアナキストの一味なんだ」

　ビッガーは聞いているだけで、何も言わなかった。

「メアリーさんのようないいお嬢さんが、どうしてあんないかれた連中とつき合うのか、神のみぞ知るだね。何もいいことは起こらないよ。間違いない。メアリーさんの荒れた振る舞いさえなければ、この家は時計のように規則正しいんだけどね。お気の毒だよ。奥様は善良としか言いようのない方だし、ミスター・ドルトン以上に素晴らしい男の人はいないし……。でも、いずれメアリーさんも落ち着くわ。みんな落ち着くんだから。若くて愚かな時期にさんざん浮かれ騒がないと、損をしているように思うんだね……」

　熱いオートミールとミルクを彼女が持ってきてくれたので、彼は食べ始めた。食欲がなく、呑《の》み込むのに苦労したが、無理やり胃に送り込む。ペギーは話し続け、彼はどう答えたものかと考えた。そして、何も言えないことに気づいた。彼女のほうも、彼が何か言うことは期待していないのだろう。ほかに話し相手がいないから、彼に話しているだけなのかもしれない。彼の母もときどきそういうことをする。そうだ、地下室に行ったら、もう一度暖房炉の様子を見よう。入るだけの石炭を入れて、メアリーが早く燃えるようにする。熱いオートミールを食べているうちに眠たくなり、彼は欠伸《あくび》を嚙《か》み殺した。

「今日すべきことは何ですか？」

「用事があれば呼ばれるから、それを待ちなさい。日曜日は忙しくないんだよ。旦那《だんな》様と奥様が出かけるかもしれないけど」

「イエス、マム」

　ビッガーはオートミールを食べ終えた。

「何かやることはありますか？」

「いや、でも、まだ食べ終わってないでしょう。ハムエッグはどう？」

「ノー、マム。たくさんいただきました」

「まあ、これはあなたの分なんだからね。欲しければ遠慮せずに言ってちょうだい」

「暖房炉を見てこようかと思います」

「わかったわ、ビッガー。二時くらいにベルが鳴るかどうか気をつけて。それまでは、何も用事はないと思うわ」

　ビッガーは地下室に行った。炎は燃え盛っている。熾火が赤く輝き、上向きの熱風がゴーッと音をたてている。石炭を足す必要はない。彼は再び地下室を見回した。隅々にまで目を向け、昨夜の出来事の痕跡が残っていないかどうか確かめる。何も残っていない。

彼は自分の部屋に行き、ベッドに横たわった。よし、ここまでは来た。これからどうなる？　部屋は静まり返っていた。いや！　何かが聞こえた！　彼は首を傾《かし》げ、耳を澄ませた。下のキッチンからかすかに、鍋《なべ》やフライパンのガタガタ鳴る音が聞こえてくる。彼は起き上がり、部屋の向こう端まで歩いた。音がよく聞こえるようになった。おしとやかだがしっかりした足音。ペギーがキッチンの床を歩いているのだ。俺のすぐ下にいる、と彼は思った。じっとして、聞き耳を立てる。ミセス・ドルトンの声が聞こえ、それからペギーの声がした。彼は身を屈め、床に耳をつけた。メアリーのことを話しているのか？　彼女らが何を話しているのかは聞き取れなかった。立ち上がり、あたりを見回す。一フィートほど離れたところにクロゼットのドアがある。それを開けると、声がはっきり聞こえてきた。クロゼットに入ると、床板がキーッと鳴ったので、彼は立ち止まった。下の二人に聞こえただろうか？　彼が盗み聞きしていると思うだろうか？　そうだ！　いい考えがある！　彼は自分のスーツケースを持ち出して開け、なかから一抱えの服を取り出した。誰かが部屋に入ってきたら、服を片づけているように見えるはずだ。彼はクロゼットのなかに入り、耳を澄ませた。

「……じゃあ、車がひと晩じゅう車寄せに出てたって言うの？」

「はい、お嬢様が、外に出しておくように言ったって言うんです」

「何時頃だったのかしら？」

「わかりません、ミセス・ドルトン、それは訊ねませんでした」

「わけがわからないわ」

「でも、お嬢様は大丈夫ですよ。ご心配はいらないと思います」

「でも、ペギー、メモも残してないんだよ。メアリーらしくないわ。ニューヨークにこっそり行ったときだって、メモは残したよ」

「遠くに行ったわけではないんでしょう。たぶん何かがあって、外泊したんですよ、ミセス・ドルトン」

「でも、どうして車を外に出しておいたのかしら？」

「わかりません」

「それで、メアリーは男と一緒だったって言うんだね？」

「あのジャンだと思います、ミセス・ドルトン」

「ジャン？」

「はい、お嬢様とフロリダに行った男です」

「あの輩《やから》どもと縁を切ろうとしないんだね」

「彼は今朝、ここに電話してきました。お嬢様に用事だって」

「ここに電話した？」

「はい」

「それで、何て言ってたの?」

「お嬢様はお留守ですって言ったら、腹を立てた様子でした」

「あの子はいったい何を考えてるんだろうね? あの男とはもう会わないって言ったのに」

「お嬢様が彼に電話させたのかもしれませんわ、ミセス・ドルトン……」

「どういう意味?」

「まあ、こんな感じじゃないかって考えてるんです。お嬢様はフロリダに行ったときと同じように、あの男と一緒にいる。それで、あの男に電話させて、自分がいなくなったことにこちらが気づいたかどうか確かめさせた……」

「まあ、ペギー!」

「ああ、申し訳ありません……たぶん、お嬢様は女の友達と一緒にいるのでしょう」

「でも、メアリーは午前二時に、自分の部屋にいたんだよ、ペギー。そんな時間に、いったい誰の家に行く?」

「ミセス・ドルトン、実は私、お嬢様の部屋に今朝入ったとき、あることに気づいたんです」

「何だい?」

「それが、お嬢様のベッドは、人がなかで眠ったようには見えなかったんです。掛け布《ぶ》団《とん》がめくられてもなかったんですよ。誰かがしばらくそこに横たわって、それから起き上がったみたいで……」

「あら！」

　ビッガーは必死に聞き取ろうとしたが、下は静まり返ってしまった。二人は何かがおかしいとこれでわかったのだ。ミセス・ドルトンの声がまた聞こえてきた。疑いと恐怖に震える声だ。

「じゃあ、メアリーは昨晩ここに泊まらなかったんだね」

「そのようですね」

「あの男の子は、ジャンが車にいたって言うのかい？」

「はい。車がひと晩じゅう、雪のなかに出してあるなんて奇妙だと思ったものですから、あの子に訊《き》きました。そうしたら、お嬢様が車を出しておくように言い、そこにジャンが乗っていたって言うんです」

「聞いて、ペギー……」

「はい、ミセス・ドルトン」

「メアリーは昨晩、酔っ払ってたんだよ。何かが起きたんじゃなければいいけど」

「あら、そんな恐ろしい！」

「メアリーが帰ってきてすぐ、私はあの子の部屋に行ったの……あの子は酔っ払って、口もきけないほどだった。酔っ払っていたんだよ。あんな状態で家に帰って来るなんて思いもしなかった」

「大丈夫ですよ、ミセス・ドルトン。お嬢様はしっかりしてらっしゃるから」

再び二人ともしばらく黙りこんだ。ビッガーは、ミセス・ドルトンが自分の部屋に向かっているのではないかと考えた。そこでベッドに戻り、横たわって、耳を澄ませた。何も音はしない。長いこと横になっていたが、何も聞こえてこなかった。それから、キッチンでまた足音がした。彼は急いでクロゼットに戻った。

「ペギー！」

「はい、ミセス・ドルトン」

「実はね、メアリーの部屋に行って、あちこち触ってみたの。どこかおかしいわ。トランクの荷造りが終わってないのよ。少なくとも荷物の半分はまだあそこにある。デトロイトのダンスパーティに行くって言ってたのに、買ったばかりの服を持っていってないの」

「じゃあ、デトロイトにはいらっしゃらなかったのかも」

「でも、どこにいるの？」

ビッガーは耳を澄ますのをやめた。初めて恐怖を感じたのだ。トランクが完全に荷造りされていなかったとは思っていなかった。半分しか荷造りされていないトランクを駅まで運ぶよう、彼女に頼まれた？ これをどう説明したらいいのだ？ ああ、ちくしょう！ あの娘は酔っ払っていたんだ。それだ。メアリーは酔っ払っていて、自分のやっていることがわかっていなかった。こう答えることにしよう。彼女に持っていくように言われたから、持っていっただけです、と。どうして半分しか荷造りできていないトランクを駅まで運んだのかと訊ねられたら、あの晩、メアリーは自分にバカげたことをたくさんやれと言いました、そうしたことと何ら変わりがありません、と答えればいい。彼女やジャンとアーニーズ・キッチン・シャックで一緒に食事している俺の姿は、人々に見られているではないか？ 二人とも酔っ払っていて、自分は二人にやれと言われたことをしただけですと答えよう。それが自分の仕事だから、と。彼はまた声に聞き耳を立てた。

「……それから、しばらくしたら、あの子を私のところに来させてね。話をしたいから」

「はい、ミセス・ドルトン」

彼はまたベッドに横たわった。自分の話を練り直し、絶対安全なものにしなければならない。あのトランクを駅まで運んだのはまずかったのだろうか？ メアリーを腕に抱えて地下に下ろし、燃やしたほうがよかったのではないか？ しかし、彼がメアリーをトランクに入れたのは、彼女を抱きかかえているのを誰かに見られるのが怖かったからだ。彼女を部屋から運び出す、唯一《ゆいいつ》の方法があれだった。ああ、クソ、起きたことは起きてしまったのであり、自分はその話にしがみつくしかない。彼は話をもう一度練り直し、すべての細部を心にしっかりと刻み込んだ。彼女は酔っ払っていたと言おう。だらしなく酔っ払っていた、と。彼が横たわっているベッドは柔らかく、部屋は温かい。ラジエーターで蒸気がシューシュー鳴る音を聞きながら考え続けるうちに、彼はくつろいできて、眠くなった。彼女がどれだけ酔っ払っていたか、自分がいかに彼女を引きずるようにして階段をのぼり、いかに枕《まくら》を彼女の顔に押しつけたかを振り返った。彼女をトランクのなかに押し込み、暗い階段でそのトランクと格闘したこと。重いトランクを運んでいるとき、指が焼けるように熱くなったこと。そして、階段を下りていくときにはよろめいて、トランクがガタガタと音をたててしまい、世界じゅうで聞こえたのではないかと思うほどだった……。

彼はハッとして目を覚ました。ドアのところでノックの音がしたのだ。心臓が激しく鼓動する。起き上がり、寝ぼけまなこで部屋じゅうを見渡した。誰かがノックしたのか？　腕時計を見ると、三時だった。ちくしょう！　二時にベルが鳴ったとき、気づかずに寝ていたに違いない。またノックの音がした。

「オーケー」と彼は呟《つぶや》いた。

「ミセス・ドルトンです」

「イエス、マム。ちょっとお待ちください」

彼は大股《おおまた》の二歩でドアにたどり着いた。それからひと息つき、心を落ち着かせようとする。目をパチクリさせ、唇を濡《ぬ》らした。ドアを開けると、ミセス・ドルトンが目の前で微笑んでいた。白い服を着ていて、昨晩、闇のなかで立っていたときと同じように青白い顔を傾けている。彼がメアリーをベッドの上で窒息させていた、あのときと同じように。

「イ、イ、イエス、マム」と彼はどもって言った。「ね、ねむっていたもので……」

「昨晩、あまり眠らなかったんだね？」

「はあ」。彼は恐怖を感じ、音を引き延ばすように答えた。彼女は何かを仄《ほの》めかしているのだろうか。

「ペギーは三度、ベルを鳴らしたんだけどね、あなたは答えなかった」

「申し訳ありません、マム……」

「それはいいわ。昨晩のことを訊きたかったの……そうだ、あなたはトランクを駅に運んだんだったわね？」

「イエス、マム。今朝運びました」。彼は彼女の声にためらいと混乱を感じ取っていた。

「わかったわ」とミセス・ドルトンが言った。薄暗い廊下で、顔をかすかに上に傾けて立っている。彼はドアノブを握りしめ、筋肉を引きつらせて待ち構えた。どう答えるかに気をつけなければならない。それでも、自分はある程度守られていることもわかっていた。ミセス・ドルトンには羞恥心《しゅうちしん》のようなものがあるはずだ。彼に質問しすぎ、自分が心配していることを悟られるのは避けようとするだろう。彼は青年で、彼女は老女だ。彼は雇われている身で、彼女は雇っている側。二人のあいだには、ある程度の距離が保たれなければならない。

「あなたが昨晩、車寄せに車を置きっぱなしにしたんだね？」

「イエス、マム。私はしまおうとしたんですが」と彼は言い、自分が懸念《けねん》しているのは義務を果たし、仕事を失わないようにすることだけだと示した。「お嬢様が出しておくようにとおっしゃいました」

「それで、誰かが娘と一緒にいたんだね？」

「イエス、マム。男の方です」

「とても遅い時間だったんじゃないかい？」

「イエス、マム。二時少し前でした」

「それで、あなたは二時少し前にトランクを下ろしたんだね？」

「イエス、マム。お嬢様にそうするように言われまして」

「娘はあなたを部屋に連れていったの？」

メアリーと部屋で二人きりだったと思われたくはない。ビッガーは心のなかで慌《あわ》てて話を作り直した。

「イエス、マム。お二人は上がられて……」

「あら、彼も一緒だったのね？」

「イエス、マム」

「わかったわ……」

「何かまずいことでも、マム？」

「ううん、ないわ！ ただ――ただ……。いいえ。何もまずくない」

ミセス・ドルトンはドア口に突っ立っていた。その見えない目は薄い灰色で、ほとんど彼女の顔や髪、服と変わらないほど白い。彼女が本当に心配していて、もっと質問したがっていることが彼にはわかった。しかし、自分の娘がどれだけ酔っ払っていたか、彼の口から聞かされるのも嫌なのだ。結局のところ、彼は黒人で彼女は白人。彼は貧乏で彼女は金持ち。自分の家族にどこかまずいところがあり、だから彼に、黒人の召使いに、そのことを問いただされなければならないと思われるのが恥ずかしいのである。彼は自信を抱いた。

「ほかにご用はございますか？」

「いいえ。今日このあと、あなたは休みを取ってもいいわ。ミスター・ドルトンの具合がよくないので、私たちは外出しないから」

「ありがとうございます、マム」

彼女が背を向けたので、彼はドアを閉めた。そして彼女が廊下を遠ざかっていき、階段を下りていくかすかな足音に耳を澄ませた。手で壁に触りつつ、探るように前に進んでいくさまを思い描く。あの人はこの家のことを手に取るように知っているに違いない、と彼は考えた。そして興奮に震えた。あの人は白人で俺は黒人、あの人は金持ちで俺は貧乏、あの人は年寄りで俺は若者、そしてあの人がボスで俺は労働者。俺は安全だ、間違いなく。キッチンのドアが開いて閉まる音が聞こえてきたとき、彼はクロゼットに入り、また聞き耳を立てた。しかし、何も聞こえてこなかった。

では、外出しよう。ミセス・ドルトンと話しているときに襲われた緊張感を解消するには、いま外出するしかない。ベッシーに会いにいこう。それだ！ 彼は帽子とコートを取り、地下室に下りた。暖房炉に吸い込まれる空気が唸《うな》り声をあげ、火が高温の熱を発している。自分が戻ってくるまで続くだけの石炭は残っている。

彼は47番通りまで歩き、交差点で電車が来るのを待った。そうだ、ベッシーこそ、自分がいま会いたい人だ。奇妙な話だが、彼は昨日の昼も夜も、彼女のことをあまり考えなかった。はらはらすることがあまりにたくさん起きたので、彼女を思い浮かべる必要がなかったのだ。しかし、いまはすべてを忘れ、リラックスしなければならず、それであいつに会いたい。あいつは日曜の午後、いつでも家にいる。ものすごく会いたい。会えば、よりしっかりした自分になって、明日を乗り切れるように感じた。

路面電車が来たので、この日の出来事を振り返りつつ乗り込んだ。いや、どんなことであれ、彼らに疑われているとは思えない。自分は黒人だ。彼はもう一度ポケットのなかにある新札の丸めた束に触れた。ことがまずい方向に進んだら、いつでも逃げられる。この束でいくらになるのだろうと彼は考えた。これまで数えもしていなかった。ベッシーの家に行ってから、見てみよう。そう、恐れる必要はない。彼は肌の近くに収まっている銃に触れた。この銃を見せれば、ほかの連中は必ずしり込みし、彼にかまおうとするのをためらうはずだ。

しかし、こうした一連の流れには、気に食わない面が一つあった。ここからもっと金を得るべきだった、計画を立てておくべきだった、ということだ。彼はあまりにせっかちに、行き当たりばったりに行動してしまった。次はもっとうまくやろう。計画を立て、段取りして、長いこと持ちこたえられるだけの金を掴むのだ。彼は車両の窓の外を見つめ、それから近くにいる白い顔を見渡した。突如として、立ち上がって叫びたい衝動に駆られた。俺は金持ちの白人娘を殺したんだぞ、と言ってやるのだ。誰もが知っている家族の娘を殺した、と。そう言ってやったら、恐怖に怯《おび》える表情が彼らの顔に浮かぶだろう。でも、それはまずい。強烈な満足感を得られるにしても、そんなことをしてはいけない。人数では圧倒的に劣勢なのだから、自分は逮捕され、裁判にかけられ、処刑されるはずだ。彼らを震え上がらせるという興奮を激しく求めながらも、その代償はあまりに重いと感じた。逮捕される恐れなしに、自分のやったことを口に出せる力があったらいいのに、と思う。自分が彼らの心のなかに宿る概念になれればいいのに――自分の黒い顔と、メアリーを殺して首を切り落とし、遺体を焼いているイメージとが、彼らの目の前に取り憑《つ》くようになればいいのに。この現実の恐ろしい画像を、彼らは目《ま》の当たりにし、感じられるのに、破壊することはできないのだ。彼は現在のこととの成り行きに満足していなかった。ゴールを視野に収め、勝ち取ったのだが、勝ち取りながらも別のゴールが――もっと高く、偉大なゴールが――手の届くところにあると気づいたのだ。叫ぶことができるようになり、叫んだのだが、耳を貸す者はなかった。ようやく歩くことができるようになり、歩いているのだが、足下に地面が見当たらなかった。長いこと手で摑《つか》める武器を求めていて、突然、それを握ったのだが、その武器が目では見えなかった。

　電車がベッシーの家から一街区《ブロック》のところに停まり、彼は下車した。彼女が暮らしている建物まで来て、二階を見上げる。彼女の部屋の灯りがこうこうと輝いている。突然、街灯も点灯し、雪に覆われた歩道を黄色く輝かせた。早くも日が暮れていたのだ。ぼんやりとした丸い光の球である街灯は、凍って動けなくなり、空間に固定されているように見えた。黒いスチールの柱のおかげで、寒風によって吹き飛ばされずに済んでいるのである。彼はなかに入り、ベルを鳴らした。ブザーが鳴ったので、階段をのぼっていく。すると、ベッシーがアパートのドア口に立って、彼に向かって微笑んでいた。

「あら、珍しい人が来た！」

「やあ、ベッシー」

面と向き合って、手を彼女の手に伸ばすが、彼女は身を引いた。

「どうしたんだよ？」

「どうしたか、わかってるでしょ？」

「いや、わからねえ」

「何のために手を伸ばしてきたの？」

「キスしたいんだよ、ハニー」

「あたしにキスなんかしたくないはずよ」

「なんで？」

「それは、あたしがあなたに訊きたいわ」

「どうしたんだよ？」

「夕べ、白人のお友達と一緒にいるのを見たわよ」

「おい、やつらは友達じゃねえって」

「じゃあ、誰なの？」

「俺を雇ってるやつらさ」

「それで、一緒に食べるわけ」

「おい、ベッシー……」

「あなた、あたしに話しかけもしなかったわ」

「話しかけたさ」

「唸り声を出して、手で追い払っただけじゃない」

「おい、ベイビー。あれは仕事中だったんだ。わかるだろ」

「あなた、あたしのことが恥ずかしいんだろうって思ったわ。豪華な服を着た白人娘と一緒に座っちゃってさ」

「おい、やめろよ、ベッシー。なあ、俺に突っかからないでくれ」

「本当に私とキスしたいの？」

「もちろん。何のためにここに来たと思うんだ？」

「じゃあ、なんで長いこと会いに来なかったの？」

「言っただろ、働いてたんだって。夕べ、見たじゃないか。なあ、そういう態度はやめてくれ」

「どうかな」と彼女は言い、首を振った。

彼には、彼女が見極めようとしているのだとわかっていた。彼がどれだけ自分を求めているのか、自分がまだ彼に対してどれだけの力があるのか。彼は彼女の腕を摑み、引き寄せて、長く激しいキスをした。そうしながら、彼女が応《こた》えてこないことも感じていた。唇を放し、非難の目で彼女をじっと見つめる。と同時に、情欲が込み上げてきて、歯がガチガチし、唇はかすかにうずうずした。

「なかに入ろう」

「あなたが入りたいなら」

「ああ、入りたいさ」

「ずいぶん長く会いに来なかったくせに」

「おい、それはやめてくれよ」

二人はなかに入った。

「今晩は、どうしてこんなに冷たいんだ？」と彼は訊ねた。

「葉書くらいくれてもよかったのに」と彼女は言った。

「ああ、忘れただけだよ」

「電話してくれてもよかったし」

「ハニー、俺は忙しかったんだ」

「あの白人娘に見とれてて忙しかったのよね」

「おい、やめろよ」

「もうあたしのこと、愛してないんでしょ」

「そんなことないって」

「五分だけだって、会いに来られたはずなのに」

「ベイビー、忙しかったんだよ」

もう一度キスをしたとき、彼女は少し反応し、彼の舌を自分の口に引き寄せようとしてきた。彼は自分が彼女を求めていることを知らせるために、やりたいようにやらせた。

「今晩は、疲れてるの」と彼女は溜め息をついた。

「誰と会ってたんだ？」

「誰とも」

「何をして疲れたんだよ？」

「あなたがそういう話し方をするんだったら、すぐに出ていってちょうだい。あたしはあなたに、そんな質問はしてないわよ。こんなに長く会いに来ないなんて、誰と会ってたのかって。そうでしょ？」

「おまえ、今夜はずいぶんピリピリしてるな」

「〝やあ〟くらい言えたはずよ」

「ほんとだって、ハニー、忙しかったんだ」

「あのテーブルで、白人たちと座ってるあなたときたら、弁護士か何かみたいだったわ。あたしが話しかけても、こちらを見ようともしないんだから」

「おい、やめてくれよ。ほかのことを話そうぜ」

彼はもう一度キスしようとしたが、彼女は身を引いた。

「いいじゃないか、ハニー」

「あなたが一緒にいたのは誰なの？」

「誰でもないって。本当だ。働いてたんだよ。それに、ずっとおまえのことばかり考えてた。会いたくてたまらなかったよ。いいか、俺は働いている家で個室をもらえたんだ。そこに俺と一緒に泊まれるぜ。どうだ？　すんげえ会いたかったんだからさ、ハニー、時間ができた途端、飛んで来たってわけよ」

彼は部屋の薄暗い灯りの下で彼女をじっと見つめた。彼女に焦《じ》らされているのが面白かった。少なくとも、そのおかげで、血まみれの新聞紙に載ったメアリーの頭という、恐ろしい像を頭から追い出しておける。彼はまたキスしたくなったが、心の奥底では、彼女のよそよそしい態度が嫌でもなかった。それによって、彼女をいっそう強く求める気持ちになったからだ。彼女は彼を切なげに見つめている。体を半ば壁に預け、両手を腰に当てている。突如としてビッガーは、彼女をどう誘い出したらよいか思いついた。彼を焦らそうという気持ちを、彼女の心から一掃する方法がある。彼はポケットに手を入れ、丸めた札束を引っ張り出した。そして札束を手のひらに載せて微笑み、独り言のようにしゃべりだした。

「まあ、おまえがこれを気に入らないなら、ほかの誰かと使うかな」

彼女は一歩前に進み出た。

「ビッガー！　すごい！　この金、どこで手に入れたの？」

「知りたくないんだろう？」

「いったいいくらあるの？」

「余計なお世話だ」

ベッシーは彼のそばに寄ってきた。

「ほんとに、いくらあるの？」

「どうして知りたいんだ？」

「見せて。ちゃんと返すから」

「見せてもいいが、俺の手からは放さないからな。いいか？」

彼は彼女のはにかんだ表情が、札を数えているうちに、驚きに変わっていくのを見守った。

「すごい、ビッガー！　どこでこの金を手に入れたのよ？」

「知りたくないんだろう？」と彼は言い、片腕を彼女の腰に巻きつけた。

「あなたのものなの？」

「俺がこの金をどうして持ってると思うんだ？」

「どこで手に入れたのか言ってよ、ハニー」

「優しくしてくれるか？」

強張《こわば》っていた彼女の体から次第に力が抜けていくのが感じられた。しかし、彼女の目は彼の顔を探るように見つめている。

「あなた、何かに関わってるんじゃないわよね？」

「優しくしてくれるか？」

「ねえ、ビッガー！」

「キスしてくれよ、ハニー」

彼女が完全に力を緩めたのが感じられた。彼がキスをすると、彼女は彼をベッドに引っ張っていった。腰を下ろす。彼女は彼の手からそっと金を取り上げた。

「いくらある？」と彼は訊《たず》ねた。

「わかってないの？」

「ああ」

「数えてないわけ？」

「ああ」

「ビッガー、どこでこの金を手に入れたのよ？」

「いつか話してやるさ」と彼は言い、のけぞって、枕に頭を載せた。

「何かに関わってるの？」

「いくらある？」

「百二十五ドル」

「優しくしてくれるか？」

「でも、ビッガー、どこでこの金を手に入れたのよ？」

「そんなことどうでもいいだろ？」

「何か買ってくれる？」

「もちろん」

「何を？」

「何でも好きなものさ」

二人はしばらく黙りこんだ。そうしているうちに、彼女の腰に回していた彼の腕が変化を感じ取った。彼女の体がリラックスし、彼の知っている、そして求めている柔らかさに戻ったのだ。彼女は枕に頭を載せた。彼は金をポケットに入れ、彼女の上にのしかかった。

「うーん、ハニー、ずっと欲しかったんだぜ」

「本当に？」

「神に誓ってな」

彼は、昨晩メアリーの乳房に触れたときのように、両手で彼女の乳房を覆《おお》った。そして、ベッシーにキスしているあいだも、そのときのことを考えていた。唇を離して息を吸い込むと、ベッシーの声が聞こえてきた。

「あたしをこんなに長くほったらかしにしないでね。いい、ハニー？」

「しないよ」

「あたしのこと、愛してる？」

「もちろん」

また彼女にキスすると、彼女が片腕を彼の頭上に持ち上げたのが感じられた。そしてカチッという音が聞こえ、灯りが消えた。彼はまた彼女にキスをした、今度は激しく。

「ベッシー？」

「なあに？」

「いいだろ、ハニー」

二人はまたしばらくじっとしていた。それから彼女が立ち上がり、彼は待った。闇《やみ》のなかから服のカサカサ鳴る音が聞こえてくる。服を脱いでいるのだ。彼も起き上がって、服を脱ぎ始めた。次第に闇のなかが見えるようになってきた。彼女はベッドの反対側にいる。その黒い体は、彼女を取り囲む濃密な闇のなかの影のようだ。ベッドがキーッと鳴る音が聞こえた。彼女が横になったのだ。彼は彼女に覆いかぶさり、腕を体に回して、もごもごと言った。

「うーん、ベイビー」

柔らかい手のひらで顔が優しく包まれるのを感じた。世界は目の見えない者たちばかりだというイメージと思いとが——それによって彼は恥辱と恐怖を感じてきたのだが——抜け落ちていく。彼女のことは、曇り空の下で雨を待つ休閑地のように感じられた。そして彼は彼女の体のなかで眠り、彼女の血の満ち引きとともに浮いては沈んだ。温かい夜の海に進んで引きずりこまれようとし、新たにまた海面までのぼって、自分が憎んでいる世界、その存在を消し去りたいと考えている世界に直面する。その温かい水で彼の感覚を洗い流し、清らかにしてくれる泉にしがみつく。その水で冷やされ、感覚は再び強く鋭くなって、見ること、嗅《か》ぐこと、触れること、味わうこと、聞くことができるようになる。感覚を研ぎ澄まし、疲労を終わらせて、彼のなかに新たな時間と空間の感覚を作り出す。やがて彼は陽の当たる温かい岩場に打ち上げられ、白い空の下で体を乾かす。それからゆっくりと、重々しく片手を上げ、指でベッシーの唇に触れて、もごもごと言う。

「うーん、ベイビー」

「ビッガー」

彼は手をのけて、体の力を緩めた。ここから進み出て、自分がさっきまで生きていた人生を再開したいとは感じなかった。まだ、それは早い。深くて暗い穴の底にいて、濡れて温かい藁《わら》でできた布団に横たわっている感じだ。穴の上には、遠い空の冷たい青色が見える。何かが彼の内部に手を差し入れ、落ち着かずに動き回る彼の精神をなだめるように、指で優しく触れている。その結果、彼はいま故郷を恋い焦《こ》がれる必要はないのだと感じる。それから、引いていく波が立てるゆっくりした長い音のように、夜と海と温かさの感覚が消えていき、彼は横たわって、闇に目を凝らした。影のようなベッシーの体の輪郭を見つめ、自分と彼女の息遣いの音を聞いている。

「ビッガー？」

「うん？」

「仕事、気に入ってるの？」

「ああ。なんで？」

「訊いただけよ」

「おまえ、よかったぜ」

「本当に？」

「もちろん」

「どこで働いてるの？」

「ドレクセル」

「どのあたり？」

「４６００番地の街区《ブロック》さ」

「あら！」

「何だ？」

「何でもない」

「でも、何だよ？」

「うん、ちょっと思い出しただけよ」

「話せよ。何だよ？」

「何でもないわ、ハニー」

　ベッシーはどうしてこういう質問をしているんだ？　俺の変化に感づいたのだろうかと彼は考えた。それから、いつでもメアリーとの関連で物事を考えてしまうことにより――そして、彼女を殺して燃やしたことに基づいて考えてしまうことにより――心が恐怖に占められてしまっているのではないかとも考えた。だが、彼女がどうして彼の働く場所について訊いたのかは知りたい。

「なあ、ハニー。何を考えてるのか言ってくれよ」

「大したことじゃないのよ、ビッガー。以前、あの地域で働いてたの。ロープ一家からそれほど遠くないところで」

「ロープ？」

「そう、あのフランクスの子を殺した少年の一人の家族よ。覚えてる？」

「いや、どういうことだ？」

「ロープとレオポルドについて、みんなが噂話《うわさばなし》をしてたの、覚えてるでしょう」

「ああ！」

「あの少年を殺して、その家族からお金を取ろうとした連中よ……」

〝……家族に脅迫状を送りつけてね……〟ビッガーはもはや聞いていなかった。音の世界が唐突に彼の周囲から消え失《う》せ、目の前に巨大な画像が現われた。あまりに多くの意味に溢《あふ》れているため、いちどきに反応したくてもできない画像だ。彼は横になり、目を見開いた。心臓がドキドキと鼓動し、唇はかすかに開いていて、そこから息がほんのわずかに出たり入ったりしている。まったく呼吸していないように思えるほどだ。〝覚えてるわよね。もう、聞いてもいないじゃない……〟彼は何も言わなかった。〝あたしが話してるのに、どうして聞きもしないのよ……〟俺にもできるのでは？　ドルトン家に手紙を書いて、金を要求することだってできるのではないか？　〝ビッガーったら……〟

彼はベッドの上で起き上がり、闇のなかを見つめた。〝どうしたのよ、ハニー……〟一万ドル要求したっていい、いや、二万ドルだって。〝ビッガー、どうしちゃったの、話しかけてるのよ……〟彼は返事をしなかった。何かを思い出そうと必死に頑張り、神経が張りつめていた。そうだ！　そう、ロープとレオポルドは殺された少年の父親に対して、列車に乗るように指示したんだ。そして、ある地点を通過するときに、窓から金を投げるように言った。彼はベッドから跳び上がり、部屋の真ん中に立った。〝ビッガーったら……〟俺にもできる、そう、あいつらにこう指示すればいい。金を靴箱に詰め、サウスサイドのどこかで、車の窓から金を投げろと言うんだ。彼は暗い部屋を見回した。ベッシーの指が腕に食い込んでいるのに気づく。彼は我に返り、溜《た》め息をついた。

「どうしたの、ハニー？」と彼女は訊ねた。

「はあ？」

「何を考えてるの？」

「何も」

「ねえ、話してよ。心配なの？」

「いや、いや……」

「ちょっと、あたしは考えてることを打ち明けたのに、あなたは自分の考えを言わないのね。フェアじゃないわ」

「忘れてたことがあっただけだよ」

「それって、あなたの考えてたことじゃないわ」

彼はまたベッドに腰かけた。頭皮が興奮でチクチクと痛む。自分にできるだろうか？今度の件に欠けていたのはこれだし、これをやってのけて、ことは完璧《かんぺき》になる。しかし、やるとなれば大ごとで、じっくりと時間をかけ、慎重に考えなければならない。

「ハニー、どこで金を手に入れたのか教えて」

「何の金だ？」と彼は驚いているふりをして言った。

「もう、ビッガー。どこかおかしいわよね。あなた、不安そうだもの。何か考えているわ。あたしにはわかる」

「何もないのに、おまえに話すために、でっち上げろっていうのか？」

「いいわよ、あなたがそういう態度なら」

「おい、ベッシー……」

「今夜、来ないでほしかったわ」

「ああ、来るべきじゃなかったな」

「もう二度と来ないでね」

「俺のこと、愛してないのか？」

「あなたがあたしを愛しているのと同じくらい愛してるわ」

「それって、どれくらいだよ？」

「あなた、わかってるでしょ」

「おい、こんな言い争い、やめようぜ」

　ベッドが緩やかに少し沈むのが感じられ、掛け布団のカサカサ鳴る音が聞こえてきた。彼女が布団にもぐり込んだのだ。彼は顔をそちらに向け、闇のなかにぼんやりと浮かぶ彼女の目の白い部分を見つめた。たぶん、そうだ、たぶんできる。この女を使える。彼は肘をつき、彼女の隣りで体を伸ばした。彼女は動かなかった。彼女の肩に手をかけ、おまえのことを考えているのだと伝わるよう、そっと力を入れる。心のなかで、彼女の人生をできるだけ把握し、全体像を知ろうとする。肩に手を置いたまま、彼自身の人生との関係で彼女の人生を理解し、重みを測ろうとする。この女を信用できるだろうか？どれだけ話せるだろう？　こいつは俺の言葉を信じ、黙って一緒に行動するだろうか？

「ねえ、服を着て、外に出よう。何か飲もうよ」と彼女が言った。

「オーケー」

「今夜のあなた、いつもと違うわ」

「ちょっと考えてることがあってさ」

「あたしには言えないの？」

「わからない」

「信用してないってこと？」

「してるさ」

「じゃあ、どうして話してくれないの？」

彼は返事をしなかった。彼女は囁《ささや》き声で話している。何かをものすごく求めているとき、こういう声で話すのを何度も聞いてきた。それで彼には、彼女の人生が完璧に摑めたように感じられた。彼女の肩に手を置いていたとき、自分が考えていたこと、感じていたこと。家で朝食のテーブルに座り、ヴェラとバディと母親の三人を見つめていたときに得たのと同じ深い悟りが、甦《よみがえ》ってきた。ただし、いま彼が見つめているのはベッシーであり、彼女の目がいかに見えていないかを悟ったのである。彼女の人生の範囲がいかに狭いかを感じる――いちばん遠くへの移動が、自分の部屋から白人のキッチンまでなのだ。長時間、不快な重労働を週に七日して、休みは日曜日の午後のみ。そして休みが取れるときは、手っ取り早く、荒っぽく楽しみたいと考える。そうすることによって、自分の枯渇《こかつ》した人生を埋め合わせていると感じるのだ。彼が彼女を気に入っているのは、この興奮を激しく求める点にあった。夜はたいてい疲れ切っていて、外出したがらない。ただ酔っ払いたがる。彼女は酒を求め、彼は彼女を求める。だから彼が彼女に酒を与え、彼女が彼に自分自身を与えるのである。白人たちがいかに自分を酷使するか、彼女が不平を言うのを聞いたことがある。白人たちの家で働いているときは自分の人生を生きているのではなく、彼らの人生を生きている。そう彼女は何度も何度も彼に言った。だから酒を飲むのよ、と。彼は自分がなぜ好かれているかもわかっていた。酒の金を与えるからだ。自分が金を与えなければ、ほかの男が与える——そういう男を見つけるだけの話。ベッシーもまた目が不自由なのである。何をこの娘に話すべきだろう？　彼女は役に立つかもしれない。それから気づいた。何を話すにせよ、自分が軽んじられていると彼女に感じさせてはいけない——すべてを知っていると思わせなければならないのだ。ちくしょう！　俺はなかなかすべき行動を取ることができない。自分には知られたくないことが起きている、と彼女に思わせてはいけなかったのである。

「ちょっと時間をくれよ、ハニー、そうしたら話すから」と彼は丸く収めようとして言った。

「話したくないなら、話さなくていいわ」

「そんなにすねるなよ」

「あたしを適当にあしらおうなんて、ダメよ」

「あしらおうなんてしてないよ、ハニー」

「あたしを甘く見ないでね」

「落ち着けって。俺はちゃんとわかってるから」

「わかってるといいんだけど」

「おい、なんだよ！」

「ねえ、やめて。飲みに行きましょう」

「いや、聞いてくれ……」

「勝手にして。あたしに話す必要はないわ。でも、友達が欲しくなっても、あたしのところには来ないでね」

「一杯飲んだら、おまえにすべて話すよ」

「お好きにどうぞ」

　ベッシーがドア口で待っているので、ビッガーはコートをはおり、帽子をかぶった。二人は口をきかず、ゆっくりと階段を下りた。外のほうが温かく感じられる。雪がまた降りそうだ。雲が垂れこめ、暗い。風が吹きすさぶ。ベッシーと並んで歩いていると、足が柔らかい雪に沈んだ。街路には人気《ひとけ》がなく、静まり返っている。だんだんと遠ざかっていく街灯の長い光の筋の下、白く澄んだ道が目の前に伸びている。歩きながら、彼は並んで歩いているベッシーを目の隅で捉《とら》えていた。前に進んでいる彼女の体の穏やかな揺れが心で感じ取れるように思われる。突如として彼は、彼女とベッドに戻りたいという欲求を抱いた。彼女の温かくて柔らかい体を自分の体で感じたい。しかし、彼女の表情は厳しく、よそよそしかった。大きな距離があることを示唆《しさ》して、自分の体を彼から遠ざけている。本当のところ、彼は今夜、彼女と外出したいわけではなかった。しかし、彼女が疑いを抱き、いろいろと質問するので、飲みに行きたいと言われたとき承諾してしまったのだ。並んで歩いていると、彼は二人のベッシーがいるのだと感じた。一人は彼が先ほど抱き、また激しく求めている体。もう一人はベッシーの顔のなかにあるもの、質問をしてくるもの――そちらが取引をし、もう一人のベッシーを有利に売ろうとする。彼は拳《こぶし》を握りしめ、腕を振り回したいという衝動を抱いた。それによって、ベッシーの顔にかぶさっているベッシーを消し、殺し、捨て去って、もう一人の無力で従順なベッシーだけを目の前に残したい。そして、そのベッシーを寄せ集め、自分の胸のなかに、腹のなかに収めたい。自分のなかのどこか深い場所にしまって、いつでもそこに彼女をとどめておく。眠っているときも、食べているときも、話しているときも。彼女がいつでもそこにいるのだと感じ、彼女は自分のもので、抱きたければいつでも抱けるのだとわかっているようにしたい。

「どこに行く？」

「どこでもおまえの好きなところで」

「じゃあ、パリス・グリルにしよう」

「オーケー」

彼らは角を曲がり、街区《ブロック》の中ほどにあるグリルに入った。ジュークボックスが鳴っている。二人は後方のテーブルに座り、ビッガーがスロージン・フィズを二杯注文した。しばらく黙りこみ、互いを見つめながら待つ。ベッシーの肩は音楽のリズムに合わせて揺れている。こいつは俺を助けてくれるだろうか？　まあ、訊《き》いてみよう。話をうまく作って、こいつがすべてを知らなくても済むようにすればいい。彼女をダンスに誘うべきだとはわかったが、心が激しく興奮し、その気になれなかった。今夜は、ほかの夜とまったく違う気分だ。無為に昼夜を過ごすのを避けるために、フロアで踊ったり歌ったりおどけたりする必要は感じない。心は興奮に満ち満ちている。ウェイトレスが飲み物を運んできて、ベッシーが自分のグラスを持ち上げた。

「あなたに乾杯。と言っても、あなたは話そうとしないし、おかしな振る舞いをしているけどね」

「ベッシー、俺には心配事があるんだ」

「さあ、飲みなさいよ」と彼女は言った。

「オーケー」

二人とも酒をすすった。

「ビッガー？」

「はあ？」

「あなたがやってることの手伝いができないかな？」

「できるだろう」

「やりたいのよ」

「俺のこと、信用するか？」

「ここまでは信用してきたわ」

「これからの話さ」

「するわよ、何のために信用するのか話してくれたらね」

「でも、話せないかもしれないんだ」

「じゃあ、あたしのことを信用してないのね」

「しょうがないんだよ、ベッシー」

「あたしがあなたを信用したら、話してくれるわけ？」

「たぶんな」

「〝たぶん〟って言わないで」

「いいか、ハニー」と彼は言った。彼女にこういう話し方をするのは気に入らなかったが、率直に言うのは怖かった。「俺がこういう振る舞いをしてるのは、でっかいことをやろうとしてるからなんだ」

「何よ？」

「大金がからむってことだよ」

「ちゃんと話すか、何も言わないか、どっちかにして」

二人は黙りこんだ。ベッシーはグラスを飲み干した。

「もう帰るわ」

「おい……」

「少し眠らないと」

「怒ったのか？」

「たぶんね」

　彼女にこう出られるのは面白くなかった。どうしたら引き止められるだろう？　どこまで話したらいい？　すべてを話さなくても、信用させることができるだろうか？　彼は突然思いついた。俺が危険に晒《さら》されていると感じさせれば、彼女も親身になるのではないか。これだ！　俺のことを心配させよう。

「俺はじきに町を出ないといけないかもしれないんだ」と彼は言った。

「警察沙汰《ざた》？」

「たぶんな」

「何をしたの？」

「それをこれからやろうとしてるんだよ」

「でも、どこであの金は手に入れたの？」

「なあ、ベッシー、俺が町から出なきゃいけなくて、現金が必要だったら、助けてくれるか？　その金を山分けにするならどうだ？」

「一緒に連れてってくれるなら、山分けにする必要はないわ」

彼は黙りこんだ。ベッシーを連れていくことなど考えてもなかったのだ。男が逃亡するとき、女は危険な重荷となる。彼は女のために捕まった男の話を読んだことがあり、そういうことが自分に起きてほしくなかった。しかし、もし、そうだ、もし彼女の協力を得るのに必要なだけ話をすることにしたら？

「オーケー」と彼は言った。「ある程度までは言おう。助けてくれるなら、連れていくよ」

「本気で言ってるの？」

「ああ」

「じゃあ、話してくれるのね？」

そうだ、話を作り変えればいい。ジャンにだって触れていいのでは？　あれを話しておけば、彼女が尋問されるとき、俺が言ってほしいこと、俺の助けになることを言ってくれるのではないか？　彼はグラスを持ち上げ、酒を飲み干した。グラスを置き、前屈《まえかが》みになって、指で煙草《たばこ》をいじくりまわす。それから息を殺して話し始めた。

「いいか、こういう秘密があるんだ。俺が働いてる家の娘ってのが、金持ちの、百万長者の娘なわけだが、アカと一緒に逃げたんだよ」

「駆け落ちしたの？」

「うん？　ああ……そうだ、駆け落ちした」

「アカと？」

「ああ、共産主義者の一人とな」

「あら！　その人、どうしちゃったの？」

「ああ、いかれてるんだ。まだ誰も彼女が家出したってことを知らない。だから俺は昨晩、彼女の部屋から金を持ち出したのさ。わかるか？」

「あら！」

「誰も彼女の行方を知らないんだ」

「でも、あなたは何をしようっていうの？」

「誰も彼女の行方を知らないんだよ」と彼はまた言った。

「どういう意味？」

彼は煙草を吸った。彼女は黒い目を大きく見開き、熱い興味を抱いて、彼をじっと見つめている。彼はその表情が気に入った。ある意味では、彼女に話してしまいたくはなかった。彼女が憶測している状態を保ちたい。彼女の顔に現われている、完全に引き込まれた表情を見続けるために、できるだけ長く時間をかけたい。それによって彼は生きていると感じ、自分の価値が高まった感覚を抱けたのである。

「考えがあるんだよ」と彼は言った。

「あら、ビッガー、話して！」

「そんなに大きな声は出すな」

「ねえ、話してよ！」

「やつらは娘の行方を知らない。だから、娘が誘拐されたと思うかもしれないんだ。わかるか？」彼の全身は張りつめ、話しているときに唇が震えた。

「あら！　だからあたしがロープとレオポルドの話をしたとき、あんなに興奮したのね……」

「まあな、どう思う？」

「彼らは本当に娘が誘拐されたと思うかしら？」

「思い込ませることはできるさ」

彼女は自分の空になったグラスのなかをじっと見つめた。ビッガーはウェイトレスに手招きし、酒をもう二杯頼んだ。そしてグイっとひと口飲み込んでから言った。

「娘は家を出た。家族は彼女の行き先を知らない。誰も知らない。だが、誰かのしわざだと言われれば、そう思うかもしれない。どうだ？」

「つまり……つまり、あたしたちがやったって言うわけ？　あたしたちが家族に手紙を書く……」

「……そして金を要求し、手に入れる」と彼は言った。「いいか、誰もやろうとしてないから、俺たちがかっさらうんだよ」

「でも、娘が出てきたらどうするの？」

「出てこないよ」

「どうしてわかる？」

「ともかく出てこないってわかってるんだ」

「ビッガー、その娘のことで何か知ってるのね。どこにいるか知ってるの？」

「娘の行方については大丈夫だ。娘が出てくるんじゃないかって、心配する必要はない」

「ねえ、ビッガー、これってクレージーよ！」

「じゃあ、もうこの話は打ち切りだ！」

「もう、そういうつもりじゃないわ」

「じゃあ、どういうつもりなんだ？」

「慎重にやらなきゃってことよ」

「一万ドルの儲《もう》けになるぜ」

「どうやって？」

「どこかに金を置くよう、やつらに指示するんだ。やつらはそれで娘が取り戻せると思う……」

「ビッガー、娘の行方を知ってるのね？」彼女の口調は半ば質問で、半ば断定だった。

「いいや」

「じゃあ、新聞に出るわよ。そうしたら彼女は姿を現わす」

「現わさないよ」

「どうしてわかるの？」

「現わすはずないんだ」

彼には彼女の唇の動きが見え、それから声が聞こえてきた。身を乗り出して、静かな声で話している。

「ビッガー、まさかその娘に何かしたんじゃないでしょうね？」

彼の体は恐怖で強張った。突如として、手に何か握っていたいと感じた。何か硬くて重いもの。銃でも、ナイフでも、煉瓦《れんが》でも。

「もう一度言ったら殴るぞ！　このテーブルからふっ飛ばしてやる！」

「そんな！」

「なあ、バカげた真似《まね》はやめろ」

「ビッガー、そんなことしちゃいけない……」

「俺を助ける気はあるのか？　イエスかノーで答えろ」

「だって、ビッガー……」

「怖いのか？　俺にミセス・ハードの家から銀食器を盗ませておいて、怖がるのか？　ミセス・メイシーのラジオを盗ませておいて？　いまになって怖いってのか？」

「わからない」

「おまえが話してくれって言ったから話したんだぞ。女ってのはいつもこれだ。知りたがっておいて、ウサギのように逃げやがる」

「でも、あたしたち捕まるわ」

「ちゃんとやれば大丈夫さ」

「でも、どうやるのよ、ビッガー？」

「俺が考えるって」

「でも、あたしも知りたいわ」

「簡単だよ」

「でも、どうやって？」

「俺が指示して、おまえが金を受け取るようにする。誰にも邪魔されないさ」

「こういうことをやる人たちって捕まるわ」

「おまえが怯《おび》えたら、捕まるだろうな」

「どうやってあたしがお金を受け取るの？」

「どこに金を置くか、やつらに指示するんだ」

「でも、警官に見張りさせるわよ」

「娘を返してほしければ、しないさ。いいか、俺たちはやつらの頭上に棍棒《こんぼう》を振りかざしているようなもんなんだ。それに、俺もやつらを見張る。やつらが住んでいる家で働いてるんだから。やつらが裏切ろうとしたら、おまえに知らせるよ」

「本当にできると思うの？」

「やつらに車のなかから金を投げさせるんだ。おまえはどこかに隠れて目を凝らし、見張りがいるかどうか確かめる。誰かがいたら、おまえは金に手を出すな。いいか？　でも、やつらは娘を取り戻したいんだから、見張るはずはない」

二人はしばらく黙りこんだ。

「ビッガー、あたしにはわからない」と彼女は言った。

「俺たち、金さえあればニューヨークに行けるぜ、ハーレムに。ニューヨークこそ本物の都会だ。あちらでしばらく潜んでいればいい」

「札にしるしがつけられていたらどうなる？」

「やつらはそんなことしないさ。もしそんなことしたら、俺がおまえに知らせる。だって、俺はあの家にいるんだから」

「でも、逃げたら、あたしたちの仕業だって悟られるわ。やつらはあたしたちのこと、何年だって探し続けるわよ、ビッガー……」

「すぐさま逃げるわけじゃない。しばらくはおとなしくしてるんだ」

「わからないわ、ビッガー」

彼は満足を感じた。強く説得すれば、彼女は自分と行動を共にするだろう。そのことが彼女の表情からわかったのだ。彼女は恐怖を抱いているのだから、その恐怖を利用して操ればいい。腕時計を見ると、かなり遅い時間になっていた。ドルトン邸に戻り、暖房炉を見てみないといけない。

「なあ、俺は行かないと」

彼がウェイトレスに金を払い、二人は店を出た。彼女を縛りつけておく手段がもう一つある。彼は丸めた札束を取り出し、自分のために一枚抜き取って、残りの金を彼女に向かって差し出した。

「さあ」と彼は言った。「何か欲しいものを買って、あとは俺のために取っておいてくれ」

「あら！」

彼女は金を見て、しり込みした。

「欲しくないのか？」

「欲しいわ」と彼女は言って札束を受け取った。

「俺の言うとおりにすれば、もっと手に入るぜ」

二人は彼女のアパートの玄関口で立ち止まった。彼は相手をじっと見つめた。

「さあ」と彼は言った。「どう思う？」

「ビッガー、ハニー。あたし――あたし、わからない」と彼女は悲しげに言った。

「おまえが話してくれって言ったんだからな」

「あたし、怖いのよ」

「俺を信用しないのか？」

「でも、こういうことはこれまでしてないじゃない。こんなことをしたら、やつらはあたしたちをしらみつぶしに探し出そうとするわ。これまでの盗みとは違うのよ。あたしの仕事場に、白人たちが町を出たときに入り込んで、ものを盗むのとは。それって……」

「おまえ次第さ」

「怖いのよ、ビッガー」

「俺たちの仕業だって、誰が思う？」

「わからない。あなた本当に、誰も彼女の居所を知らないって思うの？」

「それは確かだ」

「あなたは知ってるの？」

「いや」

「彼女、現われるわよ」

「いや、現われない。どっちにしろ、あれはいかれた娘なんだ。やつらは娘の自作自演だって考えるかもしれない。家族から金を得るためにやってるんだろうって。じゃなきゃ、アカがやってると思うだろうな。俺たちがやったとは考えないんだ。やつらは、俺たちにそんな度胸があるとは思ってない。ニガーどもはすごい臆病者《おくびょうもの》だと思ってるから……」

「わからないわ」

「俺がこれまでに間違ったことを言ったか？」

「ううん、でも、これまでこんなことしてきてないじゃない」

「まあ、俺は今回も間違ってないんだ」

「いつそれをやろうって言うの？」

「やつらが娘のことで心配し始めたらすぐだ」

「本当にあたしたちにできると思う？」

「俺の考えはもう言ったよ」

「ダメよ、ビッガー！ 私はやらないわ。あなたって……」

彼は唐突に背を向け、彼女から歩き去った。

「ビッガー！」

ベッシーは雪の上を走ってビッガーに追いつき、袖《そで》を引っ張った。彼は立ち止まったが、振り向こうとはしない。彼女は彼のコートを摑《つか》み、自分のほうを向かせようとする。街灯が黄色く輝く下、二人は押し黙って互いを見つめ合った。周囲に見えるのは夜の闇と白い雪ばかり。二人は世界から切り離され、互いしか意識していなかった。彼は無表情に相手を見つめて待つ。その顔を見つめ返す女の目は、恐怖と不信を露《あら》わにしている。男の体の姿勢から表われているのは、彼が髪の毛ほどの線の上で危うくバランスを取っていること。彼女が彼を前に押し出そうとするか、後ろに引っ張ろうとするか、見極めようと待っているのだ。彼女は唇だけでわずかに微笑《ほほえ》み、片手を上げて、指で彼の顔に触れた。彼女の気持ちのせめぎあいが彼には見て取れた――彼がどれだけ自分にとって意味があるか、判断しようとしている。彼女は彼の手を摑み、ギュッと握った。そして指の圧力で、彼を求めているということを伝えていた。

「でも、ビッガー、ハニー……それはやらないで。あたしたち、いままでどおりうまくやっていけるわ……」

彼は手を引っ込めた。

「俺は行くよ」

「次はいつ会える？」

「わかんねえな」

彼はまた立ち去ろうとし、彼女は彼に追いついて、両腕を彼に巻きつけた。

「ビッガー、ハニー……」

「さあ、ベッシー。おまえはどうするんだ？」

彼女はどうしたらいいかわからないという顔をし、丸く黒い目で彼を見つめた。彼はまだ危ういバランスを取り、彼女がどう出るかを考えていた――俺を自分のほうに引き寄せるか、俺が一人で落ちるに任せるか。彼は彼女の苦悩を楽しみ、その途方に暮れた必死の表情に、自分の価値を感じていた。彼女は唇を震わせて泣き始めた。

「おまえはどうするんだ？」と彼はまた訊《たず》ねた。

「あたしがやるとしたら、それはあなたがそうしろって言うからよ」と言って彼女はすすり泣いた。

彼は彼女の肩を抱いた。

「なあ、ベッシー」と彼は言った。「泣くなよ」

彼女は泣きやみ、涙を拭《ぬぐ》った。その顔を彼はじっと見つめた。この女は思いどおりになるな、と彼は思った。

「行かなきゃ」と彼は言った。

「あたしはまだ帰らないわ」

「どこに行くんだ？」

女と行動を共にするとなると、彼女が何をしでかすかが心配になった。自分の心の平静を保つには、彼女が何をし、なぜそれをするのか、こちらが把握している必要がある。

「お酒を買いに行く」

それなら大丈夫だ。この女がいま抱いている感情は、俺が知るいつもの感情と変わらない。

「じゃあ、明日の夜に会おう。いいか？」

「オーケー、ハニー。でも、気をつけてね」

「おい、ベッシー、心配するな。俺を信用しろ。何が起きても、やつらには捕まらない。それに、おまえが関わってるなんてわかりっこないさ」

「追われるようになったら、どこに隠れられる、ビッガー？　あたしたちは黒人よ。どこにも逃げられないわ」

ビッガーは、雪に覆われて街灯に照らし出された街路を見回した。

「隠れる場所はたくさんあるさ」と彼は言った。「俺はサウスサイドを一から十まで知ってる。古いビルの一つに隠れたっていいんだ。俺がついこのあいだやったみたいに。ああいうところを探すやつなんかいない」

彼は道の向こうを指さした。黒い建物がぼんやりと見える。誰も住んでいないアパートだ。

「そうね」と彼女は言って溜め息をついた。

「俺は行くよ」と彼は言った。

「じゃあね、ハニー」

彼は路面電車の線路に向かって歩いていった。振り返ると、彼女はまだ雪のなかで突っ立っていた。まったく動いていない。あいつは大丈夫だ、と彼は思った。あいつは協力する。

雪がまた降っていた。街路はどれも密林を通り抜ける長い小道のように見える。見えない手によって高く掲げられた松明《たいまつ》がそこここで光を発している。彼は電車が来るのを十分ほど待ったが、まったく来なかった。そこで歩くことにし、角を曲がった。顔をうつむけ、両手をポケットに突っ込んで、ドルトン邸へと向かう。

彼は自信を得た。昨日の一昼夜、新しい恐怖が現われたのだが、新しい感情がこうした恐怖を鎮《しず》めるのに役立った。ベッドの上からメアリーを見下ろし、彼女が死んでいると気づいたときは、電気椅子《いす》に送られるという恐怖が体と血をめぐった。しかし家に戻り、母と妹と弟とともに朝食の食卓について、彼らの目が見えていないことに気づいたり、ペギーとミセス・ドルトンが話しているのを盗み聞きしたりして、彼のなかに新しい感情が生まれた。その感情が死の恐怖をほとんど消し去ったのである。慎重に行動し、自分の立ち位置を理解している限り、事態を処理できる。そう彼は考えた。自分の人生を手中に収め、望むように操っている限り、そしていつどこに向かって逃げるかを自分で決められる限り、恐れる必要はない。

彼は自分の運命を自分で握っていると感じた。いまだかつて記憶にないほど生きているという感覚がある。精神と注意力が鋭くなり、一つの目標に焦点が定まっている。生まれて初めて彼ははっきりと確定された両極のあいだを意識して動いていた。死刑の恐怖からは遠ざかり、胸を締めつけて熱くしたあの死にそうな経験からも遠ざかって、これまで雑誌や映画を通して不充分ながらもしばしば感じていた充実感へと向かっていたのである。

メアリーとジャンとミスター・ドルトンが、そしてあの豪華な大邸宅が、彼の心に激しく熱く湧《わ》き上がらせた恥辱や恐怖や憎悪《ぞうお》。それがいまでは冷め、和らいでいた。やつらが俺には絶対にできないと思うことを俺はやったではないか？　自分が黒人で、世界の最下層にいるということを、彼は新たに生まれた力によって受け止められるようになった。ナイフや銃がかつて意味していたことを、いまでは別のものが意味するようになったのだ。それは、自分が人知れずメアリーを殺したという自覚。こちらが黒人で、道化のようだということで、どれだけ彼らに笑われようとも、いまの彼は彼らとしっかり目を合わせられるし、怒りは感じない。見えない力にいつも絞め殺されそうなほど囲まれているという感覚は、彼から消えていた。

ドレクセル・ブールヴァードに入り、ドルトン邸に向かっているとき、彼は自分がこれまでいかに不安を感じていたかを考えていた。いかに身体的な飢餓にいつでも消耗していたか。まあ、俺はある意味、今晩それを解決したのだ。時が経《た》つにつれ、それがもっと決定的になるだろう。ベッシーと寝たために、体が自由で、楽に感じられる。彼が求めることを彼女は何でもする――そのことはこの仕事を一緒にやらないかと言ったときに確約された。あいつは結婚よりも深い絆《きずな》で俺に縛られる。俺の言いなりだ。逮捕や死を恐れるために、あいつは力の限りを尽くして俺にしがみつく。俺自身も昨晩したことによって、この新しい道に、力の限りを尽くしてしがみつくことになるのだが。

彼は歩道から下り、ドルトン邸の車寄せを歩いていった。地下室に入って、暖房炉の扉の隙間《すきま》から明るい光の源を覗《のぞ》き込む。赤く燃え上がる石炭の山が見え、熱風がのぼっていくゴーッという音が聞こえる。レバーを引くと、石炭がブリキに当たるガタガタという音がし、震えている熾火《おきび》が黒くなった。彼は石炭の流れを止め、うずくまって、炉の底にある扉を開けた。灰が溜まっている。朝になったら、シャベルを持ってきて、灰を片づけなければならない。そのとき、燃えずに残っている骨がないかどうか確かめよう。彼はドアを閉め、炉の裏に回り、自分の部屋に向かった。そのとき、ペギーの声がした。

「ビッガー！」

彼は立ち止まり、答えようとしたが、その前に激しい興奮で全身の皮膚が火照《ほて》るのを感じた。ペギーは階段の上、キッチンに続くドアのところに立っていた。

「イエス、マム」

階段の下まで行って見上げる。

「駅に預けたトランクを取りに行ってくれって、ミセス・ドルトンが……」

「トランクをですか?」

彼は驚いて問いかけてしまい、それに対するペギーの答えを待った。あんなふうに反応したのはまずかっただろうか?

「駅から電話があって、誰も取りに来なかったって言うの。それからミスター・ドルトンがデトロイトから電報を受け取り、お嬢様は着いていないって」

「イエス、マム」

彼女は階段を下まで下りてきて、なくなっているものがないかと探すかのように、地下室を見回した。彼は身を強張《こわば》らせた。もし彼女が何かを見つけ、メアリーについて問いただすようなことになったら、俺は鉄のシャベルを出してきて、この女の頭にまともに食らわせよう。それから車に乗り込み、一目散に逃げるのだ。

「ミスター・ドルトンも心配なさってるわ」とペギーは言った。「だってね、お嬢様は旅行に持っていくつもりで新しい服を買ったのに、それを荷物に入れてないんだ。可哀《かわい》想《そう》なミセス・ドルトンは部屋を歩き回り、お嬢様のお友達に一日じゅう電話をかけてらっしゃる」

「お嬢様の行方はどなたも知らないんですか？」とビッガーは訊ねた。

「誰一人ね。お嬢様は、トランクをあの状態で持っていくように言ったのかい？」

「イエス、マム」と彼は言った。ここが最初の厳しいハードルだとわかっていた。「鍵《かぎ》がかかっていて、部屋の隅に立ててありました。私はそれを下ろし、あなたが今朝ご覧になった場所に置いておいたんです」

「ねえ、ペギー！」と呼びかけるミセス・ドルトンの声がした。

「はい！」とペギーが答えた。

ビッガーが見上げると、ミセス・ドルトンが階段の上にいた。いつものように白い服を着て突っ立ち、疑いの影もない顔を上に傾けている。

「あの子は戻ったの？」

「下にいますよ、ミセス・ドルトン」

「じゃあ、キッチンに来てくれないかしら、ビッガー？」

「イエス、マム」

彼はペギーのあとについてキッチンに入った。ミセス・ドルトンは両手を体の前でしっかり組んでいた。まだ顔を上に、さっきよりもさらに高く傾け、血の気のない唇をわずかに開けている。

「ペギーからトランクを取ってくるように言われた?」

「イエス、マム。これから向かいます」

「昨晩は、何時にここを出て家に帰ったの?」

「二時少し前です、マム」

「そのとき、あの子はトランクを下ろすように言ったの?」

「イエス、マム」

「で、メアリーは車を車庫に入れないように言ったのね?」

「イエス、マム」

「で、昨晩あなたが車を置いた場所に、今朝もあったというわけ?」

「イエス、マム」

キッチンの奥のドアが開く音がして、ミセス・ドルトンはそちらに顔を向けた。ミスター・ドルトンがドア口に立っていた。

「やあ、ビッガー」

「今晩《グッドデイ》は、サー」

「調子はどうだい?」

「よろしゅうございます、サー」

「ちょっと前に、トランクのことで駅から電話があったんだ。君に取りに行ってもらわないといけない」

「イエス、サー。これから向かいます」

「ところで、ビッガー。昨晩は何があったんだい？」

「えっと、何もありませんでした、サー。ミス・ドルトンがトランクを下ろしておくようにおっしゃったんです。それで、朝になったら、駅に持っていくようにということでしたので、そのようにいたしました」

「ジャンも一緒にいたのかな？」

「イエス、サー。車でお二人をお連れして、三人で上階に上がりました。トランクを取りに部屋に入ったのです。それで、私がトランクを下ろし、地下室に置きました」

「ジャンは酔っ払っていた？」

「さあ、わかりません、サー。お二人は飲んではいらっしゃいましたが……」

「それで何が起きた？」

「何も起きません、サー。私はトランクを地下室に運び、家に帰っただけです。ミス・ドルトンが、車を外に出しておくようにおっしゃいました。あとはミスター・ジャンがやるから、と」

「二人は何について話していた？」

ビッガーはうなだれた。

「わかりません、サー」

彼はミセス・ドルトンが右手を上げたのに気づいた。ミスター・ドルトンに対して、そんなに細々とした質問はしないようにと言いたいのだ。彼は彼女の恥ずかしいという思いを感じ取った。

「大丈夫よ、ビッガー」とミセス・ドルトンは言い、夫のほうを向いた。「あのジャンって男はいまどこにいると思う？」

「レイバーディフェンダー〔共産主義の団体である国際労働擁護同盟の機関誌〕のオフィスにいるんじゃないかな」

「彼に連絡取れないの？」

「そうだな」とミスター・ドルトンは言った。ビッガーのそばに立って、床をじっと見つめている。「連絡は取れる。でも、様子を見ようと思うんだ。こいつはまたメアリーのバカげたいたずらじゃないかって気がするんだよ。ビッガー、トランクを取りに行ってくれ」

「イエス、サー」

彼は車に乗り込み、降り積もる雪のなか、ループ地区へと向かった。ドルトン夫妻の質問に答えていて、彼らの思考をまさにジャンの方向へと向かわせることができたと感じていた。この調子でことが進めば、すぐに身代金《みのしろきん》要求の手紙を出さなければならなくなるはずだ。明日ベッシーに会って、手はずを整えよう。そうだ、一万ドル要求することにする。街灯の明るい通りにある古いビルを見つけ、ベッシーに懐中電灯を持たせて、窓辺に立たせよう。手紙でミスター・ドルトンに、金を靴箱のなかに入れ、道路《どうろ》脇《わき》の雪のなかにそれを落とせと指示する。車は停めずにライトを点滅させ、窓で懐中電灯が三回点滅するのを見るまで、金を落としてはいけないと言おう……そうだ、このように進めよう。ベッシーはミスター・ドルトンの車のライトが点滅するのを確認し、その車が去ってから、金を入れた箱を取りにいく。こいつは簡単だ。

彼は車で駅構内に入り、預かり証を見せて、トランクを受け取った。それをステップに載せ、またドルトン邸へと向かう。車寄せに着いたときには、雪が激しく降っていて、三メートル先も見えないほどだった。車を車庫に入れ、トランクを雪のなかに置いてから、車庫の鍵をかける。トランクを背中に担《かつ》ぎ、地下室の入り口まで持っていく。確かに、トランクは軽い。半分空っぽだ。このことについて、彼らは間違いなくまた彼を問い詰めるだろう。次のときは、細かいところまで答えられなければならない。自分の話す言葉をしっかりと心に決めておいて、必要なら、千回でも繰り返せるようにしておこう。もちろん、たったいまトランクを雪のなかに置いて路面電車に乗り、ベッシーから金を受け取って、町を出たっていい。でも、どうしてそんなことをする？ 俺はこいつをうまくやれる。俺に都合よく進んでいるじゃないか。誰も俺を疑っていない。やつらが俺を疑い出したら、俺にもわかるはずだ。それに、ベッシーに金を預けたのはよかった。仕事場でやつらに捜査されたらどうなる？　金を持っていることに気づかれたら、それだけで絶対に怪しいと思われるはずだ。ビッガーはドアの鍵を開け、トランクをなかに持ち込んだ。背中を曲げて重みを支え、ゆっくりと歩く。床で揺れる赤っぽい影に視線が釘《くぎ》づけになる。炉のなかで火が歌うような音をたてている。彼はトランクを部屋の隅まで運んだ。昨晩、置いたのと同じ場所だ。トランクを下ろし、立ったままじっと見下ろす。すると、これを開け、なかを見たいという思いが込み上げてきた。屈みこんで、金属製の留め金をいじり出す。それから不意にビクッとして、体をまっすぐに伸ばした。

「ビッガー！」

返事はせず、そして自分が何をしているのか気づかぬうちに、彼は振り向いた。目を恐怖で大きく見開き、殴られるのを防ぐかのように片手を半ば上げている。振り向いた瞬間、彼の高ぶった感覚には、白人たちの群れが目の前に現われたように思われた。息を呑《の》み、赤みを帯びた闇《やみ》のなかで目をパチクリさせ、もっと落ち着いて行動しなければならないと考える。それから、ミスター・ドルトンともう一人の白人男が地下室の向こう端に立っているのに気づいた。赤い影のなかで彼らの顔は、空中にじっと浮かんでいる危険な白い円盤のように見えた。

「ああ！」と彼は低い声で言った。

ミスター・ドルトンの隣りにいる白人男は横目で彼を見つめていた。絞めつけるような熱い恐怖、息を詰まらせる恐怖が自分のなかに戻ってくるのが感じられる。白人男はカチッと灯りのスイッチを入れた。その冷たくよそよそしい態度を見て、ビッガーは警戒しなければならないと考えた。男の目の表情自体に、自分という人間が狭く限定された形でしか映し出されていないのを見て取ったのだ。

「どうしたんだね、君？」と男は訊ねた。

ビッガーは何も言わなかった。唾《つば》を呑み込み、感情の高まりを抑えて、ゆっくりと前に進み出る。白人男の目はずっと彼に注がれている。次の瞬間、ビッガーは恐怖に襲われた。男が顔を伏せ、目をいっそう細めてコートの前をさっと開き、両手をズボンのポケットに突っ込んだ。そのとき胸に輝いているバッジが見えたのだ。ビッガーの心のなかで言葉が鳴った。こいつは警官だ！　彼は輝く金属片から目を離すことができなくなった。唐突に男は態度と表情を変え、ポケットから手を出して微笑んだ。その微笑みをビッガーは信用しなかった。

「私は警官ではないよ。だから怖がらないで」

ビッガーは歯を食いしばった。自分を抑えなければならない。この男のバッジを見つめていたと、悟られてはいけなかったのだ。

「イエス、サー」と彼は言った。

「ビッガー、こちらはミスター・ブリテン」とミスター・ドルトンが言った。「私の会社専属の私立探偵だ……」

「イエス、サー」とビッガーはまた言った。緊張はとけていった。

「彼から君にいくつか質問がある。だから落ち着いて、彼が知りたがっていることに、すべて答えるようにしてくれ」

「イエス、サー」

「最初に、あのトランクの中身を見たいんだ」とブリテンは言った。

ビッガーが脇にどき、二人が彼の横を通り過ぎた。彼はちらりと暖房炉に目をやった。まだ燃えさかり、低い音をたてている。それから彼もトランクのところに行った。二人の白人から少し離れ、用心深く片側に立つ。表面上は彼らの作業を見つめ、両手をポケットのなかに深く突っ込む。この独特の姿勢で立つことで、彼らが何か言ったりしたりしたら、すぐに対応できると同時に、すべてから距離を置き、離れていることもできるのだ。彼はブリテンがトランクをひっくり返し、それに向かって身を屈め、鍵を開けようとするのを眺めていた。慎重にならないといけない、とビッガーは考えた。ちょっとしたミスで、すべてをぶち壊してしまう。首と顔が汗ばんだ。ブリテンはトランクの鍵を開けることができず、顔を上げてビッガーを見つめた。

「鍵がかかってる。鍵を持ってるかい？」

「ノー、サー」

ビッガーはこれが罠《わな》なのではないかと考えた。安全策を取り、話しかけられたときしか話さないようにしようと心に決めた。

「壊してもいいですか？」

「かまわん、やってくれ」とミスター・ドルトンが言った。「そうだ、ビッガー、ミスター・ブリテンに斧《おの》を渡してくれ」

「イエス、サー」と彼は機械的に答えた。

頭が素早く回転し、全身が強張った。斧は家のどこかにあると言い、それを取りに行くからと言って、そのすきに逃げるべきだろうか？　彼らは実際、どれだけ俺を疑っているのだろう？　このすべてが俺を混乱させ、罠にかけるための策略なのか？　彼は二人の顔を注意深くじっと見つめた。彼らは斧を待っているだけのように見える。よろしい。運に任せ、ここにとどまることにしよう。嘘《うそ》をつくことでこれを乗り切ればいい。彼は背を向け、斧が置いてあった場所に行った。昨晩、そこから斧を取って、メアリーの首を切り落としたのだ。彼は立ち止まり、探すふりをした。それから体を起こした。

「ありません……こ、ここに昨日はあったのですが」と彼はもごもごと言った。

「まあ、いいだろう」とブリテンは言った。「何とかなる」

ビッガーはゆっくりと二人のところに戻り、何もせずに見守った。ブリテンは片足を上げ、靴の踵《かかと》で鍵の部分を素早くガツンと蹴《け》った。蓋《ふた》が跳ねるように開く。ブリテンはトランクから仕切り箱を取り出し、なかを見た。半分は空っぽで、服は整理されておらず、くしゃくしゃになっている。

「ほらね？」とミスター・ドルトンが言った。「全部詰めたわけじゃなかったんだ」

「そうですね。これを見る限り、お嬢さんはトランクを持っていく必要などなかったようです」とブリテンが言った。

「ビッガー、娘が君にトランクを下ろすように言ったとき、鍵はかかっていたのかな？」とミスター・ドルトンが言った。

「イエス、サー」とビッガーはこの答えが一番安全だろうかと迷いつつ言った。

「娘は自分のやっていることがわからないくらい酔っ払っていたんだろうか？」

「あの、お二人で部屋に上がられたんです」と彼は言った。「私も続いて部屋に入りました。それからお嬢様が、トランクを下ろすようにとおっしゃったんです。それだけですね」

「この荷物だったら、小さなスーツケースに入りましたよ」とブリテンが言った。

火がビッガーの耳のなかで歌声を響かせ、壁の上で踊っている赤い影が見えた。誰がやったのかと勝手に推理していればいい！　彼は歯を強く食いしばり、しまいには痛みさえ感じた。

「座りなさい、ビッガー」とブリテンが言った。

ビッガーは驚いたふりをしてブリテンを見つめた。

「トランクに座りなさい」とブリテンが言った。

「私が？」

「ああ、座りなさい」

彼は腰を下ろした。

「では、時間をかけて、よく考えてくれ。いくつか訊《き》きたい質問がある」

「イエス、サー」

「昨晩、ミス・ドルトンとここを出たのは何時かな？」

「八時半くらいです」

これだ、とビッガーにはわかった。この男はすべてを解明するためにここに来た。これは尋問だ。俺は彼らの目を自分とはまったく違う方向へと向けるように答えなければならない。俺の物語を語る必要がある。物語の事実の一つひとつを、ゆっくりと何げなく語ることにしよう。それぞれの重要性に気づいていないかのように語る。そして、訊かれたことにだけ答えるとしよう。

「君はお嬢さんを学校までお送りしたんだね？」

彼はうなだれ、答えなかった。

「おい、君！」

「あの、ミスター、それがですね、私はここで働いているだけでして……」

「どういう意味だ？」

ミスター・ドルトンが近づいてきて、彼の顔をじっと見つめた。

「この人の質問に答えなさい、ビッガー」

「イエス、サー」

「学校に送っていったのかね？」とブリテンがまた訊ねた。

それでも彼は答えなかった。

「私は質問したんだよ、君！」

「ノー、サー。お嬢様を学校にはお送りしませんでした」

「どこに連れていったんだい？」

「それがですね、公園まで来たとき、お嬢様は私にＵターンして、ループ地区に行くようにとおっしゃったんです」

「娘は学校に行かなかったのか？」とミスター・ドルトンが訊ねた。唇が驚きであんぐりと開いている。

「はい」

「どうしてこれを前に言わなかったんだ、ビッガー？」

「言わないようにとお嬢様に言われたからです」

みな黙りこんだ。暖房炉の低い音が響く。大きな赤い影が壁の上で踊っている。

「では、お嬢さんをどこに連れていった？」とブリテンが言った。

「ループ地区です、サー」

「ループのどのあたり？」

「レイク通りです」

「番地を覚えているかね？」

「16番地だと思います」

「レイク通りの16番地？」

「イエス、サー」

「レイバーディフェンダーのオフィスだ」とミスター・ドルトンがブリテンのほうを向いて言った。「ジャンってやつはアカなんだよ」

「どれだけ長くお嬢さんはなかにいたんだ？」とブリテンが訊ねた。

「三十分くらいかと思います」

「それから何があった？」

「えっと、私は車で待っていて……」

「お嬢さんは、君が家にお送りするときまでなかにいた？」

「ノー、サー」

「お嬢さんが出てきて……」

「お二人で出てきて……」

「あのジャンって男が一緒にいたんだね？」

「イエス、サー。あの方がご一緒でした。お嬢様はジャンさんを連れ出すために、そこに行ったように思えます。お嬢様は何もおっしゃいませんでした。ただ建物のなかに入り、しばらくしてから、ジャンさんと一緒に出てきたんです」

「それで、君が二人を乗せて運転し……」

「あの方が運転しました」とビッガーは言った。

「君は運転しなかったのか？」

「しました。でも、あの方が運転したがり、お嬢様も運転させるようにおっしゃったのです」

またしばらく沈黙が続いた。この人たちが絵を描けと言うのだから、俺は好きなように描いてやろう。彼は興奮で震えた。これまでは、いつも白人が俺に代わって絵を描いてきたのではなかったか？　いまの俺は何でも好きなことをやつらに言え、やつらはそれに対して何もできないではないか？　俺の言葉かジャンの言葉かという対決であり、ジャンはアカなのだ。

「君はどこかで二人を待っていたのかい？」とブリテンが訊ねた。敵意を含んだ素っ気ない調子が彼の声から突然消えた。

「ノー、サー。私は車に乗っていまして……」

彼は、ジャンとメアリーに挟まれる形で座らされた話をしたかった。しかし、それはあとで話そうと考え直す。ジャンとメアリーによってどんな気持ちにされたかを話すときまで取っておこう。

「えっと、ジャンさんが私に、食事できるいい場所はないかと訊ねられました。私が知っている場所で白人の方々が……」。彼は〝白人の方々〟をとてもゆっくりと言った。それが意味することを自分がちゃんとわかっているのだと、彼らに知ってもらおうとしたのだ。「サウスサイドで食べるところといったら、アーニーズ・キッチン・シャックだけで」

「君は二人をそこに連れていったんだね？」

「ジャンさんの運転でそこに行きました」

「二人はどれくらいそこにいたのかな？」

「そうですね、私たちはそこに……」

「君は車で待っていたのではないのか？」

「ノー、サー。つまりですね、ミスター、私は言われたとおりにしただけです。お二人に使われているにすぎないのですから……」

「そうか！」とブリテンは言った。「彼が一緒に食べることを君に求めたんだね」

「私はしたくなかったんです、ミスター。本当にしたくありませんでした。でも、あの方がどうしてもとおっしゃるもので、私もなかに入りました」

ブリテンはトランクから遠ざかる方向に歩いていった。神経質そうに左手を髪のなかに突っ込み、指で繰り返し梳《す》いている。それからまたビッガーのほうを向いた。

「二人は酔っ払ったんだね？」

「イエス、サー。お二人は飲んでいらっしゃいました」

「ジャンは君に何て言った？」

「ジャンさんは共産主義者の話をなさって……」

「二人はどれくらい飲んだ？」

「私にはたくさんのように思えました」

「それで、君の運転で二人を家まで届けた？」

「私の運転で公園をドライブしました」

「それから家に届けたんだね？」

「イエス、サー。それがほぼ二時でした」

「ミス・ドルトンはどれくらい酔っ払っていた？」

「そうですね、ほとんど立てないほどでした。家に着いたとき、ジャンさんがお嬢様を担ぐようにして、踏み段をのぼりました」。ビッガーは目を伏せてこれを言った。

「気にしなくていい。私たちには正直に話してくれ」とブリテンは言った。「お嬢さんはどれくらい酔っ払っていた？」

「気を失っていました」とビッガーは言った。

ブリテンがドルトンのほうを向いた。

「お嬢さんが一人で家を出られるはずがない」とブリテンは言った。「奥様のおっしゃったことが正しければ、一人で家を出るのは無理ですね」。ブリテンはビッガーを見つめた。より深い意味を持つ問いがブリテンの頭に浮かんでいるのだとビッガーは感じ取った。

「ほかに何が起きた？」

ここで勝負に出よう。話の一部を匂わせておく。

「その、トランクを運ぶようにミス・ドルトンから言われたと申し上げましたが、それは口止めされていたからです。ループに車でお連れしたことを言ってはいけないと言われていました。実のところ、トランクを下ろすように、それから車を車庫にしまわないようにとおっしゃったのは、ジャンさんなのです」

「彼が車をしまわないように、トランクを下ろすようにと言ったんだね？」

「イエス、サー。そのとおりです」

「どうしてそれをもっと前に言わなかったんだね、ビッガー？」とミスター・ドルトンが訊ねた。

「お嬢様に言わないようにと言われたからです」

「ジャンという男はどのように振る舞っていた？」とブリテンが訊ねた。

「酔っ払ってました」とビッガーは言った。いまこそジャンを完全に引っ張り込むときだ。「ジャンさんがトランクを下ろし、車を雪のなかに置いておくよう言ったのです。お嬢様がそう言ったと申し上げましたが、それはジャンさんでした。ジャンさんのことを話してしまったら、すべてをばらしてしまうことになるからです」

ブリテンは暖房炉のほうに歩いていき、また戻ってきた。炉は以前と同じように低い音をたてている。ビッガーは、いまこの炉のなかを誰も覗き込まないようにと願った。喉《のど》がからからになる。それから、ブリテンが振り返り、指を彼の顔に向かって突きつけたので、彼はビクッとした。

「彼は党《パーティ》について何を言った？」

「何ですか？」

「おい、わかるだろ！ ごまかすな！ 彼が党《パーティ》について何を言ったかを話せ！」

「パーティですか？ ジャンさんが私にテーブルに座るように言って……」

「私が言ってるのは党《パーティ》のことだよ！」

「パーティではありませんでした、ミスター。ジャンさんが私をテーブルに座らせ、チキンを注文して、食べるようにおっしゃったのです。食べたくはありませんでしたが、食べろとおっしゃるので、それが私の仕事でしたから」

ブリテンがビッガーに近づいてきて、その灰色の目を細めた。

「君はどのユニットに属している？」

「何ですか？」

「とぼけるなよ、同志。どのユニットに属してるんだ？」

ビッガーは言葉を失い、びっくりして彼を見つめた。

「君の組織員《オルグ》は誰かね？」

「何のことだかわかりません」とビッガーは声を震わせて言った。

「君はデイリー〔アメリカの共産党の機関誌『デイリー・ワーカー』のこと〕を読まないのかい？」

「デイリー何ですか？」

「君はここで働く前からジャンを知っていたのではないか？」

「ノー、サー。ノー、サー！」

「ソ連に派遣されたことはないか？」

ビッガーは相手をじっと見つめ、返事はしなかった。いまわかったのだ。ブリテンは彼が共産主義者なのかどうか見極めようとしている。それはまったく予想していなかったことだ。彼は立ち上がり、身を震わせた。これが両刃《もろは》の剣になるとは考えもしなかった。ゆっくりと首を振り、後じさりする。

「ノー、サー。それは誤解です。私はあの手の人たちとつるんだことは一度もありません。会ったのはミス・ドルトンとジャンさんが初めてです。神に誓います！」

ブリテンが迫ってきて、ビッガーが後退していくうちに、ついに頭を壁にぶつけるまでになった。ビッガーは彼の目をまっすぐに見つめた。ブリテンはビッガーには見えないほどの素早い動きで彼の襟首を摑み、頭を壁に強く打ちつけた。目の前に赤い火花が飛び散った。

「おまえは共産主義者だ、この真っ黒なクソ野郎！　ミス・ドルトンとジャンの野郎について話せ！」

「ノー、サー！　共産主義者ではありません！　違います！」

「じゃあ、これは何だ？」ブリテンはポケットからパンフレットの小さな束を取り出した。ビッガーが簞笥《たんす》の抽斗《ひきだし》に入れておいたものだ。ブリテンはそれを彼の目の下に突きつけて言う。「この嘘つきめ！　さあ、話せ！」

「ノー、サー！　私を誤解しています！　それはジャンさんがくれたんです。ジャンさんとミス・ドルトンが私に読むようにおっしゃって……」

「それ以前、ミス・ドルトンのことを知らなかったのか？」

「知りません！」

「待て、ブリテン！」ミスター・ドルトンが手をブリテンの腕に置いた。「待て。彼の言うことには筋が通ってる。娘は昨日、初めて彼と会ったとき、労働組合について話そうとしたんだ。それでジャンが彼にそのパンフレットを渡したのだとすれば、彼はそれについて何も知らないはずだよ」

「それは確かですか？」

「間違いない。最初、君がそのパンフレットを持ってきたときは、彼が何かを知っているに違いないと思った。しかし、どうやらそうではなさそうだ。やってもいないことのために彼を責めるのは無駄だよ」

ブリテンはビッガーの襟首を掴んでいた指を緩め、肩をすくめた。ビッガーは体の力を抜き、まだ立ったまま、痛む頭を壁に預けていた。自分が、黒人の自分が、ジャンの仲間だと考える人がいるなんて思ってもみなかった。ブリテンは敵だ。ブリテンの目の強い光が、黒人だという理由で彼に有罪を宣告しているのだとわかった。ブリテンに対して熱く激しい憎悪を抱き、眠そうな目をして口を少し開けていながらも、隅に置いてある鉄のシャベルを取りに走りたくなった。あれでこの男の頭を二つにかち割りたい。一瞬、耳のなかの轟音《ごうおん》が周囲の音を打ち消した。苦労して自制心を取り戻そうとしているうち、不意にブリテンの話している声が聞こえてきた。

「……あのジャンって男を捕まえないと」

「それが次のステップのようだな」とミスター・ドルトンが言って溜《た》め息をついた。

ビッガーはミスター・ドルトンに直接何か言えば、自分に有利な方向へとまた向けられるのではないかと感じた。しかし、それをどのように言ったらよいのかわからなかった。

「お嬢さんは駆け落ちしたのだと思いますか？」と言うブリテンの声が聞こえてきた。

「わからない」とミスター・ドルトンが言った。

ブリテンはビッガーのほうを向き、じっと見つめた。ビッガーはずっと目を伏せていた。

「君、確かめておきたいんだが、君は真実を話しているんだろうな？」

「イエス、サー。真実を話しています。昨晩、ここで働き始めたばかりですから。何もしていません。お二人に言われたことをしていただけです」

「こいつは信用できると思いますか？」とブリテンがドルトンに訊ねた。

「信用できるさ」

「もし私をここで働かせるのがお嫌でしたら、ミスター・ドルトン」とビッガーは言った。「私は家に帰らせていただきます。ここに来たかったわけではないんですから」。さらに、自分がここに来た理由をミスター・ドルトンに思い出させようと思い、こう続ける。「でも、あの人たちに派遣されたのです」

「そのとおりだ」とミスター・ドルトンはブリテンに説明した。「彼はね、福祉事務所から紹介されたんだ。感化院にいたこともあって、私がチャンスを与えたんだよ……」。ミスター・ドルトンはビッガーのほうを向いた。「気にしないでくれ、ビッガー。確かめる必要があったんだ。ここにとどまって、仕事を続けてくれ。こういうことが起きて、申し訳なく思う。このことでめげないでほしい」

「イエス、サー」

「オーケー」とブリテンが言った。「あなたが彼は大丈夫だとおっしゃるなら、私もそれでいいです」

「部屋に戻りなさい、ビッガー」とミスター・ドルトンが言った。

「イエス、サー」

ビッガーはうなだれて暖房炉の後方へと歩いていき、階段をのぼって、部屋に入った。ドアの掛け金をかけ、急いでクロゼットに行き、聞き耳を立てる。声がはっきりと聞こえてきた。ブリテンとミスター・ドルトンはキッチンに移動していたのだ。

「いや、ここは熱いな」とミスター・ドルトンが言った。

「そうですね」

「……君にあのように扱われて、彼がちょっと気の毒だ。新たな目でものが見られるようにということで、ここに来たんだから」

「まあ、あなたと私とで、彼らに対する見方が違うということですね。私にとっては、ニガーはニガーです」

「だが、彼は問題のある青年ではあるが、本当に悪いわけではないんだよ」

「あいつらには厳しく当たらないといけないんですよ、ミスター・ドルトン。あの情報を私がどう引き出しました？　あなたにはあれを話さなかったでしょう」

「だが、ここで間違いは犯したくない。彼に落ち度はないんだ。うちのいかれた娘が言ったとおりにしていただけだからね。私はあとで後悔するようなことをしたくない。結局のところ、こうした黒人の青年たちはチャンスを得られないんだから……」

「私に言わせれば、やつらにチャンスはいりません。チャンスがなくたって、これだけトラブルを起こすんですから」

「まあ、彼らが仕事をしてくれる限りは、そっとしておこう」

「あなたがそうおっしゃるなら。私はこの仕事を続けていいのですか？」

「もちろん。我々はジャンという男に会わないといけないな。メアリーが家を出て、何も言葉を残さないとは理解できない」

「あの男を連行してもらうことはできますよ」

「いや、いや！　それはやめておこう。アカどもがそれをネタにして、新聞で騒ぎを起こすからね」

「じゃあ、私は何をすればよいですか？」

「彼をここに来させよう。彼のオフィスに電話して、そこにいなければ、家に電話する」

　ビッガーが聞いていると、彼らの足音が遠ざかっていった。ドアのバタンと閉まる音がし、あたりはすっかり静かになった。クロゼットから出て、パンフレットをしまい込んでいた箪笥の抽斗を覗き込む。間違いない、ブリテンは彼の部屋を捜索していた。彼の服は取り散らかされ、ひっくり返されている。これで次にブリテンをどう扱ったらよいかはわかった。ブリテンのような男のことは知っている。人生で千人ものブリテンと会ってきたのだから。彼は部屋の真ん中に立って考えた。ブリテンがジャンを尋問したら、ジャンはメアリーを守るために、彼女と一緒にいたことも否定するだろうか？　そうなったら、これは彼の有利に働くはずだ。昨晩、メアリーが学校に行かなかったという彼の話をブリテンが確かめたければ、それはできる。ジャンがメアリーと酒を飲んでいないと言ったとしても、カフェにいた人たちによって、二人が飲んでいたことは証明されるだろう。ジャンが一つのことで嘘をついたら、ほかのことでも嘘をつくとみんな考えるようになるはずだ。ジャンが家まで来なかったと言っても、酒を飲まなかったとかメアリーが大学に行ったとか、ジャンの嘘がすでに見抜かれたあとだったとしたら、誰が信じるだろう？　もしジャンがメアリーを守ろうとしたら——そうするだろうとビッガーは考えたが——それはかえって本人の不利に働くだけだ。

　ビッガーは窓辺に行き、外で降る白い雪のカーテンを見つめた。身代金の脅迫状について考える。彼らからいま金を要求すべきだろうか？　うん、そうだ！　あのブリテンの野郎に思い知らせてやる！　素早く行動することにしよう。でも、ジャンが自分の立場を説明するまでは待つ。今夜、ベッシーに会いに行こう。それから、自分が使う鉛筆と紙を選んでおかなければならない。脅迫状を書くときには、指紋が紙に残らないよう、手袋をはめる必要がある。あのブリテンがやきもきするようなことをやってやろう。見てろよ。

　自分はいま逃げたければ逃げられる。すべてを放り出し、ここを立ち去ったっていい。そう考えると、彼はある種の力を感じた。生きようとする潜在能力から生じた力である。彼はこの静かな、温かな、清潔な、豪華な家を意識した。こんなにも柔らかなベッドのある部屋を、まわりじゅうで贅沢《ぜいたく》な暮らしをしている裕福な白人たちを意識した。彼がまったく知らない満足感、安心感、確信を抱いて生きている白人たち。彼らに愛され、彼らの美のシンボルと見なされる女性を自分は殺した。そう考えると、何らかのイカサマをされて損をした男がついに勝負を五分に戻したかのように、彼らと対等になったように感じた。

ブリテンの考えていることがわかってくればくるほど、ビッガーはもう一度ブリテンと相対し、彼が自分からいろいろ聞き出そうとさせる必要を感じた。次はもっとうまくやろう。共産主義に関わる件で、ブリテンの罠にまんまと引っかかってしまった。それについては気をつけておくべきだったが、運がよかったのは、ブリテンがすべての罠をいっぺんに仕掛けてしまったことだ。いわば力を使い切り、次に切るカードがなくなった。いまはそれが明るみに出たので、彼はどう行動すべきかわかる。しかも、ブリテンは彼をジャンに対する証人として使おうとするかもしれない。彼は闇のなかで横たわったまま微笑《ほほえ》んだ。そうなったら、身代金の脅迫状を送っても安全だろう。彼らがメアリーの行方不明をジャンのせいであると特定したとき、脅迫状を送るといい。そうしたらすべてが混乱に陥り、彼らはすぐに脅迫状に応《こた》え、金を渡して、娘を救おうとするに違いない。

部屋の温かさに血の巡りも落ち着き、深い疲労感から彼は眠気に朦朧《もうろう》としてきた。ベッドの上でさらに体を伸ばし、溜め息をついて、仰向けになる。唾を呑み込み、目をつぶる。周囲の静けさと闇のなかから、遠くの教会の鐘の音がかすかに聞こえてきた。か細いが、はっきりとした音。柔らかな音を響かせていたが、それから大きな音になり、さらに大きくなって、彼はどこに鐘があるのだろうと考えた。突然、鐘は彼のすぐ頭上で鳴り響き、目を開けると、そこに鐘はなかったが、それでも鳴り続け、刻一刻と過ぎるうちに——それが警報ベルであるかのように——彼は逃げて隠れなければという衝動を強く感じ、気づくと、暖房炉からのような赤いギラギラした光を浴び、町の交差点に立っていて、腕には大きな包みを抱え、それはびしょびしょに濡《ぬ》れていて、滑りやすく、しかも重いので、抱えていられなくなり、なかに何が入っているのだろうと知りたくなったので、路地の角近くで立ち止まり、包みを開くと、包み紙が滑り落ち、目の前に現われたのは——彼自身の頭——目を半分閉じ、唇を開けて、そこから白い歯を見せている黒い顔で、髪は血でびっしょり濡れており、そして赤い光はさらに明るくなって、まるで暑い夏の夜に赤い月と赤い星々から光が射《さ》しているようで、彼は走ったために汗だくになり、息を切らしているが、鐘の音はさらに大きく轟《とどろ》き、その鉄の舌が行ったり来たり振れて金属製の鐘に当たるのが一回ごとに聞こえ、彼は黒い石炭の敷かれた街路を走り、靴が蹴飛ばす小さなかたまりがブリキ缶に当たってカタカタいい、彼はすぐに隠れる場所を見つけなくてはとわかっていながら、そんな場所はなく、そして彼の目の前には白人たちが迫ってきて、新聞紙が剝《は》がれ落ちた頭について質問しようとし、それはいま彼の剝《む》き出しの手のなかで血のために滑りやすく、彼は諦《あきら》めて、赤みを帯びた闇のなか、街路の真ん中で立ち往生し、鳴り響く鐘の音と白人たちを呪《のろ》い、自分はどうなってもうかまわないと感じ、人間たちがまわりから迫ってくると、その血まみれの頭を彼らの顔目がけてまともに投げつける――ゴーンゴーンゴーン……。

目を開け、暗くなった部屋を見回した。ベルの鳴る音がした。起き上がる。またベルの音がした。どれだけ長く鳴っていたのだろう？　彼は立ち上がった。体が強張《こわば》っていて、ふらつく。眠気を振り払い、あの恐ろしい夢も払いのけようとする。

「イエス、マム」。彼はもごもごと言った。

ベルがまたしつこく鳴った。彼は闇のなかを手探りし、電灯のスイッチのチェーンを見つけて引っ張った。胸の内に激しい恐怖が湧《わ》き起こる。何かが起きたのだろうか？

これは警察なのか？

「ビッガー！」というくぐもった声が聞こえた。

「イエス、サー」

彼はそれが何であれ、部屋のドア口に迫っているものに対して身構えた。ドアを開けたときは、外からも強く押されたのを感じた。相手は急いで押し入ろうと決めていたかのようだ。ビッガーは目をパチクリさせて後ろに下がった。

「君と話がしたいんだ」とブリテンが言った。

「イエス、サー」

そのあとブリテンが言ったことは聞いていなかった。ブリテンのすぐ後ろにいる顔を見て、息が止まったからだ。感じたのは恐怖ではなく緊張だった——決定的な瞬間に向けて、全身の力をぎりぎりまで振り絞ろうとしたのである。

「入りたまえ、ミスター・アーロン」とミスター・ドルトンが言った。

ビッガーはジャンの目が自分をじっと見つめているのを感じた。ジャンが部屋に入り、ミスター・ドルトンもそれに続く。ビッガーは唇をかすかに開けて突っ立っていた。両手をだらりと両側に垂らし、目は注意を怠らなかったが、表情には出さない。

「座りなさい、アーロン」とブリテンが言った。

「これで大丈夫です」とジャンが言った。「立ってます」

ビッガーが見つめていると、ブリテンがコートのポケットからパンフレットの束を引っ張り出し、ジャンの目の下に突きつけた。ジャンの唇は歪《ゆが》み、かすかな笑みとなった。

「それで？」とジャンが言った。

「君は厄介なアカどもの一味だな？」とブリテンが訊《たず》ねた。

「さあ、早いとこ片づけましょう」とジャンが言った。「何がお望みです？」

「落ち着け」とブリテンは言った。「時間はたっぷりある。君のような手合いのことは知ってるよ。急いでことを進め、やりたいようにやろうとするんだ」

ビッガーからは片側に立っているミスター・ドルトンの姿が見えた。心配そうな顔をして、二人を交互に見つめている。何度か、何か言おうとする仕草を見せたが、心が決められない様子で、自分を抑えていた。

「ビッガー」とブリテンが話しかけてきた。「昨晩、ミス・ドルトンがここに連れてきたのはこの男かね？」

　ジャンが口をぽっかりと開けた。ブリテンを見つめ、次にビッガーを見つめる。

「イエス、サー」とビッガーは必死に自分の感情を抑えつけようとしながら囁《ささや》いた。自分がジャンを傷つけていることがわかっていたので、そのためにジャンを激しく憎んだ。ジャンを何かで殴りつけたい。ジャンが目を大きく見開き、信じられないという顔でこちらを見つめるので、ビッガーは熱い罪悪感を芯《しん》まで抱かずにはいられなかった。

「君は僕をここまで車に乗せてないじゃないか、ビッガー！」とジャンは言った。「どうしてそういうことを言うんだ？」

　ビッガーは返事をしなかった。ブリテンとミスター・ドルトンに対してだけ話そうと決めていたのだ。しばらくみなが黙りこんだ。ジャンはビッガーを睨《にら》んでおり、ブリテンとミスター・ドルトンはジャンを見つめている。ジャンはビッガーのほうに近寄ろうとしたが、ブリテンが腕でそれを制した。

「なあ、これは何なんだ？」とジャンが強い口調で訊ねた。「どうしてこの青年に嘘をつかせるんだ？」

「君は昨晩、酔っ払ってなどいなかったと言うんだろうね？」とブリテンが訊ねた。

「それがあなたに何の関係がある？」とジャンはブリテンに噛《か》みつくように言った。

「ミス・ドルトンはどこだ？」

ジャンは困惑した表情で部屋を見回した。

「デトロイトですよ」とジャンは言った。

「君は自分の申し立てを暗記してきたんだな？」とブリテンが言った。

「なあ、ビッガー、この人たちは君に何をしているんだ？　怖がらなくていい。話してくれ！」とジャンが言った。

ビッガーは答えず、ただ無表情に床を見つめていた。

「ミス・ドルトンはどこに行くと君に言ったんだね？」とブリテンが訊ねた。

「デトロイトに行くと僕に言いました」

「君は昨晩、彼女に会ったのか？」

ジャンはためらった。

「いえ」

「昨晩、君はこの青年にこうしたパンフレットを渡さなかった？」

ジャンは肩をすくめ、微笑んでから言った。

「いいでしょう、彼女に会いましたよ。だから何です？　僕が最初にどうしてそう言わなかったのか、理由はご存じのはずだ……」

「いや、知らないね」とブリテンは言った。

「それは、こちらのミスター・ドルトンが、あなた方がアカと呼ぶ者たちを嫌ってらっしゃるからですよ。だからミス・ドルトンを厄介事に巻き込みたくなかったんです」

「では、君は昨晩、彼女に会ったんだね?」

「はい」

「彼女はいまどこにいる?」

「デトロイトにいないのなら、僕にもわかりません」

「君はこのパンフレットをこの青年に渡したね?」

「はい、渡しました」

「君とミス・ドルトンは昨晩、酔っ払っていた……」

「ちょっと、よしてください。僕たちは酔っ払っていません。少しお酒は飲みましたけど……」

「それで、彼女を二時頃に家まで送った?」

ビッガーは体を強張らせ、待ち構えた。

「はい」

「この青年に、トランクを地下室に下ろすように言ったのかな?」

ジャンは口を開けたが、言葉は何も出てこなかった。ビッガーを見つめ、それからブリテンのほうを向いた。

「ちょっと、何なんですか？」

「娘はどこにいるんだ、ミスター・アーロン？」とミスター・ドルトンが訊ねた。

「知らないって言ってるでしょう」

「いいかね、率直に話そう、ミスター・アーロン」とミスター・ドルトンが言った。「私の娘が昨晩、酔っ払っていたことはわかっている。君が彼女をここまで送ってきたときだ。彼女は酔っ払いすぎていて、一人でここから出ることは無理だった。君は彼女がどこにいるか知っているのか？」

「ぼ、僕は昨晩、ここまで来てませんよ」とジャンはつっかえながら言った。

ビッガーは、ジャンが昨晩メアリーと一緒に家まで来たと言った理由を悟った。ミスター・ドルトンに対して、彼の娘を馴染《なじ》みのない運転手と二人きりで車のなかに残したわけではないと、信じさせたかったからだ。そして、二人で酒を飲んだことを認めた以上、ジャンは娘を家まで送ったと言わねばならなかったのだとビッガーは感じた。図らずも、ジャンがメアリーを守ろうとしたことによって、自分は助けられた。ジャンが家まで来たことを否定しても、いまとなっては信用されない。ミスター・ドルトンとブリテンからすれば、ジャンがもっと重大なことを隠そうとしていると感じるはずだ。

「君は娘と一緒に家まで来なかったのか？」とミスター・ドルトンが訊ねた。

「来てません！」

「この青年にトランクを下ろすように言わなかった？」

「言ってませんよ！　誰が言ったんですか、僕が言ったって？　僕は車を降りて、路面電車で家に帰ったんです」。ジャンは振り向いてビッガーを見つめた。「ビッガー、君はこの人たちに何を話したんだ？」

　ビッガーは返事をしなかった。

「彼は君が昨晩、何をしたか話しただけだよ」とブリテンは言った。

「メアリーは……ミス・ドルトンはどこにいる？」とジャンは訊ねた。

「我々は、君がそれを話してくれるのを待ってるんだ」とブリテンが言った。

「デ、デトロイトに行ったんではないのか？」とジャンがつっかえながら言った。

「いいや」とミスター・ドルトンが言った。

「今朝、彼女に電話したとき、ペギーは彼女が発《た》ったと言いましたよ」

「君はこの家に電話して、家族が彼女の失踪《しっそう》に気づいているかどうか確かめたんじゃないのか？」とブリテンが訊ねた。

　ジャンはビッガーのほうに歩いてきた。

「そいつにかまうな！」とブリテンが言った。

「ビッガー」とジャンは言った。「どうして僕がここに来たと言ったんだ？」

「君は、昨晩まったくここに来なかったと言うのかい？」とミスター・ドルトンがまた訊ねた。

「まったく来てません。ビッガー、僕がいつ車を降りたか、二人に話してくれ」

ビッガーは口をきこうとしなかった。

「さあ、アーロン。君が何を狙《ねら》っているのかはわからん。ただ、君はこの部屋に来てから、ずっと嘘をついている。昨晩、ここには来なかったと言ったあとで、来たと言い直す。昨晩は酒を飲まなかったと言ったあとで、飲んだと言い直す。ミス・ドルトンとは会わなかったと言ったあとで、会ったと言い直す。さあ、ミス・ドルトンがどこにいるのか言いなさい。お父様もお母様も知りたがっている」

ビッガーはジャンの目に戸惑いを見て取った。

「いいですか、僕は知ってることをすべて話しましたよ」とジャンは言い、脱いでいた帽子をかぶった。「これが何の冗談なのか、あなた方が言ってくれるのでなければ、僕は家に戻りますから……」

「ちょっと待って」とミスター・ドルトンが言った。

ミスター・ドルトンが一歩進み出て、ジャンと向かい合った。

「君と私には意見の違いがある。それはいま忘れよう。私は自分の娘がどこにいるのかを知りたい……」

「これはゲームなんですか？」

「違う、違う……」とミスター・ドルトンは言った。「私は知りたいんだ。心配でならない……」

「言ってるでしょう、知らないって！」

「いいかね、ミスター・アーロン。メアリーは我々の一人娘なんだ。早まったことをしてほしくはない。戻るように言ってくれ。あるいは、君が娘を連れ戻してくれ」

「ミスター・ドルトン、僕は本当のことを言ってるんで……」

「聞いてくれ」とミスター・ドルトンは言った。「君にはそれなりのことをするつもりなんだ」

ジャンの顔は赤くなった。

「どういう意味ですか？」と彼は訊ねた。

「充分なお礼はさせていただこう……」

「こんちく……」ここでジャンは言葉を止めた。そしてドアまで歩いていった。

「行かせなさい」とブリテンが言った。「彼は逃げられない。電話して、連行してもらうことにしますよ。しゃべっている以上のことを知っているはずだ……」

ジャンはドア口で立ち止まり、三人に目をやった。それから出ていった。ビッガーはベッドの縁に腰かけた。階段を駆け下りていくジャンの足音が聞こえてくる。ドアのバタンと閉まる音がして、あたりは静まり返った。ビッガーはミスター・ドルトンが奇妙な目つきで自分を見ていることに気づいた。その目つきがどうも気に入らない。ブリテンはメモ帳に何かを走り書きしている。ぶら下がっている電球の黄色い光を浴びて、彼の顔は青白く、冷徹な印象を与えた。

「君はすべて本当のことを言っているんだろうね、ビッガー？」とミスター・ドルトンが訊ねた。

「イエス、サー」

「彼は大丈夫ですよ」とブリテンが言った。「さあ、電話をしましょう。あいつを捕まえて、尋問してもらいますから。それしかありません。それから、何《か》人か使って、お嬢さんの部屋を調べてもらいます。何が起きたかわかるでしょう。右腕を賭けてもいい、あのアカの野郎が何かを企《たくら》んでるんですよ」

　ブリテンが部屋から出ていって、ミスター・ドルトンもそれに続いた。ベッドの縁に座るビッガーだけが残された。ドアの閉まる音が聞こえると、彼は立ち上がり、帽子を摑《つか》んで、部屋を出た。そっと階段を下りて、地下室へ。ゴーッと鳴る火をしばらく暖房炉の隙間《すきま》から見つめていた。いまは目が眩《くら》むほど赤い。それから車寄せに出て、雪が降っているなか、外の通りへと歩いていった。すぐにベッシーに会わなければならない。

脅迫状をすぐに出さないと。無駄にしている時間はないのだ。彼がいなくなったことをミスター・ドルトンかブリテンかペギーに気づかれ、どこに行っていたのかと訊ねられたら、煙草《たばこ》を買いに外に出たのだと答えよう。しかし、みんなあたふたしている状態なので、誰も彼のことなど考えまい。彼らはいまジャンを追っている。自分は安全だ。

「ビッガー！」

彼は立ち止まり、振り返った。片手をシャツのなかに入れ、銃に手を伸ばす。すると、一軒の店のドア口に立っているジャンの姿が見えた。ジャンがこちらに向かって来て、ビッガーは後じさりした。ジャンは立ち止まった。

「お願いだから！　僕を怖がらないでくれ。君を傷つけたりはしない」

街灯の薄黄色の光を浴びて、二人は向き合った。大きくてじめじめした雪片がゆっくりと落ちてきて、二人のあいだにきめの細かい幕ができている。ビッガーは片手をシャツのなかに入れたままにし、銃を握った。ジャンは口を開けてビッガーをじっと見つめている。

「これはいったいどういうことなんだ、ビッガー？　君には何もしてないじゃないか。そうだろ？　メアリーはどこだ？」

ビッガーは罪悪感を抱いた。ジャンという存在自体が彼を糾弾している。しかし、その罪をどう贖《あがな》ったらよいのかはわからなかった。いま自分が行動しているように行動し続けるしかないと感じた。

「あなたとは話をしたくないんです」と彼は小声で言った。

「でも、僕が君に何をしたっていうんだ？」とジャンは必死に問いかけた。

ジャンは彼に何もしていない。そしてジャンに落ち度がないからこそ、ビッガーのなかで燻《くすぶ》っていた怒りが燃え上がった。彼は指に力を入れて銃を握った。

「あなたとは話をしたくないんです」と彼はまた言った。

ジャンがその場に立ちふさがり、このひどい罪の意識を感じさせ続けたら、彼は思わずジャンを撃ってしまうだろう。彼の全身は震え始めた。唇を開け、目を大きく見開く。

「やめてくれ」とビッガーは言った。

「聞いてくれ、ビッガー。あいつらが君を煩《わずら》わしているのなら、そう言ってほしいんだ。怖がらなくていい。僕はこうしたことに慣れているからね。いいかい。どこかに行って、コーヒーでも飲んで、これについて話し合おうじゃないか」

ジャンがまた近づいてきたので、ビッガーは銃を抜いた。ジャンは立ち止まった。顔から血の気が引いている。

「おい、なんてことだ！　何をしてる？　撃たないでくれ……僕は君に何もしてないじゃないか……撃たないで……」

「ほっといてくれ」とビッガーは言った。その声は張りつめ、過度に興奮している。

「ほっといてくれ！　ほっといてくれ！」

ジャンは彼のほうを向いたまま後ろに下がっていった。

「ほっといてくれ！」ビッガーの声は絶叫と言えるほどになった。

ジャンはさらに後ろに下がり、それから背を向けて、足早に歩き去った。ときどき肩越しにこちらを振り向いている。街角にたどり着くと、雪のなかに向かって走っていき、姿を消した。ビッガーは銃を手に握ったままじっと立っていた。自分がどこにいるのかすっかり忘れていた。後じさりするジャンが最後に見えた空間の一点に、視線はまだ固定されている。次第に緊張が緩み、銃を下げていった。やがて銃は彼の片側に、指からだらりと垂れ下がった。彼は自分を取り戻しつつあった。この三分間、不思議な魔法にかかったように感じられていたのだ。自分が憎んではいながら、従わなければならない力に囚《とら》われていたように。雪のなかをこちらに向かってくる柔らかな足音が聞こえ、彼はビクッとした。見ると、白人の女だ。女も彼を見て立ち止まった。そして唐突に背を向けると、走って通りの向こうへと渡った。ビッガーは銃をポケットに突っ込み、角まで走った。そこから振り向くと、女は雪のなかを反対方向へと消えつつあった。

歩いている彼のなかには冷酷な、激しい意志があった。これをやり抜こう。てきぱきと進めよう。ジャンがあんなに強い決意の持ち主だとは思ってもみなかった。身代金《みのしろきん》の脅迫状を送るなら、ジャンが自らの潔白を証明できる前にしなければならない。彼はそのとき、自分が捕まるかどうかは気にしていなかった。ただ、ジャンとブリテンを恐怖に縮こまらせることができればそれでいい。俺と俺の黒い皮膚、そしてへりくだった態度の恐ろしさを思い知らせてやる！

彼は角にたどり着き、ドラッグストアに入った。白人の店員が彼のほうにやって来た。

「封筒と便箋《びんせん》と鉛筆をください」と彼は言った。

金を払い、包みをポケットに入れる。そして角まで歩いていき、路面電車を待った。来たので乗り込み、どのような手紙を書こうかと考えつつ、東へと向かう。ベルを鳴らして電車を停め、降りて、静かな黒人街を歩いていった。ときどき空きビルを通り過ぎる。どの建物も白く、闇《やみ》のなかで静まり返っている。ベッシーをこうした建物の一つに隠れさせ、ミスター・ドルトンの車を見張らせよう。しかし、彼が通過していく建物は古すぎた。人がなかに入ったら、倒壊しかねない。彼は歩き続けた。ベッシーが窓辺に立って、見張るのにちょうどいい建物を見つけなければならない。金の包みが車から放り投げられたら、それに気づけるように。ラングリー・アヴェニューまで来て、西にウォバッシュ・アヴェニューへと向かった。視力のない目のような黒い窓を持つ空きビルがたくさんある。骨に雪をかぶり、冬の風に晒《さら》されている骸骨《がいこつ》のような建物。しかし、どれも角に建っているものではない。ついにミシガン・アヴェニューとイースト36番プレイスの交差点まで来て、望みの建物を見つけた。背が高くて白く、静かなビル。明るい街灯に照らされた街角に建っている。その正面の窓のどこから見ても、ベッシーは四方向に目を向けることができるだろう。そうだ！　懐中電灯を入手しなければならない。彼はドラッグストアに行き、一ドルの懐中電灯を買った。コートの内側のポケットを探り、手袋があることを確かめる。これで準備ができた。彼は通りを渡り、角で路面電車を待った。足が冷たいので、雪のなかで足踏みする。まわりに立っているのは、やはり電車を待つ人々。彼はその人たちを見ようともしなかった。彼らも単純に目の見えない者たちだ。彼の母、弟、妹、ペギー、ブリテン、ジャン、ミスター・ドルトンと同様に――そして、本当に視力を失ったミセス・ドルトンや、あの静まり返った空きビル群、黒い目のような剝き出しの窓を持つビルと同様に目が見えないのである。

　彼は街路を見渡し、ビルの看板に気づいた。「サウスサイド不動産の管理物件」。そう言えば、ミスター・ドルトンがサウスサイド不動産のオーナーで、サウスサイド不動産が自分の住んでいる建物を所有しているという話は聞いたことがある。あのネズミが巣食う部屋に、彼は週に八ドル支払っているのだ。ミスター・ドルトンには、彼の屋敷で働くようになるまで会ったことがなかった。母親がいつも賃貸料を持っていく先は不動産会社のオフィス。ミスター・ドルトンはどこか遠く離れた場所に、神と同じようにずっと高いところにいる存在だった。彼が黒人街じゅうの不動産を所有し、白人の住む地域の不動産も所有している。しかし、ビッガーはその「境界線」を越えた建物に住むことはできない。ミスター・ドルトンは黒人の教育のために数百万ドルを寄付するが、黒人には決められた地域の家しか貸さない――腐敗して倒壊しかけている市内のこの地域の家しか。ビッガーは陰鬱《いんうつ》な思いでこれを意識した。よし、身代金の脅迫状を送ってやる。やつらを震え上がらせ、正気を奪ってやるのだ。

電車が来たので彼は南行きに乗り、51番通りで降りた。ベッシーの家まで歩いていく。ベルを五回鳴らし、ようやくブザーが応えた。ちくしょう、あいつ酔っ払ってやがる！　そう彼は考えた。階段をのぼっていくと、彼女がドアを少しだけ開け、こちらを見つめているのに気づいた。その目は眠気とアルコールとで真っ赤になっている。彼女に対する疑念から、彼は恐怖と怒りを感じた。

「ビッガー？」と彼女が訊ねた。

「部屋のなかに戻れ」と彼は言った。

「どうしたのよ？」と彼女は訊ねた。口を大きく開けたまま、奥へと戻っていく。

「入れろよ！　ドアを開けろ！」

彼女はドアを広く開けたが、そのときに転びそうになった。

「灯りを点《つ》けろ」

「どうしたの、ビッガー？」

「俺に何度言わせたいんだ？　灯りを点けろ」

彼女は灯りを点けた。

「ブラインドを下ろせ」

彼女はブラインドを下ろし、それを彼は立ったまま見守っていた。いまはこの女ともめ事を起こしたくない。彼は化粧台の前に行き、彼女の化粧品や櫛《くし》、ブラシなどをどけて、ポケットから包みを取り出すと、空いたところにそれを置いた。

「ビッガー？」

彼は振り向き、彼女のほうを見た。

「何だ？」

「あなた、あれを本当にやるつもりじゃないのよね？」

「何を考えてんだ？」

「ビッガー、ダメよ！」

彼は彼女の腕を摑み、恐怖と憎悪《ぞうお》からギュッと握りしめた。

「おまえ、いまさら俺から逃げるつもりじゃないよな！　もう遅いぞ、この野郎！」

彼女は何も言わなかった。彼は帽子とコートを脱ぎ、それをベッドの上に放り投げた。

「湿ってるじゃない、ビッガー！」

「だから何だ？」

「あたしはやらないわ」

「ふざけるんじゃねえ！」

「無理にやらせることはできないからね！」

「おまえ、俺を手伝って、自分が働いている家から盗みをしたんだからな。それだけでもムショ行きなんだぞ」

彼女は何も答えなかった。彼は背を向け、椅子《いす》を掴むと、化粧台にそれを引き寄せた。包みをほどき、その紙をくしゃくしゃに丸めて、部屋の隅に向かって放り投げる。ベッシーは本能的に身を屈《かが》めて、その紙くずを拾った。ビッガーは笑い、ベッシーは突然、体をピンと伸ばした。そうだ、ベッシーも目が見えない。俺が脅迫状を書こうとしているのに、こいつは部屋が散らかるってことを気にしてるんだ。

「どうしたのよ？」と彼女が訊ねた。

「何でもない」

ビッガーは気味の悪い笑みを浮かべた。鉛筆を取り出すが、先がとがっていなかった。

「ナイフを貸せ」

「自分のは持ってないの？」

「持ってねえよ！　ナイフを寄こせ！」

「自分のナイフはどうしたのよ？」

彼がナイフを持っていることは、彼女も知っているのだ。彼はそれを思い出し、ベッシーをじっと見つめた。暖房炉の光を浴びて赤く輝く、血まみれの金属の刃――そのイメージが目の前に現われ、彼のなかで恐怖が熱く湧き起こった。

「おまえ、殴られたいのか？」

ベッシーはカーテンの向こう側に行き、彼は座って紙と鉛筆を見つめていた。彼女は肉切り包丁を手にして戻ってきた。

「ビッガー、お願い……あたし、やりたくないわ」

「酒はあるか？」

「うん……」

「一杯飲んで、そのベッドで静かにしてろ」

彼女は決心できずにしばらく立っていたが、やがて枕《まくら》の下から瓶を取り出して飲んだ。続いてベッドにうつぶせになり、顔だけは彼の方向に向ける。彼は化粧台の鏡に映る彼女の姿を見ていた。鉛筆をとがらせ、紙を広げる。そして書こうとしたとき、手袋をしていなかったことを思い出した。ちくしょう！

「手袋を寄こせ」

「はあ？」

「俺のコートのポケットから手袋を出してくれ」

彼女はよろよろと立ち上がり、手袋を出すと、彼の椅子の後ろに立った。手袋を手からだらりとぶら下げている。

「こっちに寄こせ」

「ビッガー……」

「手袋を寄こしてベッドに戻れ。いいか？」

彼は手袋をひったくると、彼女を押しのけた。それからまた化粧台に向かった。

「ビッガー……」

「もう一度しか言わないぞ。黙れ！」そう彼は言うと、包丁をどけ、手紙を書くためのスペースを作った。

彼は手袋をはめ、震える手で鉛筆を掴むと、それを紙の上で静止させた。筆跡をごまかさなければならない。そこで鉛筆を持つ手を右から左に変えた。筆記体ではなく、活字体で書こう。渇ききった喉《のど》に唾《つば》を呑《の》み込む。さて、どういうのが一番いい脅迫状だろう？　彼は考えた。私はあなたが一万ドルを用意し……違う、これはまずい。「私」はダメだ。「我々」と言ったほうがいいだろう。〝あなたの娘は我々のところにいる〟と彼は大きな丸い文字でゆっくりと書いていった。こっちのほうがいい。メアリーがまだ生きていると、ミスター・ドルトンに思わせることを言うべきだ。〝娘は無事だ〟。さあ、警察に行かないように言おう。違う！　メアリーについて最初に何か言わなければ！

彼は背中を丸めて書き始めた。〝娘は家に帰りたがっている……〟。さあ、警察に行かないように言おう。〝娘を無事に返してほしければ、警察には行くな〟。違う、これはよくない。頭皮が興奮でチクチク疼《うず》いた。髪の毛の一本一本を感じられるほどだ。彼はこの文章を読み直し、「無事に」を消して「生きたまま」とした。一瞬、彼は凍りつき、まったく動けなくなった。腹のなかから、何か冷たくて大きなものがゆっくりと込み上げてくる。はらわたのなかに惑星群があり、弧を描いて回っているかのようだ。頭がくらくらする。それでも動揺を抑え込み、再び書くことに神経を集中させた。次は金についてだ。いくらにする？　そうだ、一万ドルにしよう。〝一万ドルを五ドル札と十ドル札で準備し、靴箱にそれを入れろ……〟。これでいい。何かでこういうのを読んだことがある。〝……それから明日の夜、車でミシガン・アヴェニューの35番通りから40番通りまで、行ったり来たりしろ。〟こうしておけば、誰であれ、ベッシーの隠れ場所を見抜くのは難しくなる。続いて彼は書いた。〝ヘッドライトを何度か点滅させろ。一つの窓でライトが三回点滅するのが見えたら、箱を雪のなかに放り投げ、立ち去れ。この手紙の言うとおりにするのだぞ。〟では、これに署名しよう。でも、どのように？　何らかの形でやつらの目を逸《そ》らすような署名にしなければならない。ああ、そうだ！　「アカ」と署名しよう。彼は活字体で「アカ」と書いた。それから、よくわからない理由で、それだけでは足りないような気がした。ああ、そうだ。何らかの記章を加えておくといい。

共産党のパンフレットで見たようなものがいいだろう。彼はその記章がどう形作られていたかを考えた。ハンマーと丸い形のナイフがあったはずだ。彼はハンマーを描き、それからナイフを曲げて描いた。しかし、どうも違う。じっくりと見て、ナイフの柄を描かなかったからだと気づいた。そこで柄を加える。これで完璧《かんぺき》だ。彼は手紙を読み直した。おっと！　何かを忘れている。彼らが金を渡しに来る日時を入れなければならない。彼はまた下を向き、書き始めた。〝追伸　金は夜の十二時に持ってこい〟。彼は溜め息をつき、目を上げた。すぐ後ろに立っているベッシーが目に入った。振り向いて彼女を見つめる。

「ビッガー、本当にそれをするつもりじゃないでしょうね？」彼女は恐ろしげに囁いた。

「するさ」

「あの娘はどこにいるの？」

「知らねえよ」

「知ってるはずよ。知らなかったら、これをやるわけないわ」

「おい、だからどうだってんだ？」

彼女は彼の目をまっすぐに見つめ、囁いた。

「ビッガー、あなたが殺したのね？」

彼は顎《あご》を引きしめ、立ち上がった。ベッシーは彼に背を向け、ベッドに倒れ込んだ。

すすり泣いている。彼は寒気を感じ、気づくと全身から汗が噴き出していた。カサカサという紙の音が聞こえ、自分の手に目を落とす。指が震えていて、自分が書いた脅迫状が揺れていた。でも、俺は怖がっちゃいない、と彼は自分に言い聞かせた。手紙を折りたたんで封筒に入れ、端を舐《な》めて封をし、ポケットに突っ込む。それからベッドに横になり、ベッシーを両腕で抱きしめた。彼女に話しかけようとしたが、喉がからからで、言葉が何も出てこない。

「おい、ベイビー」と彼はついに小声で言った。

「ビッガー、何があなたに起きたの？」

「何でもないさ。おまえは大変なことをやるわけじゃない」

「やりたくないわ」

「怯《おび》えるなよ」

「あなた、人殺しはしないって言ったじゃない」

「殺してねえよ」

「殺したわ！ あなたの目を見ればわかる。全身から現われているわ」

「俺を信用しないのか、ベイビー？」

「あの娘はどこよ、ビッガー？」

「知らねえよ」

「娘が現われないってどうしてわかるの？」

「とにかく現われないんだ」

「あなたが殺したのね」

「おい、娘のことは忘れろ」

　ベッシーは立ち上がった。

「あなたがあの娘を殺したんなら、あたしのことも殺すわね」と彼女は言った。「あたしは巻き込まれないから」

「バカなことを言うな。愛してるんだから」

「あなた、人殺しは絶対にしないって言ったわ」

「いいか。やつらは白人だ。俺たちのことをたくさん殺してきたんだ」

「だからって、殺していいことにはならないわ」

　彼はベッシーに疑いを抱き始めた。彼女の声にこんな調子が混じることはこれまでなかったのである。恐怖を露《あら》わにして自分を見つめる彼女の涙ぐんだ目を見て、彼は思い出した。自分が屋敷の部屋を出たところは誰にも見られていない。知りすぎてしまったベッシーを阻止するのは簡単なはずだ。肉切り包丁で喉を切り裂けばいい。ドルトン邸に戻る前に、何らかの形で、ベッシーに足を引っ張られないようにしておく必要がある。

　彼は両拳《りょうこぶし》をしっかりと握り、素早く彼女の上に屈みこんだ。あのときと同じような気持ちになる――メアリーのベッドを見下ろす位置に立ち、白くてぼんやりとしたものが近づいてきていたときと。あとほんの少し恐怖が増しただけで、自分は再び殺人に走ってしまうだろう。

「おまえといまふざけてる余裕はないんだ」

「あたし怖いのよ、ビッガー」と彼女は泣きべそをかいた。

彼女は立ち上がろうとした――彼の目に狂気の光を見たのだと彼にはわかった。恐怖の炎に包み込まれ、言葉がかすれた囁き声となって口から出てくる。

「静かにしてろ。俺はふざけちゃいない。すぐに俺はやつらに追われることになるだろう。でも、やつらに捕まったりはしない。いいか？　絶対に捕まらない！　俺を探すとき、やつらはまずおまえのところに来るはずだ。俺とおまえのことについてネチネチと質問し、おまえはしゃべっちまうだろう！　この酔っ払いのマヌケ野郎め！　おまえも巻き込んでおかないと、しゃべっちまう。命に関わるくらい巻き込んどかないとな」

「やめて、ビッガー！」彼女は顔を強張らせ、クスンクスンという低い音をたてた。恐怖に駆られるあまり、泣くことさえできないのだ。

「俺の言うとおりにするか？」

　彼女はビッガーの腕を振りほどき、ベッドから転がり出て、その向こう側に立った。彼はベッドを回って彼女のあとを追い、後じさりする彼女を隅に追い詰めた。喉から絞り出すような声で言う。

「おまえをここに残していき、あとでたれ込まれるわけにはいかないんだ！」

「たれ込んだりしないわ！　本当にしないから」

ビッガーは彼女の顔から数インチのところまで顔を近づけた。こいつを俺に縛りつけておかなければならない。

「ああ、俺は娘を殺したよ」と彼は言った。「おまえは知ってしまったわけだ。俺を助けないわけにはいかないぞ。俺と同じくらい深みにはまってんだからな！　あの金の一部を使っちまったんだし……」

　ベッシーはまたベッドに沈み込み、すすり泣いた。吐息が喉で引っかかっている。彼は立ったまま彼女を見下ろし、鎮《しず》まるのを待った。ようやく彼女が落ち着いてくると、彼女の体を持ち上げ、まっすぐに立たせた。枕の下に手を入れ、瓶を取り出して、栓を抜く。それから手を彼女の頭の後ろに回し、上を向かせた。

「さあ、一杯飲め」

「いや」

「飲め……」

　瓶を彼女の口に持っていくと、彼女は少しだけ飲み込んだ。瓶を取り上げようとすると、彼女はそれを奪い取った。

「もう充分だ。だらしなく酔っ払いたくはないだろ」

彼が手を放すと、ベッシーはまたベッドに力なく倒れ込み、すすり泣いた。彼は彼女の上に身を乗り出した。

「いいか、ベッシー」

「ビッガー、お願い！　あたしにこんなことしないで！　お願いよ！　あたしがしてるのは働くことだけ。犬みたいに！　朝から晩まで。幸せなんて手にしてない。手にしたことがない。あたしには何もないのに、あなたはこんなことをあたしにするわけ。これだけあなたに尽くしたのに。これであたしの人生を台無しにしてしまうのね。あたしができることは何でもしてあげたのに、あなたはこういうことをするの。お願いよ、ビッガー……」。彼女は顔を背け、床をじっと見つめた。「神様、あたしをこんな目にあわせないでください！　こんな目にあうようなことはしてません！　ただ働いてるだけです！　幸せにはなってないし、何も手にしてない。働いてるだけ。あたしは黒人で、ただ働いて、人に迷惑はかけないように……」

「喚《わめ》いてろよ」とビッガーは肯定するように頷《うなず》きながら言った。彼女が真実を話しているということは、言われなくてもわかっている。「喚いてろ。それで、どんなことになるか見るがいい」

「でも、あたしはやりたくない、ビッガー。捕まるわ。絶対に捕まるわよ」

「おまえをここに残して、たれ込まれるわけにはいかないんだ」

「しゃべらないわよ。本当にしゃべらない。胸で十字を切って、神に誓うわ。あなたは逃げることもできるし……」

「金がねえんだ」

「お金はあるじゃない。あなたがあたしにくれたものから家賃を払い、お酒も買ったけど、残りはそこにあるわ」

「それじゃ足りないんだ。ある程度の現金が必要だ」

彼女はまた泣き出した。ビッガーは包丁を持ってきて、彼女を上から見下ろした。

「いますべてを終わりにしてもいいんだぞ」と彼は言った。

彼女はビクッとし、口を開けて悲鳴を上げそうになった。

「悲鳴を上げたら、おまえを殺さざるを得なくなる。絶対にな」

「いや、いや！　ビッガー、やめて！　殺さないで！」

ビッガーはゆっくりと力を緩め、腕をだらりと脇《わき》に下げた。彼女はまたすすり泣きを始めた。すべてが終わる前にこいつを殺さなければならないかもしれない。彼はそれが怖かった。一緒に行動したら足手まといになるだろう。といって、ここに残していくわけにはいかない。

「いいだろう」と彼は言った。「だが、おまえはやるべきことをやれ」

彼は化粧台の上に包丁を置き、コートのポケットから懐中電灯を取り出した。それから手紙と懐中電灯を手にして、彼女の前に立った。

「さあ」と彼は言った。「コートを着ろ」

「今夜はやめて、ビッガー！　今夜は……」

「今夜はやらない。だが、何をしたらいいか見せてやる」

「でも、外は寒いわ。雪が降ってる……」

「ああ。だから誰にも見られない。さあ、来い！」

彼女は辛《つら》そうに起き上がった。ビッガーに見つめられ、もがくようにしてコートを着こむ。ときどき手を止め、彼のほうに目をやり、目を瞬《しばた》かせて涙をこらえている。彼女のしたくが終わると、彼はコートと帽子を身につけ、彼女を街路へと連れ出した。大気は雪で濃密になり、強い風が吹いている。吹雪だ。街灯は黄色のかすかな染《し》みのように見える。二人は角まで歩き、路面電車を待った。

「何でもするけど、これだけはしたくないわ」と彼女は言った。

「黙れ。もう後戻りできないんだ」

「ビッガー、ハニー、あなたと一緒に逃げるわよ。あなたのために働くわ、ベイビー。こんなことしなくていいのよ。あたしが愛してるって、信じてくれないの？」

「いまの俺にそんなことを言うな」

　電車が来た。ビッガーはベッシーに手を貸して一緒に電車に乗り、並んで座った。彼女の顔の向こうに見える窓の外では、白い雪が静かに、しかし激しく降り続けている。首をさらに回して彼女の顔をまともに見ると、彼女の目には表情がまったくなかった。自分がどこに向かっているのか人に言われるのを待っている、目の不自由な女のようだ。一度だけ彼女は泣き出したが、彼に肩をギュッと摑まれ、それで泣き止《や》んだ。自分の運命よりも、鋼鉄のような指の力による痛みのほうに気を取られたのだ。二人は36番プレイスで電車を降り、ミシガン・アヴェニューまで歩いた。角にたどり着いてビッガーは立ち止まり、彼女の腕をまた摑んで立ち止まらせた。目の前には、背が高くて白い空きビルが聳《そび》えている。窓はどれも真っ暗だ。

「どこに行くの？」

「ここだよ」

「ビッガー」。クスンクスンという泣き声がする。

「おい、やめろよ。いい加減にしろ」

「でも、やりたくない」

「やるんだ」

　ビッガーは幽霊のような街灯が並ぶ通りを近くから遠くまで見渡した。雪降る夜を背景に、かすかにちらちらと光る黄色い円錐形《えんすいけい》が長い列を成している。ビルの正面玄関に彼女を連れていくと、その奥には静まり返った真っ黒い広大な空間が覗《のぞ》いていた。彼は懐中電灯を取り出し、灯りの丸い点を壊れそうな階段に当てた。階段は上階のさらに暗い闇のなかへとつながっている。ベッシーを導いてその階段をのぼっていくと、羽目板がキーキー鳴った。ときどき靴がクッションのように柔らかいものを踏み、沈むのが感じられた。蜘蛛《くも》の巣が顔をかすめる。まわりじゅうで腐った木材のじめじめしたにおいがする。彼は唐突に立ち止まった。カサカサと乾いた足音をたてるものが目の前をよぎったのだ。この疾走の足音が静まっていくとき、孤独の恐怖から漏れ出る甲高い声が聞こえてきた。

「キャーッッ！」

ビッガーは振り向き、灯りをベッシーの顔に当てた。彼女は唇がめくれ上がるほど口を大きく開け、両手を目の手前まで上げている。白目に縁取られた黒い瞳《ひとみ》がはっきりと見える。

「おまえ、何をしようってんだ？」と彼は訊ねた。「俺たちがここにいるって、世界じゅうに知らせたいのか？」

「ねえ、ビッガー！」

「来い！」

数フィート歩いて彼は立ち止まり、ライトで四方を照らしてみた。埃《ほこり》っぽい壁が見える。ドルトン邸の壁とほとんど同じだ。ドア口は、彼がいままでに暮らしたどの家のものよりも広い。金持ちがかつてここに住んでいたのだろう、と彼は思った。金持ちの白人。サウスサイドの家のほとんどがそうだ。凝った装飾があって、古くて、いまでは悪臭を放っている。かつて金持ちの白人が住んでいた家が、いまは黒人の家になっている。あるいは薄暗い空き家になって、剝《む》き出しの真っ黒い窓を晒している。彼は、こういう家々にかつて爆弾が投げ込まれたことを思い出した。黒人たちが最初にサウスサイドに入ってきたとき、白人たちがやったのだ。光の黄色く丸い点を左右に向けつつ、慎重に廊下を歩いていき、建物の正面側の部屋に入る。外の街灯の弱い光が射《さ》し込んでいる。彼は懐中電灯のスイッチを切り、あたりを見回した。部屋には大きな窓が六つあり、そのどれに近づいても、四方の街路が見える。

「いいか、ベッシー……」

ベッシーのほうを振り返ると、そこに彼女はいなかった。彼は張りつめた声をあげた。

「ベッシー！」

返事がない。彼は跳ねるようにドア口に向かい、懐中電灯のスイッチを入れた。彼女は壁にもたれかかり、すすり泣いている。彼女のところに行き、腕を摑むと、引っ張って部屋に連れ戻した。

「おい！　ふざけてんじゃねえぞ」

「あたし、あなたにいま殺されたほうがましだわ」と言って彼女はすすり泣いた。

「そんなこと二度と言うな！」

彼女は黙りこんだ。ビッガーは黒い手のひらを開き、小さな弧を描くように上向きに振って、彼女の顔をまともに叩《たた》いた。

「目を覚まさせてほしいのか？」

ベッシーは顔を膝《ひざ》にうずめた。ビッガーはまた彼女の腕を摑み、窓まで引きずっていった。走り続けて息が切れているかのようにまくし立てる。

「さあ、いいか。おまえがやることは、明日の夜、ここに来るってだけだ。大変なことは何もない。手はずは俺がすべて整える。何も心配するな。ただ、俺の言うとおりにしろ。おまえはここに来て、見張るだけ。十二時くらいに、一台の車がやって来る。そして、ヘッドライトを点滅させる。いいか？　それが来たら、おまえはこの懐中電灯を上げて、三回点滅させろ。こういうふうにな。覚えておけ。それから車をよく見ていろ。そこから包みが放り投げられるはずだ。包みをよく見ろ。そこに金が入っているんだからな。包みは雪のなかに投げ込まれるので、おまえは人がいないかどうかよく観察しろ。誰もいなかったら、出ていって包みを拾い、家に帰れ。でも、まっすぐ家に帰るんじゃない。誰かに見張られていないか、尾行されていないかを確認しろ。いいか？　路面電車を三回か四回乗り継ぎ、乗り換えは素早くやれ。家から五街区《ブロック》くらい離れたところで降り、歩いているあいだは後ろに注意しろ。いいか？　じゃあ、見てみろ。ここからはミシガン・アヴェニューと36番が見える。見張りがいるかどうかはわかるはずだ。俺は明日、ずっとあの白人の家にいる。やつらが誰かを見張りに送ったら、おまえに出てくるなと伝えるよ」

「ビッガー……」

「おい、しっかりしろ」

「家に連れ帰って」

「おまえ、やるよな？」

彼女は返事をしなかった。

「おまえはもう巻き込まれてるんだ」と彼は言った。「金の一部を受け取ったんだからな」

「そんなこと、もうどうでもいいわ」と彼女は言った。

「簡単だから」

「簡単じゃない。捕まるわよ。でも、どうでもいい。あたしはどちらにしろ終わりだわ。あなたとつき合い始めたときに終わったの。終わった女だから、どうでもいい……」

「しっかりしろ」

ビッガーは彼女を連れて路面電車の駅に戻った。渦巻く雪のなかで待っているあいだ、ひと言も口をきかずにいた。電車の来る音が聞こえると、彼女のハンドバッグを取り上げて開け、そのなかに懐中電灯を入れた。電車が停まった。彼女が乗るのを助け、その震える手に七セントを握らせる。それから雪のなかに立ったまま、氷で白くなった窓の向こうにいる彼女の黒い顔を見守った。電車は闇のなかをゆっくりと走り去っていった。

彼は雪のなかをドルトン邸まで歩いて戻った。右手をコートのポケットに突っ込み、指で脅迫状をいじる。車寄せまで来ると、注意深く通りを見渡した。誰もいない。屋敷を見る。白くて巨大で、静まり返っている。彼は踏み段を上がり、正面玄関の前に立った。これから何が起こるかと、少しだけ待ち構える。危険なタブーを破るのだと深く意識するあまり、この空気か大空かが突然しゃべり出し、やめろと命令するのではないかと感じた。凍るような風が正面から吹きつけ、呼気が奪われそうになったが、それが心地よかった。まわりは静寂と夜の闇、そして降り続ける雪ばかり。雪は時の始まりから降っていたかのように、そして世界の終わりまで常に降り続けるかのように降っている。彼はポケットから脅迫状を取り出し、ドアの下に滑り込ませた。振り返り、踏み段を走って下りると、屋敷の裏側に回る。やったぞ！　やってのけた！　やつらはあれを今晩か明け方、見るだろう……。彼は地下室のドアのところに行き、開けて、なかを覗き込んだ。誰もいない。怒りに駆られた獣のように、暖房炉は震動しながら熱を発し、すべてに赤い光を投げかけている。彼はその扉の隙間の前に立ち、震えている熾火《おきび》を見つめた。メアリーは完全に焼けただろうか？　石炭を搔《か》き混ぜ、見てみたかったが、それはやめた。考えただけでも怯《ひる》んだのだ。レバーを引いて石炭を追加し、それから自分の部屋に向かう。

暗闇のなか、ベッドで体を伸ばしたとき、彼は全身が震えているのに気づいた。寒いし、腹も減っている。震えながら横になっていると、恐怖という熱湯に、自分の血よりも熱いものに包み込まれ、立ち上がらずにいられなくなった。床の真ん中に立ち、目の前に手袋と鉛筆と紙の鮮やかな像が浮かんだ。いったいどうしてあれらを忘れてしまったのか？　燃やさなければいけない。いますぐやろう。彼は灯りを点け、コートのところに行って手袋と鉛筆と紙を取り出し、シャツの内側に押し込んだ。ドア口に行き、少しのあいだ聞き耳を立ててから、廊下に出る。階段を下りて暖房炉へ。光を放つ隙間の前でしばらく突っ立っていたが、慌《あわ》てて扉を開け、手袋と鉛筆と紙を放り込んだ。それらが煙を出し、燃え上がるのを見つめる。扉を閉めると、激しく渦巻く熱風のなかで燃え上がる音が聞こえてきた。

彼は奇妙な感情に包まれた。腹と頭皮がなぜかちくちくと痛む。膝がガクガクし、立っていられなくなった。彼はよろよろと壁まで歩き、ぐったりともたれかかった。麻痺《まひ》の感覚が波となって腹から全身へと扇状に広がっていく。それは頭や目にまで及び、口がぽっかりと開いた。力が体から抜けていく。膝まで沈み込み、指を床に強く押しつけて、ひっくり返らないようにする。恐怖が肉体的な感覚となって彼を襲ったのだ。歯がガチガチ震え、汗が腋の下や背中を流れ落ちるのを感じる。唸《うな》り声をあげ、できる限り持ちこたえようとする。視界はぼやけていたが、次第にはっきりとしてきた。炉がまた見えてくる。そして、自分が崩れ落ちる寸前だったことに気づく。やがて炎の光と鈍い音が戻ってきた。口を閉じ、歯を食いしばる。全身を麻痺させるような奇妙な感覚は去りつつあった。

　支えなしに立てるくらいの力を取り戻すと、彼は立ち上がり、袖《そで》で額を拭《ぬぐ》った。長いこと睡眠と食事を抜いてきたことから、心身が張りつめていた。そして興奮によって精力を使い果たしたのだ。キッチンに行って、夕食をお願いしなければならない。こんなふうに腹を空《す》かしてしまうのはまずい。彼は階段をのぼってドアまで行き、恐る恐るノックした。返事はない。ドアノブを回し、ドアを押し開けると、キッチンから光が溢《あふ》れてきた。テーブルには、白いナプキンが何枚か広げられていて、その下には食べ物の皿と思われるものが置いてある。彼は立ちすくんでそれを見つめていた。テーブルに行き、ナプキンの端を上げてみる。スライスされたパンやステーキ、フライドポテト、グレイヴィ、サヤエンドウにホウレン草、そして大きく切ったチョコレートケーキが並んでいる。口に涎《よだれ》がたまってきた。これは俺の分だろうか？　彼はペギーが近くにいないものかと考えた。彼女をまず探すべきだろうか？　しかし、彼女を探すというのは考えたくなかった。そうしたら自分に注意が向いてしまう。それは嫌だ。彼はキッチンに立ったまま、食べていいかどうか考えたが、踏み切るのは怖かった。黒い指を白いテーブルの縁に載せているうち、一瞬だけどぎつい客観的な光を浴びた自分の姿が現われ、開いた唇から静かな笑いが漏れ出てきた。俺は金持ちの白人娘を殺し、その首を切り落としてから死体を焼いた。そして嘘《うそ》をついて他人に罪を押しつけ、脅迫状を書いて、一万ドルを要求している。それなのにここに突っ立って、食べ物に触れることを怖がっている。間違いなく彼のための食べ物なのに。

「ビッガー？」

「はあ？」彼は誰に呼ばれたのかもわからずに答えた。

「どこにいたの？　夕食は五時からここに出してあったんだよ。椅子があるでしょ。食べなさい……」

〝好きなだけね……〟。彼は耳を傾けるのをやめた。ペギーが手に脅迫状を握っていたのだ。〝コーヒーを温めるから、どうぞ食べてなさい〟。彼女はあれを開けたのか？　何が書いてあるか知っているのだろうか？　いや、封筒はまだ封をされている。ペギーはテーブルに来て、ナプキンを取り除《の》けていった。彼の膝は興奮のあまり震え、汗が額から噴き出した。皮膚は熱風を浴びて縮こまってしまったように感じられる。〝ステーキは温めたほうがいい？〟この問いは遠くから聞こえてきたように思え、彼はその意味をきちんと理解することなく、ただ首を振った。〝気分がよくないの？〟

「大丈夫です」と彼は小声で言った。

「そんなにお腹《なか》を空かせちゃダメよ」

「空いてなかったんです」

「思っている以上にお腹は空いているはずよ」と彼女は言った。

ペギーはカップとソーサーを彼の料理のそばに置き、テーブルの縁に例の手紙を置いた。それは磁石が鉄を引きつけるように、彼の注意を引きつけた。彼女はコーヒーのポットを持ってきて、彼のカップを満たした。間違いない。彼女はいまドアの下から手紙を拾ったばかりで、それをミスター・ドルトンに渡す時間はなかったのだ。彼女はクリームの容器を彼の前に置き、また手紙を取り上げた。

「これをミスター・ドルトンに渡してこないと」と彼女は言った。「すぐに戻るからね」

「イエス、マム」と彼は小声で言った。

ペギーは部屋から出ていった。彼は噛《か》むのをやめ、目の前をじっと見つめた。口のなかはカラカラだ。しかし、食べなければならない。いま食べなければ、疑いを招く。彼は食べ物を口のなかに押し込み、ひと口ごとにしばらく噛んでから、コーヒーと一緒に胃へと流し込んだ。コーヒーがなくなったあとは冷水を使った。耳を澄まし、音は何も聞き逃すまいとする。しかし、まったく音はしない。それからドアが静かに開き、ペギーが戻ってきた。彼女の赤い丸顔には何の気配も現われていない。目の隅で彼女の行動を見守っていると、彼女はコンロまで行き、鍋《なべ》やフライパンをぞんざいに扱い始めた。

「コーヒーのお代わりは？」

「ノー、マム」

「このところの厄介事に怯えちゃないだろうね、ビッガー？」

「いえ、大丈夫です」と彼は言った。自分の態度に、こうした質問を招くところがあるのだろうかと考える。

「あの可哀想《かわいそう》なお嬢様！」ペギーは溜《た》め息をついた。「あんなバカな振る舞いをして！具合が悪くなるほど両親を心配させ続ける娘なんてね。でも、最近はああいう子供たちばっかりだよ」

彼は何も言わず、急いで食べ続けた。早いところキッチンから出たくてたまらない。いよいよことが明るみに出た。すべてではないにしても、その一部は。メアリーの行方についてはまだ誰も知らない。ドルトン家のいまの様子が頭のなかに浮かんだ。メアリーが誘拐されたことを知って取り乱し、怯えていることだろう。これで彼らの注意を自分から遠ざけることができるはずだ。彼らは白人がやったと考える。臆病《おくびょう》な黒人がそれをするなんて夢にも思わない。これでジャンが追われることになる。手紙に「アカ」と署名し、ハンマーと曲がったナイフの記章を描いたので、彼らは共産主義者を追及するに違いない。

「お腹いっぱいになった？」

「イエス、マム」

「朝になったら、炉の灰を始末しておいてね、ビッガー」

「イエス、マム」

「それから、八時にミスター・ドルトンを車でお連れするように」

「イエス、マム」

「部屋の居心地はいい？」

「イエス、マム」

ドアが乱暴に開けられ、ビッガーは恐ろしさでビクッとした。ミスター・ドルトンが真っ青な顔をしてキッチンに入ってきた。ペギーを見つめ、ペギーも布巾《ふきん》を手にしたまま彼を見つめ返す。ミスター・ドルトンの手には、開封された例の手紙が握られていた。

「どうしたんですか、ミスター・ドルトン？」

「誰が……どこか……誰からこれを受け取った？」

「何ですか？」

「この手紙だ」

「あら、誰からも。ドアの下に置いてあったんです」

「いつ？」

「数分前です。何か悪いことでも？」

ミスター・ドルトンはキッチン全体を見回した。特に何かを注視するのではなく、四つの壁を一つひとつ見渡していく。目を大きく開けているのに、実は何も見ていない。それからペギーに視線を戻す。まるで彼女の慈悲を求めて身を投げ出すかのように。彼女が何かを言い、この恐怖を払いのけてくれるのを待っているかのように。

「ど、どうしたんですか、ミスター・ドルトン？」とペギーがまた訊《たず》ねた。

ミスター・ドルトンが答えられずにいるうちに、ミセス・ドルトンが白い手を高く上げ、手探りでキッチンに入ってきた。ビッガーの目は彼女の指に引きつけられた。震えながら空中をさまよい、ミスター・ドルトンの肩に触れたのだ。彼の体から上着を引き裂くくらいに強く握りしめる。ビッガーは目蓋《まぶた》を動かさずにいたが、自分の皮膚が熱くなり、筋肉が強張《こわば》るのを感じた。

「ヘンリー！　ヘンリー！」とミセス・ドルトンが叫んだ。「どうしたの？」

この声が耳には届かない様子で、ミスター・ドルトンはペギーをまだ見つめていた。

「誰がこの手紙を届けたのか、見たのかい？」

「いいえ、ミスター・ドルトン」

「ビッガー、君は？」

「ノー、サー」と彼は小声で言った。口のなかは乾いた食べ物でいっぱいだった。

「ヘンリー、教えて！　お願い！　教えてよ！」

ミスター・ドルトンは片腕をミセス・ドルトンの腰に回して引き寄せた。

「それが……メアリーのことなんだ……その……メアリーが……」

「なあに？　あの子はどこにいるの？」

「あいつら……あの子をさらった！　誘拐したんだ！」

「ヘンリー！　そんな！」ミセス・ドルトンは叫んだ。

「ひどい！」とペギーも泣き声をあげ、ミスター・ドルトンに駆け寄った。

「メアリー」とミセス・ドルトンは言ってすすり泣く。

「誘拐されたんだ」とミスター・ドルトンは言った。自分を納得させるため、その言葉を繰り返さなければならないかのように。

ビッガーは目を大きく開け、視線を動かし続けて、三人の様子を常に捉《とら》えていた。ミセス・ドルトンは泣き続け、ペギーは顔を手にうずめて椅子に沈み込んだ。それからペギーは飛び起き、泣きながら部屋から走り出た。

「神様、お嬢様を無事に返してください！」

ミセス・ドルトンは体を揺らしていた。ミスター・ドルトンは妻を持ち上げ、よろめきながら、ドアの外に連れていこうとした。そのミスター・ドルトンの姿を見て、一瞬、ビッガーの心には昨晩の光景が甦《よみがえ》った。メアリーの体を両腕に抱え、運んでいく自分の姿。彼は立ち上がり、ミスター・ドルトンのためにドアを押さえてやった。そして、彼がミセス・ドルトンを腕に抱え、薄暗い廊下をよろよろと歩いていく姿を見つめていた。

　こうしてキッチンにいるのはビッガー一人になった。ここから歩き去り、すべてと縁を切るチャンスだという思いがまた甦ってきたが、それを再び払いのけた。ここにとどまり、たとえ自分が暗黒に呑み込まれることになったとしても、どういう結果になるかを見届けなければならない。そういう強い思いがあった。激しい風が吹きすさぶなか、高い尖塔《せんとう》の上で生きているような気分だった。それから、くぐもったすすり泣きの声が耳に届いた。と、唐突に沈黙が下りた。何が起きているのだろう？　ミスター・ドルトンは警察に電話するだろうか？　彼は必死に耳を澄ませたが、何も音はしなかった。ドア口に行き、廊下に数歩ほど出てみる。まだ何も音がしない。彼はあたりを見回し、自分を見ている者が誰もいないことを確かめた。それから爪先立《つまさきだ》ちで廊下を歩いていく。声が聞こえてきた。ミスター・ドルトンが誰かと話している。彼はさらに進んだ。うん、ここなら聞こえる。〝……ブリテンと話をしたいのだが〟とミスター・ドルトンが電話で話している。〝すぐに来てほしい。そう、すぐに。ひどいことが起きた。それについては、電話で話したくない。〟ということは、ブリテンがここに戻ってくる。自分はまた尋問されるだろう。〝ああ、すぐにだ。待っている。〟

部屋に戻らなければならない。彼は爪先立ちで廊下を引き返し、キッチンを抜け、階段を下りて地下室に入った。赤みがかった闇《やみ》のなか、暖房炉の扉の隙間《すきま》が熱を発し、ぎらぎらと光っている。空気を吸い上げる熱風のしわがれたような低音が聞こえる。あの娘は焼けただろうか？　しかし、たとえ焼けていなくても、彼女を探して炉を覗き込む者などいるだろうか？　彼は部屋に戻り、クロゼットに入った。ドアを閉め、耳を澄ませる。何も聞こえない。クロゼットから出るが、ドアは開け放しておく。そして音をたてずに素早くクロゼットに戻れるように、靴を脱ぐ。再びベッドに横になる。頭のなかは、さまざまな衝動から生まれたイメージが駆けめぐり、ぐるぐると回っている。逃げることもできる。とどまることもできる。階下に下り、自分が何をしたか打ち明けることだってできる。こうした行動の選択肢が自分には開けていると考えただけで、彼は自由だと感じた。自分の人生は自分のものであり、未来を自分で握っているのだ。しかし、彼らは俺がやったとは決して考えないだろう。こんなおとなしい黒人青年がやったなんて。

　彼は声が聞こえたような気がして、ベッドから飛び降り、耳を澄ませた。自分の考えにあまりに深く沈んでいたので、自分が実際に音を聞いたのか、想像の産物かがわからなかったのだ。そうだ、下から小さな足音が聞こえた。急いでクロゼットへと向かう。足音はやんだ。静かなすすり泣きの音が聞こえてくる。ペギーだ。彼女のすすり泣きは一度静まり、それから高まって、甲高い音になった。ビッガーは長いこと突っ立ったまま、ペギーの泣き声を聞いていた。窓の外の闇からは、吹き荒れる風の長い呻《うめ》き声が聞こえてくる。ペギーの声がやみ、彼女の足音がもう一度聞こえた。ドアのベルに応《こた》えるのだろうか？　また足音がした。ペギーが何かのために正面玄関に行き、戻ってきたのだ。ビッガーの耳に太い声が聞こえてきた。男の声だ。最初、それが誰の声かわからなかった。それから、ブリテンの声だと気づいた。

「……では、あなたが手紙を見つけたんだね？」

「はい」

「いつ？」

「一時間ほど前です」

「これを置いていった人に本当に気づかなかった？」

「ドアの下から突っ込まれていましたから」

「じゃあ、よく考えて。家の周囲や車寄せに誰かいなかったのかな？」

「はい。このあたりにいたのは運転手と私だけです」

「彼はいまどこにいる？」

「上階の彼の部屋にいると思います」

「これまでにこの筆跡の字を見たことがあるかな？」

「いいえ、ミスター・ブリテン」

「誰がこんな手紙を送るか考えられる？ 推測なり想像なりできるかな？」

「いいえ。広い世界のなかでも、一人として思いつきません」とペギーが泣きながら言った。

ブリテンの言葉が途切れた。ほかの重い足取りの音がする。椅子が床にこすれる音。もっと多くの人々がキッチンにいるのだ。誰だろう？ 彼らの動く音からすると、男たちのように思われる。それからブリテンがまたしゃべり出した。

「なあ、ペギー。あの青年はどのように振る舞っている？」

「どういう意味ですか、ミスター・ブリテン？」

「知的な男のように思えるかな？ 演技をしているようには見えない？」

「わかりません、ミスター・ブリテン。私には、ほかの黒人と変わらないように見えます」

「彼は〝イエス、マム〟とか〝ノー、マム〟とか言う？」

「はい、とても礼儀正しいです」

「でも、実際以上に無知に見せようとしている感じはない？」

「わかりません、ミスター・ブリテン」

「彼がこの家に来てから、ものがなくなったりしたことはないかな？」

「いえ、何もありません」

「あなたを侮辱したとかは?」

「いえ、とんでもない!　ありません!」

「どんな青年だろう?」

「物静かな黒人青年です。それしか言えません……」

「彼が何か読んでいるのは見たことある?」

「いいえ、ミスター・ブリテン」

「ときどき、普段より知的なことを話したりはしない?」

「いいえ、私にはいつも同じように話してました」

「彼の振る舞いを見て、この手紙について何か知ってるんじゃないかと思ったことはない?」

「いいえ、ミスター・ブリテン」

「あなたに話しかけられて、彼が口ごもるようなことはない?　答える前に、何を言おうか考えているみたいに?」

「いいえ、しゃべり方も振る舞いも自然です」

「彼が話すとき、手をさかんに振ったりはしない?　ユダヤ人たちとつき合っているみたいに?」

「そういうのに気づいたことはありません」

「彼が誰かを〝同志〟と呼んだことは？」

「ありません、ミスター・ブリテン」

「家に入るときは帽子を脱ぐかな？」

「気づきませんでしたけど、脱いでいると思います」

「あなたの目の前で、言われる前に座ったことはない？　白人たちとのつき合いに慣れているみたいに？」

「いいえ、ミスター・ブリテン。私が座るように言ったときだけです」

「彼のほうから話しかけることはある？　それとも、話しかけられるまで待っている？」

「そうですね、ミスター・ブリテン。彼が何か言うときは、いつでも話しかけられるのを待ってからのように思います」

「じゃあ、いいかな、ペギー。よく考えて、思い出して。彼は話すとき、声を張り上げることはない？　ユダヤ人が話すときみたいに？　私の言っていることはわかる？　つまりね、ペギー、私がはっきりさせたいのは、彼が共産主義者とつき合って……」

「いいえ、ミスター・ブリテン。私には、彼の話し方はほかの黒人たちとまったく同じに聞こえます」

「彼はいまどこにいるんだった？」

「上の彼の部屋です」

ブリテンの声が途切れたとき、ビッガーは微笑《ほほえ》んだ。そう、ブリテンは俺を罠《わな》にはめようとしている。俺に不利な証拠を集めようとしている。しかし、そんな証拠はどこにも見つからない。ブリテンはこれから俺と話しに来るのだろうか？　そのとき、ほかの人々の声が聞こえてきた。

「十中八九、娘は殺されているな」

「ああ、やつらはたいてい人質を殺す。捕まえてから、怖くなるんだ。人質があとになって、自分たちの正体を明かすかもしれないって」

「親父《おやじ》さんは金を払うって言ったのかい？」

「もちろん。娘を取り戻したいからな」

「そいつは一万ドルの無駄だな、俺に言わせれば」

「でも、一縷《いちる》の望みにすがるんだよ」

「こいつは、あのアカどもの資金集めに違いない」

「ああ！」

「やつらはたぶん、こういうことをして稼いでるんだ。あのリンディの赤ん坊を誘拐したブルーノ・ハウプトマン〔チャールズ・リンドバーグの一歳の子供を誘拐して殺したとして、一九三六年に処刑された人物。無罪を訴え続けたが、しるしのついた身代金の札束の一部は彼の車庫で見つかった」は、ナチスのためにやったって話だぜ。やつらは金が必要だったんだ」

「こういうクソ野郎どもは一人残らず射殺したい、アカであろうがなかろうが」

ドアが開く音がし、さらに多くの足音が聞こえてきた。

「親父さんのことは説得できたか？」

「まだだ」。これはブリテンの声だった。

「憔悴《しょうすい》しきってるんだろうな？」

「ああ。誰だってそうなるだろ？」

「警察を呼ばないのか？」

「ああ、すっかり怯《おび》えている」

「家族には辛いだろうな。だが、金は脅し取れないもんだと誘拐犯に知らしめれば、こういう犯罪はなくなる」

「なあ、ブリテン、親父さんをもう一度説得しろよ」

「うん、それがいい。警察を呼ぶ以外に手はないって言い聞かせろ」

「どうかな。あまり苦しめたくはないからね」

「ただ、結局のところ、これは彼の娘のことだ。彼に決めさせるのがいい」

「でも、聞けよ、ブリテン。あのアーロンってやつを捕まえれば、あいつが警察に話をし、どちらにしろ新聞がその記事を載せる。だからいま警察を呼ぼう。早く捜査を始め

たほうがいい

「いや、親父さんが同意するまで待つよ」

ミスター・ドルトンは警察に知らせたがっていないようだ。そこまではビッガーにもわかった。しかし、あの人はどれだけ長く持ちこたえるだろう？　ジャンが捕まるやいなや、警察はすべてを知ってしまう。警察や新聞が調査に乗り出すのに充分なことを、ジャンがしゃべるに違いないのだから。しかし、メアリーの誘拐という事実をジャンが突きつけられたら、何が起こる？　ジャンはアリバイを証明できるか？　証明できたら、警察はほかの犯人を探すだろう。また俺が尋問されるはずだ。ジャンが家にいたという嘘を、俺がどうしてついたのか知りたがるだろう。それでも、俺が脅迫状にした「アカ」という署名によって彼らは注意を逸《そ》らされ、ジャンかその同志がやったと考え続けるのではないか？　ビッガーがメアリーを誘拐したと、いったい誰が考えたがる？　ビッガーはクロゼットから出て、袖で額の汗をぬぐった。ずっとひざまずいていたので血行がほとんど止まり、足の裏からふくらはぎまで、針を刺すような痛みが走っている。彼は窓まで行き、雪が渦巻いている戸外に目を向けた。風が強まっているのが音からわかる。まさに吹雪だ。雪は決まった方向に降っているのではなく、粉が飛び散る巨大な白い嵐《あらし》となって、世界全体を覆《おお》っている。風の鋭い流れは、小型の竜巻のようにねじれる雪の渦巻のなかに見て取れる。

窓からは路地が見下ろせた。その右が45番通りだ。彼は窓が開くかどうか試してみた。数インチほど上げ、それから一気に上まで開ける。大きなキーッという音がした。誰かに聞かれただろうか？　じっと待ったが、何も起こらない。よし！　悪いことが重なったら、この窓から飛び降りて逃げよう。ここは二階で、下にはこんもりとした柔らかい雪の吹きだまりがある。彼は窓を下げ、またベッドに横たわって待った。どっしりした足音が階段を上がってくる。うん、誰かがのぼってくるぞ！　体が強張った。ドアがノックされる。

「イエス、サー！」

「開けなさい！」

彼は灯りを点《つ》け、ドアを開けた。目の前に白い顔があった。

「下に来てもらいたい」

「イエス、サー！」

男は片側にどき、ビッガーを先に行かせた。廊下を歩き、階段を下りて、地下室へ。そのあいだずっと、白人男の目を背中に感じていた。暖房炉に近づくにつれ、火の息遣いのようなくぐもった音が聞こえてきた。目の前には、皺《しわ》くちゃの新聞紙に置かれたメアリーの血まみれの頭が浮かんでくる。その真っ黒い巻き毛は血でべとべとし、輝いている。それからビッガーの目に、炉のそばに立つブリテンの姿が映った。白人の男三人と一緒だ。

「やあ、ビッガー」

「イエス、サー」とビッガーは言った。

「何が起きたかは聞いた？」

「イエス、サー」

「言っておくけど、君がこれから何を話しても、それは私とここにいる者たちのあいだにとどめておく。じゃあ、話してくれ。君はジャンがこの件に関わっていると思うかい？」

ビッガーは目を伏せた。焦《あせ》って答えたくはないし、ジャンを特定して責めることもしたくない。そうすれば、自分はさらに細かく質問されるだろう。仄《ほの》めかす程度にして、なんとなくジャンの方向に導こう。

「わかりません、サー」と彼は言った。

「君がどう思うかを言ってくれ」

「わかりません、サー」とビッガーはまた言った。

「君は昨晩、本当に彼とここで会ったんだね？」

「あ、イエス、サー」

「誓って言える？　あのトランクを下ろし、車を雪のなかに置いておくように、彼に言われたんだね？」

「ほ、本当のことは誓って言えます」とビッガーは言った。

「彼は何かを企《たくら》んでいるようだったかい？」

「わかりません、サー」

「君は何時にここから帰ったって言ったっけ？」

「二時少し前です」

ブリテンはほかの男たちのほうを向いた。一人は炉を背にして立ち、両手を背中に回して、手を温めている。脚を大きく広げ、火の点いた葉巻を口の端にくわえている。

「あのアカの野郎に違いないな」とブリテンは彼に言った。

「ああ」と炉のそばの男が言った。「やつが何のためにこの坊やにトランクを下ろさせ、車を外に置きっぱなしにさせたか？　それは注意を逸らすためさ」

「いいかい、ビッガー」とブリテンは言った。「どんなことでもいい、この男が異常な振る舞いをしたのを見なかった？　つまり、すごく緊張しているとか？　彼はどんな話をした？」

「共産主義者について話しましたが……」

「君に党に加わるように言った？」

「あのパンフレットをくれて、読むようにと言いました」

「じゃあ、どんなことを言われたか教えてくれ」

ビッガーは、黒人が何を求めたら白人たちが嫌がるか、わかっていた。そして、同じことをアカが常に求めているのもわかっていた。さらに、たとえ黒人のために闘っているのが白人たちであったとしても、こういうことを求められたくないと考えているのだ――それもわかっていた。

「そうですね」とビッガーはしぶしぶ話すふりをして言った。「いつの日か金持ちも貧乏人もいなくなると言いました……」

「それから、黒人にも機会が与えられ……」

「ふうん？」

「続けて」

「それから、リンチもなくなると言いました……」

「お嬢さんのほうは何て言った？」

「彼の言うことに同意していました」

「彼らに対して君はどう感じた？」

「わかりません、サー」

「つまり、好感を持った？」

平均的な白人男なら、彼がこういう話に好感を持つのは気に入らないだろう。彼はそのこともわかっていた。

「これが私の仕事ですから。言われたとおりにしただけです」。彼はもごもごと言った。

「お嬢さんの振る舞いには、怯えているようなところがなかった？」

ビッガーは彼らの意図を感じ取った――彼らがジャンに不利な話をどう作っていこうとしているか。そして昨晩、彼がメアリーと一緒に食堂に入るのを拒否したとき、彼女が泣いたことを思い出した。

「えっと、わかりません、サー。ただ、お嬢様は一度泣きました……」

「泣いた？」

男たちが彼のまわりに集まってきた。

「イエス、サー」

「彼が殴ったのか？」

「それは見ませんでした」

「そのとき彼は何をした？」

「えっと、お嬢様を抱きしめて、そうしたらお嬢様は泣きやみました」

ビッガーは背中を壁にくっつけて立っていた。白人男たちの顔は、炎の赤みがかった光で輝いている。炉のなかで上方に吸い込まれていく空気の音と、夜の屋外で吹きすさぶ風のヒューヒューという弱い音とが、ビッガーの耳のなかで混じっている。彼は疲れてきた。目をしばらく閉じ、それから開く。自分を救うためには、警戒を怠らず、質問に答えなければならない。そう自分に言い聞かせる。

「あのジャンという男は、白人の女について何か君に言わなかったかい？」

ビッガーは警戒して身を強張らせた。

「どういうことですか？」

「アカに加われば、白人の女たちに会わせてやるって言わなかった？」

　黒人と白人が性的な関係を持つのは、ほとんどの白人男にとって忌《い》まわしいことである。それはビッガーもわかっていた。

「ジャンはお嬢さんと関係を持ったのか？」

「ノー、サー」と彼はどぎまぎしたふりをして言った。

「わかりません、サー」

「二人を部屋かホテルに連れていった？」

「ノー、サー。公園だけです」

「二人は後部座席にいたんだね？」

「イエス、サー」

「公園にはどれだけ長くいた？」

「えっと、二時間くらいだと思います、サー」

「おいおい、はっきりしてくれ。ジャンはお嬢さんとやったのか？」

「わかりません、サー。お二人は後ろでキスしたりはしてましたけど」

「お嬢さんは横になっていた？」

「えっと、はい、そうですね」とビッガーは目を伏せて言った。そうするほうがいいように感じたのだ。黒人の男はみんな白人の女を求めるものだと白人たちは思っている。それがわかっていたので、ビッガーは自分のいる場で白人女の名前が出たときも、臆病そうな敬意を示しておきたかった。

「二人は酔っ払っていたんだよね？」

「イエス、サー。たくさんお酒を召し上がっていました」

車寄せに入ってくる車の音が聞こえてきた。警察が来たのか？

「あれは誰だ？」とブリテンが訊ねた。

「わからない」と男の一人が言った。

「見てきたほうがいいな」とブリテンが言った。

ブリテンがドアを開けると、ビッガーには雪のなかで停まっている四台の車が見えた。ヘッドライトが光っている。

「君たちは何だ？」とブリテンが呼びかけた。

「新聞社です！」

「君たちに話すことは何もないぞ！」とブリテンは不安そうな声で言った。

「ごまかさないでくれ！」と一人の声が答えた。「すでに一部が新聞に出ちゃってますよ。残りを話してくれたっていいでしょう」

「何が新聞に出たんだ？」ブリテンは男たちが地下室に入ってくるなり訊ねた。

背の高い赤ら顔の男が手をポケットに突っ込み、新聞を取り出してブリテンに渡した。

「アカたちは、ここの親父さんの娘を誘拐したかどであなた方に告発されたと言っています」

ビッガーは自分のいるところから視線を向けて新聞を見た。**令嬢の行方不明でアカを逮捕**とある。

「ちくしょう！」とブリテンが言った。

「ヒューッ！」と背の高い赤ら顔の男が言った。「なんて夜だ！　アカが逮捕されるし、吹雪だし！　この地下室ときたら、誰かが殺されたみたいな雰囲気だし」

「おいおい」とブリテンが言った。「ここはミスター・ドルトンのお宅だぞ」

「あっ、すみませんでした」

「親父さんはどこ？」

「上にいる。誰にも邪魔されたくないそうだ」

「お嬢さんは本当に行方不明なんですか？　それとも狂言？」

「君たちには何も話せないな」とブリテンが言った。

「この青年は誰です？」

「何もしゃべるなよ、ビッガー」とブリテンが言った。

「アーロンはこの家で働く者に告発されたと言っていたが、その人か？」

ビッガーは壁に寄りかかり、ぼんやりとあたりを見回した。

「だんまりを決め込むのかい？」と男たちの一人が訊ねた。

「まあまあ、君たち」とブリテンが言った。「落ち着いてくれ。私がこれから親父さんのところに行って、君たちに会うかどうか訊《き》いてくる」

「それはありがたい。待ってますから。通信社はみんなこのニュースを配信しています」

ブリテンは階段をのぼっていき、ビッガーは男たちの集団のなかに残された。

「君の名前はビッガー・トマス？」と赤ら顔の男が訊ねた。

「黙ってろよ、ビッガー」とブリテンの仲間の一人が言った。

ビッガーは何も言わなかった。

「おい、どういうことだ？　この青年にしゃべりたいことをしゃべらせろよ」

「こいつは大ニュースのにおいがしてきたぞ」と男たちの一人が言った。

ビッガーはこうした男たちにこれまで会ったことがなかった。彼らに対してどう振る舞ったらいいのか、何を期待したらいいのか、わからない。ミスター・ドルトンのように金持ちでも、よそよそしくもなく、ブリテンよりも冷静そうだったが、それは人情味のない冷静さだった。その意味では、おそらくブリテンよりも危険だろう。彼らは暖房炉の光を浴びつつ、地下室の床を行ったり来たり歩いている。帽子はかぶったままで、葉巻や煙草《たばこ》を口にくわえている。ビッガーは彼らのなかに、みなを無視するような冷たさを感じた。最新流行の娯楽を観《み》にきている男たちのようだ。ジャンが逮捕され、尋問されたとなれば、彼らはこのあともずっと居残るだろう。俺がジャンについて言ったことを、彼らはどう捉えたのだろう？　ブリテンは彼らと話すなと俺に言ったわけだが、それで有利に働くことなどあるだろうか？　ビッガーの目は、白人男が手袋をした手で握っている新聞に釘《くぎ》づけになった。あの新聞を読めたらいいのだけど！　男たちは何もしゃべらず、ブリテンが帰ってくるのを待っている。それから一人の男が近づいてきて、彼の近くの壁に寄りかかった。ビッガーは横目でその男の姿を見ていたが、何も言わなかった。男は煙草に火を点けた。

「煙草はどう？」

「ノー、サー」。彼はもごもごと言った。

　手のひらの中心に何か触れるのが感じられた。見ようとして体を動かすと、囁《ささや》き声がそれを押しとどめた。

「じっとしてな。それは君にあげる。情報をいただきたいんだよ」

ビッガーの指は薄い紙の束を握りしめた。すぐにそれは金だとわかった。返さなければいけない。彼は金を握ったままチャンスを待った。ことが速く進展しすぎ、それにうまく対応しきれていないように感じる。彼はくたびれてきた。ああ、いますぐ眠れたらいいのに！　このすべてを数時間延期でき、少し休めたらいいのに！　そうなれば、ことをうまく処理できるような気がした。いまは恐ろしい悪夢のように、物事が原因もなく、どんどん進んでいる。ときには、すぐ前に何が起きたかも、次に何が起きるとあてにしていたかも、覚えていられないように思えた。階段のてっぺんのドアが開き、ブリテンの姿が見えた。ほかの者たちがそちらを見ているあいだに、ビッガーはさっきの男の手に金を返した。男は彼を見つめ、首を振った。そして煙草を投げ捨て、部屋の真ん中に歩いていった。

「申し訳ない、みなさん」とブリテンが言った。「親父さんは火曜日までみなさんに会えないそうだ」

ビッガーはすぐに考えをめぐらせた。これが意味するのは、ミスター・ドルトンが金を払い、警察には知らせないということだ。

「火曜日？」

「おい、勘弁してくれよ！」

「お嬢さんはどこにいるんです？」

「申し訳ない」とブリテンは言った。

「それだと、我々はこの事件に関して手に入る情報を片っ端から記事にせざるを得ません」と男の一人が言った。

「みなさんはミスター・ドルトンと知り合いじゃないか」とブリテンは説明した。「だから、そんなことはしないでほしい。お願いだから、親父さんにチャンスを与えてくれ。なぜかはいま言えないけど、重要なことなんだ。時が来れば、それなりのお返しはするから」

「お嬢さんは行方不明なんですか？」

「わからない」

「この家にいるんですか？」

　ブリテンはためらった。

「いや、いないと思う」

「いつ家を出たんですか？」

「わからない」

「いつ戻るんです？」

「何とも言えないな」

「あのアーロンって男は本当のことを話してるんですか？」と男の一人が言った。「彼によれば、ミスター・ドルトンは彼を逮捕させることによって、共産党を誹謗《ひぼう》中傷しようとしているそうです。それから、これは自分とミス・ドルトンとの仲を裂くための行為だと言っています」

「わからない」とブリテンは言った。

「アーロンは警察署に連行され、尋問されました」と男は続けた。「彼の主張では、彼が昨晩この家に入ったと、ここにいる青年が嘘をついたということです。それは本当ですか？」

「ほんとに、俺はこれについて何も言えないんだ」とブリテンが言った。

「ミスター・ドルトンはアーロンがお嬢さんと会うことを禁じていたのですか？」

「わからない」とブリテンは言った。ハンカチを取り出し、額をぬぐう。「正直なところ、俺は何も言えないんだ。親父さんから直接聞いてくれ」

すべての目が同時に上を向いた。ミスター・ドルトンが階段のてっぺんのドア口に立っていたのだ。真っ青な顔をして、手には一枚の紙切れを握っている。ビッガーはすぐにそれが脅迫状だと気づいた。これから何が起きるのだろう？　男たちがみな一斉にしゃべり出した。質問を叫んだり、写真の許可を求めたりしている。

「ミス・ドルトンはどこにいるんですか？」

「あなたが宣誓の上で、アーロンの逮捕状を出してもらったのですか？」

「二人は婚約してたんですか？」

「お嬢さんが彼と会うのを禁じられたんですか？」

「彼の政治的な立場にあなたは反対だったのですか？」

「声明を出されるつもりはありませんか、ミスター・ドルトン？」

ビッガーはミスター・ドルトンが片手を上げ、静まるよう求めたことに気づいた。それからゆっくりと階段を下り、男たちに近づいた。彼らよりほんの数フィート上のところで立ち止まる。男たちは銀色のフラッシュを上げて、近寄ってきた。

「アーロンがあなたの運転手について言ったことにコメントはありませんか？」

「彼は何て言ったんだね？」とミスター・ドルトンが訊ねた。

「運転手は金を受け取って、彼について嘘《うそ》をついたと言ったんです」

「それは事実ではない」とミスター・ドルトンがきっぱり言った。

閃光《せんこう》が目の前をよぎり、ビッガーは目をしばたたかせた。男たちがフラッシュを下げるのが見えた。

「みなさん」とミスター・ドルトンが言った。「お願いです！　少し時間をください。本当に声明を出すつもりはあるんです」。ミスター・ドルトンの言葉が途切れた。唇が震えている。ビッガーは彼がとても緊張していることに気づいた。「みなさん」とミスター・ドルトンはもう一度言った。「声明を出したいと思うのですが、これは慎重に受け取ってもらいたい。これをあなた方がどのように扱うかが、ある人にとっては生か死を意味するんです。この家族に、私に、とても近い人の。その人は……」。ミスター・ドルトンの声は次第に消えていった。熱のこもった囁き声が地下室じゅうで飛び交う。ビッガーの耳には、脅迫状がミスター・ドルトンの指のなかでかすかにカサカサ鳴る音も聞こえてきた。ミスター・ドルトンの顔は真っ青で、落ちくぼんだ目は血走り、その下には黒ずんだ皮膚の染《し》みがある。炉の炎はいま弱くなり、熱風の音も囁き声程度となった。ビッガーには、ミスター・ドルトンの白髪が炎の弱い光によって溶けた銀のように光るのが見えた。

それから突然——男たちが息を呑《の》むくらい突然——ぼんやりと漂う白いものがミスター・ドルトンの背後のドア口いっぱいに現われた。ミセス・ドルトンだ。その白い目は広く見開かれ、表情はなく、両手は唇のあたりを探るように上がっている。指は長くて白く、大きく開いている。地下室は十あまりのフラッシュの白い光で急に明るくなった。

ミセス・ドルトンは階段を幽霊のように音もなく下りてきて、ミスター・ドルトンの隣りに並んだ。大きな白い猫がそのあとを追ってきた。彼女の片手は手すりに軽く触れ、もう片方は中空で止まっている。ミスター・ドルトンは動いたり振り向いたりせず、ただ手すりの上の彼女の手に自分の片手を重ね、それから男たちのほうを向いた。一方、大きな白い猫は階段を弾むように駆け下り、ひと跳びにビッガーの肩に乗ると、そこにとどまった。ビッガーはじっとしていたが、猫によって正体をばらされたように感じた。メアリーを殺したのはこいつだと特定された気分だ。猫を持ち上げて下ろそうとしたが、その爪《つめ》が上着をしっかり掴んでいる。銀色の光が目の前でパッと光り、猫を肩に載せた自分の姿が男たちのカメラで撮影されたのだと気づいた。彼はもう一度猫を引っ張り、何とか下ろすことができた。猫は床に立つと、長い鳴き声をあげ、ビッガーの脚に自分の体をこすりつけ始めた。ちくしょう！　どうしてこの猫は俺につきまとうんだ？　そのときミスター・ドルトンの話している声が聞こえてきた。

「みなさん、写真は撮ってもかまいませんが、ちょっと待ってください。たったいま警察に電話し、ミスター・アーロンの即時釈放をお願いしたところです。彼を告発するつもりはないということを知っていただきたい。これをご理解いただくことが重要なんです。あなた方の新聞がこの記事を載せるように要望します」

ビッガーは考えた。これは、捜査の対象がジャンから離れたことを意味するのだろうか？　いま俺が家から脱け出そうとしたら何が起こるだろう？　彼らは俺を見張っているのだろうか？

「さらに」とミスター・ドルトンは続けた。「私はここで公《おおや》けに申し上げておきたい。彼を逮捕し、迷惑をかけたことに謝罪いたします、と」。ミスター・ドルトンはここで言葉を止め、舌で唇を濡《ぬ》らしてから、男たちの小さな集団を見下ろした。彼らはいま手を忙しく動かし、彼の言葉を紙の束に書き取っている。「それから、みなさん、私は次のことを公表したいと思います。私たちの娘であるミス・ドルトンは……ミス・ドルトンは……」。ミスター・ドルトンの声が途切れた。彼のすぐ後方、少しだけ片方に寄って立っているミセス・ドルトンが、その白い手を彼の腕に置いた。男たちが銀色のフラッシュを持ち上げ、地下室の赤みがかった薄闇のなかで再び閃光が輝いた。「私は……私は公表したい」とミスター・ドルトンが言った。その声は穏やかで、張りつめた囁きの調子ではあったが、部屋じゅうに通るものだった。「ミス・ドルトンが誘拐されたということを……」

「誘拐された？」

「えっ！」

「いつですか？」

「私たちは昨晩のことだと考えています」とミスター・ドルトンが言った。

「犯人の要求は？」

「一万ドルです」

「誰が犯人かはわかっているのですか？」

「まったくわかっていません」

「お嬢さんからは何か連絡がありましたか？」

「何も、直接には何もありません。ただ、誘拐犯から手紙が来て……」

「そこにお持ちのものですか？」

「はい、これがその手紙です」

「いつ届いたんですか？」

「今夜です」

「郵便で？」

「いえ。誰かがドアの下に入れていきました」

「身代金《みのしろきん》は払うおつもりですか？」

「はい」とミスター・ドルトンは言った。「払います。いいですか、みなさん、あなた方の行動によって私は助けられ、娘の命は救われるかもしれません。私が指示されたとおりに金を払うつもりだと、新聞に書いてほしいのです。それから、何より重要なのは、あなた方の新聞を通して、私が警察に通報するつもりがないと誘拐犯に伝えることです。私は犯人の要求にすべて応えるつもりだと書いてください。そして娘を返すように訴えてください。お願いだから、娘を殺さないでくれ、と。お望みのものは何でも差し上げるから……」

「ミスター・ドルトンは、犯人が誰か、心当たりはありますか？」

「ありません」

「脅迫状を見せていただけますか？」

「申し訳ないが、それはできません。金をどのように渡すかの指示が書いてありますから。それを公けにしないように警告されています。しかし新聞には、その指示どおりにするつもりだと書いてください」

「ミス・ドルトンが最後に目撃されたのはいつですか？」

「日曜日の午前二時くらいです」

「誰が目撃したのですか？」

「うちの運転手と妻です」

ビッガーは前をじっと見つめ、視線が動かないようにした。

「お願いですから、運転手には何も質問しないでください」とミスター・ドルトンが言った。「私が家族を代表してしゃべっています。この話が歪《ゆが》んだ形で出回ってほしくありません。私たちは娘を取り戻したい。重要なのはそれだけです。新聞で娘にも呼びかけてください。娘を取り戻すためにできることはすべてしているし、すべてを許すつもりだ、と。娘に呼びかけてください……」。声がまた途切れ、彼は続けられなくなった。

「ミスター・ドルトン、お願いです」と一人の男が頼み込むように言った。「その手紙の写真を一枚だけ撮らせていただけませんか……」

「いえ、いえ……それはできません」

「どういう署名があったんですか？」

ミスター・ドルトンは自分の目の前をまっすぐに見つめた。ビッガーは彼が言うつもりだろうかと考えた。ミスター・ドルトンの唇が声を出さずに動くのが見える。自問自答している様子だ。

「わかりました。どういう署名があったかは話しましょう」と彼は言った。手が震えている。ミセス・ドルトンは顔をかすかに夫のほうに向け、指でしっかりと彼の上着を掴《つか》んだ。ビッガーには、ミセス・ドルトンが無言で夫に問いかけているのだとわかった。手紙の署名について、新聞には話さないほうがいいのではないか、という問いかけだ。そしてまた、ミスター・ドルトンがその話をしたがるのには、彼なりの理由がありそうだということもわかった。たぶん、自分が手紙を受け取ったということをアカたちに知らせたいのだろう。

「はい」とミスター・ドルトンは言った。「〝アカ〟という署名がありました。それだけです」

「アカ？」

「そうです」

「何者かわかってますか？」

「いいえ」

「疑わしい人物は？」

「署名の下には共産党の記章が描かれていました。ハンマーと鎌《かま》です」とミスター・ドルトンは言った。

男たちは黙りこんだ。ビッガーが見ると、彼らの顔には驚きの表情が浮かんでいる。何人かはそれ以上聞こうともせず、地下室から走り出て、電話で特ダネを伝えにいった。

「共産党員がこれをやったとお考えですか？」

「わかりません。私は誰のことも犯人扱いしていない。ただ、この情報を提供することで、大衆にも誘拐犯にも、私が手紙を受け取ったことを知らせたいんです。娘を返してくれるなら、誰のことも追及するつもりはありません」

「お嬢さんはそういう連中とつき合っていたんですか、ミスター・ドルトン？」

「それについては何も知りません」

「このアーロンという男との交際を禁じたのではないですか？」

「それが今回の件と関係ないことを願っています」

「アーロンがこれに関わっていると思いますか？」

「わかりません」

「どうして彼を釈放してもらったのですか？」

「彼の逮捕をお願いしたのは、この手紙を受け取る前だったからです」

「彼が釈放されれば、お嬢さんも返されるとお思いですか？」

「わかりません。彼が娘を誘拐したのかどうかもわかりません。ただ、ミセス・ドルトンと私は娘を取り戻したい。わかっているのはそれだけです」

「では、どうしてアーロンの釈放を頼んだのですか？」

「それは、彼を告発する理由が何もないからです」とミスター・ドルトンは言い張った。

「ミスター・ドルトン、手紙を上げて、手を差し出してください。訴えかけるみたいに。素晴らしい！　では、ミセス・ドルトン、あなたも手を差し出して。そんな感じ。オーケー、じっとして！」

ビッガーの目の前で、また銀色のフラッシュが次々に焚《た》かれた。ドルトン夫妻は階段の途中でじっとしている――ミセス・ドルトンは全身が真っ白な姿で、ミスター・ドルトンは手に脅迫状を持ち、目をまっすぐ前に向けて、地下室の奥の壁を見つめている。ビッガーには、炉のなかの火の静かな囁き声が聞こえ、カメラの調整をしている男たちの姿が見えた。ほかの者たちはあたりに立ったまま、焦ったようにノートに書き込んでいる。フラッシュがまた焚かれ、ビッガーは自分のほうにカメラが向けられていることに気づいてびっくりした。頭を下げるか手で顔を隠すかしたかったが、もう遅い。群衆のなかにいても、すぐに彼だと知られてしまうほど、写真に撮られてしまった。また数人の男たちが立ち去った。ドルトン夫妻もこちらに背を向け、ゆっくりと階段をのぼっていき、キッチンのドアを通って消えていった。大きな白い猫もそのあとをぴったりついていく。ビッガーはまだ壁を背にして突っ立ち、あらゆる動きに注意を払っていた。すべてを自分との関係で、自分が金を手に入れる可能性との関係で、見定めようとしていた。

「ミスター・ドルトンの電話を使ってもかまわないですかね？」と男たちの一人がブリテンに訊《たず》ねた。

「もちろん」

ブリテンの案内で数人の男たちが階段をのぼり、キッチンへと入っていった。ブリテンと一緒に来た三人の男は階段に腰を下ろし、憂鬱《ゆううつ》そうに床を見つめている。やがて電話で特ダネを知らせに行った男たちが戻ってきた。ビッガーには、彼らが自分と話したがっているのがわかった。ブリテンも戻ってきて、階段に座った。

「じゃあ、これ以上の情報は与えてもらえないのかな？」と記者の一人がブリテンに訊ねた。

「ミスター・ドルトンがすべて話したよ」とブリテンが言った。

「こいつは特ダネだな」と記者の一人が言った。「ミセス・ドルトンはこれをどう受け止めてる？」

「打ちひしがれてるよ」とブリテンが言った。

しばらく誰も何も言わなかった。それからビッガーは男たちが個々に振り向き、こちらを見つめているのに気づいた。彼は目を伏せた。彼らが自分に質問したがっていることはわかる。しかし、それは避けたい。彼は部屋のさまざまな方向に目を向け、隅に放置されて忘れられた皺くちゃの新聞に気づいた。あの新聞をどうしても読みたい。チャンスがあり次第、あれを手に入れて、ジャンが何てしゃべったのか突き止めよう。そうこうしているうちに、男たちはぶらぶらと地下室を歩き回り、隅を覗《のぞ》き込んだり、シャベルやゴミバケツ、トランクなどを調べたりするようになった。ビッガーは一人の男が暖房炉の前に立っているのに気づいた。男は手を伸ばし、扉を開けた。なかを覗き込もうとして身を屈《かが》める。くすぶる石炭の熾火《おきび》を見つめる顔は、赤みを帯びた弱い光に照らされた。この男が棒を石炭の奥まで突っ込み、掻《か》き混ぜたらどうなる？　メアリーの骨が出てきてしまったら？　ビッガーは息を殺した。だが、男は石炭を掻き混ぜたりしないだろう。誰も俺を疑ってやしない。俺は単なる黒人の道化だ。ビッガーは男が扉を閉じるのを見て、また息をし始めた。顔の筋肉が激しく引きつり、笑いたいような気持ちになる。彼は顔を横に向け、自分を抑えようと焦った。心は異常なほど荒れ狂っていた。

「あの、娘の部屋は見られないかな？」と男の一人が言った。

「ああ。いいんじゃないかな？」とブリテンが言った。

男たちがみんなブリテンのあとについて階段をのぼっていき、ビッガーは一人だけ残された。すぐに視線は新聞に向けられる。あれを拾い上げたいが、怖くもある。彼は裏口のドアに行き、鍵《かぎ》がかかっていることを確かめた。それから階段を上までのぼり、急いでキッチンを覗き込んだ。誰もいない。階段を駆け下り、新聞を拾い上げる。開けると、太い活字の見出しが目に飛び込んできた。第一面のトップ記事だ。ハイドパークの富豪の娘、土曜日から行方不明。共産主義者と潜伏か。警察はこの地域の共産党のリーダーを連行。メアリー・ドルトンとの関係について尋問中。当局は父親からの情報に基づいて捜査している。

それからジャンの写真が第一面の中央に載っていた。確かにジャンだ。実物そっくりである。ビッガーは記事に目を向け、読み始めた。

父親の不動産による何百万もの資産を貧困層に分配することで、人間の惨《みじ》めさや貧困の問題を解決しようという愚かな夢のためだったのか？　メアリー・ドルトンはそのために両親のハイドパークの大邸宅、ドレクセル・ブールヴァード４６０５番、ミスター＆ミセス・ヘンリー・Ｇ・ドルトンの家を出て、共産主義の活動をしている長髪の友人たちと偽名で生活し始めたのか？

この問いへの答えを、今夜遅く、警察がジャン・アーロンを取り調べ、見《み》出《いだ》そうとしていた。アーロンは共産党の「隠れ蓑《みの》」組織、レイバーディフェンダーの事務局長である。メアリー・ドルトンは父親の願いに背き、この組織のメンバーになったと言われている。

　これに続いて記事は、ジャンが11番通りの警察署に拘留され、尋問を受けていることと、メアリーが土曜日の夜八時に家を出て、その後行方不明であると説明していた。また、メアリーがその夜の夜半過ぎまで**黒人地帯**のいかがわしいサウスサイドのカフェで、アーロンと一緒にいたとも書いていた。

　それだけだった。ビッガーはもっと書かれているのではないかと思っていた。そこでさらに探してみた。いや、ほかにもある。メアリーの写真だ。あまりに実物そっくりで、初めて会ったときの彼女の姿を思い起こさせた。彼は目をしばたたいた。恐怖で汗が噴き出してくる。目の前にまた彼女の頭が現われたのだ――べとべとの新聞紙の上に置かれ、その縁に向かって血がじくじくとにじみ出ている。写真の上には次のキャプションがあった。**パパとは仲たがい**。ビッガーは視線を上げ、炉に目をやった。あの火のなかに彼女がいて、燃えているなんて、あり得ないように思えた……。新聞記事は、彼が予想していたほど警戒を要するものではなかった。しかし、メアリーの誘拐が知られた途端、何が起きるだろう？　足音が聞こえてきたので、彼は新聞を部屋の隅に戻し、以前と同じような姿勢を取った。壁に背中をもたせかけ、表情のない、眠そうな目をする。

ドアが開き、男たちが階段を下りてきた。興奮を押し殺した声でしゃべっている。ビッガーは再び彼らに見つめられていることに気づいた。ブリテンも戻ってきた。

「ねえ、どうして彼と話ができないんですか？」と一人が訊ねた。

「彼に言えることは何もないよ」とブリテンが言った。

「でも、何を見たかは言えるでしょう。だって、彼が昨晩、車を運転してたんだから」

「まあ、僕はかまわないがね」とブリテンが言った。「でも、ミスター・ドルトンがすべて話したよ」

男の一人がビッガーのほうに歩いてきた。

「ねえ、マイク、君はあのアーロンって男がやったと思うかい？」

「私はマイクではありません」とビッガーは憤然として言った。

「ごめん、悪気はなかったんだ」と男は言った。「でも、君は彼がやったと思う？」

「質問に答えなよ、ビッガー」とブリテンが言った。

ビッガーは気色ばんだことを後悔した。いま怒っている余裕はない。怒る必要などない。こんなバカどもに怒ったところで何になる？　こいつらは娘を探しているが、娘は三メートル離れたところで燃えているのだ。俺が娘を殺し、こいつらはそのことを知らない。やつらが俺を「マイク」と呼びたいなら呼ぶがいい。

「わかりません、サー」と彼は言った。

「なあ、何があったか言ってくれよ」

「ここで働いているだけです、サー」とビッガーは言った。

「怖がらなくていい。君のことを悪く言ったりはしないから」

「ミスター・ブリテンからお聞きください」

　男たちは首を振り、歩き去った。

「まいったな、ブリテンさん！」と男の一人が言った。「この誘拐事件について俺たちに得られた情報は、脅迫状が見つかった、アーロンが釈放されることになった、手紙の署名が〝アカ〟だった、ハンマーと鎌の記章があったってことだけだ。これは筋が通ってない。もうちょい情報をください」

「聞いてくれ、君たち」とブリテンが言った。「親父《おやじ》さんをそっとしておいてほしいんだ。お嬢さんを生きて取り戻そうとしているんだから。君たちには特ダネを与えてやったろ？　だからしばらくは待ってくれ」

「じゃあ、隠さずに話してください。娘が最後に目撃されたのはいつですか？」

　ビッガーは、ブリテンが同じ話を繰り返すのをじっと聞いていた。ブリテンが使う一語一句に耳を傾け、男たちが質問をするときの口調にも注意を払った。彼らのなかで、自分を疑っている者がいるかどうか知りたかったからだ。しかし、誰も疑っている様子はない。彼らの質問はどれもジャンに関わっていた。

「でも、ブリテンさん」と男の一人が言った。「どうして親父さんはアーロンを釈放させたんですかね？」

「自分で考えてみなよ」とブリテンが言った。

「じゃあ、彼はアーロンが娘の誘拐に関わっていると思っていて、だからやつを釈放し、娘を返してもらおうってことかな？」

「わからん」とブリテンが言った。

「なあ、話してくれよ、ブリテンさん」

「自分の想像力を使いな」とブリテンが言った。

もう二人の男がコートのボタンを留め、帽子を目深《まぶか》にかぶって立ち去った。ビッガーは、彼らが新聞社に電話で情報を伝えにいったのだとわかった。ジャンがビッガーを共産主義に転向させようとしたこと、共産党のパンフレットを与えたこと、三人でラム酒を飲んだこと、半分しか荷物の詰まっていないトランクが駅に届けられたこと、そして最後に、脅迫状と一万ドルの要求のことなどを伝えにいったのだろう。男たちは懐中電灯を持って地下室を見て回った。ビッガーはまだ壁に寄りかかっていた。ブリテンは階段に腰を下ろした。炉のなかでは火が小さな音をたてている。ビッガーはもうすぐ灰を始末しなければならないと思った。火がもっと勢いよく燃えていなければならないのに、だいぶ弱まっているのだ。この興奮が静まってきて、男たちがみんな立ち去ったら、すぐにやるとしよう。

「ひどい話だな、ビッガー？」とブリテンが言った。

「イエス、サー」

「百万ドル賭《か》けてもいい、こいつはジャンの小賢《こざか》しい計画だ」

ビッガーは何も言わなかった。全身がぐったりしている——壁にもたれて立っていられるのは、自分のものではない力によってだった。ここ数時間、彼はもはや力を出そうとすることを諦《あきら》めていた。エネルギーを呼び覚ませない。だからそれを忘れ、ただ流されるままにしていた。

少し寒くなってきた。火が消えかかっている。熱風もほとんど聞こえなくなった。そのとき突然、地下室のドアがバタッと開き、電話をかけに行った男の一人が入ってきた。口があんぐりと開き、顔は雪に濡れて赤い。

「おい！」と彼は呼びかけた。

「はあ？」

「何だ？」

「うちの地方記事編集長の話では、アーロンのやつは刑務所を出ようとしないらしいんだ」

一瞬、そのニュースが意外であるために、みなは黙って目を見張るだけだった。ビッガーは心を奮い立たせ、それが何を意味しているかを理解しようとした。それから、彼が訊きたいと思っていた質問をした男がいた。

「出ようとしない？　どういう意味だ？」

「それがな、あのアーロンって野郎、ミスター・ドルトンが彼の釈放を求めたと聞いて、出ていくのを拒否したそうだ。どうやら誘拐のことを聞いた様子で、それで出たくないと言っているらしい」

「それはやつの犯行だからだ！」とブリテンが言った。「やつが刑務所から出ようとしないのは、出たら尾行され、娘の行方を突き止められてしまうからさ。だろ？　やつは怯《おび》えてるんだ！」

「ほかには？」

「うん、アーロンの野郎、自分が昨夜ここに来なかったことを宣誓証言できる人が十人以上いると言っているらしい」

　ビッガーの体は強張《こわば》り、少しだけ前のめりになった。

「そいつは嘘だ！」とブリテンが言った。「この青年がやつを見ている」

「そうなのかい、君？」

　ビッガーはためらった。罠《わな》があるのではと疑った。しかし、ジャンのアリバイが本当にあるのなら、自分は話をしなければならない。彼らの関心を自分から背けなければならないのだ。

「イエス、サー」

「じゃあ、誰かが嘘をついてるんだな。アーロンの野郎は立証できると言っているが」

「立証なんてクソ食らえ！」とブリテンが言った。「やつはアカの仲間に嘘をつかせるのさ。それだけだ」

「だが、やつが刑務所を出たがらないのはどういうわけだ？」

「やつが言うには、ここにとどまれば、自分が誘拐に関わっているとは誰も言えなくなるってことだ。嘘をついているのはこの青年だとやつは主張している。やつの名前と評判を汚すために、ほかの人たちがこの青年に嘘をつかせているってね。家族は娘の居場所を知っているし、これはアカに対して非難の声をあげさせるための狂言だと言い張っている」

男たちはビッガーのまわりに集まってきた。

「なあ、君、ちょっとは情報をくれよ。あの男は昨晩、本当にここに来たのかい？」

「イエス、サー。確かにあの方は来ました」

「彼に会ったんだね？」

「イエス、サー」

「どこで?」

「あの方とミス・ドルトンとを車でここまでお連れしました。それから私たちはトランクを取りに二階に上がりました」

「それで、彼をここに残して君は帰ったんだね?」

「イエス、サー」

　ビッガーの心臓は激しく鼓動していたが、顔と声に動揺が現われないように努めた。こうした新しい展開に、過度に興奮しているように思われてはいけない。ジャンは本当に昨晩ここに来なかったことを立証できるのだろうか?　その問いを心のなかで考えているとき、誰かの問いかけが耳に入ってきた。

「アーロンはここに昨晩来なかったことを証明するのに、誰を使うんだろう?」

「やつが言うには、昨晩路面電車に乗ったとき、数人の友人に会ったんだそうだ。それから、ミス・ドルトンと二時半に別れてから、パーティに行ったと言っている」

「そのパーティはどこであったんだ?」

「ノースサイドのどこからしい」

「うん、やつの話が本当だとすると、何か怪しいものがあるな」

「いや」とブリテンが言った。「やつは間違いなく仲間に依頼したんだ。このすべてを一緒に計画した連中にな。当たり前さ、連中がやつのアリバイを証明しないわけがあるか？」

「じゃあ、あなたは本当に彼がやったと思ってるんだね？」

「もちろんだよ！」とブリテンは言った。「あのアカどもは何だってするし、固く団結する。やつにアリバイがあって当然さ。ないわけがないだろ？　自分のために働いてくれる仲間がいっぱいいるんだから。やつが刑務所にとどまりたがっているのは、目くらまし以外の何物でもない。でも、それほど賢くはないな。やつはペテンがうまくいき、疑いから逃れられると思っているが、そうはならんよ」

階段のてっぺんのドアが開き、会話は唐突に終わった。ペギーがドアから顔を出した。

「みなさん、コーヒーはいかがですか？」と彼女は訊ねた。

「もちろん！」

「そいつはいい！」

「すぐにお持ちしますね」と彼女は言ってドアを閉めた。

「あれは誰だ？」

「ミセス・ドルトンの料理人で家政婦だよ」とブリテンが言った。

「この件について何か知ってるかな？」

「いいや」

男たちはまたビッガーのほうを向いた。今回はもっと話さなければならないだろう、とビッガーは感じた。ジャンは彼が嘘をついていると主張している。彼としては、記者たちの心の疑惑を拭《ぬぐ》い去らなければならない。しゃべらないでいれば、何か隠し事をしていると思われるだろう。これまでの自分に対する彼らの態度から、自分は疑われていないのが感じ取れる――誘拐に関わっているとは思われていないようだ。彼らから見れば、自分はありふれた無知な黒人にすぎない。重要なのは、彼らの心を別の方向に向けておくことだ。つまりはジャンの方向へ、あるいはジャンの仲間たちの方向へと。

「では」と男の一人が彼に近づいてきて言った。片足をトランクの縁に置いている。

「あのアーロンの野郎は君に共産主義の話をしたのかな？」

「イエス、サー」

「そうだ！」とブリテンが叫んだ。

「何だい？」

「忘れてた！　やつが彼に読めと手渡したものをお見せしよう」

ブリテンははやる気持ちで顔を紅潮させ、立ち上がった。手をポケットに突っ込み、パンフレットの束を取り出して、みなに見えるようにと掲げる。ジャンがビッガーに手渡したものだ。男たちはまたカメラを持ち上げ、パンフレットを写真に撮ろうとフラッシュを焚いた。ビッガーには彼らの激しい息遣いが聞こえ、みな興奮しているのがわかった。写真を撮り終わってから、彼らはまた彼のほうを向いた。

「じゃあ、あの男は酔っ払っていたのかな?」

「イエス、サー」

「娘のほうも?」

「イエス、サー」

「ここに来てから、やつは娘を二階に連れていった?」

「イエス、サー」

「じゃあさ、君、国有化についてはどう思う?　人々が住む家は政府が建てるべきだと思うかな?」

ビッガーは目をパチクリさせた。

「はあ?」

「私有財産についてはどう?」

「私は何も財産を持っていません。ノー、サー」とビッガーは言った。

「おい、こいつはバカだよ。何も知りやしないさ」と一人の男が彼にも聞こえるくらいの囁き声で言った。

みな黙りこんだ。ビッガーは壁に寄りかかり、これで少なくともしばらくはみんな満足してくれることを望んだ。炉の熱風はもはやまったく聞こえなくなった。ドアがまた開き、ペギーが現われた。片方の手にコーヒーポットを持ち、もう片方の手に折り畳み式の小型テーブルを抱えている。男の一人が階段をのぼり、彼女のところまで行ってテーブルを受け取った。彼女がポットを置けるように広げてやる。彼女がポットを置くと、そこからうっすらとした蒸気が立ちのぼっているのが見えた。ビッガーはコーヒーを欲しいと思ったが、白人が飲もうと待っているところで、所望するのはまずいとわかっていた。

「ありがとうございます」とペギーは小声で言い、面識のない男たちの顔を控えめに見渡した。「砂糖とクリームとカップを持ってきますわ」

「じゃあ、君」とブリテンが言った。「ジャンが君に食事をつき合わせた話をしたらどうだろう」

「ああ、ぜひ話してくれ」

「本当なのか？」

「イエス、サー」

「君は一緒に食事したくなかったんだよね？」

「したくなかったです」

「これまでに白人と食事したことはある？」

「ノー、サー」

「このアーロンってやつは白人の女について何か言ったかい？」

「ノー、サー」

「やつとミス・ドルトンと一緒に食事していて、どのように感じた？」

「わかりません、サー。これも仕事ですから」

「それが正しいとは感じなかったんだよね？」

「どうでしょう。とにかく食べろと言われたから、食べました。仕事ですから」

「言い換えれば、君は食べなければ仕事を失うと感じたんだね？」

「イエス、サー」とビッガーは言った――これで、どうしていいかわからずに困っている男と見えるはずだ。

「ひどいもんだ！」と男の一人が言った。「なんて話だ！　わからないか？　黒人たちはほっといてもらいたいのに、あのアカどもは無理やり自分たちと一緒に生活させようとする。そうだろ？　国じゅうの通信社がこの話を配信するよ！」

「ロープとレオポルドの事件よりはましだな」と一人が言った。

「俺はこいつを、白人文明によって煩《わずら》わされたくない原始的な黒人の話として書こう」

「なあ、アーロンは本当に市民権を持っているのか？」

「そいつはいい！」

「それも一つの切り口だな」

「やつの外人っぽい名前も話に出そう」

「やつはユダヤ人か？」

「わからない」

「このままでもいい話だよ。望むものがすべて手に入るってわけにはいかない」

「最高だ！」

「うってつけだな！」

そのとき、ビッガーが気づかないうちに、男たちがまたフラッシュを摑んで彼に向けた。彼はゆっくりと首をうなだれた――カメラを避けようとしていることに気づかれないよう、ゆっくりと。

「ちょっと顔を上げて！」

「まっすぐ立って！」

「こっちを見て！　そんな感じ！」

これで警察は彼の写真をたっぷりと手に入れることができる。彼は苦々しい思いを抱いた。笑みを浮かべてはいたが、唇も目も笑っていなかった。

ペギーが腕いっぱいにカップ、ソーサー、スプーン、クリームと砂糖の容器を抱えて戻ってきた。

「どうぞ、みなさん。ご自由にお取りください」

彼女はビッガーのほうを向いた。

「二階に熱が届いていないわ。灰を掻き出して、火を強めてちょうだい」

「イエス、マム」

灰を片づける！　なんてことだ！　いまはダメ、この男たちがいるあいだはダメだ。彼は壁《かべ》際《ぎわ》に立ったまま動かなかった。ペギーがまた階段をのぼっていき、ドアの向こうへと姿を消すのを見守った。さて、何かしなければならない。ペギーは男たちの前で彼に話しかけたのだから、彼が指示に従わないのは妙に思われるだろう。それに彼らが何も言わなくても、ペギーがすぐにまた戻ってきて、火のことを彼に訊ねるはずだ。そう、何かしなければならない。彼は炉まで歩いていき、扉を開けた。低くなった熾火は真っ赤だったが、顔に当たる熱風の弱さから、暖房としての温かさに欠けることがわかった。自分がメアリーを押し込んだときのように熱くはない。彼はくたびれた脳を必死に働かせようとした。灰を掻き混ぜずに済ますには、どうしたらいいだろう？　彼は身を屈め、下側の扉を開けた。白色や灰色の灰がほとんど下側の火《ひ》格子《ごうし》の高さまでたまっている。これでは空気が通らない。灰だけをふるいにかけて落とせば、男たちが去るまでしのげるのではないか？　試してみよう。彼はハンドルを摑み、それを左右に動かした。白い灰と赤い熾とが炉の底に落ちていく。彼の背後から男たちの話し声と、スプーンがカップに当たる音が聞こえてくる。やれやれ。灰の一部は炉の外に出した。しかし、下側の石炭殻入れが詰まってしまい、やはり空気が通らない。もう少し石炭を入れよう。彼は炉の扉を閉じ、石炭を落とすレバーを引いた。石炭がブリキのシュートを滑って落ちていき、いつもと同じガタガタという大きな音がした。炉のなかは石炭で黒くなった。しかし、熱風はゴーッという音をたてず、石炭は燃え上がらない。ちくしょう！　彼は立ち上がり、為《な》すすべなく炉のなかを覗き込んだ。いますぐこのバカげたことすべてを打ち捨て、ここから脱け出すべきではないか？　ダメだ！　恐れていても役に立たない。あの金を得るチャンスはある。もっと石炭を入れよう。しばらくしたら燃え上がるはずだ。彼はレバーを引き、さらに石炭を入れた。炉のなかで石炭が煙を出し始めたのが見えた。最初はうっすらした白煙が少しだけ立ちのぼったが、やがて煙は黒くなり、膨れ上がっていった。目がひりひりと痛み、涙が出る。咳《せ》きこまずにいられない。

煙はいまや逆巻く灰色の雲となって炉からどんどん溢《あふ》れ出し、地下室じゅうに立ちこめた。ビッガーは肺いっぱいに煙を吸い込み、後じさった。体を折り曲げて咳きこむ。男たちが咳をする音も聞こえてきた。あの灰をどうにかしなければならない、それもすぐに。彼は両手を前に広げ、手探りで部屋の隅へと向かった。シャベルを見つけ、炉の下側の扉を開ける。濃い煙がどっと押し寄せてきて、目も鼻も痛くなった。ちくしょう！

「その灰を何とかしろ！」と男の一人が叫んだ。

「炉に空気が入らないんだ、ビッガー！」これはブリテンの声だ。

「イエス、サー」とビッガーはぼそぼそと言った。

目はほとんど見えなかった。突っ立ったまま、ひりひりと痛む目を閉じる。肺をゼイゼイと喘《あえ》がせ、なんとか煙を吐き出そうとする。シャベルにしがみつく。動きたい、何かしたいと思っていたが、何をしたらいいかわからなかった。

「おい、おまえ！　灰をここから掻き出すんだ！」

「何をしようとしてるんだ？　みんなを窒息させる気か？」

「掻き出します」とビッガーはぼそぼそと言ったが、立っているところから動かなかった。

カップがコンクリートの床に落ちて割れる音がし、男の一人が罵《のの》り声をあげた。

誰かが近づいてくる音がした。それからビッガーの持っているシャベルが誰かに引っ張られた。彼はシャベルをギュッと握った。こいつを手放したくない。手放したら、自分の秘密も、人生も、明け渡すことになる——そう感じていた。

「おい！　シャベルを寄こせ！　て、て、手を貸してやる……」と男が咳きこみながら言った。

「ノー、サー。わ、わ、私がやります」とビッガーは言った。

「お、おい、よ、寄こせ」

彼はシャベルを握っていた指を緩めた。

「イエス、サー」。彼はほかに何と言ったらよいのかわからずに言った。

煙の雲を通して、ガランガランという音が聞こえてきた。その男が石炭殻入れのなかをシャベルでぐるぐる掻き混ぜているのだ。ビッガーは咳きこみ、後じさった。目は火が飛び込んできたかのように熱い。背後では、ほかの男たちが咳をしている。彼は目を開け、何が起きているのか見極めようとした。頭のすぐ上に大きな重りがぶら下がっていて、いまにも落ちてきそうな、そして潰《つぶ》されてしまいそうな気がした。煙が立ち込め、目は燃えるように熱く、胸を喘がせていながら、全身が引きつった。あの男にぶつかっていき、シャベルを取り上げて、それで頭を叩《たた》き割ってやりたい。そして地下室からずらかるのだ。しかし彼はじっとして、人々が何やら喚《わめ》いている声や、シャベルが鉄にぶつかるガタガタという音を聞いていた。あの男は、容器のなかの灰を闇雲《やみくも》に掘り返しているのだろう。できる限り灰を掻き出して、空気が炉格子のなかを、パイプを、煙突を抜け、夜空へと出ていくようにしているのだ。男の叫び声が聞こえてきた。

「ドアを開けろ！　息が苦しい！」

床を走る足音がした。ビッガーは夜の冷気が体に当たるのを感じ、自分が汗で濡れていることに気づいた。何かがともかくも起きてしまい、状況が自分の手に負えなくなっている。彼は緊張しながらもじっとして、事態の新しい展開が何をもたらすかと待ち構えた。煙は彼を通り過ぎ、開いたドアへと抜けていく。部屋の空気は晴れてきた。煙は薄くなり、いまは灰色のとばり程度である。男の唸《うな》り声が聞こえ、彼が身を屈めて容器の灰を掘り返しているのが見えた。男のところに行き、シャベルを返すよう求めたかった。もう私で対処できますから、と言いたい。しかし、彼は動かなかった。状況が手からすり抜けるのを許してしまい、いまとなってはやり直せないように感じていた。そのとき熱風の音が聞こえた。今回は空気を吸い込む長くて低い音。それが次第に大きくなってブーンという音に、続いてゴーッという音に変わった。空気の通り道ができたようだ。

「クソみたいにたくさん灰がたまっていたな」と男が喘ぎながら言った。「おまえ、もっと前に片づけとけよ」

「イエス、サー」とビッガーは小声で言った。

熱風はいまや大きな音をたてていた。空気が完全に通るようになったのだ。

「おまえ、ドアを閉めろ！　寒すぎる！」と男の一人が呼びかけた。

彼はドアまで歩いていき、そのまま外に出てドアを閉め、ここから歩き去ってしまいたかった。しかし、動かなかった。男の一人がドアを閉め、ビッガーは汗まみれの体から冷気が去っていくように感じた。彼はあたりを見回した。赤い目をした男たちはまだテーブルのまわりに立っていて、コーヒーをすすっている。

「どうしたんだ、おまえ？」と男の一人が訊ねた。

「何でもありません」とビッガーは言った。

シャベルを持つ男は炉の前に立ち、床に散らばった灰を見つめていた。何をしてるんだ？　ビッガーは不審に思った。見ていると、男は身を屈め、灰のなかにシャベルを突っ込んでいる。〝こいつは何を見てるんだ？〟ビッガーの筋肉は引きつった。男の横に走っていき、何を見ているのか確かめたい。頭のなかにはメアリーの頭の像が浮かんだ。焼けずに残り、血まみれのまま、男の目に晒《さら》されている像が。突然、男は背筋を伸ばし、またすぐに身を屈めた。自分の目で見ているものが本当かどうか、決められずにいるかのように。ビッガーは前ににじり寄った。彼の肺は空気を入れもせず、出しもせず——彼自身が空気を通さない巨大な炉となっていた。胃に押し寄せる恐怖が、まるで石炭殻入れから立ちのぼる煙の蒸気のように全身に及び、息を詰まらせた。

「おい……」と男は呼びかけた。おずおずとして、疑わしげな声。

「何だ？」とテーブルにいる男が答えた。

「こっちに来い！　見てみろ！」男の声は低く、興奮し、張りつめていた。音量で欠けている分は、その息を詰まらせるような話し方によって、充分以上に補われている。その言葉は、彼の唇から滑らかに流れ出てきた。

男たちはカップを置き、灰の山まで走っていった。男たちが通り過ぎていくとき、ビッガーはどうしていいかわからずにその場にとどまっていた。

「何だ？」

「どうした？」

ビッガーは爪先立《つまさきだ》ちで近づき、男たちの肩越しに見下ろした。自分がどうやって見にいくだけの力を振り絞れたのかわからなかった。ただ、気づくと歩いていて、背筋を伸ばし、男たちの肩越しに見つめていた。見えたのは散らばった灰の山で、それ以外のものは何もない。しかし、何かあるに違いない。でなければ、男たちが見つめているはずがないではないか？

「何だよ？」

「見えるか？　これだ！」

「何だ？」

「見ろ！　これは……」

男の声は尻《しり》すぼみになった。彼はまた屈みこみ、シャベルを奥まで突っ込んだ。ビッガーが見ていると、灰の表面に何かがいくつか現われてきた。白い骨の小さなかけらだ。その瞬間、彼の全身は恐怖の膜に覆《おお》われた。

「これは骨だ……」

「バカな」と男の一人が言った。「ここで燃やしたゴミのかけらだろう……」

「いや！ 待て。あれを見ろ！」

「トゥアマン、こっちに来い。君は医学の勉強をしたよな……」

トゥアマンと呼ばれた男は灰のなかを足で探り、横長の骨を蹴《け》り出した。それはコンクリートの床を数インチ滑った。

「なんてことだ！ これは人の骨だぞ……」

「それにこれだ！ ここにあるのは……」

男の一人がしゃがみ込み、丸い金属製のものを拾い上げて、目の近くに持っていった。

「イヤリングだ……」

部屋は静まり返った。ビッガーは心に何の考えもイメージも浮かばないまま見つめていた。心にあったのは古くからの感情だけ――人生でずっと抱き続けていた感情。自分は黒人であり、まずいことをしてしまった。白人たちはいま見つめているものを証拠として、自分のことをすぐに責め立ててくる。これは古くからの感情――いままた激しく、執拗《しつよう》なものとなった感情――何かを手に取り、両手で握りしめて、人の顔を目がけて振り下ろしたいという思いだ。彼にはわかった。白人たちはいまメアリーの遺体の骨を見つめている。頭のなかではっきりとした像は結ばなかったが、どうしてこうなったかは理解できた。骨の一部が燃えず、彼が灰をふるいにかけようとハンドルを動かしたときに、下側の容器に落ちたのだろう。あの白人の男がシャベルを突っ込んで空気の通る道を作ろうとし、骨を掻き出してしまったのだ。こうして、小さな細長い白い骨のかけらがいくつも、灰色の灰に覆われて、人目に晒されている。ここにとどまるわけにはいかない。すぐにでも彼らは自分を疑い始めるだろう。彼を連行し、彼の仕業かどうかはっきりしなくても、絶対に拘束し続けるはずだ。それにジャンはまだ刑務所にいて、自分にはアリバイがあると主張している。メアリーが死んだことはじきにばれる。彼女の遺体の白い骨が現われてしまったのだから。やつらは殺人犯を探すだろう。男たちは身を屈め、黙りこみ、灰色の灰の山をつついていた。斧《おの》の刃がビッガーの目に入った。まずい！　全世界が崩れ落ちてきた。男たちの曲がった背中に急いで目を走らせる。彼らはこちらを見ていない。炎の赤い光が彼らの顔を照らし、炉の熱風が大きな音をたてている。そうだ、逃げよう、いま！　彼は爪先立ちで炉の裏に回り、立ち止まって耳を澄ませた。男たちは恐怖に張りつめた声で囁《ささや》き合っている。

「これは娘だ！」

「なんということだ！」

「誰がやったと思う？」

　ビッガーは爪先立ちで階段を一段ずつのぼっていった。足下で軋《きし》る音がしたが、炉の音や男たちの声、シャベルでこする音などによって、掻き消されてほしいと願った。階段のてっぺんに着き、深く息を吸う。長いこと空気をいっぱいにため込みすぎたので肺が痛い。彼は部屋のドアまで忍び足で歩き、ドアを開けてなかに入ると、灯りを点《つ》けた。窓に向かい、窓枠の下を両手で持って引き上げる。雪の充満する冷気が飛び込んでくる。下からはくぐもった叫び声が聞こえ、彼の胃のなかは白い光を発するほどに熱くなった。ドアまで走っていき、鍵をかけると、灯りを消す。手探りで窓まで行き、窓台によじのぼった。雪混じりの凍るような突風をまた感じる。両足を台に載せたまま両膝《りょうひざ》を曲げ、汗まみれの体が風で震えている状態で、彼は雪のなかに目を凝らした。下の地面を見極めようとするが、できない。それから真っ逆さまに飛び降りた。冷気のなか、勢いで体がよじれるように感じる。雪を突っ切っていくうちに体の向きが変わり、彼は目を閉じ、両手を拳《こぶし》に握りしめた。宙を落ちていき地面にぶつかる。最初は柔らかく着地したように感じたが、それから衝撃が背中から頭へと走った。目がくらくらし、彼は冷たい雪の吹きだまりに埋もれたまま横たわった。雪が口に、目に、耳に入り、背中にも染《し》み込んでくる。手は濡《ぬ》れて、冷たい。続いて全身の筋肉が反射作用で痙攣《けいれん》し、激しく収縮した。同時に、股《また》が温かい水に浸されるのを感じる。自分の尿だ。熱い体の筋肉が湿った冷たい雪を皮膚全体に浴び、抑えられなくなったのである。彼は頭を持ち上げ、目をパチクリさせた。それから上を見た。くしゃみをする。ようやく自分を取り戻した。雪と格闘し、体から雪を押しのけようとする。片足ずつ立ち上がり、吹きだまりの外に出る。歩き始め、それから走ろうとしたが、体に力が入らない。ドレクセル・ブールヴァードを進んでいく。自分がどこに向かっているかわかっていなかったが、この白人地帯から逃れなければならないとはわかっていた。路面電車の線路を避け、暗い道へと入っていく。歩く速度をいっそう早め、目は前方に向けながらも、ときどき背後を振り返る。

そうだ、あの家に行くなとベッシーに言わなければならない。すべては終わった。自分を救い出さなければならないのだ。しかし、これはいつものことだった、このように逃げていくのは。ずっと前から、遅かれ早かれ、このようなことが自分の身に起こるとわかっていた。そして、ついに起きた。自分はこの白人の世界の外にいるのだと感じていたし、いまそれが本当のこととなった。こうなれば話は簡単だ。彼はシャツのなかを探った。うん、銃はまだそこにある。これを使わなければならないかもしれない。やつらに捕まるくらいだったら、やつらを撃つ。どちらにしても死ぬことになるのだから、手持ちの銃弾はすべて撃って死んでやる。

コテージグローヴ・アヴェニューにたどり着き、南へと向かった。ベッシーのところに行き、あの金を取り戻すまで、何も計画は立てられない。彼は捕まるという恐怖を心から締め出そうとした。吹きつける雪に向かって頭を低くし、拳を握りしめ、氷のように冷たい道を重い足取りで歩く。手は凍りつきそうだったが、ポケットに突っ込みたくはなかった。それをしてしまうと、警官に突然呼び止められたとき、すぐに自分を守ることができないように感じられたのだ。ぶ厚い雪をかぶった街灯を次々に通り過ぎていく。頭上で輝いている街灯は、霜で覆われた巨大な月のようだ。氷点下の冷気に顔が痛くなり、風は彼の濡れた体のなかにまで鋭く長いナイフのように切り込んできて、痛みが心臓まで達している。

47番通りが見えるところまで来た。ガーゼのような雪のカーテン越しに、日よけの下に立っている少年の姿が見える。新聞を売っているのだ。彼は帽子のバイザーを下げ、玄関口にそっと入って、路面電車を待った。新聞少年の後ろには、台の上に高く積まれた新聞の山がある。彼はその大きな黒い見出しを見たかったが、吹きすさぶ雪のせいでそれは無理だった。新聞は彼の話でいっぱいに違いない。そうなっていても、おかしなこととは思えなかった。生まれてこの方、ずっと新聞沙汰《ざた》になって当然のことが自分に起きてきたように感じていたのだ。ただ、自分が何年も前から抱いていた感情に従って行動して初めて、新聞がその話を載せるようになった。彼の話を。それが心のなかに埋もれ、そこで燃えているだけだと、やつらは新聞に載せたがらなかった——そう彼は感じた。しかし、いま俺はそれを外に放り出した。俺をやつらの望むように生きさせようとしてきた連中に向かって投げつけた。そうしたら、新聞は記事として載せている。彼はポケットから三セントを引っ張り出し、顔を背けつつ新聞少年のところに歩いていった。

「『トリビューン』を」

彼は新聞を持って玄関口に戻った。新聞を広げつつ、その上から街路を見渡す。それから大きな黒い活字を読んでいった。百万長者の娘、誘拐される。犯人は脅迫状で一万ドルを要求。ドルトン家は被疑者である共産主義者の釈放を求める。うん、やつらは記事にした。もうすぐ娘の死を報道するだろう。記者たちが暖房炉のなかに彼女の骨を発見したこと、彼女は首を切られており、彼がその騒ぎのなかで逃げたことも。電車が近づいて来る音がしたので彼は顔を上げた。だんだんとその姿が見えてくる。ほとんど乗客はいない。よし！　彼は街路に走り出て、最後の客がちょうど乗ったときに、ステップに足をかけた。料金を払い、車掌が彼に注目していないかどうか目を凝らす。それから車内を前に進みながら、自分のほうに顔を向ける者がいないかどうか確かめる。運転手の後ろの乗降口に陣取る。何か起きたら、ここからすぐに逃げられるはずだ。電車が動き出し、彼はまた新聞を広げて読んだ。

　昨日の夜早い時間に、家政婦がぞんざいな字で書かれた脅迫状を発見した。それには、行方不明になっているシカゴの富豪の娘、メアリー・ドルトンを返してほしければ一万ドルを支払えという要求があった。また、ドルトン家は、この女性の失踪《しっそう》との関連で拘留されていた共産党の指導者、ジャン・アーロンの釈放を求めた。市と州の警察を悩ませていた事件は、この二つの驚くべき出来事によって大きく進展した。

脅迫状には「アカ」という署名があり、共産党の有名な記章であるハンマーと鎌《かま》が描かれていた。この手紙は正面玄関のドアの下から差し込まれ、ハイドパークのヘンリー・ドルトン邸の料理人兼家政婦、ペギー・オフラハティによって発見された。

ビッガーは活字の長い連なりを読み進んだ。そこには、黒人の運転手を尋問、半分しか荷造りされていないトランク、共産党のパンフレット、酔っ払って淫《みだ》らな乱痴気騒ぎ、半狂乱の両親、共産主義者の矛盾する供述などと書かれていた。ビッガーの目は言葉を拾っていく。密会が誘拐の絶好のチャンスとなった、警察はこの事件に介入しないよう求められた、心配する家族は誘拐犯と接触しようとしている。さらに——

家族はアーロンがミス・ドルトンの行方を知っているという情報を得たのではないか、との憶測がある。複数の警察官は、家族がアーロンの釈放を求める動機はこれではないかと考えている。

アーロン自身は警察が自分をはめたのだ、これは共産主義者をシカゴから追い出そうという目論見《もくろみ》の一部なのだと繰り返し、自分が最初に拘留された理由を明らかにするよう求めている。満足できる答えを得られなかった彼は、刑務所を去ることを拒み、それに対して警察は、治安紊乱《びんらん》の容疑で再び彼を収監した。

ビッガーは目を上げてあたりを見回した。彼を見ている者は一人もいない。手が興奮で震えている。電車は雪のなかをガタガタと進んでいった。気づくと、50番通りに近づいている。彼はドアに進み出た。

「降ります」

　電車が停まり、彼は吹きつける雪のなかに勢いよく降りた。ほとんどベッシーの家の前だ。彼女の部屋の窓を見上げる。灯りは点いていない。あいつは部屋を留守にして、外で友達と酒を飲んでるんじゃないか。そう考えると腹が立った。玄関口に入ると、ほのかな灯りがともっていた。わずかばかりの温かさだが、それでも彼の体にはありがたい。ここで読み終えるとしよう。新聞を広げると、初めて自分の写真が目に入ってきた。二ページ目の下段の左側。その上にはこうある。**アカたちにはめられそうになった男**。小さな写真で、その下には彼の名前が書かれている。厳粛そうな、黒い顔の男。目はまっすぐ前を見つめており、右肩には白い猫が載っている。猫の黒くて大きな丸い目は、秘密の罪悪感をたたえる二つの池だ。そして、ああ！　地下室の階段に立つドルトン夫妻の写真がある。ほんの二時間前に見たのと同じ夫妻の姿をすぐまた見ることになるなんて。それを目の当《ま》たりにして、こんなに物事を速く進めることができる茫漠《ぼうばく》とした白人世界全体が、とても太刀打ちできないものだと感じられた。やつらはすぐに俺を見つけ出し、ひどい目にあわせるだろう。白髪の老いた男と白髪の老いた女の写真、その訴えかけるように腕を前に差し出して階段に立っている姿は、どうしようもない苦しみを表わす強烈なシンボルだ。黒人がメアリーを殺したとわかれば、犯人に対する激しい憎《ぞう》悪《お》を掻《か》き立てることだろう。

ビッガーの唇は引きつった。こうなると、あの金を得るチャンスはまったくない。遺体が見つかった以上、彼らは何が何でもメアリーの殺害者を捕まえようとするだろう。サウスサイドに千人もの白人の警察官が集結し、彼を、あるいは彼に似た黒人の男を、見つけ出そうとするはずだ。

彼はベルを押し、ブザーが鳴るのを待った。ベッシーは部屋にいるんだろうか？　もう一度ベルを鳴らす。指を強く押しつけたままにしていると、ようやくドアがブーッと鳴った。彼は跳ねるように階段をのぼっていった。膝を上げるごとに息を強く吸い込む。二番目の踊り場に着いたときには息切れがひどく、立ち止まらずにいられなかった。目を閉じ、胸を大きく膨らませて呼吸を止める。それから顔を上げると、ベッシーが半分だけドアを開け、眠そうな目で彼を見つめていた。彼はなかに入り、暗闇《くらやみ》のなかでしばらく突っ立っていた。

「灯りを点けろ」と彼は言った。

「ビッガー！　何があったの？」

「灯りを点けろ！」

彼女は何も言わず、動きもしなかった。彼は手のひらを開いてあたりを探りつつ、奥へと進んでいった。電灯のコードを見つけ、引っ張って灯りを点ける。それから振り返り、部屋の隅に潜んでいる者はいないかと、周囲を見回した。

「何があったの？」ベッシーが近づいてきて、彼の服に触った。「あなた、濡れてるわ」

「終わったよ」と彼は言った。

「あれはやらなくていいの？」と彼女は期待を込めて訊《たず》ねた。

そうだ、こいつは自分のことしか考えていない。俺は一人ぼっちだ。

「ビッガー、教えてよ。何があったの？」

「すべてばれたんだ。やつらはすぐに俺を追ってくる」

彼女の目は恐怖でいっぱいになり、泣くこともできなかった。彼は意味もなく歩き回り、靴が泥水の輪を板張りの床に残していった。

「教えてよ、ビッガー！　お願い！」

こいつはこの悪夢から自分を解き放つ言葉を欲しがっている。だが、そいつを与えるわけにはいかない。ダメだ。こいつを道連れにする。誰かを道連れにしなければならない。彼はコートを摑《つか》まれ、彼女の体が震えているのを感じた。

「あたしも追われるのかしら、ビッガー？　あんなことやりたくなかったのに！」

そうだ、こいつに話してやろう。すべてを話す。しかし、こいつが俺から離れられなくなるように話してやる。少なくとも、もうしばらくのあいだは。いま一人きりになりたくはない。

「娘が見つかったんだ」と彼は言った。

「あたしたち、どうするの、ビッガー？　あたしをこんなことに巻き込んで……」

彼女は泣き始めた。

「おい、よせよ」

「あなた、本当に殺したの？」

「死んだんだ」と彼は言った。「そして遺体が見つかった」

ベッシーはベッドに走っていき、倒れ込んですすり泣いた。口を歪《ゆが》め、目を涙で濡らし、喘ぎながら訊ねる。

「て、て、手紙は送らなかったの？」

「送ったさ」

「ビッガー」。彼女は小さな泣き声を立てている。

「もうどうしようもない」

「ああ、神様！　あたしも追われるわ。あなたがやったってわかれば、あいつらはあなたの家に行って、お母さんや弟やみんなと話す。そうしたら絶対にあたしのところに来るわ」

そのとおりだ。この女は俺と一緒に逃げるしかない。ここに残ったら、やつらが捕まえに来ても、こいつはベッドに寝ているだけだ。泣きながらすべてをしゃべってしまうだろう。黙っていろと言っても無理な話だ。そしてこいつが俺についてしゃべれば、俺の習慣やら生活やらについてしゃべれば、俺は追跡されやすくなる。

「あの金あるか？」

「服のポケットに入ってるわ」

「いくらだ？」

「九十ドル」

「それで、何をしようって考えてる？」と彼は訊ねた。

「自殺したいわ」

「そんな話し方しても意味がない」

「ほかの話し方なんてできないわよ」

これは無謀な賭《か》けだったが、彼は試してみることにした。

「もう少しましな振る舞いができないなら、俺は出ていくぞ」

「ダメよ、ダメ……ビッガー！」彼女は叫び、立ち上がって駆け寄ってきた。

「なあ、落ち着け」と彼は言い、椅子《いす》のあるところまで後じさりした。腰を下ろし、自分がいかに疲れていたかを実感する。自分にあるとは思っていなかった力によって、彼は逃げることができた。ここにたどり着き、彼女と話している。しかしいまは、たとえ警察が突然部屋に押し入ってきても、逃げるだけの力がないように感じた。

「あなた、け、怪我《けが》してるの？」と彼女は彼の肩を摑んで訊ねた。

彼は椅子に座ったまま屈《かが》みこみ、手のひらに顔を載せた。

「ビッガー、どうしたの？」

「疲れた。すごく眠い」と言って彼は溜《た》め息をついた。

「何か食べるものを作るわね」

「酒が欲しい」

「ダメよ、ウィスキーはやめて。温かい牛乳がいいわ」

彼は彼女が動き回る音を聞きながら待った。自分の体が鉛のかたまりになってしまったような気がした。冷たくて重く、濡れていて痛い。ベッシーは電気コンロのスイッチを入れ、瓶の牛乳を鍋《なべ》に空けて、赤く光る円の上に置いた。それから彼のところに戻ってきて、両手を彼の肩に載せた。目は新たな涙で濡れている。

「怖いわ、ビッガー」

「いま怖がっていられねえよ」

「殺しちゃいけなかったのよ、ハニー」

「殺すつもりはなかったんだ。どうしようもなかったんだ。本当だ！」

「何があったの？　話してくれてないじゃない」

「ああ、クソ。俺は娘の部屋にいて……」

「娘の部屋に？」

「ああ。あいつは酔っ払っていて、意識を失った。俺は……あいつを部屋に連れていって」

「彼女は何をしたの？」

「あいつは……何も。何もしなかったよ。母親が入ってきて、目が不自由なんで……」

「娘が？」

「いや、母親のほうだ。俺がそこにいるってことを母親に知られたくなかった。それで、娘が何か言おうとして、俺は怖くなった。だから枕《まくら》を娘の口に押しつけたんだ……殺すつもりはなかった。ただ、枕を娘の顔にかぶせていたら、娘は死んでしまった。母親が部屋に入ってきて、娘が何か言おうとして、母親は手をこんなふうに広げていて。わかるか？　俺は母親に触られるんじゃないかって、怖くなった。だから娘の顔に枕をちょっと強く押しつけたんだ、叫ばれないように。母親は俺に触りはしなかった。何とか避《よ》けたからな。でも、母親が出て行って、俺がベッドを見ると、娘が……娘が……死んでたんだ……それがすべてさ。死んでいた……殺すつもりはなかった……」

「殺す計画ではなかったのね？」

「ああ、誓うよ。でも、それに意味があるか？　誰も俺の言うことなんか信じないさ」

「ハニー、わからない？」

「何が？」

「あいつらは……」

ベッシーはまた泣き始め、彼は両手で彼女の顔を摑んだ。不安になった。この瞬間、すべてを彼女の目から見てみたかった。

「何だよ？」

「あいつらは……あいつらは、あなたが娘をレイプしたって言うわ」

ビッガーは目を丸くした。メアリーを担《かつ》いで階段をのぼったときのことをすっかり忘れていたのだ。内面の奥深くにそれを押し込んでいたので、いまになるまで、その真の意味が甦《よみがえ》っていなかった。あいつらは彼が娘をレイプしたと言う。そして自分には、やっていないと証明する手立てなどない。いまになってようやく、この事実が重要性を帯びて目の前に迫ってきた。彼は顎《あご》を強張《こわば》らせて立ち上がった。俺は娘をレイプしたのか？　そうだ、俺は娘をレイプした。あの晩に感じたように感じたときは、いつでもレイプしていたのだ。ただし、レイプとは女性に対してすることではない。レイプとは、自分が壁際に追い詰められ、反撃するしかないときに抱く感情のこと。反撃したいかどうかは別にして、やつらに殺されないようにするためには、反撃するしかない場合のことだ。俺は白人の顔を見つめるたびにレイプしてきた。長く張りつめたゴム輪のようなもので、白人の千もの手によって引っ張られ、パチンと弾《はじ》ける寸前まで来ていた。それが本当に弾けるときにレイプになる。しかし、毎日毎日、緊張した生活を強いられ、心の奥深くにある憎しみに駆られて叫ぶときも、レイプだ。それもまたレイプなのだ。

「娘は見つかったの？」とベッシーは訊ねた。

「うん？」

「娘は見つかったの？」

「ああ。骨がな……」

「骨？」

「ああ、ベッシー、俺はどうしていいのかわからなかった。だから暖房炉に娘を押し込んだんだ」

ベッシーは彼の濡れたコートに顔を押しつけ、激しく泣いた。

「ビッガー！」

「うん？」

「あたしたち、どうするの？」

「わからねえ」

「やつらに追われるわ」

「やつらは俺の写真を持ってる」

「どこに隠れられる？」

「しばらく古い家のどこかに潜んでいられるだろう」

「でも、そのうち見つかるわ」

「そういう家はたくさんある。ジャングルに隠れるようなもんさ」

コンロに置かれた牛乳が沸いた。ベッシーは立ち上がり、電気のスイッチを切った。彼女の唇は泣いたためにまだ歪んでいる。牛乳をグラスに注ぎ、彼のところに持ってくる。彼はゆっくりとすすり、グラスを脇《わき》に置いて、また屈みこんだ。沈黙。ベッシーはもう一度グラスに牛乳を注ぎ、ビッガーはそれを飲んだ。さらにもう一杯。それから立ち上がったが、脚も全身も重く、眠たく感じられた。

「服を着ろ。あの毛布と掛け布団《ぶとん》も持っていくぞ。ここから出なきゃいかん」

ベッシーはベッドに行き、布団を丸め、枕もそれと一緒に巻き込んだ。ビッガーはその作業をしている彼女のところに行き、両手を彼女の肩に置いた。

「酒はどこだ？」

ベッシーはハンドバッグから瓶を取り出し、彼に手渡した。彼はひと口ゆっくりと飲み、それを彼女がハンドバッグに戻した。

「急げ」と彼は言った。

彼女は静かに泣きながら作業していた。ときどき手を止めて、目の涙を拭《ぬぐ》う。ビッガーは床の真ん中に立ち、考えた。たぶんやつらは家を捜査しているだろう。母さんやヴエラ、バディと話しているに違いない。窓まで歩いていき、カーテンをさっと引いて、外を見る。街路は真っ白で誰もいない。振り返ると、ベッシーは寝具の山の上に屈みこみ、まったく動かないでいる。

「おい、ここを出てかなきゃいけないんだぞ」

「もう何があってもいいわ」

「何言ってる。そんなことをしている場合じゃない」

この女をどうしたらいい？　こいつは危険な重荷になる。こういうふうに振る舞うのだったら、連れていくなんてあり得ない。しかし、ここに置いていくわけにもいかない。頭では、こうしたことが冷淡にわかっていた。連れていかざるを得ないが、どこかの段階で彼女とのことを清算しなければならない。それも、自分を危険に晒さないように清算する。彼は落ち着いて考えていた。まるでその決意が、自分のではない論理によってもたらされたかのように——彼にはどうしようもなく、ただ従わざるを得ない論理によって。

「おまえ、ここに置いていかれたいのか？」

「いや、いやよ……ビッガー！」

「じゃあ、急げ。帽子とコートを身につけろ」

ベッシーは彼に向き合っていたが、それから膝に崩れ落ちた。

「ああ、神様」と彼女は呻《うめ》き声をあげた。「逃げてどうなるの？　どこに行ってもやつらに捕まるわ。こうなるってわかってたはずよ」。彼女は胸元で両手を握り合わせ、体を前後に揺らした。溢れ出る涙を堰《せ》き止めるように目をつぶっている。「生まれてからずっと、辛《つら》いことばかり。飢えてなきゃ病気だし、病気じゃなきゃ、厄介事に巻き込まれて。誰にも迷惑をかけずに生きてきたのに。ただ、覚えている限り、毎日必死に働いて、立っていられないくらいに疲れて。それを忘れるために酔っ払い、眠るために酔っ払って。そんなことしかしてこなかった。それでいまこういう目にあってる。やつらに追われ、見つかったら、殺されてしまう」。彼女は床まで頭を垂れた。「あなたにこんなふうに扱われるなんて、どうしてそんなことをさせてしまったのか。あなたに出会わない運命を神様にお願いしたいわ。どちらかが生まれる前にどちらかが死ねばよかった。本当にそうあってほしかった！　あなたがあたしにもたらしたのは厄介事ばかり、真っ黒な厄介事ばかりよ。知り合ってからあなたがしたことと言えば、あたしを酔っ払わせて、それであたしを抱くだけ。それだけ！　ようやくわかったわ。いまは酔っ払ってないから。あなたがあたしにしたこと、すべてがわかる。前はわかりたくなかったのよ。

あなたと一緒にいるとどれだけ気持ちがいいか、そればかり考えて。自分は幸せなんだと思ってた。でも、心の奥底では、そうじゃないのもわかってたわ。今度は人殺しにまで巻き込まれて、ようやく見えるようになったの。あたしがバカだった。目も耳も不自由な、酔っ払いのバカな黒人女。いまは逃げなくちゃいけなくて、あなたが心の奥底では、どうでもいいって思ってることもわかってる」

彼女は喉《のど》を詰まらせて黙りこんだ。ビッガーのほうは彼女の言っていることに注意を払っていなかった。その言葉を耳にして彼の意識に甦ったのは、ずっと前から知っている彼女の人生のたくさんの細部だった。そしてそれによって、いまの彼女が一緒に連れていける状態ではないこと、と同時に、ここに置いておける状態ではないことも思い知らされた。怒りや後悔の気持ちでこうしたことを考えたのではない。自分自身を救うために何をしたらよいかを知り、それを絶対にすると決意した男として、そう考えたのだった。

「来いよ、ベッシー。ぐずぐずしているわけにはいかない」

彼は屈みこみ、片手で彼女の腕を摑むと、もう片方で寝具の束を持ち上げた。彼女を引きずるように外に出て、ドアを引いて閉める。それから階段を下りていく。彼女は泣きじゃくり、つまずきながらついてくる。玄関口に着くと、彼は銃をシャツのなかから取り出し、コートのポケットに入れた。いつこれを使うことになるかわからない。ドアから外に出た瞬間、自分の命は自分で守らなければならなくなる。これからは何が起きても自分次第だ。そして、そのように感じたとき、恐怖の一部は消えた。物事はまた単純になった。ドアを開けると、冷たい突風が顔に吹きつけてくる。彼は一歩下がり、ベッシーのほうを向いた。

「酒はどこだ？」

彼女はハンドバッグを差し出した。ビッガーは瓶を出し、ひと口深く飲み込んだ。

「さあ」と彼は言った。「おまえも飲めよ」

彼女も飲み、瓶をハンドバッグに戻した。二人は雪のなかへ、凍りついた道の上へと踏み出した。吹きすさぶ風に向かって歩いていく。一度、彼女が立ち止まって泣き始めたが、ビッガーが彼女の腕を摑んだ。

「黙れ！ 来るんだ！」

二人は雪をかぶった背の高いビルの前で立ち止まった。たくさんの窓はどれも真っ黒で、空っぽの頭蓋骨《ずがいこつ》の眼窩《がんか》が見下ろしているように見える。ビッガーは彼女からハンドバッグをひったくり、懐中電灯を取り出した。彼女の腕を摑み、引っ張って正面玄関への踏み段をのぼっていく。ドアは半分開いている。そこに肩をつけ、強く押すと、ドアはしかたなさそうに彼の力に屈した。なかは真っ暗で、懐中電灯の弱い光ではよく見えない。鋭い腐臭が漂ってきたかと思うと、床板の上を勢いよく走る乾いた足音が聞こえてきた。ベッシーは息を深く吸い込み、いまにも叫びそうになる。しかしビッガーが腕を強く摑んだので、彼女は体を半分ほど曲げ、呻き声をあげる。階段をのぼっていくと、しばしば彼の耳にかすかな軋る音が聞こえてきた。風で木がしなるような音だ。片手で彼女の手首を摑み、丸めた寝具を腋《わき》の下に抱え、もう片方の手で薄膜のような蜘蛛《くも》の巣を払いながら進む。蜘蛛の巣は唇や目に何重にもへばりついてくる。三階までのぼり、窓のある部屋に入る。窓の向こうは狭い通風孔だ。古い材木のにおいがする。彼は懐中電灯の光を回すように照らし、部屋の様子を探った。床は黒い泥がこびりついていて、隅には煉瓦《れんが》が二つ転がっている。ベッシーを見ると、彼女は両手で顔を覆っていた。その黒い指のあいだから涙が溢《あふ》れ出ているのが見える。彼は丸めた寝具を置いた。

「こいつを床に広げろ」

彼女は従った。ビッガーは窓の近くに枕を二つ置いた。こうすれば、横になったとき、頭のすぐ上に窓が見えるようになる。寒さのあまり、歯がカチカチと鳴った。ベッシーは壁際《かべぎわ》に突っ立ち、壁に寄りかかって泣いている。

「落ち着けよ」と彼は言った。

彼は窓を持ち上げ、通風孔を見上げた。雪は家の屋根の上で舞っている。下を見ると、真っ黒な闇以外には何も見えない。その闇のなかに白い薄片が空から漂ってきて、懐中電灯のぼんやりした光に照らされ、ゆっくりと落ちていく。彼は窓を下げ、ベッシーのほうに向きなおった。彼女は微動だにしていない。彼は床を歩いていき、彼女のハンドバッグを取り上げると、半分ほど減ったウィスキーをそこから出して飲んだ。こいつはいい。胃のなかで燃え上がり、寒さと外の風の音から心を逸《そ》らしてくれる。広げた寝具の縁に座り、煙草《たばこ》に火を点ける。煙草を吸うのは久しぶりだ。熱い煙を肺のなかに深く吸い込み、ゆっくりと吐き出す。ウィスキーのおかげで全身が温まり、頭がくらくらした。ベッシーは静かに、悲しげに泣いている。

「おい、横になれよ」と彼は言った。

彼はコートのポケットから銃を取り出し、手の届くところに置いた。

「おい、ベッシー。そんなところに立っていたら凍えるぞ」

彼は立ち上がり、コートを脱いで毛布の上に広げ、掛け布団の足しにした。それから懐中電灯のスイッチを切った。ウィスキーのおかげで心が落ち着き、感覚が麻痺《まひ》している。ベッシーがすすり泣く小さな声が冷気を通して聞こえてくる。彼は煙草を最後に大きく吸い込み、揉《も》み消した。ベッシーの靴が床板を踏んで軋らせている。彼は黙って横になった。アルコールによる温かさが体じゅうに広がっていくのが感じられる。しかし内面は張りつめていた。不自然な姿勢を保つように長いこと強制され、それからリラックスしてよいと言われたのに、もうできなくなったかのようだ。欲望によって張りつめてもいたが、ベッシーが部屋のなかで突っ立っているのがわかっている以上、それを心から締め出していた。ベッシーは不安に駆られているのだから、そういうふうに自分の心を彼女に向けるのはまずい。これまで彼のなかの一部分は、まわりから期待されていることに少なくとも表向きは合わせてきた。その一部分が、いまは体が求めていることを意識させないようにしていたのである。ベッシーの服が闇のなかでカサカサ鳴り、彼女がコートを脱いでいるのだとわかった。すぐに俺の隣りに横たわるだろう。彼はそれを待った。しばらくして、彼女の指が軽く顔をかすめたのを感じた。寝具を探しているのだ。彼は手を伸ばし、手探りして、彼女の腕を見つけた。

「さあ、横になれ」

　掛け布団を持ち上げてやる。彼女は彼の横に滑り込み、体を伸ばした。女がすぐ近くにいることで、ウィスキーに酔った頭がさらにくらくらし、体の緊張が募る。突風が窓ガラスをガタガタと揺らし、古いビルはギーギーと音をたてた。危険に晒されていると知りながら、体が温まってきて、心地よくなってくる。このビルは、自分が眠っているあいだに崩れてくるかもしれない。しかし、ほかのどこにいても、警察に捕まってしまうだろう。彼は指をベッシーの肩に載せた。彼女の体から次第に強張りが消えつつある。それが消えるにつれ、彼の体の緊張は高まり、血が熱くなった。

「寒いか?」と彼は穏やかな囁き声で訊ねた。

「うん」と彼女も小声で言う。

「近くに来いよ」

「自分がこんなふうになるとは思わなかったわ」

「ずっとこのままってわけじゃないさ」

「いますぐ死んでしまいたい」

「そんなこと言うな」

「体じゅう冷たいのよ。二度と温かくなれない気がするわ」

ビッガーが彼女を引き寄せると、彼女の息が顔にまともに当たるようになった。風が窓ガラスとビルに吹きつけ、憐《あわ》れっぽい音をたてる。やがて音は囁き声程度になり、静まった。彼は仰向けから横向きに姿勢を変え、彼女と面と向き合う形になった。キスをすると、彼女の唇は冷たかった。そのままキスを続けると、彼女の唇は温かく、柔らかくなってきた。欲望が大きな温かい棒となって彼のなかで盛り上がり、執拗《しつよう》に責め立てる。彼は彼女の肩から手を下ろしていき、乳房に触れた。片方に触れ、続いてもう片方に触れる。逆側の腕を彼女の頭の下に差し入れ、もう一度、今度は長く激しいキスをした。

「お願いよ、ビッガー……」

離れようとするベッシーを彼はしっかりと抱きしめた。彼女はしくしく泣きながら横になっている。溜め息が聞こえてきた――彼の知っている溜め息の音。何度も聞いてきたのだが、このときはよく知っているものの奥深くに、別の溜め息も聞こえた。諦念《ていねん》の溜め息。自分の体だけでなく、それ以上のものを諦《あきら》め、明け渡すという溜め息。彼女は彼の曲げた腕に頭をぐったりと預けている。彼はその服の縁に手を伸ばし、指で挟むと、ゆっくりと持ち上げていった。冷たい指が彼女の温かい体に触れ、さらに温かく、柔らかい部分を求めていく。ベッシーは抵抗も反応もせず、じっとしている。氷のような指がさらに内側に触れ、彼女はその瞬間に声を発した。言葉ではなく、恐怖を受け入れたことを意味する音。息が肺から長く柔らかい喘《あえ》ぎ声となって出てくると、それが哀願の囁き声となった。

「ビッガー……やめて！」

彼女の声は遠く離れた深い沈黙のなかから彼のところに届き、それを彼はまったく気にかけなかった。張りつめた自分の体のやかましい主張が声となって、彼女の声を掻き消したのだ。部屋の冷たい闇のなか、彼は回転する巨大な車輪に乗っているかのようで、車輪がもっと速く回転することを願わずにいられなかった。速く回転することで温《ぬく》もりと眠りを手に入れ、張りつめた疲労が取り除かれるように思えた。彼の意識にあるのは彼女だけ、そして自分が求めているものだけ。寒さを無視し、掛け布団をパッとはねのける——自分がそれをしているとも知らず。ベッシーは両手を彼の胸に当て、指を抵抗するように広げて、彼を押しとどめた。彼女の静かな呻き声が聞こえてくる。息を吸うときも吐くときも、途切れることがないように思える声——彼の耳には遠くから聞こえてくる声にすぎず、心にはまったく届かない。いまやらなければならないのだ。そうだ、ベッシー。欲望が手に熱く剝《む》き出しに現われ、その指で彼女を触れていく。そうだ、ベッシー。いまだ。いまやらなければ。〝いやよ、ビッガー、いや〟。彼は気の毒に感じたが、それでもやらなければならなかった。俺は。俺はこれを抑えられない。抑えられない。悪いが。抑えられない。悪いが。抑えられない。悪いが。いまは抑えられない。おまえはしなければならない。見ろ！　おまえはどうしてもどうしても見なければならない。俺がどういう状態かを見なければ。俺が。俺の状態が。おまえがどう感じるかに関して申し訳なく感じていても、いまこれを抑えることはできない。感じていても。〝ベッシー〟。いまだ。すべて。彼女の重い息遣いが聞こえ、自分も息を重く吸ったり吐いたりしているのが聞こえてくる。〝ビッガー〟。いまだ。すべて。すべて。いま。すべて。〝ビッガー〟……。

彼はじっと横たわっていた。飢えと緊張がなくなったように感じられる。自分と彼女の息遣いの音を圧倒して、夜風のむせび泣く声が聞こえてくる。彼は彼女から離れて仰向けになり、脚を大きく広げた。緊張が次第に消えていくように感じられる。重く、せわしなく息をしていたのが次第に静まってきて、やがてその音が聞こえなくなった。そして緩やかな安定した呼吸になると、もはや呼吸を意識することもまったくなくなる。

彼は少しも眠くはなく、ただ隣りにベッシーがいることを意識しつつ、横になっていた。闇のなかで顔を彼女のほうに向ける。その吐息がゆっくりと自分のほうに漂ってくる。眠っているのだろうか、と彼は考えた。自分はここに寝そべり、彼女が眠りに就くのを待っているのだ。そのことに心の奥深くで気づいていた。これから踏み込んでいく場にベッシーの役割はない。彼は部屋に入ったとき、床に煉瓦が二つ転がっていたのを思い出した。どこにあったかを思い出そうとしたが、できなかった。ただ、どこかにあったことは確かだ。見つけなければならない、少なくとも一つは。ベッシーに殺人のことを言わないでいたほうがずっとよかっただろう。まあ、これはあいつのせいだ。あまりに俺を煩《わずら》わすので、言わなければならなくなった。それに、やつらが炉のなかのメアリーの骨をあんなに早く見つけるなんて、わかるはずがないではないか？　煙を出す炉と白い骨のかけらのイメージが甦ってきても、彼は悔いなど感じなかった。自分はほぼ一分間、あの骨をまともに見つめていて、それがメアリーの遺体の骨だとは気づいてもいなかった。やつらが真相を知るにしても別の形で知ることになり、いきなり自分に証拠を突きつけてくるのではないかと考えていた。自分が突っ立って証拠を見つめていながら、それに気づいていないなんて思ってもみなかった。

彼の思考はこの部屋に戻った。ベッシーの様子はどうだろう？　彼は彼女の息遣いに耳を傾けた。こいつを一緒に連れていくわけにはいかないし、ここに置いていくわけにもいかない。よし、こいつは眠っている。彼はこの部屋の様子を心のなかで再現しようとした。入ってきたとき、懐中電灯の光で見た部屋の細かい部分。窓は自分の真後ろ、頭のすぐ上にある。懐中電灯は自分の横にあり、その隣りに銃が置いてある。銃把《グリップ》をこちらに向けてあるので、すぐに摑み、使える姿勢を取れる。しかし、銃を使うわけにはいかない。大きな音がしてしまう。煉瓦を使わざるを得ないだろう。彼は窓を持ち上げたときのことを思い出した。大変ではなかった。そうだ、あれをそうやって片づけることができる。窓から外に投げ、あの狭い通風孔に落とすのだ。あそこなら誰も気づくまい。たぶん、あれがにおってくるときまでは。

　こいつをここに置いていくわけにはいかないし、一緒に連れていくわけにもいかない。一緒に連れていったら、こいつはずっと泣いているだろう。俺のせいでこんなことになったと責め続ける。忘れるためにウィスキーが飲みたいと言い続けるだろうが、入手してやれないことだってあるだろう。部屋は真っ暗で、静まり返っている。町は存在していないかのようだ。彼は息を止めてゆっくりと起き上がり、耳を澄ませた。ベッシーの息遣いは深く、規則正しい。こいつを一緒に連れていくわけにはいかないし、ここに置いていくわけにもいかない。彼は手を伸ばし、懐中電灯を摑んだ。また耳を澄ます。彼女の息遣いは疲れ切った者の寝息のようだ。彼が起き上がったために、掛け布団が彼女に掛かっていない状態だったが、彼女が冷えて、目を覚ましてしまうのは困る。そこで掛け布団をそっと元に戻し、彼女はそのまま眠り続けた。指で懐中電灯のボタンを押すと、ぼんやりとした黄色い点が反対側の壁に映った。彼女の眠りを妨げることを恐れ、急いで懐中電灯を床に向ける。そのとき、目の前にほんの一瞬、一つの煉瓦がよぎった。最初にこの部屋に入ってきたときに、ちらっと見たものと同じだ。

彼は身を強張らせた。ベッシーがもぞもぞと動いた。深くて規則正しい寝息は止まっている。耳を澄ませたが、聞こえてこない。彼は彼女の息が白い糸で、巨大な真っ黒い淵《ふち》の上に掛かっており、自分はそれにしがみついているように感じた。白い糸にほつれができ始め、このままほつれ続けると、自分はずっと下の岩に落ちてしまうかのように。それからまた彼女の息遣いが聞こえてきた。吸って、吐いて、吸って、吐いて。彼もまた呼吸を再開した。喉で大きな音をたてて彼女を起こしてしまわないように、苦労して自分の呼吸を抑える。彼女がもぞもぞと動いたときに襲われた恐怖から、これは素早く確実にやらなければならないと気づかされた。彼は毛布の下からそっと脚を出し、しばらく待った。ベッシーはゆっくり呼吸している。長く、重く、規則正しい息遣い。彼は片腕を上げ、毛布を体から取りのけた。全身に力を入れて体をゆっくりと持ち上げ、立ち上がる。窓の外では、寒い夜の風が唸《うな》り声をあげ、それから静まった。冷たい真っ暗な穴に落とされ、錯乱して叫ぶ人のようだ。彼は振り返り、ベッシーの頭があるはずのところに丸い光を当てた。うん、こいつは眠っている。彼女の黒い顔は、涙で汚れてはいたが、落ち着いていた。彼は懐中電灯のスイッチを切り、壁のほうを向いた。指で冷たい床に触れ、煉瓦を探す。あった。手で摑み、爪先立《つまさきだ》ちで寝具のほうに戻った。闇のなか、彼女の呼吸に導かれて進む。そして、彼女の頭があると思うところで立ち止まった。こいつを一緒に連れていくわけにはいかないし、ここに置いていくわけにもいかない。だから、殺さなければならない。俺の命とこいつの命と、どちらを選ぶかだ。彼はどこに打ち下ろせばよいかを確かめるために――彼女を起こしてしまうのではないかと恐れつつ――素早く懐中電灯のスイッチを入れた。それからまたスイッチを切り、いま見た像を目の前に保とうとした。深い眠りに就いている、彼女の安らかな黒い顔を。

背筋を伸ばし、煉瓦を持ち上げた。しかし、その瞬間、こうしたことすべての現実感が彼のなかから抜け落ちていった。心臓が激しく鼓動し、胸から飛び出しそうなほどになる。ダメだ！　これじゃない！　吸い込む息で肺が大きく膨らむ。彼は筋肉に力を入れ、自分の意思を体に押しつけようとした。こんなことをしてはいけない。それから、パニックが襲ってきたのと同じくらい突然、それは消え去った。しかし、彼はあの画像が、あの動機が甦ってくるまで、そこに立っていなければならなかった。法律を逃れたいという、急《せ》き立てるような欲望だ。そう、こうでなければならない。白くてぼんやりとしたものが迫ってくるという感覚、燃えているメアリーの遺体、ブリテンのこと、自分を追っている警察――こうしたものが甦ってきたのだ。もう一度、覚悟が固まった。

煉瓦は手のなかにある。頭のなかで、その手は部屋の冷気を貫き、見えない弧を素早く描いた。そして頭上の高いところで止まり、空想のなかで、彼女の頭があるはずのところへと振り下ろす。彼は動かず、固まっていた。こういうふうでなければならない。深く息を吸い込み、片手で煉瓦をギュッと握ると、その手を振り上げる。一瞬だけ動きを止め、闇を切り裂くように下ろす。胸からは低い唸り声が短く飛び出し、ドサッという音に手応えを感じる。そうだ！　驚きを表わす鈍い喘ぎ声があがり、それから呻き声が聞こえた。いや、これはまずい。彼は何度も何度も煉瓦を振り上げ、煉瓦はぐにゃぐにゃしたかたまりに向かって落ちていくようになった。打たれるたびに柔らかく沈み込むが、しっかりした手応えもある。やがて彼は濡《ぬ》れた綿のような、何やら湿った物体を打っているような気になった。その生命は煉瓦の衝撃を受け止める音でしかないように思える。彼は手を止めた。聞こえるのは自分の胸から出たり入ったりする呼吸の音だけ。全身が濡れていて、寒い。何度くらい煉瓦を振り上げ、打ち下ろしたのか、自分でもわからなかった。わかっているのは、部屋が静まり返っていて、寒く、仕事は片づいたということだけだ。

左手にはまだ懐中電灯を持っていた。まさに命綱のように握っていたのだ。そのスイッチを入れて、自分が本当にやったのかどうか見てみたかったが、できなかった。競走のために身構える走者のように、膝《ひざ》は少し曲がっている。恐怖がまた心のなかに甦ってきて、彼は耳をそばだてた。彼女の息遣いが聞こえないか？　身を屈め、耳を澄ます。聞こえてくるのは自分の息遣いだけ。自分の息の音があまりに大きいので、ベッシーがまだ息をしているのかどうか、彼にはわからなかった。

煉瓦を握っている指が痛くなってきた。すでに数分間、全身の力を込めて握っていたからだ。何か温かくてべとべとしたものが手についていることにも気づき、この感覚に全身が覆《おお》われた。それが放つ温かい光に皮膚の表面が包まれているようだった。彼は煉瓦を手から落としたかった。じわじわと広がり、刻一刻と強さを増す温かい血から逃れたかった。それから恐ろしい考えに襲われ、行動できなくなった。煉瓦を打ち下ろしたとき、ベッシーがあの声から憶測される状態ではなかったとしたらどうなる？　懐中電灯を点《つ》けたとき、彼女があの黒くて大きな丸い目で彼をじっと見つめていたら？　恐れと驚きと苦痛と非難を込めて、血まみれの口を大きく開けていたら？　ぞっとする冷気が、部屋の空気よりも冷たいものが、彼の肩をショールのように包んだ。氷の糸で編まれたショールといったところか。それに耐えられなくなり、彼のなかの何かが声にならない苦痛の悲鳴をあげた。身を屈めていき、煉瓦が床に着いたところで手を放す。それから手を腹に当て、コートで手のぬめりを拭う。次第に息遣いは静まってきて、その音が聞こえなくなった。それでベッシーが息をしていないことも確かにわかった。部屋は静寂と冷気と死と血、そして夜風の低い呻き声に満ちている。

しかし、目で見なければならない。彼は彼女の頭があるはずのところに懐中電灯を持ち上げ、ボタンを押した。何もない床にぼんやりとした黄色い光の円が広がった。それをくしゃくしゃの寝具のほうへと向ける。そこだ！　血と唇と髪。顔は片側を向き、血がゆっくりと流れ出ている。彼女はぐったりしているように見える。これなら行動に移れる。彼は懐中電灯を消した。彼女をここに残していけるだろうか？　いや。誰かが遺体を見つけるだろう。

彼女を避けて寝具の向こう側まで行き、闇のなかで振り返った。懐中電灯の光を窓があると思われる場所に向ける。窓まで歩いていき、立ち止まる。おまえにそれをやる権利があるのかと、挑んでくる声を待ち受ける。何も起こらない。彼は窓に手をかけ、ゆっくりと持ち上げていった。風が顔に吹きつける。またベッシーのほうを振り返り、懐中電灯を血まみれの死に顔に向ける。それから懐中電灯をポケットに入れ、闇のなかを慎重に彼女の脇まで歩いていった。遺体を腕で抱えて持ち上げなければならない。彼は腕をだらんとさせたまま動けず、ただ立ちすくんでいた。しかし、彼女を動かさなければならない。窓まで運ばなければならない。彼は身を屈め、遺体の下に手を滑り込ませた。血に触れるのではないかと思ったが、そんなことはなかった。それから持ち上げた。風が自分に向かって抗議の叫び声をあげているように感じられる。窓まで歩いていき、窓枠にはめ込むように遺体を置いた――やり始めたとなれば、いまは敏速に行動している。腕をできる限り伸ばして遺体を窓から遠ざけ、手を放す。遺体は狭い通風孔の側面にぶつかり、ゴトゴトと音をたてながら、真っ暗闇へと落ちていった。そして底に達した音が聞こえてきた。

彼女がまだそこにいたらどうしようと思いつつ、寝具に光を当てる。しかし、見えたのは温かい血だまりだけで、その上に蒸気のベールがほんのり漂っていた。血は枕にもついている。彼は枕を取り上げ、窓から通風孔のなかへと投げ捨てた。これで終わった。

彼はゆっくりと窓を下げた。寝具は別の部屋に持っていこう。ここに置いていけたらいいのだが、寒いので、使う必要がある。掛け布団と毛布を丸めて束にし、持ち上げて、廊下へと出ていく。それから唐突に立ち止まり、口をあんぐりと開けた。ちくしょう！　なんてことだ、ベッシーの服のポケットからあれを取り出すのを忘れた！　こいつはまずい。金が服に入ったまま、ベッシーを通風孔に落としてしまったのだ！　どうしたらいい？　下りていって、取り戻すか？　苦悩に苛《さいな》まれる。ダメだ！　あいつをもう見たくない。彼女の顔をもう一度見てしまったら、耐えられないほどの深い罪悪感に圧倒されてしまうだろう。バカなことをしてしまった、と彼は考えた。ポケットに金を入れたまま彼女を放り投げてしまうなんて。彼は溜め息をつき、廊下を通って別の部屋に入った。よし、金なしで何とかしなければならない。それだけだ。彼は掛け布団を床に広げ、そのなかにくるまった。自分が飢餓と警察、そして今後の日々に立ち向かうための資金は七セントだけ。

彼は眠りたいと思って目を閉じたが、眠りは訪れなかった。この二日二晩、猛スピードで懸命に生きてきたので、それを心のなかでリアルなものとして感じるのが難しくなっていた。危険や死とあまりに近づいたので、それをくぐり抜けてきたのが自分であるという実感がない。しかしそれでも、こうしたことすべての結果、この間に起きたことを超えて、自分は力があるという奇妙な感覚が——実体はないのにリアルなものとして——彼には残っていた。俺がこれをやったのだ。俺がこうしたことすべてを引き起こした。生まれてこの方、自分に起きたことのなかで、この二つの殺人ほど意味のあるものはない。俺は生きている。本当に、痛切に。ほかの人たちがその見えない目で俺を見て、何と思おうとも。これまで、自分の行動の結果を自分で生き抜く機会などなかった。自分の意志が、この恐怖と殺人と逃亡の日夜ほど自由であったことはなかったのだ。

彼は二度殺人を犯したが、真の意味においては、これは彼の初めての殺人ではなかった。それ以前に何度も殺人を犯してきたのだが、その衝動が実際の殺人という形を取ったのは、この二日間のあいだだけだったのである。闇雲な怒りにしばしば襲われてきて、そういうとき彼は自分の幕や壁の背後に隠れるか、なじったり闘ったりしていた。それでも、逃げるにせよ闘うにせよ、彼はいずれ純粋な満足を得なければならないと感じていた。このことに正面から向き合い、風や日光に晒《さら》されて最後まで闘わなければならない。それも、彼に対して深い憎悪《ぞうお》を抱いている人々の前で。彼らは彼を都会の隅っこに追いやり、腐るでも死ぬでも好きにしろという態度を取ってきた。それでいながら、メアリーがあの夜、車のなかでやったように、彼に目を向けて「あなた方の民族の人たちがどのように暮らしているのか知りたい」などと言えてしまう。それくらい、彼に対する彼らの憎悪の深さは測り知れないのだ。

しかし、自分は何を追っているのだろう？ 何が欲しいのだ？ 何を愛し、何を憎んでいる？ 彼にはわからなかった。自分が知っているものがあり、感じているものがある。世界から与えられたものがあり、自分で摑んだものがある。前に広がっているものがあり、後ろに広がっているものがある。そして、この黒い肌に生まれついてこの方、二つの世界が——思考と感情が、意志と精神が、野心と満足が——合致したことは決してなかった。一度たりとも、完全だという感覚を抱いたことがなかった。ときどき部屋にいたり、歩道を歩いたりしていて、世界が奇妙な迷路のように感じられることがあった。街路がまっすぐで、壁が四角くてもそう感じられる。彼のなかの一部分はこの混沌《こんとん》を理解し、分割し、それに焦点を合わせられるはずだと感じるのだが、憎悪の圧力を受けない限り、葛藤《かっとう》は解決されない。窮屈な環境で生きるように慣らされてきたので、罵《ば》声《せい》か蹴《け》りを食らわなければ、まっすぐに立ち上がれず、行動を起こすことができない。そして、世界が彼には背負いきれないものであるために、行動を起こしても無駄なのである。そういうときに彼は目を閉じ、闇雲《やみくも》に攻撃に転じる。何であれ、あるいは誰であれ、叩《たた》けるものを叩き、それが反撃に出ても見ていないし、気にもしないのだ。

そして、こうしたことすべての下に——だから彼にとって辛いことになるのだが——これが解決されているふりなどしたくないという気持ちがあった。幸福でもないのに幸福であるふりなどしたくない。母のことは、あのベッシーにも似た態度のために憎んでいた。母の大事にしているものがベッシーにとってのウィスキーであり、ベッシーのウィスキーは母の宗教である。彼は教会の椅子に座って歌いたくなかったし、隅っこで横になり眠りたくもなかった。新聞や雑誌を読んだり、映画に行ったり、群衆とともに通りを歩いているようなとき、自分が何を求めているのか感じられた。それは、ほかの者たちと混じってしまい、この世界の一部となること。そのなかに埋没して、それで自分を発見できるようにすること。自分が黒人であるにもかかわらず、ほかの人たちと同じように生きるチャンスを与えられること。

彼は固い寝具のなかで落ち着かずに寝返りを打ち、呻き声をあげた。渦巻く考えや感情に囚《とら》われ、押し流されている状態が続いた。ところが目を開けると、頭のすぐ上の汚い窓に陽が射《さ》している。彼は飛び起きて外を眺めた。雪がやんだ街は真っ白で静まり返り、屋根がずっと遠くまで連なって、空と接している。何時間もこの闇のなかで考え続けてきた街が、目の前に、真っ白で静かな姿を現わした。しかし、彼が考えてきたことによってリアルに思えていた街の現実感は、いまこの陽光の下の街にはない。闇のなかで横たわり、街について考えていたとき、そこにあったものが、目で見た途端に消えてしまったのである。どうしてこの冷たく白い世界が、美しい夢として現われてはいけないのだろうか？　彼がそのなかを歩け、居心地よく感じられる世界、そして何をすべきで何をすべきでないか、簡単にわかる世界として？　誰かが彼よりも前に生まれ、生き、苦しみ、死んでいたら——そして、この世界をわかりやすくしておいてくれればよかったのに！　実際の世界はあまりに荒涼としていて、救済のしようがなく、生命の温かい血という現実によるリアルさがない。彼は何かが欠けていると感じた。見つけさえすれば、確実に静かな知識へと導いてくれる道のようなものが欠けている。しかし、それをなぜいま考える？　そのチャンスは永遠に過ぎ去った。彼は殺人を二度犯し、自分にとって新しい世界を築いてしまったのだ。

彼は部屋を出て、一階の窓のところまで下り、外を見つめた。通りは静かで、電車はまったく走っていない。線路は雪の下に埋もれている。吹雪が市のすべての交通機関を麻痺させたに違いない。

小さな女の子が雪のなかを恐る恐る歩いていき、街角の新聞売り場で立ち止まるのが見えた。ドラッグストアから男が急いで出てきて、少女に新聞を売った。あの男がなかにいるあいだに新聞をひったくれるのではないか？　雪はとても柔らかくて深く積もっており、逃げようとして足を取られてしまうこともあり得る。新聞をひったくったあと、隠れられる空き家はないだろうか？　そうだ、それがいい。彼は慎重に通りのあちこちを見渡した。人影はまったくない。ドアから外に出ると、風が焼きごてのように顔に吹きつけてくる。太陽が突然顔を出し、強い光をまともに浴びせたので、彼は殴られるのをかわすかのように避けた。無数の閃光《せんこう》に目が痛む。新聞売り場に行くと、大きな黒い活字が見えた。「令嬢殺しの黒人を捜索中」。うん、やつらは記事を出した。彼はそのまま歩き続け、新聞をひったくったあとに隠れられる場所を探した。路地に入るところに人の住んでいない建物があり、一階の窓がぽっかりと口を開けている。うん、ここがよさそうだ。彼は慎重に行動計画を立てた。あれだけのことをやってのけたのに、三セントの新聞を盗もうとして捕まったとは言われたくない。

彼はドラッグストアに行き、なかを覗《のぞ》き込んだ。男が壁に寄りかかり、煙草を吸っている。よし、この調子だ！　手を伸ばして新聞を摑《つか》み、摑みながらも振り返って、その男を見た。男もビッガーを見つめている。斜めにくわえた煙草が、黒い顎に白く垂れ下がっている。ビッガーは動き出す前に心のなかで走っていた。自分の脚が向きを変え、走り出すのを感じる。そして雪で滑る。ちくしょう！　白い世界が鋭角に傾き、氷のような風が顔を吹き過ぎる。彼はばったりと倒れ、冷たい雪のかたまりが指に食い込んだ。

片膝をついて起き上がり、それから両膝をつく。立ち上がり、新聞を摑んだままドラッグストアのほうを見つめる。自分がこんなに無様な姿を晒したことに驚き、憤《いきどお》りを感じた。ドラッグストアのドアが開いたのを見て、彼は走り出す。

「おい！」

身を翻《ひるがえ》して路地に逃げ込むとき、雪のなかに立っている男の姿が見えた。こちらを見つめているが、追ってこないとわかっていた。

「おい、おまえ！」

ビッガーは例の窓によじのぼり、先に新聞を投げ入れた。窓台にしがみついて体を持ち上げ、なかに入る。両足で着地し、立ち上がって窓から路地を見つめる。すべては真っ白で静かだ。彼は新聞を取り上げ、廊下を階段まで歩いていった。懐中電灯であたりを照らしながら三階までのぼる。自分の足音が空っぽの建物にかすかに反響するのが聞こえる。ハッとして立ち止まり、口をあんぐり開け、慌《あわ》ててポケットを摑む。大丈夫だ、持っている。雪のなかで転んだとき、銃を落としたかと思ったのだ。だが、銃は同じ場所にあった。彼は階段のてっぺんに座りこみ、新聞を広げた。しかし、しばらくは読まずに聞き耳を立てていた。シカゴじゅうに吹きつける風によって、建物がキーキーと鳴っている。よし、ほかには誰もいない。彼は視線を落として読み始めた。記者たちが炉のなかにドルトン嬢の骨を発見。黒人の運転手が姿をくらます。五千人の警察官が黒人地帯を包囲。当局は性犯罪であることを示唆《しさ》。共産党のリーダーはアリバイを証明。令嬢の母親は悲嘆に打ちひしがれる。彼は読むのを中断し、一つの行を読み直した。当局は性犯罪であることを示唆。これは彼を世界から完全に排斥する言葉だ。彼が性犯罪を犯したと仄《ほの》めかすことは、死刑宣告と同じなのである。つまり、捕まらないうちに彼の人生を抹消することを意味する。死が訪れる前に死ぬこと。なぜなら、白人たちがこの言葉を読めば、心のなかで即座に彼を殺すのだから。

メアリー・ドルトン誘拐事件は、この日の遅く、地方新聞の記者たちがドルトン邸の暖房炉のなかで偶然に白骨を発見したことにより、劇的な進展を遂げた。白骨は、行方不明になった令嬢のものであることが後に立証された……。

サウスサイドの中心部、インディアナ・アヴェニュー３７２１番地にある黒人容疑者の住居は家宅捜査されたが、彼の行方は明らかにならなかった。警察は、ミス・ドルトンがこの黒人の手で殺害され、おそらくは性的にも凌辱《りょうじょく》されたという考えを表明している。白人女性の遺体は、証拠隠滅のために焼却されたと考えられる。

ビッガーは顔を上げた。右手がピクピクと引きつる。手に銃を持ちたい。そこで銃をポケットから出し、握った。それからまた読み始めた。

ただちに五千人の警察官が動員され、三千人以上のボランティアも加わって、黒人地帯に非常線が張りめぐらされた。グレンマン警察署長は今朝、容疑者の黒人はまだシカゴ市内にいるはずだと述べた。シカゴから出る道路も入る道路も、記録的な大雪によってすべて封鎖されているからである。

昨夜、行方不明になっていた令嬢が黒人によってレイプされ、殺されたというニュースが全市に広まると、怒りは白熱の度にまで高まった。

警察は黒人地区の窓の多くが割られたと報告している。

サウスサイドから出る路面電車、バス、高架鉄道、自動車はすべて停止させられ、取り調べられている。警察と、ライフル銃で武装した自警団は、催涙ガス、懐中電灯、殺害犯の写真などを携え、今朝18番通りから捜査を開始した。市長による包括的な令状に基づき、黒人の住居をしらみつぶしに調べている。廃屋となった建物は、黒人犯罪者の隠れ家になると言われているため、すべて慎重に捜索されている。

子供たちの生命が危険に晒されていると主張し、白人の保護者の代表が市の教育長であるホレス・ミントンを訪ね、黒人の強姦《ごうかん》殺人犯が逮捕されるまで、すべての学校を休校にするように要請した。

ノースサイドとウェストサイドのさまざまな地区で、黒人の男が殴られたという報告があった。

ハイドパークとエングルウッドの地区でも、自警団を組織した人々がグレンマン警察署長にメッセージを送り、応援を申し出ている。

グレンマンは今朝、こうした自警団の応援を受け入れると表明した。警察が嘆かわしいほど人手不足である上、黒人の犯罪が激化している状況下、そのような措置は必要であると述べた。

ビッガー・トマスと似た人相の数百人の黒人が「犯罪多発地帯」であるサウスサイドから一斉検挙された。彼らは取り調べのために拘束されている。

昨夜のラジオ放送で、ディッツ市長は暴徒による暴行の可能性に警告を発し、人々に秩序を維持するように求めた。「この悪魔の逮捕に向けて全力を尽くしています」と彼は述べている。

全市で数百人の黒人労働者が解雇されたという情報があった。よく知られている銀行家の夫人は、弊紙との電話で、黒人のコックを解雇したと述べた。「うちの子供たちが毒を盛られるのではないかと心配で」とのことである。

ビッガーは目を大きく開け、口も開いたまま読んでいた。活字を素早く追っていく。

「筆跡鑑定の専門家が大忙し」、「アーロンの指紋はドルトン邸で発見されず」、「共産主義者はいまだ拘留中」。そして、一つの文章がビッガーの目を殴りつけるように襲った。

警察はアーロンの供述にいまだ満足しておらず、彼が共犯者として黒人とつながっているのではないかと考えている。この殺人と誘拐の計画は、黒人の頭で考えたものにしては、手が込みすぎていると感じているのである。

この瞬間、ビッガーは街路に飛び出したくなった。そして、警察官に向かってこう言ってやりたい。「違う！　ジャンは俺を助けてない！　あいつはこれにまったく関係ない！　俺だ――俺がやったんだ！」彼の唇は笑みの形に歪《ゆが》んだが、それは半ば嘲笑《ちょうしょう》であり、半ば挑戦であった。

張りつめた指で新聞を握りしめ、彼はフレーズを読み続けた。黒人は灰を掃除するように言われ……それをやりたくない様子で……おそらく露見するのを恐れたため……地下室に煙が充満し……共産主義と人種混淆《こんこう》の悲劇……誘拐の脅迫状はアカの仕業である可能性が……。

ビッガーは顔を上げた。風で軋《きし》む音がずっと続いている以外、建物は静まり返っている。ここにとどまるわけにはいかない。この地区だって、いつ捜索されてもおかしくない。しかし、シカゴを出ることもできない。道はすべて封鎖されている。電車もバスも自動車も停止させられ、調べられる。すぐにシカゴから出ようとしていれば、ずっとよかっただろう。どこか別の場所に逃げるべきだった。インディアナ州ゲアリーとか、エヴァンストンとか。彼は新聞を見つめ、サウスサイドの白黒の地図を見つけた。その境界線に一インチほどの網掛けの部分がある。地図の下には小さな文字で次のように書いてある。

網掛けの部分は、黒人の強姦殺人犯を探す警察と自警団によってすでに捜査された地区を示す。白い部分は、これから捜査される地区である。

追いつめられた。この建物から出なければならない。でも、どこに行ける？　廃屋に隠れていられるのは、地図の白い部分にとどまっている限りにおいてだし、その白い部分はどんどん減っている。彼はこの新聞が昨晩印刷されたということを思い出した。そうなると、白い部分はここに示されたものよりもかなり減っている。彼は目を閉じて計算した。俺はいま53番通りにいる。捜索は昨夜、18番通りから始まった。夜のあいだに18番から28番まで進んだのだったら、その後、28番から38番くらいまで進んでいるだろう。今日の深夜には48番か、もしかしたらここまで進んでいるかもしれない。

彼はアパートの空き部屋について考えた。新聞はそれについて何も書いていない。小さなキチネット付きアパートはどうだろう？ たくさんの人が住んでいる建物の空き部屋なら、ずっと安全なのではないだろうか？

彼は廊下の突き当たりまで行き、汚い天井に懐中電灯を向けた。屋上へと続く木製の階段がある。それをのぼり、体を引っ張り上げて狭い通路に入ると、その端にドアがあった。ドアを何度か蹴ってみる。一度蹴るごとにドアが少しずつ開き、しまいに雪と陽光、そして空の細長い断片が見えてきた。風は顔を刺すように吹きつけてくる。彼は自分がいかに弱っていて、いかに凍えているかを思い知った。どれだけ長くこの状態で持ちこたえられるだろう？ 隙間《すきま》に体をねじ込み、屋上に出ると、そこも雪が積もっていた。目の前には、陽光を浴びた白い屋根の迷路が広がっている。

彼は煙突の陰にうずくまり、下の通りを見下ろした。角には、彼が新聞を盗んだ新聞売り場があり、彼に向かって怒鳴った男がその脇《わき》に立っている。二人の黒人男が新聞売り場で立ち止まり、新聞を買って、玄関口のほうへと歩いていった。一人がもう一人の肩に寄りかかり、熱心に新聞を覗き込んでいる。二人とも唇を動かし、黒い指で新聞を指しているのが見える。しゃべりながら首を振っている。もう二人の男が加わり、やがてちょっとした集団になった。玄関口に立ったまま話したり、新聞を指さしたりしている。それから唐突に解散し、みんな去っていった。間違いない、あいつらは俺の話をしている。たぶん黒人の男も女も、今朝はみんな俺の話をしている。こうした攻撃を自分たちに招いたということで、俺のことを憎んでいるのだろう。

雪のなかで長くうずくまっていたために、動こうとしたとき、彼は脚の感覚がなくなっていることに気づいた。自分が凍死しかかっているという恐怖に襲われる。脚で蹴る動作を繰り返し、血行を取り戻そうとする。それから屋上の反対側に這《は》っていく。ちょうど一階下、ブラインドのない窓から、小さな鉄製のベッドが二台ある部屋が見えた。シーツは汚くてくしゃくしゃだ。一台のベッドには裸の黒人の子供たちが三人座り、部屋の反対側にあるベッドのほうを見つめている。そのベッドには男と女が寝ていて、どちらも裸で、陽光を浴びて肌が黒く輝いている。男と女が寝ているベッドはピクピクと激しく動いており、それを三人の子供が見つめている。よくあることだ。彼も小さいとき、五人で一部屋に寝ていて、こういうのを見たことがある。朝、目を覚ますと、父親と母親がこういうことをしていたのだ。彼は目を背けて考えた。五人で一部屋に寝ているのに、ここには俺以外に誰もいない大きな建物がある。彼は這って煙突に戻ったが、目の前には五人で暮らす部屋のイメージがまだ残っていた。五人とも黒い肌を強い日差しに晒しており、その姿が水滴で曇った窓ガラスを通して見える。男と女はしっかりと抱き合い、ピクピクと動いていて、それを三人の子供が見つめている。

腹が飢えに襲われた。喉《のど》から氷の手を突っ込まれたかのようだ。その手に腸を摑まれ、冷たくて固い腸の結び目ができ、それが痛む。昨晩ベッシーが温めてくれた牛乳の記憶が強烈に甦《よみがえ》り、味を感じられるほどだった。あの牛乳瓶をいま持っていたら、新聞紙に火を点け、瓶を炎の上に掲げて温めるだろう。白い瓶の蓋《ふた》を外す自分の姿が目に浮かんだ。温かい牛乳が少し自分の黒い指にこぼれ、それから瓶を口まで持ち上げて、頭を傾けて飲む。胃がゆっくりと宙返りするように感じ、その唸る音が聞こえてきた。彼は自分の飢えのなかに深い義務感のようなものを感じ取った。それは呼吸したいという衝動と同じくらい強力で、心臓の鼓動と同じくらい馴染《なじ》み深い。膝に崩れ落ち、空に顔を向けて、「俺は腹が減った」と言いたい気持ちになった。服を脱ぎ、雪のなかで転がって、肌の毛穴を通して何らかの栄養分が体に吸収されるようにしたい。何かを手に強く摑むことで、それが食べ物に変わらないものかと思う。しかし、じきに飢えは薄れていき、もっと楽に受け止められるようになった。精神は体の必死の要請を逃れて飛翔《ひしょう》し、自らの周囲に潜む危険に関心を向けている。彼は唇の隅に何か硬いものがあるのを感じ、指で触れてみた。凍った唾液《だえき》だった。

　這ってドアを抜け、狭い通路に戻った。浅い木の階段を下り、廊下に出る。一階に行き、さっきよじのぼった窓の前に立った。どこかの建物にアパートの空き部屋を見つけなければならない。そこで暖を取らなくては。もしすぐに暖を取れなければ、ここで横になり、目を閉じてしまいそうな気がした。それから一つ思いついた。どうしてもっと早く思いつかなかったのだろう。彼はマッチを擦り、新聞に火を点けた。炎が上がると、片手をその上にかざし、それからもう片方の手をかざした。熱が遠くから彼の皮膚に伝わってくる。炎が近くなりすぎて、握っていられなくなると、それを床に落とし、靴底で踏みつけて消した。少なくとも、これで手の感触は取り戻した。少なくとも手が痛むことで、自分のものだと感じられるようになった。

窓から外に出ると、本通りまで歩いていった。行き交う通行人に混じり、北へと向かう。誰も彼に気づかない。彼は「貸し部屋あり」の看板を掲げた建物を探した。二街区《ブロック》ほど歩いても、まったくない。黒人地帯に空き部屋があまりないことはわかっていた。母親が引っ越しを企てると、いつでも数カ月前に申し込まなければならないのだ。一度、母親に命じられ、丸々二カ月、住む場所を探して街路を歩き回ったことがある。賃貸住宅の周旋業者によれば、黒人が住める場所は数が限られており、市当局は黒人の住居が古すぎる、住むには危険すぎるといった理由で非難しているのだ。警察が来て、彼と母と弟と妹を部屋から追い出したときのことも覚えている。彼らがそこを出て二日後に、建物は倒壊した。また、黒人はいい仕事にありつけないのに、白人が同じタイプのアパートに払う家賃の二倍を払っているという話も聞いたことがある。彼はもう五街区《ブロック》歩いたが、「貸し部屋あり」の看板はまったくなかった。ちくしょう！　暖を取れる場所を探しているうちに凍え死ぬのか？　シカゴ全体を歩き回れるのなら、隠れ場所を探すのはどれだけ容易だろう！　俺たちは野生動物のように閉じ込められている、と彼は考えた。黒人は黒人地帯の外に出て、アパートを借りることができない。それも彼はわかっていた。黒人は「境界線」のこちら側で暮らさなければならないのだ。白人の不動産業者が黒人に部屋を貸すとすれば、それは黒人が暮らしてもよいと定められた地域の物件に限られているのである。

　彼は拳《こぶし》を握りしめた。逃げ回ることにどんな意味がある？　この歩道の真ん中で立ち止まり、こうしたことを糾弾すべきだ。あまりにもおかしなことなのだから、まわりにいる黒人たちもみな何かするだろう。あまりにもおかしいのだから、白人たちだってみな立ち止まり、耳を傾けるはずだ。しかし、そんなことをしても彼らに捕まり、クレージーなやつめと言われるだけだろう。彼はふらふらと街路を歩き続けた。血走った目で、隠れる場所はないかと探す。角で立ち止まったとき、雪の上を跳ねていく黒い大きなネズミが見えた。ネズミは彼の前を通り過ぎ、ある建物の玄関口に行くと、穴に滑り込んで姿を消した。彼はそのぽっかりと開いた黒い穴を羨《うらや》ましそうに見つめた。ネズミはここを通って安全な場へと逃れたのだ。

　パン屋の前を通りかかった。なかに入り、いま持っている七セントでロールパンでも買いたい。しかし、パン屋に客はおらず、彼は白人の店主に気づかれるのではないかと心配だった。黒人の店に出くわすまで待とう。とはいえ、それがあまりないこともわかっていた。黒人地帯の店のほとんどは、ユダヤ人かイタリア人かギリシャ人が所有するものだ。黒人の店のほとんどは葬儀屋で、これは白人の葬儀屋が黒人の遺体に触るのを嫌がるためだった。しばらくして食料品のチェーン店があった。ここではパンを一ローフ五セントで売っている。「境界線」の向こう、白人が住んでいるところでは、同じものが四セントである。しかし、よりによっていま、その「境界線」を越えるわけにはいかない。彼は突っ立って、ドアのガラス越しになかの人々を見つめた。入るべきだろうか？　入らなければ。腹が減って死にそうだ。やつらは俺たちが息をするたびに騙《だま》しやがる！　彼はそう考えた。俺たちの目をくりぬきやがる！　彼はドアを開け、カウンターへと向かった。温かい空気に頭がくらくらする。目の前のカウンターに摑まり、体を支える。目がぼやけ、棚に高く積まれた缶詰の赤、青、緑、黄色の列が揺れている。まわりじゅうから男や女の穏やかな声が聞こえてくる。

「注文をおうかがいしましょうか？」

「パンを一ローフ」と彼は小声で言った。

「ほかには？」

「いや」

男の顔が消え、また現われた。紙のカサカサこすれる音が聞こえる。

「外は寒いですか？」

「はあ？ あ、イエス、サー」

彼は五セント貨をカウンターに置いた。手渡されたパンがぼんやりと見えた。

「ありがとうございます。またどうぞ」

彼はパンを小脇に抱え、よろよろとドアへと向かった。ちくしょう！ 店の外にさえ出られればいいのだが！ ドア口で入ってくる数人の客に出くわした。片側に寄り、彼らを先に通させる。それから冷たい風のなかへと出て、空き部屋を探して歩く。いまにも自分の名前が大声で呼ばれるような気がした。いまにも腕を摑まれるのではないか。五街区《ブロック》ほど歩き、「貸し部屋あり」の看板を窓に掲げた二階建てのアパートを見つけた。煙突から煙がもくもくと出ているので、なかは温かいのだとわかる。正面玄関に行き、窓ガラスに貼《は》られた小さな空き部屋の広告を読んで、その部屋は裏に面しているのだとわかった。路地に入って、裏の階段を見つけ、二階までのぼる。窓が開くかどうか試すと、簡単に持ち上がった。こいつはついている。窓によじのぼり、温かい部屋に降り立った。キッチンだ。突然、緊張し、耳をそばだてた。声が聞こえたのだ。自分の真ん前の部屋から聞こえるように思える。しくじったか？ いや。キッチンには家具が入っていない。誰もここには住んでいないようだ。爪先立ちでその部屋に入ると、そこもがらんとしていた。しかし、声はいっそうはっきりと聞こえてくる。この先にもう一部屋あることに気づき、爪先立ちで歩いていって覗いた。そこも空っぽだったが、話し声はさらに大きくなり、何を話しているのかわかるほどになった。正面に面した部屋で人が語り合っている。ビッガーはパンを手に持ったまま、脚を大きく広げて耳を澄ませた。

「ジャック、じゃあおめえは、あのニガーを見つけたら白人に引き渡すってのか？」

「ああ、あったりめえだろが！」

「だがな、ジャック、あいつはやってねえかもしれねえ」

「じゃあ、なんでやつは逃げんだ？」

「殺しの罪をかぶせられるって思ったんかもしれねえぜ！」

「聞けよ、ジム。やつがやってねえんだったら、堂々と振る舞えばよかったんだ。俺はあのニガーの居場所がわかったら密告してやる。そうすりゃ、白人たちは俺にかまわなくなるだろ」

「でもな、ジャック、何か犯罪が起きたとき、白人から見るとニガーはみんな怪しいんだ」

「ああ、それはビッガー・トマスのように振る舞うやつが多いからさ。ビッガー・トマスのように振る舞うから、厄介なことになる」

「だが、ジャック、今回は誰が厄介事を起こしてる？ 新聞によれば、シカゴじゅうでやつらは俺たちを殴ってやがる。どの黒人であろうと、やつらはかまわねえんだ。やつらから見れば、俺たちはみんな犬なんだよ！ 俺たちは立ち上がって、ああいう連中と闘わなきゃならん！」

「んで、殺されるってのか？　ごめんだね！　俺には家族がいる。かかあと赤ん坊がいるんだ。バカな闘いなんて始めねえよ。あんなやつを守ったところで正義なんて得られねえ、あんな人殺し……」

「やつらの目から見れば、俺たちはみんな人殺しなのさ！」

「聞けよ、ジム。俺は懸命に働いてんだ。仕事さえあれば、いつでもつるはしやシャベルで道路を直してる。でもな、ボスが俺を使いたくねえって言うんだ。白人たちによる黒人の襲撃がはやっちまったから……俺を道路工事に使うと、襲撃されかねねえって。俺は殺されるかもしれねえ。だからクビってわけさ。いいか、あのビッガー・トマスのクソ野郎のせいで、俺は失業したんだぞ……やつのせいで、白人たちはみんな俺たちがやつのような輩《やから》だと思うようになったんだ！」

「でもな、ジャック、やつらは前からそう思ってたんだよ。おまえはいいやつだけど、だからって、白人がおまえの家を襲わないってことにはならねえ。そんなことはねえんだ！　俺たちはみんな黒人で、黒人は黒人のようにしか振る舞わねえってわけさ。わからねえか？」

「おい、ジム、腹を立ててもいいがな、物事はありのままに見ろってんだ。あの男のせいで俺は失業した。これはフェアじゃねえ！　俺はどうやって食ってったらいい？　あの黒いクソ野郎の居場所がわかったら、すぐに警察に知らせるね。で、やつを捕まえてもらうんだ！」

「まあ、俺はそんなことしねえな。それをするくらいなら死ぬよ」

「おまえ、頭がおかしいぞ！　家や女や子供が欲しくねえのか？　闘ったところでどうなる？　やつらのほうが数は多いんだ。俺たちを皆殺しにだってできる。おまえも賢くなって、やつらとうまくやってかなきゃいけねえよ」

「俺のことを憎んでるやつらとうまくやりたかねえな」

「だが、食わなきゃいけねえだろ！　生きなきゃいけねえ！」

「かまわねえな！　死んだほうがましさ！」

「おい、おまえ！　本当にいかれてるぞ！」

「おまえが何と言おうとかまわん。俺は白人どもに脅されて、やつの居場所を言わされるくらいなら死ぬよ。はっきり言って、死んだほうがましさ！」

ビッガーは爪先立ちでキッチンに戻り、銃を取り出した。俺はここにとどまり、同じ民族の仲間に密告されそうになったら、これを使ってやろう。水道の蛇口をひねり、水流の下に口を差し入れると、水が胃のなかにどっと流れ込んだ。膝をつき、苦痛にのたうつ。やがて痛みは消え、彼はまた水を飲んだ。それからゆっくりと、紙が音をたてないように、パンを包みから取り出し、ひと口嚙《か》んだ。おいしい。甘味と滑らかな味わいがあって、まるでケーキのようだ。パンにこういう味があるとは思っていなかった。食べているうちに、飢えが全面的に甦ってきた。床に座り、それぞれの手にパンのかたまりを握りしめる。頬が膨らみ、顎《あご》が動き、ひと口呑《の》み込むごとに喉ぼとけが上下する。彼は口から水分が完全に失われ、舌の上でパンが固まってしまうまで、嚙むのを止められなかった。そのあとはパンのかたまりを口に入れたまま、しばらくその味を楽しんだ。

　彼は床で体を伸ばし、溜《た》め息をついた。うとうとしてきたが、眠りに就きそうになると唐突にビクッとし、ぼんやりと目覚めている状態に戻った。ついに眠ったが、無意識の恐怖に駆り立てられ、半分目覚めている状態で起き上がった。唸り声をあげ、両手を空中で振り回し、見えない危険を払いのけようとする。一度は完全に立ち上がり、両手を前に広げて、数歩歩いた。そしてまた横になったのだが、それは最初に眠っていたところからほぼ三メートルのところだった。二人のビッガーがいたのだ。一人は何が何でも休み、眠るのだと決めている。もう一人は恐怖に満ちた幻影から逃れようとする。かなり長いこと彼はじっとしていた。仰向けになり、胸の前で両手を組んで、口と目は開けている。胸の上下があまりにゆっくりかつ穏やかなので、胸がまったく動いていない合い間の時間には、二度と呼吸をしないかのように見えた。弱い太陽の光が顔に注ぎ、黒い肌が光沢のない金属のように光る。やがて太陽は沈み、静まり返った部屋は濃い影に満たされるようになった。

眠っているあいだに、彼の意識のなかには不穏でリズミカルな疼《うず》きが入り込んできた。目が覚めないように、彼はそれを払いのけようとした。精神は彼を守ろうとして、その疼きから無垢《むく》なイメージを作り出そうとしている。彼は自分がパリス・グリルにいて、ジュークボックスの音楽を聴いているのだと考えた。だが、それでは満足できない。次に彼の精神は、自宅のベッドに入っていて、母親が歌いながらマットレスを揺すり、彼を起こそうとしているのだと語りかけた。しかしこのイメージも、ほかのものと同じように、彼の心を鎮《しず》めることにはならない。疼きの鼓動はしつこく続き、彼には数百人の黒人が指で太鼓を叩く姿が見えるようになった。しかし、それもまた疑問には答えてくれない。彼は床の上で落ち着かずに寝返りを打っていたが、そのうちに心臓がドキドキして飛び起きた。耳は歌と叫び声に溢《あふ》れている。

彼は窓まで行き、外を見た。正面の数メートル下の窓を通して、薄暗い灯りに照らされた教会の内部が見える。そこに黒人の男女が集まり、木製の座席が細長く並ぶ列のあいだに立って、歌ったり手を叩いたり、頭をぐるぐる回したりしている。ああ、この人たちは週のあいだ毎日、教会に行くんだ、と彼は考えた。唇を舐《な》め、水をもうひと口飲む。警察はどれだけ近づいただろう？　いまは何時だ？　腕時計に目をやるが、動いていなかった。ネジを巻くのを忘れていたのだ。教会からの歌声が体のなかで震動し、鋭い悲しみの気分でいっぱいになる。聞くまいとしたが、歌声は彼の感情に染《し》み込んできた。別の生き方と死に方があるのだぞと囁《ささや》き、そこに横になって眠ってしまえと促す。やつらが来たければ来て、捕まえればいい。人生はすべて悲しみであり、それを受け入れるしかないのだ。そう歌声は彼に信じさせようとしていた。彼は首を振り、音楽から逃れようとした。どれくらい眠ったのだろう？ いま新聞はどんな記事を載せているのだろう？ 二セント残っているので、『タイムズ』は買える。彼は残っているパンを手に取った。音楽は降参して諦《あきら》めることを歌い続けている。〝こっそり、こっそり、こっそり、イエス様のもとへ逃れていこう……〟〔黒人霊歌「イエスのそばへのがれて行こう」より〕。彼はパンをポケットに詰めた。あとで食べることにしよう。銃が無事にそこにあることも確かめる。外からの歌声は続いている。〝こっそり、ふるさとへ逃れていこう。もう、ここに長くはとどまらない……〟。ここにとどまるのは危険だが、外に出るのも危険だ。耳は歌声しか聞こえなくなっていた。その歌は自己完結し、満たされている。彼の恐怖や孤独を、そして充足感を求める切実な憧《あこが》れを、嘲笑《あざわら》っているのだ。歌の満ち足りた感じは彼の飢餓感と、歌の豊かさは彼の空虚感と、鋭いコントラストを成す。そのために彼は、歌に答えながらも、そこからしり込みしていた。あの音楽が歌う世界に生きていたほうがずっと楽だったのではないか？ その世界に生きるのは簡単だったはずだ。それは母の世界なのだから——つつましく、罪を深く悔い、信心深く生きる者の世界。そこには中心が、核が、軸がある。彼が必要としている心がある。ただし、頭を枕《まくら》の上で卑屈に下げ、この世で生きる希望を捨てるのでなければ、それを手に入れることはできない。そして、俺はこうしたことを絶対にしない。

通りから路面電車の通る音が聞こえてきた。また走り始めたのだ。荒っぽい考えが彼の心に押し寄せた。警察はすでにこの地区を捜査し、彼を見逃したのではないか？　しかし、冷静に考えて、それはあり得ない。彼はポケットを軽く叩いて銃がそこにあることを確認し、それから窓を乗り越えた。冷たい風が顔に吹きつける。氷点下に違いない、と彼は考えた。路地の両端では、灯《とも》された街灯が霞《かす》んだ大気のなかで屈折し、大きな光の玉となっている。空は濃紺で、ずっと遠くに見える。彼は路地の端まで歩いていき、歩道に足を踏み入れて、行き交う人々の流れに加わった。難癖をつけてくる者がいるのではないかと身構えたが、そんな者はいなかった。

街区《ブロック》の端まで来ると、人々が集まっているのが見え、恐怖に腹を摑まれたように感じた。やつらは何をしているんだ？　歩度を緩めて見ると、彼らは新聞売り場を取り巻いていた。みんな新聞を買いにきた黒人で、白人たちがいかに彼を追いつめようとしているか読んでいるのだ。彼は顔を伏せ、前に進んで、群衆のなかに滑り込んだ。人々は興奮して話している。彼は冷たい指で二セントを握り、用心深く差し出した。近づくと、第一面が見えた。真ん中に彼の写真が載っている。写真の男が自分であると気づかれてはならない。彼は誰からも顔をじっと見られないように、さらに顔を伏せた。

「『タイムズ』」と彼は言った。

腋《わき》の下に新聞をはさみ、そろそろと群衆のなかから出る。そして空き部屋を探しに南へと向かった。次の角で「貸し部屋あり」の看板を見つけた。この建物は小さなキチネット付きの部屋に分かれているはずだとわかった。これこそ俺の求めていたものだ。彼はドアのところに行き、広告を読んだ。空き部屋は四階にある。彼は路地に入り、裏側の階段をのぼり始めた。足下で雪がガリガリというかすかな音をたてる。ドアの開く音がした。彼は立ち止まり、雪の上に膝《ひざ》をつくと、銃を取り出して身構えた。

「誰？」

女の声だ。それから男の声が鳴り響いた。

「どうしたんだ、エレン？」

「ポーチに誰かがいるような音がしたの」

「そいつは、おまえの気が張りつめているだけさ。新聞であの事件のことを読んでるから、怯《おび》えてんだ」

「でも、誰かがいる音がしたのよ」

「おい、ゴミをさっさと捨てて、ドアを閉めろ。寒いぞ」

ビッガーは暗闇で建物の壁にぴったりと体をつけた。女がドアから出てきて、立ち止まり、あたりを見回している。それからポーチの端まで行き、ゴミバケツのなかに何かを捨て、室内に戻っていった。女に見られたら、二人とも殺さなければならなかった、と彼は考えた。忍び足で四階までのぼると、窓が二つあり、どちらも暗かった。その一つの網戸を開けようとしたが、凍りついていて動かない。そっと左右に動かし、網戸が動くようになるのを待つ。それから網戸を持ち上げて外し、ポーチの雪のなかに置く。次に窓を少しずつ持ち上げていく。息遣いが非常に荒くなり、通りにいる人の耳にも届くのではないかと思った。窓を乗り越えて暗い部屋に入ると、マッチを擦った。部屋の向こう側に電灯がある。彼はそこまで歩いていき、鎖を引っ張った。帽子を電球にかぶせ、光が外に漏れないようにしてから、新聞を広げる。うん、俺のでかい写真がある。写真の上には大きな黒い活字が躍っている。**24時間の捜索も、強姦魔の発見に至らず。**別の段には次の見出しがあった。**千もの黒人の住居が捜索される。47番通りとホルステッドの交差点で始まった暴動は鎮圧。**サウスサイドの新しい地図もあった。網掛けの地区が北も南も広がっており、白い部分は小さな四角形しか残っていない。細長い黒人地帯の中心部だ。ビッガーは突っ立ったまま、まるで銃口のなかを覗き込むように、その小さな白い四角形を見つめた。俺はこの地図上の白い部分にいる。やつらが来るのを部屋で待っている。彼の目は新聞の向こうにじっと向けられた。自分から攻撃に出る以外、俺には何もできることがない。彼はまた地図をじっくりと見た。北から捜索を始めた警察は40番通りまで南下してきた。南からの警察は50番通りまで来た。ということは、俺はそのあいだのどこかにいる。数分後にはやつらがやって来る。彼は新聞を読んだ。

昨晩から今日にかけて、八千人もの武装した男たちが地下室や古い建物をくまなく調べた。黒人地帯の千以上の黒人の住居も捜索されたが、ビッガー・トマスの逮捕には至っていない。トマスは二十歳の黒人で、メアリー・ドルトンを性的に暴行し、殺したと見られている。彼女の骨は日曜日の夜、暖房炉のなかで発見された。

ビッガーの目はページを下へと追っていき、重要だと思われる言葉を拾っていった。「殺人犯が捕まったという噂《うわさ》が広まったが、即座に否定された」、「夜までに警察と自警団は黒人地帯全域の捜索を終えるだろう」、「シカゴ全体で多数の共産党本部が捜索される」、「数百人のアカが逮捕されるが、手がかりは摑めず」、「市長が市民に対して〝内部からの転覆活動〟に注意するよう警告……」。それから、次の文だ。

> 興味深い付随的情報が本日明らかになった。黒人の殺人犯が住んでいたアパートのビルは、ドルトン不動産会社の子会社が所有し、管理していたということである。

彼は新聞を持つ手を下げた。これ以上は読めない。覚えておくべき事実は、八千人の白人男たちが夜の街に出て、銃や催涙ガスを手に、彼を探しているということだ。この新聞によれば、すでに数街区《ブロック》先にまで迫っている。この建物の屋上に出られるだろうか？　出られるなら、やつらが通過するまで、そこに忍んでいられるかもしれない。屋上の雪のなかにもぐり込むことも考えたが、それは無理だとわかっていた。彼はまた鎖を引っ張り、部屋を真っ暗にした。懐中電灯を使ってドアまで行く。ドアを開けて、廊下を覗き込む。人気《ひとけ》はなく、向こう側で灯りがぼんやりと光っているだけだ。彼は懐中電灯を消し、屋上に通じる跳ね上げ戸を見つけようと、天井を見ながら爪先立《つまさきだ》ちで歩いた。ようやく、上に向かってのぼる、一対の木製の梯子《はしご》段《だん》を見つけた。と、そのとき、全身に張られたワイヤが引っ張られたかのように、彼の筋肉は強張《こわば》った。サイレンの甲高い音が廊下まで聞こえてきたのだ。すぐに声も聞こえてきた。興奮し、張りつめた、低い声。どこか下のほうから男が叫んだ。

「やつらが来るぞ！」

　こうなれば上がるしかない。彼は梯子段の上のほうを摑み、のぼっていった。誰かがこの廊下に入ってくる前に、姿をくらましたい。跳ね上げ戸にたどり着き、頭で強く押して開ける。暗くて見えないが、頭上の何か固いものを摑む。これが体重を支えてくれ、廊下の床に叩きつけられずに済むことを願いつつ、体を持ち上げる。屋根裏で膝をついたときには、胸が激しく波打っていた。それから跳ね上げ戸をゆっくりと下ろしていくと、閉める瞬間に、廊下のドアが開くのが見えた。危ないところだった！ またサイレンの音が聞こえてくる。外の通りで鳴っている音だ。誰もそれからは隠れられないという、警告を発しているように思われる。逃げようとしても無駄だ、すぐに銃と催涙ガスを持った男たちが現われるぞ、サイレンの音が入り込めるところには男たちも入り込めるのだからな、と。

彼は耳を澄ませた。モーターがドクドクと鳴る音が聞こえ、通りからは叫び声が舞い上がってくる。女たちの金切り声、男たちの罵声《ばせい》。階段をのぼってくる足音もする。サイレンの音が途切れ、また始まった。今回は甲高く、鋭い音だ。それを耳にして、彼は喉を摑みたくなった。あれが鳴り響いている限り、自分では呼吸できない気がする。屋上に出なければ！ 彼は懐中電灯を点《つ》け、狭い屋根裏を這って、跳ね上げ戸にたどり着いた。それに肩をつけて押し上げる。いきなり簡単に開いてしまったので、彼は恐ろしくなって飛びのいた。誰かがそれを上から摑んで開けたのかと思ったのだ。戸が開いたのと同時に、白い雪が目に入った。ぼんやりとした夜の闇と光を浴びた空を背景に、屋上に積もった雪が光っている。ガシャガシャという轟音《ごうおん》が入り混じって聞こえてくる。クラクション、サイレン、叫び声。こんなにうるさい音があり得るとは思ってもみなかった。こうしたものが屋根や煙突に反響するときの音には、飢えが感じられた。しかし、その下には、低いがはっきりとした音で、恐怖の声が聞き取れた。男たちの罵《ののし》り声、子供たちの泣き声。

そうだ、やつらはあらゆる建物の、あらゆる階の、あらゆる部屋を調べ、俺を見つけ出そうとしている。俺を追い求めている。太くて鋭い黄色の光線が空に向けられ、彼の目はピクッと上方に引きつけられた。もう一本の光線がナイフのようにそれに交差する。それからもう一本。すぐに空は光線でいっぱいになった。どの光線もゆっくりと回り、彼を取り囲もうとしている。光の格子《こうし》が彼の牢獄《ろうごく》となっている。それは彼と世界とのあいだに立ちふさがる壁だ。光の格子が壁を織り上げ、くねくねと動いている。そのなかに入るわけにはいかない。あの夜以来、そこからずっと逃げてきたのに、いまはその真っただ中にいる。ミセス・ドルトンが部屋に入ってきて、彼を恐怖に陥《おとしい》れた、あの夜。だから彼は鋼のような指で枕を握りしめ、メアリーの肺に空気が送り込まれるのを断ってしまったのだ。

下からドドドドッという重い轟音が聞こえてきた。遠くで鳴っている雷のようだ。屋上に出なければならない。彼は苦労して体を持ち上げると、深くて柔らかい雪の上にうつ伏せに倒れた。通りの向こうの屋上に白人の男がいることに気づき、目が釘《くぎ》づけになる。ビッガーが見ていると、男は懐中電灯の光をぐるりと回し始めた。こちらの方向を見るだろうか？　懐中電灯の光で、俺は男のいるところから見えてしまうだろうか？　男はしばらく歩き回っていたが、やがて姿を消した。

彼は素早く立ち上がり、跳ね上げ戸を閉めた。これを開け放していたら、疑いを招くだろう。それからまたうつ伏せになり、耳を澄ませた。下からはたくさんの人の走る音が聞こえてくる。軍隊が轟音とともに階段をのぼってくるかのようだ。もはや逃げられる場所はない。やつらに捕まるか、捕まらないかだけ。足音がさらに大きくなり、男たちが最上階に迫っていることがわかった。彼は目を上げて、あらゆる方向に視線を向けた。左側の屋上と右側の屋上に目をやる。後ろから誰かに忍び寄られ、不意を突かれたくはない。右の屋上を見ると、自分が身を伏している屋上とつながっていないことがわかった。ということは、あちら側から忍び寄られる心配はいない。左側の屋上は、こちらの屋上とつながっており、凍りついた長い通路となっている。彼は顔を上げて見渡した。ほかにもつながっている屋上がいくつかある。こうした屋上を渡っていき、雪の上を走り、煙突を避けていくと、地面に下りるしかない建物にたどり着くのではないか。そうしたら、それで終わりだ。飛び降りて、自殺するか？ わからない。追いつめられたら、彼の一部分が指示を発し、行動すべき道を教えてくれる——彼はそんな神秘的な考えを抱いていた。行動すべき道とは、辱《はずかし》めを受けずに死ねる方法である。

　近くで物音がした。見回すと、ちょうどそのとき白い顔が見えた。右側の屋上に現われた頭、続いて肩。動き回る黄色い照明を背景に、男の立ち姿がくっきりと浮き上がった。男は鉛筆のような灯りを雪の上に当てて回している。ビッガーは銃を持ち上げ、男に照準を合わせて待った。光が俺のところに届いたら撃とう。そのあとはどうする？　わからない。しかし、黄色い光点は彼のところまで届かなかった。彼は男が下りていくのを見送った——最初に足が、それから肩と頭が消え、見えなくなった。

ビッガーは少し気が楽になった。少なくとも右側の屋上はいま安全だ。跳ね上げ戸からのぼってくる人の音が聞こえないかどうか耳を澄ます。下からの雷鳴のような音は一秒ごとに高まっているが、男たちが近づいているのか遠ざかっているのかはわからない。彼は銃を握って待ち構えた。頭上にはダークブルーの寒空が卵形に広がっており、シルクをまとった鉄の手のひらがシカゴにかぶさっているかのようだ。冷たい風が強く吹きつけ、やむ気配はない。彼は自分がすでに凍りついてしまったような気がした。氷のかたまりが削られるときのように、自分からもかけらが剝《は》がれ落ちるのではないか。まだ手に銃を持っているかどうか確かめるには、目で見なければならなかった。手にはもはや感覚がなかったのである。

そのとき彼は恐怖に身を強張らせた。すぐ下から足音が聞こえてきたのだ。やつらは最上階までのぼってきた。左側の屋上に逃げるべきだろうか？　しかし、あの屋上を捜索する者の姿はまだ見ていない。ということは、あちらに逃げると、ちょうど跳ね上げ戸から出てきた男と鉢合わせするかもしれない。彼は忍び寄ってくる者がいるのではないかと思い、あたりを見回した。しかし、誰もいない。足音はさらに大きくなった。氷にじかに耳をつけ、聞き耳を立てる。うん、やつらは廊下を歩き回っている。俺のすぐ下、跳ね上げ戸の近くに数人いる。彼はまた左側の屋上に目をやった。あそこに走っていき、隠れたい。しかし、怖くもある。やつらはのぼってくるだろうか？　耳を澄ませるが、声がたくさん入り混じっていて、言葉までは聞き取れない。やつらに不意を突かれたくはない。何が起ころうとも、自分を殺す男とは正面から相対し、その顔を見届けたい。ついに、恐怖の歌をがなり立てるサイレンの音にも負けず、声がすぐ近くから聞こえてくるようになり、言葉がはっきり聞き取れるようになった。

「クソッ、疲れたぜ！」

「寒い！」

「これ、時間の無駄だと思うぜ」

「なあ、ジェリー！　今回はおまえが屋上に行ってくれるよな？」

「ああ、俺が行くよ」

「あのニガーはいま頃、ニューヨークにいるんじゃねえのか」

「そうだな。でも、見ておいたほうがいい」

「なあ、あそこの茶色い肌の女、見たか？」

「あまり服を着てなかった女のことか？」

「ああ」

「ありゃあ、いい女だったよな？」

「そうだよ。一体全体、なんでニガーが白人の娘を殺したがるってんだ？　自分の仲間にあんないい女がいるってのによ……」

「ああ、あの女に一緒にいてって言われたら、こんなクソみたいな狩りはやめるね」

「おい、持ち上げてくれ。この梯子段を押さえてくれないか。ぐらつくみたいだからな」

「オーケー」

「急げ。キャプテンが来たぞ」

ビッガーは身構えた。それから力を抜いた。跳ね上げ戸から三十センチほどのところに立つ煙突にしがみつく。身を伏したままでいるか、立ち上がるべきか？　彼は立ち上がって煙突に体を押しつけ、それと一つに見えるようにした。銃を握りしめて待つ。あの男は上がってくるだろうか？　彼は左側の屋上に目をやった。まだ誰もいない。しかし、あっちに走っていったら、誰かと鉢合わせするかもしれない。屋根裏の通路を歩く足音がした。間違いない、やつは上がってくる。彼は跳ね上げ戸が開くのを待ち構えた。銃をギュッと握りしめる。強く握りすぎているのではないか。強く握りすぎて、撃とうとする前に発砲してしまうのではないか、などと考える。指が冷たすぎて、自分がどれだけの力を引き金にかけているかがわからない。そのとき、漆黒の空に流れ星が光るように、恐ろしい考えが彼の心に閃《ひらめ》いた。俺の指はすっかりかじかんでいて、引き金を引けないのではないか。急いで彼は左手で右手に触れたが、それでも何もわからなかった。左手も冷たすぎて、彼が感じたのは凍った肉がほかの凍った肉と接しているというだけだった。しばらく様子を見なければならない。信念を持つしかない。自分を信頼する、それだけだ。

跳ね上げ戸が開いた。最初は少しだけ、それから広く。ビッガーは口を開けてじっと見つめた。寒風が目に吹きつけるため、涙がにじみ、視界はぼやけている。戸は垂直に開き、彼の視界を一瞬遮ってから、雪の上にそっと倒れた。続いて白人男の剝《む》き出しの頭が見えた――後頭部だ――狭い出入口のなかに現われ、せわしなく交差し合う黄色い投光照明を背景に、くっきりと浮き出ている。すると、男の頭が少しだけ向きを変え、ビッガーには白い顔の側面が見えるようになった。男は大写しのスローモーションで映し出された映画の人物のように動き、穴から出てくると、彼に背を向けて立った。手には懐中電灯を持っている。とっさにビッガーの頭に考えが浮かんだ。やつを殴れ。やつを殴れ！　頭を殴るんだ。それでうまく行くかどうかはわからないが、それはどうでもいい。この男に懐中電灯の光を当てられ、助けを呼ばれるより先に、こいつを殴らなければならない。ビッガーが男の頭を見たほんの一瞬、それは一時間が過ぎたようであり、その一時間は苦痛と疑惑と苦悩と不安に満ちていた――針先の上で生きているかのような、鋭い痛みしか感じられなくなった。ビッガーは左手を上げ、右手で握っている銃を左手の指で包み込み、銃をひっくり返して、今度は銃身の部分を右手で握った。このすべてを一つの動作で、素早く、音をたてずにやってのけた。瞬《まばた》きはせず、じっと見つめたまま、ひと呼吸で。やつを殴れ！　ビッガーは銃身を握った右手を高く上げた。そうだ。やつを殴れ！　唇でこの言葉をなぞりながら銃を振り下ろす。罵りと祈りと呻《うめ》きのまじった声を発しつつ。

　ビッガーは殴ったときの衝撃を腕全体で感じた。筋肉がかすかに軋んだ。手は中空にとどまっている、銃の金属が頭の骨にぶつかったところに。停止し、凍りつき、手をもう一度上げて振り下ろそうとしているかのように、まったく動かない。その瞬間、銃を打ち下ろしたのとほとんど同時に、白人男は小さな咳《せき》に似た音を発した。懐中電灯は雪の上に落ち、パチッという音とともに光が消えた。男はビッガーから離れた方向に顔から倒れた。深い夢のなかに音もなく落ちていく男のように、雪のクッションの上に体ごとドサッと。金属が頭の骨に当たるとき、ビッガーはガチッという音を耳にした。かすかだがはっきりと、その音は耳に残り続けている――強烈に明るい光の点が突然消え、闇《やみ》に包まれたあとでも目の前に残り続けるのと同様に――銃の握りが男の頭に当たるガチッという音は耳にとどまっている。彼は立っていた場所から動いていなかった。右手はまだ上に、中空に伸ばしたままだ。ようやく腕を下げ、男を見つめる。金属が骨に当たる音は、耳のなかで、臨終の囁き声のように消えていった。

　サイレンの音はしばらく前から消えていたが、彼にはいつからか思い出せなかった。それからまた始まった。その音が聞こえていなかった期間は、彼にだけ伏せられた危機を孕《はら》んでいるように思われた。まるで歩哨《ほしょう》に立っていながら、敵が迫っているのに眠ってしまった恐ろしい瞬間のように。くるくると回る光のなかに目を凝らしていると、左側の屋上の跳ね上げ戸が開いたのに気づいた。銃を握りしめ、身を強張らせる。じっと見つめ、待つ。男がのぼってくるときに見られさえしなければ！　頭が見えてきた。白人男が跳ね上げ戸から這い出てきて、雪のなかに立った。

　ビッガーはたじろいだ。下の屋根裏で誰かがゆっくり移動している。俺は包囲されてしまうのか？　少し怯えているような声が聞こえてきた。彼が打ち倒した男がのぼってきた穴からだ。

「ジェリー！」

　その声は、サイレンや消防車の鐘の音にも負けず、はっきりと響いた。

「ジェリー！」

　声はまた少し大きくなった。あの男のパートナーだ。ビッガーは左側の屋上を振り返った。男はまだそこに立ち、懐中電灯の光で周囲を見回している。やつが立ち去ってさえくれれば！　俺はこの跳ね上げ戸から離れなければならない。あの男がのぼってきてパートナーを探し、雪の上でのびているのを発見したら、やつは叫ぶだろう。その前にやつを襲うのは無理だ。ビッガーは煙突に体を押しつけ、息を呑んで、左側の屋上の男を見つめた。男は体の向きを変え、跳ね上げ戸のほうに歩いていくと、なかに入っていった。ビッガーはドアの閉まる音を待った。音がした。では、あちらの屋上には誰もいない！　彼は声にならない祈りを吐き出した。

「ジェエエリー！」

銃を手に握ったまま、ビッガーは屋上を這って進んだ。そして、煉瓦《れんが》で作られた小さな出っ張りのところに来た。このビルの平らな屋上から突き出ていて、ほかの建物の屋上とつながるものだ。彼は立ち止まり、振り返った。出入口の穴にはまだ誰もいない。いまこれを乗り越えようとしたら、あの穴から男がちょうど出てきて、見つかってしまうだろうか？　一か八か、やるしかない。彼は出っ張りのてっぺんを摑《つか》み、体を持ち上げた。しばらく氷の上でうつぶせになり、それから転がって、向こう側に滑り下りた。顔と目に雪がついたのを感じた。胸が激しく上下する。もう一つの煙突のところに行き、様子をうかがう。あまりに寒かったため、この氷のような煙突の煉瓦と一体化し、すべてを終わらせたいという、荒っぽい願望を抱いた。また声が聞こえてきた。今回は大声で、しつこい。

「ジエリー！」

彼は煙突の後ろから覗《のぞ》き込んだ。出入口にはまだ誰もいない。しかし、次に声が聞こえてきたとき、男が出てこようとしているのがわかった。まるですぐ隣りにいるかのように、声の震動が感じられたからだ。

「ジェリー！」

それから男の顔が出てきた。出入口の上に、白いボール紙がはまっているかのように見える。男の声がもう一度聞こえてきたとき、ビッガーには、彼がパートナーを雪の上で発見したのだとわかった。

「ジェリー！　どうした！」

ビッガーは銃を上げ、待ち構えた。

「ジェリー……」

男が出入口から出てきて、パートナーを見下ろした。それからまた穴にもぐっていき、叫び声をあげた。

「誰か！　誰か！」

うん、男がこのことを広めるだろう。俺は逃げるべきか？　別の屋上の跳ね上げ戸から下りたらどうだろう？　ダメだ！　廊下に出ている住人たちが俺を見て怯え、叫び声をあげる。そうしたら俺は捕まってしまう。やつらは喜んで俺を引き渡し、この恐ろしい事件に終止符を打とうとするはずだ。屋上をつたって、もっと遠くに逃げたほうがいい。彼は立ち上がり、まさに走り出そうとしたときに、穴から頭が出てくるのが見えた。ほかの男が出てきて、ジェリーを見下ろした。背の高い男で、ジェリーの体に向かって屈《かが》みこむと、顔に手を置いているようだった。さらに次の男が出てきた。男の一人が懐中電灯をジェリーの体に当てる。ビッガーが見ていると、もう一人が身を屈め、その体を転がした。灯りがジェリーの顔を照らす。男の一人が、通りに面した屋上の塀まで駆けていった。彼が手を口に当てると、ホイッスルの音がビッガーの耳に届いた。甲高くて鋭い音だ。通りの騒音は静まり、サイレンも止まった。しかし、投光照明の光線は相変わらず回り続けている。突然の静けさのなか、一人の男が叫んだ。

「この街区《ブロック》を包囲しろ！」

それに応《こた》える叫び声が聞こえてきた。

「手がかりが見つかったのか？」

「やつはこのあたりにいるぞ！」

激しい叫び声が上がった。うん、やつらは俺に迫っていると感じている。男の鋭いホイッスルの音がまた聞こえてきた。騒音は静まったが、さっきほど静かにはならなかった。派手に喜ぶ声が下からのぼってくる。

「担架と救援を寄こせ！」

「オーケー！」

男は振り返り、雪の上に横たわるジェリーのほうへと戻った。ビッガーの耳に会話の断片が聞こえてくる。

「……どうしてこうなったと思う？」

「襲われたようだな……」

「……やつはこのあたりに……」

「急げ！ 屋上を見て回るんだ！」

男の一人が立ち上がり、懐中電灯を点けた。ぐるぐる回る投光照明が屋上を照らし出し、昼のような明るさになる。ビッガーは、男の一人が銃を持っていることに気づいた。この男か別の男に見つかる前に、ほかの建物の屋上に移らなければならない。やつらは疑心暗鬼になっており、こうした建物の屋上を隈《くま》なく探すだろう。彼は四つん這《ば》いになって次の塀まで進み、そこから振り返った。男はまだ同じところにいて、雪の上に黄色い光を投げかけている。ビッガーは凍りついた塀のてっぺんを掴んで体を持ち上げ、その上にうつぶせになってから、向こう側に滑り下りた。塀によじのぼって逃げるのにどれだけの力が必要になるかは、そのとき考えなかった。捕まるという恐怖が寒ささえも忘れさせ、自分に力が残っていないことも忘れさせた。体のどこかから、筋肉と血と骨の奥深くから、エネルギーを引き出した。この男たちをかわさなければならないというたった一つの衝動から、逃げよう隠れようという力を導き出したのだ。彼は雪の上に手と膝をつき、次の塀まで雪の上を這っていった。そのとき男の叫び声が聞こえた。

「いたぞ！」

この言葉に彼は動きを止めた。ひと晩じゅう彼らの声に耳を澄ましてきて、ついにそれが聞こえてきたとき、空が音もなく崩れ落ちてきたように感じられた。逃げてどうなるんだ？　ここで止まり、立ち上がって手を高く上げ、降参を示したほうがましなのではないか？　いや、そんなことはない！　彼はまた這って進み続けた。

「止まれ！　おまえだ！」

銃声がし、弾丸が頭の近くをヒュッと飛んでいった。彼は立ち上がり、塀まで走っていって、それを乗り越えた。さらに次の塀まで走り、それを乗り越える。煙突から煙突へと素早く走り、銃で狙《ねら》える時間を誰にも与えないようにした。前を見ると、何やら大きくて丸くて白いものが闇のなかに浮かび上がった。雪の積もった屋上からまっすぐに立ち、膨れ上がって見えるもの。ナイフのような照明の光を浴びてチカチカ光っている。もうすぐあまり先までは行けなくなるだろう。屋上が終わり、下の通りに垂直に切り立つ地点に達するからだ。彼は雪に足を取られ、滑りながらも、煙突のあいだを縫うように進んでいった。先ほどちらりと見た、巨大な白いものが前方にそそり立っていることを意識しつつ。あれは俺の助けになるものだろうか？　あの上に乗ったり、背後に隠れたりして、やつらをかわせるだろうか？　彼は聞き耳を立て、また銃声が聞こえるのではないかと思いつつ走っていたが、まったく聞こえなかった。

次の塀にたどり着き、彼は振り返った。照明の光の槍《やり》が交錯し、ぎらぎら輝いているなかに、雪の上をよろよろと歩いてくる男の姿が見える。ここで止まって撃つべきか？ いや！ すぐにもっと集まってくるから、時間の無駄だ。隠れられる場所を探さなければならない。待ち伏せし、闘える場所を。次の塀まで走っていくとき、例の白くて大きなものの脇《わき》を通り過ぎた。頭上に聳《そび》え立っている。塀で立ち止まり、目をしばたたかせながら見下ろすと、下には白い顔の海があった。あの沸き立つ憎悪《ぞうお》の大洋のなかへと一直線に、くるくる回りながら落ちていく自分の姿が目に浮かんだ。塀の凍りついたてっぺんに手をかけ、指に力を入れる。これ以上速く走っていたら、勢い余って屋上から落ち、四階下に叩《たた》きつけられていただろうと思いつつ。

目がくらくらしてきて後ずさった。これで終わりだ。これ以上逃げ、かわすための屋上はない。目を凝らす。男はまだ追ってくる。ビッガーは立ち上がった。サイレンの音は前より大きくなり、叫び声や金切り声が増えている。通りに出ている連中は、警察と自警団が屋上で彼を包囲したと知っているのだ。彼は先ほどちらりと見た、ぼんやりと白くて巨大なもののことを思い出した。見上げると、真上にそれはあった。てっぺんが平らで丸く、雪をかぶって白い、そそり立つ貯水タンク。鉄製の梯子があり、その艶々《つやつや》した横桟は氷に覆《おお》われ、それが旋回する黄色い光線に照らされて、ネオンのように光っている。彼は横桟を摑み、のぼり始めた。どこに向かっているのかはわからない。わかっているのは、隠れなければならないということだけだ。

貯水タンクのてっぺんにたどり着くと、弾丸が三発、頭の近くにヒュッと飛んできた。ビッガーは雪の上で腹を下にして平たく横たわった。ほかの屋根や煙突よりもずっと高いところにいるため、周囲が広く見渡せる。一人の男が近くの塀を乗り越えようとしていて、その向こうには数人の男たちの集団がいる。彼らの顔は、揺れる鉛筆のようなライトに照らされ、白くくっきりと見える。もっと向こうの跳ね上げ戸からは男たちが続々と出てきており、煙突を避けながら彼に向かってくる。彼は銃を持ち上げ、彼らを狙って撃った。男たちは立ち止まったが、誰も倒れない。撃ち損じたのだ。もう一度撃つ。やはり誰も倒れない。男たちの集団はバラバラになり、塀や煙突の陰に消えた。通りから奇妙な歓声が洪水のように押し寄せてくる。銃声がしたために、人々は彼が撃たれたか、捕まったか、死んだかしたと思ったのだろう。

開けたところを走ってくる男の姿が見えた。貯水タンクに向かっている。ビッガーはまた撃った。男は煙突の陰に隠れた。また撃ち損じだ。手が冷たすぎて、まっすぐ撃てないのだろうか？　やつらがもっと近づくまで待つべきだろうか？　横を向くと、ちょうど通りの側から屋上の縁にたどり着こうとしている男の姿が見えた。地上から建物の側面に立てかけられた、梯子をのぼっている。ビッガーは撃とうとして構えたが、男は塀を乗り越え、彼の視線から外れた。タンクの下に消えたようだ。

どうして俺はまっすぐ、素早く撃てないのだ？ 正面を見ると、二人の男が貯水タンクの下に入っていくのが見えた。これでタンクの下に三人いることになる。取り囲まれてはいるが、やつらは俺の視界に姿を現わさない限り、捕まえにくることはできない。

小さな黒い物体が頭の近くの雪のなかに落ちた。シューッという音をたて、白い蒸気を噴出している。風に揺れる羽毛のようだ。蒸気は風によって彼とは逆方向に吹き飛ばされている。催涙弾だ！ 彼は手でそれをタンクから払い落とした。もう一つ飛んできたので、それも払い落とす。もう二つ来たのも押しのけた。ミシガン湖の方向からの強い風に吹き飛ばされ、ガスは彼の目や鼻にまで届かない。男の叫ぶ声が聞こえてきた。

「やめろ！ 風に吹き飛ばされてる！ やつは催涙弾を落してるぞ！」

通りの騒ぎはいっそう高まった。男たちがさらに跳ね上げ戸から屋上にのぼってくる。ビッガーは銃を撃ちたかったが、あと三発しか残っていないことを思い出した。やつらがもっと近づいてきたら撃とう。そして、自分の分を一発取っておく。生きてやつらに捕まるわけにはいかない。

「下りてこい！」

ビッガーは動かなかった。銃を握って伏せたまま待った。それから、ちょうど目の真下に、貯水タンクの凍りついた端を掴む四本の白い指が見えた。ビッガーは歯を食いしばり、銃の台尻《だいじり》でその白い指を叩いた。指が消え、雪の積もった屋上に体が叩きつけられる、ドサッという音が聞こえてきた。もっとのぼってくる者がいるだろうと待ち構えたが、誰も来なかった。

「抵抗しても無駄だ！　おまえは包囲されている！　下りてこい！」

　やつらが怖がっているのはわかった。しかし、これが何らかの形で、もうすぐ終わることもわかっていた。やつらに捕まるか殺されるか、どちらかだろう。自分が恐れていないことに驚いた。こうした状況下で、彼の精神の一部がそこから身を引き始めたのだ。自分で幕を引き、壁を作り、その背後に隠れようとしている。そして、陰気な軽蔑《けいべつ》の眼《まな》差《ざ》しを外に向けている。自分自身の外に出て傍観しているのだ。冬の夜空の下、照明がくるくる回る光を空高く投げかけている下で横たわり、渇いた金切り声や飢えた叫び声を耳にしている――恐れず、挑むような態度で。

「ホースを急いで持ってくるように言え！　あのニガーは銃を持っている！」

　あれはどういう意味だ？　彼の目はさまよった。動く物体がいたら撃とうと身構えるが、何も現われない。いまは自分の体を意識していなかった。自分自身をまったく感じなくなっている。わかっていたのは、自分がここに銃を持って横たわり、自分を殺したがっている男たちに囲まれているということだけ。そのとき近くからハンマーで叩くような音が聞こえてきた。目を凝らすと、煙突の縁の向こうで跳ね上げ戸が開いた。

「いいか、おまえ!」とかすれた声が呼びかけてきた。「最後のチャンスをやろう。下りてこい!」

ビッガーはじっと待った。これから何が起こる? やつらが撃ってこないのはわかっていた。こちらが見えないはずだからだ。では、何だ? 考えているうちにわかった。怒り狂ったような水のシューッという音が聞こえてきたのだ。明るい光に照らされて銀色に輝く水流が、邪悪な力を込めて頭のずっと上を通り越していく。そしてドドドッという鈍い音をたてて向こう側の屋上に落ちる。やつらはホースで放水を始めた。消防署がやったに違いない。俺を無防備な場所へと追い込もうとしている。水流は煙突の背後から出ており、そこの跳ね上げ戸が開いていた。しかし、まだ水は当たっていない。激しい水流は頭上で左右にピクピクと揺れ、それによって彼の居場所を突き止めようとしている。それから水が横腹に当たった。杭打機《くいうちき》の一撃のようだ。息ができなくなり、横腹の鈍い痛みが全身に広がっていって、彼を呑み込んだ。水によって彼をタンクから落とそうとしているのだ。彼はタンクの縁を必死に摑んだが、力が消えつつあるのを感じた。胸が大きく波打つ。体のなかで疼く痛みからも、このように水を浴びせられていたら、長くは持ちこたえられないことがわかった。寒い。凍りつくようだ。血も氷になったように感じられる。口を開け、息を喘《あえ》がせる。銃を持つ指が緩む。握り直そうとするが、できないことがわかった。そのとき水が遠ざかり、彼は横になったまま喘いだ。

すっかり消耗している。

「おい、その銃を投げ落とせ！」

ビッガーは歯を食いしばった。冷たい水が巨人の手のようにまた体に食い込んでくる。その冷たさが大蛇となって彼の体に巻きつき、絞めつけてくるかのようだ。腕が痛い。彼は幕の向こうにいて、凍えそうになっている自分自身を見つめていた――氷点下の風に吹かれ、水の衝撃を受けている自分の姿を。そのとき水流が彼から逸《そ》れた。

「その銃を捨てろ！」

ビッガーの全身が震え始めた。銃を完全に手から放す。ああ、これで終わりだ。どうして捕まえに来ないのだろう？　また指を雪と氷のなかに食い込ませ、タンクの縁を摑む。力が尽きてしまった。諦めよう。彼は仰向けになり、弱々しく空を見上げた。いくつもの光線が空で交錯している。これで終わりだ。やつらはもう俺を撃てる。どうして撃たないんだ？　どうして捕まえに来ないんだ？

「その銃を投げ落とせ！」

やつらは銃を欲しがっている。俺は持っていない。もはや怖くもない。怖く感じるだけの力も残っていない。

「その銃を投げ落とせ！」

そうだ、銃を手に取って、やつらに向けて撃とう。空《から》になるまで撃ってやる。彼はゆっくりと手を伸ばし、銃を拾い上げようとした。しかし、指がかじかんで動かない。彼の内部で何かが笑い声をあげた。冷たく厳しい笑い声。自分で自分を笑っているのだ。どうしてやつらは俺を捕まえに来ない？　やつらも怖がっているからだ。彼は目をぎょろつかせ、銃を焦《こ》がれるように見つめた。そのとき、銃を見つめている彼の目の前で、銀色の水流がシューッと襲いかかった。銃はくるくる回ってタンクから滑り落ち、見えなくなった……。

「銃が落ちてきたぞ！」

「おい、下りてこい！　おまえはもう終わりだ！」

「まだのぼるなよ！　銃をもう一つ持ってるかもしれん！」

「下りてこい、おまえ！」

ビッガーはいまこのすべての外部にいた。消耗し、寒すぎて、もはやタンクの縁にしがみついていられない。ただ口も目も開けてタンクの上に横たわり、頭上をビューッと通り過ぎる水の音に耳を傾けていた。それからまた水が彼の横腹に当たった。自分の体がすべすべした氷と雪の上を滑っていくのが感じられる。持ちこたえたいと思ったが、できなかった。彼の体は縁でぐらぐらし、両脚が空中に垂れ下がる。そして落ちていった。屋上の雪のなかに顔から着地し、頭がくらくらした。

目を開けると、ぐるりと取り囲む白い顔の群れが見えた。それでも、彼はその外に、幕の背後にいた。壁の向こう側からこうしたことを見つめていた。男たちの話す声が聞こえるが、ずっと遠くから聞こえてくるかのようだ。

「よし、こいつだ！」

「こいつを通りに下ろせ！」

「水がうまくいったな！」

「半分凍ってるみたいだぞ！」

「よし、こいつを通りに下ろせ！」

ビッガーは体が引きずられていくのを感じた。屋上の雪の上を滑っていく。それから持ち上げられ、足から先に跳ね上げ戸に突っ込まれた。

「捕まえたのか？」

「ああ！　このまま落とすぞ！」

「オーケー！」

体を落とされ、暗い屋根裏で男たちの手に荒っぽく摑まれた。男たちは彼の足を持って引きずっていく。目を閉じると、頭はざらざらした床板の上を滑っていった。最後の跳ね上げ戸のなかに無理やり押し込まれ、通り抜ける。顔に温かい空気を感じ、建物のなかに入ったことがわかった。また脚を摑まれ、今度は廊下の滑らかなカーペットの上を引きずられていった。

小休止があり、それから彼らはビッガーを連れて階段を下り始めた。頭が階段にガンガンと当たる。ビッガーは濡《ぬ》れた腕を後頭部のあたりで組み、痛みから身を守ろうとした。しかし肘《ひじ》と腕への衝撃が強すぎて、体から力が完全に消えうせた。階段でガンガンと弾む頭の痛みを感じつつ、気を緩める。目を閉じ、意識を失おうとする。しかし、脳をハンマーで叩かれるような打撃音をまだ感じていた。それから、音は止まった。外の街路はすぐそこだ。ほとばしる水音のように、叫び声や金切り声が聞こえてきた。そして街路に出た。雪の上を引きずられていく。強い手に摑まれ、足は宙に浮いている。

「こいつを殺せ！」

「リンチしろ！」

「真っ黒なクソ野郎！」

足を摑んでいた手が離れ、彼は雪のなかで仰向けに横たわった。騒音の海がまわりから波となって押し寄せてくる。目を少し開けると、ずらりと並んだ白い顔が目の前にぼんやり現われた。

「この黒い猿を殺せ！」

磔《はりつけ》にするかのように、二人の男が彼の左右の腕を摑んで広げた。そしてそれぞれの手首を足で踏みつけ、雪のなかに深くめり込ませた。彼はゆっくりと目を閉じ、暗黒のなかに呑《の》み込まれていった。

第三部　運命

いまや彼には昼もなく夜もなく、ただ時間が長く持続しているだけだった。とても短い時間が長く持続しているだけ。それから——終わり。世界じゅうの誰に対しても、彼はもはや恐怖を感じていなかった。恐怖は役に立たないとわかったからだ。そして、世界じゅうの誰に対しても憎悪《ぞうお》を抱いていなかった。憎悪が何の助けにもならないとわかったからだ。

警察署を移動させられ、脅され、説得され、痛めつけられ、怒鳴り散らされたが、彼は頑《かたく》なに沈黙を守った。たいていは座ったまま顔を伏せ、床を見つめていた。あるいは、腹ばいになって体を伸ばし、片肘《かたひじ》を曲げたところに顔をうずめた。このときも彼は同じ姿勢で寝床に転がっていた。二月の空から薄い黄色の陽光が、冷たいスチール製の格子を通し、斜めに彼に注いでいる。ここは11番通りの警察署である。

食べ物はトレーに載せられて運ばれてきた。そして一時間後に、手をつけられていないまま回収された。煙草《たばこ》の箱も与えられたが、開けられないまま床に転がっていた。水を飲むことさえしようとしなかった。ただ寝そべるか座っているかで、何もしゃべらず、自分の独房に人が入ってこようが出ていこうが気づきもしなかった。彼を別の場所に移動させたいとき、彼らは彼の手首を摑《つか》み、引っ張っていった。彼はまったく抵抗せず、いつでも頭を下げ、足を引きずって歩いた。彼らに襟を摑まれ、引っ張られると、彼の弱った体は簡単に言いなりになってしまう。そんなときでさえ、彼は希望も怒りも見せようとしなかった。無気力な顔から覗《のぞ》くその目は、静かな黒いインクの池が二つ並んでいるようだった。署員以外、誰も彼に会いにくる者はなく、彼から誰かに会いたいと言うこともない。逮捕直後の三日間、自分のやったことが視覚的に心に浮かぶこともない。すべては心の奥底に追いやられ、とてつもなさや恐ろしさを孕《はら》んだまま、そこにしまい込まれていた。茫然《ぼうぜん》自失の状態というより、何事にも反応すまいという深い生理的な決意に駆《か》られていたのである。

偶発的な殺人によって、彼は周囲の人々との関係に秩序と意味が築き得ると感じ取るに至った。その殺人によって生まれて初めて自由であると感じたために、それに対する道義的な罪と責任を受け入れた。人々と違和感なく接したいという漠然とした欲求を感じ、それができるようになるために身代金《みのしろきん》を要求した――このすべてをやり、失敗した。その結果、彼はあがくのをやめることを選んだ。自分の存在の真髄から湧《わ》き起こる純粋な意志の行為により、自分の人生と、それに由来する悲惨な結果の長い連続から目を背け、原始の水の暗い表面に憧《あこが》れの眼差《まなざ》しを向けた。その水に何らかの霊が息を吹き込むことで、彼という人間は作られた——漠然とした欲求や衝動を持つ人の似姿で最初に作られたのだ。こうした水に沈んで戻りたい、そして永遠に休みたい、と彼は感じた。

それでも、自分のなかにある信念をすべて粉砕したいという欲求そのものも、信念の感覚に基づいて築かれていた。体が感じていたのは、もし周囲の男女に溶け込めないのなら、自分が生きている自然界の別の部分に溶け込めるはずだという理屈だった。この放棄の気分から、殺したいという意志が再び湧き出したのだ。しかし、今回は外側の人々に向けられるのではなく内側へ、自分自身へと向かった。自身のなかの歪《ゆが》んだ憧れをどうして殺してしまわないのだ？　それが俺をこの結末へと導いたのではないか？　彼は手を伸ばし、殺し、そして何も解決できなかった。だからどうして内側に手を伸ばし、自分を騙《だま》したものを殺してしまわない？　この感情がひとりでに、有機的に、自動的に湧き上がった。土のなかで腐った種子の外皮が土となり、そこでまた種子が育つように。

そして、こうしたことすべての上にも下にも、死への恐怖があった。それに対して彼は丸裸も同然であり、自分を守るものなど何もないのだ。地球上のあらゆる生き物と同じように、自分から進んで終わりに立ち向かわなければならない。そして、死に対する彼の態度を決めているのが、自分が黒人であり、差別され蔑視《べっし》されているという事実だった。受動的に、彼は両極端のあいだに別の軌道を求め、それによってもう一度生きられることを願った——愛と憎悪がせめぎ合うなかでの新しい生き方を渇望《かつぼう》した。頭上には、満天の星のように、イメージやシンボルが星座のごとくちりばめられていなければならない。そして、その魔術と力とで彼を高く持ち上げ、強烈な人生を歩ませてくれなければならない。黒人であり、差別されているという恐怖を忘れさせてくれるほどの強烈な人生。死でさえも問題にならなくなり、勝利となる。このことが起きなければ、彼らと再び正面から向き合えない。新しい自負と謙虚さが彼のなかに生まれなければならない。自分自身が生きる世界における自分の場を新たに確認することから生まれる謙虚さ。そして、この確認を基盤に新しい希望が形成され、彼のなかで自負と威厳として機能するのである。

しかし、それは決して起こらないだろう。彼のなかには、おそらくそのようなものはない。彼はいまのままで、終わりに到達しなければならないのだ。愚かで、追いつめられ、目には空虚な影を宿して。たぶんこれですべてなのだろう。混乱した刺激、興奮、疼《うず》き、高揚——こうしたものはおそらくどこにも導かない偽りの光なのだ。やつらが黒い肌は悪いと言うとき、猿のような動物を覆《おお》っているものだと言うとき、それは正しいのかもしれない。彼は単に不運なのだろう。暗い最期《さいご》を迎えるために生まれた男。光沢のある寒空の下、くるくる回る投光照明と白人たちの顔とサイレンの絶叫というとてつもない騒ぎのなかで、展開されていた猥褻《わいせつ》な冗談。しかし、彼はそれを長く感じていることはできなかった。感情がそのような結論に達した途端、何かしらの脱出口があるはずだという確信がまた押し寄せてくる。それは激しくて力強い確信——いまの彼には自分を糾弾し、麻痺《まひ》させるものと感じられた。

　それからある朝、一団の男たちが現われ、彼の手首を摑んで、クック郡死体保管所の広い部屋に連れていった。そこにはたくさんの人々が集まっていた。彼は明るい照明に目をしばたたかせた。興奮した人々の大きな話し声が聞こえてくる。密集した白い顔の群れ、写真撮影のために絶え間なく光り続けるフラッシュの閃光《せんこう》に、彼は驚きを募らせ、じっと見つめずにいられなくなった。無関心という防壁ではもはや自分を守れない。最初、裁判が始まったのかと思い、心が空っぽの夢へと沈んでいこうとしたが、ここは法廷ではなかった。儀式ばったところがなさすぎる。彼は、数日前にドルトン邸の地下室で抱いたのと同じ気持ちが自分の感情によぎるのを感じた。帽子をかぶった記者たちが葉巻や煙草を吸いながらやって来て、いろいろと質問をしたときの気持ち。ただし、いまのほうがもっと強烈だ。空気には声にならない嘲《あざけ》りが漂っていて、それが彼を挑発した。彼が感じたのは彼らの憎悪ではなく、それよりも深いものだった。彼らが憎悪を超えた域に達していることが、彼に対する態度に感じ取れたのだ。彼らの声の響きからは執拗《しつよう》な確信が聞こえてくる。彼を見つめる目には冷静な信念が宿っている。言葉では言い表わせなかったが、彼らが彼を死刑にすると決めているだけでなく、彼の死に単なる刑罰以上の意味を持たせるつもりだとわかった。彼らは彼を黒人世界の想像上の代表と見なしている。その世界を彼らは恐れ、管理下に置きたくてたまらない。群衆の雰囲気が物語っているのは、彼らが彼の死を血なまぐさい恐怖の象徴として使い、黒人世界の目の前で振ってやろうとしていることだ。そしてそれを感じると、彼のなかに反抗心が湧き起こってきた。この世における最低点にまで落ちてしまったが、自分の人生がここでまた脅《おびや》かされていると感じたら――それも、ほかの者たちの娯楽のための無力な見せものとして、暗い道を歩んでいくことを意味するとなると――彼は息を吹き返し、行動に打って出よう、闘おうという気になった。

彼は手を動かそうとして、冷たいスチールの頑丈な環《わ》が両手に掛かっているのに気づいた。それは彼の両側に座る警察官の白い手首につながれている。まわりを見回すと、警察官の一人が正面に立ち、もう一人が背後に立っていた。カチッという鋭い金属音がして、両手は自由になった。いくつもの囁き声が湧き起こる。彼が動いたことによるのだろう。それから彼の目は、かすかに上を向いている白い顔に固定された。その肌は張りつめた不安をたたえており、卵形の白い顔を取り囲む髪は顔よりももっと白い。ミセス・ドルトンだ。弱々しく青白い手を膝《ひざ》の上で組み、何も言わずに座っている。ビッガーは彼女を見て、あの凄《すさ》まじい恐怖の瞬間を思い出した。ダークブルーの部屋でベッドの脇《わき》に立ち、自分の心臓が肋骨《ろっこつ》に当たるくらいドキドキ鼓動していた、あのとき。自分は指を枕《まくら》に載せ、メアリーの顔にギュッと押しつけて、彼女の声が漏れないようにしていた。

ミセス・ドルトンの隣りに座っているのがミスター・ドルトンだった。大きく開いた目で、瞬《まばた》きもせず、まっすぐ前を見つめている。彼はゆっくりと顔の向きを変え、ビッガーを見つめた。ビッガーは目を伏せた。

ジャンもいた。金髪で青い目の男。その逞《たくま》しくて親切そうな顔がまともに彼の顔を見つめている。車での光景が甦《よみがえ》ってきて、熱い羞恥心《しゅうちしん》がビッガーのなかに湧き上がった。手にジャンの指の圧力をまた感じる。それからジャンが雪のなかの歩道で彼に問いかけてきたときのことを思い出し、羞恥心は罪悪感を伴う怒りに置き換わった。

ビッガーは疲れてきた。意識を取り戻せば取り戻すほど、疲労感が体に広がっていく。自分の服に目をやると、湿って皺《しわ》くちゃになっていた。上着の袖《そで》は腕の半分くらいまでめくれている。シャツの前が開いていて、胸の黒い肌が見える。突然、彼は右手がズキズキ痛むことに気づいた。二本の指の爪《つめ》が剝《は》がされている。どうしてそうなったのかは思い出せない。舌を動かそうとして、腫《は》れていることに気づいた。唇は乾き、ひび割れている。水が飲みたい。頭がクラクラした。電灯と人々の顔がメリーゴーラウンドのようにゆっくりと回転している。自分は空間を高速度で落ちていく……。

目を開けると、彼は寝台の上で仰向けになっていた。上から覗き込む白い顔がぼんやりと見える。体を持ち上げようとしたが、押し戻された。

「楽にしてな。さあ、これを飲むんだ」

グラスが唇に触れた。飲むべきなのだろうか？ しかし、それでどんな違いがある？ 彼は何か温かいものを飲み込んだ。ミルクだ。グラスが空になると、仰向けになって白い天井を見つめた。ベッシーのこと、彼女が温めてくれたミルクのことが強烈に甦ってくる。それから彼女が死んだときの姿が思い出され、彼は目をつぶり、忘れようとした。胃がゴロゴロと鳴る。気分がよくなってきた。いくつかの声が低い単調な音となって聞こえてくる。彼は寝台の縁を摑み、起き上がった。

「おい！ 気分はどうだ？」

「はあ？」と彼はボソッと言った。しゃべるのは捕まって以来初めてだった。

「気分はどうだ？」

彼は目を閉じ、顔を背けた。彼らが白人で自分が黒人であり、彼らが捕獲者で自分が捕獲された者であることを意識しつつ。

「こいつ、目を覚ましてきたな」

「ああ。群衆にこてんぱんにされたようだ」

「おい、おまえ！　何か食いたいか？」

ビッガーは答えなかった。

「何か持って来てやれ。こいつは何が欲しいかもわからないんだ」

「横になっていたほうがいいぞ。午後には、審問に戻るんだからな」

彼らの手が自分を寝台に押し返すのを感じた。ドアが閉まった。あたりを見回すと、一人きりになっていた。部屋は静まり返っている。自分はまたこの世に戻ってきた。戻ろうとしたのではなく、ただそうなったのだ。彼には理解できない奇妙な力のうねりによって、あちこちに引っ張られてきた。そこから抜け出したのは自分の命を救うためではない。彼らに何をされようと気にしていなかった。いますぐ電気椅子《いす》に座らせられようと、どうでもいい。抜け出したのは自分の面目を保つためだ。やつらの娯楽にされたくない。階段を引きずり下ろされたあの夜に殺されたのなら、それはやつらが俺を圧倒する力の持ち主だからこその行為だろう。しかし、いま俺を見せものにする権利は、やつらにはない。彼はそう感じた。俺を使いたいように使う権利はやつらにはない。

ドアが開き、警察官が食べ物のトレーを持って入ってきた。それを彼の脇にある椅子に置き、立ち去る。ステーキとフライドポテトとコーヒーだ。彼は恐る恐るステーキを一切れ、口に入れた。とてもおいしかったので、嚙《か》む前に呑《の》み込もうとしたほどだった。寝台の縁に腰をかけ、椅子を引き寄せて、食べ物に手が届くようにする。ガツガツ食べたので、顎《あご》が痛くなった。噛むのを止《や》め、食べ物を口に入れたまま、唾液腺《だえきせん》からの汁がそのまわりにからみつくのを感じる。食べ終わると煙草に火を点《つ》け、寝台の上に寝転がって、目を閉じる。そして落ち着かない眠りへと落ちていった。

突然、彼は上体を起こした。しばらく新聞を読んでいない。いまはどんな記事が出ているのだろう？ 立ち上がると体が揺れ、部屋が傾いた。まだ体力が弱っており、目眩《めまい》がするのだ。彼は壁に寄りかかり、それからドアへとゆっくり歩いていった。慎重にドアノブを回す。ドアが内側に開き、警察官とまともに向き合うことになった。

「どうしたんだ？」

男の腰から下がっている重い銃が見えた。警察官は彼の手首を掴み、寝台へと連れ戻した。

「さあ、休んでろ」

「新聞が欲しいんです」と彼は言った。

「はあ？ 新聞？」

「新聞が読みたいんです」

「ちょっと待て。見てきてやる」

警察官は外に出て、腕いっぱいに新聞を抱えて戻ってきた。

「これだ。おまえは全部に載ってるぞ」

警察官が部屋を出るまで、彼は新聞に目を向けなかった。それから『トリビューン』紙を開いた。黒人の強姦魔《ごうかんま》、審問で気絶とある。いまわかった。自分が連れていかれたのは死因審問だ。その場で気を失い、ここまで運ばれたのである。記事を読むことにする。

黒人性的暴行犯かつ殺人犯のビッガー・トマスは今朝、糾弾する人々に圧倒され、派手に気を失った。これはシカゴの富豪の令嬢、メアリー・ドルトンの死因審問においての話である。

黒人殺人犯は月曜日夜の逮捕以来、初めて茫然自失の状態から目覚め、怯《おび》えてびくびくしながら席に着いた。そこには数百人の人々が彼をひと目見ようと待ち構えていた。

「まさに猿だわ！」と、黒人殺人犯が気絶したあとで担架に乗せられたのを見て、若い白人女性が恐怖に駆られて叫んだ。

黒人殺人犯の体は引き締まっているようには見えないが、異常なほどの腕力の持ち主であるという印象を与える。身長は約百七十五センチで、肌の色は格別に黒い。下顎は醜悪なほど突き出ていて、ジャングルの野獣の顎を思わせる。

腕は長く、膝までぶらぶらと垂れ下がっている。理性を麻痺させる性的情熱にこの男が駆られたら、小柄なメアリー・ドルトンを力で圧倒するだろう。これは想像に難くない。かくしてトマスは彼女に暴行し、殺し、首を切った。そして自己の犯罪の証拠を隠滅するために、燃えたぎる炉のなかに彼女の体を詰め込んだのである。

トマスの肩は盛り上がり、筋肉がたっぷりついている。そして、いつでも人に飛びかかろうとしているかのように、少し猫背にしている。下からじっと睨《にら》むような、異様で陰気な目つきでこの世界を見つめている。まるで差し伸べられた思いやりをすべて撥《は》ねつけるかのように。

概して言えば、トマスは近代文明の影響を受けていない野獣のように思われる。性質が穏やかになっておらず、話し方や態度においては、平均的な南部黒人の魅力を具《そな》えていない。無害で愛想がよく、いつもにこにこ笑っているという、アメリカ国民に愛されている黒人像にはほど遠い。

殺人犯が審問に現われるやいなや、「やつをリンチしろ！　殺せ！」という叫び声があがった。しかし、この野蛮な黒人は自己の運命を意にも介していない様子だった。まるで審問も裁判も、その先に間違いなく待ち受ける電気椅子の不気味な幻影でさえ、彼にとってはまったく恐ろしいものではないかのように。人類の進化における最初期の失われた環《ミッシング・リンク》のような振る舞いと言えるだろう。白人文明においては場違いな存在であると感じさせられた。

アイルランド系の警部は深い確信をもって次のように発言した。「彼のような人間の治療法は、死以外にありません」

三日間、この黒人はいっさいの食事を拒絶した。警察の考えでは、自ら飢え死にし、電気椅子送りを免れようとしているか、同情を引こうとしているか、どちらかであろうとのことだ。

昨日、ミシシッピ州ジャクソンの『ジャクソン・デイリー・スター』紙の編集長、エドワード・ロバートソンから、コメントが送られてきた。ビッガー・トマスは少年時代をこの地で過ごしているのだが、それについて編集長は次のように述べている。

「トマスは怠惰で不道徳な部類の黒人貧困家庭に生まれた。この地で育ち、住民のあいだでも、矯正しようのないコソ泥かつ嘘《うそ》つきとして知られている。彼がまだとても若かったために、私たちは彼を刑務所に送るわけにはいかなかった。

ここ南部で、あのような邪悪な黒人たちに対処してきた私たちの経験から、次のことが明らかに言える。死刑を公開の場で、劇的な演出で行うことしか、彼ら特有の精神性に対して影響を及ぼすことはできない。あのトマスという黒人がミシシッピで暮らし、あのような罪を犯したら、地上のどのような力をもってしても、怒り狂う市民たちの手による死から彼を救うことはできなかったであろう。

このことはお知らせしておいてよいと思うのだが、トマスは真っ黒な肌の色をしているにもかかわらず、血管にはほんの少し白人の血が流れていると、多くの方面の人々が信じている。このように血が混じることによって、犯罪に走りやすい、手に負えない性質が生まれがちなのである。

ここ南部では、黒人家族を決まった場所に住まわせることにしており、彼らが白人女性に触れでもしたら、生きてはいけないことを知らしめている。その女性が品行方正であろうと堕落していようと、関係はない。

黒人たちが不当な扱いを受けていると思い込んで怒り始めたら、市民が自ら法の執行者となり、厄介事を起こしたニガーを見せしめにすること以上に、てっとり早く彼らに分別をわきまえさせる方法はない。

ビッガー・トマスの殺人のような犯罪は、すべての黒人を公園、遊び場、カフェ、劇場、市電などにおいて隔離することで、減らせるものである。居住地の隔離は絶対必要だ。このような方策によって、できる限り黒人たちが白人女性とじかに接しないようにし、白人女性が彼らに襲われる可能性を減らせるのである。

私たち南部の人間は、北部が黒人たちに受けさせようとしている教育は、彼らが生まれつき吸収できる限度を超えていると信じている。その結果、北部の黒人たちは南部の黒人たちよりも全般的により不幸であり、情緒不安定だ。学校における人種隔離が維持されていれば、市や郡や州の議会を通して教育費の割り当てを規制し、黒人の教育を簡単に制限できるのである。

さらに心理的な抑止力となり得るのは、白人たちに接するときには敬意を払うのが当然であると、黒人たちに思い込ませることだ。これは、彼らの言葉遣いや振る舞いを管理することで成し遂げられる。絶えず恐怖の要素を注入することが、この問題を扱うのに大きな助けになると、私たちはよく承知している」


ビッガーは新聞を下に置いた。これ以上読んでいられない。そう、もちろん、やつらは俺を殺す。しかしそれをする前に、俺をこうやって愚弄《ぐろう》するのだ。彼はじっとしていた。決断を下そうとした。考えるのではなく、感じ取ることで。俺は壁の背後に戻るべきだろうか？　いま戻れるだろうか？　彼は戻れないと感じた。しかし、これからどんな努力をしたところで、ほかの努力と同じような結果に終わるのではないか？　ならばなぜ前に進み、さらなる憎悪と向き合う必要があるのか？　彼は寝台に横たわり、あの夜と同じように感じていた。あちこちに光を投げかける投光照明の下で、貯水タンクの縁を指で摑んでいた、あの夜。自分の下では、男たちが銃や催涙ガスを持って待ち構えていることがわかっていた。サイレンの甲高い音や、一万人もの喉《のど》からの血を求める叫び声が下からのぼってきていた……。

眠気に負けて彼は目を閉じ、それから唐突に目を開けた。ドアが内側に開き、黒い顔が見えた。こいつは誰だ？　背が高くて身なりのいい黒人の男だ。入ってきて、すぐに立ち止まる。ビッガーは体を持ち上げ、片肘をついた。男は寝台まで歩いてきて、黒ずんだ手のひらを差し出し、ビッガーの手に触れた。

「気の毒な若者よ！　善き主のお慈悲があなたにも及びますように」

ビッガーは男の漆黒の背広をじっと見つめ、何者だったか思い出した。母親の教会の牧師である、ハモンド師だ。彼はこの男に対してすぐに警戒心を抱いた。心を閉ざし、あらゆる感情を押し殺そうとする。牧師によって悔い改めるような気持にされるのを恐れたのだ。牧師に帰ってくれと言いたかった。だが、この男は彼の心のなかで母親と、そして母親が体現しているものと深く結びついているために、何も言えなかった。彼の感情のなかでは、この男が自分のなかに掻《か》き立てるものと、新聞で読んだこととのあいだに、区別がつけられなかったのだ。自分の仲間への愛も他者への憎悪も、いまの彼にとって、同じように罪悪感を抱かせるものだったのである。

「気分はどうだね、息子よ？」と男は訊《たず》ねた。ビッガーが答えないでいると、男は急いで先を続けた。「あなたに会いに行ってくれと、お母さんに頼まれてね。お母さんも来たがっているよ」

牧師はコンクリートの床にひざまずき、目を閉じた。ビッガーは歯を食いしばり、腕を曲げて力を入れた。次に何が来るかはわかっていた。

「主イエスよ、この憐《あわ》れな罪人にあなたの目を向け、その心を覗いてください。慈悲は常にあなたのものであるとあなたはおっしゃいました。私たちがひざまずいてお願いすれば、あなたはいつでも慈悲を我々の心に注いでくださり、私たちの杯を溢《あふ》れさせてくださる、と。私たちはいま慈悲を注いでくださいますようお願いしています、主よ！　この憐れな罪人の青年に注いでください。彼はそれを切実に必要としています！　彼の罪が真っ赤であるとしたら、主よ、雪のように真っ白に洗い浄《きよ》めてください！　彼が何をしたにせよ、その罪が赦《ゆる》されますように、主よ！　あなたの愛の光で彼を導き、この暗い日々を乗り越えさせてください！　そして、彼を助けようとする人をお助けください、主よ！　彼らの心のなかに入り、彼らの霊魂に思いやりを吹きかけてやってください！　私たちはこれをあなたの息子、イエスの名にかけてお願いします。イエスは十字架の上で亡《な》くなることで、私たちにあなたの愛という慈悲をくださったのです！　アーメン……」

　ビッガーは目の前の白い壁を瞬きもせずに見つめ、そのあいだに牧師の言葉が彼の意識に刻まれていった。耳を傾けなくても、その言葉の意味はわかった。母が苦しみや希望、この世を超越する愛などについて語る聞き慣れた声と同じだったからだ。彼を憎む人々の声と同じくらい、自分が憐れな罪人であることを意識させる声。そのために、彼はそれに対して嫌悪感を抱いた。

「息子よ……」

ビッガーは牧師に目を向け、それから目を逸《そ》らした。

「あなたの魂以外のことはすべて忘れなさい。永遠の生命にだけ心を集中し、ほかのことは気にしないように。新聞の言うことなど忘れなさい。あなたが黒人だということも忘れなさい。神の目はあなたの肌を素通しにして、あなたの魂を見つめます。あなたのなかで唯一《ゆいいつ》彼のものである部分を見つめるのです。神はあなたを求め、あなたを愛します。あなたを神に差し出しなさい、息子よ。あなたがなぜここにいるのか、それを話して聞かせよう。だから聞きなさい。あなたの心を喜ばせる物語を語ることにするから……」

ビッガーはじっと動かずにいて、聞くでもなく聞いていた。あとになって、牧師の言葉を繰り返すように言われても、それはできなかったであろう。しかし、その意味は感じ取り、意識に残っていた。牧師が話しているうちに、目の前に音のない巨大な黒い虚《こ》空《くう》が現われ、牧師の言葉がいくつものイメージとなってその虚空に舞った。それはどんどん大きく、強烈になっていく。幼い頃、母の膝に載せられ、語り聞かされた馴染《なじ》み深いイメージ。そして長いこと活動していなかった衝動を――彼が抑えつけ、自分の人生から排除しようとしてきた衝動を――今度はそのイメージが呼び覚ました。かつて彼に生きる理由を与え、世界を説明してくれた衝動。それがいま目の前に広がり、畏怖《いふ》と驚異の魔力で彼の感情を摑んでいた。

……サワサワと鳴る深い水がどこまでも広がっていて、その水面の上は闇《やみ》であり、形のあるものは何もなく、太陽も星も陸もなく、その闇のなかから声が響くと、水がそれに従って動き、巨大な回転する球がゆっくりと現われ、それから声が〝光よあれ〟と言うと光が現われ、それは善き光であり、続いて声が〝天空よあれ〟と言うと水が二つに分かれ、水の上に巨大な空間が現われて、それが水の上に広がる雲に変わり、木霊《こだま》のように声が遠くから響いてきて〝乾いた陸が現われよ〟と言い、シューシューという轟音《ごうおん》とともに水をどけていき、そこから山のいただきが顔を出してせり上がり、谷や川が現われ、それから乾いた陸のことを声が〝大地〟と呼び、水のことを〝海〟と呼んで、大地から草や木や花が生え、それが種子を作り、種子が大地に落ちてまた生え、大地は百万もの星の光で照らされ、昼のあいだは太陽がのぼり、夜のあいだは月がのぼり、日が流れ、週が流れ、月が流れ、年が流れ、黄昏《たそがれ》のなかから声が呼びかけると、大海のなかから動く生物が現われ、それはクジラやあらゆる種類の爬虫《はちゅう》類となり、陸には野獣や家畜が現われ、すると声が〝我々の似姿で人間を作ろう〟と言い、埃《ほこり》っぽい地面から男が立ち上がり、その姿は昼の太陽を背にぼんやりと浮かび上がり、続いて女が立ち上がり、その姿は夜の月を背にして浮かび上がり、彼らは一つの肉体として生き、そこには苦痛も憧れも時間も死もなく、彼らは地上の楽園に住み、生命は彼らのまわりで咲く花のようで、雲のなかからの声が〝楽園の真ん中にある木の実を食べてはいけない、触れてもいけない、さもないと死ぬ〟と言い……。

単調な声で聞こえていた牧師の言葉がやんだ。ビッガーは目の隅で彼のことを見つめた。牧師の顔は黒く、悲しげで誠実だ。それは、メアリーを殺したことで感じた以上の罪の意識を彼に感じさせた。牧師が心に取り憑《つ》くように描写した生命の絵図を、彼はメアリーを殺す以前に、心のなかで殺していた——これが彼の最初の殺害だ。それをいま牧師が彼の目の前で、夜の幽霊のように徘徊《はいかい》させたのだ。彼のなかに氷塊のように冷たい疎外《そがい》感が生まれた。どうしてこの絵図がいま甦り、俺に取り憑かなければならないのだ？　恐怖と憎悪の枕をその顔に押しつけて、窒息死させたはずなのに？　俺を殺したがっている人たちにとって、俺は人間ではない。この創世記の絵図に含まれていない。だからこそ、俺はそれを殺したのだ。生きるために、俺は新しい世界を自分のために作り出した。そしてそのために俺は死ぬことになる。

再び牧師の声が彼の感情に沁《し》み込んできた。

「息子よ、その木が何だかはご存じだろう。それは知識の木だ。人は神の似姿であるだけでは満足せず、なぜかを知ろうとした。神が人に求めたのは野原で花のように咲き、子供のように生きることだけだったのだが、人はなぜかを知ろうとし、それで光から闇へ、愛から呪《のろ》いへ、祝福から恥辱へと落ちることになった。神は人を楽園から追放し、男には額に汗して食べ物を得るように言い、女には苦痛と悲しみのうちに子供を産むように言った。世界は彼らに敵対するようになり、彼らは生きるために世界と闘わなくてはいけなくなった……」

……男と女はすっかり怯え、手で裸の体を隠しつつ、木々のなかを歩いていった。彼らの背後、薄暮の雲のなかからは天使が現われ、炎の剣を振り回して、彼らを楽園から追い立てた。外で彼らを待っていたのは、冷たい風が吹きすさび、涙と苦痛と死とに満ちた荒野の闇。男と女は食べ物を得ると、それを燃やして空に煙を送り、赦しを乞《こ》うた……。

「息子よ、数千年ものあいだ、私たちはその呪いを解いてくださいと神に祈ってきた。神はその祈りを聞き、神に戻る道を示そうと言った。神の息子のイエスが地上に下り、人間の肉体をまとって、その道を示すために生きて死んだ。イエスは人々に自分を磔《はりつけ》にさせた。しかし、彼の死は勝利だった。この世界で生きるとは、世界に磔にされることだと示したのだ。この世界は我々の住処《すみか》ではない。毎日の生活は磔刑《たっけい》だ。そこから脱け出す道は一つしかなく、それはイエスの道であり、愛と赦しの道なのだ。イエスのようになれ。抵抗するな。神がこの道を、神への道として選んでくださったことに対し、感謝せよ。あなたを救うのは愛なのだ、息子よ。神がイエスの愛を通し、永遠の生を授けてくださるのだと、信じなければいけない。息子よ、私を見なさい……」

　ビッガーは黒い顔を両手に載せたまま、動かずにいた。

「息子よ、憎むのをやめると約束してくれないか。そうすれば、神の愛があなたの心のなかに沁み込んでくる」

　ビッガーは何も言わなかった。

「約束してくれないのかな？」

　ビッガーは両目を手で覆った。

「せめて努力すると言ってくれ」

　牧師がこのまま懇願を続けたら、自分は飛び上がり、彼に殴りかかってしまうだろう。ビッガーはそう感じた。どうして自分が一度殺したものを信じられる？　自分は犯罪者なのだ。牧師は立ち上がり、溜《た》め息をついて、ポケットから何か取り出した。鎖のついた小さな木の十字架だった。

「いいかな、息子よ。私が手に握っているのは木から作られた十字架だ。木が世界なんだ。苦しむ人がこの木に磔にされる。それが人生ってもんなんだよ。苦しみだ。これがあなたの人生に意味を与える唯一のものなんだ。それをあなたの目の前に掲げているのに、どうして神の言葉を信じないでいられる？　さあ、これをあなたの首に掛けさせてくれ。一人になったら、この十字架を見なさい。そして、信じるんだ……」

　二人とも黙りこんだ。木の十字架は、ビッガーの胸の皮膚に触れるように垂れ下がっている。彼は牧師の言葉を実感していた。人生とは肉体が世界に磔にされることであり、精神はどれだけ憧れを抱こうとも、地上の日々に拘束されているのだ、と。

彼はドアノブが回される音を耳にして顔を上げた。ドアが開き、ドア枠に囲まれるようにジャンが立っていた。入るのをためらっている様子だ。ビッガーは恐ろしさのあまりビクッとし、寝台から跳び上がった。牧師も立ち上がり、一歩後ろに下がると、頭を下げて言った。

「おはようございます、サー」

ビッガーは、ジャンがいまの自分に何を求めているのだろうと訝《いぶか》った。自分は逮捕され、裁判を受けるところではないか？　ジャンはそれで復讐《ふくしゅう》できるではないか？　ビッガーが身を強張《こわば》らせていると、ジャンが部屋のなかに入ってきた。真ん中まで来て、ビッガーと向き合う。それから突然、ビッガーは立っている必要などないのだと思いあたった。この刑務所内で、ジャンからの肉体的な攻撃を恐れる理由などない。ビッガーは腰を下ろし、顔を伏せた。部屋はしんとした。静かすぎて、ビッガーには牧師とジャンの息遣いさえ聞こえた。自分が罪をなすりつけようとした白人が目の前に立っている。ビッガーは座ったまま、怒りの言葉が聞こえてくるのを待った。おい、どうしてこの人はしゃべらないんだ？　彼は目を上げた。ジャンがまっすぐに彼を見つめていたので、目を逸らす。しかし、ジャンの顔は怒っていなかった。怒っていないのだとすると、何を求めているのだ？ もう一度目を向けると、ジャンの唇がしゃべろうとして動いたが、言葉は出てこなかった。実際にしゃべったとき、ジャンの声は低く、言葉と言葉のあいだに長い中断があった。ビッガーには、独り言を言う人の声を聞いているように思えた。

「ビッガー、僕は君に言いたいことを言うための言葉が見つからないんだけど、頑張ってみるよ……このことは僕にとって爆弾を食らったかのようだった。じ、自分を取り戻すのに一週間丸々かかったよ。刑務所に入れられていたし、僕には一体全体何が起きているのかまったくわからなかった……き、君を苦しませるつもりはないよ、ビッガー。君が厄介事にはまり込んだのはわかってる。でも、僕には言わなきゃいけないことがあるんだ……君は言いたいことがなければ何も言わなくていい。僕は君がいまどう感じているか、ある程度わかると思う。僕だってそんなに愚かじゃないよ、ビッガー。僕にもわかる、あの夜はわかっていなかったように見えても……」。ジャンの言葉はここで途切れた。唾《つば》を呑み込み、煙草に火を点ける。「君にはぎくりとさせられたよ……いまになってわかる。僕の目は節穴だった。こ、ここに来て、君に言いたかったんだ、僕は怒ってないって……僕は怒ってないし、君が僕の助けを受け入れてくれたらと思う。僕に罪をかぶせようとしたからといって、君を憎んだりはしていない……やむをえない理由が君にはあったんだろう……僕にはわからないけど。それに、おそらくある意味で、僕こそ本当に罪を犯してるんだ……」。ジャンの言葉はまた途切れた。煙草を長いこと勢いよく吸い込む。それからゆっくりと煙を吐き出し、神経質そうに唇を噛んだ。「ビッガー、僕は君を、そして君の民族を、迫害したことは生涯で一度もない。でも、僕は白人だ。だから君に僕を憎まないでくれというのは求めすぎだろう。君が目にする白人のすべてが君を憎んでいるんだから。ぼ、僕は……自分の顔が君にとってほかの白人と同じに見えるのはわかる。僕は彼らと同じように感じてはいないけどね。でも、あの夜まで、僕たちがここまで遠く離れているとはわかっていなかった……いまは、君がどうして僕に銃を突きつけたのかわかる。君と話をしようとして、家の外で待っていたときのことだよ。君はああするしかなかったんだよね。でも僕は、自分の白い顔が君に罪悪感を抱かせ、君を糾弾しているってことがわかっていなかった……」。ジャンの唇は開いたままだったが、言葉は出てこなくなった。部屋の隅々を探るように視線を走らせる。ビッガーは何も言わず、困惑して座っていた。自分が気まぐれな突風で回転する巨大な車輪に乗せられ、どこに連れていかれるのかわからないような気分だった。牧師が歩み寄ってきた。

「ミスター・アーロンですか?」

「はい」とジャンが振り返って言った。

「あなた様はいまとても素晴らしいことをおっしゃいました。助けを必要とする人がいるとしたら、誰よりもこの気の毒な青年です。私はハモンド師です」

ビッガーはジャンと牧師が握手するのを見た。

「この件は僕には辛《つら》かったけど、得たものもあるんだ」。ジャンは腰を下ろし、ビッガーのほうを向いて言った。「人のことをもっと深く見るようになった。自分でわかっていたけど忘れていたことを見るようになった。僕は――僕は失ったものもあるけど、何かを得たんだ……」。ジャンはネクタイを引っ張った。部屋じゅうが静まり返り、彼の次の言葉を待った。「それが教えてくれたのはね、ビッガー、僕を憎むのは君の権利だってことだ。いまでは、君がそれ以外にどうしようもないんだってわかる。それが君の持っているすべてだから。でもね、ビッガー、君には僕を憎む権利があると僕が言うことで、物事は少し変わってくるべきじゃないか？　刑務所を出てからずっと、僕はこのことを何度も考えていたんだ。そして、殺人の罪で刑務所に入るべきは君ではなく僕だって感じた。でも、それは無理だよね、ビッガー。一億人の人々がやってきたことの責めを僕一人で負うことはできない」。ジャンは前屈《まえかが》みになり、床をじっと見つめた。「君に償おうとしているんじゃないよ、ビッガー。君を憐れむためにここに来たんじゃない。互いにこの世に囚われた身だという点で、君は僕たちよりもものすごく不幸ってわけでもないと思う。僕がここに来たのは、この事件に自分なりに向き合おうとしているからなんだ。これは簡単じゃないよ、ビッガー。僕は――僕は君が殺した女性を愛していたんだから。僕は――愛していた……」。ジャンの声が途切れ、ビッガーには彼の唇の震えが見て取れた。「僕は刑務所にいて、メアリーのことを悲しんでいた。それから、殺されたすべての黒人たちに思い至った。奴《ど》隷《れい》制のときも奴隷制が終わって以降も、仲間たちが自分たちからかっさらわれ、嘆き悲しまなくてはならなかった黒人たち。彼らがそれに耐えられたのなら、僕も耐えなければならないと考えたんだ」。ジャンは靴で煙草を潰《つぶ》した。「最初は、ドルトンの親父《おやじ》さんが僕をはめようとしてるんだと思い、彼を殺したくなった。次に君がやったんだって聞いて、君を殺したくなった。それから、考えたんだ。もし僕が殺したら、こうしたことがずっと続き、絶対に終わらない。それで僕は言った。〝あの男を助けよう、彼がそれに応じてくれるなら〟」

「あなた様に天の神様の恵みがありますように」と牧師が言った。

ジャンは新しい煙草に火を点け、一本をビッガーに差し出した。ビッガーは体の前で手を組んだまま、それを拒んだ。表情もなく床を見つめ続けている。ジャンの言葉は奇妙だ。こんな話は聞いたことがない。ジャンの言ったことの意味が新しすぎて、それに反応することができないのだった。ビッガーはただ座ったまま床を見つめ、考えていた。ジャンを見つめることさえ恐ろしかった。

「君の側につかせてほしいんだ、ビッガー」とジャンは言った。「僕は君とともにこれを闘える、君が闘いを始めたように。あの白人社会に別れを告げて、ここで君に寄り添うことができるんだ。いいかい、僕には友人の弁護士がいる。マックスっていう名前だ。

彼はこの件を理解して、君を助けたいと言っている。彼と話してみないか？」

ジャンは俺がやったことを咎《とが》め立てするつもりではなさそうだ。ビッガーにはそれがわかった。これは罠《わな》なのか？　ジャンに目を向けると、白い顔が見えたが、それは誠実な顔だった。この白人男は俺を信じている。この信頼を感じた瞬間、ビッガーはまた罪悪感を抱いた。しかし、それは別の意味での罪悪感だ。不意にこの白い顔が自分の前に現われ、幕をパッと開けて、彼の人生という部屋のなかに踏み込んできた。ジャンは友情を宣言したが、ほかの白人がそれを聞いたら、みんなジャンのことを憎むだろう。ヌーッと聳《そび》え立つ白い憎悪の山から白い岩の一かけらが剥がれ、斜面を転げ落ちてきて、彼の足下でぴたりと止まった。言葉が肉体を得た。生まれて初めて、白人が彼にとって人間となったのだ。すると、ジャンの人間性の現実が悔恨の痛みとなって迫ってきた。自分はこの人の愛しているものを殺し、この人を傷つけた。ビッガーは、目の手術を受けたあとで、ジャンの顔を見ているような気がした。あるいは、ジャンがこれまでかぶっていた醜い仮面を、誰かが剥ぎ取ったかのようだった。

　ビッガーはビクッとした。牧師の手が肩に触れたのだ。

「話の腰を折って、私には関係のないことに口を出したくはないんですがね、サー」と牧師は言った。その口調は攻撃的ではあったが、敬意も示していた。「でも、この件に共産主義を持ち込んでも役に立ちません。あなた様のお気持ちはものすごく尊敬しますが、あなた様が求めていらっしゃることは、憎しみをより掻き立てるだけです。この憐れな青年に必要なのは理解してもらうことで……」

「でも、理解を得るには闘わなきゃいけないんですよ」とジャンは言った。

「あなた様が人々の心を変えようとするのなら、私は行動をともにします」と牧師は言った。「しかし、あなた様が憎しみをさらに掻き立てようとするなら、一緒に行動するわけには……」

ビッガーは困惑し、座ったまま両者の顔を交互に見つめていた。

「どうやって人々の心を変えるんです？　新聞が毎日、人々の心に憎悪《ぞうお》を吹き込んでいるのに？」とジャンが訊ねた。

「神様は変えられます！」と牧師は熱を込めて言った。

ジャンはビッガーのほうを向いた。

「僕の友達の助けを借りたくないかい、ビッガー？」

ビッガーの目は、脱出の手段を探すかのように、部屋のあちこちをさまよった。自分に何が言えるだろう？　罪人なのだから。

「俺のことは忘れてください」。彼はぼそぼそと言った。

「それはできない」とジャンは言った。

「俺はもう終わりです」

「自分自身を信じないのか？」

「信じません」とビッガーは張りつめた小声で言った。何かを解決しているつもりだったはずだ。じゃなきゃ、殺したりはしない」とジャンは言った。

ビッガーはじっと見つめていたが、返事はしなかった。この男は俺をそこまで信頼しているのか？

「マックスと話をしてほしいんだ」とジャンが言った。

ジャンがドアのところに行き、警官が外からドアを開けた。ビッガーは口を開けて座ったまま、こうしたことで自分がどこに連れていかれるのか感じ取ろうとしていた。男の頭がドア口に現われた。見慣れない白人。髪は銀色で、白い顔の頬はこけている。これまでまったく見たことのない顔だ。

「どうぞ入って」とジャンが言った。

「ありがとう」

声は静かで、きっぱりとしていながら、親切そうだった。男の薄い唇にはほんのりと笑みが浮かんでいる——いつでも笑みを浮かべているように見える。なかに入ってくると、長身であることがわかった。

「元気かい、ビッガー？」

ビッガーは答えなかった。また疑心暗鬼になっていた。これは何らかの罠なのか？

「こちらはハモンド師だ、マックス」とジャンが言った。

マックスは牧師と握手をし、それからビッガーのほうを向いた。

「君と話をしたいんだ」とマックスは言った。「僕はレイバーディフェンダーから来た。君のことを助けたい」

「金はないですよ」とビッガーは言った。

「それはわかってる。聞いてくれ、ビッガー、僕を怖がらないでほしい。ジャンのことも恐れないで。僕たちは君に腹を立てているわけではない。法廷で君の弁護をしたいんだ。誰かほかの弁護士と話はしたかい？」

ビッガーはまたジャンとマックスを見つめた。二人とも悪気はないように見える。しかし、いったいどうやって俺を助けるっていうんだろう？　助けは欲しいが、いまの自分を助けたい人間がいるとは考えられなかった。

「ノー、サー」

「これまでどういうふうに扱われてきた？　殴られたかい？」

「俺は具合が悪かったんです」とビッガーは言った。どうして三日間何もしゃべらず、食べもしなかったのか、説明しないといけないのだとわかった。「具合が悪くて、よくわかりません」

「我々にこの裁判を任せてくれる気はないかな?」

「金がないんです」

「それは忘れてくれ。いいかい、君は今日の午後、また審問に連れていかれる。でも、質問にはまったく答えなくていい。わかる? 黙って座っていればいいんだ。僕も同席するから、怖がる必要はない。審問のあと、君はクック郡刑務所に連れていかれる。そこで僕と話をしよう」

「イエス、サー」

「さあ、煙草を取りなさい」

「ありがとうございます」

　ドアが内側に開き、背の高い男がせかせかとなかに入ってきた。顔が大きく、灰色の目をした男だ。マックスとジャンと牧師は片側に寄った。ビッガーはその男の顔をじっと見つめた。何か心に引っかかる。それから思い出した。これはバックリーだ。数日前の朝、この男の顔写真入りポスターを労働者たちが掲示板に貼《は》っていたのである。ビッガーは男たちの話に耳を傾け、彼らの声の調子から、互いに対する深い敵意を感じ取った。

「じゃあ、また割り込んできたのか、マックス?」

「この青年は僕の依頼人で、どんな自白書にもサインしませんからね」とマックスは言った。

「こいつの自白を俺がどうするっていうんだ？」とバックリーは訊ねた。「こいつを十回以上電気椅子に送れるくらいの証拠はあるんだぞ」

「彼の権利が守られるように僕が目を光らせるんです」とマックスは言った。

「ふん、よく言うぜ！　こいつのためになることなど何もできんよ」

　マックスはビッガーのほうを向いた。

「こういう人たちに怯えないようにね、ビッガー」

　ビッガーは聞いていたが、何も言わなかった。

「こういう黒い野郎と関わって、おまえたちアカが何を得られるのか、さっぱりわからん」とバックリーは手で目をこすりながら言った。

「あなたが心配しているのは、私たちがこの事件を扱ったら、四月の選挙の前に彼を死刑にできなくなるってことではないですか？」とジャンが訊ねた。

　バックリーはくるりと振り返った。

「たまにはもっとまともな人間を見つけて、弁護したらどうなんだ？　感謝してくれるような人をな。どうしておまえたちアカはこんなクズと関わろうとする……？」

「あなた方があいう戦略を使うから、この青年を弁護せざるを得なくなったんですよ」とマックスが言った。

「どういう意味だ?」とバックリーが訊ねた。

「あなた方がこの殺人事件に、共産党の名前を持ち込んだりしなかったら、私はここに来ていません」とマックスは言った。

「何言ってる。こいつが脅迫状に共産党と署名したんじゃないか……」

「それはわかってます」とマックスは言った。「彼はこのアイデアを新聞から得たんだ。私が彼を弁護するのは、あなたのような人が、彼をこういう人間にしてしまったと信じているからです。彼が自分の罪を共産党になすりつけようとしたのは、彼にとって自然な反応だったんですよ。あなたのような人たちが共産党についてさんざん嘘をつくのを聞いて、それをすっかり信じてしまった。この青年がなぜあのような行動を取ったか、この国の人々に理解させられれば、彼を弁護する以上のことができます」

バックリーは笑った。新しい葉巻の端を噛み切ると、それに火を点け、立ったまま吹かし始める。それから部屋の真ん中に進み出て、首を片側に傾け、葉巻を口から外すと、横目でビッガーを睨みつけた。

「おい、自分がこんな重要人物になるなんて、これまでに思ったことはあるか?」

ビッガーはジャンとマックスの友情を受け入れる寸前まで来ていたのだが、そこにいまこの男が立ちふさがった。ジャンとマックスのささやかな友情は、バックリーのような百万人の男たちを前にして、いったいどういう意味があるのだろう?

「俺は州検事だ」とバックリーは言い、部屋を端から端へと歩き出した。帽子は後頭部に載り、黒い上着の胸ポケットからは白いシルクのハンカチが覗《のぞ》いている。彼は寝台の前で立ち止まり、上からビッガーを見下ろした。こいつらはどれだけ早く俺を殺すんだろう、とビッガーは考えた。ジャンとマックスがそっと吹きつけてきた温かい希望の息《い》吹《ぶき》が、バックリーの冷たい視線を浴びて凍りついた。

「おい、ちょっとした忠告をしてやろう。おまえには正直に接するからな。おまえが話したくなければ話さなくてよいってことは伝える。それから、おまえが俺に言ったことはすべて、法廷で不利に使われる可能性があるってことも。いいか？　でも、おまえは捕まってるんだ！　それをまず理解しなきゃいかん。我々はおまえが何をやったか知っている。証拠もある。だからおまえはしゃべったほうがいい」

「それは僕と相談して決めますから」とマックスは言った。

　バックリーとマックスは睨み合った。

「いいか、マックス。おまえは時間を無駄にしている。百万年かけたって、こいつを無罪になんかできない。ドルトン家のような家族に対して罪を犯し、罰を免れるなんてことは誰にもできないんだ。あの可《か》哀想《わいそう》なご両親は法廷に来て、こいつが電気椅子送りになるのを見届けるだろう！　こいつはご両親の一粒種を殺したんだ！　面子《メンツ》を潰《つぶ》したくなかったら、友達と一緒にいま立ち去るといい。そうすれば、おまえがここにいたってことを新聞に知られずに済む」

「僕が彼を弁護するかどうか決める権利を留保します」とマックスは言った。

「聞けよ、マックス。俺がおまえを騙《だま》そうとしてるって思うのか？」とバックリーは訊ね、背を向けてドアのほうへと歩いていった。「あるものを見せてやろう」

警官がドアを開けると、バックリーが言った。

「入るように言ってくれ」

「はい」

部屋が静まった。ビッガーは寝台に座り、床を見つめた。こういうのは嫌だ。俺のためにできることがあるのだとしたら、人にやってもらうのではなく、自分でやりたい。ほかの者たちが頑張っているのを見れば見るほど、彼は自分が空っぽのように感じた。そのとき、警官がドアを勢いよく全開した。ドルトン夫妻がゆっくりと入ってくる。立ち止まると、ミスター・ドルトンが真っ白な顔で彼を見つめた。ビッガーは恐ろしくなって少し上体を持ち上げ、それからまた腰を下ろした。目を上げたが、何も見えていない。彼は寝台の上で小さくなった。

バックリーは素早く部屋を横切っていくと、ミスター・ドルトンと握手した。続いてミセス・ドルトンのほうを向いて言った。

「本当にお気の毒でございます、奥様」

ビッガーはミスター・ドルトンの視線が自分に向けられ、それからバックリーに移ったことに気づいた。

「彼は話したんですか、誰と共謀してこれをやったのか？」とミスター・ドルトンが訊ねた。

「ようやくまともに話せるようになったところでして」とバックリーは言った。「それに、弁護士がついたんです」

「私が弁護を引き受けました」とマックスが言った。

ビッガーはミスター・ドルトンが一瞬だけジャンを見たのに気づいた。

「ビッガー、君が誰と一緒にやったのか言わないのなら、それは実に愚かだよ」とミスター・ドルトンが言った。

ビッガーは体を強張らせ、返事をしなかった。マックスがビッガーに歩み寄り、彼の肩に手を置いた。

「私から彼に話しますから、ミスター・ドルトン」とマックスは言った。

「この子を脅そうってわけじゃない」とミスター・ドルトンは言った。「でも、彼が知っていることをすべて話したほうが、うまく行くはずだよ」

みなが黙りこんだ。牧師が帽子を手にゆっくりと進み出て、ミスター・ドルトンの前に立った。

「私は福音を説く者です」と彼は言った。「あなた様のお嬢様に起きたことについては、心から同情いたします。そして、あなた様の善きお仕事についても存じ上げております。このようなことは、あなた様に起きるべきことではありません」

ミスター・ドルトンは溜め息をつき、辛そうに言った。

「ありがとう」

「おまえにできる最善は我々を助けることだ」とバックリーはマックスのほうを向いて言った。「私の知る誰よりも黒人のために尽くしてきた二人の方々に対して、赦しがたい悪事が行われた」

「あなたには心から同情します、ミスター・ドルトン」とマックスが言った。「でも、あなたにしろ我々の誰にしろ、この青年を殺すことで得るものは何もありません」

「私は彼を援助しようとしたのだ」とミスター・ドルトンは言った。

「私たちは彼を学校に通わせたかったんです」とミセス・ドルトンが弱々しい声で言った。

「存じ上げています」とマックスが言った。「しかし、そうしたことは、これに伴う根本的な問題に影響を及ぼしません。この青年は抑圧されている民族の一員です。彼が悪事を働いたにせよ、我々はそのことを考慮に入れなければなりません」

「あなたに知ってもらいたいのは、私が憎しみを抱いているわけではないということだ」とミスター・ドルトンは言った。「この青年がしたことは、私と黒人たちとの関わりに影響を与えない。ちょうど今日、一ダースの卓球台をサウスサイドのボーイズクラブに送ったんだ……」

「ミスター・ドルトン！」とマックスは叫び、いきなり前に進み出た。「まいったな、これは！　卓球で殺人を防げますか？　わかりません？　お嬢さんを失ったあとでも、あなたは同じ方向に進み続けるんですか？　あなたが生きているような人生の実感をほかの人たちには与えないんですか？　卓球台のプレゼントであなたはいくらかでも貧しくなりましたか？　この青年や、何百万もの彼のような人々は、意味のある人生を求めているんです、卓球ではなく……」

「私にどうしろと言うんだ？」とミスター・ドルトンは冷淡に言った。「君は、私が引き起こしたわけでもない苦しみを償うために、私に死ねと言うのか？　私はこの世界の状況について責任があるわけではない。一人の男としてできることをしているのだ。どうやら君は、無一文の何百万人もの人々に、私が金をばら撒《ま》けばいいと思っているのだな？」

「いえ、いえ……そうではありません」とマックスは言った。「ほかの何百万人もの人々があなたと同じくらい濃密な人生を送りながら、まったく違う生き方をしている――そう感じられたら、自分のなさっていることが助けにならないってわかるはずだ。

もっと根本的な性質のものが……」

「共産主義だ！」とバックリーが口角を下げて怒鳴った。「みなさん、子供っぽいことは考えないで。この青年は死刑になるかどうかの裁判にかけられます。私の仕事は、この州の法律を施行することで……」

ドアが開いたので、バックリーは言葉を止めた。警察官がなかを覗き込んだ。

「どうしたんだ？」とバックリーが訊ねた。

「この青年の家族が来ました」

ビッガーは身を縮めた。やめてくれ！　ここではダメだ、いまは！　この人たちに取り囲まれている状況で、母親にいま入ってきてほしくない。彼は取り乱し、訴えるような表情で、あたりを見回した。バックリーは彼を見つめ、それから警察官のほうに向き直った。

「家族は彼に会う権利がある」とバックリーは言った。「通しなさい」

ビッガーは座っているのに脚が震えるのを感じた。体も心も極度に張りつめている。そのためドアが内側に開くやいなや跳び上がり、部屋の真ん中に突っ立った。母親の顔が見えた。彼は母のところに走っていき、ドアの向こうに押し戻したかった。母は片手でドアノブを握ったままじっと立っている。もう片方の手で擦り切れたハンドバッグを摑《つか》んでいたが、彼女はそれを落として彼のほうに駆け寄った。泣きながら両腕を彼に投げかける。

「マイ・ベイビー」

ビッガーの体は恐怖ともやもやした気持ちとで強張った。母の腕が体を強く抱きしめているのを感じ、その肩の向こうを見ると、ヴェラとバディの姿が見えた。二人はゆっくりと入ってきて立ち止まると、あたりをおずおずと見回している。二人の向こうにはガスとG・Hとジャックがいて、恐ろしさと驚きとで口をポカンと開けている。ヴェラの唇は震え、バディは両手の拳を握りしめている。バックリー、牧師、ジャン、マックス、ドルトン夫妻は彼の後ろの壁に並んで立ち、黙って見つめている。ビッガーは背を向け、視界から彼らを消し去りたかった。ジャンとマックスの親切な言葉もいまは記憶から消えている。彼には、この部屋にいる白人の誰もが、彼の弱みを一つひとつ値踏みしているような気がした。自分が家族の側だったらと思い、白人たちの目に晒《さら》された彼らの剝《む》き出しの恥辱を感じた。弟と妹の顔を見て、彼を抱きしめている母の腕を感じていると――ガスとG・Hとジャックがドア口に居心地悪そうに立って、好奇心と信じられない気持ちとで、こちらを見つめているのだとわかると――そしてこういうことをすべて意識すると、ビッガーは激しく異様な確信が心に押し寄せてくるのを感じた。〝みんな喜んでしかるべきだ！〟これは奇妙だが強い感情であり、彼の生命の奥底から湧《わ》き起こってきたものだった。俺は黒人であるという罪を一身に背負ったのではないか？

彼らが何よりも恐れていることを俺がやってのけたのではないか？　とすれば、彼らはここに立って、俺を憐れみ、俺のことを嘆き悲しむべきではない。俺を見て、自分たちの恥が洗い流されたのだと感じ、満足して家に帰るべきなんだ。

「ああ、ビッガー！」と母が泣き喚《わめ》いた。「ずっと心配してたんだよ、あたしたち……ひと晩も眠れていない！　警察はずっといるし……うちのすぐ外に立っているし……あたしらを見張ってて、どこにでもついてくるんだ！　ああ、ビッガー……」

　ビッガーの耳に母のすすり泣きが聞こえてきた。しかし、自分に何ができる？　母親はここに来るべきではなかったのだ。バディが自分の帽子をいじりながらそばにやって来た。

「聞いて、ビッガー。兄さんがこれをやったわけじゃないんなら、俺にそう言ってくれ。やつらに仕返ししてやる。銃を入手して、やつらを四、五人殺すんだ……」

　部屋じゅうが息を呑《の》んだ。ビッガーはすぐに顔を向け、壁に並んだ白い顔がみな衝撃を受け、ドキッとしたのを目撃した。

「そんなことを言うんじゃないよ、バディ」と母がすすり泣きながら言った。「おまえはあたしがこの場で死んでもいいのかい？　もうこれ以上耐えられないよ。そんな話をしちゃいけない……さんざんひどい目にあってきたんだから……」

「ビッガー、やつらにいいようにやられるなよ」とバディはきっぱりと言った。

ビッガーは白人たちの目の前で彼らを慰めたかったが、どうしたらいいのかわからなかった。必死に何か言うべきことを探す。背後にいる人々に対する憎悪と恥辱が腹のなかで煮えたぎる。彼は彼らを撥《は》ねつける言葉を思いつこうとした。おまえらがどう思おうと、俺には自分の世界があり、人生があるのだと、彼らに思い知らせる言葉を。そして同時に、こうした言葉が母や妹の涙を止め、弟の怒りを鎮《しず》めてなだめてくれたらと思う。こうした涙や怒りを止めたかったのは、それが無駄だとわかっていたからだ。彼の背後で壁に並ぶ者たちが、彼と彼の家族の運命を手中に握っているのだから。

「母さん、心配しなくていいよ」と彼は言い、自分で自分の言葉に驚いた。奇妙で傲慢《ごうまん》な、興奮しやすいエネルギーが彼のなかで沸き立っていた。「俺はすぐに出ていけるから」

母は信じられないという視線を投げかけた。ビッガーは顔を背け、壁際《かべぎわ》の白い顔たちのほうに熱のこもった、挑むような視線を投げかけた。彼らは驚いた顔で彼を見つめている。バックリーの唇の歪《ゆが》みはかすかな笑みのようにも見える。ジャンとマックスは狼《ろう》狽《ばい》した様子だ。背後の壁と同じくらい白い顔をしたミセス・ドルトンは、口を開け、ただ耳を澄ませている。牧師とミスター・ドルトンは悲しげに首を振っている。ビッガーは部屋の誰もが、バディを除いて、彼を信じていないのだとわかった。母は顔を背けて泣き出した。ヴェラは床にひざまずき、両手で顔を覆《おお》った。

「ビッガー」。母の低く静かな声が聞こえてきた。彼女は震える両手で彼の顔をはさんで言った。「ビッガー、言っておくれ。何か、どんなことでも、あたしたちにできることはない？」

　母がこの質問をせずにいられなくなったのは、彼がすぐに出ていけると言ったためだ。彼にはそれがわかった。そして、自分たちには何もないこともわかっていた。あまりに貧乏で、社会保障制度に頼らなければ食べていけないほどなのだ。彼は自分のしたことが恥ずかしくなった。彼らに対して正直であるべきだった。強くて無実に見せようとしたのは、突飛で愚かしい衝動のためだ。死刑になったあと、おそらく彼らはこうした愚かな言葉でしか彼のことを覚えていないだろう。母の目は悲しそうで疑わしげだった。しかし、優しく、辛抱強くもあり、彼の答えをじっと待っている。そうだ、俺はあの嘘《うそ》を消し去らなければならない。彼らが真実を知るためだけでなく、俺の面子を取り戻すために――あの背後の白い壁に並ぶ白い顔たちの目に映る俺の面子を。俺はもう終わりだが、萎縮《いしゅく》はしないし、嘘はつかないようにしよう。背後に聳え立つ白い山の前では。

「何もないよ、母さん。俺は大丈夫だ」と彼はぼそぼそ言った。

　みな黙りこんだ。バディは目を伏せ、ヴェラはさらに激しく泣いた。妹はあまりに小さく、無力に見える。ここに来るべきではなかったのだ。彼女の悲しみによって責められている気分になる。ヴェラを家に帰すことができたらいいんだけど。自分が彼らに対していつも厳しく、粗暴な振る舞いをしてしまうのは、まさにこの憎悪と恥辱と絶望を感じないようにするためだった。いまの彼は自分を守るものがない。視線が部屋をさまよい、ガスとＧ・Ｈとジャックにとまった。三人は彼に見つめられていることに気づき、歩み寄ってきた。

「気の毒にな、ビッガー」とジャックが床を見つめながら言った。

「俺たちもパクられたんだ」とＧ・Ｈがこの事実でビッガーをなだめようとしているかのように言った。「でも、ミスター・アーロンとミスター・マックスが刑務所から出してくれた。警察は俺たちがやってないことをいろいろとしゃべらせようとしたが、俺たちはしゃべらなかったよ」

「俺たちにできることはないか、ビッガー？」とガスが訊《たず》ねた。

「俺は大丈夫だ」とビッガーは言った。「じゃあ、帰るとき、母さんを送ってくれるか？」

「もちろん」と彼らは言った。

みながまた黙りこみ、ビッガーの張りつめた神経はその空白を満たさずにいられなくなった。

「ＹＷＣＡの裁縫教室はどうだい、ヴェラ？」と彼は訊ねた。

ヴェラは顔にかぶせた手を強張らせた。

「ビッガー」と母がすすり泣き、涙を流しながらしゃべろうとした。「ビッガー、もうヴェラは教室に行かないんだ。ほかの女の子たちに変な目で見られ、恥ずかしいんだって……」

ビッガーは自分が一人ぼっちだという前提で生き、振る舞ってきたが、いまそうではなかったのだと悟った。彼のやったことがほかの人たちを苦しめている。彼らに自分のことを忘れてくれとどれだけ懇願したところで、彼らは忘れることなどできない。家族は彼の一部であり、それは血のつながりだけでなく、精神的にもそうなのだ。彼は寝台に座り、母はその足下にひざまずいた。顔を彼に向けて上げているが、その目は虚《うつ》ろだ――地球上での最後の望みが失われたときに空を見上げる目。

「おまえのために祈っているよ、ビッガー。あたしにはそれしかできないから」と母は言った。「おまえと妹と弟のために、あたしはできることをすべてやった。それは神様もご存じだ。朝から晩までごしごしこすったり洗ったり、アイロンがけをしたり。それも毎日毎日、あたしの老いた体に力が残っている限りやり続けた。やり方を知っていることは何でもやった。やってないことがあるとしたら、それは知らなかったからってだけだ。おまえの憐《あわ》れな母さんにはわからなかっただけなんだよ。あの事件の話を聞いたとき、あたしはひざまずき、神様に目を向けて訊ねた。おまえの育て方を間違えたのでしょうかって。あたしに至らないところがあったのなら、おまえの重荷を背負わせてくださいと神様にお願いした。ビッガー、おまえの憐れな母さんにはもう何もできない。あたしは歳《とし》を取っていて、これは重すぎる。これ以上は無理ってところにきてるんだから。いいかい、息子よ、おまえの憐れな母親は、一つだけ約束してほしいんだ……誰も見ていないときでいいから、一人きりのとき、ひざまずいて神様にすべてを打ち明けてほしい。神様に導いてくださいますようお願いする。いまとなってはそれしかできない。息子よ、神様に身を委《ゆだ》ねると約束しておくれ」

「アーメン！」と牧師が力強く唱えた。

「俺のことは忘れてくれ、母さん」とビッガーは言った。

「ビッガー、おまえを忘れられるはずがないだろ。あたしの息子なんだから。あたしがおまえをこの世に送り出したんだ」

「忘れてくれ、母さん」

「ビッガー、おまえのことが心配なんだ。それはどうしようもない。おまえは自分の魂を救わないといけないよ。おまえが神様に助けを求めることなく去っていったら、あたしはこの世にいる限り安らかな気持ちになれない。ビッガー、あたしたちはこの世で辛い目にあったけど、そのすべてを一緒に過ごしてきたじゃないか？」

「ああ」と彼は囁《ささや》いた。

「息子よ、あたしらがさようならをしたあと、一緒になれる場所があるんだ。神様はそうなるように手配してくれている。あたしたちが会える場所を作ってくださっていて、そこであたしたちは恐れることなく暮らすことができるんだよ。この世であたしたちに何が起ころうとも、神様のいる天国で一緒になれるんだ。ビッガー、おまえの年老いた母さんがお願いしてるんだよ。お祈りするって約束しておくれ」

「お母さんのおっしゃるとおりだよ」と牧師が言った。

「俺のことは忘れてくれ、母さん」とビッガーは言った。

「お母さんにもう一度会いたくないのかい？」

ゆっくりと彼は立ち上がった。両手を上げ、母の顔を触って、「会いたい」と答えようとした。しかしそうしようとしたとき、彼の奥深くで何かが叫び声をあげた。こんなのは嘘だ、あいつらに殺されたあとで母に会うなんてあり得ない。しかし、母は信じている。これが母の最後の望みだ。これがあったから、長い年月、持ちこたえてこられたのだ。そしていま、母は彼がもたらした災難のために、いっそうこのことを信じている。ついに彼は両手で母の顔を触り、溜め息をつきながら言った（そんなことはあり得ないと知っていたし、心のなかでは信じておらず、死んだら永遠に終わりだとわかっていながら）。

「祈るよ、母さん」

ヴェラが走ってきて、彼を抱きしめた。バディは嬉《うれ》しそうな顔をし、母は幸せのあまり泣くことしかできなかった。ジャックとG・Hとガスは微笑《ほほえ》んでいる。それから母が立ち上がり、彼の体に両腕を回した。

「こっちにおいで、ヴェラ」と彼女が囁いた。

ヴェラがやって来た。

「おいで、バディ」

バディも来た。

「さあ、兄さんに腕を回すんだ」

三人は床の真ん中でしっかりとビッガーを抱きしめ、立ったまま泣いていた。ビッガーは顔を強張らせた。壁際から見つめる白人たちの目を意識し、家族と自分が嫌でたまらなかった。母がぼそぼそと祈りの言葉を唱え、それに牧師が合いの手を入れた。

「神様、あたしたちはここに、おそらく最後の集いをしています。あなた様があたしにこの子供たちをくださり、育てなさいとおっしゃいました。しくじったにしろ、あたしは最善を尽くしました。（〝アーメン！〟）この憐れな子供たちはあたしと長いこと一緒に過ごし、あたしのすべてです。神様、この世の悲しみと苦しみのあと、どうかまた子供たちと会わせてください。（〝お聞き届けください、神様！〟）神様、どうか子供たちを安らかに愛せる場所でもう一度会わせてください。来世で再び会わせてください！（〝お慈悲をください、イエス様！〟）あなた様は祈りを聞いてくださるとおっしゃいました。あなた様の息子の名にかけてお願いいたします」

「アーメン、神様の祝福がありますように、シスター・トマス」と牧師が言った。

彼らはビッガーに回していた腕をゆっくりと、何も言わずに放していった。それから、自分たちよりも大きな力を前にして、自分の弱さが恥ずかしくなったかのように、顔を背けた。

「あなたのことは、あとは神様に委《ゆだ》ねるからね、ビッガー」と母が言った。「必ず祈りなさい」

三人は彼にキスをした。

バックリーが歩み寄ってきた。

「じゃあ、帰ってください、ミセス・トマス」と彼は言い、それからドルトン夫妻のほうを向いた。「申し訳ありません、ミセス・ドルトン。こんなに長く立ったままお待たせするつもりはありませんでした。だが、こういうことになってしまい……」

ビッガーは母が突然背筋を伸ばし、あの目の不自由な白人女性を見つめているのに気づいた。

「ミセス・ドルトンでいらっしゃいますか？」と彼女は訊ねた。

ミセス・ドルトンは不安そうに体を動かした。細く白い両手を上げ、首を傾ける。そして口をぽかんと開けたとき、ミスター・ドルトンが彼女に腕を回した。

「はい」とミセス・ドルトンが囁いた。

「さあ、ミセス・ドルトン、こちらへどうぞ」とバックリーが急いで言った。

「いえ、ちょっと待って」とミセス・ドルトンが言った。「何ですか、ミセス・トマス?」

ビッガーの母は走っていって、ミセス・ドルトンの足下の床にひざまずいた。

「お願いです、奥様！」と彼女は泣き叫んだ。「あの子を殺させないでください！　母親の気持ちはあなた様もおわかりでしょう！　お願いです、奥様……あたしたちはあなた様の持つ家に住んでいます……そして、立ち退《の》くように言われました……あたしたちには何もありません……」

ビッガーは恥ずかしさで体が麻痺《まひ》した。汚されたような気持だった。

「母さん！」と彼は怒りよりも恥ずかしさから叫んだ。

マックスとジャンがこの黒人女性に走り寄り、彼女を立たせようとした。

「大丈夫ですよ、ミセス・トマス」とマックスは言った。「一緒に行きましょう」

「待って」とミセス・ドルトンが言った。

「お願いです、奥様！　あの子を殺させないで！　あの子にはチャンスが与えられなかった！　ただの貧乏な家の子なんです！　あの子を殺させないで！　残りの人生、あなた様のために働きます！　あなた様がおっしゃること何でもします！」母はすすり泣いた。

ミセス・ドルトンはゆっくりと身を屈めた。両手は空中で震えている。その手で母の頭に触れた。

「もう私にできることはないんですよ」とミセス・ドルトンは静かな声で言った。「私の手を離れてしまいました。私にできることはすべてしたんです、息子さんにチャンスを与えようとして。これについてあなたに責任はありません。勇気を出してください。成り行きに任せたほうがよいでしょうから……」

「奥様から話してくだされば、耳を傾けてもらえるはずです」と言って母はすすり泣いた。「息子に情けをかけてくれるよう、あの人たちに言ってください……」

「ミセス・トマス、もはや私が何かするには遅すぎるんです」とミセス・ドルトンが言った。「そんなふうに感じてはいけません。考えないといけないほかの子供たちがいるのですよ……」

「あたしたちを憎んでらっしゃるのはわかってます！　お嬢様を亡《な》くされたのですから……」

「いえ、いいえ……あなたを憎んではいません」とミセス・ドルトンが言った。

母はミセス・ドルトンからミスター・ドルトンのほうに這《は》い寄った。

「あなた様はお金持ちで力がおありだ」と母は言ってすすり泣いた。「あたしの息子を救ってやってください……」

マックスがこの黒人女性を押さえつけるかのようにして、どうにか立ち上がらせた。ビッガーが母に感じる恥ずかしさは憎悪にまで高まった。立ったまま拳《こぶし》を握りしめ、目は炎のように燃え上がる。母に向かっていつ飛びかかってしまってもおかしくないように感じた。

「大丈夫ですよ、ミセス・トマス」とマックスが言った。

ミスター・ドルトンが歩み寄った。

「ミセス・トマス、私たちにできることは何もないんです」と彼は言った。「これは我々の手を離れました。ある点までは力になれますけど、それ以上となると……。人は自分を守らなければいけませんからね。でも、あの家から立ち退く必要はありません。あなた方を立ち退かせないように私から言います」

黒人女はすすり泣き続けた。それからようやく静まって、こう言った。

「ありがとうございます。あたしの感謝の気持ちは神様もご存じです……」

母はまたビッガーのほうを向いたが、マックスが彼女を部屋の外へと導いた。ジャンがヴェラの腕を摑み、あとに続く。と、ドア口で立ち止まり、ジャックとG・Hとガスのほうを見た。

「君たち、サウスサイドに行くのかな?」

「イエス、サー」

「じゃあ、一緒に行こう。下に車を置いてあるから。送るよ」

「イエス、サー」

バディは何か言いたそうな顔でビッガーを見つめ、そこにとどまっていた。

「さようなら、ビッガー」と彼は言った。

「さようなら、バディ」とビッガーがもごもごと言った。

牧師が横を通り過ぎるとき、ビッガーの腕をギュッと摑んだ。

「神様の祝福がありますように」

バックリーを除いて全員が立ち去った。ビッガーはまた寝台に腰を下ろした。消耗し、体に力が入らない。バックリーが目の前に来て彼を見下ろした。

「なあ、ビッガー、自分がどんな厄介事を起こしたかわかっただろう。俺としては、この事件はできるだけ早く片づけたい。おまえが長く刑務所にいればいるほど、おまえの敵も味方も騒ぐようになる。それはまったくおまえのためにならん。ためになるって言うやつがいるとしてもな。いいか、おまえにできることは一つしかない。すべて白状することだ。あのアカども、マックスとアーロンは、おまえのためにいろんなことができると言っただろう。やつらを信じるな。やつらが求めているのは宣伝だ。おまえを犠牲にして、自分たちを売り込みたいんだ。わかるか？ おまえのためにやつらができることなど何もない！　おまえがいま相手にしているのは法律だ！　あのアカどもに愚かな考えを吹き込まれてしまったら、おまえは死に物狂いで闘うことになる」

　バックリーは言葉を止め、また葉巻に火を点《つ》けた。首を片側に傾け、耳を澄ます。

「あれが聞こえるか？」と彼は静かな声で訊ねた。

　ビッガーは当惑して彼を見つめた。耳を澄ますと、かすかな喧騒《けんそう》が聞こえてきた。

「こっちに来い。おまえに見せたいものがある」とバックリーは言って立ち上がり、ビッガーの腕を摑んだ。

　ビッガーはついていく気になれなかった。

「来い。誰もおまえを襲ったりはしない」

　ビッガーは彼のあとについてドアを出た。廊下では数人の警察官が警備にあたっている。バックリーはビッガーを窓のところに連れていった。そこからは街路が見下ろせ、あらゆる方角に群衆が群がっている。

「あれが見えるか？　あの連中はおまえをリンチしたがってる。だから俺を信用しろ、俺に話せって言ってるんだ。この件は、片づけるのが早ければ早いほど、おまえにとってもいい。あいつらがおまえを煩《わずら》わすことのないよう、俺たちも心がけるさ。だが、あいつらがここに長くとどまると、それだけ俺たちとしても、あいつらに対処しづらくなる。それがわからないか？」

バックリーはビッガーの腕を放し、窓を持ち上げた。冷たい風がヒューッと入ってくる。それとともに人々の怒号も聞こえてきた。ビッガーは思わず一歩下がった。あいつらは刑務所に乱入してくるだろうか？　バックリーは窓を閉め、彼を連れて部屋に戻った。ビッガーは寝台に座り、バックリーはその正面に座った。

「おまえは頭のいい男のように見える。自分がどんな苦境に落ち込んだかはわかるはずだ。この事件について話してくれ。アカたちに騙されて、自分は無実だなんて言うんじゃない。俺は自分の息子に話すのと同じくらい率直におまえに話している。供述書に署名し、これを終わりにしよう」

ビッガーは何も言わず、ただ床を見つめていた。

「ジャンはこれにからんでいるのか？」

建物のコンクリートの壁を通し、興奮した群衆の声がかすかに聞こえてくる。

「やつはアリバイを証明し、釈放された。教えてくれ。やつはおまえに責任を負わせて逃げたのか？」

路面電車のガタゴトという音が遠くで鳴っている。

「やつがおまえにこれをやらせたのなら、やつに対する告訴状に署名しろ」

男の黒い靴の光る爪先《つまさき》がビッガーの目に入った。ストライプの入ったズボンのピンとした折り目、高くて長い鼻の上に掛けられた眼鏡の冷たくて澄んだ輝きも目に映る。

「おい」とバックリーが大きな声で言い、ビッガーは縮み上がった。「ベッシーはどこだ？」

　ビッガーは目を丸くした。ベッシーのことは捕まって以来一度しか考えていなかった。メアリーの死と比べると、彼女の死は重要ではなかったのだ。自分が彼らに殺されるのだとすれば、それはメアリーの死のためであり、ベッシーの死のためではない。それはわかっていた。

「実を言うとな、我々はベッシーを見つけたんだ。おまえは煉瓦《れんが》で殴ったわけだが、あの娘はすぐに死んだわけではなかった……」

　筋肉がビクッと反応し、ビッガーは思わず立ち上がった。ベッシーが生きていた！

　しかし単調な話し声は続き、彼は腰を下ろした。

「彼女は通風孔から脱け出そうとしたが、できなかった。そして凍え死んだ。おまえが殴るのに使った煉瓦は見つけたよ。彼女の部屋から持ち出した毛布、掛け布団《ぶとん》、枕《まくら》も手に入れている。彼女のハンドバッグにはおまえ宛《あ》ての手紙も入っていた。投函《とうかん》しなかった手紙だが、それには身代金《みのしろきん》を取りに行く役はしたくないと書いてあった。いいか、証拠はあがってるんだ。さあ、すべて白状しろ」

　ビッガーは何も言わず、顔を両手のなかにうずめた。

「おまえは彼女をレイプした。そうだよな？　まあ、ベッシーについて話したくないなら、こちらについて話してくれ。昨秋、ユニバーシティ通りでおまえがレイプし、絞め殺した女についてだ」

この男は俺を怖がらせようとしているのか？　それとも、本当に俺がほかの殺人も犯したと考えているのだろうか？

「おい、俺に話してしまったほうがいいぞ。おまえがやったことはすべてわかってるんだ。昨年の夏、おまえがジャクソン公園で襲った女性についてはどうだ？　いいか、聞け。おまえが独房で眠っていて、何も話そうとしなかったとき、女性たちにおまえの顔を見てもらったんだ。二人の女性がおまえを犯人だと特定したよ。一人はおまえが昨秋殺した女性の姉で、ミセス・クリントンだ。もう一人のミス・アシュトンは、昨年の夏、おまえが彼女の寝室の窓から侵入し、彼女を襲ったと証言している」

「俺は昨年の夏も秋も、女性を襲ったりしていない」とビッガーは言った。

「ミス・アシュトンはおまえを特定した。おまえが犯人だと断言している」

「俺はそんなの何も知らない」

「だがな、おまえが昨年の秋に殺した女性の姉であるミセス・クリントンが独房に来て、おまえを特定したんだぞ。おまえがやってないと言って、誰がそれを信じる？　おまえは二日のあいだに二人の女性をレイプし、殺した男だ。ほかの者は殺してない、レイプしていないと言ったところで、誰が信じる？　よく考えろ。意地を張ってもおまえは何も得られないんだ」

「俺はほかの女性については何も知らない」とビッガーは頑固に言い張った。

この男は実のところどれだけ知っているのだろう？　ビッガーはそう考えた。メアリーとベッシーについて俺にしゃべらせるために、ほかの女について嘘をついているのか？　それとも、本当にほかの罪を俺になすりつけようとしているのだろうか？

「おまえについてこちらが摑んでいることを新聞に知られたら、おまえはもう終わりだ。俺がこれをやっているわけじゃない。警察署が悪い噂《うわさ》を掘り出してきては、俺のところに持ってくるんだ。どうしておまえはしゃべらない？　ほかの女性たちを殺したのか？　それとも、ほかの人にやらされたのか？　ジャンはこれに関わっているのか？　アカたちがおまえを助けているのか？　ジャンがこれに関わっていて、それをおまえが言わないんだったら、おまえは阿《あ》呆《ほう》だぞ」

ビッガーは足にかけている重心を移し、また通過する路面電車のガタゴトというかすかな音に耳を澄ませた。男は身を乗り出し、ビッガーの腕を摑んで、彼を揺さぶりながら話した。

「こんなふうに意地を張っても、おまえは自分を傷つけているだけなんだぞ！　白状しろ！　おまえがレイプするなり殺すなりしたのはメアリー、ベッシー、ミセス・クリントンの妹、ミス・アシュトンだけなのか？」

言葉がビッガーのなかからほとばしり出た。

「俺はミス・クリントンもミス・アシュトンも聞いたことがない！」

「昨年の夏、ジャクソン公園で女性を襲わなかったか？」

「襲ってない！」

「昨年の秋、ユニバーシティ通りで女性をレイプし、絞め殺さなかったか？」

「してない！」

「昨年の秋、エングルウッドで、窓をよじのぼって侵入し、女性をレイプしなかったか？」

「してない、してない！　してないって言ってるだろ！」

「おまえは真実を話していない。嘘をついてもどうにもならんぞ」

「俺は真実を話している！」

「脅迫状は誰のアイデアだ？　ジャンか？」

「彼はこれには何も関係ない」とビッガーは言った。この男はどうしてもジャンを巻き込みたいらしい。そのことをひしひしと感じる。

「意地を張ったところで、何になるっていうんだ？　話したほうが楽になるんだぞ」

話して、これを片づけてしまったらどうだろう？　やつらは俺が有罪だとわかっている。それを証明できる。俺が話さなかったら、やつらは思いつく限りの罪を俺になすりつけるだろう。

「おい、先週の土曜日だが、どうしておまえと仲間たちは計画どおりにブラムの店を強盗しなかったんだ？」

ビッガーはびっくりして彼の顔を見た。やつらはこの件も知っていたのか！

「俺がこれを知っているとは思わなかったよな？　俺はもっと知ってるぞ。おまえと友達のジャックがリーガル座で汚らわしいことをやったのも知ってる。どうやって知ったのかって？　俺たちが捜査していたとき、支配人が話してくれたんだ。おまえたちみたいなガキが何をするかはわかってんだよ、ビッガー。さあ、言え。おまえがあの脅迫状を書いたんだな？」

「はい」と彼は溜《た》め息とともに言った。「書きました」

「おまえを助けたのは誰だ？」

「誰もいません」

「身代金を取りに行くのに手を貸すはずだったのは誰だ？」

「ベッシーです」

「おい、ジャンじゃないのか？」

「違います」

「ベッシーか？」

「はい」

「じゃあ、どうして彼女を殺した？」

ビッガーは震える指で煙草《たばこ》の箱をいじり、一本取り出した。男がマッチを擦り、火を彼に差し出す。しかし彼は自分のマッチを擦り、差し出された炎を無視した。

「もう金は手に入らないとわかったので、彼女を殺し、口を割らせないようにしたんです」

「おまえはメアリーも殺したんだな？」

「殺すつもりはありませんでした。でも、もうどうでもいいことでしょう」

「おまえは彼女を犯したのか？」

「犯してません」

「おまえはベッシーを殺す前に犯したよな。医者はそう言っている。それなのに、メアリーのことは犯さなかったと俺に信じろっていうのか」

「してない！」

「ジャンはしたか？」

「してません」

「ジャンが最初にやって、それからおまえだったのか？」

「違う、違う……」

「だが、ジャンが脅迫状を書いたんだよな？」

「俺はあの夜、初めてジャンと会ったんです」

「でも、ジャンが手紙を書いたんだよな？」

「違います。違うって言ってるでしょう」

「おまえが手紙を書いたのか？」

「はい」

「ジャンが書けと言ったんじゃないか？」

「言ってません」

「どうしてメアリーを殺した？」

　彼は答えなかった。

「いいか、おまえ。おまえが言ってることは筋が通ってないんだ。おまえは土曜の夜までドルトン家に足を踏み入れたことがなかった。それなのにひと晩のうちに娘がレイプされ、殺され、焼かれた。そして次の日の夜に脅迫状が送られている。どういうことだ。起きたことをすべて話せ。おまえを助けた人たちについても」

「俺以外に誰もいません。俺は自分に何が起きてもかまわないけど、ほかの人たちについてしゃべれなんて、俺に無理強いすることはできませんよ」

「だが、おまえはジャンが関わっているとミスター・ドルトンに言ったじゃないか」

「あのときは彼に濡《ぬ》れ衣《ぎぬ》を着せようとしたんです」

「おい、どういうことだ。起きたことをすべて話せ」

ビッガーは立ち上がり、窓のところに行った。スチールの格子を両手でギュッと握りしめる。こうして立っていると、自分がどうして殺したのか決して言えないのだとわかってきた。本当には話したくないということではない。それを話すには、自分の全人生を説明しないといけなくなるからである。メアリーとベッシーの実際の殺害は、いま最も気にかかることではない。自分がどうしてそれに向かって駆り立てられたのか、誰にも決して説明できない——そうわかっており、感じていることが、最も気にかかる。彼の犯罪は知られてしまったが、彼がその前にどう感じたかは、決して知られることはない。罪を認めるのと同時に、人生にずっと付きまとってきた憎悪がどのようなものか示せると思えたなら、彼は喜んで罪を認めたであろう。その深い、息を詰まらせるほどの憎悪は、抱きたくて抱いたものではなく、抱かずにいられなかったものだ。どうやってそれを示せるだろう？　語ろうとする衝動は、殺そうという切羽つまった思いと同じくらい深かった。

彼は肩に手が触れたのを感じた。振り向きはしなかったが、下に目を向けると、てかてか光る男の黒い靴が見えた。

「おまえがどう感じているかはわかる。おまえは黒人で、公平に扱われてきていないと感じている。そうだろう?」男の声は低くて穏やかだった。そしてビッガーはそれを聞き、相手が真実を言っているとわかるために彼を憎んだ。くたびれた頭をスチールの格子にもたせかけ、この男がこんなに自分のことを知っているのに、どうしてこんなに辛《つら》く当たれるのだろうと考える。「おまえはこの黒人の問題をずっと考えてきたんじゃないのか?」男の声は低く穏やかな調子で続いた。「俺にはわからないと思っているんだろ? でも、俺にはわかる。ほかの人たちと同じように通りを歩き、同じような服を着て、同じように話しているのに、自分が黒人だというだけの理由で排除されるんだ。俺はおまえらの民族を知っている。サウスサイドでは、毎回の選挙で俺に投票してくれるからな。一度、女性をレイプして殺した黒人と話をしたことがある。ちょうどおまえがミセス・クリントンの妹を殺したのと同じように……」

「俺は殺してない!」とビッガーは叫んだ。

「どうしてそう言い続けるんだ? おまえが白状するなら、裁判官は助けてくれるかもしれない。すべてを話し、終わらせてしまえ。気持ちが楽になるぞ。いいか、聞け。おまえがすべて話すなら、おまえが検査のために病院に送られるように取り計らってやる。やつらがおまえに責任能力がないと言えば、おまえは死ななくても済むかも……」

ビッガーの怒りは高まった。自分は気がふれているのではないし、そのように見なされたくない。

「俺は病院になんか行きたくない」

「おまえが助かる道なんだぞ」

「助かる道なんていりません」

「いいか、最初から始めよう。おまえが初めて殺した女性は誰だ？」

彼は何も言わなかった。話したかったが、男の声に含まれる激しい熱のこもり方が気に入らなかった。背後のドアが開く音がした。顔をそちらに向けると、ちょうど別の白人男がもの問いたげに覗《のぞ》き込んだところだった。

「私にご用かと思いまして」とその男が言った。

「ああ、入ってくれ」とバックリーが言った。

男が入ってきて腰を下ろした。鉛筆と紙を膝《ひざ》の上で握っている。

「いいか、ビッガー」とバックリーがビッガーの腕を掴んで言った。「ここに座って、すべて話せ。片づけてしまおう」

ビッガーは、ジャンに手を握られたときにどう感じたかを話したかった。黒人たちがどう暮らしているのかとメアリーに訊ねられたとき、どう感じたかも。ドルトン邸にいた昼と夜のあいだ、とてつもない興奮に襲われたことも——しかし、彼にはその言葉が見つからなかった。

「おまえはミスター・ドルトンの家に土曜日の五時三十分に行ったのだな？」

「イエス、サー」と彼はぼそぼそと言った。

彼は力なくしゃべり続けた。自分の行動を一つひとつ追っていく。バックリーが質問するごとに話を中断し、自分のありのままの行動と感じていたことをどうつなぎ合わせられるのか考える。しかし、自分から出てくる言葉は単調で無味乾燥だった。白人たちが彼をじっと見つめ、彼の言葉を待っていると、身体《からだ》の感覚がすべて消え去った。ちょうどジャンとメアリーにはさまれて車に座っていたときと同じだ。しゃべり終わったとき、彼は逮捕されたとき以上に取り乱し、破滅したように感じた。バックリーが立ち上がり、もう一人の白人も起き上がって、ビッガーに署名するようにと紙を差し出した。彼はペンを手に取った。まあ、署名したっていいだろう？　俺は罪を犯した。死んだも同然だ。やつらは俺を殺す。誰にも俺は助けられない。白人たちは彼の前に立っていた。身を乗り出し、彼が署名するのを待っている。彼は震える手で署名した。

バックリーはゆっくりと紙を畳み、それをポケットに入れた。ビッガーは為《な》すすべもなく、問いかけるように二人の男を見つめた。バックリーはもう一人の白人男のほうを向き、微笑んだ。

「俺が予期したほど大変ではなかった」とバックリーは言った。

「こちらの期待どおりにやってくれましたね」ともう一人の男が言った。

バックリーはビッガーを見下ろして言った。

「ミシシッピ出身の怯《おび》えた黒人にすぎんよ」

少しのあいだどちらも黙りこんだ。ビッガーは彼らがすでに自分を忘れてしまったように感じた。それから彼らの話す声が聞こえてきた。

「ほかにありますか、チーフ?」

「いや。俺は所属するクラブに行く。審問がどうなったかをあとで知らせてくれ」

「わかりました、チーフ」

「じゃあな」

「あとでお目にかかりましょう、チーフ」

ビッガーは打ちのめされ、ものすごく空っぽに感じて、床にずるずると滑り落ちた。歩き去る男たちの静かな足音が聞こえてくる。ドアが開き、閉まった。彼は一人きりになった——逃れられない深遠な孤独を感じた。床を転がり、すすり泣く。俺は何に囚《とら》われてしまったのだろう、どうしてここにいるのだろうと考えながら。

彼は冷たい床に寝転がってすすり泣いていた——が、実際には、悔恨の念を胸に抱いてしっかりと立ち、自分の人生を両手で摑んで、不思議そうに問いかけつつ見つめていた。彼は冷たい床に寝転がってすすり泣いていた——が、実際には、彼には大きすぎ、強すぎる世界に対抗して、取るに足らない力で押し返そうとしていた。彼は冷たい床に寝転がってすすり泣いていた――が、実際には、猛烈な熱意をもって、混沌《こんとん》とした状況に手探りで入っていこうとしていた。この状況には、心と脳の渇きを癒《いや》す慈悲の水が含まれているように感じられた。

　彼が泣いていたのは、自分の感情を再び信頼し、それに裏切られたためだった。なぜ自分は感情を知ってもらわねばならないと感じてしまったのか？　そして、なぜ自分の感情が他者の心のなかで反響する音は聞こえてこないのだろう？　実際に反響が聞こえることもあるが、それはいつでも、黒人として生きる彼には答えられず、受け入れられない口調で表現されていた。これを受け入れたら、男としての誇りを彼に最初に掻《か》き立てた世界に対し、面子《メンツ》を失うことになる。彼が牧師を恐れ、憎んだのも、牧師が彼にひれ伏すことを求めたからだ――そして、自分でも必要だとわかっている慈悲をお願いしろと言ったためだ。だが、彼の誇りがそれを許さなかった――墓に入る前に、太陽が輝いているあいだに、それをするわけにはいかない。では、ジャンは？　マックスは？彼らは自分自身を信じろと彼に言った。かつて一度、彼は人生によって感じさせられたことを完璧《かんぺき》に受け入れた――人を殺すほどに受け入れた。人生が彼のために満たした容器を空っぽにし、空っぽにするのは意味がなかったと知った。しかし容器はまた満たされており、そこから注がれるのを待っている。でも、ダメだ！　今回は闇雲《やみくも》にやるわけにはいかない！　彼は自分の感情の基盤から打って出ることなしには、二度と動けないと感じていた。いま行動するには光がなければならないのだ。

次第に、心が落ち着いてきたからというよりも力がなくなって、彼のすすり泣きは止まった。仰向けになって天井を見つめる。自白してしまったいま、死は公《おおや》けの未来に確固たるものとして現われていた。自分はどうやって死に向かえるのだろう——あの白い顔の群れに見つめられながら——黒人の気持ちをその顔めがけて叩《たた》きつけたことに対し、それを癒すのは死しかないと言う連中を前にして？　いまとなってはどうやって死を勝利にし得るだろう？

彼は溜め息をつき、床から起き上がった。半ば目覚め、半ば眠っている状態で、寝台に横たわる。すると、ドアが開き、四人の警官が入ってきて、彼の前に立ちはだかった。一人が彼の肩に触れる。

「来い、おまえ」

彼は立ち上がり、問いかけるように彼らを見つめた。

「審問に戻るんだ」

警官たちは彼の手首にカチッと手錠をかけ、廊下へと導いた。待っていたエレベーターに乗り込む。ドアが閉まり、四人の男たちに囲まれて、彼は下へと落ちていった。青い服を着た彼らはみな背が高く、何もしゃべろうとしない。エレベーターが止まり、ドアが開いた。目に飛び込んできたのは騒ぎ立てる群衆。喚《わめ》き声も聞こえてくる。警官たちは彼を引っ張って狭い通路を歩かせた。

「この人でなし！」

「真っ黒だな、こいつ！」

「殺してしまえ！」

こめかみに強烈な一撃を受け、彼は床に崩れ落ちた。顔や声が消えていく。激痛で頭がズキズキし、顔の右側の感覚がなくなった。肘《ひじ》を上げて自分を守ろうとする。警官たちが彼を引っ張って、また立たせた。視界が開けると、痩《や》せた白人男と格闘している警官たちが見えた。叫び声は怒号と言えるところまで高まっていく。すると、目の前にいる白人の男がテーブルを金槌のような棒で叩いた。

「静粛に！　さもないと、証人以外は全員退出させます！」

騒ぎが静まった。警官たちがビッガーを押すようにして椅子《いす》に座らせた。部屋の四囲の壁際《かべぎわ》まで白い顔がずらりと並んでいる。まわりに立っているのは、棍棒《こんぼう》を手に持ち、肩を怒らせた警官たち。銀色のバッジを胸につけ、厳粛そうな赤い顔をして、灰色や青色の目を光らせている。テーブルについている男の右には、六人の男が三人ずつの列になって、じっと座っている。帽子とコートを膝に載せ、黙りこんでいる。ビッガーがあたりを見回すと、テーブルの上に白い骨の山が載っていることに気づいた。その横にはインクの瓶を重しにして脅迫状が置いてある。テーブルの中央にあるのは、金属製のクリップでとめられた白い紙の束——彼が署名した自白書だ。そして、顔も髪も真っ白なミスター・ドルトンがいた。その横にはミセス・ドルトンが背筋を伸ばし、じっと座っている。普段どおり信じ切っている様子で顔を片側に向け、少し上げている。それからビッガーの目にトランクが映った。彼がメアリーの死体を詰め込んだものだ。このトランクを引きずって彼は階段を下り、駅まで運んだのである。それから、そう、黒くなった斧《おの》の刃と、小さな金属の丸いものもある。ビッガーは肩を叩かれるのを感じ、ぐるりと見回した。マックスが彼に向けて微笑んでいる。

「気を楽にして、ビッガー。ここでは何も言わなくていいから。長くはかからないよ」

目の前の男がまたテーブルを叩いた。

「故人のご家族はいらっしゃいますか？　ご家族の歴史を語れる方は？」

囁き声が部屋じゅうに広がった。一人の女性が急いで立ち上がり、目の不自由なミセス・ドルトンのところに歩いていった。彼女の腕を摑《つか》み、テーブルの男から見て一番右の席へと連れていく。二列の椅子に座る六人の男と向き合う形だ。あれはミセス・パターソンに違いない、とビッガーは思った。ペギーがミセス・ドルトンの世話係として話していた女性のことを思い出したのである。

「右手を挙げていただけますか？」

ミセス・ドルトンの青白くて華奢《きゃしゃ》な手がおずおずと持ち上がった。男はミセス・ドルトンに、彼女がこれからする証言は真実かどうか、すべてが真実で、真実以外は何もなく、それを神に誓うかどうか訊ねた。ミセス・ドルトンはこう答えた。

「はい、誓います」

　ビッガーは表情を見せずに座っていた。自分の恐怖を群衆に悟られないように努める。老婦人の言葉を聞き漏らすまいとしているときは、神経が痛いほどに張りつめた。男の質問に答え、ミセス・ドルトンは自分の年齢が五十三歳であり、ドレクセル・ブールヴァード４６０５番地に住んでおり、引退した学校の教師で、メアリー・ドルトンの母親かつヘンリー・ドルトンの妻であると言った。男がメアリーに関する質問を始めると、群衆は椅子に座ったまま身を乗り出した。ミセス・ドルトンは質問に答えていった。メアリーは二十三歳で独身でした。約三万ドルの保険がかかっており、ほぼ二十五万ドルになる不動産を所有していました。それから、亡《な》くなる当日まで元気でした。ミセス・ドルトンの声は緊張して弱々しく、ビッガーは自分があとどれだけこれに耐えられるだろうと考えた。あのナイフのような投光照明があちこちに光を投げかけているとき、そのなかですっくと立ち上がり、彼らに射殺されたほうがよかったのではないか？　そうすればやつらを出し抜き、このショーの、この狩りの、この熱狂的な娯楽の機会を奪えたはずだ。

「ミセス・ドルトン」と男が言った。「私は検死官代理です。こうした質問をするのはとても心苦しいのですが、死者の身元を確定するためには、あなたを煩わせないわけにはいかないもので……」

「はい」とミセス・ドルトンは囁いた。

慎重に、彼は脇《わき》にあるテーブルから黒ずんだ小さな金属片を取り上げた。それから向きなおり、ミセス・ドルトンに向き合うと、しばらくじっと動かなかった。部屋がとても静まり返ったので、検死官がミセス・ドルトンの椅子に向かって歩き出したとき、木の床に立てる足音がビッガーに聞こえたほどだった。男は優しく彼女の手を握って言った。

「これからあなたの手に金属製のものを置きます。警察があなたの家の地下室にある暖房炉から回収したものです。ミセス・ドルトン、この金属を注意深く触ってみて、以前にも同じものを触ったことがあるかどうか、思い出していただきたいのです」

ビッガーは目を逸《そ》らしたかったが、それはできなかった。ミセス・ドルトンの顔をじっと見つめ、黒ずんだ金属片を握りしめる彼女の手が震えていることに気づいた。ビッガーは無理に頭を逆側に向けた。一人の女性が節度なく泣き始めた。部屋じゅうで囁き声の波が高まる。検死官は足早にテーブルに戻り、指の関節でテーブルを鋭く叩いた。部屋はすぐに静まり、聞こえるのは女のすすり泣きの声だけになった。ビッガーはミセス・ドルトンに視線を戻した。いま彼女の両手はあの金属片を不安げにいじくっている。

それから肩が震え、彼女は泣き出した。

「それが何かわかりますか？」

「は、はい……」

「何ですか？」

「イヤリングです……」

「最初にあなたがこれに触れたのはいつですか？」

ミセス・ドルトンは顔の表情を和らげ、頬に涙をしたたらせて答えた。

「私が娘だった頃、何年も前です……」

「正確にいつだったか覚えていますか？」

「三十五年前です」

「かつては所有していたのですか？」

「はい、これはペアの片方です」

「そうですね、ミセス・ドルトン。疑いなく、もう片方のイヤリングは火のなかで溶けてしまいました。こちらは格子《こうし》を通り抜け、炉の下側の容器に落ちたのです。では、ミセス・ドルトン、あなたはどれくらい長くこのイヤリングを所有していたのですか？」

「三十三年間です」

「どうしてあなたが所有することになったのですか？」

「その、私が成人したときに母からもらいました。母は成人したときに、祖母からこれをもらったんです。そして、私が今度は娘に譲りました、娘が成人したときに……」

「成人したときとは、どういう意味ですか？」

「十八歳になったときです」

「それで、お嬢さんに譲ったのはいつですか？」

「五年ほど前です」

「お嬢さんはいつでもこれを身につけていましたか？」

「はい」

「これがそのイヤリングだというのは確かですか？」

「はい。間違えようがありません。家族で受け継いできたものですから。同じものは二つとありません。デザインも製作も、私の祖母の注文によるものです」

「ミセス・ドルトン、あなたが最後に故人と接触したのはいつでしたか？」

「先週の土曜日の夜です。というか、日曜日の未明になります」

「何時ですか？」

「午前二時くらいだったと思います」

「お嬢さんはどこにいたのですか？」

「娘の部屋で、ベッドに入ってました」

「あなたはそんな時間にお嬢さんと会う、というか、話をする習慣があったのですか？」

「いいえ。あの日は、日曜日の朝にあの子がデトロイトに行く予定だと知っていたからなんです。彼女が帰ってきた音がしたので、どうしてこんなに遅くなったのか確かめたいと思いまして……」

「お嬢さんと話したんですか？」

「いいえ。何度か名前を呼んだんですが、娘は答えませんでした」

「お嬢さんに触れましたか？」

「はい、ちょっとだけ」

「でも、お嬢さんはあなたに話しかけなかった？」

「まあ、もぐもぐ言うような声は聞こえましたが……」

「それが誰の声かはわかりますか？」

「いいえ」

「ミセス・ドルトン、こういうことはあり得るでしょうか？　お嬢さんはそのときすでに亡くなっていて、でもあなたはそれを知らなかったし、疑いもしなかったとは？」

「わかりません」

「あなたが話しかけたときにお嬢さんが生きていらしたかどうかわかりますか？」

「わかりません。私は生きていると思いましたけど」

「そのとき部屋にはほかに誰かいましたか？」

「わかりません。でも、私は変な感じがしました」

「変な感じ？　どういう意味ですか、変な感じとは？」

「わ——わかりません。どういうわけか満足できなかったんです。何かするか、言うべきであるように思えました。でも、自分にこう言い聞かせてしまったんです。〝娘は眠っている、それだけだ〟って」

「そんなに満足できなかったのでしたら、どうしてお嬢さんを起こそうとせず、部屋から立ち去ったのですか？」

ミセス・ドルトンは答えるまでにかなりためらった。唇の薄い口を大きく開け、顔を片側にさらに傾けている。

「部屋でアルコールのにおいがしたんです」と彼女は囁《ささや》いた。

「はい？」

「メアリーは酔っ払ってるんだと思いました」

「お嬢さんが酔っ払っているところに出くわしたことは、それまでにもあったのですか？」

「はい。ですから、私は娘がそのとき酔っ払っているのだと思いました。同じにおいだったのです」

「ミセス・ドルトン、もしお嬢さんがあのベッドに寝ているあいだに、誰かがお嬢さんと性的な関係を持ったのだとしたら、あなたは何らかの形でそれに気づいたと思いますか？」

部屋はざわめいた。検死官がテーブルを叩き、静かにするように求めた。

「わかりません」と彼女は囁いた。

「もう少しだけ質問させてください、ミセス・ドルトン。お嬢さんに何かあったのではないかと、あなたに疑いを起こさせたのは何だったのですか？」

「次の日の朝、娘の部屋に行って、ベッドに触ると、そこで娘が寝ていなかったことがわかりました。次に娘の服の箪笥《たんす》に手を突っ込んでみて、娘が買ったばかりの新しい服を持っていっていないことに気づいたのです」

「ミセス・ドルトン、あなたとご主人は、黒人の教育機関に多額の寄付をしていらっしゃいますよね？」

「はい」

「だいたいどれくらいの額か教えていただけますか？」

「五百万ドル以上です」

「黒人に対して反感は何もありませんか？」

「ありません、まったく」

「ミセス・ドルトン、あの日曜日の未明、お嬢さんのベッドの前で、最後に何をしたか話していただけますか？」

「私――私は……」彼女は口ごもった。顔をうつむけ、目を軽く叩く。「ベッドの脇にひざまずき、祈りました……」と彼女は言った――その言葉は絶望の鋭い吐息とともに吐き出された。

「以上です。ありがとうございました、ミセス・ドルトン」

　部屋じゅうから溜め息が漏れた。ビッガーはミセス・ドルトンが例の女性に導かれて席に戻るのを見た。部屋の多くの目がいまやビッガーに注がれている。冷たい灰色や青色の目――その張りつめた憎悪《ぞうお》は叫び声や罵《ののし》りの言葉よりもこたえる。自分に注がれる凝視から逃れるために、彼は目を開けたままにしながら、見るのをやめた。

　検死官は彼の右側に二列に並んでいる男たちのほうを向いて言った。

「陪審員の皆さん、あなた方のなかで故人と知り合いだった方、あるいはその家族の一員である方はいらっしゃいますか？」

　男たちの一人が立ち上がって言った。

「いえ、いません」

「本件に関し、あなた方が公平で偏《かたよ》らない評決をできない理由が何かありますか？」

「ありません」

「本件で陪審員を務める者たちに対して何らかの異議はありますか?」と検死官は部屋全体に向けて訊ねた。

誰も返事をしなかった。

「検死官の名において、私は陪審員の方々に立ち上がるよう求めます。そしてこのテーブルの横を通り、故人であるメアリー・ドルトンの遺骸《いがい》を見てください」

六人の男たちは黙って立ち上がり、一列になってテーブルを通過すると、それぞれが白い骨の山を見つめた。彼らが再び席に着くと、検死官がこう呼びかけた。

「では、ミスター・ジャン・アーロンの証言を求めます!」

ジャンが立ち上がり、きびきびと進み出た。そして、これからする証言はすべてが真実で、真実以外は何もなく、それを神に誓うようにと求められた。ビッガーはジャンが今度は自分に敵意を向けるのではないかと考えた。本当に信用できる白人などいるのだろうか。自分に近づいてきて、友情の手を差し伸べたこの白人でさえ、信用できるのだろうか。ビッガーは聞こうとして身を乗り出した。ジャンは外国人なのかと何度か訊《き》かれ、そうではないと言った。検死官はジャンの椅子に近づき、上体を前に屈《かが》めて、大きな声で訊《たず》ねた。

「あなたは黒人が社会的に平等であると信じますか?」

部屋がざわめいた。

「私はすべての民族が平等であると……」とジャンが始めた。

「〝はい〟か〝いいえ〟かで答えなさい、ミスター・アーロン！　あなたは演説台に立っているのではない。黒人が社会的に平等であると信じますか？」

「はい」

「あなたは共産党の党員ですか？」

「はい」

「先週の日曜日の未明、あなたがミス・ドルトンと別れたとき、彼女はどういう状態でしたか？」

「どういう意味ですか？」

「彼女は酔っ払っていましたか？」

「酔っ払っていたとは言いません。彼女はお酒を数杯飲みました」

「何時に彼女と別れたのですか？」

「一時半くらいだったと思います」

「彼女は車の前の席に座っていたのですか？」

「はい、前の席に座っていました」

「前の席にずっと座っていたのですか？」

「いいえ」

「あなた方がレストランを出たとき、彼女は前の席に座ったのですか？」

「いいえ」

「あなたが車から降りたときに、彼女を前に座らせたのですか？」

「いいえ、彼女が前に座りたいと言ったのです」

「あなたがそうするように言ったわけではない？」

「言ってません」

「あなたが彼女と別れたとき、彼女は一人で車を降りられましたか？」

「降りられたと思います」

「彼女と後ろの座席に座っていたとき、あなたは彼女と何らかの関係を持ち、それによって彼女が――何と言うか――茫然《ぼうぜん》として、一人で車を降りられないくらい弱々しくなったということはないですか？」

「そんなことはありません！」

「ミス・ドルトンは自分を守れる状態ではなく、あなたが彼女を前の座席に運んだというのが真実ではないですか、ミスター・アーロン？」

「違います！　私は彼女を前の座席に運んだりしていません！」

ジャンの声が部屋じゅうに鳴り響いた。人々がせわしなく言葉を交わすざわめきが聞こえた。

「あなたはなぜ無防備な白人女性を酔っ払った黒人と同じ車に残し、立ち去ったのですか？」

「私はビッガーが酔っ払っているとは思っていなかったし、メアリーが無防備だとも考えませんでした」

「あなたは過去において、ミス・ドルトンを黒人たちのなかに残して立ち去ったことがありますか？」

「いいえ」

「これまでにミス・ドルトンを餌《えさ》として使ったことはありませんか？」

後ろからの騒音にビッガーはビクッとした。振り向くと、マックスが立ち上がっていた。

「検死官殿、これが裁判ではないことは私も承知しています。しかし、あなたのしている質問は、故人の死の原因や状況とはまったく関連しません」

「ミスター・マックス、ここではかなり自由に質問してよいことになっています。ここで為された証言が関連するものかどうかは大陪審が決めることです」

「しかし、この種の質問は大衆の心を扇動し……」

「いいですか、ミスター・マックス、ここでされた質問は、メアリー・ドルトンの死以上に大衆の心を扇動するものではありません。それはあなたもご存じなはずだ。あなたはここにいる証人の誰に対しても質問する権利がありますが、あなたのような人による宣伝行為をここで許すわけにはいきません！」

「しかし、ミスター・アーロンは裁判にかけられているわけではないのですよ、検死官殿！」

「彼はこの殺人事件に関わっていると疑われているのです！　それに我々はこの女性を殺害した者と、その理由を追及しています！　こうした質問が間違った解釈を含んでいるとお考えなら、我々の質問が終わったあと、あなたが証人に質問されればよいのです。しかし、ここで訊ねられる質問をあなたが規制することはできません！」

マックスは腰を下ろし、部屋は静まり返った。検死官は数秒のあいだ行ったり来たり歩き回った。顔を赤くし、唇をしっかり結んでいる。それから、またしゃべり始めた。

「ミスター・アーロン、あなたは共産党に関わる資料をあの黒人に渡しませんでしたか？」

「渡しました」

「それはどのような性質の資料でしょうか？」

「黒人問題に関するパンフレットを渡したのです」

「白人と黒人の平等を主張する資料ですね？」

「その資料が説明しているのは……」

「〝白人と黒人の団結〟への呼びかけを含むものですよね？」

「はい、そうです」

「あなたはあの酔っ払った黒人を扇動するなかで、彼が白人女性と性的な関係を持ってもよいのだと言いましたか？」

「いいえ！」

「ミス・ドルトンには、彼と性的関係を持つように勧めましたか？」

「いいえ！」

「あなたはあの黒人と握手をしましたか？」

「はい」

「あなたのほうから握手を求めましたか？」

「はい。それは良識ある人間なら……」

「質問に対する答え以外は発言しないでください、ミスター・アーロン。ここではあなたの共産党の理念は聞きたくありません。答えてください、あなたはあの黒人と一緒に食事しましたか？」

「はい、しました」

「あなたが食事をしようと誘った？」

「はい」

「あなたが彼を食事に誘ったとき、ミス・ドルトンもテーブルにつきましたか？」

「はい」

「それ以前、何度くらい黒人と食事をしたことがありますか？」

「わかりません、たくさんあります」

「あなたは黒人が好きですか？」

「私は人種で区別を……」

「あなたは黒人が好きですか、ミスター・アーロン？」

「異議あり！」とマックスが叫んだ。「それがこの事件とどういう関係があるのですか！」

「あなたはここでの質問を規制できない！」と検死官が叫んだ。「それは前にも言ったでしょう！ 女性が残虐《ざんぎゃく》に殺されたんです。この証人は、生前の故人を最後に見た人物と彼女とを接触させました。我々には、この証人がその女性に対して、それからこの黒人に対して、どのような態度を取っていたかを確認する権利があります！」検死官はジャンのほうに向きなおった。「では、ミスター・アーロン、あなたはこの黒人に、車の前の座席に座るように言ったのですか？ あなたとミス・ドルトンのあいだに？」

「いいえ、彼はすでに前の座席に座っていました」

「しかしあなたは彼に、後ろの座席に座るようにとは言わなかったんですね？」

「はい」

「どうして言わなかったんですか？」

「なんだって！ この人は人間ですよ！ だったら、私にこう訊ねても……？」

「質問をしているのは私で、あなたは答えるのです。さて、教えてください、ミスター・アーロン、あなたはあの黒人も誘って、一緒に寝ることも考えませんでしたか？」

「その質問に答えることを拒否します！」

「しかし、酔っ払いの黒人があの女性と寝る権利は否定しなかったんですね？」

「彼女とであれ誰とであれ、彼が人と交際する権利に疑問を差しはさむつもりは……」

「あなたはあの黒人をミス・ドルトンから引き離そうとしましたか？」

「してません……」

「〝はい〟か〝いいえ〟で答えなさい！」

「〝いいえ〟！」

「あなたには女のきょうだいがいますか？」

「えっ、いますけど」

「どこにいます？」

「ニューヨークです」

「結婚してますか？」

「いいえ」

「彼女が黒人と結婚すると言ったら同意しますか？」

「彼女が誰と結婚しようと僕には関係のないことです」

「あなたはあの酔っ払いの黒人に、ミスター・アーロンではなくジャンと呼んでくれと言いましたか？」

「はい、でも……」

「質問に対する答え以外は発言しないでください！」

「しかし、検死官殿、あなたが仄《ほの》めかしているのは……」

「私は無実の女性が殺害された動機を解明しようとしているのです！」

「いいえ、違います！　あなたは一つの民族と政党に罪をかぶせようとしている！」

「あなたに陳述は求めていません！　さて、あなたがミス・ドルトンをあの酔っ払いの黒人とともに車に残し、立ち去ったときのことですが、彼女はあなたにさようならと言える状態でしたか？」

「はい、彼女はさようならと言いました」

「あの晩、どれだけの酒をミス・ドルトンに飲ませたか教えてください」

「わかりません」

「どの酒を飲んだのですか？」

「ラム酒です」

「どうしてラムにしたのですか？」

「わかりません。とにかくラムを注文しました」

「それは体を最大限に刺激するためですか？」

「いいえ」

「どれくらい注文しました？」

「五分の一ガロンです」

「誰が支払いましたか？」

「私です」

「そのお金は共産党の資金から出ているのですか？」

「いいえ！」

「党員勧誘の予算があなたに出ているのではないですか？」

「いいえ！」

「五分の一ガロンのラムの前には、どれだけ飲んだのですか？」

「ビールを数杯です」

「何杯ですか？」

「わかりません」

「あなたはあの晩に起きたことをあまり覚えていないようですね？」

「覚えていることはすべて話しています」

「覚えていることすべて？」

「はい」

「覚えていないことがいくつかある可能性はありますか？」

「私は覚えていることをすべて話しています」

「起きたことをすべて記憶するには酔っ払いすぎていたのではないですか？」

「いいえ」

「自分が何をしているかはわかっていましたか？」

「はい」

「あなたは意図的に彼女をあの状態にして立ち去ったのですか？」

「彼女は危険な状態ではなかった！」

「では、ビールとラムを飲んだあと、彼女はどれくらい酔っ払っていましたか？」

「彼女は自分のやっていることがわかっている様子でした」

「彼女が自分を守れるかどうかについて、心配ではありませんでしたか？」

「いいえ」

「気にかけましたか？」

「もちろん、気にかけました」

「何が起こってもいいと思ったのですか？」

「彼女は大丈夫だと思いました」

「教えてください、ミスター・アーロン、ミス・ドルトンはどれくらい酔っ払っていましたか？」

「まあ、少し高揚していました。私の言っていることがわかっていただけるなら」

「いい気分だった？」

「はい、そう言えるでしょう」

「受け入れやすくなっていた？」

「あなたの言っている意味がわかりません」

「彼女と別れるとき満足していましたか？」

「どういう意味ですか？」

「彼女と一緒にいて楽しかったのですね？」

「ええ、そうです」

「そして、あのような女性と楽しんだあとは、気分が沈みませんか？」

「あなたの言っている意味がわかりません」

「もう夜遅かったですよね、ミスター・アーロン？　あなたは家に帰りたかった？」

「はい」

「これ以上彼女と一緒にいたくはなかった？」

「はい、私は疲れていました」

「だからあなたは彼女を黒人に委《ゆだ》ねた」

「私は彼女を車に残したんです。誰かに委ねたわけではありません」

「しかし、黒人が車にいたんですよね？」

「はい」

「そして彼女が彼と一緒に前の座席に座った？」

「はい」

「あなたは彼女を止めようとしなかった？」

「はい」

「三人とも飲んでいたんですね？」

「はい」

「そして、あなたは満足して立ち去ったのですね？　彼女をあのように、酔っ払いの黒人とともに残して？」

「どういう意味ですか？」

「彼女のことが心配ではなかったのですね？」

「ええ、心配ではなかったです」

「あなたは彼女が酔っ払っているから、あなたと一緒にいて満足だったのと同じように、ほかの誰とでも満足するだろうと思ったのですね？」

「いえ、いえ……そんなことはない。あなたは誘導しようと……」

「質問に答えるだけにしてください。あなたの知る限り、ミス・ドルトンはこれまで黒人と性的な関係を持ったことがありましたか？」

「いいえ」

「あなたはそれも彼女にとっては何よりよい体験になると思ったのですか？」

「違う、違う……」

「あなたはあの黒人にまた連絡すると約束し、彼が共産党に入党するくらい感謝しているかどうか見極めようとしたのではないですか？」

「また連絡するとは言ってません」

「二、三日のうちに連絡すると言わなかったのですか？」

「言ってません」

「ミスター・アーロン、絶対に言ってないという確信がありますか？」

「ああ、言いましたよ！　でも、それはあなたが打ち立てようとしている解釈とは一致しない……」

「ミスター・アーロン、あなたはミス・ドルトンが亡《な》くなったという話を聞いて驚きましたか？」

「はい、最初は茫然として、とても信じられませんでした。絶対に何かの間違いだと思いました」

「あなたは酔っ払った黒人がそこまでやるとは予期していなかったのですね？」

「私は何も予期していませんでした」

「しかし、あなたは黒人にあの共産党のパンフレットを読むように言ったのですよね？」

「彼に手渡しました」

「それを読むように言いましたね？」

「はい」

「しかし、あなたは彼が彼女をレイプして殺すところまでいくとは予期しなかった？」

「そちらの方面のことはまったく予期しませんでした」

「以上です、ミスター・アーロン」

ビッガーはジャンが席に戻るのを見つめた。ジャンがどう感じているのかわかった。あの男がこういう質問をすることで、何をしようとしているかもわかった。ここでの憎悪の対象は自分だけではない。検死官がジャンをこんなにも憎むなんて、アカたちはいったい何を望んだのだろう？

「ミスター・ヘンリー・ドルトン、前に出ていただけますか？」と検死官が訊ねた。

ビッガーはミスター・ドルトンの話に耳を傾けた。ドルトン家はいつも黒人の青年を運転手として雇っている。特にその青年が貧困や教育の欠如、不運、肉体への傷害といったハンディを負っている場合はそうしている。これは彼らが家族を支え、学校に行けるようにするためである。続いてミスター・ドルトンは、ビッガーが最初に家に来たときの様子を語った。彼の振る舞いがいかにびくびくし、怯《おび》えていたか、そして家族の者たちがいかに感動し、彼に対して思いやりを抱いたか。メアリーが行方不明になったとき、ビッガーがそれに関係しているとはまったく思わなかったし、だからブリテンには彼を尋問しないように言った。それからミスター・ドルトンは脅迫状をもらったときのことを語った。ビッガーが家から逃げ、それによって彼の犯罪であることが露見したと聞いたときには、本当に愕然《がくぜん》とした。

検死官の質問が終わると、マックスの質問する声がビッガーの耳に届いた。

「いくつか質問してよろしいですか？」

「もちろん。質問なさってください」と検死官が言った。

マックスは前に出て、ミスター・ドルトンの真正面に立った。

「あなたはドルトン不動産会社の社長ですね？」

「はい」

「あなたの会社はトマス一家がこの三年間暮らしている建物を所有していますね？」

「いえ、違います。あの家を所有する会社の株をうちの会社が所有しているのです」

「わかりました。その会社の名前は何ですか？」

「サウスサイド不動産会社です」

「では、ミスター・ドルトン、トマス一家はあなたに家賃を払って……」

「私にではない！　彼らは家賃をサウスサイド不動産に払っています」

「あなたはドルトン不動産会社を意のままに操れるだけの株を所有していますよね？」

「はあ、まあ」

「そして、その会社がサウスサイド不動産を意のままに操れるだけの株を所有している？」

「まあ、そうです」

「となると、トマス一家はあなたに家賃を払っていると言えると思うのですが？」

「間接的にはそうなります」

「この二つの会社の方針を決めているのはどなたですか？」

「それは、私です」

「では、どうしてあなたは同じ種類の家に住む白人家族に対してよりも、トマス家や黒人の家族に対して、高い家賃を請求しているのですか？」

「家賃の率を決めるのは私ではありません」とミスター・ドルトンは言った。

「誰が決めるのですか？」

「家の価格は需要と供給の法則によって決まります」

「では、ミスター・ドルトン、あなたは黒人の教育のために何百万ドルも寄付なさっていると言われていますね。それなのになぜ、トマス一家の家に週八ドルという途方もない額を請求しているのですか？ 通気が悪く、ネズミが巣食っている一部屋のアパートで、家族四人が食べたり眠ったりしているのですよ」

　検死官がパッと立ち上がった。

「あなたがこの証人を威嚇《いかく》するのは看過できない！ あなたには良識ってものがないんですか？ この人はシカゴで最も尊敬されている人の一人だ！ それに、あなたの質問はまったく関係がない……」

「関係はあります！」とマックスは叫んだ。「ここではかなり自由に質問してよいとおっしゃいましたよね！ 私も誰に罪があるのかを見定めようとしているんです！ ビッガー・トマスに影響を与えた人はジャン・アーロンだけではない！ 彼の前にもたくさんの人がいました。彼らの態度が彼の行動にどのような影響を及ぼしたのか。私にはそれを見極めようとする権利がある。あなたがジャン・アーロンの影響を見極めようとしたのと同じくらい！」

「それで何かがはっきりとするのなら、私は喜んで質問にお答えしますよ」とミスター・ドルトンは静かに言った。

「ありがとうございます、ミスター・ドルトン。では、教えてください。どうしてあなたはあのアパート一室に対して、トマス一家に週八ドルを請求したのですか？」

「それは、住宅が不足しているからです」

「シカゴじゅうでですか？」

「いえ、あのサウスサイドだけです」

「あなたはシカゴのほかの地区でも住宅を所有していますか？」

「はい」

「では、どうしてそういう家を黒人たちに貸さないのですか？」

「それは……その……思うに、黒人たちはほかの地区に住みたくないのではないかと」

「誰がそう言ったのですか？」

「誰も言ってません」

「あなたはご自分でその結論に達したのですか？」

「まあ、そうです」

「空き家があっても、それがシカゴのほかの地区だったら、黒人には貸さないというのは本当ですか？」

「まあ、そうです」

「どうしてですか？」

「まあ、古くからの習慣でして」

「あなたはその習慣が正しいと思うのですか？」

「習慣を作ったのは私ではありません」とミスター・ドルトンは言った。

「その習慣が正しいと思うのですか？」とマックスはもう一度訊ねた。

「まあ、黒人たちは同じところに集まったほうが幸せだと思うんです」

「それは誰が言ったのですか？」

「いえ、誰も言ってません」

「彼らが同じところに集まったほうが、利益が上がるのではないですか？」

「あなたの言っている意味がわかりません」

「ミスター・ドルトン、あなたの会社の方針は黒人たちを一つの地区に、サウスサイドにとどめておくことではないですか？」

「まあ、そういうふうになっています。でも、それを始めたのは私では……」

「ミスター・ドルトン、あなたは黒人に何百万ドルも寄付しています。なら、こうお訊ねしてもよろしいでしょうか？　どうしてあなたはあの火災の危険のある住宅の家賃をもっと安くし、それを慈善事業の予算に含めないのですか？」

「それは、家賃を安くすることが倫理にもとるからなんです」

「倫理にもとる！」

「ええ、そうです。競合する会社よりも安く売ることになりますから」

「不動産業者のあいだでは、黒人にどれだけの家賃を請求するかについて、取り決めがあるのですか？」

「いいえ。でも、業界の倫理規定というのはあります」

「では、あなたはトマス一家から家賃として得ている利益を慈善事業で彼らに戻している。それは、搾取《さくしゅ》される彼らの苦痛を和らげ、あなたの良心の呵責《かしゃく》を癒《いや》すためなのですね？」

「それは事実を歪《ゆが》めている！」

「ミスター・ドルトン、あなたはどうして黒人の教育にお金を寄付しているのですか？」

「彼らにチャンスを与えたいからです」

「あなたの助けで教育を受けた黒人を会社で雇ったことがありますか？」

「いいえ、ないです」

「ミスター・ドルトン、トマス一家はあなたの所有する家の一つに住み、惨《みじ》めな暮らしをしています。それが何らかの形であなたのお嬢さんの死に関わっているとは思いませんか？」

「あなたの言っている意味がわかりません」

「以上です」とマックスは言った。

ミスター・ドルトンが証言台を下りたあと、ペギーが現われ、続いてブリテン、何人もの医者たち、記者たち、多数の警察官たちが証言した。

「では、ビッガー・トマスに証言を求めます！」と検死官が言った。

興奮した声が波となって部屋じゅうに広がった。ビッガーの指は椅子《いす》の肘掛《ひじか》けをギュッと握りしめた。マックスの手が肩にかかる。振り向くと、マックスが囁いた。

「座ったままでいて」

マックスが立ち上がった。

「検死官殿」

「はい？」

「ビッガー・トマスの弁護士という資格で言わせていただきます。トマスはここでの証言を望んでおりません」

「故人の死の原因に関して何らかの疑いがあるとすれば、彼の証言はそれを晴らす助けになります」と検死官が言った。

「私の依頼人はすでに警察の監督下にあります。拒否するのは彼の権利でして……」

「わかりました、わかりました」と検死官が言った。

マックスは腰を下ろした。

「座っていていい。大丈夫だから」とマックスがビッガーに囁いた。

ビッガーはホッとしたが、心臓がドキドキするのを感じた。何かが起きてくれないかと強く願う。それによって、あの白い顔たちが自分を見つめるのをやめてもらえないものか。すると、ようやく顔たちは別の方向を向いた。検死官がテーブルに大股《おおまた》で歩いてきたのだ。彼はゆっくりと時間をかけ、落ち着いた動作で脅迫状を持ち上げた。

「みなさん」と彼は二列に座る六人の男たちに向き合って言った。「あなた方は証人の方々の証言をお聞きになりました。しかし、警察署が集めた証拠を精査する機会もあるべきだと私は考えます」

検死官が脅迫状を陪審員の一人に渡し、その男が読んでから、ほかの男たちに回していった。陪審員の全員がハンドバッグ、血の染《し》みのついたナイフ、黒くなった斧《おの》の刃、共産党のパンフレット、ラム酒の瓶、トランク、そして署名された自白書などを見ていった。

「この犯罪の特異な性質のため、そして故人の遺体がほとんど燃え尽くされたという事実のために、私はもう一つ追加の証拠品が精査されるべきであると考えます。これは、故人が実際にどのような状況で死に至ったかの解明に役立つはずです」と検死官は言った。

　彼は振り向き、奥のドアのところに立っている白い上着姿の職員二人に向かって頷《うなず》いた。部屋は静まり返った。ビッガーは、これがどれだけ続くのだろうと考えた。これ以上、あまり耐えられそうもない。ときどき部屋がぼやけ、かすかな目眩《めまい》が彼を襲った。しかし、腕を曲げて力を入れると、目眩は遠のいた。人々のざわめきが突如として高まり、検死官が静粛を求めてテーブルを叩《たた》いた。それから大きな騒音が湧《わ》き起こった。ビッガーの耳に男の声が聞こえてきた。

「ちょっとどいてください！」

　声のほうを見ると、白い上着姿の二人の職員が、シートをかぶせられた長方形のテーブルを押していた。群衆のなかをくぐり抜け、通路をこちらに向かってくる。これは何だ？　ビッガーは考えた。マックスの手が肩に触れるのを感じた。

「落ち着いて、ビッガー。すぐに終わるよ」

「何をしてるんでしょう？」とビッガーは張りつめた囁き声で訊ねた。

　しばらくのあいだマックスは答えなかった。それから自信なさそうに言った。

「わからないんだ」

長方形のテーブルは部屋の前部まで押されてきた。検死官は太い声でゆっくり話し始めた。その声には感情に訴えようとする意図が込められている。

「検死官代理として、私は正義のために次の決断を下しました。暴行され、残忍に殺されたベッシー・ミアーズという女性の遺体を証拠として提出し、さらに彼女の死の原因と状況に関する警察官や医師の証言も……」

検死官の声は掻《か》き消された。部屋じゅうから叫び声が上がったのだ。二分ほど警察官たちは棍棒《こんぼう》で壁を叩き続け、静寂を取り戻そうとした。ビッガーは座ったまま石のように硬化し、マックスはその彼の脇《わき》を駆け抜けて、シートに覆《おお》われたテーブルの数フィート前で立ち止まった。

「検死官殿」とマックスは言った。「これはとんでもないことです！あの女性の遺体を人目に晒《さら》すというあなたの悪趣味な行動は、群衆の暴動を誘発する以外、何の意味もありません……」

「これによって陪審員の方々は、メアリー・ドルトンがどのように死に至ったかについて、正確に判断できるはずなのです。彼女もまた、ベッシー・ミアーズを殺害した男によって殺害されたのですから！」この検死官の声は、怒りと復讐心《ふくしゅうしん》の入り混じった叫び声になった。

「この陪審に必要な証拠はすべてビッガー・トマスの自白書に含まれています！」とマ

ックスは言った。「あなたが群衆の感情に訴えようとしているのは犯罪的な……」

「それは大陪審が決めることだ！」と検死官は言った。「進行をこれ以上妨げることは許されません。あなたがこういう態度を取り続けるのなら、ここから退席させます。どの証拠が必要かを決める法的権利は私にあるのです……」

マックスはゆっくりと振り返り、自分の席に戻った。唇を真一文字に結び、うつむいた顔は真っ青だった。

ビッガーは打ちひしがれ、どうしようもないという気分になった。口があんぐりと開いたままになる。凍りついたような、麻痺《まひ》したような気分だ。メアリーについての審問のあいだ、彼はベッシーのことをすっかり忘れていた。そして、彼らがなぜこれをするのかがよくわかった。彼がメアリーを殺した証拠としてベッシーの遺体を提出すれば、彼を怪物のように見せることができる。彼に対する憎悪がさらに掻き立てられるのだ。審問のあいだベッシーの死にはひと言も触れられなかったので、部屋にいる白い顔はみな驚いている様子だった。彼がベッシーのことを忘れていたのは、彼女を軽視していたからではなく、恐怖の源がだいたいにおいてメアリーの死から来ていたためである。彼女の死自体というより、それが黒人である彼にとって持つ意味のためだ。彼らがベッシーの遺体をここに持ち出してきたのは、彼の生命を一刻も早く消し去る以外、この都市を再び安全にする手段はないと白人の男女に感じさせるためなのである。彼らはメアリーを殺した罪で彼を死刑にするために、ベッシーが彼に殺されたことを利用している。そのような光を彼に当てることで、この男を殺すためならどんな行動も許されると感じさせているのだ。彼は黒人の女性と白人の女性を殺したが、自分が罰せられるのは白人女性の死のためであるとわかっていた。黒人女性は「証拠」にすぎない。そして、すべての根底において、白人たちがベッシーの殺害を本当には気にかけていないのもわかっていた。白人たちは、ほかの黒人を殺した黒人を決して探そうとしない。一人の黒人がほかの黒人を殺したとしたら、白人はそれをよいと感じるという話さえ聞いたことがある。対処しなければならない黒人の数が一人減るからだ。黒人が罪を犯したと見なされるのは、黒人が白人を傷つけたり、白人の生命を奪ったり、白人の財産に被害を与えたりしたときだけなのである。時間が経過するにつれ、ビッガーは部屋で行われていることに目を向け、耳を傾けざるを得なくなった。視線を長方形のテーブルに向け、白いシートをかぶせられたものを悲しげにじっと見つめる。ベッシーが生きていたどんなときよりも、このとき彼女に対して深い同情を感じた。死んだとはいえ、彼に殺されたとはいえ、ベッシーだって、自分の遺体がこういうふうに使われることには怒りを覚えるだろう。怒りが彼のなかにも込み上げてきた。ベッシーが白人の家のキッチンで長い時間こき使われたあと、彼にしばしば語って聞かせた思いと同じだ。他人にずっと指図されどおしで、自分自身のために考えたり感じたりできなくなるという感情。彼自身も白人たちに住めと言われる場所に住み、彼らにしろと言われたことをし、最後まで――人を殺し、それによって白人から逃れようとしたときまで――やり続けてきた。しかし、従ってきたあとでも、殺したあとでも、まだ白人に支配されている。自分は心も魂も、体も血も、白人の所有物なのだ。体じゅうの原子は――目覚めているときも眠っているときも――白人のすることによって縛られている。白人の行動によって人生に色がつき、死の条件が決まるのだ。

検死官はテーブルを叩き、静まるように求めた。それから立ち上がり、テーブルまで行った。腕をさっとひと振りして、ベッシーの遺体からシーツを払いのける。その血まみれの黒い身体《からだ》を見て、ビッガーは思わずたじろぎ、両手で目を覆った。と同時に、銀色のフラッシュの数々から目も眩《くら》む閃光《せんこう》が放たれた。ビッガーは痛みを感じるほど苦労して視線を部屋の奥へと向けた。ベッシーをもう一度見てしまったら、この椅子から立ち上がり、腕を振り回さずにいられなくなると感じたのだ。それによってこの部屋を、部屋にいる人々もろとも、消し去ってしまいたい。彼は全身の神経を集中させて、凝視しながらも何も見ず、騒音の真っただ中に座りながら何も聞かずにいた。

ふいに頭の前部、両目のすぐ上に痛みを感じた。一分一分がゆっくりと過ぎていくうちに、体が冷たい汗でびしょ濡《ぬ》れになった。耳のところで血がドクドク流れていくのを感じる。唇は乾いてカサカサだ。舌で唇を湿したいと思ったが、できなかった。ベッシーの恐ろしい姿を意識から締め出そうとし、たくさんの声が入り混じる単調な音を聞くまいとして気張るほど、筋肉をまったく動かせなくなってしまう。目に見えないコンクリートの型に取り囲まれているかのように、ただじっと座っているしかない。それから、これ以上持ちこたえられなくなった。前に身を乗り出し、両手に顔をうずめる。すると、遠くの高いところから声が聞こえてくる……。

「陪審員は隣りの部屋に移ってください」

ビッガーが顔を上げると、六人の男たちが立ち上がるのが見えた。一列に並んで、奥のドアから外に出ていく。シートがまた掛けられ、ベッシーの遺体は見えなくなっていた。部屋のざわめきがだんだんと大きくなってくる。検死官がテーブルを叩き、静まるように求めた。六人の男たちが一列になり、ゆっくりと歩いてきて、席に戻った。そのうちの一人が検死官に一枚の紙を渡す。検死官は立ち上がり、片手を上げて静粛を求めてから、長い文章を読み始めた。ビッガーには理解できない単語ばかりだったが、ときどき意味のわかる語句もあった。

「……上記のメアリー・ドルトンがドレクセル・ブールヴァード４６０５番の自宅で死に至ったのは、外部からの暴力による絞扼《こうやく》と窒息のためである。上記の暴力は、ビッガー・トマスなる人物の手で故人が首を絞められたことを指し、それは強姦《ごうかん》という犯罪の最中に起きた……。

……我々陪審は、上記の事件が殺人であると判断し、上記のビッガー・トマスを殺人罪で大陪審に送ること、法の正規の手続きによって釈放されるまでは拘留することを勧告する……」

声は単調に続いたが、ビッガーは聞いていなかった。つまり、俺は刑務所に入り、裁判にかけられて処刑されるまではそこにいるということだ。検死官の話がようやく終わり、部屋じゅうがざわめいた。そばを通過していく男たちや女たちの音がする。ビッガーは深い眠りから覚めた男のようにあたりを見回した。マックスが彼の腕を摑《つか》んだ。

「ビッガー？」

彼はかすかに顔を向けた。

「今晩、会いに行くよ。君はクック郡の刑務所に連れていかれる。僕はそちらに行くから、いろいろと話し合おう。何ができるか考えるんだ。それまでは気を楽にしていて。できるだけ早く横になって、少し眠るといい。いいかな？」

マックスが立ち去った。二人の警察官がベッシーの遺体を載せた車輪付きのテーブルを押し、ドアから出ていくのが見えた。両側に座っている警察官が彼の腕を摑み、自分たちの手首の手錠を彼の手首に掛けた。もう二人の警察官が彼の前に立ち、もう二人の警察官が彼の後ろに立った。

「来い」

二人の警察官が前を歩き、密な群衆のなかに通り道を作っていった。白人の男女のそばを通り過ぎていく。彼らはビッガーが通り過ぎるときは黙っていたが、数フィート離れた途端、大声を張り上げた。警察官たちに連れられ、正面のドアから廊下に出る。上階に戻るのかと思い、エレベーターの方向に行こうとしたが、逆方向に荒っぽく引っ張られた。

「こっちだ！」

彼は建物の正面玄関から外に連れ出され、街路に出た。歩道や建物が黄色い陽光を浴びている。舗装面にはたくさんの人々が群がっている。強い風が吹きつけてきた。叫び声や金切り声のけたたましい響きのなかから、いくつかのはっきりした言葉が聞き取れた。

「……こいつを解き放て……」

「……あの娘にやったことをこいつにやってやる……」

「……俺たちが片づけてやる……」

「この黒い猿を火あぶりにしろ……」

舗装面の向こう側に車が待っていて、そこまで彼が通れるように細い道が作られていた。青い上着を着て、銀色の明るい星章を胸に光らせている白人の男たちが、目の届く限り先まで並んでいる。ビッガーは手錠でつながれている二人の警察官にはさまれ、車の後部座席に押し込まれた。エンジン音がドドドッと響く。前方で、一台の車が縁石からカーブを切って走り出したのが見えた。けたたましいサイレンの音を響かせ、陽光のなか、街路を走っていく。もう一台がそれに続く。さらに四台続き、ようやく彼の乗っている車がその最後尾についた。彼の後ろでも、縁石から次々にほかの車が走り出す音が聞こえてきた。ドクドクというエンジン音とけたたましいサイレンを鳴り響かせている。彼は通り過ぎていく建物を側面の窓から眺めたが、目印になるような馴染《なじ》みのものは見つからなかった。両側に白い顔が並び、口を開けて彼を見つめている。しかし、すぐに彼は南に向かっているのだとわかった。サイレンの音があまりに大きいため、音の波に乗っているような気がする。車は曲がってステイト通りに入った。35番通りまで来ると、見覚えのある街並みになってきた。37番通りに至り、ここを左に二街区《ブロック》行くと自分の家だとわかった。母と弟と妹はいま何をしているだろう？ ジャックとG・Hとガスはどこにいるのだろう？ 平らなアスファルトの上でゴムのタイヤが歌っている。交差点ごとに警察官がいて、車に手を振って先へと進ませる。俺はどこに連れていかれるのだろう？ サウスサイドの刑務所に収監されるのか？ それとも、ハイドパーク警察署に連れていかれるのか？ 47番通りまで来て車は東に曲がり、コテージグローヴ・アヴェニューの方向に向かった。ドレクセル・ブールヴァードまで来ると、また北に向かって進んだ。彼は身を強張《こわば》らせ、前屈《まえかが》みになった。ミスター・ドルトンがこの通り沿いに住んでいる。俺をどうしようというのだろう？　車はスピードを緩め、ドルトン邸の門の真正面に停まった。やつらはどうして俺をここに連れてきたのだろう？　彼は大きな煉瓦《れんが》の家を見つめた。陽光を浴びた家は静かで微動だにしない。両側に座る警察官の顔をそれぞれ覗《のぞ》き込んだが、二人とも黙って前を向いたままだ。歩道では、彼の前も後ろも、銃を抜いた警察官が長い列を成して並んでいる。まわりじゅうのアパートの窓は白い顔でいっぱいだ。ドアからも人々が次々に飛び出し、ドルトン邸に向かって走っている。胸に金の星章をつけた警察官が車まで歩いてきてドアを開け、彼のほうをちらりと見た。それから運転手のほうを向いて言った。

「オーケー、こいつを外に出せ」

彼らはビッガーを縁石のほうに連れていった。すでに群衆がそこらじゅうにぎっしりとたむろしている――歩道にも、街路にも、芝生にも、そして警察官の列の背後にも。一人の白人少年の叫ぶ声が聞こえてきた。

「こいつがミス・メアリーを殺したニガーだ！」

ビッガーは警察官たちに先導されて門をくぐり、歩道を歩いて踏み段をのぼった。一瞬、ドルトン邸の正面玄関の前で立ち止まった――帽子を手に持ち、ひどくへりくだってこのドアの前に立ったのは、ほんの一週間前だ。ドアが開き、彼は警察官たちについて廊下を歩いていった。奥の階段を二階までのぼり、メアリーの部屋のドア口へ。彼は息が吸えないような気がした。何のためにここに連れてこられたのだろう？ 彼の体はこのときも汗でびっしょりになった。また気を失うことなく、どれくらい長く持ちこたえられるだろう？ 彼らに導かれて部屋に入ると、そこは銃を携えた警官やフラッシュを抱えて身構える新聞記者たちでごった返していた。あたりを見回す。部屋はあの夜、彼が見たときのままだ。彼がメアリーを殺したベッドがある。文字盤の光る時計が小さな化粧台の上に置かれている。窓には同じカーテンが掛かり、ブラインドがまだ上まで上がっていた。あの夜、彼が窓のそばに立っていて、ミセス・ドルトンに気づいたときと同じである。彼女はゆったりとした白い服を着て、両手を前に上げて手探りしながら、ダークブルーの部屋にゆっくりと入ってきた。彼は男たちの目が自分に注がれているのを感じ、体を強張らせた。恥辱と怒りで顔が真っ赤になる。胸に金色の星章をつけた男が近づいてきて、穏やかな低い声で彼に話しかけた。

「さあ、ビッガー、いい子でいろよ。力を緩め、気を楽にしろ。じっくりと時間をかけていい。あの夜、何があったかを我々に見せてほしいんだ。それから、こいつらが写真を撮るのは気にしないでくれ。とにかく、あの夜にやったことを再現してほしい」

ビッガーは目を剝《む》いた。全身が強張り、体が一フィートも持ち上がりそうな気がした。

「さあ」と男は言った。「おまえに襲いかかるやつはいない。怖がるな」怒りがビッガーのなかで燃え上がった。

「さあ、おまえが何をやったのか見せてくれ」

彼は動かずに突っ立っていた。男が彼の腕を摑み、ベッドへ連れていこうとしたので、それを荒っぽく撥《は》ねつけた。筋肉が張りつめ、喉《のど》のまわりが燃えるように熱くなる。歯をきつく食いしばらずにいられない——たとえしゃべろうとしても、しゃべれなかったであろう。彼は壁に向かって後じさりし、恨みがましい目を下に向けて睨《にら》みつけた。

「おい、どうしたんだ？」

ビッガーの唇はめくれ上がり、白い歯が剝き出しになった。そのとき一斉にフラッシュが焚《た》かれ、彼は目をしばたたかせた。そしてフラッシュが焚かれたときに撮影されたのだと気づいた。壁を背にして、唸《うな》るように歯を剝き出しにしている姿を撮られてしまった。

「怖いのか、おまえ？　あの夜、ここで娘と一緒にいたときは怖がらなかったくせに？」

ビッガーは肺に息を吸い込んでこう叫びたかった。「違う、俺は怖かったんだ！」しかし、誰が彼の言うことを信じるだろう？　自分があの夜どう感じていたか、こういう男たちに説明しようと試みもせず、自分は死んでいくのだろう。男がまた話し始めたが、その口調は変わっていた。

「おい、おまえ、親切に扱ってきてやっただろう。だが、必要なら、俺たちは荒っぽいこともできるんだぞ。おまえ次第なんだ！　あのベッドんとこに行って、どうやって娘をレイプして殺したかやってみろ！」

「俺はレイプしてない！」とビッガーは唇を強張らせたまま言った。

「おい、よせよ。いまさら何を失うっていうんだ？　おまえがどうやったか見せてみろ」

「嫌だ」

「やらなきゃいかん！」

「やる必要はない」

「じゃあ、無理にでもやらせてやる！」

「俺に無理強いできるのは死ぬことだけだ！」

こう言ったとき、ビッガーは本当に撃たれて死にたいと思った。それでこいつらから永遠に解放されたい。金色の星章を胸につけたもう一人の白人がやって来た。

「やめとけ。証拠は充分だ」

「やめなきゃいけないか？」

「ああ。役に立たんだろう？」

「オーケー。じゃあ、こいつを車に戻せ」

彼は手首にスチールの手錠をはめられ、廊下を歩かされた。正面のドアが開く前から、外にいる人々の怒号がかすかに聞こえてきた。ガラス窓から彼に見える限りでは、寒風のなか日差しを浴びて、白人たちが通りのそこらじゅうに立っている。警察官たちに導かれてドアから外に出ると、群衆の声は大きくなった。彼の姿が見えた途端、怒号は耳を聾《ろう》するほどに高まり、刻一刻と大きくなっていく。彼は警察官たちに取り囲まれ、半ば引きずられ、半ば持ち上げられるようにして、群衆のなかの狭い隙間《すきま》を進んでいった。ゲートをくぐると、その先に車が待っていた。

「この黒い猿め！」

「この悪党を射殺しろ！」

彼は顔に熱い唾《つば》がビチャッとかかるのを感じた。彼に向かって飛びかかろうとした者がいたが、警察官に取り押さえられ、連れていかれた。よろよろと進んでいくと、高いところで光っている物体が目に入った。通りの向こうに建つビルのてっぺん、人々の頭上に、燃えている十字架が現われたのだ。すぐにこれは自分に関係のあるものだと気づいた。しかし、どうして彼らは十字架を燃やさなければならないのだろう？　それを見つめているうちに、彼は黒人牧師の汗にまみれた顔を思い出した。その朝、彼の独房に来て、キリストのことを熱心に、かつ厳粛に語っていたときの顔だ。ビッガーにとっての十字架があり、誰にとっても十字架があるという話——キリストは十字架を背負い、道を切り開いてくださった……どのように死に、どのように愛し、永遠の人生を生きるかを示してくださった……。しかし、ビッガーはいま屋上に見えるような燃える十字架を見たことがなかった。白人たちも俺がキリストを愛することを望んでいるのか？　風に煽《あお》られる炎の音が聞こえてくる。違う！　あれは間違っている。十字架を燃やしてはいけない。彼は車の前に立ち、彼らによって押し込まれるのを待った。目を驚きで大きく見開き、感情をぶつけるあてもなく、何かを思い出そうとしていた。

「やつもあれを見てるぞ！」

「あれに気づいたぞ！」

彼の周囲の目と顔は、今朝の黒人牧師のものとはまったく違っていた――牧師がキリストとその愛について祈り、キリストが十字架で死んだことについて祈ったときのものとは。牧師が彼に語った十字架は血にまみれており、燃え上がってはいなかった。柔和なものであり、攻撃的ではなかった。それを聞いて彼が感じたのは畏怖《いふ》と驚きであり、恐怖と狼狽《ろうばい》ではなかった。ひざまずいて泣きたくなった。しかし、この十字架を見ていると、彼は罵《ののし》り、殺したくなる。それから牧師が喉元に掛けてくれた十字架を意識し、それが胸の肌の上に垂れ下がっているのを感じた。同じ十字架が、目の前で燃え上がっている。屋上の高いところで、青い寒空を背景に、激しく燃えさかる炎が冷たい風に煽られ、シュッシュッと怒りの声をあげている。

「火あぶりにしろ！」

「やつを殺せ！」

そのときわかった。この十字架はキリストの十字架ではない。クークラックスクラン〔南北戦争後の南部で結成された、白人優越の維持を目指す秘密結社。白衣・白頭巾を着け、十字架を燃やす黒人脅迫の儀式を行った〕の十字架だ。俺は救済の十字架を首から掛けているが、やつらは十字架を燃やし、俺への憎悪《ぞうお》を示している！ 嫌だ！ こんなものはいらない！ 牧師は俺を騙《だま》したのか？ 彼は裏切られたと感じた。十字架を喉元から引き剝《は》がし、放り投げたい。彼は待っている車のなかに押し込まれ、二人の警察官のあいだに座らせられた。その間も燃える十字架を恐ろしげに見つめ続ける。サイレンが鳴り響いた。車が列を成して、人でごった返す街路をゆっくりと進んでいく。胸に直接当たる十字架が心臓に突きつけられたナイフのように感じられる。それを引きちぎりたくて指がうずうずする。こいつは邪悪な暗黒の呪術《じゅじゅつ》だ。必ずや俺に死をもたらすであろう。車は金切り声をあげてステイト通りをのぼっていき、列を維持したまま26番通りで西へと折れた。群衆は歩道で立ち止まり、じっと見つめている。十分後、車は巨大な白い建物の前で停まった。警察官たちに導かれて踏み段をのぼり、廊下を歩く。やがて監房のドアの前で止まり、そのなかに押し込まれた。手錠が外され、ドアがガシャッと閉まる。警察官たちはその場にとどまり、彼のことを面白そうに眺めている。

彼は誰が見ていようが気にもせず、息を殺してシャツの前を勢いよく広げた。十字架を摑むと、喉元から引きちぎる。そして、悲鳴に近い罵りの言葉を吐いて、それを投げ捨てた。

「こんなもの、いらねえ！」

警察官たちは息を呑《の》み、驚いた顔で彼を見つめた。

「それを捨てるんじゃない。おまえの十字架だぞ！」

「十字架がなくても死ねるさ！」

「おまえをいま助けられるのは神だけだ。魂が旅立つ仕度をしたほうがいい！」

「俺には魂なんかない！」

男の一人が十字架を拾い上げ、監房のなかに戻した。

「さあ、持ってろ。神の十字架なんだから！」

「どうでもいい！」

「おい、こんなやつほっとけ！」と男の一人が言った。

彼らは監房のドアのすぐ内側に十字架を落とし、立ち去った。彼はそれを拾うと、また放り投げた。消耗し、スチールの格子にぐったりともたれかかる。やつらは俺に何をしようとしているのだろう？　足音が聞こえてきて、彼は顔を上げた。白人の男がこちらに向かってくる。それから黒人の男も現われた。ビッガーは背筋を伸ばし、身を強張らせた。その日の朝、彼のために祈った黒人の牧師だったのだ。白人の男がドアの錠を開け始めた。

「あんたには会いたくない！」とビッガーは叫んだ。

「おやおや！」と牧師が諭すように言った。

「あんたには会いたくない！」

「どうしたんだ、息子よ？」

「あんたのキリストと一緒に立ち去れ！」

「しかし、息子よ！　あなたは自分の言っていることがわかっていない。あなたのために祈らせてください！」

「自分のために祈ってろ！」

白人の看守が牧師の腕を摑み、床に落ちている十字架を指さして言った。

「見てください、牧師さん。やつは十字架を投げ捨てたんですよ」

牧師はそれを見て言った。

「息子よ、神の顔に向かって唾を吐いてはいけない！」

「俺をほっといてくれないなら、おまえの顔に唾を吐いてやるよ！」とビッガーは言った。

「アカたちの話を聞いてるからなんですよ」と看守が言い、信心深げに指で額を、胸を、左肩を、それから右肩を触れていった。十字を切ったのである。

「そんなのは真っ赤な嘘《うそ》だ！」とビッガーは叫んだ。自分の体が燃え上がる十字架になったように感じられる——そこから言葉が激しく溢《あふ》れ出てくる。「会いたくないって言ったただろ！　ここに入ってきたら殺してやる！　ほっといてくれ！」

老いた黒人牧師は何も言わずに屈みこみ、十字架を拾い上げた。看守が鍵を錠に差し込み、ドアを内側に開く。ビッガーはドアに走っていき、スチールの格子を両手で摑むと、ドアを前に押して荒っぽく閉めようとした。そのためドアが黒人の牧師の顔にまともにぶつかり、彼はよろよろと後退して、コンクリートに尻《しり》もちをついた。スチールがスチールとぶつかるガシャッという音が静まり返っていた長い廊下に鳴り響く。音の波が重なり合うように反響し、どこか遠くで消えていった。

「今日のところは放っておいたほうがよさそうですな」と看守が言った。「かなり荒れているようだ」

牧師はゆっくりと立ち上がり、自分の帽子、聖書、十字架を床から拾い集めた。それから手で顔の傷を押さえ、しばらく突っ立っていた。

「では、息子よ、あなたのことは神に委《ゆだ》ねよう」と言って彼は溜《た》め息をつき、十字架をまた監房のなかに落とした。

牧師は歩き去った。看守もそれに続き、ビッガーは一人になった。感情が高まるあまり、本当に何も見えず、何も聞こえない。しばらくしてようやく火照《ほて》って強張った体から力が抜けてきた。十字架に気づき、それをさっと摑み取る。しばらく鉄のように硬い指で握ってから、また監房の格子の隙間を通して外へと放り投げる。十字架は向こう側の壁に当たり、カタッという寂しげな音をたてた。

彼は二度と希望のようなものを感じたくなかった。そこが間違いだったのだ。牧師の話を聞いてしまい、心のどこかで何かが起こるのではないかと感じ始めていた。まあ、確かに何かが起きた。牧師が彼の喉元に掛けてくれた十字架が、目の前で燃やされたのである。

感情の高まりが収まってきて、彼は床から起き上がった。ぼやけた目に、ほかの監房の格子越しに彼を見つめている男たちが映った。低い囁《ささや》き声が聞こえてくる。それと同時に、彼の意識はある事実に気づいた。仕事場に出かけようと家を出て、太陽が輝いていることに気づく男のように、苦々しい思いを抱くことなく、その事実を受け止めた。それは、このクック郡刑務所でも、黒人と白人は別々の監房棟に入れられ、隔離されているという事実だった。彼は目を閉じて寝台に横になり、暗闇《くらやみ》にいくらか心が慰められた。ときどき熱い気持ちが強烈に込み上げてきて、筋肉がピクピク痙攣《けいれん》する。彼のなかの小さな硬い芯《しん》の部分が、誰一人そして何一つ、二度と信用しないと固く決意した。ジャンだって信用しない。マックスだって。たぶん彼らはいい人たちなのだろう。だが、これから自分の考えることとやることは、どんなことであれ、自分自身のなかから出てきたものに限らなければならない。それ以外は何も考えず、何もしない。もう十字架はいらない。胸に掛けているあいだに燃え上がってしまうかもしれないのだから。

彼のカッと熱した感覚は次第に冷めてきた。目を開ける。近くの壁を軽く叩く音がする。それから鋭い囁き声が聞こえてきた。

「おい、新入り！」

　彼は何の用かと思いながら起き上がった。

「おまえ、ドルトンの事件で捕まった野郎か？」

　彼は拳《こぶし》を握りしめ、また横になった。あいつらと話はしたくない。あいつらは仲間じゃない。自分のような罪でここに入った連中ではないのだ。彼はそう感じた。白人たちとは、相手が白人だという理由で話したくなかったし、黒人たちとは恥ずかしさを感じるために話したくなかった。同じ人種の者たちは彼に対して過度の好奇心を抱くに違いない。彼は心を空っぽにして長いこと横になっていた。それからスチールのドアが開く音が聞こえた。見ると、食べ物のトレーを持った白人の男だった。ビッガーは起き上がった。男はトレーを寝台まで運び、彼の横に置いた。

「おまえの弁護士の差し入れだ。いい弁護士に恵まれたな」

「あの、新聞を見られませんか？」とビッガーは訊《たず》ねた。

「うん、そうだな」と男は言って頭を掻いた。「まあ、いいだろう。これだ、俺のを読め。俺は読み終わったから。それから、おまえの弁護士が服を持ってくるそうだ。俺から伝えてくれと言われた」

ビッガーは男の言うことを聞いていなかった。食べ物のトレーも無視し、新聞を広げた。動きを止め、ドアが閉まる音を待つ。ガチャッという音がしてから、身を屈めて読み始める。それからまた動きを止め、いま立ち去った男について考え、彼の親切な振舞いに驚愕《きょうがく》した。男が監房にいた短いあいだ、ビッガーは不安を感じたり、追いつめられたような気持になったりしなかった。男は率直に、そして事務的に振る舞った。それが彼には理解できないことだったのである。彼は新聞を近づけ、読み始めた。黒人殺人犯が二件の殺人に関する自白書に署名。審問で被害女性の遺体に直面して縮み上がる。明日罪状認否。アカが殺人犯の弁護を担当。無罪を主張するものと思われる。彼の目は新聞の文字を追っていき、自分の運命について語ってくれる手がかりを探した。

……殺人犯は間違いなく最高刑の判決を受けるであろう……彼が有罪であることに疑いの余地はない……疑いの余地があるのは彼がほかにどれだけの罪を犯したかである……殺人犯は審問で襲撃され……。

さらに、

地方検事のデイヴィッド・A・バックリー氏は、共産党員が黒人の強姦殺人犯を弁護することに関して意見を表明し、次のように述べた。「ああいうギャングたちがいかにもやりそうなことではないですか？　私は彼らを根こそぎにすべきだと考えています。アメリカにおける共産党の活動を調べ尽くせば、多くの未解決事件の根源が見つかるでしょう」

バックリー氏はトマスの事件が来る四月の選挙に及ぼす影響について問われると（彼は再選を目指して立候補しているのだが）、着ているモーニングの襟からピンクのカーネーションを外し、笑いながらそれを振って、記者たちを追い払うような仕草をした。

長い叫び声が聞こえ、ビッガーは新聞を落とした。跳ねるように立ち上がり、格子でできているドアへと走っていって、何が起きているのか見ようとする。廊下の先のほうで、六人の白人男が茶色い肌の黒人ともみ合っているのが見えた。男たちは黒人の足を摑み、床を引きずってきて、ビッガーの監房の目の前で止まった。ドアが内側に開いたので、ビッガーは驚いて口を開いたまま寝台に退いた。男は白人たちの手に摑まれたまま体を回したり捩《ね》じったりして、必死に彼らの手から逃れようとしている。

「手を放せ！　手を放せ！」と男は何度も叫んだ。

白人たちは男を持ち上げ、なかに投げ込んだ。そして鍵をかけて立ち去った。男はしばらく床に横たわっていたが、よろよろと起き上がると、ドアに走っていった。

「俺の書類を寄こせ！」と彼は叫んだ。

ビッガーは男の目が血に染まっていることに気づいた。唇の端は泡で白くなり、茶色い顔は汗で光っている。格子を摑んで叫ぶ姿は、激昂《げっこう》のあまり全身震えている。男の苦《く》悶《もん》の激しさを見て、ビッガーは白人たちがどうして彼の持ち物を返さないのだろうと不思議に思った。感情的にビッガーは男の味方をした。

「おまえたち、このままで済むと思うなよ！」と男は叫んだ。

ビッガーは彼のところに行き、手を肩に置いた。

「なあ、やつらは君の何を握ってるんだい？」と彼は訊ねた。

男は彼を無視して叫び続けた。

「おまえらのことはプレジデントに報告してやる。いいか？　俺の書類を持ってくるか、俺をここから出すかしろ、この白いクソ野郎ども！　俺の証拠をすべて消すつもりだろ！　おまえらの犯罪を隠すことはできないからな！　全世界に向けてそれを発表してやる！　俺をどうして拘束したかはわかってるぞ！　あの教授がそうしろと言ったからだ！　だが、やつらもこのままでは済まない……」

ビッガーは恐ろしさを感じつつも興味を惹《ひ》かれ、ただ見つめていた。男がなくしたものが何であれ、あまりに感情的に動転しすぎているのではないかと感じた。しかし、男の感情は本物のように思える。ビッガーの心にも響くものがあり、男に同情せずにいられなくなった。

「戻ってこい！」と男は叫んだ。「俺の書類を持ってこい！　さもないとプレジデントに言って、おまえらを処分してもらうぞ……」

　やつらはこの男のどんな書類を持っているのだろう？　ビッガーは考えた。男が叫んでいるプレジデントとは誰のことだろう？　そして、教授とは誰だろう？　男の叫び声に負けない大声がビッガーの耳に届いた。別の監房から呼びかける声だった。

「おい、新入り！」

　ビッガーは錯乱した男を避け、ドアのところに行った。

「そいつはいかれてるんだ！」という白人の声が聞こえた。「おまえの監房からそいつを出してもらえよ。殺されるぞ。そいつは大学で勉強しすぎて、頭がおかしくなったんだ。黒人たちがいかに暮らしているかっていう本を書いていて、集めた事実がすべて誰かに盗まれたって主張してる。黒人がどうしてひどい扱いを受けているのかの真相を突き止めたので、それをプレジデントに話し、変えてもらうんだとよ。いかれてるのさ！　自分が拘留されたのは大学の教授のせいだと言い張ってる。今朝、警官たちはやつが下着姿でいるところを逮捕した。やつは郵便局のロビーにいて、プレジデントに話しかけようと待っていたんだ……」

ビッガーはドアから寝台に走って戻った。この唐突に現われた男のいかれた行動に恐ろしさを感じ、自分が抱いていた死の恐怖、憎しみや恥はすべて消え去った。男はまだスチールの格子を摑み、叫んでいる。体格はほぼビッガーと同じくらいだ。ビッガーは疲労のあまり、自分の感情が毛のような細い線の上で危ういバランスを取っているような、奇妙な感覚を抱いた。そして、この男の激しい錯乱によって、自分がその熱い渦のなかに呑み込まれてしまいそうに感じた。寝台に横たわり、両腕で頭を覆う。男の叫び声から逃れたくてたまらないのに、どうしても聞こえてしまい、名状できぬ不安に引き裂かれていた。

「おまえらは俺を恐れているんだ！」と男は叫んだ。「だから俺をここに入れたんだ！だが、どっちにしても俺はプレジデントに言ってやる！　おまえらが俺たちをサウスサイドの密集した地域に押し込めているために、俺たちの十人に一人は気がふれてるんだ！　その話を彼にしてやるぞ。おまえらが腐りかけた食べ物を黒人地帯に運び込み、それをほかの地域で買える以上の金で売りつけてるってな！　俺たちに税金を払わせておいて、病院を建てようともしないって言ってやる！　学校は生徒の人数が多すぎて、ねじ曲がった子供ばかりを育ててるってな！　言ってやる、おまえらは俺たちを一番最後に雇うくせに、真っ先に解雇するってな！　プレジデントに言ってやるし、国際連盟にも……」

　ほかの監房の男たちが叫び始めた。

「黙れ、このクソ野郎！」

「こいつを連れていけ！」

「放り出せ！」

「地獄に落ちろ！」

「俺を脅そうったって無理だぞ！」と男は叫んだ。「おまえらのことはわかってる！　おまえらは俺を監視するために送り込まれたんだ！」

　男たちは喚《わめ》きたてた。しかし、すぐに白衣を着た男たちの集団が担架を抱えて走ってきた。監房の鍵を開けると、叫んでいる男を組み伏せ、拘束服を着せて革ひもを締めた。それから担架の上にドスッと放り投げると、車輪を転がして彼を運び去った。ビッガーは起き上がり、眼前の光景を絶望的な気分で見送った。一つの監房から別の監房に呼びかける声が聞こえてくる。

「おい、やつらはこいつの何を握ったんだ？」

「何でもない！　こいつは気がふれてるんだ！」

　ついにあたりは静まり返った。逮捕されて以降初めて、ビッガーは誰かにそばにいてほしいと感じた。何か実際にしがみつけるものが欲しい。だからドアの鍵がカチッといったときには喜びを感じた。起き上がると、看守が彼の前にヌーッと立った。

「おい、おまえ。弁護士が来たぞ」

彼は手錠をかけられ、廊下を連れていかれた。小さな部屋の前まで行くと、そこにマックスが立っていた。手首につけたスチールの環《わ》が外され、部屋のなかに押し込まれる。後ろのドアの閉まる音が聞こえた。

「座りなよ、ビッガー。気分はどうだい？」

ビッガーは椅子《いす》の縁に座り、返事をしなかった。そこは狭い部屋だった。黄色い電球が一つ天井からぶら下がっている。桟のついた窓が一つだけある。二人の周囲には深遠な沈黙が漂った。マックスがビッガーの正面に座る。ビッガーはマックスに目を見つめられ、視線を下に向けた。自分の人生を両手に抱え、為《な》すすべもなく座っているような気分になった。それをどうしたらよいかマックスが言ってくれるのをただ待っている気分。そして、そのために自分が嫌になった。もう存在したくない、生きるのをやめたいというはらわたからの望みに襲われた。自分が弱すぎるのか、それとも世界が強すぎるのか、彼にはどちらだかわからなかった。何度も彼は自分の生きる世界を作り出そうとし、何度も失敗してきた。いま、再び人から何か言われるのを待っており、再び行動と約束の瀬戸際《せとぎわ》にいた。自分はいっそうの憎悪と恐怖に巻き込まれようとしているのか？

いまマックスが彼のために何ができる？　マックスが真摯《しんし》に一生懸命頑張ったとしても、何千人もの白人の手がマックスを止めるだけではないか？　どうしてマックスに帰れと言わないのか？　ビッガーの唇はしゃべろうとして震えた。マックスに帰ってくれと言おうとしたが、言葉は出てこなかった。こういうふうに話そうとしているだけでも、自分がいかに絶望しているかが伝わるのではないか、それによって自分の魂をいっそうの恥辱に晒しているのではないかと感じた。

「君のための服を買ってきたんだ」とマックスは言った。「朝になったら、彼らから手渡されるはずだから、着てみてくれ。罪状認否のときは、できるだけ立派に見えたほうがいいからね」

ビッガーは黙っていた。またマックスをちらりと見てから目を逸《そ》らす。

「何を考えてるんだい、ビッガー？」

「何も」とビッガーはもごもご呟《つぶや》いた。

「じゃあ、聞いてくれ、ビッガー。僕が君に望んでいるのは、君自身のことをすべて話してくれることなんだ」

「ミスター・マックス、あなたが何をしたところで無駄ですよ」とビッガーは思わず言ってしまった。

マックスは彼をじろりと見た。

「君は本当にそう感じているのかい、ビッガー？」

「それ以外に感じようがありません」

「君には正直に話したいんだ、ビッガー。僕はここから脱け出す道は一つしかないと思っている。それは自ら有罪を認めることだ。その上で慈悲を求める、終身刑を……」

「それくらいなら死にます！」

「意味ないよ。君は生きたいはずだ」

「何のために生きるんです？」

「これと闘いたくないのかい？」

「俺に何ができます？　もう逃れようがありませんよ」

「でも、そんな死に方はしたくないだろ、ビッガー」

「どう死んでも違いはありません」と彼は言ったが、喉が詰まった。

「聞いてくれ、ビッガー。君はいま憎悪の海に直面している。君が生まれてからずっと直面してきたものとまったく違わない憎悪だ。そして、世の中がそうなっているからこそ、君は闘わなきゃいけない。彼らが君を消し去れるのだとしたら、ほかの人たちのことも消し去れるんだから」

「そうですね」とビッガーは口ごもりながら言った。両手を膝《ひざ》に載せ、黒い床をじっと見つめる。「でも、俺は勝てませんよ」

「まず第一に、ビッガー、僕を信用してくれるかい？」

ビッガーは腹が立ってきた。

「俺のことは助けられません、ミスター・マックス」と彼は言い、マックスの目をまっすぐに見つめた。

「でも、僕を信用してくれるかい、ビッガー？」とマックスはまた訊ねた。

ビッガーは目を逸らした。マックスがこういう話をするために、帰ってくれと言いづらくなったと感じた。

「わかりません、ミスター・マックス」

「ビッガー、僕の顔が白いことは自分でもわかっている」とマックスは言った。「それに、君がこれまでに会った白い顔はほとんどみんな君に悪意を抱いていたよね。それもわかってる。白人たちはみんな、黒人に距離を取らせるのが自分の義務だと考えてるんだ。それがどうしてなのか、彼らだってほとんどの場合わかっていないのに、そう振舞ってしまう。そのように世の中がなってるんだよ、ビッガー。でも、僕のことは信頼できるってわかってほしいんだ」

「無駄ですよ、ミスター・マックス」

「僕に弁護を担当させてくれるかい？」

「俺を助けることはできません。もう逃れようがないんだから」

マックスは自分がビッガーのものの見方を受け入れているのだと、ビッガーに感じさせたがっている。それがわかるために、ビッガーは自意識過剰になった。あの夜、車のなかでジャンが手を差し出し、握手をしたときと同じように。それによって彼はまた自分の肌の色を強烈に意識して生きることになり、それに伴う恥辱と恐怖を感じることになった。と同時に、それを感じているために自分を憎んだ。彼はマックスを信用した。マックスは、ほかの白人たちに憎まれる原因となるものを自ら背負っているではないか？　しかし、マックスによってものの見方を変えられることで、自分が死に向かっていけるようになるかについては疑いがあった。神自身がいまそのための絵図を示してくれるかどうかも疑問だ。そのとき感じていたのは、やつらは自分を電気椅子に引きずっていかなければならないだろうということだった——逮捕された夜、階段を引きずり下ろされたときのように。彼は自分の感情をいじくられたくなかった。またしても罠《わな》にはまることを恐れていた。マックスへの信頼を口にし、その信頼に基づいて行動したら、それはほかの信頼に基づく関係がたどった結末に行き着くのではないか？　彼は信じたかったが、それが恐ろしかった。マックスとはうまく折り合えたらいいのにと感じたが、白人に語りかけられると、いつものようにどっちつかずの状態にはまり込んでしまうのだ。彼はうなだれて椅子にへたり込み、マックスの目に見つめられていないときだけマックスのほうを見た。

「さあ、煙草《たばこ》を吸いなよ、ビッガー」。マックスはビッガーの煙草に火を点《つ》け、それから自分のにも点けた。二人はしばらく煙草を吸った。「ビッガー、僕は君の弁護士だ。君には正直に話したい。君が話すことは絶対に外には漏らさない……」

ビッガーはマックスを見つめた。そしてこの白人に対して申し訳なく思った。彼がまったくしゃべらないのではないかとマックスは心配している。それはわかったし、彼を傷つけたくはなかった。マックスは決意したように身を乗り出してきた。よし、彼に話そう。しゃべるんだ。さっさと終わらせて、マックスに帰ってもらおう。

「えっと、俺は自分が何を言おうが何をしようが、気にしない……」

「そんな、気にしないはずがない！」とマックスはすぐに言った。

ほんの一瞬、笑いたいという衝動がビッガーのなかに込み上げ、そして消えた。マックスは俺を助けたがっているが、俺は死ななければならない。

「まあ、気にはするんでしょうが」とビッガーは物憂《ものう》げに言った。

「何を言おうと何をしようと気にしないんだったら、どうして今日ドルトン家であの犯罪を再現しなかったんだい？」

「彼らのためには何もするつもりはないんです」

「どうして？」

「彼らは黒人を憎んでいますから」と彼は言った。

「それはどうしてだろう、ビッガー？」

「わかりません、ミスター・マックス」

「ビッガー、彼らはほかの人々も憎んでるんだ。わかるかい？」

「誰を憎んでるんです？」

「労働組合だよ。彼らは組合活動をする人たちを嫌っている。ジャンのことも憎んでいる」

「でも、彼らは組合を憎む以上に黒人を憎んでいます」とビッガーは言った。「俺を扱うようには、組合の人たちを扱いません」

「いや、扱ってるんだ。君は肌の色のせいで自分たちが容易に区別され、隔離され、搾《さく》取《しゅ》されているのだと考えている。でも、彼らは同じことをほかの人々にもしているんだよ。僕が君を助けようとしているんで、僕のことも憎んでいる。僕に手紙を送りつけ、〝汚いユダ公め〟って言うんだ」

「俺にわかるのは、自分が憎まれてるってことだけです」とビッガーはいかめしい顔をして言った。

「ビッガー、州検事が君の自白書のコピーを僕にくれたんだ。さあ、話してくれ。君は彼に真実を告げたのかな？」

「はい。ほかにやりようがなかったですから」

「では、教えてくれ。どうしてしゃべったんだい？」

ビッガーは溜め息をつき、肩をすくめた。肺いっぱいに煙を吸い込む。

「わかりません」と彼は言った。煙が彼の鼻孔からゆっくりと渦を巻いて出てくる。

「そういう計画だったのかね？」

「いいえ」

「誰かが手を貸したの？」

「いいえ」

「ああいったことをしようとずっと前から考えていた？」

「いいえ」

「どうしてそうなったの？」

「ただそうなったんです、ミスター・マックス」

「残念に思ってる？」

「残念に思ってどうなるっていうんです？　何の得にもなりませんよ」

「どうしてそうしたのか、理由はまったく思いつかない？」

ビッガーは目の前をまっすぐに見つめた。大きく開いた目は輝いている。マックスとしゃべることで、彼のなかにまたしゃべりたいという欲求が掻《か》き立てられたのだ。話して、自分の感情を知ってもらいたい。興奮の波が彼に押し寄せた。自分の素手を前に伸ばし、何もない空間に理由を刻んでいきたい。なぜ殺したのかという具体的な、しっかりとした理由を。彼はそれほどまでに強くその理由を感じていた。それができれば、緊張も解けるだろう。電気椅子に歩いていけと彼らに言われるまで、おとなしく座って待てる。それから歩いていく。

「わかりません、ミスター・マックス。混乱してたんです。いろんなことを同時に感じてたんで」

「君は彼女をレイプしたのかい、ビッガー？」

「いいえ、ミスター・マックス。してません。でも、誰も俺を信じないでしょう」

「ミセス・ドルトンが部屋に入ってくる前はレイプするつもりだった？」

ビッガーは首を振り、目を両手で苛立《いらだ》たしそうにこすった。ある意味、マックスが部屋にいることさえ忘れていた。自分の感情の感触を確かめようとし、それが持つ意味を探ろうとしていたのだ。

「いや、わかりません。ちょっとだけそんな気持ちになっていました。ええ、そうだったと思います。俺は酔っ払ってたし、彼女も酔っ払ってたから、そんな気持ちになりました」

「で、レイプしたのかな？」

「いいえ。でも、みんな俺がやったと言います。否定してどうなります？　俺は黒人です。黒人はそういうことをするんだって白人は言う。だから俺がやってようとやってなかろうと、どうでもいいんです」

「君はどれくらい長く彼女を知っていた？」

「数時間です」

「彼女のことが好きだった？」

「彼女を好き？」

ビッガーが喉から突然大声を出したので、マックスはビクッとした。ビッガーは跳ねるように立ち上がった。目を大きく見開き、両手を顔の近くまで上げて、震えている。

「やめろ！　やめろ！　ビッガー……」とマックスが言った。

「好きかって？　大嫌いだったよ！　勘弁してくれ、俺はあいつを憎んでいた！」と彼は叫んだ。

「座って、ビッガー！」

「いまもあの女が憎い、もう死んでても！　いまだってあの女が憎いんだ……」

マックスは彼を摑《つか》み、椅子に押し戻した。

「興奮するな、ビッガー。さあ、落ち着け！」

ビッガーは黙りこんだが、部屋じゅうをきょろきょろと見回した。しばらくして顔をうつむけ、両手の指と指をからませた。唇は少しだけ開けている。

「君は彼女を憎んでいたと言うんだね？」

「はい。それに彼女が死んで気の毒だとは思いません」

「でも、彼女が君に何をしたっていうんだ？　会ったばかりだっていうのに」

「わかりません。彼女は俺に何もしませんでした」。彼は言葉を切り、手で神経質そうに額をこすった。「彼女は……それは……クソッ、わかりません。彼女は俺にたくさん質問をしました。その振る舞い方やしゃべり方のために、俺は彼女を大嫌いになったんです。俺は自分が犬になったような気分になりました。すごく腹が立って、叫びたいくらいで……」。彼の声は小さくなり、やがて悲しげな泣き声に近くなった。彼は唇を舐《な》めた。ぼんやりとした記憶の連想が網のように彼の心を捉《とら》えた。妹のヴェラの姿が浮かぶ。椅子の縁に座って泣いている姿。兄さんが自分を「見て」、辱《はずかし》めたと言って泣いているのだ。妹は立ち上がり、靴を彼に向かって投げつける。彼は混乱して首を振った。

「ああ、ミスター・マックス、彼女は黒人たちがどう暮らしているのか話してくれと俺に言ったんです。それから、俺が乗っている車の前部座席に乗り込んできて……」

「でも、ビッガー、そのために人を憎むっておかしいだろ。彼女は君に親切にしようと……」

「親切だと！　あんなのは親切じゃない！」

「どういう意味だい？　彼女は君を同じ人間として受け入れたんだ」

「ミスター・マックス、俺たちはかけ離れているんですよ。あなたの言う親切はまったく親切じゃない。あの女について俺は何一つ知らなかった。知ってたのは、ああいう女のために白人は俺たちを殺すってことだけです。俺たちは別の世界を生きてるんですよ。それなのに彼女は俺のところに来て、ああいうふうに振る舞ったんだ」

「ビッガー、君は理解しようと努力すべきだったんだ。彼女は唯一《ゆいいつ》知っている振る舞い方で君に接したんだよ」

ビッガーは目を剝《む》いて狭い部屋を見回し、答えを探した。自分の行動が論理的ではないように思われ、それを論理的に説明しようとするのは諦《あきら》めた。そこで自分の感情に立ち戻り、それを手引きにして答えようと試みた。

「まあ、俺も唯一知っている振る舞い方で彼女と接したんです。彼女は金持ちで、地球は彼女のような人々の持ち物なんだ。彼女のような人々が黒人は犬だって言う。そして、自分が俺たちにやらせたいこと以外は何もやらせない……」

「でも、ビッガー、あの女性は君を助けようとしていたんだ！」

「そういう振る舞いじゃなかったですね」

「じゃあ、どう振る舞うべきだったのかな？」

「うーん、わかりません、ミスター・マックス。白人と黒人はわかり合えないんですよ。互いに何を考えているのかわからないんですから。たぶん彼女は親切にしようとしていたんでしょう。でも、そういう振る舞いではなかった。俺から見ると、彼女はほかのすべての白人と同じような外見だし、同じように行動してたんです……」

「でも、だからといって彼女を責められないよ、ビッガー」

「彼女はほかの連中と同じ肌の色なんです」と彼は弁解するように言った。

「わからないな、ビッガー。君は彼女を憎んでいたと言う。でも、彼女を犯したい気分になったとも言う。あの部屋に一緒にいて、彼女が酔っ払っており、君も酔っ払っていたとき……」

「ええ」とビッガーは言った。首を揺り動かし、手の甲で口を拭《ぬぐ》う。「ええ、おかしくないですか？」彼は煙草を吸い込んだ。「そうなんです。それは、そんなことを求めてはいけないってわかっていたからだと思います。黒人の男はそういうことをするもんだと言われてるからじゃないかって。ミスター・マックス、こんなことを言う人が白人たちのなかにいるのはご存じですか？　俺たち黒人の男は性病にかかると、白人の女をレイプするっていうんですよ。それは、白人女をレイプすれば、自分の性病は治ると信じているからだって。こんなことを本当に言う白人の男がいるんです。彼らはこれを信じてる。ひどいですよね、ミスター・マックス。こんなことを言われてしまったら、生まれる前から打ちのめされているようなもんです。だから、逆らってどうなります？　ええ、俺はあの部屋で彼女と二人きりになったとき、そう感じてたんだと思います。白人は俺たちがああいうことをすると言い、そう言って俺たちを殺す。線を引いて、こっち側には入ってくるなと言う。俺たちの側にパンがなくてもまったく気にしない。俺たちが死んだって気にしない。それで俺たちについてああいうことを言い、俺たちが線を越えようとすると、銃を撃つ。それで俺たちを殺さなきゃいけないって感じるんです。そうなるとみんなが俺たちを殺したがる。そうなんです、俺はそういうふうに感じてたんだと思うし、その理由は白人がそう言うからなんです。たぶんそれが理由でしょう」

「君が言ってるのは、それに挑戦したかったってことかい？　白人たちに対して、それに甘んじるつもりはない、どうなっても気にしないってことを示す？」

「わかりません、ミスター・マックス。でも、気にすべきことって何かあります？　いずれにしても、白人は理由をつけて俺を捕まえるんですよ。俺は黒人だから。何もしなくったって、やつらは俺を捕まえます。白い指に指された途端、俺は終わりなんです」

「でも、ビッガー、ミセス・ドルトンが部屋に入ってきたとき、どうしてそこでやめなかったんだい？　事情を説明すればよかったじゃないか？　そうすれば、こんなことにならなかったのに……」

「ミスター・マックス、誓って言いますけど、あのときはどうしようもなかったんです。振り返ったら、あの人がベッドに近寄ってきて。神に誓いますよ、俺は自分が何をやっているのかもわからなかった……」

「頭が空っぽになったってことかな？」

「違う、違うな……自分が何をやっているのかはわかっていました。でも、それしかできなかったんです。俺が言いたいのはそういうことですね。ほかの人が俺のなかに入ってきて、俺に代わって演じてるみたいな……」

「ビッガー、ではこれはどうだろう。君は自分の人種の女性よりもメアリーにより魅力を感じたのかな？」

「いいえ。でも、やつらはそう言います。それは本当ではない。俺はあのとき彼女が憎かったし、いまでも憎いです」

「でも、ベッシーを殺したのはなぜ？」

「彼女が口を割らないようにするためです。ミスター・マックス、あの白人女を殺してしまったら、ほかの人を殺すことは難しくありませんでした。ベッシーを殺すことについては大して考える必要もなかった。殺さなければならないとわかってたんです。逃げなければならないから……」

「ベッシーを憎んでいたのかい？」

「いいえ」

「彼女を愛していた？」

「いいえ。俺はただ怖かったんです。ベッシーのことは愛してなかった。ただ、俺の女だってだけです。俺は誰も愛したことはないと思う。ベッシーを殺したのは自分を救うためです。誰だって自分の女が欲しいし、だから俺はベッシーを俺の女にした。で、殺したんです」

「では、ビッガー、君がメアリーを憎み始めたのはいつかね？」

「彼女に話しかけられた途端、憎みましたね。彼女を見た途端です。いや、会う前から憎んでいたんだと思う……」

「でも、どうして？」

「言ったじゃないですか。彼女のような人が俺たちに何をやらせました？」

「じゃあ、ビッガー、君は正確には何をしたかったんだね？」

ビッガーは溜め息をつき、煙草の煙を吸い込んだ。

「何もしたくなかったんだと思います。何も。でも、ほかの人たちがすることをしたかったんじゃないかな」

「で、それができないから、彼女を憎んだ？」

再びビッガーは自分の行動が論理的ではないと感じた。そして再び自分の感情に立ち戻り、それを手引きにしてマックスの質問に答えようとした

「ミスター・マックス、誰だって、おまえにはこれができるけどこれはできないって言われ続けたらうんざりしますよね。こっちでちょっとした仕事をし、あっちでちょっと

した仕事をし。靴を磨いたり、街を掃除したり、どんなことでも……それでも生活するのに充分なだけ稼げません。いつ首になるのかわからないんですから。すぐに何を望むこともできなくなる。ただ、人に言われたことをして、ずっと動き続けてるだけ。もう一人前の男とは言えなくなる。昼も夜も働いて、それで世界が回り続け、ほかの人々が暮らせるようにしてやる。つまりね、ミスター・マックス、俺はいつでも白人たちのことを……」

彼は口をつぐんだ。マックスが身を乗り出してきて、彼に触れた。

「続けて、ビッガー」

「えっと、彼らがすべてを持ってるってことです。俺たちを絞め殺し、世界から絶滅させようとしている。彼らは神みたいなもので……」。彼は唾《つば》を呑《の》み込んだ。目を閉じ、溜め息をつく。「彼らは俺たちが感じたいことを感じさせようともしない。俺たちのことを厳しく執拗《しつよう》に駆り立てるんで、俺たちが感じられるのは彼らにされていることだけになるんです。で、俺たちが死ぬ前に殺してしまう」

「でも、ビッガー、僕が訊《き》いたのは、君がそんなにやりたかったのは何なのかってことなんだ。彼らを憎まずにいられないほどやりたかったことって？」

「何もないですよ。俺は何もやりたくなかったんだと思います」

「でも、メアリーのような人たちは君に何もやらせなかったと言ったじゃないか」

「何かをやりたいと思ってどうなるんです？　チャンスがないんだから。知識もないし。俺はただの黒人で、法律を作ってるのは彼らなんだ」

「何かになれたらよかったというのはない？」

ビッガーは長いこと黙りこんだ。それから音をたてず、唇を動かさずに笑った——胸を膨らませ、鼻孔から短く三回息を噴き出す笑い方だった。

「飛行士になりたいと思ったことはあります。でも、それを学べる学校に行かせてもらえるわけがありません。彼らがでかい学校を作って、そのまわりに線を引き、線の内側に住んでいる人しかここに入れないって言うんですから。黒人はすべて排除されるんです」

「ほかには？」

「そうですね、軍隊に入りたいとも思いました」

「どうして入隊しなかったんだい？」

「だって、軍隊も人種で別々じゃないですか。彼らが黒人にやらせるのは、塹壕《ざんごう》を掘ることだけ。海軍だったら、俺にできるのは皿洗いと床磨きだけですよ」

「ほかにやりたかったことはないの？」

「うーん、わかりません。いま考えてどうなります？　俺は終わったんだ。捕まって、身動きが取れないんですから。死ぬだけです」

「君がやれたらよかったなと思うことを話してくれ」

「ビジネスの世界に入りたかったですね。でも、黒人がビジネスの世界でどんなチャンスを摑めます？ そもそも金がないんですから。炭鉱も鉄道も、何にも持ってない。彼らが俺たちに持たせようとしない。俺たちを一カ所の小さな場所にとどまらせようとして……」

「君はそこにとどまりたくなかった？」

ビッガーは顔を上げ、唇を引きつらせた。その血走った目には熱のこもったプライドが感じられた。

「とどまりたくなかったですね」と彼は言った。

マックスは彼をじっと見つめ、溜め息をついた。

「いいかな、ビッガー。君は自分ができなかったことを話してくれた。でも、君はあることをしたね。罪を犯したんだ。二人の女性を殺した。それでどうやって逃れられると思ったんだい？」

ビッガーは立ち上がり、両手をポケットに突っ込んだ。何を見つめるでもなく壁に寄りかかる。彼はマックスが部屋にいることをまた忘れた。

「わかりません。いかれてると思われるでしょう。たぶん俺はこう感じるために、電気椅子で焼かれるんでしょうね。でも、俺は殺した女たちのことで心を悩ませてはいないんです。ほんの少しのあいだ俺は自由でした。何かをしてたんです。いけないことでしたけど、俺はこれでいいって感じてました。だから俺は神に捕まるんでしょう。神に捕まるんなら、それでいい。心を悩ませてはないです。俺は怯《おび》え、腹を立てて人を殺しました。でも、生まれてからずっと怯え、腹を立ててたんです。そしてあの最初の女を殺してから、しばらくのあいだは怯えなくなりました」

「君は何に怯えていたんだい？」

「すべてにです」。彼は息を吸い込み、両手を顔にうずめた。

「何かを欲しいと思ったことはある？」

「何のために？　得られるはずがない。黒人なんだから」と彼は小声で言った。

「幸せになりたいと思ったことは？」

「ええ、あるでしょうね」と彼は背筋を伸ばして言った。

「どうやって幸せになれると思った？」

「わかりません。いろんなことをしたかったんです。でも、やりたいことはすべてできない。白人の子供たちが学校でするようなことをしたかった。大学に行く人もいますよね。軍隊に入る人もいる。でも、俺には無理だ」

「それでも、君は幸せになりたかった？」

「ええ、もちろん。誰だって幸せになりたいでしょう」

「いつの日かなれると思った？」

「わかりません。俺はただ夜になれば寝床に入り、朝になれば起きていた。一日一日を生きていただけです。たぶんいつかなれると思ってたんでしょうが」

「どうやって？」

「わかりません」。彼はほとんど呻《うめ》くような声で言った。

「幸せってどんな感じだろうと思った？」

「わかりませんよ。こんな感じではないでしょうけどね」

「自分が何をやりたいのかのイメージを持つべきだよ、ビッガー」

「ねえ、ミスター・マックス、自分にはできないとわかってることをいつでもやりたがるなんて、幸せだったらあり得ませんよ」

「それで、どうして君はいつでもやりたがるんだい？」

「そうせざるを得ないからです。みんなそう感じるでしょう。だから俺もそう感じていた。たぶんやりたいことが何かできたなら、よかったんでしょうね。そうなれば怯えなかったでしょう。あるいは、腹を立てなかった。いつでも人を憎んだりせず、もっと落ち着いた気分になれたんじゃないですかね」

「君はサウスサイド・ボーイズクラブに行ったことはある？　ミスター・ドルトンが卓球台を送ったところだけど？」

「ええ。でも、ピンポンでいったい何ができるんです？」

「君はあのクラブのおかげで厄介事を免れてきたと感じるかな？」

ビッガーは首を傾《かし》げた。

「厄介事を免れる？」と彼はマックスの言葉を繰り返した。「いいえ、いつもあそこで俺たちは悪いことを計画してたんです」

「教会には行ったことがある、ビッガー？」

「ええ、小さいときはね。でも、かなり昔の話です」

「家族は敬虔《けいけん》な信者なのかな？」

「ええ。しょっちゅう教会に行ってます」

「君はどうして行くのをやめたの？」

「嫌だったんですよ。意味がないじゃないですか。やることといったら歌をうたい、叫んで祈るだけ。それで何が得られるわけじゃない。黒人はみんなそれをしますけどね、それで何も得られないんだ。白人がすべてを持ってるから」

「君は教会で幸せに感じたことはない？」

「いいえ、感じたいとも思わなかった。教会で幸せになるのは貧乏人だけです」

「でも、君は貧乏だろう、ビッガー？」

ここでもまた、ビッガーの目は苦々しくも熱いプライドで輝いた。

「俺はそこまで貧乏じゃない」

「でも、ビッガー、君は人々が自分を憎まず、自分も人々を憎まない場所にいられたら、幸せになれると言ったよね。教会では誰も君を憎まなかっただろう。それでも落ち着かなかったのかい？」

「俺はこの世で幸せになりたかったんです、あの世ではなく。そういう幸せはいらない。白人たちが俺たちを信者にしようとするのは、俺たちのことを好きに扱えるようにするためです」

「ちょっと前に君は、あの女性たちを殺したことで〝神に捕まる〟って言った。それは、神を信じてるってことなのかい？」

「わかりません」

「死んだあとで自分に何が起こるか怖くない？」

「いいえ。でも、死にたくはありません」

「あの白人女性を殺したら死刑になるって知らなかった？」

「知ってましたよ、もちろん。でも、俺は彼女に殺されるって感じたんで、どうでもよかったんです」

「いま宗教で幸せになれるんだったら、それを望む？」

「いいえ。その前に死にます。信心深かったら、俺はもっと前に死んでました」

「でも、教会は永遠の生を約束するじゃないか？」

「それは打ちのめされた人たちのためにです」

「君はチャンスが与えられなかったと感じているよね？」

「ええ。でも、それで気の毒に思ってもらいたくはない。ええ、そういうことは誰にも求めてません。俺は黒人です。彼らは黒人にチャンスを与えない。だから俺はチャンスを摑もうとし、失敗したんです。でも、いまとなってはどうでもいい。彼らに捕まって、これで終わりなんですよ」

「君はこんなふうには感じないかな、ビッガー？ いつかどこかで、何らかの形で、自分が地上で与えられなかったものを取り返すチャンスが与えられるんじゃないかって？」

「まさか！ あの椅子に紐《ひも》でくくられて、彼らがスイッチを入れれば、それで終わりです。永遠にね」

「ビッガー、君の民族について訊いてもいいかな。君は自分の民族を愛している？」

「わかりません、ミスター・マックス。俺たちはみんな黒人だし、白人は俺たちを同じように扱います」

「でも、ビッガー、君の民族は君たちのためにいろんなことをしている。君たちを導くリーダーの黒人もいる」

「ええ、知ってます。そういう人たちのことは聞いたことがある。ああいう人たちはいいと思いますよ」

「そのうちの誰かを知っているかな？」

「いいえ」

「ビッガー、君のような黒人青年はいっぱいいるのかい？」

「いると思います。俺の知り合いはみんな一文無しだし、未来への見込みもない」

「どうして君は同じ民族のリーダーたちのところに行かなかったんだい？　彼らに自分たちがどう感じているかを話せばよかったじゃないか？」

「やめてくださいよ、ミスター・マックス。俺の言うことなんて誰も聞こうとしません。彼らは金持ちなんだ、白人たちからは俺と同じように扱われているにしても。ほとんど白人と同じなんですよ、俺みたいな男たちから見れば。彼らの言い分じゃ、俺みたいな男がいるから、彼らが白人たちとうまくやっていけないってことになる」

「君たちのリーダーの誰かが演説するのを聞いたことがある？」

「ええ、もちろん。選挙のときに」

「彼らについてどう思った？」

「ああ、わかりません。みんな同じですよ。選挙で選ばれたいんだ。そして金が欲しい、ほかのみんなと同じようにね。ミスター・マックス、これはゲームで、彼らはプレーヤーなんです」

「どうして君はプレーヤーにならなかった？」

「だって、俺が何を知ってます？　俺には何もないんです。誰も俺には注意を払わない。何も持っていない、ただの黒人です。小学校に行っただけですからね。それに政治の世界は大物だらけ、大学出ばかりじゃないですか」

「彼らを信用しなかったのかい？」

「彼らは人に信用されたいわけじゃないと思います。選挙で選ばれて公職に就きたいだけですよ。金を払って投票してもらうんです」

「君は投票したことがある？」

「ええ、二度しました。まだ選挙には若すぎたんですけど、歳《とし》をごまかして投票し、五ドルもらいましたね」

「票を売ることは気にならなかったの？」

「いえ、どうして気になります？」

「政治からは何も得られないと思っている？」

「選挙の日に五ドル得ましたよ」

「ビッガー、これまで白人が君に労働組合の話をしたことはある？」

「いえ、ジャンとメアリーだけです。でも、彼女はそれをすべきじゃなかった……俺がやったことは避けようもなかったですけどね。それにジャンだ。脅迫状に〝アカ〟って署名したことで、彼に悪いことをしたとは思います」

「彼をいまでは味方だと思うのかな？」

「まあ、敵じゃないですよね。今日、尋問されているときも、俺に不利なことは言わなかったし。ほかの人たちのように俺を憎んでいるわけではないと思います。でも、ミス・ドルトンのことでは傷ついたんでしょう」

「ビッガー、君はいつかこういうことになると思ったかい？」

「まあ、正直に言うと、これは自然な感じがするんですよ、ミスター・マックス。俺がここにいて、もうすぐ電気椅子に送られるっていうのは。考えてみると、こういうことが起きざるを得なかったって思えるんです」

二人は黙りこんだ。マックスは立ち上がり、溜《た》め息をついた。ビッガーは彼を見つめ、何を考えているのか読み取ろうとしたが、マックスの顔は白く無表情だった。

「じゃあね、ビッガー」とマックスは言った。「明日の罪状認否では無罪を申し立てることにしよう。でも、裁判が始まったら、有罪の申し立てに変え、慈悲を求める。彼らは裁判を急いでいるから、二、三日のうちに開廷されるだろう。僕は裁判長にできるだけ訴えるよ、君がどう感じ、それはなぜか。何とか終身刑になるように努力する。この状況下では、これが僕に見通せるすべてだな。彼らが君に対してどう感じているか、僕が説明するまでもないよね、ビッガー。君は黒人で、だからわかっているはずだ。望みは持ちすぎないでくれ。熱い憎悪《ぞうお》の海が君に迫っている。僕はそれをいくらかでも押し戻そうとしてみるよ。彼らが望んでいるのは君の命であり、復讐《ふくしゅう》だ。彼らは君がやったようなことができないよう、君たちを隔離しているつもりだった。いまは心の奥底で、君にああいうことをさせてしまったのは自分たちだとわかっているから、それで腹を立てている。人がそういうふうに感じてしまったら、彼らと理屈でわかり合うのは無理だ。それに、多くは裁判官がどんな人かにかかっている。この州で白人を十二人集めたら、どんな人でも君は有罪だと決めつけるだろうから、陪審員は信用できない。ともかく、ビッガー、僕は最善を尽くすよ」

二人は黙りこんだ。マックスは彼にもう一本煙草を与え、自分の分も一本取った。ビッガーはマックスの頭を見つめた——白い髪、細長い顔、穏やかで悲しげな深い灰色の目。マックスは親切だとビッガーは感じ、彼に対して申し訳なく思った。

「ミスター・マックス、俺があなただったら、心配なんかしません。人がみんなあなたみたいだったら、たぶん俺はここにいないでしょう。でも、いまさらどうしようもない。俺を助けようとしているために、あなたは彼らに憎まれるんですよ。俺は終わりです。捕まったんだから」

「ああ、僕は憎まれるよね、それはそうだ」とマックスは言った。「でも、僕は耐えられる。そこが違いだな。僕はユダヤ人で、憎まれているけど、それがなぜかはわかっているし、闘えるんだ。でも、いくら闘っても勝てないことがある。つまり、時間がなければ勝てないよね。それに、彼らはいま我々にプレッシャーをかけている。でも、君を弁護するからといって僕が憎まれることについては心配いらないよ。憎まれるのを恐れて、多くの白人が君や君の人種を助けようとするのをためらってしまう。君の闘いを闘う前に、彼らと闘わないといけないんだ」。マックスは自分の煙草を揉《も》み消した。「行かなきゃ」とマックスは言った。振り返り、ビッガーを見つめる。「ビッガー、どんな気分だい？」

「わかりません。俺はただここに座って待つだけですよ。彼らが来て、あの椅子に歩いて行けって言うのをね。そのとき歩けるかどうかはわかりません」

マックスは顔を背け、ドアを開けた。看守が来て、ビッガーの手首を掴んだ。

「明日の朝、会おう、ビッガー」とマックスが呼びかけた。

監房に戻り、ビッガーは床の真ん中で動かずに突っ立っていた。いまは肩をすぼめておらず、筋肉を強張《こわば》らせてもいない。穏やかに呼吸し、自分の体のなかに平和な涼しい息があることに驚いている。自分の心臓の鼓動を聞き取ろうとしているかのようだ。周囲は暗闇《くらやみ》で、音はまったくしない。これだけ穏やかな気持ちになれたことがいつあったか、思い出せなかった。マックスに話しかけられているあいだは、そのことを考えても感じてもいなかった。マックスが去って初めて、自分がこれまでにはない形で彼と話していたことに気づいた。誰とも、自分とでさえ、あのように話したことはなかったのだ。そして話したことによって、肩から重い荷が取り除かれた。突如として、激しい怒りを感じた。マックスは俺をはめやがった！　いや、違う。マックスは俺に話せと強要したわけではない。俺は自分の感情に対する好奇心に駆り立てられ、興奮して自発的に話したのだ。マックスはただ座って聞いていただけ、そして質問しただけである。彼の怒りは消え、恐怖がそれに取って代わった。その時が来てもこのように混乱していたら、俺は本当に電気椅子まで引きずられていくことになるだろう。決意を固めるべき時だ。電気椅子に歩いていくためには、自分の感情を希望か憎悪かどちらかの硬い盾になるまで織り上げなければならない。その中間にとどまるのは、恐怖の霧のなかで生き、死んでいくことを意味する。

　彼はいま細い線の上でバランスを取っていたが、彼を前にも後ろにも押す者はいなかった。自分が何らかの価値がある人間だと感じさせてくれる者も誰もいない――自分以外は。彼は両手で目のあたりを拭うようにし、体のなかではためいている諸々《もろもろ》の感情のもつれをほどけたらと望んだ。意識の薄くて硬い芯《しん》のなかで自分は生き、時間が通り過ぎていくのを感じている。周囲の闇が生き、呼吸している。彼はその真ん中にいて、もう一度あの短い安らぎの時期を体に味わわせたいと思った――マックスと話をしたあとに感じた安らぎである。彼は寝台に座った。こいつを把握しなければならない。

なぜマックスは俺にああいう質問をしたのだろう？　裁判長に話せる事実を求めていることはわかった。しかし、マックスが問いかけるああいう質問のなかで、彼は自分の人生が認知されたと感じた。自分の感情が認知され、自分の人となりが認知された。こうしたことにこれまで一度も遭遇したことはない。これは何だろう？　自分は間違ったことをしたのか？　また別の裏切りに巻き込まれてしまったのか？　彼は無防備なところをつけこまれたように感じた。でも、これ、この——自信は？　自分に誇りを抱く権利などない。それでも、自分はマックスに対して、何かを持つ人間として話をした。宗教を求めていないことや、自分の居場所にとどまらなかったことなどをマックスに話した。そのように感じる権利はない——自分がいずれ死ぬこと、自分が黒人で殺人犯であることを忘れる権利はない。自分はそれをほんの一瞬であっても忘れる権利はないのだが、それでも忘れていたのだ。

彼はこんな可能性を考えた。結局のところ、世界じゅうのすべての人々が同じように感じているのではないか？　彼を憎む人々は、マックスが彼のなかに見たのと同じものを、彼ら自身のなかに持っているのではないか？　その「同じもの」のせいで、マックスは彼にああいう質問をしたのではないか？　では、マックスはどんな動機で手を差し伸べようとしているのだろう？　なぜ白人の憎悪の潮流に呑まれる危険を冒してまで彼を助けるのだろう？　人生で初めて彼は感情の頂点に達し、そこに立って、これまで夢にも見なかった曖昧《あいまい》な関係を目にすることになった。あのぼんやりと白く浮き上がる憎悪の山が実は山ではなく人間であるなら——自分のような人間、そしてジャンのような人間の集まりであるなら——彼は大きな希望と絶望に直面していることになる。そのような気高い希望があり得るとは夢にも思わなかったし、そのような絶望の底の底を感じることなど自分には到底耐えられなかったのだが。激しい感情の逆流が彼のなかで巻き起こり、彼を駆り立て、警告する。この新たに目撃され、新たに感じられたものを放っておくようにと言う。これは自分をまた別の袋小路に、もっと深い憎悪と恥辱に追い込むことにしかならない、と。

それでも彼が見て、感じた人生は一つだけだったし、その一つの人生は眠りと夢以上のものだった。人生で持てたものは人生だけだったのだ。彼は自分が死後、時が経《た》ってから目を覚ますことなどないとわかっていた。自分の夢がなんて単純で愚かだったのかと溜め息をつくこともない。彼が見た人生は短かったし、その感覚に駆り立てられ、苛立ち混じりの熱望に心を摑まれた。監房の床の真ん中に立ち、ほかの人々との関係で自分自身を見ようとした——これまでは自分に対する他者の憎悪で精神が深く汚れていたため、そのような試みを恐れていた。マックスと話をすることで得られた、自分に価値があるという新たな感覚を抱き——束《つか》の間《ま》の曖昧な感覚だが——マックスが自分のなかに人間を見ることができたのだと感じようとした。彼の乱暴で残虐《ざんぎゃく》な行為の下に、恐怖と憎悪と殺人と逃亡と絶望の行為の下に、人間がいるのだ、と。そうだとしたら、自分も彼らの立場に立たされたとき、ビッガーという男を憎むはずだ――いま自分が彼らを憎み、彼らが自分を憎んでいるのとちょうど同じように。人生で初めて、彼は自分の足下に地面があるのを感じ、地面がそのままそこにあることを望んだ。

　彼は疲れていて眠く、熱っぽかった。しかし、この闘争が心のなかで荒れ狂っている状態で横になりたくはない。闇雲な衝動が体に湧《わ》き起こってきた。彼の知性はその衝動にイメージを当てはめて説明することで、はっきりと理解できるものにできないかと模索した。どうしてこんなに憎み、恐れるのか？　監房で震えながら立っていると、暗くて巨大な流動するイメージが目の前に湧き上がり、漂うのが見えた。黒い刑務所が現われ、広がっていく。小さな監房がたくさんあり、そこに人々が住んでいる。監房ごとに水の入った石製の水差しと固くなったパンの一片が置かれている。誰一人として監房から監房へと移ることはできず、金切り声や罵《ののし》り声、苦しみの叫びなどが響いても、誰の耳にも入らない。壁が分厚く、闇がすべてを覆《おお》っているからだ。世界にはどうしてこんなにたくさんの監房があるのだろう？　しかし、これは本当なのか？　彼は信じたかったが、それが恐ろしかった。そこまで自分を買いかぶってよいものだろうか？　空想のなかでさえ、自分がほかの人々と対等であるなどと考えたら、一撃で殺されるのではないか？

力がなくなってもはや立っていられなくなった。また寝台の縁に腰を下ろす。この自分の気持ちが真実なのかどうか、ほかの人々も同じ気持ちを抱くのかどうかを、どのようにすれば確かめられるだろう？ 死ぬ間際になって、どのようにすれば人生について確かめられるだろう？ 闇のなかでゆっくりと彼は両手を上げ、弱々しく指を広げたまま空中でとどめた。もし彼が両手を伸ばせば——その両手が電線で、心臓が電池であり、手に生命と炎を与えているのだったら——そしてその両手を伸ばしてほかの人々に触れ、こうした石の壁を通してほかの人々の手を感じ、その手がまた心臓につながっているのだったら——そうしたら返答が、衝撃が、あるのだろうか？ ほかの人々の心臓が彼に向けて熱くなってほしいと願っているのではない。そこまでは望んでいない。ただ、心臓がそこにあり、温かいのだと知るだけでいい！ それだけ、それ以上は求めない。それで充分だっただろう——充分以上だっただろう。そしてその接触と、それを認める返答のなかに連帯があり、自己認識があるはずだ——支えとなる一体化と充実感が——それは彼が人生でずっと否定されてきたものだ。

彼のなかに別の衝動が湧き上がってきた。どうしようもない欲求から生まれてきたものだ。それを彼の精神は目も眩《くら》む強烈な陽光のイメージで包んだ。太陽は熱い光線を放ち、彼は大群衆の真ん中に立っている。白人も黒人も混じった、すべての人々。そして太陽光線は多くの差異を——肌の色も服装も——溶かしていき、共通する善きものを太陽に向かって引っ張り上げていく……。

彼は寝台の上で体を目いっぱい伸ばし、呻き声を出した。こんなふうに感じるとは俺はバカなのだろうか？　死を間近にしてこうした欲求を生み出したのは恐怖と弱さなのだろうか？　こんなに深くまで達し、感情の一撃でこれほどまでに俺の心を摑んだ観念が、間違っているなんてことはあるだろうか？　ありのままの赤裸々な感情をこのように信用していいのだろうか？　しかし、信用してきたのだ。生まれてこの方、自分は剝き出しの感情に基づいて憎んできた。なら、これも受け入れるべきではないか？　自分がメアリーとベッシーを殺し、母と弟と妹を悲しませ、電気椅子《いす》の影の下に身を置くことになったのは、これを見出《みいだ》すためにすぎなかったのか？　自分はずっと目が見えなかったのか？　しかし、いまとなってはわかりようがない。遅すぎるのだ……。

この意味さえ知ることができれば、いま死んでもかまわないだろう。生きているすべての他者との関係で、そして自分が立っている大地との関係で、自分は何者なのか。誰もが闘っている闘争があるのに、自分はそれを逃したのだろうか？　もし逃したのだとすれば、それで責められるべきは白人たちではないか？　彼らこそいままでも憎むべき者たちではないか？　たぶんそうだろう。しかし、いまは白人を憎むことに興味を持てなかった。自分は死ななければならないのだ。自分にとってより重要なのは、この新しい疼《うず》き、この新しい高揚感、この新しい興奮が何を意味するかを探り出すことだ。

彼はいま生きたいと感じた——自分の犯罪の罰を避けたいのではなく——探り出すために、それが本当かどうか知るために、もっと深く感じるために生きたい。そして、死ななければならないのなら、そのただなかで死にたい。もしそれを充分に感じることなく、確かに知ることなく死ななければならないのなら、すべてを失ってしまうだろうと感じた。しかし、いまとなっては為《な》すすべもない。遅すぎるのだ……。

彼は両手を顔に持ってきて、震える唇に触れた。ダメだ……ダメだ……。ドアまで走っていき、冷たいスチールの格子を熱い手で摑む。そしてギュッと握りしめ、体をまっすぐに立たせる。顔を格子にもたせかけると、涙が頬を伝い落ちるのを感じた。唇が湿り、塩の味がする。彼は膝《ひざ》まで沈み込み、すすり泣いた。「俺は死にたくない……俺は死にたくない……」

大陪審への出頭を命じられ、大陪審によって起訴され、罪状認否で殺人罪について無罪を申し立て、裁判に回される——こうしたことが一週間足らずで起きたあと、ビッガーは陽の照らない灰色の朝、寝台に横たわり、クック郡刑務所の黒いスチールの格子をぼんやりと見つめていた。

一時間のうちに彼は法廷に連れていかれ、生きるか死ぬか、死ぬならいつかを言い渡されることになる。そして裁判の開始まであと数分となっても、あの漠然とした欲求がいまだに動機になっていた。マックスが彼のなかにほのかに搔《か》き立てたものを摑みたいという欲求だ。彼はそれをいま摑まなければならないと感じた。何かしら支えてくれるものなくして、どうやって白人たちの法廷に向き合えるだろう？　あの夜、監房に一人きりで突っ立ち、マックスの話によって与えられた高度な魔力を感じてからずっと、彼は吹きつけてくる憎悪の熱風にいままで以上に晒《さら》されていたのだった。

こうした可能性を感じないほうがよかったと苦々しく思うときもあった。もう一度幕の背後に隠れられたらいいのに、と。しかし、それは不可能だ。自分は公の場に誘い出されてしまった。罠《わな》にはまった、二度も罠にはまった——殺人罪で収監されたことによって罠にはまり、死に向き合うだけの感情的な強さを奪われることによって罠にはまったのだ。

あの高揚した瞬間をもう一度摑みたいと思い、彼はマックスと話をしようとしたが、マックスは上の空の様子だった。彼の命を救うために法廷への嘆願を準備していて、忙しかったのである。ビッガーは自分自身の命を救いたかったのだが、自分の感情を言葉にしようとすると途端に、舌が動かなくなるのはわかっていた。マックスが帰って一人きりになったとき、何度も何度も、彼はこんな切ない夢想をした。ほかの者たちと共通して持っている言葉があるのではないか、その言葉は彼のなかでくすぶっているのと同じ炎の感覚を、ほかの人々のなかにも掻き立てるのではないか、と。

彼は世界と周囲の人々を二重の視覚で見つめていた。一つの視覚は死を思い描いた——一人きりで電気椅子に縛られ、熱い電流が体に飛び込んでくるのを待っている自分のイメージ。もう一つの視覚は生命を思い描いた——大群衆の真ん中に立ち、彼らの生命がごった返すなかに没入している自分のイメージ——別の人間となり、恐れずに生まれ変わりたいという希望を抱いている。しかし、この時点で彼に確かなのは死だけだった。見えるのは、白い顔たちが剝き出しにする不変の憎悪。同じ暗い監房と一人ぼっちの長い時間、そして冷たいスチールの格子しか残っていない。

新しい世界観を信じようとしたために自分は愚か者を演じ、恐怖の上に恐怖を積み上げるという軽率な行為をしてしまったのか？　かつての憎悪のほうがこの苦しい不確かさよりもましな防御手段だったのではないか？　実現不能な希望が自分を裏切り、この結末へと導いているのではないか？　人はどれだけたくさんの戦線で同時に闘えるのだろう？　外部だけでなく内面でも闘えるのだろうか？　しかし彼は、内面で荒れ狂う戦闘にまず勝たなければ、自分の命のための戦闘を闘うことはできないと感じた。

母親とヴェラとバディが訪問に来たとき、彼はまた嘘《うそ》をついてしまった。自分はお祈りをしているし、世界とも人々とも和解した気持ちだと言ったのだ。しかし、この嘘を言ったためにさらに自分が恥ずかしくなり、さらに彼らへの憎しみを感じた。自分自身としては、母が語っている確信、そのために祈っている確信を本当は願っていただけに、心が痛んだ。しかし、自分がこうでなければならないと感じている形では、確信は到底得られなかったのだ。家族が去ってから、彼はマックスに二度と彼らを来させないでくれと言った。

裁判のほんの少し前、看守が監房に来て、新聞を置いていった。

「おまえの弁護士が送ってくれたんだ」と彼は言って、立ち去った。

『トリビューン』を広げると、ビッガーの目は見出しに吸い寄せられた。州兵が黒人殺人犯の裁判を監視。州兵？　彼は身を屈《かが》めて読んだ。暴徒から強姦魔《ごうかんま》を守る。

彼はその記事を読み進んだ。

　暴徒による暴力沙汰《ざた》が勃発《ぼっぱつ》するのを恐れ、H・M・オドーシー州知事はイリノイ州兵の二連隊に出動命令を出し、黒人の強姦殺人犯、ビッガー・トマスの裁判中、治安の維持にあたらせることとした。これは州都スプリングフィールドから今朝、発表された。

彼の目は次のようなフレーズを拾っていった。「殺人犯への憎しみはいまだ高まるばかり」、「世論は死刑を要求」、「黒人地区の不安高まる」、そして「市内が緊張」。

ビッガーは溜め息をつき、虚空《こくう》を見つめた。唇をぽかんと開き、首をゆっくりと振る。マックスが俺の命を救うという話をしたとき、耳を傾けただけでも俺は愚かだったのではないか？　はかない希望を必死に追い求めることで、自分の結末への恐怖を高めているのではないか？　この憎悪の声は、俺が生まれるずっと前から響いていたのではないか？　そして、俺が死んだあとも響き続けるのではないか？

彼はまた読み始め、フレーズを拾っていった。「黒人殺人犯は電気椅子に送られる危険を十二分に承知している」、「ほとんどの時間を自分の犯罪に関する新聞記事を読んで過ごし、共産党員の友人たちから差し入れされた豪華な食事をしている」、「殺人犯は社交的ではなく、あまりしゃべらない」、「市長は警察の勇敢な行動を称賛」、そして「殺人罪を立証する証拠は大量に集められた」。

それから――

黒人殺人犯の精神状態について、警察署付きの精神科医、カルヴィン・H・ロビンソン博士は、次のように述べた。「我々が思う以上にトマスが精神的に用心深く、抜け目ないことは疑いの余地がない。殺人と脅迫状を共産主義者の仕業と思わせようとしたことや、白人女性を強姦したとは頑固に認めようとしないことは、彼がほかにもたくさんの犯罪を隠している可能性を示唆《しさ》している」

シカゴ大学の心理学者たちは今朝、黒人男性にとって白人女性は異常なほどの魅力を持つ存在なのだと指摘した。「彼らは白人女性のほうが同じ民族の女性よりもずっと魅力的だと思っているのです」と教授の一人は、この件に関して自分の名前が公表されないことを条件に語った。「彼らはそれを抑えられません」

黒人を弁護する共産党員のボリス・A・マックスは、無罪を主張すると見られる。陪審裁判を長く引き延ばし、依頼人の無罪放免を目指す方針だ。

ビッガーは新聞を落とし、寝台に手足を伸ばして寝転がると、目をつぶった。同じことが何度も何度も繰り返されているだけだ。読んで何の役に立つのだろう?

「ビッガー!」

マックスが監房の外に立っていた。看守がドアを開け、マックスが入ってくる。

「さて、ビッガー、気分はどうだい?」

「いいですよ、たぶん」と彼はぼそぼそと言った。

「これから法廷に向かうよ」

ビッガーは立ち上がり、監房をぼんやりと見回した。

「大丈夫かい?」

「はい」とビッガーは言って溜め息をついた。「大丈夫でしょう」

「いいかい、君。緊張しなくていい。気を楽にして」

「あなたの近くに座れるんですか？」

「もちろん。同じテーブルさ。裁判のあいだじゅう一緒にいるよ。だから怖がらなくていい」

看守が彼をドアの外へと導いた。廊下には警察官がずらりと並び、静まり返っている。彼は二人の警察官にはさまれ、どちらの手首も手錠で彼らとつながれていた。スチールの格子の向こうからは白い顔や黒い顔が彼を見つめている。彼は二人の警察官のあいだをぎこちなく歩いた。前方にはさらに六人が歩いている。後ろからもさらにたくさん歩いてくるのが聞こえる。彼らは彼をエレベーターへと導き、それで地下の通路まで下りた。長く続く狭いトンネルを歩いていく。静寂のなか、足音が騒々しく反響する。彼らは次のエレベーターに達し、上階に上がって、興奮する人々や警察官でごった返す廊下を歩いていった。一つの窓を通過するときに、ビッガーの目は大群衆をちらりと捉《とら》えた。カーキ色の軍服を着た州兵たちがその前に列を成し、群衆をぴったりと押さえている。確かに、新聞にあったように群衆と州兵が出ているようだ。

彼は一室に連れていかれた。マックスに導かれて一つのテーブルへ。手錠を外されてから、警察官にはさまれて座った。マックスが右手を優しくビッガーの膝の上に置いた。

「あと数分ある」とマックスは言った。

「はい」とビッガーは小声で言った。目は半分閉じていた。首をかすかに片側に傾け、目をマックスの背後に向けて、空間の一点を見つめる。

「さあ」とマックスは言った。「ネクタイをまっすぐにしなさい」

ビッガーは物憂《ものう》げに結び目を引っ張った。

「さて、君は一度だけしゃべらなければいけなくなるはずだ。それは……」

「法廷で、ですか？」

「ああ、でも僕が……」

ビッガーは恐怖で目を大きく見開いた。

「嫌です！」

「なあ、聞いてくれ……」

「でも、俺は何も言いたくない」

「僕は君の命を救おうとしているんだ……」

ビッガーは抑えられなくなり、ヒステリックにしゃべり出した。

「やつらは俺を殺すんだ！　あなたもわかってるでしょう、やつらが俺を……」

「でも、君はやらなきゃいけないんだよ、ビッガー。さあ、聞いてくれ……」

「俺が何も言わなくて済むようにできないんですか？」

「ひと言か二言でいいんだ。裁判長にどう申し立てしたいかと訊かれたら、有罪ですって言うんだよ」

「立たなければならないんですか？」

「ああ」

「立ちたくない」

「わからないのかい、僕が君の命を救おうとしているのが？　ほんのちょっとだけ僕を助けてくれ……」

「もうどうでもいいんです。あなたに俺は救えません」

「そんなふうに感じちゃいけない……」

「どうしようもないんです」

「もう一つある。法廷は満員だ。ただ入っていって、席に着きなさい。君は僕のすぐ隣りに座る。そこで行われることに君がちゃんと注意を払ってるって、裁判長にわかるようにするんだ」

「母さんが来ないといいんだけど」

「お母さんには来るように言ったよ。裁判長に彼女を見てもらいたいんだ」とマックスは言った。

「母さんは辛《つら》い思いをします」

「すべてが君のためなんだよ、ビッガー」

「俺はそんな価値のない男ですよ」

「いや、これは君よりも大きなことなんだ。ある意味で、アメリカのすべての黒人が今日、そこで裁判にかけられるんだよ」

「どっちにしたってやつらは俺を殺すんです」

「我々が闘えばそうはならないさ。君がどのように生きてこなければならなかったか、僕が彼らに訴えれば」

一人の警察官がマックスのところに歩いてきて、肩を軽く叩《たた》いて言った。

「裁判長がお待ちです」

「わかりました」とマックスは言った。「さあ、ビッガー。行こう。元気を出すんだ」

彼らは立ち上がり、警察官に取り囲まれた。ビッガーはマックスと並んで廊下を歩き、ドアを通り抜けた。大きな部屋にたくさんの男女が群がっているのが見える。そのなかに黒い顔の小さな集団がいることにも気づいた。部屋の片側の手すりの向こうに集まっている。低い声のざわめきが耳に届く。二人の警察官が人々を片側に寄せ、マックスとビッガーの通る道を作った。ビッガーはゆっくりと前に進んだ。上着の袖《そで》がマックスの手で引っ張られているのを感じる。二人は部屋の前部にたどり着いた。

「座って」とマックスが囁《ささや》いた。

ビッガーが座ると、フラッシュの銀色の閃光《せんこう》が目の前に輝いた。彼らがまた彼の写真を撮っているのだ。ビッガーは心も体も張りつめ、唇が震えた。両手をどうしたらいいのかわからない――上着のポケットに突っ込みたかったが、それは手間がかかるし、注意を惹《ひ》きつけてしまうだろう。そこで手のひらを上にし、膝の上に置いたままにした。長いこと待たなければならず、それが苦痛だった。背後の声のざわめきは続いている。薄い黄色の陽光が高い窓から射《さ》し込み、空中を斜めによぎっている。

ビッガーはまわりを見回した。うん、確かに母親と弟と妹がいる。じっと自分を見つめている。昔の学校の友達も来ている。先生も二人いる。そしてG・Hとジャックとガスとドクもいる。ビッガーは目を伏せた。こうした人々に自分はかつて自慢話をし、タフな男として振る舞っていたのだ。かつて彼らを挑発していた。いまはここに座る自分を彼らが見つめている。彼らは自分たちが正しかったのであり、彼が間違っていたと感じているだろう。息を詰まらせるような熱い感覚が腹と喉《のど》に戻ってきた。どうして俺のことを単純に射殺し、それですべてを終わらせないのだろう？　どうせ俺のことを殺すくせに、どうしてこんなことを俺にやらせるんだ？　木製のテーブルを叩く音がして、彼はビクッとした。低くて虚《うつ》ろな声が響きわたる。

「みなさん、ご起立ください……」

全員が立ち上がった。ビッガーはマックスの手が腕に触れるのを感じ、彼と一緒に立ち上がった。丈の長い黒の法服を着た、顔の青白い男が後部のドアから入ってきて、高い説教壇のような柵《さく》の背後に着席した。これが裁判長だな、とビッガーはゆっくり腰を下ろしつつ思った。

「静粛に、静粛に……」。あの虚ろな声がまた響きわたった。断片的にいくつかのフレーズがビッガーの耳に残る。「……クック郡刑事裁判所の当法廷は……休廷に引き続き……開廷いたします……アルヴィン・C・ハンリー裁判長殿が……」

ビッガーは裁判長がバックリーのほうを向き、それから彼とマックスを見たのに気づいた。バックリーは立ち上がり、柵の下まで歩いていった。マックスも立ち上がり、前に進み出る。二人はしばらく裁判長と低い声で話し、それからそれぞれの席に戻った。裁判長のすぐ下に座っている男が立ち上がり、長い文書を読み始めた。声が太くて低すぎ、ビッガーにはいくつかの言葉しか聞き取れなかった。

「起訴番号６６６－９８３……イリノイ州民対ビッガー・トマス……上述のクック郡にて選ばれ、宣誓した大陪審は、ビッガー・トマスが女性に暴行し、性的な傷害を負わせたとして……首を絞め……窒息死に至らしめ、暖房炉で遺体を燃やして始末し……ナイフと斧《おの》で頭を体から切り落とし……上述の行為はメアリー・ドルトンという女性に対して為されたもので、こうした事件に関して作られ、規定された法令に違反し、イリノイ州民の平和と威厳に背くものであり……」

男がビッガーの名前を何度も繰り返したので、ビッガーは自分が巨大だが精巧な機械のなかに囚《とら》われてしまったような気がした。どれだけ邪魔が入ろうとも、その機械の歯車はかまわず回り続けるのだ。何度も何度も男は同じ話を繰り返した。ビッガーがメアリーとベッシーを殺し、メアリーの首を切り落とし、ベッシーを煉瓦《れんが》で叩き潰《つぶ》し、メアリーとベッシーの両方に暴行し、メアリーの体を炉に押し込め、ベッシーを通風孔に落として凍え死ぬに任せた。そしてメアリーの遺体が燃えているあいだもドルトン邸に居残り、脅迫状を送った。男が話し終わったとき、法廷からは驚いて息を呑《の》む声が上がり、ビッガーは人々の顔が自分のほうを向いたことに気づいた。裁判長はテーブルを叩いて静粛を求めてから訊《たず》ねた。

「被告人はこの起訴状に対して申し立てをしますか？」

　マックスが立ち上がった。

「はい、裁判長殿。被告人、ビッガー・トマスは有罪を認めます」

　途端に大きなざわめきがビッガーの耳に響いた。顔をそちらに向けると、数人の男たちが群衆を押しのけるようにしてドアに向かっていく。新聞記者たちだというのがわかった。裁判長はまたテーブルを叩き、静粛を求めた。マックスはしゃべり続けようとしたが、裁判長がそれを止めた。

「ちょっと待ってください、ミスター・マックス。みなさん、静粛にお願いします！」

　邸内は静かになった。

「裁判長殿」とマックスは言った。「長時間にわたる真摯《しんし》な考察の末、私は当法廷で私たちの無罪の主張を取り下げ、有罪を認めることにすると決意いたしました。

この州の法律は減刑を求めるための証拠の提出を認めています。そこで私は法廷が最善と判断するときに、そのための証拠を提出する機会が与えられることを求めます。この青年の精神的かつ感情的傾向に関する証拠を通し、彼がこうした犯罪にどれくらい責任があるかを示したいのです。また、私はこの青年の青春時代に関する証拠も提出したいと思っております。さらに、当法廷がこの青年の有罪の申し立ても減刑のための証拠として見るようにお願いし……」

「裁判長殿！」とバックリーが大声で言った。

バックリーが顔を真っ赤にして部屋の前部に出てきた。

「最後まで述べさせてください」とマックスが言った。

「この青年が有罪であると同時に知的障害者であると申し立てることはできない」とバックリーは言った。「ビッガー・トマスが知的障害者だと主張するなら、州は陪審裁判を求めます……」

「裁判長殿」とマックスは言った。「私はこの青年が法的に知的障害者であると主張するものではありません。証拠に関する議論を通し、この青年の精神的かつ感情的傾向を理解していただき、彼がこうした犯罪にどれくらい責任があるかを示したいと考えております」

「それは知的障害者という主張だ！」とバックリーが叫んだ。

「そのような主張はしておりません」とマックスは言った。

「人間は障害があるかないかのどちらかだ」とバックリーが言った。

「障害には程度の差があります」とマックスは言った。「この州の法律は責任がどの程度あるかを確かめるための証拠の審理を認めています。また、法律は減刑に向けての証拠の提出も認めています」

「検察は被告人が法的に障害者ではないことを示す証人と証拠を提出します」とバックリーが言った。

このあとビッガーには理解できない議論が長く続いた。裁判長は検察官と弁護士を柵まで呼び寄せ、一時間以上話し続けた。最後に彼らはそれぞれの席に戻り、裁判長がビッガーのほうを向いて言った。

「ビッガー・トマス、立ち上がってくれますか？」

彼の体は赤く火照《ほて》った。白くてぼんやりしたものが近づいてきたとき、ベッドのそばに立っていて感じたのと同じように——車のなかでジャンとメアリーのあいだに座っていたときに感じたのと同じように——ドクのビリヤード場にガスが入ってくるときに感じたのと同じように——体が締めつけられるように感じ、引きつった。心を激しく揺さぶる恐怖に囚われたのだ。その瞬間、地上のどんな行為も立ち上がることよりはましに思われた。椅子から勢いよく立ち上がり、重い武器を振り回して、この勝ち目のない闘いを終わらせたいと思った。マックスが彼の腕を摑《つか》んだ。

「ビッガー、立って」

彼は机の縁を摑んで立ち上がった。膝が震えるので、ガクッと崩れてしまうのではないかと思った。裁判長は話し始める前に彼を長いこと見つめていた。部屋の後方から人々の声がガヤガヤと聞こえてくる。裁判長はテーブルを叩いて静粛を求めた。

「学校ではどこまで行きましたか？」と裁判長が訊ねた。

「八年生までです」。ビッガーはその質問に驚いて小声で答えた。

「あなたが有罪を申し立てるのなら、その主張をここに記録します」と裁判長は言い、また間を置いた。「法廷はあなたに死刑を宣告するかもしれません」と彼は言い、また間を置いた。「あるいは、法廷はあなたの生命が続く限り収監されることを宣告するかもしれない」と裁判長は言い、さらにまた間を置いた。「あるいは、あなたに最短でも十四年の懲役刑を宣告するかもしれません。

私が述べたことを理解しましたか？」

ビッガーがマックスのほうを見ると、マックスは頷《うなず》いた。

「大きな声で」と裁判長は言った。「私の言ったことが理解できないのなら、そう言ってください」

「は、は、はい、理解しました」と彼は囁いた。

「では、自分の申し立ての結果を理解した上で、あなたはなお有罪を認めますか？」

「は、は、はい」と彼はまた囁いた。これはすべて強烈な荒っぽい夢であり、すぐに目が覚めるはずだと感じていた。

「それだけです。被告は座ってよろしい」と裁判長は言った。

彼は腰を下ろした。

「検察は証拠や証人を召喚する準備ができていますか？」と裁判長が訊ねた。

「はい、できております」とバックリーが言った。立ち上がり、横向きに裁判長と群衆のほうを見る。

「裁判長殿、私の今回の陳述はとても短くなります。私が当法廷にこうした卑劣な犯罪の恐ろしい詳細を再現する必要などまったくないからです。検察側の何人もの証人と、被告人自身によって語られ署名された自白書、そして具体的な証拠が、神と人に対するこの汚らわしい罪の不自然な側面を露《あら》わにしてくれるはずです。私がいかに語ろうとしても、それよりはるかに雄弁に語ってくれるでしょう。複数の点において、私はそのことをありがたく思っております。というのも、この邪悪な犯罪のいくつかの事実はあまりに途方もなく、信じがたいものであり、まさに野獣の所業であるからです。我々の人生観とはあまりにかけ離れているため、それを当法廷に伝えることは私の手に余ります。公僕としての長い人生において、私は自分の義務に関してこれ以上揺るぎない確信を抱く立場に置かれたことはありません。法律をごまかすような解釈、あるいは理論や空想による解釈が介入する余地など、ここにはまったくないのです」。バックリーはここで間を置き、法廷を見渡した。それからテーブルに歩み寄り、ビッガーがメアリーの首を切り落としたナイフを持ち上げた。「この事件はナイフの切れ味と同じくらいスパッと明快です。あの罪のない娘の首を切り落としたこの殺人犯のナイフと同じくらい！」とバックリーは叫んだ。ここでまた間を置き、今度はテーブルから煉瓦を取り上げた。ビッガーがあの廃屋でベッシーを叩き潰すのに使った煉瓦である。「裁判長殿、この事件の真相は煉瓦と同じくらい強固です。あの可哀想《かわいそう》な娘の頭をめった打ちにし、脳が流れ出るまで潰したこの煉瓦と同じくらい！」バックリーは再び法廷の群衆を見つめた。「こうしたことはそうそうありません」とバックリーは続けた。「人民の代表者が、彼を公職に選んでくれた大衆の後押しを文字どおり背中に感じるようなことは。彼が法を執行することを大衆が待っていると感じることは……」。法廷は墓場のように静かになった。バックリーは窓まで歩いていき、手のひと振りで窓を持ち上げた。大群衆の騒ぎ立てる声がどっと聞こえてくる。法廷は騒然となった。

「すぐに殺しちまえ！」

「リンチしろ！」

裁判長はテーブルを叩いて静粛を求めた。

「騒ぎが収まらなければ、傍聴人には退廷してもらいます！」と裁判長が言った。

マックスが立ち上がった。

「異議あり！」とマックスは言った。「これは実に不規則です。実質的に、法廷を脅しているのと同じです」

「異議を認めます」と裁判長は言った。「州検事殿、あなたの職務と当法廷の威厳を損なわぬ形で進めてください」

「たいへん申し訳ありません、裁判長殿」とバックリーは言った。柵のほうへと歩いていきながら、ハンカチで顔を拭《ぬぐ》う。「感情の高まりを抑えられなくなりまして。ただ、この状況が急を要するものだということを法廷にもわかっていただきたく……」

「法廷はあなたの申し立てを待っています」と裁判長は言った。

「はい、もちろんです、裁判長殿」とバックリーは言った。「さて、ここでの争点は何でしょう？　起訴状はこの犯罪について充分に説明しており、被告人はそれについて有罪であると認めました。被告側の弁護人は、この起訴について有罪だと認めるだけで、それが減刑のための証拠として受け入れられるべきだと主張し、当法廷にそう信じさせようとしています。

メアリー・ドルトンとベッシー・ミアーズの悲しみに打ちひしがれる家族に代わって、そしてイリノイ州の住民に代わって——そのうちの数千人が窓の向こうに集まり、法が適切に機能することを求めているのですが——私はこう言います。このようなごまかし、このようなペテンが当法廷を歪《ゆが》め、法律を欺《あざむ》くようなことがあってはなりません！

　被告人はアメリカ文明の歴史における最も凶悪な殺人を二つ犯しました。彼はそれを認めています。そして彼の弁護人は、彼が法を逃れようとし、警察官を殺そうとした末に有罪を認めたからといって、彼の有罪の申し立てを減刑への証拠として見なすべきだと我々に信じさせようとしているのです！

　裁判長殿、これは法廷に対する、そして知性ある州民に対する侮辱だと言わねばなりません！　このような犯罪がこのような弁護を受けるに値するというのなら、この殺人鬼の命がこのような弁護によって救われるというのなら、私はこの職を辞し、街に出ている人たちに向かってこう言います。私はもはやあなた方の生命と財産を守れません！　我々の裁判所はお涙ちょうだいの物語に心を奪われ、もはや公共の平和を守る機関として機能していない！　我々は文明のために闘うのを放棄してしまった！　こう言わざるを得ないのです！

　被告側の弁護人はこのような申し立てに続き、当法廷にこう信じることを求めるつもりのようです。被告人の精神的かつ感情的な生活の状況から言って、こうした卑劣な強姦殺人の責任を充分に負うことはできない、と。弁護人は人間の思考と感情の伝説的な中間地帯を想像するように当法廷に求めています。犯人は罪を犯せるくらいに正気でありながら、その罪で裁かれるほどには正気ではないと言っているのです！　私の人生でこれほどまでに法を嘲笑《あざわら》う論理は聞いたことがありません！　ここまで冷酷に、計算ずくで法を侮辱し、逃れようという試みは、私の人生で聞いたことがない！　これは絶対に許されません！

州は、弁護側が被告の知的障害を主張し続けるのなら、彼が陪審員によって裁かれるべきだと主張します。彼の申し立てが単に有罪ということなら、検察はこうした暗黒の犯罪に対して死刑を求めます。

私は法廷の指示する時期に証拠を提出し、証人を召喚して、この被告人が正気であり、こうした血なまぐさい犯罪について責任を負えるということを証言して……」

「裁判長殿！」とマックスが言った。

「あなたには被告人のために申し立てをする時間がある！」とバックリーが叫んだ。

「最後まで言わせてください！」

「異議があるのですか？」と裁判長がマックスのほうを向いて訊ねた。

「そうです！」とマックスは言った。「州検事殿のお話を遮るのはためらわれるのですが、彼が作り上げようとしている印象は、私がこの青年を知的障害者だと主張しているということです。それは事実ではありません。裁判長殿、もう一度説明させてください。この気の毒な青年、ビッガーが有罪を申し立てておりますのは……」

「異議あり！」とバックリーが叫んだ。「弁護人が当法廷で被告人のことを、起訴状に書かれている名前以外で呼ぶことに異議を唱えます。〝ビッガー〟とか〝この気の毒な青年〟といった呼び名は同情を喚起するように使われており……」

「異議を認めます」と裁判長は言った。「今後、被告人のことは起訴状に書かれている名前で呼ぶように。ミスター・マックス、私の考えを言えば、あなたは州検事に陳述を続けさせるべきでしょう」

「これ以上私が言うべきことはありません、裁判長殿」とバックリーが言った。「当法廷がよろしければ、証人を償還する準備はできております」

「証人は何人いるのですか？」とマックスが訊ねた。

「六十人です」とバックリーが言った。

「裁判長殿」とマックスは言った。「ビッガー・トマスは有罪を認めました。私には、六十人もの証人は必要ないと思われます」

「私はこの被告人が正気であると証明したいのです。そしてこの恐ろしい犯罪に対する責任能力があったし、いまでもあるのだ、と」とバックリーは言った。

「証人の証言を聞くことにします」と裁判長は言った。

「裁判長殿」とマックスが言った。「一つはっきりさせてください。ご存じのように、ビッガー・トマスの弁護を準備するために私に与えられた時間は憐《あわ》れなほど短い——前例のないほど短いものです。この審理は、人々の頭に血がのぼっているうちにということで、日程の一番先に持ってこられました。

いま裁判地を変更しても意味はありません。この州の隅々まで同じヒステリックな状態に陥っているからです。こうした状況下では、私は自分が最も賢明であると思うことをする立場にはなく、しなければならないことをするしかありません。黒人青年以外の人が殺人罪の容疑で裁かれていたら、州検事はこの事件を大急ぎで裁判にかけ、死刑を要求するようなことはなかったでしょう。

この青年は知的障害者である——私がそう言わんとしているという印象を、検察側は作り出そうとしてきました。それは真実ではありません。私は証人として誰も呼ぶつもりはない。私がビッガー・トマスのために証言します。彼がとても若いこと、その精神的かつ感情的な生活、そしてなぜ彼が有罪を認めたか——それらを通し、彼の減刑が認められなければならないと主張する所存です。

州検事は、私が依頼人に有罪を認めさせることで、法廷に不意打ちを食らわせようとしていると信じ込ませようとしてきました。そして、この青年の刑を軽くするための証拠の提出には、何らかの法的なペテンが隠されていると考えさせようとしてきました。

しかしイリノイ州の法廷には、すでにこうした例がたくさん提出されてきています。ローブとレオポルドの事件でもそうでした。これは、我らが州の賢明な進歩的法律によって規定された正規の手続きなのです。この青年が貧乏で黒人であるからといって、同じ保護を拒絶するのですか？　ほかの者たちにはすぐに提供される機会、証言して理解を求める機会を、彼には否定するのですか？

　裁判長殿、私は臆病者《おくびょうもの》ではありません。しかし、窓の向こうで群衆が叫んでいる状況下、この青年を釈放して人生をやり直すチャンスを与えてくださいとはお願いできません。私がお願いするのは、お願いしなければならないこと。つまり、群衆のけたたましい叫び声に抗《あらが》って、この青年の命を救ってやってほしいということです！

　殺人罪について法廷で有罪を認めることに関し、イリノイ州の法律は次のようになっています。法廷は被告に死刑、または終身刑、または十四年以上の懲役刑を科す。この法律の下で、法廷は罪を重くするか軽くするかに関する証言を審理することができる。この法律の目的は、被告の殺人の理由を法廷が見つけ出し、その理由を減刑の尺度とするように推奨することです。

　州検事はビッガー・トマスがなぜ二人の女性を殺したかについて、まったく論じませんでした。暴徒たちが待っている、だから殺そう、と彼は言ったのです。我々が殺さなかったら暴徒が殺す——それが彼の唯一《ゆいいつ》の主張でした。

彼はビッガー・トマスの犯罪の動機を論じませんでした。その理由は、彼にはできなかったからです。人々に考える時間を与えず、事実が充分に知られる前にさっさと片づけてしまうほうが、彼にとって有利になります。というのも、事実が充分に知られてしまえば、そしてみんながじっくり考えてしまえば、彼は法廷に立って死刑を叫ぶことができなくなるとわかっているからです。

　ビッガー・トマスを動かした動機とは何でしょう？　今日《こんにち》の我々の法律の下で動機として理解されているような動機はありませんでした。裁判長殿、私は要点をまとめるときに、そこに深く踏み込むつもりです。この青年の刑罰を決めるにあたり、彼の精神的かつ感情的な生活が重要であると私が述べる理由は、こうした犯罪のほとんど本能的な性質のためです。しかし、検察側は不必要に証人を次から次へと召喚し、それによって暴徒の食欲をそそっています。この青年の犯罪をめぐる恐ろしい詳細を使って大衆の心を焚《た》きつけているのです。だからこそ、私としては州検事に次のことを明らかにしていただきたい。なぜビッガー・トマスは殺したのか。

　この青年は若い――単に年齢がというだけでなく、人生に対する態度も若いのです。まだ投票できる年齢に達していません。黒人地帯に暮らしていて、同年齢のほとんどの青年よりも未熟と言えるでしょう。それは、人生の幅広い多様性や深さにまだ接していないためです。彼にとって感情のはけ口は二つしかありません。仕事とセックスです

――そして、彼はこの二つをその最も邪悪かつ下劣な形でしか知りませんでした。私は当法廷にこの青年の命を救ってくれるよう求めています。そして、必ずや同意してくれるものと信じるだけの信頼を当法廷に抱いております」

マックスは腰を下ろした。法廷のそこらじゅうから囁き声が聞こえてくる。

「当法廷は一時間ほど休廷し、一時に再開します」と裁判長は言った。

二人の警察官にはさまれ、ビッガーはごった返す廊下をまた歩かされた。このときも窓を通りかかるとき、大きく広がる群衆と、それを食い止める州兵たちの姿が見えた。一室に連れていかれると、そこのテーブルには食べ物のトレーが置かれていた。マックスもそこにいて彼を待っていた。

「さあ、座って、ビッガー。少し食べるといい」

「何も食べたくありません」

「おいおい、頑張って持ちこたえないと」

「腹が減ってないんです」

「じゃあ、煙草《たばこ》を吸ったら」

「いいえ」

「水を飲みたい？」

「いいえ」

ビッガーは椅子に座り、身を屈めた。テーブルに両腕を載せ、肘《ひじ》を曲げたところに顔をうずめる。彼は疲れていた。男たちが彼の生命について語り合っているあいだ、自分がいかにひどく緊張していたか、法廷の外に出て改めて感じたのだ。いかに生き、いかに死ぬかを知ろうとする漠然とした思考や興奮は、いまの彼にはすべてかけ離れたものだった。あの法廷では、恐怖以外の感情など抱けなかったのである。一時間が過ぎ、彼はまた法廷に連れ戻された。裁判長が入ってくると、ほかの者たちと一緒に起立し、また座った。

「検察は証人を呼ぶように」と裁判長が言った。

「はい、裁判長殿」とバックリーが言った。

最初の証人はビッガーが見たことのない老婦人だった。質問のあいだ、バックリーは彼女のことをミセス・ロールソンと呼んだ。それから老婦人が自分はミセス・ドルトンの母親ですと言うのが聞こえた。審問のときに見たイヤリングをバックリーが老婦人に手渡し、彼女はこのイヤリングを母から娘へと何年にもわたって引き継いできたのだと話した。ミセス・ロールソンが終わったとき、マックスは彼女にもそのほかの検察側の証人にも質問するつもりはないと言った。ミセス・ドルトンが証人台に連れてこられ、審問のときにしたのと同じ話をした。ミスター・ドルトンは自分がなぜビッガーを雇ったかについてまた説明し、彼を指さして「私の家に仕事をしに来た黒人青年」であると認めた。ペギーも彼を指さし、すすり泣きながらこう言った。「はい、彼がその青年です」。証人たちはみなビッガーがとても物静かな青年で、正気であるように振る舞ったと述べた。

　ブリテンはメアリーの失踪《しっそう》についてビッガーが何か知っているのではないかと疑った話をした。そして、「あの黒人青年は私と同じくらい正気ですよ」と言った。新聞記者の一人は炉の煙がいかにメアリーの骨の発見につながったかを語った。その新聞記者への質問が終わったとき、マックスの立ち上がる音が聞こえた。

「裁判長殿」とマックスは言った。「新聞記者の方々はこのあと何人ほど証言するのか教えていただけませんか？」

「あと十四人です」とバックリーが言った。

「裁判長殿」とマックスは言った。「これはまったく必要ありません。こちらは有罪を認めているのですから……」

「私は殺人犯が正気であることを証明するのだ！」とバックリーは叫んだ。

「当法廷では全員の証言を聞くことにします」と裁判長は言った。「続けなさい、ミスター・バックリー」

　さらに十四人が煙や骨について話し、ビッガーの振る舞いは「どこの黒人青年とも同じだった」と言った。五時に休廷となり、狭い一室でビッガーの目の前に食べ物のトレーが置かれた。六人の警察官が見張りに立っている。腹の神経がとても張りつめ、彼はコーヒーを飲むことしかできなかった。六時になるとまた法廷に戻った。部屋は暗くなっていて、照明が点《つ》いている。次々に現われる証人はビッガーにとって現実のものではなくなった。五人の白人が証人台に立ち、脅迫状の筆跡は彼のものだと言った。「彼がかつて在籍していた学校のファイルから彼の宿題が見つかり、その筆跡と同じでした」というのだ。ほかの白人男性はビッガー・トマスの指紋が「ミス・ドルトンの部屋」のドアから見つかったと証言した。六人の医師がベッシーは強姦されていたと言った。アーニーズ・キッチン・シャックの黒人のウェイトレス四人が彼のことを「あの晩、白人男性と白人女性とともにテーブルに座っていた黒人青年」として特定した。そして彼女らは彼が「物静かで、普通に振る舞っていた」と言った。次に現われたのは二人の白人女性で、どちらも学校の教師だった。彼女らはビッガーが「勉強は苦手だったが完全に正気だった」と証言した。一人の証人が次のへと溶けていくかのようで、ビッガーは気にもしなくなり、どうでもいいという態度で見つめていた。ときどき外で冬の風が吹きつけるかすかな音が聞こえた。閉廷になったときも疲れすぎていて、嬉《うれ》しい気持ちさえ起きなかった。監房に連れ戻される前に、彼はマックスに訊ねた。

「あとどれくらい続くんですか?」

「わからないな。君は勇気を出して、持ちこたえないといけないよ」

「早く終わってほしいですよ」

「君の命なんだぞ、ビッガー。闘わないと」

「彼らに何をされようと気にしません。早く終わってほしいです」

翌朝、彼は起こされ、食事を与えられ、法廷に戻された。ジャンが証人台に立ち、審問で言ったのと同じことを言った。バックリーはジャンをメアリー殺害に結びつけようとはしなかった。G・Hとガスとジャックは、彼らがかつて店や新聞売り場で盗みを働いていたと言った。また、ブラムの店を強盗しようと計画していたときに喧嘩《けんか》をした話もした。ドクはビッガーが彼のビリヤード台の布を切り裂いた話をし、ビッガーは「卑劣な不良だが、正気である」と言った。十六人の警察官が彼を「我々が捕獲したビッガー・トマスに間違いない」と特定した。また、ビッガーのように巧みに法を逃れることのできる男は「正気であり、責任能力がある」と証言した。次に現われた男を見て、ビッガーはリーガル座の支配人だと気づいた。彼はビッガーや彼のような少年たちが彼の劇場でマスターベーションをしているのは知っていたが、怖くて注意できなかったと言った。少年たちが暴れ出し、切りつけてくるのではないかと心配したのだという。少年裁判所の男は、ビッガーが車のタイヤを盗んだ罪により、感化院で三カ月過ごしたと言った。

休廷になり、午後には五人の医師がビッガーを「陰気でへそ曲がりだが、正気だと思う」と言った。バックリーはビッガーがゴミバケツに隠したナイフとハンドバッグを証拠として提出し、市のゴミ捨て場を四日間漁《あさ》った末に見つけたのだと法廷に報告した。ビッガーがベッシーを殴るのに使った煉瓦も持ち出された。続いて懐中電灯、共産党のパンフレット、銃、黒くなったイヤリング、斧の刃、署名のある自白書、脅迫状、ベッシーの血まみれの服、汚れた枕《まくら》や掛け布団《ぶとん》、トランク、縁石の近くの雪のなかから発見された空っぽのラム酒の瓶などが提出された。メアリーの骨が法廷に持ち込まれたときは、女性たちがすすり泣き始めた。それから十二人の作業員たちによって、ドルトン邸の地下室から解体された暖房炉が少しずつ運び込まれ、巨大な木の台の上で組み立てられた。法廷内の人々は立ち上がってそれを見ようとし、裁判長が彼らに着席を求めた。

バックリーはメアリーくらいの体格の白人女性を炉のなかにもぐり込ませ、「罪のないメアリー・ドルトンの凌辱《りょうじょく》された体をここに入れ、燃やせるのは疑いの余地がない」ということを立証した。さらに「あの気の毒な女性の頭はここに入らないので、サディスティックな黒人男はそれを切り落とした」ということを示した。ドルトン邸の地下室にある鉄のシャベルを使って、バックリーは骨がどのように掻《か》き出されたかを実演し、ビッガーが「大騒ぎの最中にずるがしこくも階段をこっそりとのぼり、逃亡した」と説明した。顔の汗を拭《ふ》きながらバックリーは言った。

「検察は証拠提出を終了します、裁判長殿！」

「ミスター・マックス」と裁判長は言った。「弁護側の証人を呼んでください」

「弁護人はここに提出された証拠に異議を唱えるつもりはありません」とマックスは言った。「そのため、証人を呼ぶ権利を放棄いたします。以前申し上げましたとおり、適切な時が来ましたら、ビッガー・トマスのための申し立てを行いたいと考えております」

裁判長はバックリーに要点をまとめるようにと言った。一時間ほど、バックリーは検察側の証人の証言についてコメントし、証拠を解釈して、次の言葉で締めくくった。

「検察がこれだけ証拠と証言を提出しても、なお当法廷が女性たちを凌辱してきた男、ビッガー・トマスに対して死刑を科そうとしないのなら、人類の知的かつ道義的能力は無力であると見なされてしかたないでしょう！」

「ミスター・マックス、あなたは明日までに申し立ての準備を整えられますか？」と裁判長が訊ねた。

「はい、できます、裁判長殿」

ビッガーは監房に戻り、死んだように寝台に寝転がった。すぐにすべて終わる、と考えた。明日が最後かもしれない――彼はそう望んだ。時間の感覚がなくなっている。昼と夜がごっちゃになってしまったのだ。

翌朝、マックスが監房に来たとき、ビッガーは目を覚ましていた。自分についてマックスがどのように言うのだろうと考えつつ、法廷に向かう。本当にマックスは俺の命を救えるのだろうか？　このことを考えた途端、彼はその考えを頭から締め出した。希望を心に抱かないようにしておれば、何が起きても自然だと思えるだろう。廊下を歩かされているときに窓を通りかかって、大群衆と州兵がいまだに裁判所を取り囲んでいることを知った。建物のなかもざわめく群衆に埋め尽くされ、そのなかを彼が通り抜けられるよう、警察官たちが道を作らねばならなかった。

　自分が最初にテーブルにつくのだと知ったとき、恐怖が痛みとなって彼の体を走った。マックスはまだ背後のどこかにいて、群衆のなかに埋もれていたのだ。マックスが自分にとってどのような意味を持つ存在となっていたか、いままで以上に深く感じたのはそのときだった。いま自分は無防備だ。マックスがいないとなると、あの群衆が手すりを越えて殺到し、俺を街路へと引きずり出そうとしたとき、何がそれを阻《はば》むというのだろう？　彼は腰を下ろし、すべての目が自分に注がれていることを意識しつつ、まわりを見るまいとした。裁判のあいだマックスがいてくれたおかげで、怒りを込めて自分をじっと見つめている群衆のなかにも、どこかに自分がすがれるものがある――そこに行き着くことさえできれば――と感じていた。最初に二人で長いこと話し合ったとき、マックスが彼に感じさせた希望が、いまだ彼のなかにくすぶっていた。しかし、その炎を燃え上がらせる危険は冒したくない――この裁判で、バックリーの憎悪《ぞうお》の言葉が響いているときには。それでいて、炎を揉《も》み消すこともしなかった。その火を守り、最後にすがれるものとして大切にした。

マックスがやって来たとき、ビッガーはその顔が蒼白《そうはく》で、やつれていることに気づいた。目の下には黒い隈《くま》ができている。マックスは手をビッガーの膝《ひざ》に置き、囁いた。

「僕にできることは何でもするよ」

裁判が始まり、裁判長が言った。

「準備はできていますか、ミスター・マックス？」

「はい、裁判長殿」

マックスは立ち上がり、白い髪を手でかき上げつつ、部屋の前方へと向かった。振り向いて裁判長とバックリーに顔を半分ずつ向けるようにし、ビッガーの頭越しに群衆にも目をやる。それから咳払《せきばら》いをした。

「裁判長殿、私はこれまでの人生で、ここまで固い決意を胸にして法廷に立ち、申し立てを行ったことはありません。今日、ここで私が言わなければならないことは、国全体の運命に関わるものだと承知しております。私の訴えは一人の人間、一つの民族だけのためではありません。被告人が我々の記憶のなかでも最も陰惨な犯罪の一つを犯したというのは、ある意味で幸運なのでしょう。というのも、我々がこの男性の人生を包括的に見て、彼に何が起きたのかを見《み》出《いだ》せば、そして彼の人生と運命がいかに微妙に、しかし強烈に我々のものとつながっているかを理解できれば——こうしたことができれば、おそらく我々は未来への鍵《かぎ》を見つけることができるのです。それは、稀《まれ》に見る有利な視点を得ること。この国のすべての男女がそこに立って見渡せば、我々の今日の希望と恐怖がいかに分かちがたく明日の歓喜と運命を作り出すかわかるはずなのです。

　裁判長殿、私はこの法廷に対して敬意を欠くことはしたくありません。しかし、正直にならなければならない。一人の人間の命がかかっているのです。その人は犯罪者だというだけでなく、黒人の犯罪者です。だから彼はハンディキャップを背負ってこの法廷に来ています——法の前にはみなが平等であるというふりを我々がしているにもかかわらず。

　この人は違うのです。彼の犯罪が類似の犯罪と違っているのは、その程度の違いだけでしょう。しかし、社会の複雑な力のからみにより、我々はここで一つの象徴を、試験的な象徴をえり分けられました。顕微鏡での検査のために細菌が染色されるように、この象徴は人々の偏見によって染色されています。人々の揺るぎない憎悪が心理的な距離を与えたため、我々はこの小さな社会的象徴を病んだ社会組織全体との関係で見ることができるのです。

　裁判長殿、私の主張はこうです。ビッガー・トマスを理解しようとするだけで、氷に閉ざされた衝動を溶かすことになる。さまざまな形で広がっていく恐怖を気味の悪い夜から引きずり出し、理性の光のなかへと導くことができる。そして我々が夢遊病者のように、ぼんやりと何も考えずに参加してきた、無意識の死の儀式を白日の下に晒《さら》すことになる。

しかし、私は極端な主張はいたしません。魔術を生業《なりわい》にしているわけではありませんから。この人の人生を理解すれば、我々のすべての問題を解決できるとは言いません。すべての事実を把握すれば、自動的に行動の仕方がわかるとも言いません。人生とはそんなに単純なものではない。しかし、私はこう言います。私の弁論を聞いたあとでもなお、死刑が必要であると感じるのなら、あなたは選択肢のなかから自由に選んだことになる。私が意図しているのは、証拠に関する議論を通し、当法廷にいる人々の意識にその選択肢を注入すること――我々の前に開かれた二方向の可能な行動と、それぞれから生まれる必然的な結果を示すことです。その上で、我々が死刑と言うのなら、覚悟の上でそう言いましょう。命を助けると言うのなら、これも覚悟の上で言いましょう。しかし、どちらを言うにせよ、自分たちが何を根拠にしているのか知るようにしましょう。我々と、我々が裁く人々にとって、どのような結果がもたらされるのかを意識しましょう。

裁判長殿、私はこの青年の命を救うために弁護をするのだと決意し、彼の罪の全体像をあなたの前に提示して、判断を仰ごうと決意しています。こうした私のやり方によって、あなたの肩に大きな責任の重荷を投げかけていることは、私も承知しています。それに無神経でいるわけではないということは、信じていただきたい。しかし、この状況で私にこれ以外の何ができたでしょう？　毎晩、私は床に入っても眠れずに考え続けてきました。自白した殺人犯としてこの黒人青年がここに座っている理由や原因を、あなたに向け、そして世界に向け、どのように描き出そうか。その方法を見つけ出そうとしてきました。しかし、彼の運命に影響する証拠の最も重要な一片を見つけたと思った途端、いつでも心の耳に聞こえてきてしまう音がある。それは、いま窓の向こうで州兵たちが押しとどめようとしている群衆たちの声、低く響き続ける怒りの声です。

私は自分にこう訊ねます。狩りをする飢えた猟犬のような吠《ほ》え声があのように響いているなか、どうやって自分の声を効果的に届かせることができるだろう？　どうやって私はこの青年に起きたことを視覚的に描き出し、冷静な理性のスクリーンにはっきりと強烈に映し出すことができるだろう？　すでに千もの新聞や雑誌のイラストレーターたちが、百万もの公共の印刷物に、ショッキングな形で描き出してしまったというのに？　私はこの青年の背景と人種を深く理解した上で、陪審員たちの手に彼の運命を委《ゆだ》ねられるだろうか？（彼らはこの青年と同じ人種ではなく、彼らに敵意を向ける異人種なのです！）　彼らの心はこの国の報道機関によって条件づけられており、報道機関は彼の罪に関してすでに結論に達し、無数の論説で彼の刑罰の度合いについて示唆《しさ》しているというのに？

ダメだ！　私にはできない！　それならば裁判所などないほうがましでしょう、こんな状態で裁きが下されなければならないのだとしたら！　うわべだけの裁判よりは公然とリンチするほうがずっと正直です！　ならば裁判所は廃止し、各自が武器を買って自分を守るか、正当に自己の所有物であると信じるもののために闘えばいい。彼が有罪であるとすでに決めつけている人々によって人が裁かれるよりましです。私がここに提示したい証拠は非常に広範囲にわたりながら驚くほど特殊であり、非常に微妙でありながら恐ろしい結果を招いた点で悲惨です――その結果が私の依頼人に大きな影響を与え、彼が今日ここにいる理由にもなりました。彼が生死を賭《か》けた裁判に付されている理由です。私は自分自身に対して、そしてこの青年に対して正直であろうとしたとき、こうした証拠を陪審員の手に委ねることはどうしてもできませんでした。

そこで今日、私は当法廷に向かい合うにあたって、陪審員による裁判を拒否し、有罪を進んで申し立て、この州の法律の光に照らして、この青年の命を救ってくれるようにお願いする次第です。その理由は我々の文明の根幹に関わるものだと私は信じています。

法廷で最も習慣的に行なわれるのは、できるだけ抵抗の少ない道を選び、州検事の示唆に従って、〝死刑！〟と言うことです。それでこの事件は終わるでしょう。しかし、それではこうした犯罪は終わりません。だからこそ、当法廷は別の道を選ぶべきなのです。

裁判長殿、ときとして現実が非常に切迫した道義的な様相を呈し、いつもの便利な道を歩むのが不可能になることがあります。ときとして人生の目的があまりにもつれてしまい、理性と分別がこんな叫びを発することがあります。我々はここで立ち止まり、もつれをほどいてもう一度まとめ上げなければ先には進めない、と。

この裁判を取り巻く雰囲気はどのようなものでしょう？　市民たちは法律が執行されるように冷静に注視しているでしょうか？　犯罪に釣り合った報復が加えられるように、そして有罪の者が、有罪の者だけが逮捕され、罰せられるように注視しているでしょうか？

いいえ！　この事件には考え得るありとあらゆる偏見が持ち込まれてきました。市と州の当局は大衆の心を意図的に焚きつけ、いまや戒厳令なくしては治安を保てないほどになっています。新聞と検察側は自己の腐敗した良心以外の何物にも責任を取ろうとせず、共産党がこうした二つの殺人と何らかの形でつながっているというバカげた主張を展開しました。州検事は証明できないにもかかわらず、ビッガー・トマスがほかの犯罪にも関わっていると仄《ほの》めかしてきました。彼がそう言わなくなったのは、昨日午前の法廷からにすぎません。そして、ユダヤ人の私がこの黒人青年を弁護するために、私の郵便受けは何日ものあいだ殺すという脅迫状で溢《あふ》れました。ビッガー・トマスがあのような形で捕獲されたこと、罪のない何百人もの黒人が家宅捜索されたこと、数十人の黒人が路上で襲撃されたこと、そして数十人が仕事を解雇され、この無防備な民に対するデマがあらゆるところからばら撒《ま》かれたこと――このすべてが民主主義の国では前代未聞《みもん》のことでした。

ビッガー・トマス狩りは黒人人口全体を恐怖に陥《おとしい》れる口実となりました。数百人もの共産党員を逮捕し、労働組合の本部や労働団体の襲撃の口実にも使われました。実際、新聞の論調、教会の沈黙、検察の態度、煽《あお》られた人々の興奮ぶりなど、どれを見ても、罪を犯した者に対する復讐《ふくしゅう》以上のものが科されようとしていると考えずにはいられませんでした。

この高揚した感情や興奮の原因は何でしょう？　それはビッガー・トマスの犯罪なのでしょうか？　昨日まで好かれていた黒人たちが、彼がやったことのために、今日は憎まれているのでしょうか？　労働組合と労働者会館は一人の黒人が罪を犯したというだけの理由で襲撃されたのでしょうか？　あのテーブルに置かれている白い骨が国じゅうから恐怖の喘《あえ》ぎ声を引き起こしたのでしょうか？　この市のユダヤ人に対する反感は、ユダヤ人の弁護士が黒人青年を弁護しているというだけの理由で、高まったのでしょうか？

裁判長殿、そうではないことはあなたもご存じです！　現在のヒステリーに内在するすべての要因は、ビッガー・トマスの名が知られる以前から存在していました。黒人は、労働者は、労働組合は、今日と同じくらい昨日も憎まれていたのです。

シカゴではこれよりも野蛮で恐ろしい犯罪が起きてきました。ギャングたちは人を殺し、釈放されてまた人を殺しました。しかし、これらのことはどれも、この事件に匹敵するだけの憤激を引き起こしませんでした。

裁判長殿、あの群衆は自分たちの意志でここに来たのではありません！　彼らは扇動されたのです！　一週間前まで、あの人たちはいつもと同じように静かな人生を営んでおりました。

では、誰がこの潜在的な憎悪を激怒にまで煽ったのでしょう？　考えなしに誤った方向に導かれている暴徒は、誰の利益を生むことになるのでしょう？　なぜシカゴのすべての報道機関は突如として嘘《うそ》をまき散らし、ビッガー・トマスやその同類の者たちから自分の所有物を守らなければならないと市民に吹き込み始めたのでしょう？　誰がこのヒステリーを引き起こし、それによって利益を得ようとしているのでしょう？

州検事はご存じだ。彼は自分が再選されたら、生活保護を求めるデモを阻止するとループ地区の銀行家たちに約束したのですから！　州知事はご存じだ。ストライキをする労働者に対しては州兵を使って取り締まると製造業者協会に誓ったのですから！　市長はご存じだ。窮乏する大衆の訴えに応《こた》えるための予算を削減し、新しい税は課さないと市の商店主たちに言ったのですから！

この男の命をすぐに奪ってしまえと要求する憤怒《ふんぬ》には罪悪感が含まれています！　あの窓の向こうで路上に集まっている群衆の行動を駆り立てている憎悪と苛立《いらだ》ちには恐怖があります！　彼らの一人ひとりが——暴徒と暴徒を煽る者たちが、陰で糸を引く者や怯《おび》える者たちが、指導者や彼らに追随する者たちが——多くの人々に対して行われた歴史的な悪行の上に自分たちの生活が築かれていると知り、感じています。彼らの余暇や贅沢《ぜいたく》はその人々の血を搾《しぼ》り取るようにして獲得したものだということです！　彼らの罪悪感は、今日ここで裁かれているこの青年のものと同じくらい深い。恐怖と憎悪と罪悪感はこのドラマの基調を成しているのです！

裁判長殿、この青年と私自身のために、道徳的にもっと価値のある証拠を当法廷に提出できたらよいのにと思わずにいられません。愛、野心、嫉妬《しっと》、冒険を求める思い、あるいはよりロマンチックな感情のどれかがこの二つの殺人の背後にあると言えたらよかったのに。この宿命的ドラマの不幸な役者にもっと高貴な感情を偽りなく与えることができれば、私の仕事はずっと楽になり、私は結果に自信を持てるでしょう。勝算は私に大きく傾くはずです。過《あやま》ちを犯して闘いに敗れた兄弟の一人を憐れみと理解をもって裁くように、共通する理想で結ばれた人々に訴えることになるのですから。しかし、この件について私に選択肢はありません。このドラマの作者は人生であり、私ではないのです。

私たちがここで扱わなければならないのは人生の生《なま》の素材です——まだ科学や文明の努力によって条件づけされていない感情、衝動、態度。私たちはここで最初の悪行を扱わなければなりません——私たちがそれをしたときには非道とはされず、必然的だった悪行です。それから私たちは、その悪行から派生した、長く尾を引く暗黒の罪悪感を扱わなければなりません。利己心と恐怖のために、私たちはこの罪悪感をあがなおうとしないのです。そして私たちは、その最初の悪行によって他者のなかに生まれた憎悪の熱風をここで扱わなければなりません。この憎悪は最初の悪行によって他者のなかに生まれ、その憎悪からとてつもなく恐ろしい犯罪が派生しました。この憎悪が人々の心に浸透し、大衆の最も深くて最も繊細な情緒を形作ったのです。

私たちがここで扱わなければならないのは、数百万人が生活の場を移動させられたことです。想像力をたじろがせるほど大規模な移動。そして、あまりに悲劇的な結果を伴うものだったために、目を向けることも考えることもしたくない気持ちにさせるものです。あまりに昔のことなので、私たちはそれをむしろ自然界の理法として見るようにし、居心地の悪い良心と偽りの道徳的熱意をもって、その状態でとどめようとします。

私たちがここで扱わなければならないのは、どちらの立場であれ——白人のなかでも黒人のなかでも、労働者のなかでも雇用主のなかでも、男でも女でも——善と悪の問題が異常な様相と構造を有するほど高く、重く心にのしかかっている人々です。このような状況が出来《しゅったい》すると、人間はほかの人間に向き合っていると感じる代わりに、自分は山と、洪水と、海と、つまりは自然の力と向き合っているのだと感じます。その力の凄《すさ》まじい規模と強度は精神と感情の集中を要求し、都会の静かな日常生活のなかではあり得ないほどの緊張を強います。しかし、この緊張は都会の生活の範囲内に存在し、人間が同じ振る舞いをしていながらも、都会生活の土台を崩したり、それを支えたりするのです。

　お許し願いたいのですが、裁判長殿、私は責任の所在を明らかにし、慈悲を求める前に、次のことを強調しておきたいと思います。私はこの青年が不正の犠牲者であると主張するつもりはありません。彼に同情してくれと当法廷にお願いするつもりもありません。彼の性格や動機の全体像を明らかにしようとするのは、そのためではないのです。国じゅうで黒人に対するリンチや殴打《おうだ》が頻繁に起きていますが、今日ここに私が立っているのは、苦しみだけを語るためでもありません。私が語るその一面にだけ反応するのなら、あなたもまた彼と同様に、見境のない感情の泥沼にはまっていることになります。そして、この悪《あ》しきゲームは血の川がさらに血まみれの海に流れ込むように、ずっと続いてしまうでしょう。これが不正の不幸な犠牲であるという考えは心から追い払いましょう。不正という概念自体が平等の要求を前提としており、今日ここに立つ青年はあなたにそういう要求はいたしません。彼が要求していると感じるのなら、あなたもまた、彼のなかに存するとして断罪する感情と同じくらい恐ろしい感情、そして同じ程度の正当性しかない感情によって視野を奪われているのです。暴徒の恐怖やヒステリーの源となる罪悪感は、彼の憎悪と対を成すものです。

それよりも、私があなたにお願いしたいのは、私たちの真ん中にある別の生き方に気づいてほしいということです。発育を止められ、歪められた生き方、しかしそれ自体の法と主張を持つ生き方。それは、一億人もの人々の集合的ながら見境のない意思が培《つちか》ってきた土壌から生まれてくる人々の存在です。私はこの人々の人生に気づくようにあなたにお願いしたい。私たちのとは違う形と外見をまとっている人生、しかし私たちの手で耕され、植えつけられた畑から生じてきた人生です。このような条件から生まれてくる法や手続きに気づくように、それを理解するように、そして変えようと努力することをお願いしたい。こうしたことを我々がまったくしないのなら、歪められた人々が恐怖と憎悪と犯罪という形で自己を表現したときに、恐ろしがったり驚いたりするふりはすべきではありません。

これは新しく、異様な人生です。異様なのは、我々がこれを恐れるから。新しいのは、我々がそれから目を背けてきたからです。この人生は狭苦しい範囲内に押し込められており、我々の善と悪に基づいて自己を表現するのではなく、それ自体の充足に基づいて自己表現しています。人は人であり、人生は人生であり、我々はそのありのままに対処しなければなりません。そして我々がそれを変えたいと望むのなら、彼らが存在し、生活を営んでいる形で、彼らと相対する必要があるのです。

　裁判長殿、私はそれでも一般的な言葉でしゃべらなければなりません。この青年の背景が明らかにされなければならないからです。彼の行動に強力な、そして重要な作用をしてきた背景です。我々の祖先はこの大陸の海辺に到着し、荒涼とした未開の土地を目にしました。彼らが心に抱いていた夢は抑圧されていました——故国で人格を否定されたわけですが、それはその子孫である我々がこの青年の人格を否定してきたのと同じです。我々の祖先は旧世界の都市で、生活を維持する手段を得るのが難しかったために、ここに来ました。入植者である彼らは困難な選択を迫られました。この荒野を鎮圧するか、それによって鎮圧されるか。街路や工場やビルなどの威容に目を向けるだけで、いかに完璧《かんぺき》に先祖たちが征服してきたかがわかります。しかし、征服する過程で彼らは他者を利用し、他者の人生を利用しました。炭鉱夫がつるはしを使うように、あるいは大工がのこぎりを使うように、彼らは他者の意思を捻《ね》じ曲げ、自分たちの意思に従わせたのです。彼らにとって人生とは道具であり、武器であって、敵意を向ける土地や気候に対してそれらを揮《ふる》ったのです。

　私は道義的な非難を目的としてこれを言っているのではありません。この国で二世紀半のあいだ奴隷《どれい》にされてきた黒人たちに対し、同情を掻き立てるためでもない。いまになってこれを不正という観点から見るのは愚かなことでしょう。ナイーブな考えは捨てるべきです。人間は神によって駆り立てられているのだと感じているときでさえ——神の意思を充足しようとしているのだと感じているときでさえ——やらざるを得ないことをします。あの人たちは生きるために闘っていたのであり、この件で彼らの選択肢はかなり狭かった。人が他者を奴隷にしようとするのは封建制時代の支配者の夢でした。支配したいという思いに高揚した彼らが、もしも他者の人間性に目を向けていたら、これだけ広大な規模の国を建設することはできなかったでしょう。その建設に、他者の人生が必要だったのです。しかし、機械が発明され、広範囲で使われるようになって、これ以上人間を直接奴隷として働かせるのは経済的に不可能になりました。そのために奴隷制は終わったのです。

裁判長殿、この青年を不正の観点から見ることの危険性について、もう少しだけ述べさせてください。もし私が彼は不正の犠牲者だと言ったら、それは暗に彼への同情を求めることになる。そして、もしこの青年を不正の犠牲者として見ることに固執する人がいたら、その人は罪悪感に圧倒されてしまうことでしょう。罪悪感が強すぎると、それは憎悪と区別できなくなってしまいます。

人間は自分が悪行を犯した罪人であると感じることを何よりも嫌います。そして罪の意識を持たされそうになると、どんな根拠に基づこうとも、必死になって正当化しようとします。しかし、それに失敗したとき、そして手近に解決策がなかったとき、人はどうするか。自分の人生や財産をそれほど犠牲にすることなく、物事を正すことができなければ、人はしつこく罪悪感を駆り立てるものを殺してしまおうとするのです。

これは白人であろうと黒人であろうと、すべての人間に共通します。特異で強力な、しかしありふれた欲求なのです。裁判長殿、一つの例を挙げさせてください。この憐れな黒人青年、ビッガー・トマスが証人の一人、ジャン・アーロンに自分の罪をなすりつけようとしていたときのことです。アーロンは共産主義者で、昨日この法廷で証言しました。被告は共産主義者に自分の罪をなすりつけ、それでうまく逃れられると考えたわけですが、それは彼が新聞を見て、共産主義者は犯罪者であると信じ込んだためです――罪悪感からの恐怖の一例ですね。ジャン・アーロンは街角でビッガー・トマスを待ち伏せし、話をつけようとしました。どうしてビッガーが自分に罪を着せようとするのだと質《ただ》したのです。ジャン・アーロンは私に、そのときのビッガーの振る舞いが非常にヒステリックで、ちょうどいま外にいる群衆のようだったと話してくれました。ビッガー・トマスは銃を抜き、自分にかまわないでくれとジャン・アーロンに言ったそうです。ビッガー・トマスはジャン・アーロンにとってほとんど赤の他人であり、ジャン・アーロンはビッガー・トマスにとってほとんど赤の他人です。それでも、二人は憎み合っていました。

今日、ビッガー・トマスとあの群衆は赤の他人同士ですが、憎み合っています。両者が憎み合うのは、恐れているからです。そして彼らが恐れるのは、自分の生命の最も深い感情が襲撃され、侮辱されたと感じるからです。それがなぜかは、彼らはわかっていません。彼らは行き当たりばったりに作用している社会的な力のなかに置かれた無力なコマにすぎないのです。

　この罪悪感からの恐怖はこの裁判の検察側の、そして関係者の基本的なトーンです。心のなかで彼らは悪行が為《な》されたと感じており、自分たちに対して黒人が罪を犯したときには、その悪行の恐ろしい証拠を見たような気がするのです。だから富と財産の持ち主たち、攻撃の犠牲者たちは、自分たちの利益を守りたくてたまらないために、罪深い行為を代行する人を雇い、〝この過去の亡霊を根絶しろ！〟と言います。あるいは、ミスター・ドルトンのように、〝この男がそういうふうに感じないように、何かしてやろう〟と言います。しかし、そのときには遅すぎるのです。

　私はこの青年に落ち度はないとみなさんに信じていただくためにこうしたことを話しているのでしょうか？　違います。ビッガー・トマス自身の憎悪の感情はほかの人々の罪悪感を焚きつけます。閉じ込められ、制限され、包囲されて、彼は憎悪する以外の振る舞いを見つけられず、それ以外は感じられない。そして、自分を潰そうとしていると思われるものを殺そうとするしかないのです。

裁判長殿、私はこの血の循環を断ち切りたい。この問題の奥深くに切り込み、憎悪と恐怖と罪悪感と復讐の下へと入り込み、どのような歪《ゆが》められた衝動があるかを示したいのです。

十人か二十人の黒人が奴隷にされただけだったら、私たちはこれを不正と呼べます。しかし、何十万人もの黒人奴隷が国じゅうにいたのです。もしこうした状態が二年か三年続いただけだったら、私たちはこれが不法だと言えます。しかし、これは二百年以上続きました。三世紀もの長きにわたって続く不正、そして何百万人もの人々のなかで数千平方マイルもの領域にわたって存在している不正はもはや不正ではありません。生活のなかの既成事実です。人間はその土地に自分を合わせ、自分たち自身の存在の法を作ります。彼らなりの善と悪の観念ができるのです。生計を立てる共通の方法が、人生に対する共通の態度を生み出します。彼らのしゃべることさえ、彼らが経験しなければならないことによって彩《いろど》られ、形作られます。裁判長殿、不正は一つの生き方を消し去りますが、別の生き方がそれに取って代わり、独自の権利と欲求と野心を抱いて成長するのです。今日ここで起きていることは不正ではなく抑圧です。新しい形の生き方を絞め殺し、あるいは踏みにじろうとします。そして私たちを困惑させるのは、この私たちの真ん中に成長した新しい形の生き方なのです。それは石の下から生える雑草のように、私たちが犯罪と呼ぶ形を取って、自己を表現します。この新しい現実の観点から問題を把握しなければなりません。そうしなければ、こうした状況下で生きている人が犯罪と呼ばれる行為をしたとき、さらなる殺人によって罪悪感や怒りを鎮《しず》めるだけです。

この青年は、国の三分の一にまで実体を広げている問題のほんの小さな一面を体現しているにすぎません。やつを殺せ！ やつの命を焼き払ってしまえ！ そうしたら、人種関係の繊細で無意識の機構が誤作動を起こしたとき、やはりまた殺人が起きるでしょう。法律が数百万人の人生と矛盾していながら、どうやってうまく施行されることを望めますか？ 私たちは魔術を信じているのですか？ 十字架を燃やすことで大勢の人々を怯えさせ、彼らの意思と衝動を麻痺《まひ》させられると信じているのですか？ アメリカの家にいる白人の子女たちは、あなたがこの青年を殺せば、より安全になると思っているのですか？ あり得ません！ 絶対にそんなことはないと私は断言します。こうした殺人がもっと起きるようにする確実な方法こそ、この青年を殺すことなのです。それは怒りと罪悪感に駆られた行為――ほかの何千人もの黒人たちに、障壁がより高くて堅固であると感じさせること。彼を殺せば、堰《せ》き止められていた溶岩の流れが膨れ上がり、いつの日か決壊するでしょう。それも、不注意や偶然から起きる単独の個人的犯罪ではなく、まったく制御の利《き》かない感情の荒々しい奔流となって。この青年の運命を決するにあたって当法廷が覚えているべき何より重要なことは、彼の犯罪は偶発的なものであっても、ここで噴出した感情はすでに存在していたということです。覚えているべきことは、彼の人生の道が犯罪の道だったということ。彼の犯罪はメアリー・ドルトンの殺人よりもずっと前から存在していたということです。彼の犯罪が偶発的に見えるのは、彼が生きるにあたってまとっているベールに突如として激しい裂け目が走るという形を取ったからです。この裂け目から彼の怒りや疎外《そがい》感が噴出し、客観的かつ具体的な形を見出しました。

罪悪感に取り憑《つ》かれ、私たちは目の前から死体を取り除《の》けてきました。地面に小さな区画を仕切り、そこに死体を埋めました。そして真っ暗な深夜には、自分の魂にこう語りかけました。こいつは死んでいるんだ、怖がったり不安に思ったりする理由はないんだ、と。

しかし、死体は戻ってきて、私たちの家を襲撃するのです！　娘たちが殺されたり焼かれたりします。それで私たちは言うのです。〝殺せ！　殺せ！〟

しかし、裁判長殿、私はこう言います。〝やめろ！　自分たちがしていることをしっかりと見ようじゃないか！〟なぜなら、死体は死んでいないからです！　それはまだ生きている！　私たちの大都会のジャングルに、野生の草木が無秩序に伸びているようなスラム街に、住み着いています！　それは我々の言語を忘れてしまいました。生き延びるために鉤爪《かぎづめ》を鋭くしています！　そして皮膚はすっかり硬くなり、無感覚になりました！　私たちには理解できない怒りと憎悪の容量を増しています！　その動きは予想できません！ 夜にはねぐらから這《は》い出し、文明の根づいた場所に忍び寄ります！ そして優しい顔を向けられても、仰向けに寝転がって、ふざけて踵《かかと》を蹴《け》り上げたりはしません。くすぐってもらおうとか撫《な》でてもらおうとかはしません。そうではなく、飛びかかってきて殺そうとするのです！

そう、メアリー・ドルトンという善意に溢れた白人女性は、顔じゅうに笑みを浮かべ、ビッガー・トマスを助けたいと近づいていきました。ミスター・ドルトンは社会的な不正があるとぼんやり感じており、仕事を与えることで、その家族が食事できるように、妹と弟が学校に行けるようにしてやろうと考えました。ミセス・ドルトンは彼女なりの手探りで良識への道を歩もうとし、彼が学校に戻って何らかの職業訓練を受けることを望みました。しかし、彼らが援助の手を差し伸べたとき、死が襲いかかりました！ いま彼らは嘆き悲しみ、復讐を待っています。流血の車輪が回り続けるのです！

こうした優しい心の持ち主、白髪の両親たちには、私は同情しか感じません。しかし、不動産業者であるミスター・ドルトンには、私はいまこう言います。〝あなたは黒人地帯の家を黒人たちに貸し、ほかの地域の家は彼らに貸そうとしません。あなたはビッガー・トマスをあのジャングルから出られないようにしたのです。あなたの娘を殺した男が彼女にとって異邦人であるようにし、彼女も彼にとって異邦人であるようにしむけました〟。

トマス家とドルトン家の関係は間借り人と家主の関係であり、顧客と商人、雇われ人と雇用主でもあります。トマス家はどんどん貧乏になり、ドルトン家は金持ちになりました。そこで良識あるミスター・ドルトンは、金を与えることによって自分の感情を鎮めようとしました。しかし、みなさん、黄金だけでは足りなかったのです！　死体に賄《わい》賂《ろ》は通用しません。ミスター・ドルトン、ご自分にこう語りかけてください。〝私は娘を火あぶりの生《い》け贄《にえ》として差し出したが、それは私に取り憑くものを墓に押し戻すには充分でなかったのだ〟と。

そしてミセス・ドルトンには、私はこう言います。〝あなたの博愛行為はあなたの目と同様、悲劇的なほど状況が見えていません！〟

それからメアリー・ドルトンには、私の声が聞こえればですが、こう言います。〝私が今日ここに立っているのは、あなたの死が何らかの意味を持つようにするためです！〟。

裁判長殿、ビッガー・トマスの人生の意味をさらにもう少し説明させてください。彼や彼のような人々には、数百年前、私たちの先祖がこの海岸にたどり着いたときに持っていたのと同じものが具《そな》わっています。私たちの先祖は幸運でした。いまの黒人たちはそうではない。私たちの先祖は土地を見つけ、そこでの仕事が先祖の最も深くて最高の資質を引き出しました。こうして我々はみなから恐れられる強大な国家を作り出したのです。私たちは魂を国に注ぎ込みましたし、いまでも注ぎ込んでいます。しかし、私たちは黒人たちにこう言ってきました。〝ここは白人の国だ！〟彼らはいまだに土地を探しています——そこでの仕事が彼らの最も深くて最高の資質を引き出してくれる土地を。

　これは、わざわざ言われなければならないことではありません。私たちも知っています。そして、私たちのなかには、ミスター・ドルトンのように、過去の道義的な問題に由来する罪悪感が強すぎて、目の不自由な人のカップに一セントを入れるくらいナイーブなやり方でこれを取り消そうとする人がいます！　しかし、裁判長殿、人生とはそのような形で扱えるものではありません。人生はその運命に向かって突進していき、私たちの繊細な感情を嘲笑《あざわら》います。当法廷が少なくとも子供じみていない行動指針を示すように望もうではありませんか！

　考えてみてください、裁判長殿、この青年の特異な立場を。彼はおかしな生活条件下で生きてきた民族の出身です。文明の通常の枠外にはじき出された生活を強いられています。しかし、私たちの生活の外で暮らしていても、彼は自分の人生を充分に生きているとは言えない。そうならないように私たちが気を配ってきたからです。彼を私たちの近くに置いておいたのは、それが便利で、とても安上がりだからです。私たちは何をすべきか彼に伝えました——どこで暮らし、どれだけの学校教育を受けてよいか、どこで食べてよいか、どこでどのような仕事に就いてよいか。地面に印をつけ、〝こちらにとどまれ！〟と言いました。しかし、人生とは一カ所にとどまるものではありません。彼は学校に行き、すべての白人の子供が教わることを教わりました。しかし、学校の扉から出て、実人生に入っていった途端、白人の子供たちは一つの道を行き、彼は別の道を行くのだと気づきました。学校で刺激を受け、誰もが持つ衝動を掻き立てられながら、彼はそれに基づいて行動するのは無理だと気づかされたのです。人間の精神がこれ以上巧みな罠《わな》を作り出せるでしょうか？　当法廷はこの青年への罰を決めるために開かれるべきではない。彼のような人たちがどうしてもっといないのかを考えるべきです！そして、彼のような人たちはいます、裁判長殿。宗教、ギャンブル、セックスといったもので彼らのエネルギーを堰き止め、彼らにとって有害だが我々にとっては利益になる方向に発散させていなかったら、彼らはここにもっといるでしょう。間違いなく！

　裁判長殿、我々の文明の物質的な面だけを考えてみてください。いかに心をそそり、目を眩《くら》ませるものでしょうか！　いかに五感を刺激するものでしょうか！　誰もが手を伸ばせば簡単に摑《つか》めるところに、満ち足りた幸福がぶら下がっているように見えないでしょうか！　いかに絶え間なく、圧倒的に、広告やラジオ、新聞や映画が私たちの心に作用していることでしょう！　しかし、こうしたことを考えるとき、多くの人にとってそれが嘲《あざけ》りとしか感じられないことを思い出してください。さまざまな明るい色は私たちの心を高揚感で満たすかもしれませんが、多くの人はそれによって毎日なじられているように感じるのです。こうした光景の、その一部のなかを歩いていながら、それは自分のためのものではないと感じている人のことを想像してみてください！

　メアリー・ドルトンの殺害を計画したのは私たちです。それなのに、私たちは法廷にやって来て、〝我々はこれにまったく関与していない！〟と言っている。しかし、学校の教師なら誰でもそれが違うと知っています。なぜなら、黒人の教育には制限が設けられていることを知っているからです。お役所もそれが違うと知っています。ビッガー・トマスとその同類には厳格な制限を当てはめ、そこからはみ出させないようにする――役人たちは行動のすべてを通してその意思を明らかにしてきたからです。不動産業者もみんなそれが違うと知っています。黒人たちを都会のゲットー地域内に閉じ込めておくと、業者間で取り決めてきたからです。裁判長殿、今日この法廷に座っている私たちは証人です。私たちはこれらの証拠を知っている。なぜなら、それを築き上げることに加担したからです。

　この大きな問題の解決策を語ることは、私の今日ここでの義務ではありません。私の仕事は復讐の無意味さを示すこと――正義を勝ち取るための偉大な闘争をしているふりをして、この青年に復讐しようとすることがいかに無意味か。私たちがそれをしたら、自分に催眠をかけるだけの話で、最終的には私たちの不利に働きます。

　しかし、こんな質問が出るかもしれません。〝この青年が不当な扱いを受けたと思うのなら、どうして裁判所に訴え、不満を解消しようとしなかったのだ？　どうして自ら法を執行しなければならなかったのだ？〟裁判長殿、この青年は殺人を犯す前もいまも、特定の個人によって不当に扱われたとは考えていないのです。そして正直に言いますと、彼はこういう人生を生きてきたからこそ、あなた方には考えられないほど、法廷に期待する気持ちが育っていないのです。

あの晩、メアリー・ドルトンが彼に接近する女性となってしまったのは、実に不運なことです。そして、ジャン・アーロンが彼に援助の手を差しのべる男性となってしまったことも不運です。彼は一人を殺し、もう一人にその殺人の罪をかぶせようとしました。しかし、ジャンとメアリーはビッガー・トマスにとって人間ではなかった。社会的慣習によって彼らから遠く引き離されていたため、彼にとって彼らは現実のものではなかったのです。

では、こうした影響を受けていない青年だったら、あの晩、何をしたでしょう？　ビッガー・トマスの現実感を歪ませた、こうした経験をしてきていない青年が、酔っ払っている若い女性と二人きりになってしまったら？　彼なら、ドルトン夫妻のどちらかのところに行き、お嬢さんが酔っ払っていますと伝えたでしょう。それですべてが終わっていたはずなのです。殺人は起こらなかったでしょう。しかし、私たちがこの青年をあのように扱ってきたために、彼は私たちが最も望まないことをやってしまいました。

それとも、私は間違っているのでしょうか？　たぶん私たちは彼がそれをやることを望んでいるのです！　もし彼が正常に、普通に行動してしまったら、数十万人の人々を襲撃するための舞台を設《しつら》える機会はないし、正当化もできなかったでしょう。もし私たちが彼を公正に扱っていたら、私たちは襲撃を正当化する理論をでっち上げるという、手間暇かかる作業をしなければならなかったのです！

この青年の犯罪は、危害を受けた側が、自分に危害を加えたと考える人に対して報復する行為ではありません。もしそうであれば、この事件は実に単純だったでしょう。これは、一人の人間が一つの民族全体を宇宙の自然構造の一部と誤解し、その誤解に基づいて彼らに接した結果の事件です。彼はメアリー・ドルトンを偶発的に殺しました。何も考えず、計画も立てず、意識的な動機もなく。しかし、殺したあとで、彼はその犯罪を受け入れました。そこが重要なところです。これは彼の人生で最初の充実した行動でした。これまで彼に起きたなかでも最も意味があり、心を掻《か》き立てて鼓舞するような出来事でした。彼がこれを受け入れたのは、それによって自由になり、選択と行動の可能性を得たからです——自分の行動に重みがあると感じ、行動する機会を。

私たちがここで扱っているのは、奥深くから起こる衝動です。人が人に対してどう行動するかではなく、人が自分の生きる自然界全体に対して自分を守らなければならないと感じたとき、あるいはそれに順応しなければならないと感じたとき、どのように行動するか。ここで理解すべき中心的事実は誰がこの青年を不正に扱ったかではなく、彼が目の前の世界をどのように見ているか、そしてどこでそのような見方を身につけたかです。この見方のために彼は前もって計画を立てることもなく、ほかの人の生命をあんなにも素早く、本能的に奪ってしまいました。ここには偶然の要素がありますが、彼は犯罪のあとに進んでこう言ったのです。〝はい、自分がやりました。やらなければならなかったのです〟。

最近は、被告人がこう言うのが流行しています。〝頭がすべて空っぽになりました〟。しかし、この青年はそう言いません。彼は正反対のことを言います。自分が何をしているのかわかっていたし、やらなければならないと感じていた、と。そして、彼はしてしまったことについて悲しみを感じていないと言います。

人間は戦争で人を殺したときに後悔するでしょうか？　あなたの塹壕《ざんごう》の上に現われた敵兵の人格は問題になるでしょうか？

なりません！　あなたは殺されないために殺します！　そして、戦争が勝利で終わったあと、自由の国に戻ります。ちょうどこの青年がメアリー・ドルトンの血で手を汚しながらも、人生で初めて自由だと感じたときと同じように。

裁判長殿、この事件で最も悲惨な側面は、若い白人女性が誤解され、その誤解のために殺されてしまったことです。彼女は大学生で、教育は受けていながら知識と分別に欠け、国が三百年にもわたって行ってきた巨大な悪事を個人で取り消そうとしました。そして、このように親切であろうとした女性を殺したことが、被告の腐敗した邪悪な心の証拠であると言われてきました。その主張を前にして、私はこう問いかけます。親切であろうとした女性を殺したということは、彼の心が腐敗しておらず、邪悪ではないという、何よりの証拠ではないでしょうか？ そう、彼は彼女を憎んだのです。だって、そうでしょう？ 彼女は白い顔の人が普通は黒人に対して接しない態度で彼に接したのですから。彼から見れば、白い顔の人があのように振る舞うのは、黒人から何かを騙《だま》し取ろうとしているときだけでした。だから彼は彼女が理解できず、当惑したのです。彼女の行動を目《ま》の当たりにして、頭上の宇宙が崩れ落ちてくるように感じてしまった。太陽が突如として緑色になったら、この法廷のみなさんはどうしますか？

いいですか、裁判長殿、私たちは細心の注意を払って、メアリー・ドルトンが反射的にこう考えるように仕向けてきたのです。ビッガー・トマスを見たら、一種の野獣だと考えるのだぞ、と。そしてビッガー・トマスに対しては、死という脅しをかけて、メアリー・ドルトンを避けるように命令してきました。宿命的な状況が二人を引き合わせたのです。二人のうちの一人が死に、もう一人が生死を賭けた裁判で裁かれているのは、驚くようなことでしょうか？

見てください、裁判長殿、今日、この法廷の部屋でさえ、黒人と白人は引き離されていますか？　手すりの向こうに固まって座っている黒人たちが見えますか？　誰かがそこに座れと彼らに言ったわけではありません。彼らは自分からそこに座りました。なぜなら、私たちが彼らと同じ椅子に座りたがらないことを知っていたからです。

　ビッガー・トマスを千二百万倍してください。さまざまな環境や気質の違いを考慮し、完全に教会の影響下にある黒人がいることも考慮すれば、私たちは大まかな黒人たちの心理を知ることができます。しかし、一度彼らを全体として見てしまうと——あなた方の目が個人から離れ、全体を一緒くたにするようになると——絵柄に新しい性質が入り込んでしまいます。全体として見ると、彼らは単純に千二百万人の人々ではない。実のところ、別個の国を形成しています。成長を妨げられ、丸裸にされ、国の内部で捕虜にされている——政治的な、社会的な、経済的な権利もなく、そして財産を所有する権利もなく。

　あなた方はそのうちの一人を殺せば——たとえ一年じゅう毎日一人ずつ殺したとしても——それでほかの者たちを怖気《おじけ》づかせ、彼らが殺しをしなくなると考えているのですか？　あり得ません！　こんな愚かしい政策がうまくいったことはないし、これからもないでしょう。あなた方が殺せば殺すほど、あなた方が彼らを否定し、引き離せば引き離すほど、彼らは別の形の人生を求め、別の生き方を求めます——どれだけ闇雲《やみくも》であろうと、無意識であろうと。では、彼らは別の人生を何から紡《つむ》ぎ出そうとするのでしょう？　新しい生活を何から形作るのでしょう？　彼らは私たちと交わり合う形で同じ町に、同じ都市に、同じ地区に暮らしています。とすれば、私たちという存在から、そして私たちの持ち物から作ろうとする以外に何があるでしょう？　私たちは彼らに何一つ与えようとしない。ビッガー・トマスに何一つ与えなかった。彼は別の人生を求め、それを偶然見つけました。私たちが大切にし、貴んでいるものすべてを犠牲にする形で、それを見つけたのです。私たちの先祖はあまりに抑圧されたために、ほかの民族を素材として見るようになりました。自分たちの国を築き上げる素材として。そして今度は彼らが私たちにあまりに抑圧されたために――まだ手探りではありますが――私たちを素材として、意味のある人生を築き上げようとしています！　共食いはいまだに横行しています！

　裁判長殿、最初の十三の植民地が自由のために立ち上がったときの全人口と比べると、いまのアメリカにはその四倍の人数の黒人がいます。この千二百万人の黒人は、だいたいにおいて私たちの考え方によって左右されています――私たちが初めてここに到来したとき、ヨーロッパ人の考え方によって左右されていたのと同様に。黒人たちは信じられないほど狭い制限内でもがきつつ、かつて私たちがあのように真剣に勝ち取ろうとして闘った帰属感を得ようとしています。そして私たち自身の闘争と比べると、彼らははるかに困難な条件の下で闘っているのです。この人たちが何を求めているか、理解できる者がいるとすれば、それは私たちです。私たちこそ理解しなければなりません。この大きな人生の流れは堰き止められたり泥だらけにされたりしながら、あの充足感を目指して進もうとしています。私たちみんなが心から求めていながら、言葉にするのは無理だと感じてしまう充足感。人間は〝譲渡できない権利を与えられており、その権利のなかには、生命、自由、そして幸福の追求の権利がある〟と宣言したとき、私たちは一呼吸置いて〝幸福〟を定義しようとはしませんでした。私たちの〝追求〟には言い表わされていない部分があり、それを言葉にしようとはしてこなかったのです。私たちが〝人それぞれのやり方で神に奉仕すればよい〟と言う理由はそれです。

　しかし、私たちが求めている幸福には、知られているものでも幅広い特徴があります。私たちが知っているのは、為されるべき意味のある仕事なり義務なりに人が囚《とら》われているとき、熱中しているときに、幸福が人に訪れるということです。この仕事なり義務なりが、今度は人の慎ましい労働を正当化し、承認します。これが多くの形を取るということも私たちは知っています。宗教では、人が作られ、堕落し、救済されるという物語になる。人が定められた形で人生を秩序立てるように仕向け、それはすべて宇宙のイメージやシンボルに基づいて形作られており、魂はすべてそこに完璧に呑《の》み込まれるのです。芸術、科学、産業、政治、そして社会的行動では、また別の形を取るでしょう。しかし、千二百万人の黒人には、こうした高度に洗練された表現様式を手に入れる手立てがまったくありません。例外は宗教ですが、彼らの多くは宗教を最も原始的な形でしか知らない。張りつめた都市中心部の環境は、いまの彼らにとって——私たちにとってと同様に——生き方として宗教を求める衝動をほとんど麻痺させてしまったのです。

その民族特有の激しい情熱を込めて存在し、生活し、行動し、魂の生気を具体的かつ客観的な型に注ぎ込む——こうしたことができると感じていながらも、黒人たちは泣きわめく幽霊のごとく私たちの複雑な文明のなかを彷徨《ほうこう》しています。軌道から外れて火を噴いている惑星のようにくるくる回っています。そして、故郷の土壌から抜き取られた木のように萎《しお》れ、死んでいくのです。

裁判長殿、忘れないでください！ 人とはパンの不足によって餓死するのと同じくらい、自己実現の不足によって餓死することもあります。そして、人はそのために殺人を犯すこともあるのです！ 私たちが国を築いたのは、戦争をして制圧したのは、自己を実現するという夢のためではなかったでしょうか！ そして、こうして実現した自己を確実なものにしておくためではなかったでしょうか！

私たちは自己の道を確立したあと、人間性の法則が働くことはなくなったと思っているのでしょうか？ 自分たちが幸福になる権利を得るために、あのように激しく闘わなければならなかった結果、私たちは他者と一緒に幸福になれる条件をほとんど破壊してしまったのでしょうか？ この黒人の青年、ビッガー・トマスは、私たちの国でかつて燃えていた、そしていまだに燃え続けている、流動的な生命エネルギーの怒れる炎の一部なのです。冷たい壁に向かって空《むな》しく跳ねかかる生命の熱い噴流なのです。

しかし、ビッガー・トマスは本当に人を殺したのでしょうか？　当法廷の感情を害する危険をあえて冒し、私たちが生きている理想に照らして、私はこの質問を発します。外側から見れば、これはおそらく殺人でしょう。しかし、彼にとっては殺人ではなかった。これが殺人だとしたら、動機は何ですか？　検察側は叫び、怒鳴り散らし、脅しましたが、ビッガー・トマスがなぜ殺したかについては何も言っていません！　なぜかを言わなかった理由は、それがわからないからです。真実を言いましょう、裁判長殿。ここには今日《こんにち》の法律の範囲内で、あなたや私が動機として理解するものがないのです。真実は、この青年は殺していない！　いや、もちろん、メアリー・ドルトンは死にました。ビッガー・トマスが彼女を窒息死させたのです。ベッシー・ミアーズも死んでいます。ビッガー・トマスが彼女とともに廃屋に潜んでいたとき、彼女の頭を煉瓦《れんが》で叩《たた》きつぶしました。しかし、彼は殺人を犯したのでしょうか？　本当に殺したのでしょうか？　聞いてください。あの日曜日の未明、ドルトン邸でビッガー・トマスがやったこと、それから日曜日の夜、空っぽのビルでやったことは、彼が生まれてこの方ずっとやってきたことのほんの一面にすぎません！　彼は自分の知る唯一《ゆいいつ》の生き方で、そして私たちが彼に強いてきた生き方で、生きてきました。二人の女性の死という結果に終わった行動は、呼吸や目の瞬《まばた》きと同じくらい本能的で必然的なものでした。これは定められた行為だったのです！

もう少し言わせてください。この裁判の前、新聞も検察側も、この青年がほかの犯罪にも関わってきたと言いました。それは事実です。彼は数々の罪を犯してきました。しかし、最後の審判の日まで捜索し続けても、その証拠はまったく摑めないでしょう。彼は何度も人を殺してきましたが、死体はありません。説明させてください。人生に対するこの黒人青年の態度すべてが犯罪なのです！　私たちが彼のなかに掻き立てた恐怖と憎悪《ぞうお》は、私たちの文明によって、彼の意識構造自体のなかに組み込まれました。そして彼の血と骨に注入され、休みなく働く人格の一部になり、存在の正当化になってしまったのです。

彼は私たちと接触するたびに殺します！　これは肉体的かつ心理的な反応であって、彼の存在のなかに埋め込まれている。彼が考えることはすべて潜在的な殺人になるのです。彼は私たちの社会から排除され、そのなかに同化できずにいますが、私たちと同じような衝動を満足させたいと切望しています。しかし、数世紀の長きにわたって発展してきた、社会に適合した形でそれを表わす手段も対象も否定されているために、陽が上がって沈むたびに、破壊的な行動を取るという罪を犯しているのです。彼の体が動くたびに、それは無意識の反抗となる。欲求も夢も、どれだけ内密で個人的なものであろうとも、はかりごとか陰謀になる。希望はすべて反乱の計画であり、ちらりと見るだけでも脅しになってしまう。彼の存在自体が国家に対する犯罪なのです！

あの夜、たまたま白人の娘がベッドに横たわり、黒人青年がそれを見下ろしている形になりました。彼は恐怖で金縛りになり、彼女を憎んでいました。その部屋に目の不自由な婦人が入って来たので、黒人青年はあの状態で見つかることを避けるために娘を殺した――見つかったら、私たちが彼の死刑を要求するとわかっていたからです。しかし、これは真相の一面にすぎません。彼は恐怖を通してと同じくらい、興奮と歓喜と高揚への渇きを通して、殺人に向かって駆り立てられました！　それが彼の生き方だったのです！

裁判長殿、私たちは不見識ゆえに彼らの人生を強引に操り、管理してきました。そのために、彼らの心のなかの蛾《が》は、残忍で不可解な炎に向かってパタパタと飛んでいくことになったのです！

ベッシー・ミアーズとこの青年との関係について、私は説明していませんでした。彼女のことを忘れていたわけではありません。ここまで彼女に触れずにきたのは、彼女がビッガー・トマスの意識からおおむね抜け落ちていたためです。彼とこの可《か》哀想《わいそう》な黒人娘との関係は、彼と世界との関係を表わしてもいます。しかし、ビッガー・トマスはベッシー・ミアーズを殺した罪でいま裁判にかけられているのではありません。彼にもそれはわかっています。これは何を意味するのでしょう？　黒人女性の生命は、法律の目から見て、白人女性の生命と同じ重みを持つのではないですか？　そのとおりです、おそらく理論上は。しかし、恐怖と逃走の激しいストレスのために、ビッガー・トマスはベッシーのことを考えませんでした。この青年が同民族の人と築いた最も親密な関係は、彼に対するアメリカの態度によって、左右されていたのです。メアリー・ドルトンを殺したあと、彼は口を封じるためにベッシー・ミアーズを殺し、自分を救おうとしました。メアリー・ドルトンを殺したあとは、白人女性を殺したという恐怖で頭がいっぱいになり、ほかのことはまったく考えられなくなった。ベッシーの死には反応できなくなってしまったのです。彼の意識は頭上にぶら下がっている恐怖によって決定されていました。

　しかし、こう訊《たず》ねる人もいるでしょう。彼はベッシーを愛していなかったのか？　彼女は彼の女だったのではないか？　そうです、彼女は彼の女でした。自分の女を持たずにいられなかったから、ベッシーを自分のものにしたのです。しかし、彼は彼女を愛してはいなかった。当法廷に私が説明したような男性の人生に愛はあり得るでしょうか？　考えてみましょう。愛とは、セックスだけに基づくものではないのに、彼とベッシーのあいだにはそれしかありませんでした。彼はそれ以上のものも求めたのですが、彼の人生と彼女の人生の環境がそれを許さなかったのです。また、彼とベッシーのどちらの気質も、それを阻《はば》みました。愛は安定した関係、経験の共有、忠誠心、献身、信頼などから育《はぐく》まれます。ビッガーにもベッシーにも、こうしたものはまったくありません。彼らに望めるものなど何があったでしょう？　心と心をつなぐ共通の展望など彼らにはなく、同じ方向へと歩みを向けてくれる共通の希望などもなかったのです。親密な関係にあるときも、彼らは驚くほど孤独でした。肉体的に相互依存し、その依存に対して嫌悪感を抱いていました。一緒にいられる短い時間はセックスだけを目的としていたのです。彼らは愛し合っているのと同じくらい憎み合っていました。おそらく愛している以上に憎んでいました。セックスは人生の根の深いところを温め、その土壌から愛の木が育ちます。しかし、二人のは根のない木でした。太陽の光と、石の地面にたまたま降った雨によって、命を保ってきました。肉体のない霊が愛し合えるでしょうか？　二人がしていたのは肉体的な欲求を思いきり発散させること、それだけです。

　道徳的な感覚を逆なでするように狡猾《こうかつ》に計算した上で、検察側は当法廷にある男性を召喚しました。映画館の支配人です。彼はビッガー・トマスと彼のような青年たちが映画館に足しげく通い、暗くなった観客席でマスターベーション行為に耽《ふけ》っていたと証言しました。そのおぞましさに息を呑む声が法廷に響きましたよね。しかし、それの何がそんなに奇妙なのでしょう？　ビッガー・トマスと彼の女との関係はマスターベーションのようなものではなかったですか？　彼と世界との関係も同次元のものではなかったですか？

彼の人生全体がずっとこうだったのです――満足の対象を否定された状態で、満足をひたすら求め続ける。彼が触れる世界のすべての部分に、私たちは縛りをかけてきました。恐怖という道具を使い、彼の意識のあり方や質を決定してきたのです。

裁判長殿、剝奪《はくだつ》され打ち砕かれたように感じているのはこの青年だけでしょうか？　彼は例外でしょうか？　ほかにもいるのではないですか？　ほかにもいるのです、裁判長殿。黒人も白人も含め、数百万人もの人たちが。そして、私たちの未来に暴力の影が立ちはだかっているように見えるのは、このためなのです。ある種の充足と歓喜を求めながらも妨害されているという思い、そして怒りの感情は――程度においてはおおむね激しく、行動においてはおおむね意識的ですが――この国じゅうに日に日に蔓延《まんえん》しています。ビッガー・トマスの意識は、そして――白人であれ黒人であれ――おおむね彼のような数百万人の者たちは、私たちが彼らを圧迫する重みのために、流砂のような層を形成することになり、その危ない地盤の上に私たちの文明の基礎は立っているのです。いつ惨事が起きてもおかしくありません。ちょっとした衝撃で、社会的秩序と彼らの激しい渇望との微妙なバランスが崩れ、我々の都市の高層ビルが崩れ落ちてしまうかもしれないのです。突飛な思いつきのように響きますか？　そんなことはありません。あそこにいる兵士たちや待ち構える大群衆よりも突飛ではない。彼らが罪悪感を伴う怒りに駆られてあそこにいることは、私たちがあえて考えようともしないものを予兆しているのです！

　裁判長殿、ビッガー・トマスは自分を苦痛と憎悪と恐怖の泥沼から救い出してくれる人がいれば、誰にでも投票し、ついていこうとしていました。外の群衆がたった一人の男を恐れているのだとしたら、数百万人が蜂起《ほうき》したときにどう感じるのでしょう？　怒れる数百万人が理解する言葉を誰かがいまにも口にするかもしれません——存在し、行動し、生きることへと導く言葉を。当法廷は彼らがそんな賭《か》けはしないと考えるほどナイーブなのですか？　ビッガー・トマスがやってのけたことよりもずっとリスクの少ない賭けなのですよ？　ビッガー・トマスの自白のなかで、彼が偶発的に殺したと言っている部分、暴行はしていないと言っている部分にこだわるのはやめておきましょう。実のところ、それは大きな問題ではありません。問題なのは、彼が殺す以前から有罪だったということです！　この事件が起きたとき、彼の全人生がこんなにもたちまち、そして自然に、まとまりを得たのはそれが理由です——方向性が定まり、新しい意味を帯びました。数百万人を巻き込む別の〝偶発事〟がいつまた起きるか、誰にわかるでしょう？　私たちの恐ろしい運命の日となる〝偶発事〟が？

　この瞬間の核心にあるのは、時が次第に明らかにしていく権力の問題です！

　裁判長殿、こうした州で次の南北戦争が起きるというのはあり得ない話ではありません。そして、この青年の人生の意味に関する誤解が、富や財産を持つ者たちの読み間違えの現われだとすれば――いま最下層であえぐ数百万人の意識をいかに読み間違えているかを示しているのだとすれば――次の南北戦争は確実に起こるでしょう。

いいですか、私はこの青年と話をしました。彼は教育を受けていません。貧乏人で、黒人です。こうしたことが我が国でどのような意味を持つように私たちが仕向けてきたか、あなた方もご存じでしょう。彼は若く、人生の経験をまだ充分に積んできていません。結婚はしておらず、安定へと導く女性の愛の影響も知りませんし、自分にとってそのような愛が何を意味するのかもわかっていません。彼と話をしましたが、その話のなかで、願望らしきものが見《み》出《いだ》せたでしょうか？　見出せました。しかし、それは漠然とし、ぼやけていて、どこにはけ口を求めたらよいかわかっていないのです。自分にチャンスがないことは知っていました――そう信じていました。彼の願望は鎖につながれ、抑え込まれていました。淀《よど》んだ水たまりのような状態です。私との話のなかで、彼はよりよい生活への望みを漏らしたでしょうか？　漏らしました。しかし、それを抑圧し、しっかりと封印していました。私たちの混雑した街路を歩き回り、私たちのために車を運転し、私たちの食事を給仕し、エレベーターを操作して、自分の望みは心の奥深くにしまい込んでいたのです。あらゆる都市、あらゆる町に、彼のような人がいます。私たちが彼に金を払い、笑うことを期待するから、笑っています。我々の時代はその雰囲気から、あることを私たちだけでなく彼にも教え込んできました。健康な肉体と平均的な知性の持ち主で正気の者なら、誰でもある程度のものは得られるということです。彼が自分の取り分を得ようとしたら、何が起きるでしょう？　あなた方も私と同様、わかっているはずです。暴動が起きるのです。

　裁判長殿、私たちの真っただ中に予測不可能なものがあるとすれば、これです！　私はこの問題全体を今日ここで、当法廷で解決しましょうと提案しているのではありません。それは私たちの職務の範囲外ですし、私たちの能力を超えてもいるでしょう。しかし、この青年が生きるか死ぬかに関し、私たちは実態にしたがって決断を下すことができます。そうすれば少なくとも、私たちには実態が見えているし、知っているのだということを示すでしょう！　そして実態が見えていて知っているということにより、私たちのなかにある意識が生まれるはずです。それは、これからの日々、この一人の男の生命の問題が千万倍になって、必ずや私たちの前に立ちはだかるだろうという意識です。

　私はこの青年の生命を救い、終身刑に処してほしいとお願いいたします。それをお願いするのは、私がそうしたいからではなく、そうしなければならないと感じているからです。私はリンチの脅しを受けつつこれを述べていますし、すでに存在する憎悪を激化させたいとはまったく思っておりません。

　刑務所がビッガー・トマスにとって何を意味するでしょう？　それは、自由な世界での生活において得られなかった利点を彼にもたらします。彼を刑務所に送るのは慈悲の行為以上のものなのです。あなた方は彼に初めて人生を授けることになります。彼は初めて私たちの文明の範囲内に送られ、アイデンティティを持つことになる——番号にすぎないかもしれませんが。初めて世界とのあいだに明示された関係を結ぶことになるのです。彼がその残りの人生を過ごすことになる建物自体、これまで知るうちで最もよいものでしょう。彼を刑務所に送れば、彼の人格を初めて認めることになります。これからの長い歳月、暗くて空っぽな日々は、彼の精神と感情にとって、唯一の持続する確実な対象となり、そこに彼は人生の意味を築き上げることができます。ほかの受刑者たちは、彼にとって初めて対等に付き合える人たちとなるでしょう。彼が怒らせた社会と彼とを隔てるスチールの格子は、憎悪と恐怖からの避難所を提供することになるのです。

この青年を殺すことはできません、裁判長殿。だって、私たちはあからさまに示してきたじゃないですか、彼が生きているとは認めない、と！　だからこそ私は言います。〝彼に生命を与えてください！〟

この犯罪が例示する問題をこれで解決することにはなりません。おそらく問題はこれからも残り続けるでしょう。しかし、私たちが彼を殺さねばならないと言うなら、勇気を出して、正直にこう言ったらどうでしょう。〝やつらをすべて殺せ。やつらは人間じゃない。ここにやつらの場所はない〟。そして、それを実行に移したらどうでしょう。

彼に終身刑を宣告することによって、私たちはほかの人々を助けられるわけではありません。当法廷にそれを試みるように求めるものでもありません。しかし、この青年が生きようが死のうが、彼の生活の場であった隔離されたゲットーは残り続ける――それを私たちは記憶にとどめておくことはできます。一方に憎悪があり、もう一方に罪悪感がある潮の流れが湧《わ》き起こり、片方が恐怖と憎悪を生み、もう片方が罪悪感と怒りを生んで、高まり続けます。しかし、私がここで示したことをよく考え、少なくともこの裁定で彼を刑務所に送れば、これに伴う問題を初めて認めることになるのです。

裁判長殿、私はこの青年の命を救うように求めます。この譲歩をすれば、私たちの文明が持つ二つの根本的な概念を擁護することになる。私たちがこの史上最強の国を築く基盤とした二つの基礎的な概念――個性と安全――つまり、個人は神聖であり、その個人を支えるものも同様に神聖だという信念です。

私たちの現代生活がいかに大規模なものかを忘れてはいけません。私たちの鉄道、発電所、遠洋定期船、飛行機、製鋼工場などは、この二つの概念から開花しました。そして、人とその魂の安全を確保できる鉄壁の基盤を作りたいという私たちの夢から成長したのです。

裁判長殿、当法廷やあの兵士たちは、公共の平和を守る真の力とはなりません。彼らがここにいるということ自体、平和が私たちの指からすり抜けている証拠です。公共の平和は人々の信頼の行為です。すべての人が安全であり、安全であり続けると信じることなのです。

富豪たちが武力による威嚇《いかく》やその行使を推進し、すぐに死をもたらそうとしたり、迅速な復讐《ふくしゅう》を目指したりするとき、それは数百万人の怒れる人々に対抗して、私的な小さな場を防衛する行為です。その怒れる数百万人の富を富豪たちはくすねてきたわけですし、その怒れる数百万人の心のなかには安全を求める夢と希望がいまだに生きています。

裁判長殿、私は私たちの存在と信念のすべてに基づき、こうお願いいたします。この青年の命を救ってください！　私の全身全霊を賭けてのお願いです。それは、この黒人青年が生きるようにというだけでなく、私たち自身が死なないようにするためなのです！」

法廷に鳴り響くマックスの最後の言葉がビッガーにも聞こえた。腰を下ろしたマックスの目は疲れていて、落ちくぼんで見える。彼の重々しい息遣いも耳に届いた。ビッガーはマックスの弁論の内容を理解していなかったが、彼の声のトーンからその意味の一部を感じ取った。突如として、ビッガーの心にこんな思いが浮かんだ——自分の命には、マックスがそれを救うためにここまで努力するほどの価値はない。裁判長が小槌《こづち》を叩き、休廷を宣言した。法廷じゅうに騒音が湧き起こるなか、ビッガーは立ち上がった。警察官たちが彼を小さな部屋まで導き、見張りに立つ。マックスが来て、彼の横に座った。

何も言わず、顔をうつむけている。一人の警察官が食べ物のトレーを持ってやって来て、それをテーブルの上に置いた。

「さあ、食べなさい」とマックスが言った。

「腹は減ってません」

「僕は最善を尽くしたよ」とマックスは言った。

「俺は大丈夫ですから」とビッガーは言った。

　そのとき、ビッガーはマックスの弁論によって自分の命が救われたのかどうか、あまり気にしていなかった。マックスがすべて自分のために、自分の命を救うために、あの弁論をしたのだという誇らしい思いを抱いていた。彼に誇りを与えたのはその弁論の意味ではなく、行為そのものだった。それ自体に意味があったのだ。トレーの上の食物は冷めていった。少しだけ開いている窓から、群衆の低く轟《とどろ》く声が聞こえてきた。すぐに彼は法廷に戻り、バックリーの言うことを聞くことになる。それですべてが終わり、あとは裁判長がしゃべるだけ。裁判長がしゃべるときに、自分は生きるのか死ぬのかがわかるのである。彼は両手に頭をもたせかけ、目を閉じた。マックスの立ち上がる音がする。マッチを擦り、煙草《たばこ》に火を点《つ》けたようだ。

「さあ、一服しなよ、ビッガー」

　煙草を一本取ると、マックスが火を差し出してくれた。煙を肺の奥深くに吸い込む。

すると、煙草を吸いたいわけではなかったと気づいた。煙草を指にはさんだままにし、血走った目の前を煙がくねくねと立ちのぼるに任せる。ドアが開いたとき、彼は頭をビクッと逸《そ》らした。警官が部屋を覗《のぞ》き込む。

「あと二分で開廷だ！」

「わかりました」とマックスは言った。

また警察官たちにはさまれ、ビッガーは法廷に戻った。裁判長が入ってきたときに立ち上がり、また腰を下ろす。

「検察側の論告を聞きます」と裁判長は言った。

ビッガーが顔を向けると、バックリーの立ち上がる姿が目に映った。黒い背広を着て、小さなピンクの花を上着の襟につけている。この男の外見や態度、その残忍なほど自信に満ちた表情から、ビッガーは自分が負けだとわかった。こんな男に勝てる見込みなどないではないか？　バックリーは唇を舐《な》め、傍聴席を見渡してから、裁判長のほうを向いた。

「裁判長殿、私たちはみな法律が生きている国に暮らしています。法律が体現するのは人々の意思です。法の執行官かつその下僕として、そして人々のまとまった意思の代表者として、私は人々の意思がしっかりと、遅れなく遂行されるように見届けるべく、ここにいます。ここに立っているのは、それが成し遂げられるのを見届けるためであり、万が一成し遂げられないことがあるとしても、それは私が厳粛に、徹底的に抵抗した末でしかあり得ないということを示すためです。

イリノイ州の検事として、私は法が最大限に力を発揮できるよう求めるために当法廷に出廷しています。すなわち、殺人者たちに恐れられている唯一の刑罰である死刑が、この最も重要な事件で適用されることを望みます！

私がこれを求めるのは、私たちの社会を、私たちの家庭を、愛する者たちを守るためです。宣誓した職務を遂行するにあたって、人間として可能な範囲内で、法による統治が正当に行なわれるよう見届けるためにこれを求めます。そして国民生活の安全と神聖さが保たれるように、社会の秩序が損なわれず、犯罪が罰せられ、抑制されるようにするためです。私はこの事件について、宣誓した職務を遂行する以上のことにはいかなる関心も感情も抱いておりません。

私はメアリー・ドルトンとベッシー・ミアーズの家族を、そしてこの国に住む一億人の人々を代表しています。法を遵守《じゅんしゅ》し、公職や産業界で働く人々です。私が代表するのは、芸術や科学が自由に平和に栄えることを可能にする力でもあります。こうしたものが私たちすべての人生を豊かにしてくれるのです。

私は弁護側が提起した思想に答えようとすることで、当法廷の権威を貶《おとし》めるつもりも、国民の大義が持つ正当性を軽んじるつもりもありません。弁護側の考えは愚かしく、この国には馴染《なじ》まない、共産主義的で危険なものです。そして、こうした考え方を挫《くじ》くための何よりの手段は、この悪魔のような下劣な男、ビッガー・トマスを死刑に処することだと思っております！

こう申し上げると非情に感じられるかもしれませんが、それでも言わせていただきます。もっともらしく思いやりを求める声はあるものの、それでも死刑を科し、法が正しい道を進むようにしてください！　しかし、私は本当のところ慈悲深く、思いやりをもってそう言っているのです。なぜなら、この法を最も強力な形で執行すれば、数百万人の正直な男女が今晩安らかに眠れることになります。明日、自分たちの家庭や生活に黒い死の影が射《さ》すことはないと安心できるからです！

こう申し上げると復讐を求めているように感じられるかもしれませんが、それでも言わせていただきます。被告にその罪に対する最高刑を科してください！　しかし、私が本当に申し上げているのは、法が思いやりに満ちており、それが執行されることで、百万もの価値あるキャリアが守られるということです。子供たち、お年寄り、無力な人や障害のある人々などが保護されます。法律を知らず、自制心も理性もない者たちの強奪から、傷つきやすい人々を守るのです。

こう申し上げると残酷に感じられるかもしれませんが、それでも言わせていただきます。被告が自白した犯罪の罰には死刑が相応《ふさわ》しい！　しかし、私が本当に申し上げているのは、法が強力で寛大だということです。そのために私たちは今日みな当法廷に出席し、冷静な態度を保ってこの事件を裁くことができているのであり、いまこの瞬間、人間もどきの黒い猿が私たちの家に窓から侵入し、私たちの娘たちを強姦《ごうかん》し、殺し、焼いてしまうのではないかという恐怖で震えなくてよいのです！

裁判長殿、私は法が神聖であると申し上げます。法は私たちがその価値を貴んでいるものすべての基盤です。法のおかげで、私たちは個人としての価値を当然と見なすことができますし、自分のエネルギーをもっと高度で高貴な目的へと向けることができるのです。

人が野獣の王国から足を踏み出したのは、自分が安心して考えたり感じたりできると感じた瞬間でした。それは、神聖なる法が銃やナイフに取って代わったと知ったときだったのです。

私が法を神聖であると申し上げるのは、それによって私たちが人間になれるからです！ それなのに、見当違いの同情、あるいは恐怖のために、法の堅固な構造を弱体化してしまう人たちがいます。こういう人たちに——そしてこういう人たちの文明に——災いあれ！ 法は、地球上の私たちの生活が調和して営まれるように保証するものなのです。

裁判長殿、私はこの裁判で被告側が人種と階級の憎悪という意地の悪い問題を持ち出したことを残念に思います。ミスター・マックスがあのようにシニカルに私たちの神聖な慣習を攻撃したとき、私は心を痛めましたし、同じように心を痛めた人々に同情します。この人の病んで血迷った心を憐《あわ》れに思います。醜怪な野獣に正義の手が及ばないよう白人が心を砕くとは、アメリカの文明にとって悲しい日です。この野獣は、私たちの女性たちのなかでも最も美しく、最もデリケートな花の一輪を凌辱《りょうじょく》し、打ち倒したのです。

　この黒いトカゲのモジャモジャ頭を踵《かかと》でつぶす機会を得られたら、アメリカのまともな白人はみんな喜びで恍惚《こうこつ》となるでしょう。この黒いトカゲがさらに地上を這《は》いまわり、その殺人的な毒液を吐き散らすことを防げたのですから！

　裁判長殿、私はこの卑劣な犯罪を詳述することに、文字どおり縮み上がってしまいます。口にしただけで汚れてしまうと感じずに語ることはできません。血なまぐさい犯罪にはそれくらいの力があります！　忌《い》まわしい病原体が潜み、染《し》み込んでいるのですから！

　四十年以上シカゴに住んでいる、裕福で心の優しい白人男性が、家族の運転手を務められる黒人青年を求めて福祉事務所に問い合わせます。この男性はその問い合わせで、人種か貧困、家族の扶養の問題などでハンディキャップを負っている青年にしてほしいと特定します。事務所の係員たちは記録を調べ、ある黒人一家がそのような援助に相応しいと考え、選び出します。それが、インディアナ・アヴェニュー３７２１番に当時もいまも住んでいるトマス家でした。ソーシャルワーカーが家族を訪ね、生活保護の名簿から外される代わりに、息子が民間人に雇われることになると知らせます。勤勉なキリスト教徒の女性である母親は同意します。しばらくして福祉事務所の係員は家族の最年長の息子、ビッガー・トマスに通知を出し――今日、ここに座っている黒い狂犬です――そして、仕事に就くために出頭するように言います。

この狡猾な暴漢は、自分と母親と妹と弟を養える機会を与えられたと聞いたとき、どのように反応したでしょう？　感謝したでしょうか？　アメリカの一千万の人々がひざまずいて神に感謝するような申し出を受けて、喜んだでしょうか？　とんでもありません！　彼は母親を罵《ののし》りました！　自分は働きたくないと言ったのです！　彼がやりたかったのは街を歩き回り、新聞売り場から万引きしたり、店を強盗しに入ったり、女性たちにちょっかいを出したり、酒場に通ったり、安い映画を観《み》に行ったり、娼婦《しょうふ》を追いかけたり！　一度も会ったことのない男性のキリスト教的な親切心に直面したとき、この人間以下の殺人鬼はそのように反応したのです！

母親が彼の説得を試み、懇願しました。しかし、身を粉にして働いている母親の苦労など、この頑《かたく》なな黒人男の心にはまったく響きません。まだあどけない小学生の妹の将来も、彼には何の意味も持たない。その仕事に就くことで、弟が学校に戻れるかもしれないという事実も、ビッガー・トマスの心を引くことにはなりませんでした。

しかし突然、母親が説得を始めてから三日経《た》って、彼は同意します。母親の訴えがようやく心に届いたのでしょうか？　自分自身と家族に対する義務を感じ始めたのでしょうか？　いいえ！　この貪欲《どんよく》な野獣がねぐらから外に出る気になったのは、こうしたことを考えたからではありません！　彼がこの仕事をしなければ、福祉事務所に食料の援助を止められてしまうと母親から聞かされ、ようやく同意したのです。彼は仕事に行くと約束しましたが、母親には家のなかで自分に話しかけるなと言い渡しました。額に汗をかき、食費を稼がなければならないということに激怒していたのです。飢えによって外に駆り出されたにすぎなかったため、へそを曲げ、怒りをたぎらせていました。本当は街をぶらぶらして、以前やっていたように盗みを働いていたかった――そのためにかつて感化院に送られたのですが。

　被告側の弁護士は、その共産主義者特有のずるがしこさを発揮して、私がこの野獣の犯罪の動機を明らかにできなかったとうそぶきました。ならば、裁判長殿、私は彼をがっかりさせることにします。これからその動機を暴露するからです。

　ビッガー・トマスがドルトン邸に出頭することになっていた、まさにその日、彼は映画館でニュース映画を観ました。このニュース映画には、水着姿でフロリダの海岸にいるメアリー・ドルトンが映っていたのです。あのような女性を車に乗せて街を走る――ビッガー・トマスがそのことを考えてうっとりしていたと、彼の友人であるジャック・

ハーディングは、執拗《しつよう》な尋問の末に認めました。言いつくろうことなく、率直に述べましょう。当法廷もすでに聞いたように、この青年たちは暗くなった映画館で嫌らしい性的倒錯行為をしていました。ジャック・ハーディングから充分な情報を得て――もっとも、彼はそのことをすぐに認めようとはしなかったのですが――私たちはさらに次のことを知りました。メアリー・ドルトンの影がスクリーン上で動いているときに、この青年たちはあのような行為に及んでいたのです！ 強姦と殺害、身代金《みのしろきん》要求などの考えがこの男の愚鈍な頭に浮かんだのは、そのときでした！ あなた方が知りたがっていた動機と、それを彼が考えついたときの不潔な状況は、このようなものだったのです！

その映画を観たあと、ビッガー・トマスはドルトン邸に行きました。そして、もったいないほど親切に出迎えられたのです。部屋を与えられ、毎週の給料に加えて自分用のお小遣いももらえると聞かされました。食事も出してもらいました。それから、学校に戻って職業訓練を受けたいかと訊ねられました。しかし、それを彼は断わったのです。彼の頭と心は――この野獣に頭と心があると言えるのならですが！――こうした目標を見据えてはいませんでした

ドルトン邸に来て一時間も経たぬうちに、彼はメアリー・ドルトンに会いました。そして、労働組合に入りたくないかと彼女から訊ねられました。労働問題に心を痛めているミスター・マックスは、どうして被告がこれに対して憤《いきどお》りを感じなければならなかっ

たのか、語りませんでしたよね。

疑うことを知らない白人女性が目の前に立っているのを見てから最初の数分間、この黒人のずるがしこい脳にどんな真っ黒な考えがよぎったのでしょう？　私たちには知るすべもありません。そして、ここに座って慈悲を求めているこの人間のクズは、賢明にも語らずにいます。しかし、私たちは想像力を使えます。彼がそれに続けて何をしたかを見て、推測できるのです。

二時間後、彼はミス・ドルトンを車に乗せ、ループ地区まで送り届けました。ここに、この事件の最初の誤解が起こります。一般に考えられているのは、ミス・ドルトンがこの黒人に学校まで送らせるのではなく、ループ地区に送らせたことで、家族に背く行為をしたというものです。しかし、これは私たちが裁くことではありません。メアリー・ドルトンと神とのあいだで解決すべきことです。彼女が家族の希望に逆らった行動をしたことは、家族も認めています。しかし、メアリー・ドルトンは成年に達しており、好きなところに行ってかまわないのです。

この黒人がミス・ドルトンをループ地区に送り届けると、彼女はそこで友人の白人青年と会いました。そこから彼らはサウスサイドのカフェに行き、飲食をしました。黒人地区にいたので、彼らはこの黒人にも一緒に食事をしようと誘いました。そして彼らの会話に彼も巻き込みました。酒を注文し、この黒人も飲めるくらいたっぷりと持ってこさせました。

そのあと、彼は二人を乗せてワシントン公園を二時間くらいドライブしました。午前二時頃、ミス・ドルトンの友人は車を降り、自分の友人たちに会いに行きました。メアリー・ドルトンは車でこの黒人と二人きりになったわけですが、彼は彼女から親切な扱いしか受けていませんでした。そこから以降は、何が本当に起きたのか、私たちも正確にはわかっていません。この黒い卑劣漢の生《なま》の言葉以外にそれを語るものはないからであり、彼がすべてを語っているとは到底思えないからであります。

私たちはメアリー・ドルトンがいつ殺されたのかわかっていません。しかし、このことは知っています。彼女の頭は体から完全に切り離されました！　そして頭と体が両方とも暖房炉に押し込められ、焼かれたことも知っています！

どれだけ血なまぐさい場面が繰り広げられたことでしょう！　あの野獣的な欲望と残忍さを剝《む》き出しにした攻撃がどれだけ思いがけず、素早かったことでしょう！　たけり狂った猿を逃れようと、可哀想な娘がどれだけ必死にもがいたことでしょう！　目から涙を流し、膝《ひざ》をついて、必死に頼んだに違いありません！　お願いだから、その汚らわしい肉体で触れるのはやめてくださいと！　裁判長殿、この極悪非道な怪物は、強姦よりもひどい犯罪の証拠を破壊するために、彼女の体を燃やしたのではないでしょうか？　陰険な野獣はわかっていたに違いありません。自分の歯型がこの無垢《むく》な白人女性の胸に残っていたら、自分は法廷に座らされる名誉さえ与えてもらえないだろうということを！　なんてひどいことでしょう！　こんなにも凶悪で残酷な行為を言い表わす言葉などありません！

　それなのに被告の弁護人は、これが定められた行為だったと私たちに信じ込ませようとするのです！　天の神が〝ノー！〟という雷鳴を響かせ、彼の嘘《うそ》を掻《か》き消さなかったのが不思議なくらいです。この卑劣で野獣的な犯罪を、これが〝本能〟であるという理由で大目に見ようという発言など、聞いただけで血が凍りそうではありませんか！

　その翌朝、ビッガー・トマスは半分しか荷造りされていないミス・ドルトンのトランクをラサール・ストリートの駅に運び、それを発送しようとしました。まるで何も起きなかったかのように、まるでミス・ドルトンがまだ生きているかのように。しかし、ミス・ドルトンの遺骨はその夜、炉のなかで見つかりました。

　遺体を燃やしたことと、半分しか荷造りされていないトランクを駅まで運んだことが意味するのは、一つだけです、裁判長殿。つまり、強姦と殺人が計画的であったということ。そして、身代金の要求まで持っていけるように、証拠を隠滅しようとしたということです。ミス・ドルトンが偶発的に殺されたのだったら——この黒人は最初に〝自白〟したとき、お粗末にもそう信じ込ませようとしたのですが——では、なぜ遺体を焼かなければならなかったのでしょう？　彼女が死んでいると知っていながら、どうしてトランクを駅に運んだのでしょう？

答えは一つしかありません！　被告は強姦し、殺し、金を取ろうと計画していました！　遺体を焼いたのは強姦の証拠を隠滅するためです！　トランクを駅に運んだのは、遺体を焼却し、脅迫状を用意するまでの時間を稼ぐため。被告が彼女を殺したのは、強姦したからです！　いいですか、裁判長殿、犯罪の中心は強姦です！　すべての行動はそれを示しています！

家族が私立探偵を使うことにしたと知り、この黒人は容疑をよそに向けようとしました。言い換えると、この男は自分の罪をかぶって無実の人が死ぬことになってもかまわないと思ったのです。これ以上殺せないとわかり、次善のことをした。嘘をついたのです！　彼はミス・ドルトンの友人の一人に罪をかぶせようとしました。その人は政治的な信念のために破滅するだろうと考えたのです。そこで彼はミス・ドルトンとその友人を彼女の部屋に連れていったという、とんでもない嘘を言いました。さらに、自分は家に帰るように言われ、車は雪の降る車寄せの道にひと晩じゅう置いておくように言われたと言いました。自分の嘘が見破られそうだとわかると、彼は次の悪だくみをしました。金を取ろうとしたのです！

私立探偵が調査しているとき、彼は現場から逃げたでしょうか？　いいえ！　冷酷にも、何の感情もなく、彼はドルトン邸にとどまり、食事をし、眠り、嘘を信じ込んでいるミスター・ドルトンから親切な扱いを受けていました。ミスター・ドルトンは、保護を必要とする貧乏な青年であるという理屈で、彼が尋問されることを許さなかったのです！　彼に保護が必要だとすれば、とぐろを巻くガラガラヘビに与える程度の保護で充分です！

　家族が娘を必死に探しているあいだ、この悪鬼は脅迫状を書き、ミス・ドルトンを無事に返す引き換えに一万ドルを要求しました！　しかし、炉のなかに骨が見つかり、この邪《よこしま》な夢も終りました！

　それなのに、被告側はこの男が恐怖に駆られて行動していたと信じ込ませようというのです！　有史以来、人が恐怖によってこんなにこまごまとした計算へと駆り立てられたことがあったでしょうか？

　ここでも、私たちにはこの卑劣な猿の生《なま》の言葉しか証拠がありません。彼は現場から逃げ、女の家に行きました。長いこと親密な関係にあったベッシー・ミアーズです。そして、ずるがしこい野獣にしかできないことが起こりました。彼女は恐ろしさから、彼が身代金を受け取る手伝いをせざるを得なくなり、彼はメアリー・ドルトンの遺体から盗んだ金を彼女に預けました。そして、この憐れな女性も殺したのですが、私はこのような殺人の計画が人間の脳で企《たくら》まれると考えただけでゾッとします。彼は自分を深く愛するこの女性を説得し——神を信じない共産主義者のミスター・マックスは、二人のあいだに愛はなかったと信じ込ませようとしましたが！——ともかく、先ほど述べたように、彼は自分を深く愛するこの女性を説得し、自分と一緒に逃げるように言いました。荒れ狂う吹雪を逃れ、二人は空き家になっている建物に隠れました。そして氷点下の寒さと真っ暗闇《くらやみ》のなかで、彼は女性を強姦し、また殺人を犯しました。二十四時間以内に二度も！

繰り返します、裁判長殿、私には理解できません！　この州に長く仕え、多数の殺人犯を扱ってきましたが、これに匹敵する者には出くわしませんでした。この錯乱した野蛮人は強姦と殺人に心を奪われ、逃亡の助けとなったであろう唯一のものを忘れたのです。それは、彼がメアリー・ドルトンの遺体から盗んだ金で、ベッシー・ミアーズの服のポケットに入っていました。彼はあの働き者の可哀想な女性を凌辱したあと、その遺体を——いいですか、金は彼女の服に入っていたのですよ——通風孔に押し込み、四階下に落としたのです。医師が言うには、彼女は通風孔の底に落ちたとき、まだ死んでいませんでした。そこから這いのぼろうとして、凍死したのです！

裁判長殿、こうした恐ろしい殺人の詳細を語ることは差し控えます。証人たちがすべて話してくれました。

しかし、この州の民衆の名において、この男がこうした罪を償うために死ぬことを要求いたします！

これを要求するのは、それによってほかの者たちが同様の罪を犯すことを思いとどまらせることになるからです。そして、平和で勤勉な人々は安全になるでしょう。裁判長殿、数百万人の人たちがあなたの言葉を待っています！　この都市ではジャングルの法則が生きているわけではないと語るのを待っています！　自分を守るためにナイフを研いだり、銃を装塡《そうてん》したりする必要はないと、あなたに言ってもらいたいのです。彼らはあの窓の向こうで待っています、裁判長殿！　彼らにあなたの言葉を与えてください。そうすれば、彼らは冷静な心で未来の計画を立てられます！　猜疑心《さいぎしん》が残り続ければ、今晩、百万人の人々の心臓がハッとして止まり、百万人の人々の手がドアに鍵《かぎ》をかけようとして震えることでしょう。この猜疑心という竜を殺してください！

人々が通常の義務を果たそうとしているとき、このように黒々と血なまぐさい犯罪が起きれば、彼らは麻痺《まひ》してしまいます。平穏な都市で犯罪が起きたとき、それが恐ろしいものであればあるほど、都市は愕然《がくぜん》とし、衝撃を受け、不安に駆られます。そして、市民たちもそれを前にして何もできなくなるのです。

いまだ生き延びている私たちに自信を回復させてください、裁判長殿、私たちがこれからも生活を営み、人生の豊かな実りを得られますように。全能の神の名の下に、お願いいたします。私たちに憐れみをかけてください！」

バックリーの声がビッガーの耳に鳴り響き、この論告が終わったときに起きたどよめきが何を意味するのか、彼にもわかった。部屋の後方では、数人の新聞記者が我先にとドアに向かっている。バックリーは赤い顔を拭《ふ》き、腰を下ろした。裁判長は小槌を叩《たた》いて静粛を求めてから言った。

「当法廷は一時間休廷します」

マックスが立ち上がった。

「裁判長殿、それはおかしいです……あなたの意図しているのは……もっと時間が必要で……あなたは……」

「そのあとで判決を下します」と裁判長が言った。

叫び声が飛び交った。ビッガーにはマックスの唇の動きが見えたが、彼が何を言っているのかはわからなかった。次第に部屋は静かになった。ビッガーは人々の顔の表情が変わったことに気づき、決着がついたのだと感じた。自分は死ぬことになるのだ。

「裁判長殿」とマックスが言った。彼の声は感情の激しさのあまりかすれている。「提示された証拠と弁論とを詳しく検討するために、もっと時間が必要かと……」

「法廷は、どれだけの時間が必要かを決める権利を保有しています、ミスター・マックス」と裁判長が言った。

ビッガーは自分が終わりだとわかった。あとは時間の問題、形式的なことだけだ。

例の小さな部屋にどのように戻ったのかもわからなかったが、そこに連れていかれると、トレーの上の食べ物はまだ手をつけられずに残っていた。彼は腰を下ろし、近くに黙って立っている六人の警察官を見つめた。彼らの腰には銃が刺さっている。そのうちの一挺《ちょう》を奪い取り、自殺を試みるべきだろうか？　しかし、自殺の考えに前向きに反応するだけの気力が彼には残っていなかった。恐怖に麻痺していたのである。

　マックスが入って来て腰を下ろし、煙草に火を点けた。

「うん、まあ、待たなきゃいけないな。一時間ある」

　ドアを強く叩く音がした。

「新聞記者は誰も入れないようにしてください」とマックスは一人の警察官に言った。

「オーケー」

　数分が経ち、ビッガーは不安から頭に痛みを感じるようになった。マックスから彼に言うことは何もないのがわかっていたし、彼のほうもマックスに言うことは何もなかった。ただ、待たなければならない、それだけだ。これから起きるとわかっていることを待つ。喉《のど》が引きつった。自分が騙《だま》されたように感じた。こういうふうに終わるしかないのなら、どうして裁判などしなければならないのだろう？

「まあ、俺はこれで終わりってことですね」とビッガーは言って、溜《た》め息をついた。マックスに向けてと同様、自分に向けて話していた。

「わからないよ」とマックスが言った。

「俺にはわかります」とビッガーは言った。

「まあ、とにかく待とう」

「あの人はさっさと決断を下しています。俺には自分が死ぬんだってわかるんです」

「すまないな、ビッガー。なあ、少し食べたらどうだい？」

「腹が減ってません」

「これはまだ終わらないよ。州知事に請願することもできるし……」

「無駄ですよ。逃れようがありません」

「まだわからない」

「わかってますって」

マックスは何も言わなかった。ビッガーは頭をテーブルにもたせかけ、目をつぶった。マックスが自分を放っておいてくれたらと願った。できることはすべてしてくれたのだから、もう家に帰り、俺のことなど忘れるべきなのだ。

ドアが開いた。

「あと五分で裁判長が戻ります！」

マックスが立ち上がった。ビッガーは彼のくたびれた顔を見つめた。

「よし、いいだろう。行こう」

ビッガーは警察官にはさまれ、マックスのあとについて法廷に戻った。腰を下ろす間もなく、裁判長が入ってきた。ビッガーは裁判長が着席するまで立ったまま待ち、それからぐったりと椅子《いす》に尻《しり》を滑り込ませた。マックスが発言を求めて立ち上がったが、裁判長は手を上げてそれを制した。

「ビッガー・トマス、立ち上がって法廷のほうを向くように」

部屋じゅうがざわめき、裁判長は小槌を叩いて静粛を求めた。ビッガーは立ち上がったが、脚が震え、悪夢に囚《とら》われているように感じた。

「判決が下される前に述べておきたいことはありますか？」

ビッガーは答えるために口を開こうとしたが、できなかった。話す力があったとしても、何が言えるのかわからない。首を振った。目がぼやけている。法廷はシーンと静まり返った。裁判長は舌で唇を濡《ぬ》らし、一枚の紙を取り上げた。静寂のなかで紙がカサカサと大きな音をたてた。

「前例のないほど人々の心を動揺させたことを考慮すれば、当法廷の義務は明らかである」と裁判長は言い、間を置いた。

ビッガーは手探りでテーブルの縁を摑《つか》み、ギュッと握った。

「殺人罪による起訴番号６６６－９８３について、当法廷はビッガー・トマス、あなたに死刑を言い渡す。刑は三月三日金曜日の深夜十二時、あるいはその少し前に、州の法律が定める形で執行される。

当法廷はあなたの年齢が二十歳であると確認する。

保安官は被告を伴って退席してよろしい」

ビッガーはすべての言葉を理解した。そしてその言葉に反応しているのではなく、裁判長の顔に反応しているような気がした。まったく動かず、ただ顔を上げ、立ったまま裁判長の白い顔をじっと見つめていた。瞬《まばた》きもしない。それから彼は袖《そで》に手が置かれたのを感じた。マックスが彼を引っ張って、座らせようとしているのだ。部屋は騒音に満ちている。裁判長が小槌を叩いて静粛を求めた。マックスは立ち上がり、何か言おうとした。騒音が大きすぎ、ビッガーにはマックスの言おうとしていることが何かわからなかった。手錠がカチッとはめられ、地下の通路を歩かされて監房に戻された。寝台に横になると、心の奥底の何かがこう言った。もう終わりだ……すべて終わった……。

しばらくしてドアが開き、マックスが入ってきた。寝台の彼の横にそっと座る。ビッガーは顔を壁に向けた。

「州知事に会うよ、ビッガー。まだ終わったわけじゃない……」

「帰ってくれ」とビッガーは囁《ささや》いた。

「君はしっかりしないと……」

「やめてくれ。帰って……」

彼は片腕にマックスの手が触れるのを感じた。それからその手は離れた。スチールのドアがガチャッと閉まる音がし、一人きりになったのがわかった。彼はピクリとも動かず、じっと横たわっていた。じっとしていることで、感情や思考を寄せつけずにいられると感じた。それこそ、いまの彼が何より望んでいることだった。次第に体から力が抜けてくる。暗闇と静寂のなか、寝返りを打って仰向けになり、胸の上で両手を組んだ。唇が動き、そこから絶望のすすり泣きが漏れた。

　自分を守るために彼は昼と夜を心から締め出した。太陽がのぼって沈むこと、月や星のこと、雲や雨のことを考えると、電気椅子に連れていかれる前に千回も死んでしまいそうだからだ。心をできるだけ死に慣らすために、彼は監房の外の世界を広大な灰色の土地と考えることにした。そこには昼も夜もなく、住んでいるのは見知らぬ者たちばかり――彼には理解できない者たちだが、死ぬ前に一度だけでも、彼らの人生と交わりたいと切望した。

　彼はもはや食べていなかった。ただ食べ物を味わうことなく喉のなかに押し込んでいた。空腹の刺すような苦痛から逃れるためであり、頭がくらくらしないようにするためだった。そして、眠りもしなかった。何時であろうと断続的に目を閉じ、しばらく経ってから目を開けて、また物思いを再開する。彼は自分とその最期《さいご》とのあいだに立ちはだかるすべてのものから自由になりたかった。最期には、ある恐ろしいことを完璧《かんぺき》に悟ってしまうだろう――人生が意味を持つことなく、何も解決されることなく、衝動同士の対立が解消されることなく終わるという悟り。

　母親と弟と妹が会いに来たが、彼は家から出るなと彼らに言った。もう来ないでくれ、俺のことは忘れてくれ、と。十字架をくれた黒人の牧師が来たときは追い払った。白人の牧師が彼を説得し、祈らせようとしたが、その顔めがけてホットコーヒーのカップを投げつけた。それ以来、白人の牧師はほかの囚人たちに会いに行くようになり、彼のところに立ち寄って話そうとはしなくなった。それを見て、ビッガーの心に自分が価値ある男だという感覚が生まれた。あの夜、マックスと長い話をしたときに掻き立てられたものとほとんど同じくらい鋭い感覚だった。牧師が自分を敬遠するように仕向けたことで、自分の人格を認めさせたように感じたのだ。牧師は、彼が宗教という慰めを受け入れない動機について考えあぐねていることだろう。彼に対しては、牧師が普通の囚人にするのとは別次元の配慮をしているのである。

　マックスは州知事に会いに行くと言っていたが、その後まったく連絡がなかった。そこから何かが生まれるとは、ビッガーも期待していなかった。彼の思考と感情のなかでは、それは人生の外で起きていることとしか思えなかったのだ。自分の人生の進路を変えたり、そこに影響を及ぼしたりできるようなものではない、と。

しかし、彼はマックスに会い、もう一度話をしたかった。マックスが法廷でしたスピーチを覚えていたし、彼の親切そうで熱のこもった口調が感謝の念とともに記憶に残っていた。しかし、言葉の意味は彼の心から抜け落ちていた。マックスなら自分の気持ちをわかってくれると信じていて、死ぬ前にもう一度話をしたいと思っていた。そして、自分の生と死がどういう意味を持つのか、できるだけ鋭敏に感じ取りたい。それが、いま彼が抱いている希望のすべてだった。しっかりとした確かな知識を得られるとしたら、それは自分自身から生まれるものでなければならないのだ。

　彼は週に三通の手紙を書くことを許されていたが、誰にも書かなかった。何か言いたいことがある相手など誰もいなかったのだ。完全に心を許した相手などいなかったし、殺人を除けば、心から取り組んだものもない。母親や弟や妹に何が言えるだろう？　古くからの仲間のなかで友人はジャックだけだし、そのジャックとも、こちらで望んだほどには親密にならなかった。そして、ベッシーは死んだ。自分が殺したのだ。

　自分の感情について思いめぐらせるのに疲れると、彼は自分が間違っているのだと心に語りかけた。よくないのは俺だ、と。本当にこれを自分に信じさせることができれば、解決になっただろう。しかし、彼は納得できなかった。感情は精神には与えられない答えを求めて喚《わめ》きたてた。

　生まれてこの方、最も生き生きとし、最も自分自身に近づいたのは、そのために闘おうと思うほど何かを強く感じたときだった。そして、いまこの監房にいて、自分が生きてきた人生の硬い中核をこれまで以上に感じた。かつて白い山が目の前に大きく立ちはだかったように、いまは死の黒い壁が一時間ごとに近づいてきた。しかし、ここで闇雲に突進していくわけにはいかない。死はこれまでとは違う、より強大な敵なのだ。

彼は寝台に横になっていたが、自分のなかで燻《くすぶ》る感情と見合うものを求め、人々が行き交う街を手探りで進んでいた。知りたいという強い思いが手探りするのだ。彼の精神は半狂乱になって、自分の感情を周囲の世界と溶け込ませようとした。しかし、いままでよりも知識に近づくことはなかった。自分の黒い肉体がこの寝台の上に横たわり、苦悩の汗でびっしょり濡れているだけだった。

自分が無なのであれば、これですべてなのであれば、どうしてためらうことなく死ねないのだろう？　こうした迷いの苦悩を恐怖に達するまで激しく感じているとは、自分は誰で、何者なのだろう？　どうしてこの奇妙な衝動がいつでも心のなかで疼《うず》いているのだろう？　自分の外にはそれに見合うものが、それを説明するものが何もないというのに？　誰が、あるいは何が、こうした落ち着きのない運命を彼に与えたのだろう？　どうしてそこにないものを求めて永遠に手を伸ばし続けるのだろう？　自分と世界のあいだにはなぜこの真っ黒な裂け目があるのだろう？　赤くて熱い血がこちらにあり、冷たい青空があちらにあって、どうして二つは合わさることがないのだろう？　一つの完全体にならないのだろう？

それだったのか？ これは単なる熱病で、感じているだけで知ることはできず、探しているだけで見つけることはできないのか？ これがすべてで、これが意味であり、結末なのか？ こうした感情や疑問がめぐるだけで時間は一分一分過ぎていった。彼は痩《や》せていき、目には肉体の赤い血がにじんだ。

最後の日の前日が来た。彼はこれまで以上にマックスとしゃべりたかった。しかし、何が言えるだろう？ そこが皮肉なところだった。このことはあまりに捉《とら》えがたいために、言葉にすることができないのだ。そうではあっても、生きている一秒一秒を、彼はそれをよりどころに生きていた。

翌日の正午、看守が彼の監房を訪れ、格子のあいだから電報を差し出した。彼は起き上がって、それを開けた。

ユウキヲダセ。チジノケンハシッパイ。デキルコトハスベテシタ。スグニアイニイク。

マックス

ビッガーは電報をギュッと丸め、隅に放り投げた。

残りの時間はいまから深夜の十二時までだ。その時が来る六時間前に、彼は服を与えられ、床屋に連れていかれ、それから死刑囚独房に移されると聞いていた。看守の一人からは、心配することはないと言われた。「独房から連れ出され、目に黒いキャップをかぶせられたら、その八秒後には死んでるから」と。まあ、これなら耐えられそうだ。彼は心に計画を抱いていた。筋肉をギュッと引きしめ、目を閉じて息を止め、彼らに扱われているあいだは絶対に何も考えない。そして電流が流れてきたとき、すべてが終わる。

　彼はまた寝台に横になった。仰向けになって、天井で光っている明るい黄色の小さい電球をじっと見つめる。そこには死の炎が燃えている。あのガラス玉のなかにある小さな螺《ら》旋《せん》状の熱線をいま体に巻きつけてくれたら——自分がうとうとしているあいだに誰かが鉄の寝台を電線とつないでくれたら——自分が深い夢の世界にいるときに殺してくれたら……。

　不安なまま眠りに就いたとき、看守の声が聞こえてきた。

「トマス！　弁護士さんだぞ！」

　彼は足をぐるりと回して床に下ろし、起き上がった。マックスが格子のところに立っている。看守がドアの鍵を開け、マックスが入ってきた。ビッガーは立ち上がろうという衝動を抱いたが、そのまま座り続けた。マックスが部屋の真ん中まで歩いてきて立ち止まった。しばらく何も言わずに見つめ合う。

「やあ、ビッガー」

ビッガーは黙って彼と握手した。マックスが目の前にいる。物静かで、色は白く、質量を具《そな》えた本物の人間。その実体のある姿は、ビッガーが物思いのなかで織り上げてきた曖昧《あいまい》な思考や希望を裏切っているように思われた。マックスが来てくれたのは嬉《うれ》しいが、同時に困惑した。

「気分はどうだい？」

答える代わりにビッガーは深い溜め息をついた。

「電報は受け取った？」とマックスは寝台に座りながら訊《たず》ねた。

ビッガーは頷《うなず》いた。

「申し訳ない」

二人とも黙りこんだ。マックスが隣りにいる。ぼんやりとした希望への探求に自分を誘い出した男がここにいる。なら、なぜ自分はいましゃべらないのだ？ これがチャンスじゃないか、最後のチャンスじゃないか。彼は恥ずかしそうにマックスを見上げた。マックスもこちらを見つめていたので目を逸らした。一人きりでいるときのほうが、自分の話したいことは強く訴えかけてくる。自分の把握したい感情はマックスに起因するものだが、マックスがその場にいることを忘れない限り、話すことはできなかった。続いて、この激しい熱病について話せないのではないかという恐怖が湧《わ》き起こり、パニックになった。何とか自分を抑えようとする。この駆り立てる衝動を失いたくない。自分にはそれしかないのだから。すると次の瞬間、すべてが愚かしく、無駄で、空《むな》しく感じられた。話そうとするのをやめたが、その瞬間、しゃべり出す自分の声が聞こえてきた。締めつけられた喉から発せられる、緊張した、無意識の囁き声。彼は自分の言いたいことを伝えるのに、言葉の意味よりも自分の声の音を信用していた。

「俺は大丈夫です、ミスター・マックス。俺がこうなったのはあなたのせいじゃない……あなたが全力を尽くしてくれたことはわかってます……」。無駄だという感情が重くのしかかり、声が小さくなって消えていく。しばらく黙りこんでから、また唐突に切り出した。「た、ただ、思うんですが、これは俺が自ら招いたことで……」。彼は立ち上がった。頭に言いたいことが溢《あふ》れてきて、話したくてたまらなくなった。唇が動くが、言葉は出てこない。

「僕にできることはないかな、ビッガー？」とマックスは穏やかに訊ねた。

ビッガーはマックスの灰色の瞳《ひとみ》を見つめた。この男にどうやって自分の求めていることの意味を伝えられるだろう？　話せたらいいのだけど！　自分が何をしているのか自覚する前に、彼はドアまで走っていき、冷たいスチールの格子を両手で掴んでいた。

「俺は――俺は……」

「何だい、ビッガー？」

ゆっくりとビッガーは振り向き、寝台に戻ってきた。マックスの前に再び立ち、右手を上げて、しゃべろうとする。それから腰を下ろし、頭を下げた。

「どうしたんだ、ビッガー？　外の世界で僕にしてほしいことは何かない？　誰かに伝えたいメッセージとか？」

「いいえ」と彼は小声で言った。

「何を考えている？」

「わかりません」

彼には話せなかった。マックスは手を伸ばし、彼の肩に手を置いた。ビッガーはその感触から、マックスにはわかっていないとわかった。俺が何を求めているか、何を言おうとしているか、ぼんやりとさえ気づいていない。マックスは別の惑星にいる、宇宙のはるか遠いところに。この孤立の壁を崩すすべはあるのだろうか？　彼は取り乱して監房を見回し、どこで助けとなる言葉を聞いたのか思い出そうとした。一つも思い出せない。自分は人々の生活の外で生きてきた。彼らのコミュニケーションの方法、シンボルとイメージは、彼には開かれていなかった。しかしマックスは彼に、底の底ではすべての人が彼と同じように生き、同じように感じているのだという信念を与えた。そして、これまでに会った人々のなかで、間違いなくマックスは彼が言おうとしていることをわかってくれた。マックスは俺を見捨てたのか？　マックスは俺が死ぬ運命だと知って、自分の思考や感情から俺を追い出し、俺を墓場の住人と見なしたのか？　俺はすでに死者の一人に数えられているのか？　彼の唇は震え、目は曇ってきた。そうだ、マックスは俺を見捨てたのだ。マックスは友達じゃない。怒りが湧き起こってきた。しかし、怒ってもしょうがないこともわかっていた。

　マックスは立ち上がり、小さな窓のところに行った。薄い色の陽光の筋が彼の白い頭に射している。そしてビッガーはマックスを見て、陽光を見るのが数日ぶりであることに気づいた。見ているうちに、監房全体が、四方の壁も含め、圧倒的な現実感で迫ってきた。彼は視線を落とし、自分自身を見つめた。黄色い陽光が胸を横切り、鉛でできた梁《はり》の重さでのしかかってくるように感じられる。発作的に息を詰まらせ、背中を丸めて目を閉じる。いま彼の前にぼんやりと現われているのは白い山ではない。ガスが「メリーゴーラウンド・ブローク・ダウン」を口笛で吹きながら、ドクのビリヤード場に入ってくるのでもない——ガスが来たら、ビッガーはブラムの店を強盗しにいかざるを得なくなる。メアリーのベッドを見下ろしているとき、白いぼんやりとしたものが迫ってくるのとも違う。この新しい敵は彼を緊張させるものではない。力を奪い、弱らせてしまうものだ。彼は元気を奮い起こし、顔を上げ、闇雲にしゃべり出した。墓から立ち上がる決意で、自分の人生の現実をマックスに有無を言わせず押しつける覚悟だった。

「死ぬ前にあなたと知り合えてよかったです！」ほとんど叫び声になってしまい、それから黙りこんだ。それが自分の言いたかったことではなかったからだ。

　マックスは振り向き、彼を見つめた。それは何げない視線で、ビッガーが必死に求めている深い配慮に欠けていた。

「僕も君と知り合えて嬉しいよ、ビッガー。このように別れなければならないのは残念だ。でも、僕は老人だ。すぐに君のあとを追う……」

「あなたが俺にした質問をみんな覚えてるんです……」

「どんな質問？」とマックスが訊ね、彼のところに歩いてきて、また寝台に座った。

「あの夜の……」

「どの夜？」

　マックスにはわからないのだ！　ビッガーは顔をピシャリと殴られたように感じた。ああ、こんな移ろいやすい砂地に希望の城を築くなんて、俺はなんてバカだったのだろう！　でも、彼になんとしてもわからせなければならない！

「あの夜、俺自身のことを話してくれとあなたは言いました」。彼は必死の思いですすり泣きに近い声を出した。

「それか」

　マックスが床を見つめ、顔をしかめるのが見えた。マックスの困惑が見て取れる。

「あなたは、誰も俺に訊《き》いたことのない質問をしてくれたんです。俺が二度も殺人をした男だって知りながら、俺のことを人間として扱ってくれた……」

　マックスは彼に鋭い視線を向け、寝台から立ち上がった。ビッガーの目の前に立つ。ビッガーは、マックスはわかっている、理解しているのだと信じそうになった。しかし、マックスの次の言葉が示していたのは、死を目の前にした彼をこの白人がいまだに慰めようとしているということだった。

「君は人間だよ、ビッガー」とマックスは物憂《ものう》げに言った。「これから死ぬ人に、こんなふうに話すなんてひどいことだけど……」。マックスの言葉が途切れ、ビッガーには彼が言葉を探しているのがわかった。慰めの言葉を言おうとしているのだが、それはビッガーの求めているものではなかった。「ビッガー」とマックスは言った。「僕は仕事の上で、白人も黒人もなく、文明人も野蛮人もなく、世界を見るようにしている……地球上の人間の生活を変えようとしているとき、こんな小さなことは問題にならない。気にならないんだ。そこにないようなもので、そんなことは忘れてしまう。僕があのように君に話しかけたのはね、ビッガー、人々がいかに必死に生きようとしているかを、君が僕に感じさせてくれたから……」

「でも俺は、あなたがああいう質問をしないでくれたらよかったって思うこともあるんです」とビッガーは非難を含んだ声で言った。それは自分への非難と同じくらいマックスへの非難だった。

「どういう意味だい、ビッガー？」

「ああした質問をされて、俺は考えるようになり、考えると少し怖くなって……」

マックスはビッガーの肩をギュッと摑んだ。それから指の力が緩くなり、また寝台に沈み込んだ。しかし、彼の目はいまだにビッガーの顔をじっと見つめていた。そう、マックスもついにわかったのだ。死の影に覆《おお》われながら、彼はマックスが生について話してくれるのを望んだ。

「ミスター・マックス、俺はどうやったら死ねるんでしょう！」とビッガーは訊ねた。この言葉を大声で発したとき、いかに生きるかを知ることがいかに死ぬかを知ることだとわかった。

マックスは顔を彼に向け、囁いた。

「人は一人で死ぬんだよ、ビッガー」

しかし、ビッガーはその言葉を聞いていなかった。彼のなかでは再び、有無を言わさず、話したいという願望が湧き起こった。両手を中くらいまで上げる。そして話し始めたとき、彼は自分自身が聞きたいこと、必要としていることを、言葉のトーンに込めようとした。

「ミスター・マックス、俺はあの夜のあと、自分が見えてきたみたいなんです。ほかの人たちのことも見えてきたみたいだし」。ビッガーの声は消えていった。自分の言葉が心のなかで反響する音に耳を傾ける。マックスの顔に驚きと恐怖が浮かぶのが見えた。ビッガーは、マックスが自分にこういう話をさせたくないのだとわかった。しかし、これはどうしようもない。自分は死ぬのだし、話さなければならないのだ。「それが、なんかおかしいんですよね、ミスター・マックス。俺は自分に降りかかってくることを避《よ》けようとはしていない」。ビッガーはだんだんとヒステリックになってきた。「俺がどういう目にあうかはわかってます。俺は死ぬんだ。まあ、それはもういいんです。でも、本当のところ、俺は誰のことも傷つけたくなかった。それが真実なんです、ミスター・マックス。人を傷つけたのは、そうしなきゃいけないって感じたから。それだけなんです。彼らが俺の近くにどんどん押し寄せてきて、俺に居場所を与えてくれない。たいていは彼らのことを忘れようとしてるんだけど、できないんですよ。忘れさせてくれない……」。ビッガーは目を大きく開いたが、何も見ていなかった。先を急ぐように声が出てくる。「ミスター・マックス、俺は自分がやったことをやるつもりはなかったんです。別のことをやろうとしていたんだ。でも、それは絶対にできないみたいなんですよ。いつでも何かを求めていて、みんながそれを俺に認めまいとしているように感じていた。だから彼らと闘っちゃうんです。彼らが頑《かたく》なだって思うから、俺も頑なに振る舞う」。彼は間を置き、それから涙声で告白を続けた。「でも、俺は頑なじゃないです、ミスター・マックス。ちっとも頑なじゃない……」。彼は立ち上がった。「でも……俺——俺は、あの椅子に連れていかれるときは絶対に泣きません。た、ただ、心のなかでは泣いてるように感じるでしょうね……。彼らが俺を見てないって感じるし、そう考えるだろうし、俺も彼らを見てなかった……」。彼はスチールのドアまで走っていき、両手で格子を摑んで揺さぶり出した。まるでコンクリートに固定されている部分からスチールを引きちぎろうとしているかのようだった。マックスは彼のところに行き、彼の両肩を摑んだ。

「ビッガー」とマックスはどうすることもできずに言った。

ビッガーは静かになり、弱々しくドアに寄りかかった。

「ミスター・マックス、俺をここに送り、死刑にしようとしてる人たちは、俺を憎んでますよね。それはわかってます。で、でも、あなたは彼らも俺と同じようだって思いますか？　彼らも俺と同じように何かを得ようとした。それで俺が死んだら、俺がいま言ってるみたいに、誰のことも傷つけるつもりはなかったって言う……彼らも何かを得ようとしてたんだって……？」

マックスは返事をしなかった。ビッガーは躊躇《ちゅうちょ》と驚きの表情が老人の目に浮かぶのを見て取った。

「話してください、ミスター・マックス。そうだと思いますか？」

「ビッガー」とマックスは訴えるように言った。

「話してください、ミスター・マックス！」

マックスは首を振り、ぼそぼそと言った。

「君は僕が言いたくないことを言わせようとしているんだ……」

「でも、俺は知りたいんです！」

「君は死ぬんだよ、ビッガー……」

マックスの声は消えていった。ビッガーはこの老人がそれを言いたくなかったのだとわかった。彼がこれを言ったのは、自分が強いたからであり、自分が言わせたのだ。二人はもうしばらく押し黙っていた。それからビッガーが囁いた。

「だから俺は知りたいんですよ……思うに、自分がもうすぐ死ぬってわかってるから、知りたくなるんです……」

マックスの顔は蒼白《そうはく》だった。ビッガーは彼が立ち去るのではないかと心配した。深い沈黙の淵《ふち》を隔てて二人は見つめ合った。マックスが溜め息をついた。

「こっちに来なよ、ビッガー」と彼は言った。

彼はマックスのあとについて窓辺に行き、遠くを見渡した。陽光を浴びるループ地区のビル群のてっぺんが見える。

「あのビルが見えるかい、ビッガー？」マックスはビッガーの肩に腕を回して訊ねた。せっかちな話し方だった——まるで温かくて柔らかいが、すぐに冷えて固まってしまう物体を型に入れているかのように。

「ええ、見えます……」

「君もああいうビルの一つに住んでいたよね、ビッガー。あれはスチールと石で作られている。でも、スチールと石があのビルを支えているのではない。ああいうビルを支えているのが何かわかるかい、ビッガー？　ビルをその場にとどめ、崩れないようにしているのは何か？」

　ビッガーは困惑して彼の顔を見つめた。

「それは人々の信念なんだ。人々が信じるのをやめ、信念を持つのをやめたら、ビルは崩れ落ちてしまう。ああしたビルは人々の心から湧き上がったものなんだよ、ビッガー。君のような人々のね。人々が貪欲《どんよく》で、何かを求め続けていると、ビルは成長し続け、広がり続ける。君は以前、たくさんのことをしたかったと言ったよね。つまり、そういう感情がああいうビルをその場にとどめているんだ……」

「あなたが言ってるのは……あなたは俺があの晩言ったことについて話してるんですか？　たくさんのことをしたかったと言ったときのこと？」ビッガーの声は静かで、貪欲に不思議がる子供の口調だった。

「そうだ。君が感じたこと、君が求めたこと、それがああいうビルをあそこに建たせ続けている。何百万人もの人々が願い、憧《あこが》れていると、ああしたビルは成長し、広がる。しかし、ビッガー、ああしたビルはもはや成長していない。数人の人が手でしっかりと摑んでしまったからなんだ。ビルは広がらないし、人々の持つ夢を育てない、君のような人々の夢を……ああいうビルのなかにいる人たちは疑い始めている、君と同じようにね。もはや信じていないんだ。これが自分の世界だと感じられない。だから君と同じように落ち着きがなくなるんだよ、ビッガー。彼らには何もない。自分が成長し、広がっていくための取っかかりとなるものがない。彼らは街路に出て、ああしたビルを外から見上げ、不思議に思う……」

「で、でも、どうして彼らは俺を憎むんです？」とビッガーは訊ねた。

「ああいうビルを所有している者たちは恐れているんだよ。彼らは自分たちの所有物を守りたい、それがほかの人々を苦しめることになったとしてもね。それを守るため、彼らは人々を泥のなかに押し倒し、おまえらは野獣だと言う。しかし人々は、君のような人々は、腹を立て、ああいうビルに再び入り、もう一度暮らそうとして闘う。ビッガー、君は人を殺した。それは間違っていた。それは取るべき手段ではなかったんだ。いまとなってはもう遅い、君が何かするには……ほかの人たちと連帯するには……信じようとし、世界を再び生かそうとしている人たちと……でも、君が感じたことを信じるのに遅すぎるわけではない、君が感じたことを理解するのに……」

ビッガーはビルの方向を見つめていたが、目には入っていなかった。マックスが描こうとしている絵図に反応しようとしていたのだ。その絵図と、自分がずっと感じてきたことを比較しようとしていた。

「俺はずっと何かしたかったんです」と彼はぼそぼそ言った。

二人は黙りこみ、マックスはビッガーに見つめられるまで口を開かなかった。マックスは目を閉じてしゃべり出した。

「ビッガー、君はもうすぐ死ぬ。死ぬのなら、自由に死になさい。君は自分を信じようと努力している。そして生きるすべを見つけようとすると、いつでも自分の精神が邪魔に入る。どうしてそうなるかわかるかい？ それは、ほかの人たちが君はダメなやつだと言い、悪条件での暮らしを強いてきたからだ。そういうことを何度も何度も言われ、まわりを見て、自分の生活が本当に悪い状態だとわかると、人は自分の精神を疑うようになる。感情は前に引っ張ろうとするのに、精神は他人が自分について言うことをさんざん聞いてしまったので、後戻りするように言う。人々を闘わせ、信念を持たせるための仕事は、彼らが人生を通して感じてきたことを信じるように仕向けること。自分の感情がほかの人たちの感情にも劣らないものだと感じさせることなんだ。

ビッガー、君を憎んでいる人たちは、君が感じているのとまったく同じように感じている。彼らはフェンスの向こう側にいるってだけだ。君は黒人だが、それはこのことの一部でしかない。前にも言ったとおり、黒人であることで、彼らは君を特定しやすくなる。どうして彼らはそれをするのか？ 彼らは君と同じように、人生のいろいろなものを欲しがっていて、それをどう得るかについては手段を選ばない。人を雇っておいて充分な給料を払わず、人の持ち物を奪って権力を築き上げる。生活を支配し、取り締まる。そういうことができるように物事を手配し、人々が反撃できないようにする。彼らはそういうことを、ほかの人たち以上に黒人に対してする。黒人が劣っていると言われているからだ。しかしね、ビッガー、彼らは労働者がすべて劣っているとも言う。そして、金持ちたちは変化を望まない。変化したら、失うものが多すぎる。しかし、心の奥底では、彼らは君が感じているのと同じように感じている。そして、自分が得たものを保つために、労働者は完全な人間ではないと信じ込もうとする。彼らは君がしたようなことをしてるんだよ、ビッガー、君がメアリーを気の毒だと思わなかったときのようなことを。でも、どちら側の人間も生きたいと思ってるんだ。人は生きるために闘ってるんだよ。勝つのはどっちだ？　まあ、人生を一番感じている側だな。より人間としての意識が高く、仲間の人間が多い側。だから……き、君は自分を信じなきゃいけないんだ、ビッガー……」

　ビッガーが笑ったので、マックスは驚いて頭をビクッと反らした。

「いや、俺は自分を信じてると思いますよ……ほかに何もないですから……死ななきゃいけないんだし……」

　彼はマックスのほうへと足を踏み出した。マックスは窓にもたれかかっている。

「ミスター・マックス、どうぞお帰りください。俺は大丈夫ですから……可笑《おか》しく聞こえるでしょうけど、俺はあなたが言ってることについて考えると、自分が望んでいたことを感じるみたいなんです。自分が正しかったって感じられる……」。マックスが何か言おうと口を開いたが、ビッガーの声がそれを掻《か》き消した。「俺は誰のことも赦《ゆる》す気はないし、誰の赦しも請《こ》うつもりはありません。泣くつもりもない。彼らが俺を生かそうとしなかったから、俺は殺した。たぶん殺すのは公平《フェア》じゃなかったし、本当のところ俺も殺したくなかったんだと思います。でも、どうして二度も殺したのかを考えると、俺は自分が何を望んでいたか、自分がどういう人間かを感じ始めるんです……」

ビッガーはマックスが唇を固く結び、彼から身を引くのを目にした。しかし、自分がいま物事をどう見ているか、マックスに理解させなければならないと感じた。

「俺は殺したくなかったんだ！」とビッガーが叫んだ。「でも、俺が何のために殺したかというのは、それ自体が俺だからなんです！　ものすごく奥深くにあるものが、俺に殺しをさせた！　ものすごく強くそれを感じたから、殺さずには……」

マックスは片手を上げ、ビッガーに触ろうとしたが、それはしなかった。

「違う、違う。違うよ……ビッガー、そうじゃない……」。マックスは必死の形相で訴えた。

「俺が何のために殺したか、それ自体は正しかったに違いないんです！」ビッガーの声は錯乱した苦悩に溢れていた。「正しかったに違いない！　人が殺しをするとき、それは何かのためで……俺はそのために殺そうと思うくらい激しい思いを抱くまで、この世界で本当に生きてるってわかってなかった……これが真実なんです、ミスター・マックス。いまこれを言えるのは、もうすぐ死ぬからなんですよ。自分が何を言ってるかはよくわかってるし、それがどう聞こえるかもわかってます。でも、俺は大丈夫ですから。こういうふうに物事を見ると、大丈夫だって感じる……」

マックスの目は恐怖に満ちていた。体が何度かピクピクと動く――ビッガーのほうに行こうとするかのように。しかし、彼はそのまま突っ立っていた。

「俺は大丈夫ですから、ミスター・マックス。だから帰って、母さんに俺は大丈夫だ、心配しなくていいって伝えてください。いいですか？　俺は大丈夫だし、泣いてなんかいないって言ってください……」

マックスの目は涙ぐんだ。ゆっくりと手を伸ばしてくる。ビッガーはその手を握った。

「さようなら、ビッガー」と彼は静かに言った。

「さようなら、ミスター・マックス」

マックスは目の不自由な人のように手探りで帽子を探した。帽子を見つけ、頭に深くかぶる。それから顔を背けたまま、手探りでドアへと向かった。格子の隙間《すきま》から手を出し、看守に合図する。外に出されたとき、彼はスチールのドアを背にして、その場にしばらく立っていた。ビッガーは格子を両手で摑んだ。

「ミスター・マックス……」

「何だい、ビッガー」。マックスは振り向かなかった。

「俺は大丈夫です。本当に大丈夫」

「さようなら、ビッガー」

「さようなら、ミスター・マックス」

マックスは廊下を歩いていった。

「ミスター・マックス！」

マックスは立ち止まったが、振り向こうとしなかった。

「ミスター……ジャンに……よろしく言ってください……」

「わかった、ビッガー」

「さようなら！」

「さようなら！」

彼はまだ格子を握っていた。それからかすかに微笑《ほほえ》んだ。歪《ゆが》んだ、悲痛な微笑み。遠くのドアがガシャッと閉まり、そのスチールのぶつかる音が聞こえてきた。

完

訳者あとがき

一九三〇年代、大恐慌期のシカゴ、アフリカ系アメリカ人の貧しい青年、ビッガー・トマスは、酔っ払った白人娘を介抱する羽目に陥る。彼女を寝室まで運んでベッドに寝かせると、そこに目の不自由な彼女の母親が現われる。自分が白人娘の寝室にいると気づかれたら、レイプを疑われてしまう。ビッガーはその恐怖から、声を出させまいと懸命に枕《まくら》を娘の顔に押しつけ、窒息死させてしまう。発覚を恐れた彼は、彼女の首を切り落として遺体を暖房炉に押し込むが……。その後は逃走と警察による追跡、裁判と、物語はスリラーのような筋立てでぐいぐいと読者を引っ張っていく。

本書『ネイティヴ・サン』は、一九四〇年に出版されると、この衝撃的な内容でアメリカの読書界を震撼《しんかん》させた。一方、ビッガーが殺人へと至る心理、白人への恐怖と憎悪が真に迫って描かれていると、高く評価された。二十世紀アメリカ文学の最大の問題作と言っても過言ではない。

アメリカ文学史上、避けて通れない作品であるにもかかわらず、本書は『アメリカの息子』のタイトルで邦訳出版されて以降、日本では数十年前から絶版状態だった。それを残念に思っていただけに、今回自分で新しく訳し、出版できることになったのは、訳者として非常に嬉《うれ》しい。しかも、本書は作者のリチャード・ライトが本当に出したかったオリジナル版の本邦初訳であり、このことも翻訳家冥利《みょうり》に尽きる思いである。

『アメリカの息子』を読んだことのある読者が本書を読むと、最初のほうで記憶にないシーンに出くわし、ビックリするはずである。ビッガーが仲間と一緒に映画館の客席でマスターベーションをするところだ。さらに映画館では、これからビッガーが働くことになるドルトン家の娘、メアリーが、親に内緒で共産党員とフロリダに旅行したというニュース映画が上映される。これらのシーンが扇情的すぎるということで、出版までの過程で削除を求められ、ライトも同意した。それに伴い、このエピソードと関連する箇所や、ほかにも性的にあからさまな箇所が削除された。ここに翻訳したのは、こうした修正が施される前のオリジナル版。The Library of America が一九九一年に出版し、それ以降は定番となった版である。

訳者自身、このオリジナル版を初めて読んだときは、下品すぎないかと思ったものである。しかし読み進むうちに、ライトがこうしたシーンを書いた理由がよくわかり、とても重要だと考えるようになった。プロットをもう少し追いながら、その理由を説明していきたい。

ビッガーが殺しに至るきっかけは、白人の大富豪、ミスター・ドルトンに運転手として雇われたことである。不動産で手広く儲《もう》けているドルトンは、慈善活動家でもあり、黒人の生活向上のために多額の寄付をしている。不良少年と見なされて感化院に送られたこともあるビッガーを雇うのも、その活動の一環だ。勤めの初日、ビッガーがドルトン邸に赴くと、ドルトンの一人娘、メアリーに出会う。彼女は共産主義に傾倒し、父を「資本主義者」と揶揄《やゆ》している。そしてビッガーの運転で共産党員の恋人、ジャンとドライブに出かけ、正体なく酔っ払ってしまう。その結果、ビッガーの手で命を落とすことになるのである。

＊　＊　＊

『ネイティヴ・サン』の衝撃は、ビッガーによるメアリー殺害にとどまらない。彼は身代金を取ることを思いつき、ドルトンに脅迫状を書いて、恋人のベッシーに金を取りに行かせようとする。ところが、メアリーの死が発覚して逃亡せざるを得なくなり、口封じのためにベッシーも殺してしまう。偶発的なメアリーの死については、激しい差別を受ける側の恐怖心の結果として同情できる部分があるのだが、ここまでいくとあまりに残虐《ざんぎゃく》で、ビッガーに同情するのは難しくなる。まさにこうした点に関して、ライトのあとに登場したジェイムズ・ボールドウィンやラルフ・エリスンらのアフリカ系アメリカ人作家たちが彼を批判し、「抗議小説」にとどまっている限界を指摘した。さらにフェミニズム批評も、ビッガーの女性虐待を問題視してきたのである。

一九四〇年版は、このような点に配慮し、ビッガーを同情しやすい人物にしたと言える。ビッガーの映画館におけるマスターベーションを削ったほか、彼がメアリーに対して性的欲求を感じていることがわかる部分や、ベッシーを殺す前にレイプするところなど、表現をだいぶマイルドにした。オリジナル版はそこがかなりあからさまなだけに、読者がビッガーに対していっそうの嫌悪感を抱いてもおかしくない。しかし、ライトが意図したのはビッガーへの同情を呼び起こすことではなく、ビッガーが殺人に至るまでの心理を生々しく描くことであり、彼のような者を生み出してしまう社会に目を向けさせることだったのではないか。

ビッガーは人種差別の激しい南部のミシシッピ州に生まれ、家族とともに北部に引っ越してきたものの、本質的な差別に大きな違いはない。本書の裁判シーンでも明らかにされるのだが、ミスター・ドルトンのような不動産業者はいわゆる「黒人地帯」のアパートしか黒人には貸さず、白人が住むものよりずっと劣悪な部屋を、白人よりも高い家賃で貸していた。ドルトンの慈善活動は、実は偽善であることがここからわかる。このような不正は実際に行われていたことであり、白人たちはこうした手段で黒人たちを社会のどん底に留め置いてきたのだ。

ビッガーはこうした差別に以前から憤《いきどお》りを覚え、白人への憎悪を募らせていた。白人と親しく接したことも、優しい言葉をかけられたこともない。白人から睨《にら》まれたら大変な目にあわされることもわかっている。メアリーとジャンから親しげに声をかけられても、警戒心を駆り立てられるばかりで、同じ人間として彼らを見ることなど到底できない。ライトは「〝ビッガー〟はいかに生まれたか」というエッセイで、自分の人生のなかで出会ってきたビッガー・トマス的な男たちについて語っている。白人に従順に従うのではなく、その憎悪を露《あら》わにする者たち。そうした人物たちをミックスして、ビッガー・トマスという人物を造形したのである。

ビッガーはまさにこうした環境によって犯罪へと駆り立てられたと言っていい。メアリーの寝室で二人きりになったとき、白い服を着たミセス・ドルトンが現われるが、その姿は白人社会の壁のように彼の前に立ちふさがる。こうして彼は「レイプを疑われたら殺される」という恐怖から、メアリーの声を封じることしか考えられなくなる。彼女を人間として感じられていないので、殺したことにも罪悪感はほとんどない。むしろ、自分がこうした殺しを心のなかでは何度も犯してきたのだと気づき、初めて自分の人生を自分で決められるようになったとさえ感じるのだ。

本書を英語で読んでいると、impulse（衝動）という単語が頻出することに気づかされる。ビッガーを衝き動かす強い感情のことだ。ライトは自然主義文学の影響を深く受けており、人間は環境に支配され、運命を決められてしまうという世界観から、ビッガーの生きざまを構想した。差別から生まれる恐怖と憎悪。一方で、大衆文化からの刺激による白人女性への欲望。ビッガーに同情できなくても、嫌悪を抱いたとしても、その衝動を生み出したもの、黒人の前に聳《そび》え立つ白人中心社会の存在感は、ひしひしと迫ってくるのではないか。

　ビッガーの黒人たちとの関わり方も、結局のところこの環境によって決められてしまったのだ。貧困のどん底に喘《あえ》ぎ、充分な教育は受けられず、就きたい職業に就けるはずもない。母親の押しつける宗教では、その現状は打破できないとわかっており、だからそれを嫌う。従順な黒人たちに対しても嫌悪感を抱き、仲間に対する暴力でそれを発散する。そしてケチな窃盗を繰り返し、ベッシーとのセックスにふける。誰に対しても成熟した人間関係が築けているとは言えない。ビッガーを弁護する弁護士マックスの言葉、ビッガーにとってすべての人間関係が「マスターベーションのようなもの」だというのは、こう見てくると実に腑《ふ》に落ちる。そして、削除された部分の重要性が見えてくるのである。

　物語の後半部分は、このマックスによるビッガーを救うための弁論と、ビッガー自身の心境の揺れ動きが中心となる。検察側は、ビッガーが黒人の男だからというだけでメアリーをレイプしたと決めつけ、ほかの殺人や強姦《ごうかん》の罪も彼になすりつけようとする。それに対し、共産主義者のマックスは社会の偏見と不正を告発し、暴力の連鎖を断ち切るためにも、ビッガーの命を助けるように訴える。

この弁論は、当時ライトも関わっていた共産党の思想を色濃く反映しており、特に本書の「抗議小説」的な面と言える。しかし、いわゆる抗議小説は、時代が変わると力を失ってしまう場合が多いが、『ネイティヴ・サン』に関してはそんなことがまったくないと思う。その理由の一つとして、近年のＢＬＭ（ブラック・ライヴズ・マター）運動の盛り上がりにも見られるように、黒人差別の問題が解決されたとは言えない現状がある。黒人が偏見に晒《さら》され、不利な立場に追い込まれる状況は、決して過去のことではない。と同時に、こうした環境によって犯罪に走ってしまう青年、ビッガー・トマスを、本書はその心情まで深く描き出している。以上のような点において、やはり本書は傑作の名にふさわしい。

タイトルの*Native Son*とは「その土地生まれの息子」のこと。ビッガーはアメリカという土地が生んだ息子だが、その土地が彼を虐待し、白人の息子たちとはまったく違う扱いをしてきた。そしていまもアメリカの「ネイティヴ・サン」の多くが差別に苦しんでいる。この状況を歴史的にたどり、苦しむ当事者の思いを知るためにも、本書は広く読まれるべき作品だ。今回翻訳し、改めてそう思った次第である。

＊　＊　＊

ここで、作者リチャード・ライトについて軽く説明しておこう。ライトは一九〇八年、ミシシッピ州で貧しい小作農民の子として生まれた。激しい差別に晒され、貧困のなかで生きてきたことなど、彼のもう一つの代表作である、自伝的な『ブラック・ボーイ』（一九四五年）に詳しく描かれている。父親は早い時期に家族を捨てて出奔し、母子家庭で育ったが、母の病気のために孤児院で暮らしたり、祖母に引き取られていた時期もあった。信心深い祖母や叔母たちに信仰を強制されたことで、宗教への不信感が生まれていった点は、ビッガー・トマスと共通する。貧しさのために教育は断片的にしか受けられなかったが、公立図書館で本を読みふけり、次第に文学を志すようになった。

一九二七年、彼は十九歳のときにシカゴに出て、郵便局で働きながら、本格的に創作活動に取り組み始めた。と同時に、北部でも変わらぬ差別を目の当《ま》たりにするのだが、この大都会での暮らしは『ネイティヴ・サン』に存分に生かされることになる。同時期、共産主義に親近感を抱くようになり、一九三四年には共産党に入党。左翼系の雑誌に発表してきた短篇を集め、一九三八年に『アンクル・トムの子供たち』というタイトルで初めての本を出版した。ここに収められた短篇はどれも南部を舞台にし、白人たちが黒人を搾取《さくしゅ》している状況を描いているが、それに対して黒人が暴力的な反撃をするものもある。また、白人も含めた労働者たちの団結による変革への期待を示しているものもあり、当時の彼の思想的な背景が共産主義にあったことがよくわかる。こうした要素が

『ネイティヴ・サン』においてフルに結実したと言えるだろう。

その後、ライトは共産党の教条主義を嫌って離党し、パリに移り住んで、ジャン＝ポール・サルトルやシモーヌ・ド・ボーヴォワールらの実存主義者たちと交流、実存主義への傾倒を示した。この時期の『アウトサイダー』（一九五三年）や、死後出版の短篇集『八人の男』（一九六一年）などは、差別を扱いながらも、実存主義の影響も見られ、初期の抗議小説とはまた違う味がある。とはいえ、初期の作品を超える評価のものが発表できたとは言えず、一九六〇年、心臓発作のためにパリで死去した。訳者はいま初期と後期の代表的な短篇を集めたライトの短篇選集の編訳を計画中で、ライトの多様な全体像が日本の読者にも伝われればと願っている。

翻訳に当たっては、今回も疑問点を日本映画の字幕製作者であるイアン・マクドゥーガル氏に質問させていただき、その明快かつ詳細なお答えに大変助けられた。心からお礼を申し上げる。最後になったが、新潮社文庫出版部の菊池亮氏には、企画段階から原稿のチェックまで大変お世話になった。記して感謝の意を表したい。

二〇二二年十一月一日

上岡伸雄

本作品中には、今日の観点からは差別的表現ともとれる箇所が散見しますが、作品の持つ文学性ならびに芸術性、また、歴史的背景に鑑み、原書に出来る限り忠実な翻訳としたことをお断りいたします。（新潮文庫編集部）

本書は訳し下ろしです。

ワインズバーグ、オハイオ
S・アンダーソン
上岡伸雄訳

発展から取り残された街。地元紙の記者のもとに届く、住人たちの奇妙な噂。現代人の孤独をはじめて文学の主題とした画期的名作。

北回帰線
H・ミラー
大久保康雄訳

独自の強烈な〝性の世界〟を通して、衰弱し活力を失った現代社会を根底からくつがえし、輝しい生命の息吹きを取戻そうとする処女作。

ねじの回転
H・ジェイムズ
小川高義訳

イギリスの片田舎の貴族屋敷に身を寄せる兄妹。二人の家庭教師として雇われた若い女が語る幽霊譚。本当に幽霊は存在したのか？

デイジー・ミラー
H・ジェイムズ
小川高義訳

わたし、いろんな人とお付き合いしてます——。自由奔放な美女に惹かれる慎み深い青年の恋。ジェイムズ畢生の名作が待望の新訳。

スタインベック短編集
大久保康雄訳

自然との接触を見うしなった現代にあって、人間と自然とが端的に結びついた著者の世界は、その単純さゆえいっそう神秘的である。

ハツカネズミと人間
スタインベック
大浦暁生訳

カリフォルニアの農場を転々とする二人の渡り労働者の、たくましい生命力、友情、ささやかな夢を温かな眼差しで描く著者の出世作。

八月の光
フォークナー
加島祥造訳

人種偏見に異様な情熱をもやす米国南部社会に対して反逆し、殺人と凌辱の果てに逮捕され、惨殺された男ジョー・クリスマスの悲劇。

サンクチュアリ
フォークナー
加島祥造訳

ミシシッピー州の町に展開する醜悪陰惨な場面——ドライブ中の事故から始まった、女子大生をめぐる異常な性的事件を描く問題作。

フォークナー短編集
龍口直太郎訳

アメリカ南部の退廃した生活や暴力的犯罪の現実を、斬新な独特の手法で捉えたノーベル賞受賞作家フォークナーの代表作を収める。

犬の心臓・運命の卵
M・ブルガーコフ
増本浩子
V・グレチュコ訳

人間の脳を移植された犬、巨大化したアナコンダの大群——科学的空想世界にソ連体制への痛烈な批判を込めて発禁となった問題作。

アメリカの鱒釣り
R・ブローティガン
藤本和子訳

軽やかな幻想的語り口で夢と失意のアメリカを描いた200万部のベストセラー、ついに文庫化！ 柴田元幸氏による敬愛にみちた解説付。

芝生の復讐
R・ブローティガン
藤本和子訳

雨に濡れそぼつ子ども時代の記憶とカリフォルニアの陽光。その対比から生まれたメランコリックな世界。名翻訳家最愛の短篇集。

Title : NATIVE SON
Author : Richard Wright

ネイティヴ・サン

アメリカの息子

新潮文庫　ラ - 20 - 1

Published 2023 in Japan
by Shinchosha Company

令和五年一月一日発行

訳者　上《かみ》岡《おか》伸《のぶ》雄《お》

発行者　佐藤隆信

発行所　株式会社新潮社

郵便番号　一六二—八七一一
東京都新宿区矢来町七一
電話 編集部(〇三)三二六六—五四四〇
読者係(〇三)三二六六—五一一一
https://www.shinchosha.co.jp

価格はカバーに表示してあります。

乱丁・落丁本は、ご面倒ですが小社読者係宛ご送付ください。送料小社負担にてお取替えいたします。

印刷・株式会社光邦　製本・株式会社大進堂

ISBN978-4-10-240261-0 C0197